한국 불교시가의
구도와 전개

한국 불교시가의 구도와 전개

김기종

보고사

책머리에

　이 책은 한국 불교시가의 주요 작품들을 대상으로, 그 문학적 성격과 시대적 의미를 살펴본 것이다. 한국시가의 연구에 있어 불교시가는 『삼국유사』 소재 향가를 제외하면, 대체로 문학성과 시대정신이 결여된 작품군으로 평가되어 왔다. 불교 교리의 선전을 위한 수단에 불과하다는 인식이 지배적인 것이다. 그러나 불교시가의 생경한 시어와 낯설은 사유에 익숙해진다면, 적지 않은 작품들이 내용적 짜임새와 구조적 완결성을 통해 문학성과 작가의식을 드러내고 있음을 발견할 수 있다. 이 책에 수록된 12편의 글은 바로 이러한 작품들을 고찰한 결과이다. 이 책을 통해 독자들이 조금이나마 불교시가 나름의 문학성과 시대정신을 엿볼 수 있기를 기대한다.

　본서는 '붓다(Buddha)'·'다르마(Dharma)'·'상가(saṃgha)'의 3부로 구성되어 있다. 불교의 구성요소인 '삼보(三寶)'를 분류의 기준으로 삼은 것이다. 본서의 '붓다'·'다르마'는 작품의 제재 및 소재에 따른 분류를 의미하고, '상가'는 작가와 향유층의 측면에서 작품을 논의한 글들을 모은 것이다. 제1부는 석가일대기를 형상화한 장편시가, 제2부는 불교경전을 노래하고 있는 작품들에 대한 논의이고, 제3부는 불교시가의 작가론에 해당한다. 그리고 각 부에 수록된 글들은 대상 작품의 창작 연대순으로 배열하였다. 본서에서 다루고 있는 불교시가는 창작연대로는 10세기부터 20세기 초반까지 걸쳐 있고, 한국시가의 장르로는 향가·악장·가사·창가·한시·가송 등 여러 갈래를 포함하고 있다. 한편,

본서에서 '불'·'법'·'승'의 표기 대신 굳이 범어(梵語)의 음역(音譯)을 내세운 것은 '승(僧)'의 본래 의미를 나타내기 위함이다. 흔히 삼보의 '승'을 승려를 가리키는 것으로 알고 있으나, '승'의 원어인 '상가'는 출가자와 재가자를 아우르는 불교 교단을 뜻하기 때문이다.

　이 책은 필자에게 두 번째 저서가 된다. 박사학위논문을 수정·보완한 저서가 나온 지 4년 만이다. 이 책에 수록된 글들은 대부분 박사논문 이후에 발표한 것이다. 저서의 체재와 의도에 맞게 논문들의 제목을 고치고, 내용 또한 많은 부분을 덜어내고 새로 쓰기도 하였다. 사실, 필자가 '〈월인천강지곡〉의 저경(底經)과 문학적 성격'이란 주제로 학위논문을 썼던 것은 장차 향가를 연구하기 위한 포석이었다. 석가의 일대기를 공부하는 것은 불교를 이해하기 위한 기본이고, 향가의 어학적 해독은 대부분 15~16세기의 중세국어에 근거하고 있기 때문이다. 그러나 이러한 처음의 계획은 필자의 게으름과 필자를 둘러싼 여러 가지 상황으로 인해 차일피일 미루어졌고, 작년에서야 향가 연구에 첫걸음을 내딛게 되었다. 자책과 후회만이 남을 뿐이지만, 향가에 관한 첫 논문이 얼마 전 한국연구재단의 2014년도 우수논문지원사업에 선정된 것은 필자에게 그나마 작은 위안과 희망이 된다. 이 희망의 불씨를 살려 앞으로는 애초의 계획대로 향가 연구에 매진할 것을 다짐해 본다.

　자신이 쓴 글을 저서 형태로 세상에 내보이는 일은 아직 필자에게는 두려운 일이자 설레는 일이기도 하다. 두려움이 설레임보다는 조금 더 크지만 그래도 감회가 없을 수 없다. 이 자리를 빌어 몇몇 분들께 고마움을 전하고 싶다. 먼저, 가까운 곳에서 항상 필자에게 학문적인 자극과 아이디어를 제공해주시는 김종진 선배님께 감사드린다. '각주'나 '참고문헌'에서 알 수 있듯이, 본서에 수록된 대부분의 글들은 선배님의 선행 연구에 힘입은 것이고, 선배님의 논문이 없었다면 생각조차 하지 못했던 주제도 있다. 다음으로, 자주 뵙지는 못하지만 볼 때마다 격려해주시는 동국대학교 국어국문학과의 서태룡·정우영·김무봉·김 상일·정환국 선생님께 깊은 감사의 말씀을 올린다. 그리고 곽미라·양 승목·정성인·최진경·홍진영 등 '문학사 세미나'의 동학들과는 필자의 설레임을 함께 나누고 싶다. 끝으로, 이 책의 출판을 허락해주신 보고 사 김흥국 사장님과, 보기만 해도 어지럽고 답답했던 원고를 보기 좋 고 깔끔하게 정리해준 권송이 씨에게 감사드린다.

얼마 안 있으면 어머니의 희수(喜壽)다. 항상 당신보다 자식들과 남 편만을 생각하시는 어머니와, 재작년 두 번에 걸친 수술 끝에 다행히 도 건강을 회복하신 아버지께, 막내아들의 이 책이 작은 기쁨과 위안 이 되었으면 좋겠다. 아울러 두 분의 만수무강을 새삼스레 바라고 또 바란다.

2014년 12월
한 해를 보내며
김기종

차례

책머리에 / 5

제1부 붓다[佛] : 석가일대기의 시적 형상화

14세기 불교계의 현실과 〈석가여래행적송〉

　1. 머리말 ·· 14

　2. 서지와 텍스트의 문제 ·· 19

　3. 구조와 주제의식 ··· 23

　　1) 서사 : 불(佛)의 본질 ·· 24

　　2) 본사 : 불법의 내용과 성격 ·· 28

　　3) 결사 : 성불의 방법 ··· 36

　4. 시대적 배경과 문학적 성격 ·· 42

　5. 맺음말 ··· 47

'숭유배불(崇儒排佛)'의 시대와 〈월인천강지곡〉의 시적 지향

　1. 문제 제기 ·· 49

　2. 형식구조와 '월인천강'의 의미 ·· 52

　3. 삽화의 전개 양상과 원리 ··· 56

　4. 서사구조와 주제의식 ·· 64

　5. 시대적 배경과 시적 지향 ··· 70

〈석존일대가〉와 근대적 불타관의 형성

  1. 머리말 ·· 76

  2. 작자와 텍스트의 문제 ·· 78

  3. 〈석존일대가〉의 서술 양상과 그 의미 ·· 87

    1) 신이성의 약화와 합리성의 보완 ·· 87

    2) 연대기적 서술과 역사성의 강화 ·· 94

    3) '총론'·'총결'의 설정과 불교관·불타관의 제시 ················· 100

  4. 〈석존일대가〉의 시대적 맥락과 의의 ·· 104

  5. 맺음말 ·· 109

제2부 다르마[法] : 경전의 수용과 변용

〈보현십원가〉의 표현 양상과 그 의미

  1. 머리말 ·· 113

  2. 선행 텍스트와의 관계 ·· 117

  3. 표현 양상의 특징과 그 이유 ·· 121

    1) 경문의 구상화와 노랫말의 반복 ·· 121

    2) 논리성의 강화와 비유의 활용 ·· 127

    3) 분별의 초월과 '부처 일'의 강조 ·· 132

  4. 맺음말 ·· 137

〈보현십원가〉의 구조와 주제의식

  1. 문제 제기 ·· 139

2. 〈보현십원가〉와 「보현행원품」의 관련 양상 ·························· 141

3. 〈보현십원가〉의 내용과 구조 ····································· 146

   1) 서사 : '법계(法界) 차신 부처' ·································· 146

   2) 본사 : '보리(菩提) 향한 길' ·································· 151

   3) 결사 : '부처의 일' ··· 156

4. 〈보현십원가〉의 주제의식과 시대적 맥락 ·························· 159

〈월인천강지곡〉의 저경과 사상적 기반

1. 머리말 ··· 165

2. 저경의 탐색 및 검토 ·· 167

   1) 『월인천강지곡(상)』 其95~137의 저경 탐색 ····················· 167

   2) 부전(不傳) 월인천강지곡의 내용과 저경 추정 ···················· 177

3. 저경의 성격과 의미 ··· 183

4. 맺음말 ··· 191

지형(智瑩) 가사의 성격과 의의

1. 머리말 ··· 193

2. 수록 문헌과 작자 ··· 194

3. 지형 가사의 분석 ·· 198

   1) 경문의 가사화 : 〈전설인과곡〉 〈수선곡〉 ························ 198

   2) 청자의 근기에 따른 내용 제시 : 〈권선곡〉 ······················ 205

   3) 참선수행 방법의 제시 : 〈참선곡〉 ····························· 210

4. 지형 가사의 성격과 의의 ···································· 213

5. 맺음말 ··· 217

제3부 상가[僧] : 작가와 향유층

최행귀의 〈보현십원가〉 한역과 그 성격

1. 머리말 ·· 221

2. 한역의 양상과 특징 ··· 225

3. 노랫말의 배제와 〈보현십원송〉의 성격 ··································· 235

4. 맺음말 ·· 243

『사리영응기』 소재 세종의 '친제신성(親制新聲)' 연구

1. 문제 제기 ·· 245

2. 『사리영응기』와 '신성' 7곡 ·· 249

3. 악장의 구조와 주제의식 ·· 257

4. '친제신성'의 성격과 의의 ·· 265

불교가사 작가에 관한 일고찰

1. 머리말 ·· 270

2. 작가와 작품 개관 ··· 271

3. 주요 작가 고찰 ··· 282

   1) 침굉과 지형 ·· 284

   2) 경허와 만공과 한암 ·· 295

   3) 학명과 용성 ·· 311

4. 맺음말 ·· 321

1920년대 '찬불가'의 등장과 조학유의 『찬불가』

1. 머리말 ·· 322

2. 조학유의 생애와 사상 ··· 325

3. 『찬불가』의 노랫말 분석 ····································· 332

   1) 「서언」과 '찬불가' 개념의 문제 ····················· 332

   2) 구성과 내용적 특징 ····································· 335

   3) 석가 형상화의 양상 ····································· 345

4. 『찬불가』의 성격과 의의 ····································· 350

5. 맺음말 ·· 354

근대 불교시가의 존재양상과 권상로의 시가작품

1. 머리말 ·· 357

2. 권상로의 불교 인식과 대중화 활동 ················· 360

3. 권상로 불교시가의 전개 양상 ·························· 370

4. 권상로 불교시가의 성격과 의의 ····················· 386

5. 맺음말 ·· 390

찾아보기 / 393
참고문헌 / 401

제1부

붓다[佛] : 석가일대기의 시적 형상화

14세기 불교계의 현실과 〈석가여래행적송〉

1. 머리말

고려후기의 천태종 승려 운묵(雲默)이 1328년(충숙왕15)에 지은 〈석가여래행적송〉은 우리나라에서 찬술된 최초의 석가일대기라는 점과, 〈동명왕편〉·〈제왕운기〉·〈용비어천가〉와의 형태상 유사성 등으로 인해 일찍부터 국문학계의 주목을 받아 왔다. 그러나 '최초의 석가일대기' '장편서사시의 전통 계승과 전환'이라는 문학사적 의의 및 중요성에 비해, 그 구체적인 논의는 활발하지 못한 형편이다.[1]

지금까지의 논의는 주로 장편서사시의 맥락에서 이루어졌다. 먼저, 이종찬은 "〈동명왕편〉·〈제왕운기〉·〈석가여래행적송〉·〈용비어천가〉·〈월인천강지곡〉의 서사문학을 시간적 맥락 위에서 연계"[2]해야 한다고 전제한 뒤, 〈석가여래행적송〉의 창작 의도·내용·형식을 〈동명왕편〉·〈월인천강지곡〉과의 비교를 통해 고찰하였다. 그 결과, 이 작품의 창

---

1) 국문학개론 및 국문학사에서의 단편적인 언급을 제외한, 〈석가여래행적송〉에 관한 연구는 다음과 같다. 이종찬, 「서사시 석가여래행적송 고찰」, 『한국의 선시』, 이우출판사, 1989; 황패강, 「석가여래행적송 연구」, 『한국불교문화사상사』하권(가산 이지관스님 화갑기념논총), 가산불교문화진흥원, 1992; 이종석, 「월인천강지곡과 선행불교서사시 비교 연구」, 서울대학교 석사학위논문, 2001; 신명숙, 「여말선초 서사시 연구」, 단국대학교 박사학위논문, 2004.
2) 이종찬, 앞의 논문, 258~259쪽.

작 의도 및 내용적 특징은 배움과 계몽의 '교계(敎誡)'에 있고, 형식적 특징으로는 압운이 전혀 고려되지 않은 점을 지적하고 있다.

황패강과 신명숙 또한 한국 장편서사시의 특질 구명(究明)이라는 측면에서 논의를 진행하고 있다. 황패강은 작자·창작 경위·간본(刊本)·형식·내용 등 〈석가여래행적송〉의 전반에 대해 논의하고 있는데, 본격적인 연구를 위한 해제의 성격을 띤다. 그는 이 작품의 문학적 특징을 '효과적으로 사용된 비유'와 '영험·영이 및 이념적 이의 제기'로 파악하였다. 그리고 문학사적 의의에 대해서는 "고려시대에 한시로 된 장편서사시의 독특한 한국적 형식을 정립하는데 큰 몫을 담당[3]"한 것으로 보았다.

신명숙은 황패강의 논의에서 더 나아가 〈석가여래행적송〉의 서사구조에 대해 살펴보고 있다. 곧 이 작품의 서사구조를 공산상의 이중구조와 시간상의 서사구조로 파악하고, 그 내용을 '불교세계송−석가행적송−동점(東漸)과 말법송(末法頌)−교계송(敎誡頌)−결송'의 5단락으로 제시하였다.[4] 문학적 특징 및 문학사적 의의에 있어서는 황패강의 견해를 그대로 따르고 있다.

위의 논의들과 달리, 이종석은 〈불소행찬〉·〈월인천강지곡〉 등 불교서사시와의 비교를 시도하고 있다. 이러한 비교 연구를 통해, 〈석가여래행적송〉의 창작 의도가 '천태종의 정통성 확보'에 있음을 주장하였다. 그 논거로 석가일대기의 비중이 적고, 천태종의 5시 8교 교판(敎判)의 비중이 크며, 작품에서 강조되고 있는 '대승(大乘)'이 천태종의 의미로 사용되고 있다는 점 등을 제시하고 있다.[5]

---

3) 황패강, 앞의 논문, 583쪽.

4) 신명숙, 앞의 논문, 123쪽.

5) 이종석, 앞의 논문, 175~181쪽.

이상, 간략하게나마 선행 연구업적을 살펴보았다. 이들 연구는 나름대로의 의의와 성과를 보여주고 있음에도 불구하고, 논의의 주요 결과가 구체적인 작품 분석을 통해 도출된 것이 아니라는 공통된 문제점을 보인다. 기존 논의에서 〈석가여래행적송〉의 내용적 특징 내지 창작 의도로 제시된 '교계' 또는 '권계'는 서문의 내용에 의거한 것으로, 작품의 분석 및 검토를 통해 이루어진 것이 아니라는 점이다. 그리하여 '교계'만을 강조하고 있을 뿐, 그 구체적인 내용과 '교계'가 강조된 이유 및 그 의미에 대해서는 어떠한 언급도 하지 않고 있다. 이종석의 경우는 '천태종의 정통성 확보'라는 이유를 밝히고 있지만, 체계적인 단락 설정 및 분석과 작품 창작의 시대적 맥락에 대한 고려가 없다는 점에서 그 한계가 있다.

그러므로, 본고는 이러한 문제점들을 염두에 두면서, 작품의 구조 분석을 통해 〈석가여래행적송〉의 주제의식과 시대적 의미에 대해 살펴보고자 한다. 또한 예비적 고찰로, 선행 연구에서 다루지 않았던 현전 판본의 내용 및 성격에 대해서도 검토할 것이다.

한편, 〈석가여래행적송〉은 국사학·불교학계에서 비교적 많은 논의가 있어 왔다.6) 이러한 점은 이 작품이 고려후기 천태종 및 백련사의 사상적 경향을 살필 수 있는 중요한 문헌이라는 인식에 기인한다. 그 동안의 논의에서 지적된 내용적 특징은 5시 교판의 도입, 중국 법난(法

---

6) 주요 연구 업적을 소개하면 다음과 같다. 이영자, 「무기의 천태사상−석가여래행적송을 중심으로」, 『한국불교학』 3, 한국불교학회, 1977; 고익진, 「백련사의 사상 전통과 천책의 저술 문제」, 『불교학보』 16, 동국대 불교문화연구소, 1979; 채상식, 「무기와 석가여래행적송」, 『고려후기불교사연구』, 일조각, 1991; 이병욱, 「운묵의 석가여래행적송에 나타난 회통사상연구」, 『불교학연구』 창간호, 불교학연구회, 2000; 박소영, 「천태사상사에 있어서 석가여래행적송의 문헌학적 의의」, 『천태학연구』 10, 원각불교사상연구원, 2007.

難)의 기술, 선(禪)에 대한 비판, 말법사관(末法史觀)의 제시, 정토신앙
의 강조 등이었다. 이상의 논의들은 본고의 논지를 전개하는데 있어
많은 도움이 되고, 참고자료로 활용할 수 있다. 그렇지만 본고의 논의
역시 불교학·국사학 분야의 연구를 보완하는데 도움이 될 것이라 기
대한다.

주지하다시피, 〈석가여래행적송〉은 그 형태상 '송(頌)'과 '주(註)'로
구성되어 있다. '주'는 기본적으로 '송'의 내용과 관련이 있지만, '송'과
'주'의 비중이 일치하는 것은 아니다. 그런데 불교학적 연구는 주로
'주' 부분만을 대상으로 하고 있으며, 대상이 된 '주'의 대부분은 '송'에
있어서는 그 비중이 작은 편이다.[7] 결국, 불교학적 측면의 논의 결과
는 작자인 운묵[8]의 사상적 특징임에 틀림이 없지만, 〈석가여래행적
송〉이라는 텍스트 전체에 있어서는 이들 논의 또한 일부분의 내용적
특징에 국한된다는 한계가 있는 것이다.

---

7) 고익진·이영자·박소영 등의 논의에서 강조하고 있는 선종 비판과 '삼무일종(三武一
   宗)'의 법난은 각각 〈석가여래행적송〉(신흥사 판본) 상권 제46장 앞면 4행~제48장
   뒷면 10행과 하권 제5장 뒷면 4행~제12장 앞면 6행에 서술되어 있지만, 선종 비판에
   대한 '송'은 없고, 법난과 관련된 내용은 제154송뿐이다.
8) 운묵의 생몰연대 및 구체적인 생애는 알 수 없는데, 〈석가여래행적송〉의 서문(李叔琪
   述)과 발문(백련사 사문 旻)의 단편적인 언급을 통해 몇몇 사실만을 알 수 있을 뿐이다.
   이들 기록에 의하면, 운묵은 법명이고 자는 무기(無寄), 법호는 부암(浮庵)이다. 그는
   백련사 5세 불인 정조(佛印靜照)에게 출가한 뒤, 승선(僧選) 상상과(上上科)에 합격하
   였다. 굴암사 주지직을 버리고 금강산·오대산 등의 명산을 돌아다니다가, 시흥산(始
   興山)의 탁일암(卓一菴)에 자리 잡았다. 그 후 20여 년을 한결같이 『법화경』을 독송하
   고, 아미타불을 염(念)하고, 불화(佛畵)를 그리고, 경전을 서사(書寫)하는 일을 일과로
   삼았다고 한다. 운묵의 저술로는 〈석가여래행적송〉 외에 『천태말학운묵화상경책(天
   台末學雲默和尙警策)』이 전한다.

2. 서지와 텍스트의 문제

구체적인 논의에 앞서, 현재 전하는 〈석가여래행적송〉의 판본과 그 서지사항을 도표로 정리하여 제시하면 아래와 같다.

〈표〉 현전 〈석가여래행적송〉의 서지사항

	서명(표제)	간행시기	간행처	권수	장수	소장처	비고
①	如來行蹟	1572 (선조5)	頭流山 臣興寺	2권 1책	123	고려대 도서관	
②	釋迦如來行蹟頌	1643 (인조21)	水淸山 龍腹寺	2권 2책	124	국립 도서관	첫 장에 八相圖(鹿苑轉法相)가 있음.
③	如來行蹟頌	미상	미상	2권 1책	122	서울대 도서관	시주질과 간기가 없음.
④	釋迦如來行蹟頌	1709 (숙종35)	미상	2권 1책	123	동국대 도서관	간기 없음. "崇禎紀元後 八十一年(1709) 己丑夏也"란 附記가 있는 桂陰浩然의 발문이 있음.
⑤	釋迦如來行迹頌 附 通錄撮要	1529 (중종24)	白雲山 萬壽菴	5권 1책	89	고려대 도서관	『通錄撮要』(4권)·『龍舒善勸修持文』 등 3종의 불서와 합간.
⑥	如來行蹟 兼附 孝順文 念佛作法	미상	미상	不分卷 1책	70	동국대 도서관	『孝順文』·『念佛作法』 등 9종의 불서와 합간. 『천태말학운묵화상경책』 수록.

〈석가여래행적송〉은 편찬 당시의 원간본[9]이 현재 전하지 않고, 16~18세기에 간행된 복각본들이 남아 있는데, 도표에서 제시한 판본 외에도 간행연대 미상의 민영규 소장본[10]과 고려대 도서관 소장본[11] 등이

---

9) 운묵의 「병서」에는 '天曆 元年 戊辰' 곧 1328년으로 되어 있으나, 「서」와 발문에는 '庚午'로 되어 있어, 1330년에 원간본이 간행되었음을 알 수 있다.

10) 민영규, 「高麗雲黙和尙無寄輯佚」, 『한국불교사상사』(숭산 박길진박사 화갑기념논총), 원광대출판국, 1975, 1209~1216쪽에 소개되어 있다. 그러나 표제·장수 등 판본의

전한다. 현전 판본은 그 내용 및 성격에 따라 ①~④와 ⑤·⑥의 두 계열로 나눌 수 있다.

먼저, ①~③의 판본은 모두 1면 10행, 매행 21자로 되어 있고, 책의 말미에 "隆慶五年(1571) 辛未三月日 頭流山 金華道人 義天 書"란 부기가 있다는 공통점을 보인다. 또한 체재 및 구성에 있어서도 이 판본들은 일치하고 있다. 즉 세 판본 모두 「석가여래행적송 서」(1장), 「석가여래행적송 병서」(2장), 「석가여래행적송 권상」(55장), 「석가여래행적송 권하」(63장), 발문(1장) 등으로 구성되어 있는 것이다. 다만 ③에는 시주질과 간기가 없고, ②에는 팔상도 1장이 추가되어 있다는 차이가 있을 뿐이다. 18세기의 복각본인 ④의 판본도 계음 호연의 발문이 첨가되고 '의천 서'의 부기가 없다는 점을 제외하면, ①~③의 판본과 일치한다.

결국, ①~④의 판본은 간행시기와 장소의 다름에도 불구하고 체재 및 구성에 큰 차이가 없다고 하겠는데, 본문의 '송'에는 차이를 보이는 부분이 있다. ①의 제4송 2구는 "下列諸地獄"인데, ②·③은 "下外諸地獄"으로 되어 있는 것이다. 그리고 ④의 경우는 제25·54·69·139송의 네 곳에서 ①~③과 차이를 보인다.[12] 이들 시어는 단순한 오각(誤刻)으로 보이지는 않지만, 그렇다고 해당 게송의 내용 및 의미에 영향을

서지사항에 관한 언급은 없고, 다만 간기가 없다는 점과 3장 5면의 『천태말학운묵화상경책』이 첨가되어 있는 사실만을 밝히고 있다. 『경책』의 전문이 논문의 끝에 실려 있다.

11) 이 판본은 48장으로, 책 표지와 「석가여래행적송 서」·「석가여래행적송 병서」가 낙장되었고, 본문의 하단에 훼손된 부분이 많다. 〈석가여래행적송〉외에도 6종의 불서가 실려 있는데, 『효순문』·『염불작법』을 제외하고는 도표 ⑥의 구성과 같다.

12) 그 구체적인 예를 보이면 다음과 같은데, 괄호 안의 글자는 ①~③의 시어이다. 한편, '[ ]'의 첫 번째 숫자는 해당 송을, 두 번째 숫자는 구를 가리킨다. 이후 본고에서 제시하는 게송의 표시는 이와 같다. "大地巽(並)炎輝"[25:3], "太子順父言(語)"[54:1], "十方諸(賢)聖會"[69:2], "皆信受奉法(行)"[139:4].

미칠 정도는 아니다.

그러므로 〈석가여래행적송〉의 구조 분석이 주요 목적인 본고에 있어서는 네 판본 모두 논의 대상이 될 수 있다. 하지만 ①의 신흥사 개판본이 간행연대가 가장 빠르고, 차이를 보이는 제4송의 '列'이 게송의 내용 전개에 있어 ②·③의 '外'보다 자연스럽다는 점에서, 본고의 3장은 이 판본을 텍스트로 삼았음을 미리 밝힌다.

다음으로, ⑤·⑥은 〈석가여래행적송〉과 여타의 불서를 한 책으로 묶은 것이다. 수록된 불서에 차이가 있지만, 〈석가여래행적송〉은 같은 판본으로 여겨진다. 이 책들에 수록된 〈석가여래행적송〉은 글자·행·장수가 같고,[13] 판형 및 서체까지 일치하기 때문이다. 선행 연구에 의하면, ⑤의 판본은 1529년(중종24) 전남 백운산 만수암에서 판각한 13종의 문헌 중, 〈석가여래행적송〉을 포함한 4종을 1책으로 간행한 것이다.[14]

그런데, 만수암 판각의 13종 불서에는 ⑥에 수록된 『염불작법』·『효순문』 등도 포함되어 있다.[15] 즉 간행연대 미상의 ⑥은 만수암에서 간행한 판본 가운데 10종을 한 책으로 묶은 것이 된다. 그리고, 간기가 결락된 고려대 소장본 또한 ⑥의 판본과 거의 같은 구성을 보이고 있다는 점에서 만수암 개판본으로 추정할 수 있다.

이들 만수암 판본의 〈석가여래행적송〉은 구성 및 내용과 시어 등에서 ①~④와 차이를 보이고 있어 주목을 요한다. 210송 840구의 후자

---

13) ⑤·⑥의 〈석가여래행적송〉은 모두 1면 13행, 매행 23자로 되어 있고, 장수는 17장이다. 본문 외에 「서」·「병서」가 있고 발문이 없다는 점도 같다.

14) 고익진, 「조원통록촬요의 출현과 그 사료 가치」, 『불교학보』 21, 동국대 불교문화연구소, 1984, 158쪽.

15) ⑤에 수록된 『통록촬요』의 말미에는 벽송당(碧松堂) 지엄(智嚴, 1464~1534)의 발문이 있는데, 이 발문에 "集者, 世尊行迹·通錄·原人論·寒山詩·齋戒文·孝順文·殺戒文·發願文·念佛作法·彌陀十相讚·授師禮·十六觀頌·決疑集等, 十三秩也."란 언급이 있어, 이러한 사실을 알 수 있다. 고익진, 위의 논문, 158쪽.

와 달리, 전자는 203송 812구로 되어 있다. ①~④의 제45~50송과 제
38·44송의 3·4구가 만수암본에서는 생략된 것이다. 생략된 게송의
내용은 대부분 석가의 성장 과정에 해당한다.[16] 그리고 게송의 내용
및 의미단락에 따라 관련 주석이 배치되어 있는 ①~④에 비해, 만수
암본은 제67·68·124~127·137·138~140·152·154송 등의 7곳에만
주석이 남아 있다.[17]

　시어의 경우는 27곳에서 차이를 보이는데, 대부분 오각에 해당한
다.[18] 시어를 제외한 만수암본의 이러한 차이는, 판각을 주도한 인물
들의 사상적 경향 및 당시 불교계의 상황을 반영한 것이라 짐작할 수
있다. 그렇지만 이에 대한 해명은 본고의 목적과는 거리가 있으므로,
여기에서는 이러한 사실만을 지적하고자 한다.

　한편, ⑥의 판본과 민영규·고려대 소장본에는 〈석가여래행적송〉 외
에 운묵의 저술인 『천태말학운묵화상경책』(이하 『경책』)이 실려 있다. 이
『경책』의 구성 및 내용은 대략 다음의 4단락으로 나눌 수 있다. ㉠시주
에게 공양을 받는 승려의 자세, ㉡승가의 폐풍 제시와 비판, ㉢시주의
은혜를 갚는 방법, ㉣사은(四恩)의 제시 및 회향.

　그런데 『경책』의 ㉠~㉣은 만수암 판본에서 생략된 신흥사본의 주

---

16) 구체적으로 '어머니의 죽음과 이모의 양육'[45], '태자의 문무의 뛰어남'[46], '결혼
　　및 결혼생활'[47-48], '사문유관'[49], '태자의 출가 결심'[50] 등이 이에 해당한다.
　　38송의 3·4구인 "인간제승미(人間諸勝味) 불부점순설(不復霑脣舌)"은 석가의 어머니
　　인 마야부인이 임신한 뒤로 인간세상의 음식을 먹지 않았다는 내용이다. 그리고, 44송
　　의 3·4구인 "우유향산선(又有香山仙) 예이자비읍(禮已自悲泣)"은 점상(占相) 삽화의
　　일부로, 아사타 선인이 자신의 늙음을 한탄하여 눈물지었다는 내용이다.
17) 이들 주석은 각각 석가의 성불, 5시 8교, 석가의 열반, 아라한들의 불법 선양, 불교의
　　중국 전래, 경전의 전래와 번역, 삼무일종의 법난 등에 관해 서술하고 있다. '삼무일종
　　의 법난'을 제외하고는, 해당 게송의 주석 일부만을 수록한 것이다.
18) 대표적인 예로, "七**氷**更七火"[28:3] "而無**間**說者"[94:2] "**逍**經盡爲灰"[147:1]의 '氷'·
　　'間'·'逍'는 각각 '水'·'聞'·'道'의 오각이다.

석 일부와 일치한다. 즉 『경책』은 189~194송(ㄹ), 200~208송(ㄱ·ㄷ), 209~210송(ㄴ) 뒤에 배열된 주석 일부를 발췌하여 문맥에 맞게 편집한 것이다. 이를 통해, 『경책』은 고려후기에 별행본으로 간행·유통된 것[19]이 아니라, 주석의 대부분이 수록되지 않은 〈석가여래행적송〉을 보완하기 위해 만수암에서 함께 판각한 것임을 알 수 있다. 비록 벽송당의 발문에 『경책』의 서명이 보이지는 않지만, 『경책』이 만수암에서 간행한 판본들과 함께 수록되어 있다는 사실은 이러한 추정을 뒷받침한다.

지금까지 〈석가여래행적송〉의 판본들에 대해 살펴보았는데, 현재 8종의 판본이 전하고 있으며, 내용 및 성격에 따라 크게 신흥사본과 만수암본의 두 계열로 구분됨을 알 수 있다. 만수암본은 신흥사본 보다 이른 시기에 간행되었지만, 신흥사본의 일부 게송과 많은 주석이 생략된 촬요본(撮要本)의 성격을 띠고 있다. 한편, 현재 전하고 있는 판본들은 16~18세기의 각 시기에 판각·간행된 것으로, 조선 중·후기 불교계에서 차지하는 〈석가여래행적송〉의 위상을 보여준다고 할 수 있다.

3. 구조와 주제의식

앞 장에서 이미 언급했듯이, 〈석가여래행적송〉은 상·하의 2권으로 되어 있는데, 상권에 1~137송이, 하권에는 138~210송이 실려 있다. 상권은 세계의 구성·형성·소멸에 관한 서술과, 탄생부터 열반까지의

---

19) 이영자, 「부암대사 무기의 성불구제관과 정토사상」, 『한국불교학』 20, 한국불교학회, 1995, 254~255쪽. 『경책』의 간행·유통은 독립된 교단의 존재를 보여주는 증거라고 전제한 뒤, 운묵이 시흥산에 머물렀다는 발문의 언급을 근거로 이 교단을, 『태종실록』·『세종실록』 등에 보이는 '시흥종(始興宗)'으로 추정하였다.

석가 일대기, 그리고 법장의 결집 및 유포 등의 내용으로 되어 있다. 하권의 경우는 불교의 중국 전래, 경전의 전래와 번역, 말법시대의 모습, 청자에 대한 권계를 포함하고 있다.

〈석가여래행적송〉은 형태상 게송과 주석으로 구분되고, 주석은 그 내용 및 성격에 따라 다음의 세 가지로 나눌 수 있다. 곧 ㉠시어에 대한 사전적 설명, ㉡게송으로 노래된 사건에 관한 서술, ㉢당시 불교계의 상황에 대한 작자의 견해 제시가 그것이다.[20] 기존의 불교학적 연구에서 주목한 부분은 ㉢으로, 이 ㉢은 게송에서는 오히려 비중이 작은 편이다. 본고는 〈석가여래행적송〉의 문학적 연구이므로 게송만을 대상으로 하고, 주석은 참고자료로 삼을 것이다. 이 작품은 시상 및 내용 전개의 맥락에 따라 서사[1-35], 본사[36-174], 결사[175-210]의 3단 구조로 파악되는데, 논의의 편의상 서사·본사·결사의 세 단락으로 나누어 살펴보도록 하겠다.

1) 서사 : 불(佛)의 본질

〈석가여래행적송〉의 서사는 다시 1)세계의 구성[1-12] 2)세계의 형성·소멸[13-32] 3)석가의 출세(出世) 공간[33-35] 등의 하위 단락으로 나누어진다.

제1송에서 화자는 우리가 살고 있는 사바세계의 구성요소를 '삼천

---

20) 황패강, 앞의 논문, 545쪽에서는 이 작품의 주(註)에 대해, "작자 자신의 주관적 견해를 배제하고 될수록 문헌 혹은 기타의 근거를 가진 것으로, 출전을 밝혀 객관화하는 노력을 보이고 있다"라고 하였다. 한편, 신명숙, 앞의 논문, 131~132쪽에서는 황패강의 견해를 따르면서도, 〈석가여래행적송〉의 주석은 게송을 위한 해설부의 기능을 보이거나, 게송과 상보관계로 맺어져 작가의 의도를 드러낸다고 하였다. 황패강과 신명숙의 견해는 필자가 제시한 주석의 내용 중 ㉠·㉡에만 해당한다. ㉢은 게송의 내용과 관련은 있지만 상보적 관계를 맺고 있지 않다.

대천국(三千大千國)'·'일국(一國)'·'일수미(一須彌)'의 세 가지 시어로 집약·
제시하고 있다. 2~8송은 이러한 전제 아래, 향수해(香水海)·함수해(鹹
水海)의 바다와 불바제(弗婆提)·염부제(閻浮提) 등의 4대주[2-3], 철위산·
지옥·해·달[4], 욕계[5-6]·색계[7]·무색계[8]의 하늘 등에 관해 노래하
고 있다. 9송은 이상이 모여 '일국'이 됨을, 10~11송은 '일국'이 모여
'삼천대천국'을 이루고 있음을 밝히고 있다. 그리고 12송은 이 모든 국
토들의 아래에 지·금·수·풍륜(風輪)의 4륜이 차례대로 받치고 있다는
내용이다. 제1송의 '일국'은 2~9송에, '삼천대천국'은 10~11송에 대응
되고 있음을 알 수 있다.

  이 단락은 이렇듯 청자(독자)에게 사바세계의 구성에 관한 지식 및
정보를 알려주고 있다. 그런데 9송의 제3·4구인 "시위일국량(是爲一國
量) 일석가소화(一釋迦所化)"는 지식의 제공 외에, 작자의 의도를 암시하
고 있다는 점에서 주목을 요한다. 즉 2~8송에서 서술한 '일국'이 석가
의 교화 영역이 된다는 화자의 언급은, 세계의 구성 단락의 의미 내지
주제가 '석가의 교화 공간 제시'임을 보여주기 때문이다. 석가의 교화
공간은 10~11송에 의해 '일국'에서 '삼천대천국' 즉 사바세계 전체로
확장되고 있다.

  다음으로, 2)단락은 '세계의 형성'[13-22]과 '세계의 소멸'[23-30]로
구성되어 있다. 전자는 하늘[13]·4륜[14-17]·인간[18-22]의 생성 과정을
노래하고 있다. 하늘·4륜에 관한 13송과 14~17송은 각각 앞 단락의
5~8송과 12송에 대응된다. 후자에서는 욕계[23-25]·색계[26]의 무너
지고 텅빈 모습, 화·수·풍 삼재(三災)의 시기[27-28], 삼재로 인한 욕계·
색계의 소멸[29-30] 등이 서술되어 있다. 그리고 이상의 내용을 화자는
31·32송에서 아래와 같이 마무리하고 있다.

(1) 火劫成壞數	화겁의 이루어짐과 무너짐은 잦고
水次風大踈	수재는 다음이요 풍재는 매우 성그니
壞已復還成	무너졌다가는 다시 이루어져서
循環無了期	돌고 돌면서 끝날 때가 없어라. [31]
風災至百轉	풍재가 백 번 돌아오는 동안을
名一僧祇劫	한아승지겁이라 하니
<u>如是無量劫</u>	이렇듯 한량없는 겁을 지나도
<u>佛出甚希有</u>	부처님 나타나심은 매우 드무네. [32]

인용문 (1)은 세계의 형성과 소멸이 끝없이 반복되고 있으며, 13~30송의 서술 내용이 시간상으로 1아승지겁 동안에 이루어진 것임을 밝히고 있다. 이러한 31·32송의 내용은 필자가 '세계의 형성'과 '세계의 소멸'을 한 단락으로 파악한 근거가 된다. 그리고 (1)의 밑줄 친 부분은 '아승지겁'이라는 시간과 석가의 출세(出世)를 연결시키고 있는데, 이 구절을 통해 이 단락이 서사(序詞) 전체에서 차지하는 의미를 짐작할 수 있다.

사바세계 전체가 석가의 교화 영역임을 제시하고 있는 세계의 구성 단락에 이어, 이 단락은 석가의 출세 시기로 초점을 옮겨, '석가 출세의 희귀함'을 보여주고 있는 것이다. 이러한 1)·2)단락은 마지막 단락으로 인해 또 다른 의미망을 이루게 된다.

(2) 若佛出於世	부처님이 세상에 나타나실 때엔
必降閻浮洲	반드시 염부제에 탄강하시니
萬億閻浮中	만억 염부제마다에
各有一佛出	한 부처님씩 출현하시네. [33]
成道轉法輪	성도하심과 법륜을 굴리심과

入滅皆同時　　열반에 드심을 모두 동시에 하시니

如是千百億　이 같은 천백억 변화의 몸은

盧舍那本身　모두 노사나불이 본신이네. [34]

譬如淨滿月　　마치 맑은 보름달이

普現一切水　　천 강에 두루 나타날 때

影像雖無量　　그림자는 한량이 없으나

本月未曾二　　본래의 달이 둘은 아니듯. [35]

위의 (2)는 마지막 단락의 33~35송을 차례대로 옮긴 것이다. 33송은 삼천대천국의 각 염부제마다 석가가 출현한다는 내용으로, 석가의 '출세 시기'에 관한 앞의 (1)에 이어, 석가의 '출세 공간'을 서술한 것이다. 34송은 석가의 본신이 노사나불임을 밝히고 있으며, 이러한 사실을 35송은 '월인천강(月印千江)'의 비유를 통해 강조하고 있다.

34송의 '노사나(盧舍那)'는 부처님의 몸을 셋으로 나눈 법(法)·보(報)·응신(應身)의 3신 가운데 법신을 가리킨다. 법신은 만유(萬有)의 본체인 법(法)에 인격적 의의를 지닌 신(身)을 붙여 일컬은 '이치로서의 부처님[理佛]'을 의미한다.[21] '노사나' 또는 '법신'의 정의에 의하면, 인용문 (2)는 석가가 법신 즉 '진리'의 현현임을 제시한 것으로, 이 단락은 석가의 정체 내지 본질에 관한 노래가 된다.

그런데, 석가의 본질이 진리의 현현이라는 화자의 인식은 앞에서 살펴본 1)·2)단락의 결론이자, 석가의 일생에 관한 본사의 전제가 된다는 점에서 서사 전체의 주제의식으로 볼 수 있다. 즉 〈석가여래행적

---

21) 김월운 역, 〈석가여래행적송〉, 동문선, 2004, 16쪽. 참고로, 보신(報身)은 보살위(菩薩位)의 수행으로 얻어진 불신(佛身)이 세속에 대한 진리의 표현으로 드러난 '형상을 지닌 부처님[形佛]'을, 응신(應身)은 부처님이 중생을 교화함에 있어 교화의 대상인 중생의 근기에 맞도록 몸을 드러낸 '변화한 부처님[化佛]'을 의미한다.

송〉의 서사는 세계의 구성·형성·소멸에 관한 불교 지식을 알려주고 있을 뿐만 아니라, 교화 영역·출세 시기·출세 공간이라는 측면에서 '석가의 본질 및 성격'을 제시하고 있는 것이다.

한편, 사바세계 전체가 석가의 교화 영역이라는 1)단락과 석가의 출현이 드물다는 2)단락은, 3)단락에 의해 각각 '법신(진리)의 편재(遍在)'와 '법신(진리) 보기의 어려움'으로 읽을 수 있다. 그리고 이렇게 볼 수 있다면, 서사는 불·법·승의 삼보 가운데 '불'에 관한 노래이면서, 동시에 각각 '법'과 '승'을 대상으로 하고 있는 본사·결사의 문제의식까지 포괄하는 것이 된다. '법'은 진리에 다름 아니고, '승'은 진리를 얻는 주체이기 때문이다. 이에 대해서는 해당 절에서 다룰 것이다.

2) 본사 : 불법의 내용과 성격

본사는 그 내용 및 의미에 의해 크게 1) 석가의 일생[36-134], 2) 불교의 홍포(弘布)[135-154], 3) 불법의 소멸[155-174]의 세 단락으로 나눌 수 있다.

먼저, '1) 석가의 일생' 단락은 ①탄생[36-44] ②성장과정[45-48] ③출가[49-59] ④고행[60-66] ⑤성불[67-68] ⑥전법(轉法)[69-123] ⑦열반[124-134] 등의 하위 단락으로 구성되어 있다. 그리고 하위 단락은 하나 이상의 삽화로, 삽화는 하나 이상의 사건들로 이루어져 있다. 이 단락은 석가의 일대기라는 내용으로 인해 다른 부분들과 달리 서사적 성향을 보여준다. 또한 여타의 불전(佛傳)들과 마찬가지로 팔상(八相)[22]에 따

---

22) 팔상은 석가가 중생을 제도하기 위해 일생 중 나타낸 여덟 가지의 변상(變相)으로, 경전에 따라 구체적인 명칭에 차이가 있다. 일반적으로 도솔래의(兜率來儀)·비람강생(毘藍降生)·사문유관(四門遊觀)·유성출가(逾城出家)·설산수도(雪山修道)·수하항마(樹下降魔)·녹원전법(鹿苑轉法)·쌍림열반(雙林涅槃)을 가리킨다. 팔상의 도솔

라 전개되고 있으며, '⑥전법'의 비중이 큼을 알 수 있다. 여기에서는 편의상, 탄생~성불과 전법, 그리고 열반 단락의 세 부분으로 나누어 살펴보겠다.

(3) 於此閻浮提	이 염부제에
有國名迦維	가유라는 나라가 있으니
王名是淨飯	왕의 이름은 정반이요
夫人號摩耶	왕비의 이름은 마야라. [36]

周昭癸丑年	주 소왕 계축년
七月十五夜	7월 15일 밤에
夫人感瑞夢	부인이 상서로운 꿈을 꾸시니
人乘象入懷	누군가가 코끼리를 타고 품에 들더라. [37]

(4) 癸未二月八	계미 2월 8일에
獨詣菩提樹	홀로 보리수 밑에서
降魔成正覺	마군을 항복받아 정각을 얻으시고
具無量功德	무량한 공덕이 구족하셨네. [67]

爾時作是念	그 때 생각하셨네
我所得**妙法**	내가 얻은 묘한 법을
當廣應開演	널리널리 일러 주어서
利樂於一切	모두들 이롭고 즐겁게 하리라고. [68]

인용문은 탄생 단락의 도입부와 성불 단락의 전문이다. (3)은 석가가 태어난 나라와 부모를 제시한 뒤, 어머니인 마야부인이 태몽에 관

래의와 비람강생은 '석가의 일생' 단락의 ①·②에, 사문유관·유성출가는 ③, 설산수도는 ④, 그리고 수하항마·녹원전법·쌍림열반은 각각 ⑤·⑥·⑦에 대응된다.

해 서술하고 있다. 이후의 탄생 단락은 '잉태의 상서[38] → 탄생[39] → 탄생 직후의 상서[40-42] → 점상(占相)[43-44]' 등의 삽화가 순차적으로 배열되어 있다. (4)의 경우는, 태자가 보리수 아래에서 성불하였다는 67송과, 자신이 얻은 '묘법(妙法)'을 중생들에게 전법하기로 결정했다는 68송으로 되어 있다. 68송은 그 내용으로 인해 69~123송의 도입부로도 볼 수 있는데, 이렇게 본다면 전법 단락은 석존이 얻은 '묘법'에 관한 노래가 된다고 할 수 있다.

인용하지 않은 출가와 고행 단락은, 각각 다음과 같은 삽화들로 구성되어 있다. 즉 출가 단락은 '사문유관[49] → 출가 결심[50-51] → 부왕의 출가 방해[52-55] → 유성출가[56-58] → 태자의 서원[59]', 고행 단락은 '선인(仙人)들에게 도를 물음[60] → 니련선하에서의 결가부좌[61] → 고행[62-63] → 고행의 포기[64-65] → 목우녀(牧牛女)의 우유죽 공양[66]'이라는 삽화 전개 양상을 보인다.[23]

이상의 내용에서 알 수 있듯, 〈석가여래행적송〉은 탄생부터 성불까지의 사적을 주요 사건 중심으로 시간적 순서에 따라 서술하고 있다. 그리고 이 단락은 서사에서 볼 수 있었던 화자의 해석 내지 의미 부여가 전혀 없다. 작자의 주관적인 견해 없이 불전(佛傳)의 요약에 충실한 서술 태도를 보이고 있는 것이다. 이와 같은 서술 태도는 인용문의 밑줄 친 부분 및 (4)의 내용과 함께 〈석가여래행적송〉의 문학적 성격의 일면을 짐작하게 한다.

"주소계축년(周昭癸丑年) 칠월십오야(七月十五夜)"와 "계미이월팔(癸未二月八)"은 각각 석가가 잉태되고 성불한 연월 및 날짜를 밝힌 것인데, 출가와 열반 단락에도 구체적인 연대가 명시되어 있다.[24] 그리고 (4)의

---

23) '성장과정' 단락은 2장의 각주 16)에 삽화의 이름을 제시했으므로, 여기에서는 생략한다.

67송은 대부분의 불전에서 비중있게 서술된 '수하항마상'을, 마왕의 항
복 과정을 생략한 채 '항마(降魔)'라는 시어로만 표현하고 있다. 이러한
점들은 〈석가여래행적송〉의 관심이 흥미 있는 이야기를 통한 청자(독
자)의 교화보다는, 석가의 생애에 관한 정확한 지식 및 정보의 전달에
있음을 보여주는 것이라 할 수 있다. 지식 및 정보에 대한 〈석가여래행
적송〉의 관심은 전법 단락에서 더욱 두드러진다.

(5) 佛知機已熟　　　부처님은 중생들의 근기가 이미 익어
　　如癰將欲潰　　　마치 곧 터지려는 종기 같으니
　　久默之本懷　　　오랫동안 숨겨왔던 속마음을
　　正當可暢時　　　바로 드날려 펴실 때임을 아셨네. [100]

　　人天及鬼畜　　　하늘 인간 아귀 축생
　　乃至蜎蝡類　　　그리고 벌레들까지도
　　<u>一切有心者</u>　　마음 있는 모든 중생은
　　<u>無一不成佛</u>　　성불하지 못할 이가 없다 하셨네. [103]

　　當知佛知見　　마땅히 알라, 부처의 지견이
　　蘊在衆生心　　　중생의 마음 속에 있어
　　盡令開悟入　　　모두 열고 깨달아 들어가면
　　一大事圓成　　　일대사를 원만히 이룰 것임을. [104]

(6) 更設三種權　　　다시 세 가지 방편을 베풀어
　　以扶一圓實　　　원만하고 참된 일승법을 붙드시니
　　<u>一切有佛性</u>　　모든 중생에게 불성이 있고
　　<u>一切法常住</u>　　모든 법은 항상 머무른다고 하셨네. [121]

---

24) "壬申二月八 半夜人定時"[56:1-2]와 "末後壬申歲 二月十五日"[116:3-4]이 이에 해당
　　한다.

是知涅槃法	이것으로 알라, 열반의 법은
罪福本平等	죄와 복에 본래 평등하여
若欲疾成佛	만약 빨리 성불하려면
應須學此法	마땅히 이 법을 배워야 함을. [123]

전법 단락에서는 대부분의 불전에 빠짐없이 서술되어 있는 외도(外道) 및 석가족의 교화나, 사리불·목련 등 제자의 출가에 관한 삽화를 찾을 수 없다. 대신, 이 단락은 선행 연구에서 지적된 바 있듯이 '5시(時) 8교(敎)'25)에 의해 그 내용이 전개되는 특징을 보인다. 즉 화엄시 [69-76]·녹원시[77-87]·방등시[88-92]·반야시[93-99]·법화시[100-115]·열반시[116-123]에 관한 삽화들로 구성되어 있는 것이다. 그런데, 주석이 아닌 게송에서는 '8교'에 대한 내용이 없고 법화시와 열반시가 구분되어 있어, 엄밀히 말하면 '6시'에 의한 전개 양상을 보인다.

인용문 (5)와 (6)은 각각 법화시와 열반시의 일부를 옮긴 것이다. 전법 단락의 각 삽화들은 대체로 '설법의 계기 → 설법의 내용 → 설법의 결과 → 화자의 논평' 등으로 구성되어 있는데, 그 중에서도 설법 내용의 비중이 크다. (5)는 게송의 순서대로 설법의 계기·내용·화자의 평, (6)은 설법의 내용·화자의 평에 해당한다.

설법의 내용인 103송과 121송은 밑줄 친 부분에서 보듯 그 표현만 다를 뿐, 모든 중생은 다 성불할 수 있다는 '일불승(一佛乘)'26)을 노래

---

25) '5시'는 석가 일생의 교화 과정을 다섯 시기로 구분한 것으로 제1 화엄시(華嚴時), 제2 녹원시(鹿苑時), 제3 방등시(方等時), 제4 반야시(般若時), 제5 법화(法華)·열반시(涅槃時)를 말한다. '8교'는 석가 일대의 설교를 교화 방법에 따라 네 가지로 분류하고, 또 교화 내용인 교법에 따라 넷으로 나눈 것을 합하여 가리키는 말이다. 전자를 화의사교(化儀四敎), 후자를 화법사교(化法四敎)라고 한다. 화의사교는 돈교(頓敎)·점교(漸敎)·비밀교(秘密敎)·부정교(不定敎), 화법사교는 장교(藏敎)·통교(通敎)·별교(別敎)·원교(圓敎)를 뜻한다.

26) 平川彰, 「대승불교에 있어서의 법화경의 위치」, 平川彰 외, 혜학 역, 『법화사상』, 경서

하고 있다. 화자의 논평인 104송과 123송에서도 이 내용이 '일대사(一大事)' '성불(成佛)'의 시어로 반복되고, '당지(當知)' '시지(是知)'라는 표현으로 강조되고 있다. 이 법화시와 열반시는 모두 일불승에 관한 노래인 것이다. 여기에 덧붙여, 전법 단락 전체를 석가가 얻은 '묘법'을 서술한 것으로 볼 수 있다면, '묘법'의 정체 내지 구체적인 내용은 바로 일불승이 된다고 하겠다.

한편, 열반 단락은 지금까지 살펴본 〈석가여래행적송〉의 성격과는 다른 면모를 보이고 있어 주목을 요한다. 열반 단락에서는 이전의 단락에서 강조되었던 지식·정보의 제공이라는 측면보다는 '흥미성' 내지 '신이성'이 아래와 같이 부각되고 있다.

(7) 摩耶下天來　　마야부인께서 하늘에서 내려와
　　唯見金棺泣　　금관만 보며 슬피 우니
　　佛自棺中起　　부처님은 관에서 일어나
　　說偈以慰之　　게송을 설해 위로해 주셨네. [128]

　　迦葉在他國　　가섭이 다른 나라에 있다가
　　晩知急急來　　늦게야 알고 바삐 와서
　　欲見懇三請　　뵙고자 세 번 간청하니
　　乍現雙趺示　　잠깐 두 발을 내보이셨네. [131]

(7)은 열반 직후의 삽화로, 관 속에 있던 석가가 마야부인과 가섭을 위해 게송을 설하고 두 발을 보였다는 내용이다. 이 외에, 129·130송은 석가의 관이 저절로 허공으로 떠올라 성안에 들어갔다는 내용이고, 132송은 석가가 스스로 다비를 행했다는 삽화로 되어 있다.

원, 1991, 27쪽.

이렇듯 열반 단락에서는 신이한 삽화가 큰 비중을 차지하고 있는데, 신이성의 강조는 청자의 흥미를 위한 배려라기보다는 서사(序詞)의 주제의식에 기인한 것이라 여겨진다. 석가가 열반한 뒤에도 살아있음을 보여주고 있는 128~132송은 '법신의 상주(常住)'에 관한 노래로 볼 수 있기 때문이다. 즉 석가가 법신의 현현이라는 서사의 전제로 인해, 법신의 상주에 관한 이들 삽화는 여타의 흥미 있고 신이한 사적과 달리, 〈석가여래행적송〉에 선택된 것이라 할 수 있다.27)

다음으로, '2) 불교의 홍포' 단락은 석가의 열반 이후 불교가 인도와 중국에 널리 알려지고 유포되는 과정을 서술하고 있다. 이 단락은 '가섭의 정법 전지(傳持)[135] → 아난의 법장(法藏) 결집[136] → 나한(羅漢)들의 불법 선양(宣揚)[137] → 불교의 중국 전래[138-140] → 도사(道士)들의 불교 귀의[141-151] → 경전의 전래와 번역[152]' 등의 내용 전개를 보인다. 그리고 화자는 아래와 같이 이 단락을 마무리하고 있다.

(8) 歷代諸帝王　　역대의 모든 제왕과
　　及與臣僚衆　　그리고 신료들이
　　同心大弘闡　　마음을 모아 크게 천양하니
　　國泰亦身安　　나라도 태평하고 일신도 편안하네. [153]

　　其有毀謗者　　만일 헐뜯고 비방한 이는
　　現世便招殃　　현세에 당장 재앙을 받고
　　後苦亦應大　　후세의 고통도 응당 크리니
　　悔之何所及　　그때에 뉘우친들 어찌 미치랴? [154]

---

27) 대부분의 불전(佛傳)에서 중요시되고 있는 전생 삽화가 〈석가여래행적송〉에 없는 이유 또한 이와 같은 맥락에서 설명이 가능하다. 석가의 성불 이유를 밝히고 있는 전생 삽화는, 불전에서 석가 출현의 당위성 내지 필연성의 근거로 강조되어 있다. 그런데 석가가 바로 진리라는 입장에서는 성불의 이유 및 근거를 제시할 필요가 없는 것이다.

위의 (8)은 중국의 역대 제왕 및 신하들의 불법 선양과 불교 훼방에 관한 내용이다. 153송에서 화자는 불교의 성격 내지 효용을 '국태(國泰)'와 '신안(身安)'으로 파악하고 있음을 알 수 있다. 154송은 불교를 헐뜯고 훼방한 사람들이 재앙과 고통을 받을 것이라 경고하고 있는데, 게송의 주석에서 그 구체적인 실례를 보이고 있다.

'삼무일종' 곧 위(魏) 태무제(太武帝)·북주(北周) 무제·당(唐) 무종·후주(後周) 세종 때의 법난 과정 및 내용과, 이들 법난을 주도한 인물들의 비참한 최후 등이 약 7장에 걸쳐 자세히 서술되어 있는 것이다. 이 주석은 작자인 운묵의 역사인식 및 당대 불교계에 대한 위기의식을 보여주는 것이지만, 인용문에서 알 수 있듯이 154송에서는 이러한 점을 찾기 어렵다. 작자의 역사인식 내지 위기의식은 본사의 마지막 단락과 관련이 있어 보인다.

'3) 불법의 소멸' 단락은 불법이 세상에 머무르는 시기에 관한 155~161송과, 말법시대의 상황을 묘사하고 있는 162~174송으로 나눌 수 있다. 전자는 불법의 존속 기간을 정(正)·상(像)·말법(末法)의 3시(時)[155-156]와 해탈·선정·다문(多聞)·탑사(塔寺)·투쟁의 5뇌고(牢固)[157-161]로 제시하고, 불법의 증득(證得)과 관련된 각 시기의 특징을 밝히고 있다.[28]

후자에서는 석가가 열반한 지 2천년 이후인 말법시대의 모습이 서술되어 있다. 162~167송은 말법시대의 사람들에 관한 것으로, 이들은 악한 일을 하여 지옥에 떨어지고[163], 불법을 믿는 마음이 전혀 없으며[164-165], 불법을 버리고 마왕의 가르침을 따른다[166-167]는 내용이다. 그리고 168~174송은 불멸(佛滅) 7천년 이후에 기근겁(饑饉劫)·질병겁

---

[28] 예를 들면, 제160송은 다음과 같다. "넷째는 탑사뇌고니/ 사람들 앞다퉈 탑묘를 세우고/ 곳곳에 도량을 시설하나/ 닦아 증득하는 이는 만에 하나라."(四稱塔寺牢 人爭起佛廟 處處設道場 修證者萬一)

(疾病劫)·도병겁(刀兵劫)의 3재(災)가 일어난다는 도입부에 이어, 각 시기의 특징[169-171]을 서술한 뒤, 이 시기를 거치면서 경전·불상이 사리지고 불법이 없어짐[172-174]을 노래하고 있다.

여기에서, 172~174송으로 본사가 마무리된다는 점을 주목할 필요가 있다. 본사 전체의 주제의식과 관련이 있기 때문이다. 불법의 소멸에 관한 내용이 '불교의 홍포' 단락에 이어 본사의 끝에 배치되어 있다는 사실은, 〈석가여래행적송〉의 본사가 석가의 '불신(佛身)'이 아닌 '불법(佛法)'에 관심이 있음을 보여준다. 또한 지금까지의 논의 내용, 곧 '석가의 일생' 단락이 육신이자 법신의 현현으로 석가를 형상화하고 있으며, '전법'의 비중이 크다는 점까지 고려하면, 본사는 불법의 내용 및 성격에 관한 노래가 된다. 즉, 본사는 석가의 본질이 법신에 있다는 서사의 전제에 이어, 법신의 핵심을 누구나 성불할 수 있다는 '일불승'으로, 그 성격을 '국태'·'신안'의 효용성과 존속 기간의 한정성으로 제시하고 있는 것이다.

한편, 〈석가여래행적송〉이 그 제명에도 맞지 않는 불교의 소멸에 관한 내용을 포함하고 있는 점은, 당대의 불교계에 대한 작자의 강한 위기의식을 반영하는 것으로 볼 수 있다. 그리고 이러한 위기의식으로 인해 결사는 청자에 대한 권계로 되어 있는 것이라 하겠다. 이 '위기의식'의 정체는 권계의 구체적인 내용이 밝혀진 뒤, 4장의 논의를 통해 드러날 것이다.

3) 결사 : 성불의 방법

〈석가여래행적송〉의 결사는 청자(독자)에 대한 권계의 내용으로, 도입부[175-177], 불도 수행의 방법과 회향[178-194], 사문의 도리[195-208],

작품에 대한 화자의 당부[209-210] 등으로 구성되어 있다. 먼저, 175송은 지금의 중생들이 불법을 듣고도 신심을 내지 않는다는 화자의 탄식으로 시작하고 있다. 이러한 탄식에 이어 176·177송은, 청자들이 '인신(人身)'·'남자'·'출가'·'문법(聞法)'의 사난(四難)을 얻은 것은 결코 작은 인연이 아니라는 언급으로 되어 있다. 이 언급은 앞으로 서술되는 권계 내용의 실천을 위한 동기 부여라고 할 수 있다.

한편, 이 도입부를 통해 권계의 대상 내지 〈석가여래행적송〉의 청자를 짐작할 수 있는데, 4난 중의 '남자'와 '출가'는 일차적인 청자가 비구라는 점을 보여준다. 그리고 178송의 제1구에서는 "권제신학배(勸諸新學輩)"라고 하여, 비구 중에서도 출가한 지 오래되지 않은 이들로 한정하고 있다.[29] 화자가 〈석가여래행적송〉의 서사와 본사에서 불교 지식 및 정보의 전달에 중점을 두었던 이유는 바로 이러한 청자의 성격에 기인한 것이라 할 수 있다.

(9) 或奉養師親	스승과 어버이를 받들어 섬기기
或行世仁義	세속의 인의를 행하기
或敬老慈幼	노인을 공경하고 어린이 사랑하기
或悲諸有情	끝없는 중생세계 가엾게 여기기 [185]
或隨喜他善	남의 선한 일을 따라서 기뻐하기
或謙心軟語	겸손한 마음으로 부드럽게 말하기 중에서
隨宜但行一	힘에 따라 한 가지만 행하여도
亦當成佛道	반드시 불도를 이루리라. [186]

---

29) 〈석가여래행적송〉의 주요 청자(독자)가 '신학배(新學輩)'라는 점은 운묵의 「병서」의 "신학사미지배(新學沙彌之輩)"와 "신진지초행(新進之初行)"이라는 언급을 통해서도 확인할 수 있다. 『한국불교전서』 6, 485쪽 참고.

(10) 向說諸善因　　　이제껏 말한 모든 착한 인연은
　　　俱通大小乘　　　대승과 소승에 두루 통한 법이나
　　　凡夫根性異　　　범부의 근성에 차이가 있으므로
　　　迴向亦不一　　　회향 또한 하나가 아니네. [189]

　　　或望人天樂　　　혹은 인천의 쾌락을 희망하고
　　　或求四聖果　　　혹은 네 가지 성과를 구하니
　　　雖是善果報　　　비록 선한 수행의 과위이기는 하나
　　　成佛大遲緩　　　성불하기에는 너무나 더딘 길이요 [190]

　　　中間无量劫　　　중간의 한량없는 겁 동안
　　　徒勞虛受苦　　　헛된 수고로 헛된 고통 받으니
　　　若欲速離苦　　　만일 속히 고통을 여의려면
　　　應迴向大乘　　　마땅히 대승에 회향해야 하리. [191]

　　인용문은 '불도 수행의 방법과 회향' 단락의 일부이다. 이 단락은 불도 수행의 자세[178–179]·방법[180–186]·회향[187–194] 등의 내용으로 되어 있는데, (9)는 '방법', (10)은 '회향'에 해당한다. 화자는 불도 수행의 자세를 "응생흔경심(應生忻慶心) 우염무상신(又念無常身)"으로 제시한 뒤, 180~186송 1·2구에서 지계·보시·인욕·겸심(謙心)·연어(軟語) 등의 구체적인 방법을 열거하고 있다.30) 그리고 (9)의 밑줄 친 부분에서 보듯, 이들 수행 방법 중 한 가지만 실행해도 불도(佛道)를 이룰 것이라는 언급으로 마무리하고 있다. 즉 이 180~186송은 성불의 방법을 제시한

---

30) 인용문 (9)를 제외한 180~184송에 서술된 수행 방법은 다음과 같다. 5계·8계·10중계 (重戒) 등의 지계(持戒)[180–181], 보시·인욕·정진·선정·지혜·독송경론(讀誦經論)· 예념보살(禮念菩薩)[182], 수영불묘(修營佛廟)·조건승방(造建僧坊)·소화성형(塑畫聖 形)·수고경상(修古經像)[183], 가영삼보(歌詠三寶)·소탑(掃塔)·헌화(獻花)·소향(燒 香)·연등(燃燈)·작악공양(作樂供養)[184].

것이라 할 수 있다.

　이러한 관점과 방법의 구체적인 항목은 운묵이 해당 주석에서 밝히고 있듯이31) 『법화경』 방편품 제2의 게송에 근거한 것이다. 그런데 인용문 (9)의 '인의(仁義)'·'경로(敬老)'·'연어(軟語)' 등은 『법화경』에 없는 내용으로, 세속 내지 일상생활에서 지켜야 할 생활규범의 성격을 갖는다.32) 출가자를 대상으로 하면서도 세속의 생활규범을 성불의 방법으로까지 제시하고 있는 점은, 사회인으로서의 윤리의식을 강조한 것이라 할 수 있다. 그리고 이를 통해 당시의 승가(僧家) 내지 불교계의 분위기를 짐작할 수 있다고 하겠다.

　인용문 (10)은 '제선인(諸善因)' 즉 180~186송의 수행으로 얻은 공덕의 회향에 관한 내용이다. 화자는 사람의 근기에 따라 회향하는 대상 및 방법이 다르다고 전제한 뒤, 청자들이 인간세상·하늘의 쾌락이나 수다원(須陀洹)·아라한 등의 4과가 아닌, 대승으로 회향해야 함을 권하고 있다. 191송의 '대승(大乘)'은 중생제도의 측면이 강화된 '일불승'을 가리킨다. 그리고 인용하지 않은 192~194송에서는 회향의 구체적인 대상을 중생·보리·실제의 세 곳으로 제시하고 있다. 이렇듯 인용문 (10)에서 '대승'을 강조하고 있는 것은, 앞에서 제시한 수행이 성불의 방법임을 확인하는 동시에, 불도 수행 내지 출가의 목적이 성불에 있음을 밝힌 것이라 할 수 있다.

　이러한 대승의 강조는 다음의 '사문의 도리' 단락에서도 아래와 같이 나타난다.

---

31) 『한국불교진시』 6, 519쪽.
32) 185~186송의 이러한 성격으로 인해 이종석, 앞의 논문, 79~80쪽에서는 "분명히 승려 아닌 다른 일반 신자를 대상으로 말하고 있는 것으로 보인다."라고 하였다. 그리고 그 이유를, 지눌의 수선사가 유학자를 끌어들여 발전한 것처럼, 일반인들을 끌어들이기 위한 것으로 보았다.

(11) <u>雖未完戒品</u>　　비록 계품을 완성치 못하고
　　 <u>亦未修諸善</u>　　모든 선법을 닦지도 못했으나
　　 但結<u>大乘</u>緣　　다만 대승의 연을 맺기만 하면
　　 功倍餘衆善　　공이 다른 뭇 선행보다 수승하네. [195]

　　 是名眞佛子　　이런 이가 참 불자로
　　 能報諸佛恩　　모든 부처님의 은혜를 갚으니
　　 欲入如來室　　여래의 방에 들고자 한다면
　　 斯門其舍諸　　이 문을 버리고서야 되겠는가. [199]

　　 常樂住蘭若　　아란야에 머무르기를 항상 좋아하라
　　 不然隨衆居　　그렇지 않으면 대중을 따라 살라
　　 群居須愼口　　여럿이 살 때는 모름지기 입을 삼가고
　　 獨處要防心　　혼자 있을 때는 반드시 잡념을 막으라. [200]

　　 如是若干事　　이러한 몇 가지 일은
　　 沙門急先務　　사문이 서둘러 먼저 해야 할 일이니
　　 苟不能如是　　만일 이렇게 하지 못하면
　　 豈得名浮圖　　어찌 불제자라 하리요. [207]

'사문의 도리' 단락은 대승에 인연을 맺는 공덕이 크다는 언급으로 시작하여, 대승에 믿음을 내면 자비·지혜·서원이 갖춰지고 성문·연각의 이승(二乘)을 넘게 된다는 대승의 공덕[196-198]을 서술하고 있다. 그런데 위 (11)의 밑줄 친 부분은 이 단락의 내용 및 성격을 암시하고 있어 주목된다. '계품(戒品)'·'제선(諸善)'의 시어는 각각 앞에서 살펴보았던 180~181송과 182~186송의 수행 방법을 가리키기 때문이다. 그렇다면 195송의 1·2구는 이하의 내용이 180~186송에서 제시한 '성불의 방법'을 실천하지 못한 경우나 그러한 청자들이 그 대상임을 밝힌 것이 된다.

그러므로 화자는 다시 대승이 '여래의 방'에 들어가는 문이라고 전제한 뒤, 청자들이 지켜야 할 사항을 200~206송에 제시하고 있다. 제시된 내용은 거처[200], 교제·의복·식기(食器)[201], 독서·금욕[202], 침식[203], 행(行)·주(住)·좌(坐)·와(臥)[204], 구업(口業)·시주[205], 재물·권속[206] 등에 관한 것이다. 인용문 (11)의 207송은 이러한 사항들이 사문의 '급선무'이자 불자의 도리임을 강조하고 있으며, 이에 대한 208송의 비유로 이 단락을 마무리하고 있다. 필자가 편의상 '사문의 도리'라는 이름을 붙였지만, 이 단락 역시 성불의 방법을 서술하고 있음을 알 수 있다. 결국, 결사는 '대승'과 '대승연(大乘緣)'의 시어를 통해 불도 수행의 목적이 성불에 있음을 강조하고, 청자의 근기에 따른 방법을 제시하여 이의 실천을 권계하고 있는 것이다.

이상, 〈석가여래행적송〉 전체를 서사·본사·결사의 세 단락으로 나누고, 각 단락의 내용 및 의미에 대해 살펴보았다. 지금까지의 논의를 통해, 〈석가여래행적송〉은 그 제명처럼 석가와 그 행적만이 아닌, 석가를 중심으로 한 불·법·승 삼보에 관한 노래임을 알 수 있다. 그리하여 이 작품의 구조는 '불의 본질 → (불)법의 내용과 성격 → (승려를 위한) 성불의 방법 및 실천'으로 파악되고, 그 주제의식은 '성불과 그 실천의 강조'가 된다. 즉, 〈석가여래행적송〉은 석가 내지 불법의 본질이 성불에 있음을 밝히고 이의 실천을 강조하고 있는 것이다. 이러한 주제의식은 창작 당시의 시대적 배경과 밀접한 관련이 있다. 이에 대해서는 장을 달리하여 다룰 것이다.

4. 시대적 배경과 문학적 성격

운묵이 〈석가여래행적송〉을 지은 동기 내지 목적은 「석가여래행적송 병서」를 통해 알 수 있다.

(12) 슬프다. 우리들 중생은 어떤 업연으로 어느 곳을 노닐었기에 일찍이 부처님이 법음 베풀어 가르침을 몸소 듣지 못했고, 또 정법의 때를 만나지 못한 채 말세의 어려움 가운데 태어났으며, 또한 타고난 성품마저 고집스럽고 어리석음이 심한가. 다행히 자비로운 교화를 받아 외람되이 석문(釋門)에 참여하니, <u>모습은 도인 같으나 행함은 온전히 계율에 어긋난다. 비록 경론을 읽고 외우나 그 근본 종지는 알지 못하고, 혹 주해서를 깊이 찾아 탐구해도 오직 이양(利養)만을 바라므로 생각하여 닦는 지혜는 있지 않으니,</u> 어찌 증득하는 공을 기약할 수 있겠는가. 만일 증득하는 공을 생각한다면 부끄러움 없는 짓일 것이다. …(중략)… <u>부처님의 제자가 되어서 만일 본사의 이름, 태어나시고 열반에 드신 해와 달, 수명의 길고 짧음, 설하신 여러 가르침의 권교와 실교, 현교와 밀교 등을 알지 못한다면,</u> 이는 곧 승려의 허울을 뒤집어 쓴 속인이라고 할 것이니, 불순함이 이보다 더한 자가 누가 있겠는가. 효순하지 못한 허물이 무간지옥의 끊임없는 고통을 면치 못할 것임을 반드시 알아야 할 것이다.[33]

운묵의 「병서」는 ㉠법성(法性)·진여(眞如)의 본질 및 석가의 공덕, ㉡불자의 도리, ㉢작품의 구성과 내용, ㉣독자에 대한 당부 등으로 구

---

33) "嗚呼. 我等衆生, 以底業緣遊何方所, 早不親聞梵音之說, 又未得遭正法之時, 俄受生於季末之艱, 亦賦性也頑嚚之甚. 然而幸承慈化, 濫預釋門, 貌可類於道流, 行全乖於戒品. 雖讀誦於經論, 不解根宗, 或尋討於記章, 但希利養, 是以未有思修之慧, 安期證得之功. 若是念之, 可無恥也. …(中略)… 其爲釋子, 若未了本師之氏字, 誕滅年月, 壽命遠近, 所說諸敎, 權實顯密, 則此稱僧貌之俗欺, 不順孰過于玆. 當知不孝不順之愆, 未免無間無斷之苦." 『한국불교전서』 6, 485쪽.

성되어 있다. ㄹ에서 운묵은 새로 배우는 이들의 첫 걸음을 돕기 위해 〈석가여래행적송〉을 지은 것임을 밝히고 있다.[34] 그리고 이러한 창작 동기의 배경은 위의 인용문에 잘 드러나 있다.

(12)는 ㄴ을 옮긴 것으로, 승가의 폐풍(弊風)에 대해 비판한 뒤 불자로서의 도리에 힘쓸 것을 역설하고 있다. 여기에서 그는 당대 승가의 문제점을 두 가지로 지적하고 있는데, 불교의 근본 종지 및 불교지식에 대한 무지와, 승려로서의 계행(戒行) 결여가 그것이다. 그 원인에 대해서는 승려들의 이양심(利養心), 곧 '이타(利他)'없이 '자리(自利)'만을 바라는 마음 때문으로 보고 있다. 이 같은 문제의식은 아래의 인용문에서 보다 구체화되어 나타난다.

> (13) 혹 어떤 비구는 세속의 문자도 알지 못하거니 하물며 불경의 뜻을 알겠는가. 숙세의 복이 없으니 현재 생활은 모자라고 짧아 삶이 가난하고 어려워 입을거리와 먹을거리를 걱정한다. 그래서 불사를 빙자하여 삼삼오오 떼를 지어 마을마다 집집마다 돌아다니며 구구하게 구걸을 하면서 많이 취할 것만 생각한다. …(중략)… 혹 어떤 비구는 약간의 문자는 기억하나 겨우 한 두 경전을 알고서 글을 따라 독송하되 그 이치는 감감하고, 또한 석존의 한 평생의 시작과 끝을 전혀 보거나 듣지 못하고도 자칭 법사라 하여 부정(不淨)하게 설법하여 대중들을 속이고, 분에 넘치게 신도의 보시를 받고도 조금의 부끄러움이 없다. …(중략)… 혹 어떤 비구는 부처님의 금법을 어기고 이자 늘리는 일을 경영하면서 많은 재산을 소유한 뒤에, 왕공이나 대신의 세도에 빌붙어서 자신의 부강함을 과시하고, 가난하고 약한 이를 능멸하거나 음행과 술먹기를 좋아한다. …(중략)… 아! 이들이 어찌 괴로운 과보를 몰랐다 하겠는가. 이양심(利養心)이 강한 까닭에 마음대로 했을 뿐이다.[35]

---

34) ㄹ의 전문을 옮기면 다음과 같다. "然而援引稍繁, 言辭未婉, 縱知衆嚄之歸已, **庶資新進之初行**, 冀諸達士, 毋以爲誚." 『한국불교전서』 6, 485쪽.

위의 (13)은 209·210송의 주석 일부를 옮긴 것이다. 이 주석은 게송과 직접적인 관련이 없는 내용으로, 작자의 후서(後序) 또는 발문의 성격을 띠고 있다. 인용한 대목은 승가의 폐풍을 다섯 가지 유형으로 정리·제시한 것인데, (12)에서 제시했던 '교리의 무지'와 '계행의 결여'에 대한 구체적인 예에 해당한다. 여기서도 승려들의 이양심이 그 원인으로 지적되고 있다. 인용하지 않은 세 번째·네 번째 유형은, 겉으로는 선사(禪師)의 모습이나 안으로는 참선공부를 하지 않고 대승경전을 비방하는 비구와, 서로 자기 종파의 가르침만 옳다고 헐뜯는 비구들이다. 이들 역시 「병서」에서 언급한 '근본 종지'를 모르는 승려들의 실례라고 할 수 있다.

이 (13)에 이어 운묵은 이러한 다섯 가지 유형의 비구들로 인해 "시골에서는 농부의 비방을 면하기 어렵고, 도시에서는 선비들의 비방을 많이 받게 되니, 이 까닭에 정법을 위태롭게 하는 모습은 차마 눈뜨고 볼 수 없다."36)라고 하여, 당시 승가의 폐풍이 심각한 수준이었음을 전하고 있다. 더 나아가, 위 태무제의 법난은 그 때의 승려들이 계율을 파괴하고 방자한 행동을 했기 때문이라고 하면서, "지금의 형세를 살펴건대 흡사 그 때와 같으니, 위태롭고 위태롭구나."37)라는 위기의식

---

35) "或有比丘, 世俗文書, 尙不能知, 況云解佛經義乎. 無宿福故, 今則乏短, 資生艱難, 慮其養身口之費. 假憑佛事, 雙雙伍伍, 遠村隨戶, 區區乞丐, 但懷多取. …(中略)… 或有比丘, 粗記文字, 但得一經二經, 隨文讀誦, 昧其義趣. 又不聞見釋尊一代起盡之事, 自謂法師, 不淨說法訊惑衆人, 濫受信施, 無有慙愧. …(中略)… 或有比丘, 違佛禁法, 經紀息利, 多有財産或, 附王公大臣之勢, 自恃富强, 他貧弱, 貪婬嗜酒. …(中略)… 嗚呼. 是等豈曰, 不知善惡業報. 利養心强, 故任爲之."『한국불교전서』 6, 539쪽.

36) "以處山野而未, 免農樵之誚, 遊城隍而多爲卿士之譏, 由是之故, 令法危之, 不可忍脫也."『한국불교전서』 6, 539쪽.

37) "昔者魏帝破滅大法者, 盖以其時沙門違佛戒律, 多行放逸故也. 此則自召其殃然後, 王乃加之耳, 可不鑑焉. 觀今之勢, 幾乎彼世, 危哉危哉."『한국불교전서』 제6책, 593쪽 중.

까지 보여주고 있다.

이상의 내용을 통해, 운묵은 승가의 폐풍, 곧 근본 종지·교리의 무지와 지계(持戒)의 불이행을 심각하게 인식하고 있었으며, 이의 교정을 위해 〈석가여래행적송〉을 지은 것임을 알 수 있다. 그러므로, 〈석가여래행적송〉의 '성불과 그 실천의 강조'라는 주제는 당대 불교계의 폐풍에 대한 운묵의 문제의식과, 폐풍으로 인해 불법이 없어질 수 있다는 위기의식에 기인한 것이라 하겠다. 그렇다면 보다 구체적으로 당대의 불교계 상황을 알아볼 필요가 있다. 운묵은 폐풍의 원인으로 승려들의 '이양심'만을 언급하고 있고, 석가일대기를 통해 폐풍의 시정 내지 교정을 시도한 이유에 대해서도 밝히고 있지 않기 때문이다.

운묵의 생몰연대는 알 수 없지만 〈석가여래행적송〉의 창작연대를 고려하면, 그의 활동시기가 원(元) 간섭기(1270~1356)에 해당함을 알 수 있다. 이 시기의 불교계는 선종의 가지산문(迦智山門)·천태종의 묘련사(妙蓮寺) 계통·법상종(法相宗)이 주도세력으로 등장했으며,[38] 특히 〈석가여래행적송〉의 간행연대인 14세기 전반에는 묘련사 중심의 천태종이 불교계의 중추세력으로 자리잡고 있었다.[39] 그리고 사상적·신앙

---

38) 묘련사는 1284년(충렬왕10) 충렬왕의 발원으로 개경에 창건된 사찰이다. 창건 초기에는 백련사의 승려들이 주지를 맡는 등 큰 차이가 없었으나, 그 이후 왕실 및 부원세력의 후원 등으로 인해 귀족적·보수적 성향을 띠게 되었다. 같은 천태종이면서도 백련사의 사상적 경향을 계승한 운묵과는 그 성격이 다른 것이다. 고익진, 「백련사의 사상전통과 천책의 저술 문제」, 『불교학보』 16, 동국대 불교문화연구소, 1979, 143~152쪽 참고.

39) 윤기엽, 「원간섭기 천태종사원의 흥성과 불교계 동향」, 『한국불교학』 37, 한국불교학회, 2004, 217~218쪽 참고. 한편, 이병석, 앞의 논문, 192쪽에서는 〈석가여래행적송〉이 "우세 종파 교체기에 있어서 (조계종에 비해) 불리한 입지에 놓인 천태종 승려 운묵이 상황을 반전시키려고 창작한 작품"이라고 하였다. 이런 이유로 그는 머리말의 연구사 검토에서 보았듯이 이 작품의 창작 의도를 '천태종의 정통성 확보'로 파악한 것이라 할 수 있다.

적으로는 신이한 영험을 강조하고 현세에서의 이익을 추구하는 현세기복적·타력신앙적인 경향이 우세하였다.[40) 이로 인해 어느 시기보다도 기복을 위한 많은 불사가 행해졌다.[41)

현세이익적 기복신앙의 예로, 묘련사를 창건하고 천태종을 지원한 충렬왕의 법화신앙과, 묘련사 계통에서 편찬·간행한『법화영험전』[42)을 들 수 있다. 곧 충렬왕은『법화경』의 독송을 통해 자신의 수명을 연장하고자 했으며, 왕비의 병을 고치기 위해 법화도량을 열고 있다.[43)『법화영험전』의 경우도, 수록된 107편의 이야기가 모두『법화경』의 독송·서사(書寫)·청문(聽聞) 등으로 인해 연명(延命)·멸죄(滅罪)·치병(治病)·피위(避危)의 영험을 얻었다는 내용으로 되어 있다.[44) 충렬왕과『법화영험전』모두 천태종의 소의경전인『법화경』을 존숭하면서도『법화경』의 핵심인 '일불승'에 대해서는 어떠한 관심도 없는 것이다.

여기에서, 운묵이 지적했던 승가 폐풍의 근본적인 원인이 당대 불교계의 현세기복적인 경향에 있었음을 엿볼 수 있다. 기복신앙에 대한 경도는 석가의 가르침 곧 불법의 내용과는 상관없이 신격화된 석가의 신통력에만 의지하므로, 석가의 생애와 교리에 대한 무지를 초래할 가능성이 크기 때문이다. 또한 기복신앙으로 인한 불사의 성행은 승려들에게 재정적 이익을 주는 관계로 '이양심'의 원인이 될 수도 있다. 이에

---

40) 채상식,『고려후기불교사연구』, 일조각, 1991, 215쪽.

41) 이봉춘,「고려후기 불교계와 배불논의의 전말」,『불교학보』27, 동국대 불교문화연구원, 1990, 209~211쪽 참고.

42)『법화영험전』에 대한 보다 구체적인 사항은 오형근,「요원 찬 법화영험전의 사적 의의」,『한국천태사상연구』, 동국대 출판부, 1983을 볼 것.

43) 변동명,「고려 충렬왕의 묘련사 창건과 법화신앙」,『한국사연구』104, 한국사연구회, 1999, 108~109쪽.

44) 오지연,「법화영험전의 신앙 유형 고찰」,『천태학연구』11, 원각불교사상연구원, 2008, 391~397쪽 참고.

덧붙여, 운묵과 같은 종파에 속하는 묘련사 계통이 『법화경』의 근본 종지를 망각한 채 연명·치병 등의 현세 이익만을 강조하고 있는 점은 〈석가여래행적송〉 창작의 한 동인(動因)이 되었을 것이다.

이러한 점들로 인해, 〈석가여래행적송〉은 석가를 법신의 현현으로 형상화하고, 그 법신의 핵심이 성불에 있음을 강조한 것이라 할 수 있다. 또한 신이한 삽화를 되도록 배제하고, 석가 내지 불교에 관한 지식의 전달에 충실한 서술태도를 보인 것도 같은 맥락에서 이해할 수 있다. 결국, 〈석가여래행적송〉은 당대 불교계 내부의 폐단에 대한 문학적 대응으로, 승가의 질적 하락 및 도덕적 타락에 대해 자각과 혁신을 촉구한 것이라 하겠다.

5. 맺음말

본고는 〈석가여래행적송〉의 내용구조에 대한 분석을 통해 작품의 주제의식과 시대적 의미에 대해 살펴보았다. 또한 예비적 고찰로, 현전 판본의 내용 및 성격을 검토하였다. 지금까지의 논의 내용을 요약하면 다음과 같다.

먼저, 현재 전하는 〈석가여래행적송〉의 판본과 그 서지사항을 도표로 제시한 뒤, 판본들의 구성과 내용에 대해 살펴보았다. 현재 전하고 있는 8종의 판본들은 16~18세기의 각 시기에 판각·간행된 것이다. 이 점은 조선·중후기 불교계에서 차지하는 〈석가여래행적송〉의 위상을 보여주는 것이라 할 수 있다. 현전의 판본은 내용 및 성격에 따라 크게 신흥사본과 만수암본의 두 계열로 나누어진다. 만수암본은 신흥사본의 게송 28구가 생략되고 7곳의 주석만 남아있는 촬요본의 성격을 띠고 있다. 본고는 간행시기가 가장 앞서고 판본의 상태가 양호한 신흥사본을 텍스트로 확정하였다.

다음으로, 〈석가여래행적송〉을 서사·본사·결사의 3단 구조로 파악하고, 각 단락의 내용 및 의미에 대해 고찰하였다. 서사는 교화 영역·출세 시기·출세 공간의 측면에서 석가의 본질이 법신(진리)의 현현이라는 점을 노래하고 있다. 본사는 서사의 전제에 이어 법신의 내용과 성격을 다루고 있는데, 법신 곧 불법의 핵심을 '성불'로, 그 성격을 존속 기간의 한정성으로 제시하고 있다. 결사의 경우는 갓 출가한 승려들을 대상으로 하여 출가의 목적이 성불에 있음을 밝히고, 청자의 근기에 따른 방법을 제시하여 이의 실천을 강조하였다. 이상의 내용을 통해, 〈석가여래행적송〉의 내용구조는 '부처의 본질 → 불법의 내용과 성격 → 성불의 방법 및 실천'으로 파악되고, 그 주제의식은 '성불과 그 실천의 강조'가 됨을 알 수 있다.

끝으로, 시대적 배경을 고려하여 〈석가여래행적송〉의 창작 의도 내지 주제의식의 지향에 대해 살펴보았다. 작자인 운묵은 당시 승려들의 근본 종지·교리에 대한 무지와 지계의 불이행을 심각하게 인식하고 있었으며, 〈석가여래행적송〉의 주제의식은 이러한 문제의식을 반영한 것이라 할 수 있다. 그리고 당대 불교계의 현세기복적 경향을 염두에 두면, 이 작품은 당대 불교계 내부의 폐단에 대한 문학적 대응의 성격을 갖는다. 곧 현세이익적 기복신앙의 풍조로 인한 승가의 질적 하락 및 도덕적 타락에 대해 자각과 혁신을 촉구하고 있는 것이다.

'숭유배불(崇儒排佛)'의 시대와 〈월인천강지곡〉의 시적 지향

1. 문제 제기

〈월인천강지곡(月印千江之曲)〉은 문학사에서 차지하는 비중에 비해 그 논의가 활발하지 못한 형편이다. 이러한 상황에서 구체적인 작품 분석을 통해 〈월인천강지곡〉의 문학적 성격을 구명(究明)하고 있는 근래의 연구들은 주목할만하다.[1] 그러나 이들 연구는 나름대로의 의의와 성과를 보여주고 있음에도 불구하고 다음과 같은 몇 가지 문제점을 지적할 수 있다.

첫째, 〈월인천강지곡〉의 텍스트 범위에 있어 이견을 보이고 있으며, 텍스트의 현황에 대한 파악이 이루어지지 않았다. 〈월인천강지곡〉은 세종 당대에 간행된 단행본과, 1459년(세조5) 간행된 『월인석보』에 『석보상절』과 합편되어 전하는 〈월인천강지곡〉 모두를 가리킨다. 그

---

1) 전재강, 「월인천강지곡의 서사적 구조와 주제 형성의 다층성」, 『안동어문학』 4, 안동어문학회, 1999; 이종석, 「월인천강지곡과 선행불교서사시의 비교연구」, 서울대학교 석사학위논문, 2001; 조흥욱, 「월인천강지곡의 내용 특징 연구」, 『어문학논총』 23, 국민대 어문학연구소, 2004; 신명숙, 「여말선초 서사시 연구」, 단국대학교 박사학위논문, 2004, 115~156쪽; 조규익, 「월인천강지곡의 서사적 성격」, 『조선조 악장의 문예미학』, 민속원, 2005; 김승우, 「월인천강지곡의 주제와 형상화 방식」, 고려대학교 석사학위논문, 2005.

러므로 〈월인천강지곡〉의 텍스트는 단행본과 『월인석보』 수록 노래 모두가 포함된다고 할 수 있다. 그러나 몇몇 연구는 〈월인천강지곡〉의 텍스트를 단행본 『월인천강지곡(상)』만으로 한정하고 있다.2) 〈월인천강지곡〉 전체를 연구 대상으로 한 논의의 경우는, 구체적인 검토 없이 『월인석보』 소재 노래들을 텍스트에 포함시킨 것으로, 현전 『월인석보』 에 수록된 〈월인천강지곡〉의 곡차(曲次) 및 곡수 등에 대해 어떠한 언급도 하지 않고 있다.3)

둘째, 작품의 내용구조에 대한 체계적인 정리가 미흡하다는 점이다. 대부분의 선행연구들은 불전(佛傳)의 팔상(八相)구조나 영웅서사시의 일반적인 서사단락에 의거하여 〈월인천강지곡〉의 내용구조를 파악하고 있다. 그 중에서도 조흥욱의 논의는 팔상구조와 영웅서사시의 서사단락을 혼용하고 있다. 곧 그는 『월인천강지곡(상)』에 수록된 其194 까지의 노래들을 ①전생사적(其3-9) ②조상사적(其10-11) ③잉태와 탄생(其12-32) ④태자시절(其33-42) ⑤출가와 고행(其43-62) ⑥성도(其63-85) ⑦설법과 교화(其86-194)의 서사단락으로 구분한 뒤, 이 7개의 단락을 각각 ②고귀한 혈통 ③비정상적 출생 ④탁월한 능력 ⑤기아와 죽음 ⑥죽음의 극복 ⑦자라서의 위기·투쟁에서의 승리라는 영웅서사시의 서사단락에 대응시키고 있는 것이다.4)

그러나 이러한 서사단락의 설정은 〈월인천강지곡〉의 문학적 성격

---

2) 조흥욱·신명숙·조규익은 내용의 연속성을 확보할 수 없다는 이유로 『월인석보』 소재 〈월인천강지곡〉을 텍스트에서 제외하였다. 이들 논의의 문제점에 대해서는 김승우, 앞의 논문, 5~8쪽에서 지적된 바 있다.
3) 전재강과 이종석의 논의가 이에 해당한다.
4) 조흥욱, 앞의 논문, 58~59쪽. 그 결과 조흥욱은 "〈월인천강지곡〉에서 그려지는 영웅으로서의 석가의 모습은 〈용비어천가〉에서 그리고자 했던 유교적 영웅의 모습이 강조된 형태로 형상화된 것"(70쪽)이라고 하였다.

을 해명하는데 한계가 있다. 텍스트의 범위를 其194까지가 아닌 현전
하는 노래 전체로 확장할 경우, 전체 〈월인천강지곡〉의 3/4에 해당하
는 노래들이 모두 석가의 설법·교화행을 가리키는 팔상의 '녹원전법'
이나, 영웅서사시의 '자라서의 위기' '투쟁에서의 승리' 단락에 포함되
기 때문이다. 〈월인천강지곡〉을 제대로 읽기 위해서는 보다 세분화된
단락 설정과 이를 통한 체계적인 구조 파악이 선행되어야 한다.

셋째, 위의 문제점과 관련되는 것으로, 〈월인천강지곡〉 일부분의 내
용적 특징으로 주제의식 내지는 시적 지향을 설명하고 있다. 텍스트의
구조에 대한 분석 없이, 작품 일부에 드러나는 내용적 특징을 통해 〈월
인천강지곡〉의 시적 지향을 세종과 왕실의 정서적 안정으로 파악한 이
종석의 논의[5]와, 〈월인천강지곡〉의 주제의식을 '가족간의 유대와 온
정에 대한 강조'로 보고 있는 김승우의 논의[6]가 여기에 해당한다.

〈월인천강지곡〉의 문학적 성격을 규명하기 위해서는 무엇보다도 위의
문제들에 대한 논의가 필요하다고 여겨지는데, 이 글은 〈월인천강지곡〉
의 주제의식 및 시적 지향의 문제에 대해 살펴보는 것을 목적으로 한다.

이를 위해, 2장에서는 서사와 결사의 내용 및 형식에 대한 고찰을
통해 〈월인천강지곡〉의 형식구조가 갖는 의미를 밝힌다. 3장은 〈월인
천강지곡〉의 내용구조를 파악하기 위한 예비 단계로, 삽화의 전개 양
상과 그 원리에 대해 살펴볼 것이다. 4장은 서사단락을 설정하여 내용
구조를 파악한 뒤, 서사구조를 통해 드러나는 작품 전체의 주제의식이
무엇인지 논의하고자 한다. 5장에서는 이상의 논의 결과와, 제작 당시
의 시대적 배경을 고려하여 〈월인천강지곡〉의 시적 지향에 대해 살펴
보도록 하겠다.

---

5) 이종석, 앞의 논문, 178~180쪽.
6) 김승우, 앞의 논문, 38~118쪽.

2. 형식구조와 '월인천강(月印千江)'의 의미

〈월인천강지곡〉의 서사와 결사를 그 곡차의 순서대로 제시하면 아래와 같다.

> 巍巍 釋迦佛 無量無邊 功德을 劫劫에 어느 다 슬᠎ᄫᅳ리 〈其1〉

> 世尊ㅅ 일 슬보리니 萬里外ㅅ 일이시나 눈에 보논가 너기᠎ᅀᆞᄫᅩ쇼셔
> 世尊ㅅ 말 슬보리니 千載上ㅅ 말이시나 귀예 듣는가 너기᠎ᅀᆞᄫᅩ쇼셔
> 〈其2〉

> 色身을 슯건댄 王宮에 ᄂᆞ리샤 跋提河이 滅度ᄒᆞ시나
> 法身을 슯건댄 어드러 오시니잇가 어드러로 가시니잇가 〈其582〉

> 가시다 호리잇가 눈알피 ᄀᆞ득거시ᄂᆞᆯ 顚倒衆生이 몯 보᠎ᅀᆞᄫᅥ니[7] 〈其583〉

먼저, 서사의 其1은 말로 표현할 수 없을 만큼 석가의 공덕이 무량하고 무변하다는 내용이고, 其2는 무량무변한 공덕을 석가의 일과 말씀을 중심으로 서술할 것이니, 청자(독자)는 눈에 보는 것처럼, 귀에 들리는 것처럼 여기라는 화자의 당부이다. 其1은 석가의 공덕에 대한 화자의 단순한 찬탄[8]이 아니라, 찬탄을 통해 〈월인천강지곡〉의 주제가 석가의 무량무변한 공덕임을 제시한 것이며, 其2는 其1에서 제시한 주제를 석가의 일과 말 중심으로 서술할 것임을 알리고, 아울러 〈월인천강지곡〉에 대한 청자(독자)의 태도까지 제시한 것이라 할 수 있다. 그러

---

7) 其582와 其583은 이호권, 「〈월인천강지곡〉 결사의 재구 시론」, 『국어국문학』 157, 국어국문학회, 2011, 81쪽의 노랫말 재구를 따른 것이다.
8) 其1을 전재강, 앞의 논문, 173쪽에서는 여래에 대한 찬탄으로, 신명숙, 앞의 논문, 147쪽에서는 찬탄이자 분위기 도입을 위한 총서로 보았다.

므로 其1·2의 서사는 〈월인천강지곡〉 전체의 주제 및 내용을 집약하여 제시한 것이라 하겠다.[9]

다음으로, 〈월인천강지곡〉의 결사는 몇몇 선행 연구자에 의해 여래에 대한 예경과 독자에 대한 경계,[10] 또는 其1의 내용을 반복했을 것[11]이라고 추정된 바 있다. 그러나 위의 인용문에서 알 수 있듯, 其582와 其583은 석가의 공덕에 대한 예경 및 청자에 대한 당부의 내용으로 되어 있지 않다. 其582에서 화자는, 석가의 육신은 돌아가셨지만 법신은 어디로부터 오셔서 어디로 가셨는지를 묻고 있으며, 其583은 이 질문을 받아 부처는 전도된 중생들이 보지 못할 뿐이지, 우리의 눈앞에 가득하다는 내용으로 되어 있다. 곧 이 其582·583은 화자의 자문자답 형식으로 '불신(佛身)의 편재(遍在) 내지는 상주(常住)'를 노래하고 있는 것이다.

이렇듯 선행 연구자들의 예상과 달리, 〈월인천강지곡〉의 결사가 부처의 편재를 노래하고 있는 것은, '월인천강'이라는 제명을 통해서 그 이유의 일단을 짐작할 수 있다. '월인천강'은 『월인석보』 권1 '月印千江之曲 第一'의 표제 옆에 부기(附記)된 "부톄 百億世界예 化身ᄒᆞ야 敎化ᄒᆞ샤미 ᄃᆞ리 즈믄 ᄀᆞᄅᆞ매 비취요미 ᄀᆞᆮᄒᆞ니라"라는 주석을 통해, 모든 중생을 교화하는 석가의 공덕을 뜻하는 것임을 알 수 있다. 서사에서

---

9) 조규익, 앞의 논문, 241쪽에서는, "1장은 말 그대로 〈월인천강지곡〉 전체의 총서이고, 2장은 앞으로 펼쳐질 사건들을 통해 청자나 독자들이 인식해야 할 교술적 내용을 암시하고 유념할 것을 당부한 부분으로, 말 그대로 서사다."라고 하였다. 그러나 본문에서 설명했듯이 其2는 〈용비어천가〉의 제2장과 달리, 其1의 내용을 부연·보충한 것으로, 其1과 다른 층위의 노래가 아니다. 또한 其2는 교술적 내용을 암시하고 있지 않다. 其2의 '눈에 보논가' '귀예 듣논가'의 시어는 其3부터의 〈월인천강지곡〉이 서사적인 내용임을 보여주고 있기 때문이다.

10) 전재강, 앞의 논문, 178쪽.

11) 조규익, 앞의 논문, 242쪽.

제시하고 있는 석가의 무량무변한 공덕이 '월인천강'인 것이다.

그런데 其583의 협주12)에는, 이 '월인천강'이 조금 다른 의미로 쓰이고 있다. 곧 "이 자취로 보면 세상에서 말하는 부처님이 거래(去來)가 있다는 것이 옳지만, 실(實)을 의거하여 보면 와도 온 바가 없어 마치 달이 천강(千江)에 비침과 같다"13)는 언급이 그것이다. 이러한 '월인천강'의 의미는 운묵이 지은 〈석가여래행적송〉의 주석에도 다음과 같이 설명되어 있다. "마치 달이 허공에 뜨면 그림자가 모든 물에 비치는데 그림자는 한량이 없으나 달은 본래 하나이듯, 부처님도 그러하여 비록 만억 국토에 자취를 나투시나 본래 몸은 하나일 뿐이다."14)

물론 이 언급들과 『월인석보』 권1의 협주가 전혀 다른 사실을 말하고 있는 것은 아니다. 다만, 『월인석보』 권1의 협주는 달이 천강을 비추고 있다는 사실 자체를 강조하고, 其583과 〈석가여래행적송〉의 주석은 천강에 비추어진 달이 하나임을 강조한 차이가 있는 것이다. 다시 말하면, 전자는 중생을 교화하는 법신의 '작용'에 주목한 것이고, 후자는 이러한 작용을 가능하게 하는 법신의 '본체'에 주목한 것이라 할 수 있다.

이렇게 볼 때, 〈월인천강지곡〉에서의 '월인천강'은 진리인 법신의 체(體)와 용(用)을 모두 포함하는 의미로, 서사는 '월인천강'의 용(用)적

---

12) 『월인석보』 권25의 143ㄱ7~144ㄴ7에 실려있는 其583의 협주는 심한 훼손으로 인해 많은 글자가 보이지 않는다. 그러나 보이는 일부 내용을 통해서도 이 협주의 저본이 함허당(涵虛堂) 기화(己和)의 『금강경오가해설의(金剛經五家解說誼)』 권상(卷上) 법회인유분(法會因由分) 제1임을 알 수 있다.

13) "迹此觀之, 世云佛有去來可矣, 據實而觀, 來無所來, 月印千江." 기화, 『금강경오가해설의』 권상 법회인유분 제1. (『한국불교전서』 7, 동국대 출판부, 1986, 25쪽)

14) 김월운 역, 〈석가여래행적송〉, 동문선, 2004, 52쪽. 원문은 다음과 같다. "如月昇空, 影臨衆水, 影雖無量, 月本是一, 佛亦如是, 雖迹現於萬億國土, 而本身是一也."(『한국불교전서』 6, 동국대 출판부, 1986, 493쪽)

측면을, 결사는 '월인천강'의 체(體)를 나타낸 것이 된다. 불신(佛身)의
측면에서는, 서사는 보신과 응신으로서의 석가를, 결사는 법신으로서
의 석가를 표현한 것이라 할 수 있다. 따라서 서사와 결사는 같은 내용
의 다른 표현으로, 〈월인천강지곡〉의 주제가 석가의 무량무변 공덕과
불신(佛身)의 편재임을 집약하여 제시한 것이라고 하겠다.

　여기에서, 〈월인천강지곡〉 전체의 형식적 짜임새가 〈용비어천가〉와
달리,15) 1행[其1]-2행[其2~582]-1행[其583]으로 이루어져 있는 이유에
대한 해명이 가능하다. 〈월인천강지곡〉의 1-2-1행 구조는 위에서 지
적한 '월인천강'의 의미를 시가형식을 통해 구현한 것으로 볼 수 있기
때문이다. 즉, 其1의 1행은 '달', 곧 보살위(菩薩位)의 정진과 수행으로
얻게 된 보신을, 其2 이하의 노래는 계속 겹쳐지는 행으로 '천강에 비
친 물 속의 달', 곧 중생을 교화하는 응신과 보신을 의미한다. 그리고
其583의 마지막 1행은 이러한 보신과 응신이 법신에 다름 아니라는 점
을 보여주는 것이다.16)

　결국, 〈월인천강지곡〉은 법신의 체와 용의 관계가 하나이면서 둘이
고 둘이면서 하나임을 1-2-1행의 형식구조를 통해 나타낸 것이라 할
수 있다. 이에 덧붙여, 2행의 其582와 1행의 其583이 곡차가 구분되어
있음에도 3행이 모여야 온전한 의미를 갖는다는 점은, 보신·응신·법
신이 셋이면서 하나이고 하나이면서 셋인 관계를 나타낸 것으로도 볼
수 있다.

---

15) 조동일은 〈용비어천가〉의 1행(제1장)-2행(제2~124장)-3행(제125장)의 구조에 대해,
　　"한 줄에서 두 줄로, 두 줄에서 세 줄로 나아가는 것을 보여주어 왕조의 창업이 천·
　　지·인 삼재와 일치한다는 것을 시가형식을 통해 구현했다"고 하였다. 조동일, 『한국
　　문학통사』 2, 지식산업사, 1992, 265쪽.
16) 법신·보신·응신의 뜻에 대해서는 이 책 21쪽의 각주 21번을 볼 것.

3. 삽화의 전개 양상과 원리

〈월인천강지곡〉의 서사단락을 설정하여 내용구조를 파악하기 위해서는 삽화의 배열 원리에 대해 살펴볼 필요가 있다. 〈월인천강지곡〉의 본사는 기존의 논의들처럼 '팔상'에 의거하여 그 서사단락을 나눌 수 있다. 곧 ①전생(其3-11), ②탄생(其12-29), ③궁중생활(其30-42), ④출가(其43-57), ⑤수도(其58-64), ⑥성불(其65-82), ⑦전법(轉法)(其83-519), ⑧열반(其520-576), ⑨아육왕의 불교 홍포(其577-581) 등이 그것이다.

이들 단락은 ①·③과 ⑨를 제외하고는 팔상과 대응된다.[17] 팔상은 석가의 일생을 중심 사건 위주로 그 시간적 순서에 따라 정리한 것으로, 〈월인천강지곡〉이 팔상의 전개 방식을 따르고 있다는 점은, 일단 이 작품의 구성 원리가 시간적 순행의 원리임을 알 수 있게 한다. ①과 ⑨의 서사단락은 팔상에 없지만, 각각 탄생 이전과 열반 이후의 내용이므로, 시간적 순행의 구성 원리에서 벗어나지 않는다.

그러나 삽화들의 구체적인 배열은 이러한 서사단락의 전개 양상과 차이를 보이고 있다. 其27~29와 其75~78 등의 삽화는 그 앞 뒤의 삽화들과 시간 순차의 방법으로 연결된 것이 아니기 때문이다. '탄생' 단락에 포함되어 있는 其27~29는 석가가 탄생한 지 1087년 뒤에 일어난 사건이고,[18] '성불' 단락의 其75~78은 석가 열반 100년 후의 사적이다.[19] 그리고 〈월인천강지곡〉 분량의 3/4을 차지하는 '전법(轉法)' 단

---

17) 구체적으로, 팔상의 도솔래의(兜率來儀)와 비람강생(毘藍降生)은 〈월인천강지곡〉의 '탄생' '궁중생활'에, 사문유관(四門遊觀)·유성출가(逾城出家)는 '출가', 설산수도(雪山修道)는 '수도', 그리고 수하항마(樹下降魔)·녹원전법(鹿苑轉法)·쌍림열반(雙林涅槃)은 각각 '성불'·'전법'·'열반'에 대응된다.

18) 이들 노래가 수록된 『월인석보』 권2의 49ㄴ4에는 "後에 一千 여든닐굽 힛자히"라는 구절이 있고, 그 협주에 "後漢 明帝 永平 세찻 히 庚申이니"라고 되어 있다.

락에 배열된 삽화들은, 대체로 구체적인 연대를 확인할 수가 없어, 그 시간적 선후관계가 확실한 근거를 갖고 있지 못하다. 곧 시간 순차 외의 방법으로도 삽화들이 연결된 것이라 할 수 있다.

구체적인 몇몇 예를 통해 〈월인천강지곡〉의 삽화 전개 양상과 그 원리를 살펴보면 다음과 같다.

> (1) ㉮나건하라국의 독룡·나찰 교화(其182-199) → ㉯아미타경 설법
> (其200-211) → ㉰16관경 설법(其212-219) → ㉱원앙부인의 극락왕생(其
> 220-250) → ㉲약사경 설법(其251-260) → ㉳정반왕의 죽음(其261-266)
> → ㉴대애도의 출가(其267) → ㉵5백 군적(群賊) 교화(其268) → ㉶난타
> 용왕궁 설법(其269-271)

인용문 (1)은 其182~271의 삽화 배열 양상을 제시한 것이다. (1)의 삽화들은 대부분 대승경전이 저경으로, 그 시간적 선후 관계를 파악할 수 없고,20) 서사내용의 인과관계 또한 분명하지 않다. 그런데, 이들 삽화는 서사내용 및 그 의미에서 관련성을 보이고 있어 주목을 요한다.

먼저, ㉯~㉲의 삽화들은 모두 '정토'에 관한 내용이라는 점을 지적할 수 있다. ㉯와 ㉰의 저경인 『아미타경』과 『관무량수경』은 정토삼부경에 속하는 경전들이고, ㉱는 관세음보살의 전신(前身)인 원앙부인이 보살행으로 인해 서방정토인 극락세계에 왕생했다는 내용이다. ㉲의 삽화는 비록 극락에 관한 내용은 아니지만 동방의 정토인 정유리세계에

---

19) 이 삽화의 중심인물인 우바국다(優婆麴多) 존자는 석가의 법맥을 이은 인도의 24조(祖) 가운데 제4조로, 석가가 열반한 지 100년 후의 인물이다. 우바국다는 其578·579의 중심인물이기도 하다.

20) 다만 ㉴의 삽화는 시간 순차에 의해 ㉳ 뒤에 배열된 것임을 알 수 있다. 저경인 『석가보』에 명시되어 있지는 않지만, 왕비인 대애도(大愛道)의 출가는 정반왕의 사후에 일어난 사건일 것이기 때문이다.

관해 서술하고 있으므로, 이 삽화 역시 앞의 삽화들과 연결된다고 할 수 있다.

그리하여 이들 삽화는 '정토의 장엄상(㉯) → 정토 왕생의 방법(㉰) → 정토 왕생의 실례(實例)(㉱) → 정토 왕생의 쾌락(㉲)'이라는 서사내용의 전개 양상을 보인다. 其200~211의 ㉯는 극락의 모습에 대한 묘사이고, ㉰는 극락 왕생의 방법인 16관법에 관한 서술이며, ㉱는 극락 왕생의 실례로 볼 수 있기 때문이다. ㉲의 其260 후절은 "藥師 十二願에 淨瑠璃 이러커시니 往生快樂이 달옴 이시리잇가"로 되어 있다.

삽화 ㉳의 경우는, 정반왕의 '죽음'에 관한 내용이라는 점에서 ㉯~㉲의 '정토' 및 '왕생'과 연결된다. 정토는 사후세계이고, 왕생은 사후의 일이기 때문이다. 이에 비해, ㉮·㉬·㉭의 삽화는 다른 삽화들과의 연관성을 쉽게 찾을 수 없다. 그렇지만 ㉬·㉭는 구체적인 노랫말을 통해 ㉯~㉴와의 관련성을 엿볼 수 있다.

(2) 化人 方便力이 單騎로 기피 드르샤 五百群賊이 흔 사래 다 디니
世尊 大光明이 十方을 ᄉᄆᆺ 비취샤 ㉠一切衆生이 흔 病도 다 업스니
〈其268〉

(3) 難陀龍王宮에 眞實力 내샤 一切龍王을 다 모도시니
輪盖龍王의게 陀羅尼ㄹ 니르샤 五種雨障을 다 업게 ᄒ시니
〈其269〉

龍王이 憐愍心으로 衆生을 爲ᄒ야 閻浮提예 비 줄 일 묻ᄌᆞᄫᆞ니
世尊이 威神力으로 龍王을 勅ᄒ샤 祈雨國에 비 줄 일 니르시니
〈其270〉

大慈行 니르시니 行ᄒ리 이시면 ⓛ內外怨賊이 다 侵掠 몯ᄒ리
諸佛號 니르시니 디니리 이시면 ⓒ無量苦惱ㅣ 다 滅除ᄒ리

〈其271〉

위의 (2)는 삽화 ⓐ, (3)은 ⓩ에 해당하는 〈월인천강지곡〉을 옮긴
것이다. 其268의 ⓐ는 화인(化人)으로 변신한 석가가 신통력으로 5백
명의 도적을 교화한 내용이고, ⓩ의 其269~271은 용왕들에게 비를 내
리게 하는 방법에 관해 설한 것이다.

이 두 삽화는 저경 및 『석보상절』의 분량에 비해 상당히 적은 곡수
의 〈월인천강지곡〉으로 노래되었다는 공통점이 있고, 노래된 내용의
강조에 있어서도 저경과 조금은 차이를 보인다. 인용문의 밑줄 친 ⓖ~
ⓒ은 저경에서 강조되지 않던 사건으로, 특히 ⓖ의 "一切衆生이 흔 病
도 다 업스니"는 저경에 없는 표현인 것이다.[21] 이를 통해, 〈월인천강
지곡〉의 작자는 석가의 5백 군적 교화와 난타용왕궁 설법 사적의 서사
의미를 각각 '일체중생의 무병(無病)'과 '원적(怨賊)의 침략 및 무량 고뇌
의 제거'로 파악하였음을 알 수 있다.

여기에서, ⓐ·ⓩ와 ⓝ~ⓢ의 연관성을 찾을 수 있는데, ⓝ~ⓩ의
서사의미는 '중고(衆苦)의 멸제(滅除)'란 주제로 포괄할 수 있는 것이다.
죽음·질병·원적의 침략 등은 중고(衆苦)의 구체적인 양상에 해당하기
때문이다. 그리고, 나건하라국의 독룡·나찰 교화에 관한 ⓚ의 삽화 역
시 이러한 주제와 관련이 있다고 할 수 있다. 삽화 ⓚ는 나건하라국왕
의 요청을 받은 석가가 독룡과 나찰을 교화한 내용으로, 국왕이 도움
을 요청한 계기는 독룡과 나찰로 인한 백성이 가난과 진염병이다.[22]

---

21) 해당 석보상절인 『월인석보』 권10의 30ㄱ5~30ㄴ2에는 "十方 一切衆生을 차 비취시
니 이 光明 맛나ᅀᆞᆸ니 눈 머니도 보며 구브니도 펴며 손 발 저니도 쓰며 邪曲고 迷惑ᄒ
니도 眞言을 보ᅀᆞᆸ며"로 되어 있다.

곧 ㉮의 서사의미는 '가난과 질병의 제거'로 볼 수 있으므로, 이 삽화 역시 여타의 삽화들과 연결되는 것이다.

이상의 논의를 통해, 其182~271의 삽화들은 서사내용 및 서사의미의 친연성을 보이고 있으며, 각 삽화의 서사의미가 모여 '중고의 멸제'라는 주제를 형성하고 있음을 알 수 있다. 이러한 사실은 이들 삽화의 전개 원리가 각 삽화의 서사의미를 토대로 배열되는 주제적 인과의 원리임을 보어준다. 다음으로, 其342~519의 삽화 전개 양상을 살펴보도록 하겠다.

(4) ⓐ대가섭의 정법 전지(其341) → ⓑ보은경 설법(其342-346) → ⓒ사리불의 멸도(其347-348) → ⓓ수대나태자의 보시행(其349-405) → ⓔ수사제태자의 효양행(其406-411) → ⓕ도리천 설법 및 염부제 귀환(其412-421) → ⓖ인욕태자의 효양행(其422-429) → ⓗ녹모부인의 공덕행(其430-444) → ⓘ선우태자의 보시행(其445-494) → ⓙ불법 전수에 관한 설법(其495-496) → ⓚ대애도의 멸도(其497-499) → ⓛ목련구모(目連救母)(其500-519)

(4)의 삽화들은 앞에서 살펴본 (1)과 마찬가지로, 대승경전이 그 저경의 중심을 이루고 있으며, 삽화들 사이의 시간적인 선후 관계 또한 파악되지 않는다. 그렇지만 이들 삽화는 (1)과 달리, 인용문의 내용을 통해서도 각 삽화들이 서로 관련되어 있음을 알 수 있다. 위의 (4)에서 보듯, ⓐ와 ⓙ를 제외한 ⓑ~ⓛ의 삽화는 대체로 '보시'와 '효도'에 관한 내용이기 때문이다.[23]

---

22) "那乾訶羅國 古仙山 毒龍池ㅅ 7새 羅刹穴ㅅ 가온딕 다숫 羅刹이 이셔 암 龍이 드외야 毒龍을 언더니 <u>龍도 무뤼 오게ᄒ며 羅刹도 어즈러비 돈닐씨 네 히룰 **艱難**ᄒ고 **장쳑 혼ᄒ거늘**</u>" (월석7:27ㄴ-1~28ㄱ1)

그런데, 이 보시와 효도는 ⓑ보은경 설법의 저경인『대방편불보은
경(大方便佛報恩經)』효양품(孝養品) 제2에서 제시하고 있는 '보은'을 위
한 구체적인 방법이다.24) 이러한 사실을 고려하면, ⓒ~ⓛ의 각 삽화
들은 보시와 효도에 관한 다양한 서사내용을 통해 ⓑ에서 제시한 '보
은'이라는 주제를 형성하고 있는 것이 된다. 이를 통해, 其341~519는
其182~271처럼 하나의 서사단락을 이루고 있으며, 이들 삽화 역시 주
제적 인과의 원리에 의해 배열된 것임을 알 수 있다.

끝으로, 시간 순차의 배열에서 벗어난 예로 언급한 바 있는 其27~29
와 其75~78에 대해 살펴보도록 하겠다.

> 周昭王 嘉瑞를 蘇由ㅣ 아라 슬바늘 南郊애 돌홀 무드시니
> 漢明帝ㅅ 吉夢을 傅毅 아라 슬바늘 西天에 使者 보내시니 〈其27〉

> 여원 못 가온딕 몸 커 그우닐 龍을 현맛 벌에 비늘을 샌라뇨
> 色雲ㅅ 가온딕 瑞相 뵈시는 如來ㅅ긔 현맛 衆生이 머리 좃ㅅ바뇨
>   〈其28〉

> 世尊 오샤몰 아숩고 소사 뵈ᅀᆞᆸ니 녯 ᄯᅳ들 고티라 ᄒᆞ시니
> 世尊ㅅ 말을 듣ᄌᆞᆸ고 도라보아ᄒᆞ니 제 몸이 고텨 드외니 〈其29〉

---

23) 삽화 ⓕ와 ⓚ의 경우는, 여타의 삽화들과 달리 그 이름에서 직접 드러나지 않고, 해당
〈월인천강지곡〉에 '효도'라는 시어가 보이지 않지만, 모두 효도에 관한 내용으로 볼
수 있다. 석가가 도리천에 간 이유는 어머니인 마야부인의 해탈을 위해서이고, ⓚ의
중심인물인 대애도는 석가의 계모이기 때문이다.

24) 효양품 제2에서 석가는, 자신이 지금 부처가 된 것은 헤아릴 수 없이 오랜 세월 동안
중생과 부모의 은혜를 알고[知恩], 고행·인욕·보시·효도를 통해 은혜를 갚았기[報
恩] 때문이라고 실하고 있다. "爾時如來現如是等身已告阿難言 …(中略)… 一切衆生亦
曾卽如來父母, 如來亦曾卽一切衆生而作父母, 爲一切父母故. 常修難行苦行, 難捨能
捨, 頭目髓腦國城妻子, 象馬七珍輦輿車乘, 衣服飮食臥具醫藥, 一切給與. 勤修精進戒
施多聞禪定智慧, 乃至具足一切萬行, 不休不息心無疲倦. 卽孝養父母知恩報恩故, 今
得速成阿耨多羅三藐三菩提, 以是緣故."(『대정신수대장경』3, 127쪽)

인용문은 其27~29를 차례대로 옮긴 것이다. 其27 전절은 중국 주
나라 소왕 때의 사적으로, 태자 탄생 시의 상서에 관해 서술하고 있는
其24~26의 뒤에 배열되어 있다. 이 其27 전절은 其26까지의 노래와
함께 탄생 당시의 상황에 관한 내용이라는 점에서, 중국과 카필라국이
라는 공간상의 차이가 있긴 해도 시간 순차의 배열 방법에서 벗어나는
것은 아니다.

문제는 其27 후절과 其28~29인데, 이들 삽화는 모두 후한(後漢) 명
제(明帝) 때의 사적이다. 전자는 명제가 불법을 구하기 위해 사신을 인
도에 보낸 내용이고, 후자는 석가 화신(化身)의 교화로 인해 도교의 천
존(天尊)인 재동제군(梓潼帝君)이 불법(佛法)에 귀의했다는 내용이다. 이
두 삽화는 시간적 순서뿐만 아니라 서사내용에 있어서도 앞 뒤의 삽화
들과 거리가 있다. 그럼에도 其27 후절~29가 '탄생'(其12-26)과 '궁중생
활'(其30-42) 사이에 배열된 것은, 其12~26의 중심 모티프인 '상서(祥
瑞)'와의 관련성 때문으로 보인다.

인용문의 밑줄 친 부분인 '가서(嘉瑞)' '길몽(吉夢)' '서상(瑞相)'의 시어
는 관련『석보상절』및 저경에 없는 표현으로, 其26 전절의 첫구인 "祥
瑞도 하시며"와 연결된다. 곧 이 其27~29는 그 시간적 순서에는 어긋
나지만, 其12~25에서 여러 차례 강조되고25) 其26에서 화자의 논평으
로 마무리하고 있는,26) 탄생 단락의 서사의미를 강화하기 위해 이 단
락 뒤에 배열된 것이라 할 수 있다.

其75~78의 4곡은 우바국다 존자의 항마(降魔)에 관한 삽화이다. 석

---

25) 其13 전절의 '五瑞', 其17의 "祥瑞 하거늘", 其18 전절의 "本來 하신 吉慶에" 등이 그것
　　이다.
26) 참고로, 其26을 옮기면 다음과 같다. "祥瑞도 하시며 光明도 하시나 ㄱ 업스실씨 오늘
　　몬 숣뇌/ 天龍도 해 모두며 人鬼도 하나 數 업슬씨 오늘 몬 숣뇌"

가의 항마에 관한 내용인 其67~74의 뒤에 배열되어 있다. 석가가 열반한 지 100년 뒤의 인물인 우바국다의 항마담(降魔譚)이 其67~74 뒤에 배열된 이유는, 우선 '마왕의 항복'이라는 서사내용과 관련이 있다고 할 수 있다. 그렇지만 보다 직접적인 이유는 앞 삽화의 서사의미를 강화하기 위한 의도에 기인한 것으로 보인다.

其75~77[27])에서 '대자비' '자비심'이란 시어[28])의 반복은 청자(독자)로 하여금 자연스럽게 석가의 항마담과 그 뒤에 배열된 삽화들의 서사의미가 '석가의 자비심'임을 알 수 있게 한다. 其67~74가 석가의 항마과정이라는 서사내용을 통해 '자비심'이라는 서사의미를 드러낸다면, 其75~78은 직접적인 시어를 통해 서사의미를 표출하고 있는 것이다. 그러므로 이 삽화는 其27 후절~29와 마찬가지로 앞 삽화의 서사의미를 보완 내지 강화하기 위해 삽입된 것이라 하겠다.

지금까지, 구체적인 몇몇 예를 통해 〈월인천강지곡〉의 삽화 전개 양상과 그 원리에 대해 살펴보았다. 〈월인천강지곡〉은 석가의 일대기라는 특성 상, 탄생·출가·성불·열반 등에 관한 사적들이 그 시간적 순서에 따라 배열된다. 그러나 시간적 선후 관계 및 서사내용의 인과관계가 분명하지 못한 삽화들의 경우는, 각 삽화의 서사의미를 토대로 배열되는 주제적 인과의 방법에 의해 배열되어 있다. 이러한 배열 방법은 앞에서 살펴본 其182~271과 其342~519뿐만 아니라 전법에 관한 其83~519 전체에 걸쳐 나타나 있다. 결국, 〈월인천강지곡〉은 시간적 순

---

27) 구체적으로, 其75 후절의 "**大慈悲** 世尊ㅅ긔 버릇 업습던 일을 魔王이 뉘으츠니이다"와, 其76 전절의 "큰 龍을 지사 世尊ㅅ 몸애 감아늘 **慈悲心으로** 말 아니 ᄒᆞ시니", 그리고 其77 전절의 "바리 ᄲᅳ리ᄂᆞᆫ 쇠 거츨언마른 **慈悲心으로** 구지돔 모ᄅᆞ시니"가 그것이다.

28) 이들 시어 역시 其27~29의 '가서' '길몽'과 마찬가지로 관련 『석보상절』 및 저경에 없는 표현이다.

행의 원리에 의해 전개되면서도, 전법 사적에 해당하는 삽화들의 경우
는 주제적 인과의 원리에 의해 배열된 것이라고 정리할 수 있다.

4. 서사구조와 주제의식

이제, 2장과 3장의 논의를 바탕으로 〈월인천강지곡〉의 서사단락을
설정하여 제시하면 아래와 같다.

> 1) 성불 〈其3-97(95곡)〉
> 2) 석가족 및 외도 교화 〈其98-181(84곡)〉
> 3) 발고여락(拔苦與樂)의 설법 〈其182-271(90곡)〉
> 4) 영산회(靈山會) 설법 〈其272-340(69곡)〉
> 5) 성불의 인연 〈其341-519(179곡)〉
> 6) 열반과 불교의 홍포 〈其520-581(62곡)〉

〈월인천강지곡〉은 서사, 본사, 결사의 3단 구조로 파악되고, 그 틀
안에서 서사부(敍事部)인 본사가 6개 단락으로 나누어짐으로써 전체가
8단 구조를 이룬다. 선행 연구에서 여러 단락으로 구분했던 전생~성
불 단락을 여기에서는 하나의 단락으로 처리하고, 선행 연구의 '전법
부' 또는 '설법과 교화' 단락은 서사내용 및 의미에 따라 2)~5) 단락으
로 세분한 것이다. 각 서사단락은 다시 하위 단락으로 나눌 수 있고,
하위 단락은 하나 이상의 삽화로, 삽화는 하나 이상의 사건들로 이루
어져 있다.

각 단락의 서사내용 및 주제는 다음과 같이 정리할 수 있다. 먼저,
성불 단락은 ①전생(其3-11) ②탄생(其12-29) ③궁중생활(其30-42) ④출

가(其43-57) ⑤수도(其58-64) ⑥성불(其65-82) ⑦초전법륜(初轉法輪)(其83-97) 등의 하위 단락으로 구성되어 있다. 몇몇 선행 논의에서는 석가의 전생담을 其3~18로 파악하고 있는데,[29] 이들 노래 중 其12~18은 잉태 및 출산 준비에 관한 내용으로, 전생담이 아닌 현생담에 속한다.

⑦의 경우는, 성불 이후의 설법과 교화에 관한 내용이라는 점에서 '성불' 단락에 포함시킨 것이 의문일 수 있겠으나, 이들 노래는 그 내용 및 성격이 '석가족 및 외도 교화' 단락의 노래들과 다르다. 또한 서사의 미 및 주제에 있어서도 ⑥단락과 보다 친연성을 보이고 있다. 곧 ①전생~⑤수도는 '상서' '부텻 덕'[30] 등의 시어와 화자의 논평을 통해 성불의 필연성을 강조하면서 그 근거인 석가의 덕성을 암시하고 있으며, ⑥성불과 ⑦초전법륜은 구체적인 서사내용과 '자비심'이란 시어를 통해 석가의 덕성을 직접적으로 제시하고 있다.

석가족 및 외도 교화 단락은, ①가섭울비라의 출가(其98~110) ②죽원 설법(其111) ③사리불과 목련의 출가(其112) ④환국(其113-137) ⑤나운의 출가(其138-146) ⑥대가섭의 출가(其147) ⑦기원정사의 건립(其148-175) ⑧아나율과 발제의 출가(其177) ⑨난타의 출가(其178-181) 등의 삽화들을 포함한다. 이들 삽화는 대체로 석가가 석가족 또는 외도를 교화하여 불법(佛法)에 귀의시킨 내용으로 되어 있다.

각 삽화들은 외도 및 석가족이 여러 양상의 욕망, 즉 '교만심(①) → 재물욕과 삼독(三毒)(②) → 의식주의 욕구(④) → 모자간의 정(⑤) → 재물욕(⑦) → 오욕(五欲)(⑧) → 색욕(色欲)(⑨)' 등을 버리고 불법에 귀의하는 과정을 보여준다. 그리고, 이러한 '사욕(捨欲)' 내지 '무욕(無欲)'은 시

---

29) 조규익과 전재강의 논의가 그것이다.

30) 其22의 '큰 德을 스랑ᄒᆞᅀᆞᄫᅡ' '큰 德을 새오ᅀᆞᄫᅡ'와, 其25의 '부텻 德을 아ᅀᆞᄫᅡ' '부텨 나샤ᄆᆞᆯ 나토아' 등이 그것이다.

사내용 및 화자의 논평을 통해 석가가 중생들에게 베푼 대표적인 공덕으로 제시되어 있다.

발고여락의 설법 단락은 앞 장의 인용문 (1)에서 제시한 바 있는 삽화들로 구성되어 있는데, 이들 삽화는 대부분 석가의 설법에 해당한다. 특히 '∼설법'이라고 제목을 명기한 ㉯아미타경 설법·㉰16관경 설법·㉽난타용왕궁 설법은 삽화 전체가 설법의 내용임을 도입부나 마무리 부분의 노랫말을 통해 보여주고 있다. 곧 ㉯의 "極樂世界예 阿彌陀 功德을 世尊이 니르시니/ 祇桓精舍애 大衆이 모댓거늘 舍利弗이 듣즛 ᄫ니"(其200)와, ㉰의 "韋提希 願ᄒᆞᆸ바 西方애 니거지이다 十六觀經 을 듣즙긔 ᄒᆞ시니"(其212후절), 그리고 ㉽의 '大慈行 니르시니'와 '諸佛號 니르시니'(其271)가 그것이다. 석가족 및 외도 교화 단락이 주로 其2에서 제시한 '世尊ㅅ 일'을 중심으로 其1의 '無量無邊 功德'을 서술하고 있다면, 이 단락은 '世尊ㅅ 말'을 중심으로 석가의 공덕을 보여주고 있는 것이라 할 수 있다.

한편, 이 단락에서 제시되어 있는 중고(衆苦)의 양상은 '가난과 질병(㉮), 죽음(㉯·㉰·㉱·㉲), 가족의 이산(㉳) 질병(㉴), 가뭄·원적의 침략(㉽)' 등으로 정리할 수 있는데, 이러한 중고(衆苦)의 멸제(滅除) 즉, '발고여락'은 석가의 설법 및 신통력을 통해 이루어진다. 그리고 삽화 ㉮∼㉰·㉱에서는 '여락(與樂)', ㉲·㉳는 '고(苦)', ㉴·㉽의 삽화는 '발고(拔苦)'의 측면이 강조되어 있다.

『법화경』의 내용인 영산회 설법 단락은, 석가의 신변(神變)(其272-274)·일불승(一佛乘) 설법(其275-302)[31]·구원성불(久遠成佛)의 설법(其310-321)·보살의 실천도(其322-340) 등의 하위 단락으로 나눌 수 있다. 이 단락은

---

31) 其303∼309의 7곡은 『월인석보』 권16의 부전(不傳)으로 인해 현재 전하지 않는다.

곡수의 비중으로 볼 때, 석가의 일불승 설법이 그 중심을 이루고 있고,
그 중에서도 일불승의 증명 내지 그 실례(實例)에 대한 내용(其283-302)
이 강조되어 있다. 또한 일불승 설법 못지않게 보살들의 중생 구제에
관한 내용 또한 강조되어 있음을 알 수 있다.

'일불승'은 석가가 이 세상에 출현한 본래의 목적이라는 점32)으로
인해 강조된 것이라 여겨진다. '중생 구제' 또한 강조·제시 되어있다는
점은 〈월인천강지곡〉의 작자가 이것 역시 석가 출현의 목적으로 파악
한 것이라 할 수 있다. 그리고, 일불승은 누구나 성불할 수 있다는 의
미이므로, 이 단락은 성불의 이유 및 방법에 관한 성불의 인연 단락에
앞서, '성불의 근거'라는 서사의미를 제시한다고 볼 수 있다. 곧 이 단
락은 석가의 출현 목적이 누구나 성불할 수 있도록 해 주고, 또한 중생
의 구제에 있음을 보여준다. 그리고 작품 전체의 서사맥락에 있어서
는, '성불의 근거'라는 다음 단락에 대한 전제의 기능을 담당한다고 하
겠다.

전체 〈월인천강지곡〉의 약 1/3을 차지하고 있는 성불의 인연 단락
은, 인용문 (4)에서 제시한 바 있는 12개의 삽화들을 포함한다. 이들
중, 석가의 성불 인연을 직접적으로 보여주는 삽화는 ⓑ보은경 설법·
ⓓ수대나태자의 보시행·ⓔ수사제태자의 효양행·ⓖ인욕태자의 효양
행의 네 삽화뿐이다. 그러나, 이들 삽화의 서사의미로 제시되어 있는
'보시'와 '효도'는, 여타의 삽화들에도 해당된다. 곧 이 단락은 '효도와 보

---

32) 이러한 점은, 『법화경』 방편품(方便品) 제2가 저경인 『석보상절』 권13 48ㄴ4~49ㄱ7
의 "舍利弗아 엇데 諸佛 世尊이 나몬 혼 큰 잀 因緣으로 世間애 나시ᄂ다 ᄒᆞ거뇨 ᄒᆞ란
딕 **諸佛世尊이 衆生ᄋᆞᆯ 부텻 知見을 여러 淸淨을 得게 호려 ᄒᆞ샤 世間애 나시며 衆生**
ᄋᆡ그에 부텻 知見을 뵈요리라 ᄒᆞ샤 世間애 나시며 衆生이 부텻 知見을 알에 호려
ᄒᆞ샤 世間애 나시며 衆生이 부텻 知見道애 들에 호려 ᄒᆞ샤 世間애 나시ᄂ니 舍利弗아
이러호미 諸佛이 혼 큰 잀 因緣으로 世間애 나시논디라"에 잘 나타나 있다.

시(ⓑ) → 보시(ⓒ·ⓓ) → 효도(ⓔ·ⓕ) →효도와 보시(ⓖ) → 효도(ⓗ) → 보시(ⓘ) → 효도(ⓚ·ⓛ)'라는 서사의미의 전개 양상을 보이고 있는 것이다.

그리고, 대가섭의 정법 전지에 관한 ⓐ의 其341[33]과 중생 제도의 부촉에 관한 ⓕ의 其417[34], 불법 전수에 관한 ⓙ의 其495[35]가 일정한 간격을 두고 반복되어 나타나 있는 점은, 이 단락에서 제시하고 있는 보시와 효도가 성불의 이유 및 방법뿐만 아니라, 석가가 전수(傳授)하고 부촉한 정법의 내용임을 암시하고 있는 것이라 여겨진다. 곧 작자는 불법의 핵심을 보시와 효도로 파악한 것이라 할 수 있다.

끝으로, 열반과 불교의 홍포 단락은 현재 其520~524와 其577~581의 10곡만이 전한다.[36] 하지만 현전하는 노래와, 『월인석보』 권24와 내용 및 저경이 대응되는『석보상절』 권23을 통해 이 단락의 서사의미를 짐작할 수 있다.[37] 곧 석가가 비록 열반하였으나 석가의 가르침, 즉 법신(法身)은 항상 이 세상에 머무르고 있다는 서사내용은, 이 단락의 서사의미 및 주제가 4)·5) 단락에 이어 '성불의 성격' 내지는 '불신(佛身)의 본질'임을 보여준다.

이상의 내용을 통해, 〈월인천강지곡〉의 서사구조는 '1) 석가의 덕성 → 2) 석가의 공덕1 → 3) 석가의 공덕2 → 4) 성불의 근거 → 5) 성불의

---

33) "涅槃大會예 四衆을 뫼요리라 梵天의 고즐 자바 드르시니/ 金色頭陀ㅣ ᄒᆞ오사 우ᅀᅳᆯ **正法眼藏을** 맛됴려 ᄒᆞ시니"

34) "如來ㅅ긔 地藏 ᄉᆞᆨ 如來ㅅ 功德 니ᄅᆞ샤 **後世衆生을 付囑**ᄒᆞ시니/ 地藏이 如來ㅅ긔 ᄌᆞ갓 功德 ᄉᆞᆯᄫᅣ샤 後世衆生을 救호려 ᄒᆞ시니"

35) "彌勒菩薩와 賢劫菩薩이 **正法을 맛ᄃᆞ라** ᄒᆞ시니/ 十六羅漢과 百億羅漢이 **佛法을 디니라** ᄒᆞ시니"

36) 부전(不傳) 〈월인천강지곡〉 其525~576은, 『월인석보』 권24의 부전과 권23 제107장 이하의 낙장 및 권25 제1·2장의 낙장에 의한 것이다.

37) 『석보상절』 권23의 구성과 저경에 대해서는 김기종, 「석보상절의 저경과 저경 수용 양상」, 『서지학연구』 30, 서지학회, 1995, 169~171쪽을 볼 것.

방법 → 6) 불신의 본질'로 파악되고, 각 단락은 '자비심 → 사욕(捨欲) → 발고(拔苦) → 일불승(一佛乘) → 보시와 효도 → 법신의 상주'라는 주제를 제시한다고 정리할 수 있다. 1)~3) 단락의 주제는 서사에서 제시한 '석존의 공덕'에 해당하고, 4)~6) 단락은 결사의 '불신(佛身)의 편재(遍在)'와 관련된다. 곧 〈월인천강지곡〉의 주제는 '석가의 공덕과 불신의 편재'라고 할 수 있다.

그런데, 〈월인천강지곡〉은 其2의 "눈에 보논가 너기ᅀᆞᇦᄫᅵ쇼셔" "귀예 듣는가 너기ᅀᆞᇦᄫᅵ 쇼셔"를 통해 청자(독자)의 존재를 상정하고 있다. 이러한 점과, 곡수의 비중에 있어 성불의 방법 단락이 서사(敍事)의 중심을 이루고 있다는 점을 고려하면, 〈월인천강지곡〉은 청자(독자)에게 석가의 공덕과 불신의 편재를 알리는 것뿐만 아니라, 이를 통해 성불의 방법인 보시와 효도의 실천을 권장하는 데 그 목적이 있다고 할 수 있다.

정법 전지 및 전수에 관한 其341·417·495가 성불의 방법 단락에 반복되어 나타나 있고, 이 단락 뒤에 '불신의 본질' 단락이 배열되어 있어, 이로 인해 서사 전개의 맥락에서 이 '정법'과 다음 단락의 '불신'이 효도와 보시로 읽힐 수 있다는 점은 이러한 추정을 뒷받침한다.

한편, 〈월인천강지곡〉의 서사 전개에 있어 보시와 효도는 비록 성불의 방법으로 제시되어 있지만, 이들 역시 석가가 중생에게 베푼 공덕의 구체적인 내용이라 할 수 있다. 그리고 보시는 사욕을 위한 방법이기도 하다. 결국, 〈월인천강지곡〉의 주제의식은 '석가의 구체적인 공덕[사욕·발고·보시·효도] 제시와 이의 실천'으로 정리할 수 있다고 하겠다.

이렇게 볼 때, 〈월인천강지곡〉은 작자인 세종의 심상을 표출하거나[38] 왕실의 정서적 안정이나 희원(希願)을 담은[39] 시가가 아니라, 흥

미있는 서사내용을 통해 석가의 구체적인 공덕, 즉 사욕·보시·효도라
는 사회윤리의 실천을 강조하고 권장한 시가라 할 수 있다. 그리고 이
작품의 이러한 주제의식은 '숭유배불(崇儒排佛)'이라는 창작 당시의 시
대적 배경과 밀접한 관련이 있다. 이에 대해서는 장을 달리하여 다룰
것이다.

5. 시대적 배경과 시적 지향

소헌왕후의 추선(追善)을 위해 제작된 『석보상절』을 보고 세종이 〈월
인천강지곡〉을 '곧' 지었다는 「월인석보 서」의 내용은,[40] 선행 연구자
들이 이 작품을 세종의 심상을 표출한 시가 또는 기복적인 성격의 시가
로 파악한 근거라 할 수 있다.

그러나 앞 장에서 살펴본 주제의식과, 이 작품의 창작 이전에 이미
소헌왕후의 명복을 빌기 위한 『법화경』·『아미타경』 등의 사경(寫經)이
조성되었다는 사실은,[41] 〈월인천강지곡〉이 소헌왕후의 추선 외에, 또

---

38) 조규익과 김승우의 논의가 이에 해당한다. 그리고, 일찍이 김종우는 「월인천강지곡과
세종의 심상」,『국어국문학』 28, 국어국문학회, 1965에서, 〈월인천강지곡〉을 창작한 세
종의 심상(心像)에 주목하여, 작품 분석을 통해 세종의 심상은 '자기 법열(法悅)'·
'위타축복(爲他祝福)'·'영구구원(永久救援)' 등임을 밝힌 바 있다.

39) 전재강과 이종석의 논의가 이에 해당한다. 조동일은 앞의 책, 270쪽에서, 〈월인천강
지곡〉은 세종 자신이나 왕실 가족 내심의 위안을 위해 제작된 것이라 하였다. 그는
제4판(2005)에서도 "불교서사시 〈월인천강지곡〉은 왕이 개인 또는 가족 범위에서 가
지는 신앙에 필요하다고 여겨 드러내놓지 않고 창작했다"라고 하였다.

40) "昔在丙寅, 昭憲王后奄棄榮養, 痛言在疚罔知攸措. 世宗謂子, 薦拔無如轉經, 汝宜撰
譯釋譜. 子受慈命, 益用覃思, 得見祐宣二律師, 各有編譜而詳略不同. 爰合兩書撰成釋
譜詳節, 就譯以正音, 俾人人易曉, 乃進賜覽, 輒製讚頌, 名曰月印千江, 其在于今, 崇奉
曷弛."

41) 이러한 사실은, 『동문선』 권103에 수록된 강석덕(姜碩德)의 「제경말미(諸經跋尾)」의

다른 목적이 있었음을 보여준다. 곧 소헌왕후의 추선은 표면적인 이유
이고, 보다 본질적인 이유 및 목적이 있었다는 것이다. 그리고 그것은
'숭유배불'이라는 시대적 배경과 〈월인천강지곡〉의 주제의식을 고려할
때, 백성의 교화와 지치(至治)를 위한 불교의 '순화'에 있었다고 추정할
수 있다. 여기에서 '순화'는 백성의 교화와 나라의 통치를 위해 도움이
되는 불교 교리의 선양을 의미한다.

주지하다시피, 태조~세종대에 걸쳐 행해진 종파의 축소·사찰 토
지 및 노비의 몰수·불사 제한 등의 불교 억압 정책은 교단의 위축을
가져왔지만, 신앙생활에는 큰 영향을 미치지 못하여 백성들은 여전히
불교를 숭신하였다. 그리하여 철저한 불교 억압책을 주장하는 사간원
에서도 "불교가 세상에 유행한 지가 이미 오래되어 습속으로 익숙해졌
으므로 그 법을 갑자기 제거할 수가 없으며, 그 무리들을 하루아침에
모두 몰아낼 수 없다"[42]고 하여, 불교 억압책의 현실적 한계를 인정하
고 있다.

세종은 여기에서 더 나아가, "불법이 일어난 뒤로부터 역대 인주(人
主)가 혹은 어질고 혹은 어질지 못하나, 2천여 년 동안에 능히 다 사태
(沙汰)시킨 임금도 있지 않고, 또한 다 사태한 날도 있지 않다. 간혹 명
철한 임금이 있어 부처와 중을 사태시켰으나, 그 법을 다 없애버린 사

다음과 같은 기록을 통해 알 수 있다. "恭惟我昭憲王后, 天賦聖德, 備全衆美, 宜享萬歲
而遽焉陟遐. 諸大君號慕痛毒 哀不自勝, 乃言曰旣未能盡孝, 而又廢追福, 卽昊天罔極
之恩, 將何以報, 昧死敢請, 敎曰可. 於是就三藏中撮其最殊最勝者, 曰法華經, 妙萬法
而明一心, 彌陀經指歸安養是享極樂, 普門品機情密契人法俱妙, 梵網經衆生持戒卽人
佛地, 起信論具大信乘不斷佛種, 與夫地藏經之救拔苦趣, 慈悲懺之浣濯塵垢者, 悉皆表
章之. 用金泥丹砂, 書以妙楷, 飾以衆寶, 仍於卷首, 冠之以變相, 使觀者不待繙誦而
起敬起慕, 何其至哉." (『동문선』 권5, 조선고서간행회, 1914, 284쪽)

42) "若以佛氏之敎, 行於世也已久, 習俗旣熟, 其法不可遽斥, 其徒不可一朝盡去." (『세종
실록』 권12, 3년 壬戌 7월 2일)

람은 없다"[43]라고 하여, 불교의 교리는 없앨 수 없다는 인식을 보이고 있다.

여기에서, 세종이 〈월인천강지곡〉을 창작한 의도를 엿볼 수 있다. 곧 세종은 철저한 억압 정책에도 불구하고 여전히 신앙의 대상으로 숭신되고 있는 불교를 보면서, 백성들의 교화와 나라의 통치에 도움이 되는 방향으로 이끌 방안을 생각했을 것이고, 그 결과 불교의 교조인 석가의 일대기 제작을 기획했던 것이라 추정된다. 이러한 의도로 인해, 세종은 석가일대기의 맥락에서 벗어남에도 불구하고 『안락국태자경』·『대방편불보은경』·『목련경』 등의 가족윤리와 관련된 불전(佛典)을 『석보상절』에 편입시키고, 〈월인천강지곡〉에서는 성불의 방법으로 효도를 제시한 것이라 할 수 있다.

한편, 〈월인천강지곡〉에서 석가의 공덕으로 강조하고 있는 '사욕(捨欲)' 또는 '무욕(無欲)'은, 일반 백성보다는 당시의 승려들과 직접적인 관련이 있어 보인다.

(5) 불교의 도는 마땅히 깨끗하며 욕심을 적게 하는 것으로 근본을 삼아야 하겠거늘, 지금 무식한 승려의 무리들이 그 근본을 돌아보지 않고, 절을 세운다 하고 부처를 만든다 하며, 설법을 한다 하고 재를 올린다 하며, 천당·지옥이니 화복(禍福)이니 하는 말로 우매한 백성을 현혹하여 백성의 입 속의 먹을 것을 빼앗고, 백성의 몸 위에 입을 것을 벗겨다가 흙과 나무에 칠을 하며 옷과 음식을 바치니, 정사를 좀먹고 백성을 해침이 이보다 더 큼이 없습니다.[44]

---

43) "自佛法之興, 歷代人主, 或賢或否, 垂二千餘載, 未有能盡汰之君, 亦未有盡汰之日, 間有明哲之君, 沙汰佛僧, 固無有盡去其法者."(『세종실록』 권121, 30년 壬寅 7월 18일)

44) "佛氏之道, 當以淸淨寡欲爲本, 今無識僧徒, 不顧其本, 曰創寺造佛, 曰法筵好事, 將天堂 地獄禍福之說, 眩惑愚民, 奪民口中之食, 脫民身上之衣, 以塗土木, 以供衣食, 蠹政

(6) 석가는 천축국 정반왕의 아들로서, 성을 넘어 출가하여 설산에서 도를 닦고 성중(城中)에서 걸식하였습니다. 초조(初祖) 달마와 6조 혜능이 혹은 장삼을 입고 벽을 향하여 좌선하였으며, 혹은 웃옷을 벗어 메고 방아를 찧었으나, 종을 두고 공양하였다는 것은 듣지 못하였습니다. 국가에서 회암사는 불교의 수법도량(修法道場)이요, 진관사는 수륙도량(水陸道場)이므로, 노비를 넉넉하게 주어 공양하게 하였으니, 여기에 있는 자는 진실로 마음을 깨끗하게 가지고 욕심을 적게 하여, 불조(佛祖)를 이어 임금을 수(壽)하게 하고 나라를 복되게 하는 정신을 계승하고, 국가의 무거운 은혜에 보답하여야 할 것인데, 이제 회암사 승려 가휴·정후와 진관사 승려 사익·성주 등 수십여 인은 항상 절의 계집종과 음욕을 방자히 행하여 삼보를 더럽혔고 국법을 범하였습니다.45)

위의 (5)는 사헌부에서 올린 척불소(斥佛疏)이고, (6)은 의정부의 상소이다. 인용문을 통해, 당시 유학자 관료들이 불교를 배척하는 기본 입장을 알 수 있다. 배불(排佛) 유학자들은 불교 교리의 근본이 청정(淸淨)과 과욕(寡欲)에 있음을 긍정하면서, 이 근본 교리를 돌보지 않는 승려들의 타락과 허위성을 배불의 전제로 제시하고 있는 것이다.46) (5)·(6) 외에도 유학자들의 척불소에는 대부분 '청정'과 '과욕'을 불교 교리의 핵심으로 파악하고 또한 긍정하고 있다.

청정과 과욕은 〈월인천강지곡〉의 '사욕(捨欲)' 및 '무욕(無欲)'에 해당하므로, '사욕'의 강조는 직접적으로 당시 승려들에 대한 교화의 성격

害民, 莫甚於此."(『세종실록』 권1, 즉위년 甲申 10월 8일)

45) "釋迦以天竺淨飯王之子, 踰城出家, 修道雪山, 乞食城中. 初祖達摩, 六祖惠能或被衲面壁, 或袒爲舂役, 俱未聞以藏獲奉養者也. 國家以檜巖作法之場, 津寬水陸之所, 優給奴婢, 以資供養, 居是者, 誠宜淸淨寡欲, 以續佛祖, 壽君福國, 以報重恩. 今檜巖寺僧可休·正厚, 津寬寺僧斯益·省珠等數十餘人, 常與寺婢恣行淫欲, 汚染三寶, 以干邦憲."(『세종실록』 권6, 1년 戊辰 11월 28일)

46) 금장태, 『세종조 종교문화와 세종의 종교의식』, 한국학술정보, 2003, 63쪽 참고.

을 띤다. 곧 〈월인천강지곡〉은 불교정책적 성격을 갖는다고도 할 수
있다. 선(禪)·교(敎) 양종(兩宗)의 폐합(廢合)과 사찰 토지의 몰수 등이
교단에 대한 제도적 정비라면, 교조인 석가의 일생을 통한 '사욕'의 강
조는 승려들의 폐단을 시정하기 위한 불교 순화 정책으로 볼 수 있기
때문이다. 그러므로 〈월인천강지곡〉의 제작은 불교 중흥을 위한 대중
포교와 그 성격이 조금은 다르다고 하겠다.[47]

> (7) 예로부터 제왕(帝王)이 천하와 국가를 다스리는 것은 인(仁)·의
> (義)를 숭상함으로써 정치하는 도리의 아름다움에 이르지 않음이 없으며,
> 또한 청정에 근본함으로써 정치를 수행하는 근원을 맑게 하지 않음이 없
> 다. …(중략)… 하물며 불교는 삼교(三敎)의 으뜸이요, 모든 덕의 주인이
> 아니랴. 그러므로 역대의 제왕이 혹은 불교를 존숭하기도 하고 혹은 신봉
> 하기도 하였던 것은 불교에 헛되고 구차스럽게 매달린 것만이 아니다.[48]

인용문은 『석보상절』 편찬의 실무를 담당했던[49] 김수온의 「복천사
기(福泉寺記)」의 일부이다. 이 글에서 김수온은, 유교는 인·의의 원리
로 치도(治道)의 아름다움을 이루고, 불교는 청정의 가르침으로 치도의
근원을 맑게 하는 것이라 하여, 유교와 불교가 모두 치도에 유용한 것
임을 강조하고 있다. 따라서 제왕이 불교를 신봉하는 것은 복이나 받

---

47) 사재동, 「월인천강지곡의 몇 가지 문제」, 『어문연구』 11, 어문연구학회, 1982, 298쪽
　　에서는 "〈월인천강지곡〉은 소헌왕후의 명복을 기원한다는 명분을 내세우기는 했지
　　만, 기실 숭유배불의 정책에 대응하여 불교 중흥·대중 포교에 이념을 두고 찬성(撰成)
　　된 것이다"라고 하였다.
48) "自古帝王之治天下國家也, 莫不崇仁義以臻治道之美, 亦莫不本淸淨以澄出治之原. …
　　(中略)… 況佛氏爲三敎之尊, 萬德之主乎. 故歷代帝王或崇或信, 非徒苟焉而已也." (『식
　　우집』 권2 「복천사기」, 『이조명현집』 2, 성균관대 대동문화연구원, 1986, 620쪽)
49) 이러한 사실은 『세종실록』 28년 12월 2일조의 "命副司直金守溫增修釋迦譜"란 기사를
　　통해 알 수 있다.

고자 하는 구차한 행위가 아니라, 불교를 통해 치도를 바로 잡아가는 효과를 추구한 것이라고 보았다.50)

여기에서, 〈월인천강지곡〉의 '사욕(捨欲)'은 승려의 교화 수단에서 더 나아가 '지치지풍(至治之風)'을 이루기 위한 치도(治道)의 이념으로 강조된 것임을 짐작할 수 있다. 〈월인천강지곡〉에서 석가의 공덕으로 제시된 사욕과, 성불의 방법으로 강조한 보시는 몸과 마음의 청정함을 얻기 위한 방법이기 때문이다. 김수온이 『석보상절』뿐만 아니라 『월인석보』의 편찬에도 관여했으며,51) 그의 형인 신미(信眉)와 함께 세종의 불교관 및 신불(信佛)에 큰 영향을 미쳤다는 사실52)은 이러한 추정을 뒷받침한다.

결국, 〈월인천강지곡〉의 제작은 왕실 내심의 안정만을 위한 것이 아니라, 통치자의 입장에서 지치지풍(至治之風)을 이루기 위한 유불(儒佛)의 공존을 모색한 것이라 할 수 있다. 이렇게 볼 때, 〈월인천강지곡〉의 1-2-1행의 형식구조는 법신의 체(體)와 용(用)의 관계가 하나이면서 둘이고 둘이면서 하나임을 나타내는 동시에, 유교와 불교가 지치(至治)에 있어서 불이(不二)의 관계53)에 있음을 드러낸 것이라 하겠다.

---

50) 금장태, 앞의 책, 148쪽.

51) 「월인석보 서」의 협주에는, 세조가 『월인석보』를 편찬하면서 자문을 구했던 인물로 신미·수미(守眉)·홍준(弘濬) 등과 함께 김수온의 이름이 명기되어 있다.

52) "守溫能詩文, 性酷好浮屠, 夤緣得幸, 以前直長, 不數年超拜正郎, 嘗以未爲製敎爲恨, 至是特授之. 凡守溫除拜, 率非銓曹所擬, 多出內旨. 上連喪二大君, 王后繼薨, 悲哀憾愴, 因果禍福之說, 遂中其隙. 守溫兄僧信眉倡其妖說, 守溫製讚佛歌詩, 以張其敎, 嘗大設法會于佛堂, 選工人, 以守溫所製歌詩, 被之管絃, 調閱數月, 而後用之. 上之留意佛事, 守溫兄弟贊之也."(『세종실록』 권123, 31년 丙子 2월 25일)

53) 여기에서의 '불이(不二)'는 『금강경』·『화엄경』 등의 경전에서 설하고 있는 개념으로, 단순히 둘이 아니라는 의미보다는 하나[一]이면서 둘[多]이고 둘[多]이면서 하나[一]임을 뜻한다.

〈석존일대가〉와 근대적 불타관의 형성

1. 머리말

불교의 교조인 석가의 일생에 대한 문학적 형상화는 동아시아 불교 문학의 한 전통으로 이어져 왔다. 특히 한국문학사에 있어서는 시대와 장르를 달리하며 비교적 많은 작품이 지속적으로 제작·유통되었다. 고려 후기의 〈석가여래행적송〉과 『석가여래십지수행기(釋迦如來十地修行記)』, 조선전기의 『석보상절』·〈월인천강지곡〉·『월인석보』, 조선후기의 『팔상록(八相錄)』 등은 대표적인 예에 속한다.

이러한 석가일대기의 전통은 근대 시기에도 지속되고 있는데, 구체적인 전개 양상은 근대 이전과 적지 않은 차이를 보이고 있다. 곧 이 시기의 석가일대기는 시가와 서사문학뿐만 아니라 논설·희곡 등의 다양한 표현방식으로, 활자본의 출판과 잡지라는 근대적 매체를 통해 활발히 제작·유통되고 있는 것이다.[1] 그 내용에 있어서도 전통적인 대

---

1) 근대 불교계의 '불타 담론'에 대한 지금까지의 연구는 이봉춘, 「불교지성의 연구활동과 근대불교학 정립」, 『불교학보』 48, 동국대 불교문화연구원, 2008, 102~103쪽의 논의가 유일하다. 그 내용을 인용하면 다음과 같다. "석가모니에 대한 관심은 백용성의 저술 『팔상록』(1922)에서 처음 표면화 한다. …(중략)… 이어 1936년에는 그것에 다시 본생담이 추가된 『석가사』가 간행된다. 비록 중국에서 쓴 내용을 모아 편술한 것이기는 하지만 이 두 책은 석가모니에 대한 최초의 한글 저술들이다. 『석가사』의 간행에 앞서 백용성은 「석가모니와 그 후계자」(1926)를 조선일보에 실었고, 김경주도 『불교』에 「현하세계 불교 대세와 불타 일생의 연대고찰」(1931)을 싣고 있다. 교조에

승불교의 불전(佛傳) 및 불타관(佛陀觀)에 의거한 담론들과, 서구·일본 근대불교학의 연구 성과를 반영한 '새로운' 불타 담론들이 공존 또는 충돌하는 양상을 보인다.

본고의 논의 대상인 〈석존일대가〉는 국한문 혼용체로 된 총 9장 331절 1324행의 장편 시가로, 근대 불교계의 대표적 잡지인 『불교』 제35호(1927.5)에 수록되어 있다. 이 작품은 〈석가여래행적송〉·〈월인천강지곡〉 등 시가 형식으로 석가의 일생을 서술하는 전통을 계승하고 있으면서도, 서술된 내용 및 석가 형상화 등의 측면에서 많은 차이를 보이고 있어 주목할 필요가 있다. 그리고 〈석존일대가〉의 문학적 성격이 기존의 근대 불교시가 관련 연구2)에서 주로 논의된 '의식가요' 내지 '운동의 매체'와 거리가 있다는 점 또한, 이 작품에 대한 고찰의 필요성으로 지적할 수 있다. 그러나 〈석존일대가〉에 대한 학계의 관심은 이상보의 해제 및 작품 소개3)와 몇몇 논문의 단편적인 언급4)에 머물고

대한 전기적 이해를 도모하고 있는 것이다." 이상의 내용이 '불타 담론'에 대한 언급의 전부인데, 석가에 대한 최초의 한글 저술은 백용성의 『팔상록』이 아니라 이교담의 『팔상록』(조선선종 중앙포교당, 1913)이다. 그리고 『석가사』가 간행된 1936년에는 이미 『석가여래전』(현공렴 편, 대창서원, 1911)·「석가전」(해원, 『불일』 1·2호, 1924)·『석가여래약전』(김태흡, 불교시보사, 1929) 등 수종의 석가일대기가 단행본으로 출판되거나 잡지에 실려 있는 상황이었다. 또한 여기에서 언급하고 있는 백성욱·김경주의 논설 뿐만 아니라, 필자의 조사로는 50여 편이 넘는 논설·논문이 당시의 불교잡지에 실려 있음이 확인된다. 이들 불전(佛傳)과 논설 외에, 석가의 생애를 소재로 한 시가(창가·찬불가)·희곡·소설 등의 문학작품들도 불교잡지를 중심으로 활발히 창작·발표되고 있다. 이상의 사실을 고려한다면, '불타 담론'은 "교조에 대한 전기적 이해를 도모"하는 수준을 넘어서는, 당시 불교계의 핵심 담론 중의 하나였음을 짐작할 수 있다.

2) 박경주, 「근대 계몽기의 불교개혁운동과 국문시가의 관계」, 『고전문학연구』 14, 한국고전문학회, 1998; 김종진, 「전통시가 양식의 전변과 근대 불교가요의 형성- 1910년대 불교계 잡지를 중심으로」, 『한국어문학연구』 52, 한국어문학연구학회, 2009; 김기종, 「근대 대중불교운동의 이념과 전개- 권상로·백용성·김태흡의 문학작품을 중심으로」, 『한민족문화연구』 28, 한민족문화학회, 2009.

있을 뿐, 아직 본격적인 연구로 나아가지는 못한 실정이다.

그러므로 본고는 〈석존일대가〉의 문학적 성격을 구명(究明)하기 위한 연구의 일환으로, 서술 양상의 특징적인 국면과 그 의미에 대해 살펴보고자 한다. 아울러, 특징을 보이게 된 이유 및 의의를 당시의 시대적 상황과 관련지어 논의하도록 하겠다. 또한 본고가 〈석존일대가〉에 관한 최초의 연구라는 점을 고려하여, 작자의 생애와 작품 창작 시기 등의 문제에 대해서도 비중 있게 다룰 것이다.

2. 작자와 텍스트의 문제

〈석존일대가〉의 작자는 이응섭으로 되어 있는데,[5] 그에 대해서는 구체적인 생애는 물론 생몰연대 조차 파악되지 못한 상태이다. 다만 그가 남긴 몇 종의 저술을 통해 제한된 범위에서나마 그의 사상적 편린

---

3) 해제는 『한국불교가사전집』, 집문당, 1980, 86~88쪽에, 작품의 전문은 같은 책, 285~317쪽에 소개되어 있다. 참고로, 해제의 주요 내용을 인용하면 다음과 같다. "이 노래는 …(중략)… 제1장 총론에서 제9장 총결까지 모두 1,324구의 장편 가사로 석가세존의 한 평생을 읊어 교화시키기 위한 것이다. …(중략)… 이 〈석존일대가〉는 운율에 있어 가사조를 취하였으나 각 장으로 나누었고, 또 각 장은 번호를 매겨 4·4, 4·4, 4·4, 4·4의 4구로 한 절을 삼은 것이 다른 작품에서 볼 수 없는 색다른 형식이다. 그런데 이것은 아마 근대에 들어와서 생긴 창가의 분장 형식에서 영향을 입은 것으로 여겨진다." 한편 임기중, 『불교가사 원전연구』, 동국대 출판부, 2000, 1043~1128쪽에는 작품의 원문 및 주석과 현대어역이 실려 있다.

4) 박광수, 「필상녕행록의 서사문학적 전개」, 사재동 편, 『한국서사문학사의 연구』 5, 중앙문화사, 1995, 1900쪽; 김기종, 「불교가사 작가 연구」, 『불교어문논집』 6, 한국불교어문학회, 2001, 294쪽 등이 이에 해당한다. 이들 논의는 이상보의 해제 내용을 거의 그대로 수용하고 있다. 이 외에, 〈석존일대가〉에 대한 논의는 아니지만 본고의 2장에서 언급할 '이응섭 원작 권상로 윤색'의 〈가찬 석존전〉을 다루고 있는 김종진, 앞의 논문, 51~55쪽이 있다.

5) 작품의 제목 아래에 '李應涉 舊稿'라고 명기되어 있다.

을 엿볼 수 있다. 이응섭의 저술로는 〈석존일대가〉 외에, 「오등(吾等)의
사명」(『조선불교총보』 11, 1918.9), 『불교범론(佛敎汎論)』(신문관, 1919), 「법성
(法城)」(『불교』 2~4호, 1924.8~10), 「문답불교」(『불교』 5~25호, 1924.11~1926.7)
등이 현재 전한다.

「법성」과 「문답불교」는 경전인 『미란다왕문경』의 초역(抄譯)이고,[6)]
「오등의 사명」은 당시 불교계의 각성을 촉구하는 논설이다. 그리고 『불
교범론』은 초학자를 위한 불교입문서 내지 개론서로,[7)] 전통적인 교리
의 해설뿐만 아니라 서구 및 일본 근대불교학의 연구 성과를 소개하고
있다.[8)] 그런데 이 책에는 아래와 같이 이응섭의 행적 내지 이력을 알
수 있는 내용이 있어 주목을 요한다.

(1) 師는 본대 <u>海西 殷栗의 生</u>으로 일즉 佛法의 貴함을 認하야 <u>長安寺</u>
<u>姜大蓮 和尙</u>을 依하야 志를 體하고 <u>金九河 禪師</u>를 從하야 戒를 受하야
戒行에 勤하고 經書에 習함으로 慧命이 夙著하얏스며, 後에 殊志를 抱하
고 降魔의 鞭과 活人의 劍을 一手兩持하려 하야 <u>海의 內外에 遊歷하면서</u>

---

6) 「법성」은 『미란다왕문경』 가운데 '추리문답'을 번역한 것이고, 「문답불교」는 그 외의
부분을 초역한 것이다. 「문답불교」는 제2편 단혹문답(斷惑問答) 제7장에서 연재가
중단되었다.

7) 『불교범론』의 「예언(例言)」에는, "本書는 佛敎 初學者 又는 晩學者로 ᄒᆞ야곰 佛敎의
一般精神을 會得케 ᄒᆞ기 爲ᄒᆞ야 編述ᄒᆞᆫ 者 ㅣ니 專혀 經論을 依著ᄒᆞ야 現今 佛敎學說
의 通論을 紹介ᄒᆞ고 可成的 自己의 臆斷을 避ᄒᆞ니라"로 되어 있다.

8) 총 16장으로 구성되어 있는 『불교범론』은 아직 단언하기에는 이르지만, 단행본으로
출간된 최초의 불교개론서이자, 근대불교학의 성과를 반영하고 있는 최초의 저서라고
여겨진다. 이 책은 본고에서 처음 소개되는 것으로, 후속 연구를 위해 그 목차를 제시
하면 다음과 같다. "一. 서언(緒言) 二. 인연소생(因緣所生) 三. 유심소현(唯心所現)
四. 삼세인과(三世因果) 五. 십계의정(十界依正) 六. 만유일체(萬有一體) 七. 생사투
탈(生死透脫) 八. 천류(遷流)와 상주(常住), 생사윤회(生死輪廻) 九. 인과의 규율(規
律) 十. 불교의 극치 一一. 십선계법(十善戒法) 一二. 육바라밀행(六波羅密行) 一三.
선정요기(禪定要機) 一四. 자력문(自力門)과 타력문(他力門) 一五. 신불(神佛)의 감통
(感通) 一六. 불교의 소사(小史)"

多年 軍學을 硏鑽하얏스나, 濟安의 術이 三軍의 將됨 보담 도리혀 三寶
의 衆됨에 在함을 覺하고, <u>다시 法門으로 歸하야</u> 嶺東南 大叢林에 宿師
名德을 歷訪하야 羣經을 博究하니, <u>世間的 履驗과 出世間的 願力</u>이 師
의 念觀을 倍前精到케 하고 師의 收蓄을 一層 廣大케 하얏슴은 固基所也
ㅣ라. 慨然히 一乘의 道의 沉廢久塞함에 憤을 發하고 殷然히 三藏의
文의 浩瀚難通함에 憂를 懷하야 <u>平易直截코 槪括要實한 文書를 撰布하</u>
<u>야 衆生導化의 津梁을 作함으로 己任을 爲하고 矻矻히 鉛槧에 從事하</u>
<u>니, 此書 쏘한 그 勞作 中의 一 이라</u>.9)

　　(2) 拙衲은 卯童의 時로붓허 今日에 至ᄒ기ᄭ지 一回도 神佛에 對ᄒ
야 自身의 福利를 祈願흔 바는 無ᄒ니, 幼年時에는 神佛의 何者됨을
不知ᄒ는 故로 祈誓홀 念頭가 生ᄒ지 아니 흠은 勿論이오, <u>科學修鍊時</u>
<u>代에 至ᄒ야는 科學學說에 信仰을 有ᄒ얏는 故로</u> 所謂 唯心論 無神論에
歸依ᄒ야 神佛에 祈誓ᄒ는 等은 一箇 迷信에 附託ᄒ야 冷澹히 觀取ᄒ얏
스며, 其後 <u>二十一歲에 出家ᄒ야</u> 某禪師로 붓허 禪門의 法理를 聽聞ᄒ
고 神佛의 依賴치 못홀 者ㅣ 됨을 感知ᄒ얏노라.10)

인용문 (1)은 이능화의 「서(序)」, (2)는 3장 '유심소현(唯心所現)'의 일
부 내용이다. 이 (1)과 (2)의 밑줄 친 부분을 중심으로, 이응섭의 생애
및 행적에 대한 주요 사항을 정리하면 다음과 같다. 그는 황해도 은율
출신으로, 21세의 나이에 금강산 장안사에서 강대련(1875~1942)을 은사
(恩師), 김구하(1872~1965)를 계사(戒師)로 하여 출가하였다. 출가 이전에
는 근대적인 교육기관에서 수학하였고, 출가 후에는 잠시 환속하여 다
년간 해외(일본 또는 중국)에서 군사학을 배웠다. 그 후 다시 승가에 입문

---

9) 이능화, 「서」, 이응섭, 『불교범론』, 신문관, 1919, 2~3쪽. 인용문의 띄어쓰기와 부호
　는 필자. 이하의 인용문도 이와 같음.
10) 이응섭, 「유심소현」, 『불교범론』, 신문관, 1919, 32~33쪽.

한 뒤 문서포교를 위한 문필 활동에 종사하였다.

이상의 내용이 이응섭의 전기적 사실에 관한 전부라 할 수 있는데, 이 외에 경기도 양주군 보광사의 주지를 역임하였고,11) 법호가 진해(震海)였다는 사실12)이 확인된다. 비록 단편적인 사실에 불과하지만, 그가 근대적인 교육을 경험하고 해외에서 군사학을 '연찬(研鑽)'한, 이능화의 표현대로 '세간적 이험'과 '출세간의 원력'을 겸비한 승려였다는 사실은, 〈석존일대가〉의 내용 및 성격과 관련하여 시사하는 바가 크다.

그리고 위의 (2)는 이응섭의 불교 인식 내지 사상적 경향을 보여준다는 점에서도 주목된다. 인용한 부분에서 그는 신불(神佛)에 기서(祈誓)하는 행위의 부당함을 자신의 경험에 비추어 서술하고 있다. 현세이익적 기복신앙을 미신으로 규정하고 '미신'·'신비'·'신이(神異)'에 대해 강하게 비판하고 있는 점은 『불교범론』 전체의 내용적 특징이기도 하다. 이러한 특징은 논설인 「오등의 사명」에서도 찾을 수 있는데, 그가 많은 경전 중에서 『미란다왕문경』을 번역·소개한 이유와도 관련이 있어 보인다.

「오등의 사명」에서 이응섭은, 당시를 물질만능과 사상혼란의 시대로 규정하고, 이와 같은 상황일수록 종교인 특히 불교인의 사명이 크다고 전제한 뒤, "吾等은 無信仰과 迷信과 不健康흔 信仰은 同一히 排斥치 아니치 못홀지니라. 願컨딘 熱烈흔 眞信仰으로써 現代를 救濟코즈ㅎ는 者ㅣ라"13)는 당부로 끝맺고 있다. 이 글의 여러 곳에서는 『불

---

11) 이응섭은 1918년 8월에 총독부로부터 수지 취직에 대한 인가를 받았고, 1920년 2월에 사직하였다. 이러한 사실은 『조선불교총보』 11호(1918.9.20)와 20호(1920.3.20)의 '관보'란을 통해 알 수 있다.

12) 「법성」과 「문답불교」의 제목 아래에 '震海 李應涉'으로 명기되어 있다.

13) 이응섭, 「오등의 사명」, 『조선불교총보』 11호, 조선불교총보사, 1918.9, 14쪽.

교범론』과 마찬가지로 '신비적인 미신'에 대한 비판이 자주 보인다. 비판의 이유로, 미신은 "佛敎의 信仰과 活動을 極히 姑息貧弱에 導ᄒ야 遂히 今日과 如흔 低級흔 宗敎狀態에 陷케"하였고, 또한 "宗敎가 現代의 思想界에 在ᄒ야 權威를 有ᄒ지 못"[14]하게 만들었기 때문이라 하였다. 이 논설을 통해 당대 불교계의 상황을 엿볼 수 있고, 미신에 대한 비판에서 더 나아가, 그가 인식하고 지향한 '진신앙(眞信仰)'으로서의 불교가 이성적·합리적인 종교였음을 짐작할 수 있다.

다음으로, 「법성」과 「문답불교」의 대본인 『미란다왕문경』[15]은 중국이나 우리나라에서는 그다지 널리 보급되지 못했고, 주로 남방불교에서 중시했던 불전이다. 이 경전은 그리스인 국왕 밀린다와 불교의 논사인 나가세나 장로가 불교의 교리에 관해 문답한 내용으로 되어 있다. 대화의 주제는 영혼의 문제·윤회의 주체·불교의 독자적인 지식론·불타론·해탈에 대한 실천 수행 등 다방면에 걸쳐 있다.

이렇듯 『미란다왕문경』은 논리적·철학적인 성격의 불전이라 할 수 있는데, 이응섭이 이 경전을 중요시하여 역경한 이유[16]는 바로 이러한 성격에 기인한 듯하다. 이 경전에서 국왕과 장로의 논리적인 대론(對論)을 통해 보여주고 있는 불교의 이성적·합리적 측면은, 위에서 언급했

---

14) 위의 글, 13쪽.

15) 「법성」과 「문답불교」의 직접적인 대본은 『고려대장경』 수록본이 아닌, 일본인 山上曹源 번역의 『국역미란다왕문경(國譯彌蘭陀王問經)』(『國譯大藏經』 권12, 국민문고간행회, 1918)으로 보인다. 이 책은 영국인 학자 리즈 데이비드(Rhys David, 1843~1922)의 영역본을 일역(日譯)한 것이다. 김기종, 「근대 불교잡지의 간행과 불교대중화」, 『한민족문화연구』 26, 한민족문화학회, 2008, 406쪽 참고.

16) 참고로, 「법성」의 역자 후기에는 "나는 今日까지 藏經을 閱覽하는 中에 彌蘭陀王問經처럼 滋味 잇는 經은 업섯고, 그 中에도 이 問答 卽 「法城」과 ᄀᆞ치 나를 三昧에 드러가게 흔 것도 드물엇다. 나는 이 「法城」을 將次 機會가 잇는대로 만히 印刷하야 넓히 流通식히고자 흔다."라고 되어 있다. 『불교』 4호, 불교사, 1924.10, 57쪽.

던 이응섭의 불교관에 다름 아니기 때문이다. 이렇게 볼 때, 그가 〈석존일대가〉를 창작한 동기 및 의도 역시 그의 불교관과 무관하지 않을 것이라 추정되는데, 구체적인 작품 분석을 통해 확인할 수 있을 것이다.

한편, 앞에서 언급한 저술들 외에 '이응섭 원작, 권상로 윤색'으로 명기되어 있는 〈가찬 석존전〉이 『조선불교계』 1~3호(1916.4~6)에 수록되어 전한다. 〈석존일대가〉의 제목 아래에 부기된 '이응섭 구고(舊稿)'를 고려하면, 이 〈가찬 석존전〉의 '원작'은 〈석존일대가〉임을 알 수 있다. 즉 〈석존일대가〉는 〈가찬 석존전〉보다 11년이나 늦게 지면에 발표되었지만, 창작 시기는 앞선 작품이 되는 것이다. 그렇다면 발표가 늦어진 이유와 '윤색'의 이유 및 내용 등이 궁금하다고 하겠는데, 이들 문제는 〈석존일대가〉의 내용 및 성격과 관련이 있으므로, 여기에서 두 작품을 비교 고찰할 필요가 있다.

〈석존일대가〉는 총 9장으로 구성되어 있고, 각 장에는 다음과 같은 소제목이 붙어있다. '제1장 총론(33절), 제2장 석존의 조선(祖先)(9절), 제3장 석존의 탄강(誕降)(17절), 제4장 석존의 출가(20절), 제5장 석존의 고행(60절), 제6장 석존의 성도(21절), 제7장 석존의 설법(112절), 제8장 석존의 입멸(51절), 제9장 총결(總結)(8절)' 등이 그것이다. 〈가찬 석존전〉은 그 구성에 있어 〈석존일대가〉와 유사함을 보인다. 1장과 3장의 소제목이 각각 '총설' '석존의 강탄(降誕)'으로 되어 있고, 각 장을 구성하는 노래의 분량이 조금은 다르다는 차이가 있을 뿐이다.[17]

그렇지만 작품의 형식에 있어서는 큰 차이를 보이는데, 4·4언의 4

---

17) 〈가찬 석존전〉은 제7장 10절에서 연재가 중단되었는데, 〈석존일대가〉의 제7장 11절에 해당한다. 각 장의 소제목을 제시하면 다음과 같다. '제1장 총설(27절), 제2장 석존의 조선(8절), 제3장 석존의 강탄(13절), 제4장 석존의 출가(19절), 제5장 석존의 고행(39절), 제6장 석존의 성도(16절), 제7장 석존의 설법(10절)'

행씩 분절된 〈석존일대가〉와 달리, 〈가찬 석존전〉은 한 절이 7·5언의
4행으로 되어 있는 것이다. 이 7·5조의 율격은 〈석존일대가〉를 윤색
한 결과이자 이유의 하나로 추정된다. 곧 〈가찬 석존전〉이 발표된
1910년대는 7·5조 율격의 창가가 확산되던 시기로, 윤색자인 권상로
는 이러한 시대적 분위기에 견인되어 새 시대의 리듬에 맞추려는 의도
에서 '윤색'한 것이라 할 수 있다.[18]

　내용적 측면의 경우는, 구성과 마찬가지로 두 작품이 대체로 같은
삽화나 사건을 서술하고 있다.[19] 그러나 몇몇 노래에서는 아래의 인용
문처럼 차이를 보이기도 한다.

　　(3) 째는正히 四月八日/ 無憂樹花 爛爛한데
　　　　우리들의 千古大聖/ 부텨님이 誕降일세 〈歌3:5〉

　　　藍毗尼의 園中에 노르시더니/ 썩맛츰 四月八日 淸和ᄒ도다
　　　無憂樹에 피인쏫 錦帳일오고/ 流泉은 潺潺ᄒ듸 和風부노나//
　　　天上天下 世界에 唯我獨尊ᄒ/ 千古에 希有ᄒ신 부테님씌셔
　　　無憂樹 나무아릭 誕降ᄒ시니/ **右脅으로 誕生ᄒ흠 더욱祥瑞라**
　　　　　　　　　　　　　　　　　　　　　　　　〈傳3:4−5[20]〉

───────────────

18) 김종진, 앞의 논문, 54~55쪽 참고. 또한 김종진은 "이 작품에서 권상로가 인정받을
　　수 있는 작가 혹은 편자로서의 저작권은 아마도 근대의 활력과 긴장을 담은 7·5조
　　율격을 불교가요의 영역 속에 편입한 그 대목에 있을 것이다."라고 하였다.

19) 율격의 변화로 인해 세부적인 표현에 차이를 보이지만, 서술된 삽화의 내용 및 의미가
　　크게 달라진 것은 아니다. 한편, 〈가찬 석존전〉 한 절의 서술 내용은 대체로 〈석존일대
　　가〉의 한 절, 또는 두 절과 대응되는 양상을 보인다. 전자는 〈석존일대가〉에 없던
　　시어가 추가된 것이고, 후자의 경우는 〈석존일대가〉의 어휘와 어미를 생략·수정한
　　것이다. 지면 관계상, 전자의 예만 보이면 다음과 같다. 곧 〈석존일대가〉 1장 1절의
　　"三千年前 回顧하니/ 印度恒河 諸上流에/ 灌漑地域 四千餘里/ 沃土穰穰 平原이라"가
　　〈가찬 석존전〉에는 "(至수부터)回顧히 三千餘年前/ (넓고넓은)印度河 모든上流에/
　　(茫茫흔)灌漑區域 四千餘里오/ 穰穰흔沃土田園 (一望無際라)"로 윤색되어 있는 것이
　　다. 괄호 안의 시어는 〈석존일대가〉에 없는, 새로 추가된 것이다.

(4) 三七日을 지닌後 忽然ㅎ싱각/ 過去의 諸如來도 隨機設敎라
　　나도이졔 說法을 諸佛과갓치/ 三乘의 法門으로 退說하리라
〈傳7:6〉

　　波利提韋 두商人 路中에만나/ 五戒法 일너쥬샤 濟度ㅎ시고
　　<u>鹿野園에 일으사 四諦法으로/ 橋陳如의 五人을 濟度하시니</u>
〈傳7:8〉

　　이로부터 五比丘 僧寶가되고/ 說ㅎ신 四聖諦는 法寶가되며
　　釋迦车尼 敎主는 佛寶이시니/ 三寶라는 名稱이 비로쇼建立
〈傳7:9〉

　인용문 (3)은 석가의 탄생에 관한 〈석존일대가〉와 〈가찬 석존전〉을 차례대로 옮긴 것이고, (4)는 '제7장 석존의 설법' 중, 〈가찬 석존전〉의 일부 노래만을 인용한 것이다. 〈석존일대가〉의 3장 5절은 4월 8일에 석가가 무우수 아래에서 태어난 사건을 서술하고 있다.

　그런데, 이 노래에 대응되는 〈가찬 석존전〉의 경우는, 인용문에서 보듯 시어의 추가뿐만 아니라 〈석존일대가〉에 전혀 없던 새로운 내용이 서술되어 있다. 밑줄 친 부분이 그것으로, 이 두 사건은 모든 불전(佛傳)에서 빠짐없이 언급되고 있는 '천상천하 유아독존'과 '우협탄생'이다. 즉, 석가가 어머니의 오른쪽 옆구리에서 태어났고, 태어나자마자 사방을 둘러보며 "이 세상에 오직 나만이 존귀하다"라고 외쳤던 내용이 새로 삽입되었다.

　'우협탄생'과 '천상천하 유아독존'은 불교신자가 아닌 일반인들에게도 널리 알려진 내용인데, 이 내용들이 〈석존일대가〉에 없는 것은 단순

---

20) '3:4-5'에서 3은 장을, 4와 5는 절을 가리킨다. 곧 3:4-5는 제3장 4절부터 5절까지를 의미한다. 이후, 본고에서 인용하는 작품의 장과 절 표시는 이와 같다.

한 실수가 아니라, 앞에서 이미 지적했던 '신비' '신이'에 대한 작자의 비판적 인식에 기인한 것으로 여겨진다. 〈석존일대가〉에는 이들 사적을 포함한 신이한 내용의 삽화 내지 사건이 전체적으로 배제 또는 약화되어 있기 때문이다. 이에 반해 〈가찬 석존전〉은 위의 (3) 외에도 〈석존일대가〉에 없는 "四天王의 攝護로 雲霧中에셔/ 愉快히 城을넘어 出家ᄒ시니"(4:18), "廣大ᄒ 本願力을 成熟ᄒ여셔"(4:19), "世界에 모든學問 다빗호시니"(3:9) 등의 내용을 새로 추가하고 있다. 곧 두 작품은 신이한 사건의 생략과 삽입이라는 점에 그 내용상의 차이가 있는 것이다.

(4)의 경우는, 8절의 "녹야원에 일으사 사제법으로/ 교진여의 오인을 제노하시니"를 제외하고는 〈석존일대가〉에 전혀 없는 노래들이다. 두 작품의 비교 가능한 노래들 중에서, 신이한 사적이 아니면서도 〈가찬 석존전〉에만 노래되어 있는 삽화는 이 (4)가 유일한 예에 속한다. 6절은 석가가 삼승(三乘)으로 설법할 것을 결심했다는 사적이고, 8절의 1·2행은 '상인 교화' 삽화이며, 9절은 삼보의 성립을 서술하고 있다.

이들 삽화가 〈석존일대가〉에 없는 이유는 구체적으로 알 수 없지만, 〈가찬 석존전〉에 추가된 이유는 추정이 가능하다. 인용문 (4)의 삽화들은 '우협탄생' 등과 마찬가지로 대부분의 불전에서 빠짐없이 서술되어 있으므로, 윤색자는 〈석존일대가〉의 내용적 보완이라는 측면에서 이들 노래를 새로 지은 것이라 할 수 있다. 신이한 사건 내지 삽화의 삽입 또한 이 내용들이 불전에서 항상 언급되고 있다는 점에서 같은 성격을 띤다고 하겠다.

이렇게 볼 때, 〈가찬 석존전〉의 내용적 윤색은 '새 시대'를 지향하고 있는 7·5조의 율격과는 달리, 근대 이전 석가일대기의 전통을 고려한 것이 된다. 그만큼 윤색자인 권상로의 입장에서는 〈석존일대가〉의 서술 내용이 그 이전의 불전과 차이가 있다고 본 것인데, 그렇다고 그가

〈석존일대가〉의 이 같은 내용적 특징을 부정적으로 평가했다는 것은 아니다. 왜냐하면, 〈석존일대가〉를 소개하고 있는『불교』의 편집자가 바로 권상로이기 때문이다. 그러므로 〈석존일대가〉의 윤색에는 보다 본질적인 이유가 있고, 그것은 당시의 시대적 상황과 관련이 있다고 여겨진다. 이에 대해서는 본고의 4장에서 다룰 것이므로, 여기에서는 이러한 사실만을 지적하고자 한다. 이제, 〈석존일대가〉의 구체적인 서술 양상을 살펴볼 차례다.

3. 〈석존일대가〉의 서술 양상과 그 의미

1) 신이성(神異性)의 약화와 합리성의 보완

근대시기 이전에 찬술된 동아시아의 불전(佛傳)문학은 탄생·출가·성불·열반 등 핵심 사건의 전후에 신이한 사적과 수많은 상서를 서술하고 있다. 성불 이후의 전법(轉法) 과정에 있어서도 석가 및 제자의 신통력은 전법의 주요 수단으로 부각되어 있다. 불전의 '신이성'은, 독자의 흥미와 관심을 유도하면서 석가가 보통 인간과 다른 위대한 존재임을 드러내는 장치라 할 수 있다. 또한 대부분의 불전에서 석가는 인간의 차원을 벗어난 신적인 존재로 표현되기도 하는데, 특히 열반 직후의 여러 삽화에서는 석가가 여전히 살아있음을 보여주고 있다. 이 경우는 초인간적 존재로서의 석가를 형상화한 것이자, 동시에 석가가 법[신리]의 화신으로 '법신(法身)의 상주(常住)'라는 상징적 의미를 갖는다고 하겠다.

그런데 이와 같은 불전(佛傳)의 서술 내용은, 〈석존일대가〉에서는 아예 배제되거나 그 비중이 현저히 약화되어 있다. 앞 장에서 살펴본 탄생·출가 등의 핵심 사건뿐만 아니라, 작품의 전체에 걸쳐 나타나 있는 특징인 것이다. 이에, 그 구체적인 내용을 살펴보면 아래와 같다.

> (5) 初年安居 마치시고/ 事火하는 婆羅門의
> 主敎되는 三迦葉을/ 濟度코저 하시엇다//
> <u>㉠優樓頻羅 迦葉波를/ 訪問하고 **法說**하니</u>
> <u>五百弟子 한가지로/ 佛門中에 歸依하고//</u>
> 那提伽耶 두迦葉은/ 兄이임의 師事하니
> 三百弟子 二百弟子/ 쏘한가지 歸依하네 〈7:20-22〉

> (6) ㉡<u>頻婆沙王 迦葉等</u>에/ 說示하신 <u>그法門</u>은
> 一切諸法 本來空해/ 我와我所 업것마는//
> 凡夫顚倒 妄想으로/ 實我實法 잇다하나
> 顚倒想을 슨흘진대/ 이것이곳 解脫이라//
> 情塵識의 三事에서/ 一切善惡 業이나며
> 이로쏘차 果報밧아/ 生死場에 流轉할샌 〈7:31-33〉

위의 (5)는 석가의 전법 과정을 다루고 있는 7장 중, 우루빈라·나제·가야 가섭 3형제의 출가에 관한 삽화이고, (6)은 '마갈타국 빈바사라왕의 불교 귀의' 삽화(23-33)의 일부이다. 우루빈라 가섭은 배화교도(拜火敎徒)들의 스승이자 마갈타국의 국사(國師)로 숭앙받던 인물이다.[21] 그러므로 가섭과 그 형제의 출가 및 개종(改宗)은 초기 불교의 형성에 있어 중요한 사건이고, 대부분의 불전(佛傳)에서 출가의 과정을 비중 있게 소개하고 있다. 불전에서는 석가의 신통력으로 인한 여러 가지 신이한 사적이 장황하게 서술되어 있어,[22] 가섭의 교만심을

---

21) 참고로, 이 '우루빈라 가섭'은 뒤에서 언급할 '두타(頭陀) 제일'의 마하가섭과 전혀 별개의 인물이다. 몇몇 불전에서는 '우루빈라 가섭' 대신 '가섭울비라'로 되어 있다.

22) 『중본기경』·『석가보』 등의 불전(佛傳)에는, 석가가 신통력으로 가섭이 기르던 독룡

없애기 위한 수단인 이 신통력이 마치 가섭 출가의 이유인 것처럼 강조·제시되어 있다.

　그러나 〈석존일대가〉는 (5)의 밑줄 친 ㉠에서 보듯, 석가가 가섭을 방문하여 법을 설하고 그로 인해 가섭 및 그 제자들이 출가하였다는 중심사건만을 서술하고 있다. 그리고 이 삽화의 뒤에 배열된 '빈바사라왕의 불교 귀의' 삽화를 위 (6)의 내용으로 마무리하고 있다. 그런데 '제법무아(諸法無我)'에 관한 이 (6)은 ㉡의 존재로 인해, (5)에서 가섭 출가의 계기이자 이유로 제시된 '법설(法說)'의 구체적인 내용으로 읽히게 된다. 곧 〈석존일대가〉는 석가의 신통력에 관한 삽화를 생략한 대신, 『중본기경』·『석가보』 등에 없던 설법의 구체적인 내용을 제시한 것이라 할 수 있다.

　(6) 이외에도, 석가의 전법과 열반에 관한 7장·8장의 많은 노래는 설법의 구체적인 내용을 석가의 직접 발화 형식으로 서술하고 있는데,23) "이와가튼 學說로서/ 舍利弗과 目犍連과/ 摩訶迦葉 가튼이들/ 博學者를 敎化햇다"(7:37)에서처럼, 출가 내지 교화의 이유로 강조되어 있다. 이렇듯 그 이전의 불전에서 강조된 신통력을 배제하고, 그 자리에 '설법'과 그 구체적인 내용을 제시하고 있는 점은 〈석존일대가〉 서술 양상의 한 특징이라 할 수 있다.

　　(毒龍)을 항복시킨 사건, 사천하(四天下)의 과일을 가지고 와서 가섭에게 준 사건, 천제석이 석가를 위해 못을 만들고 수미산에서 빨래 돌을 가져온 사건, 석가가 5방의 공중에서 차례대로 자신의 몸을 보여주는 사건 등이 구체적으로 서술되어 있다. 그리고 가섭의 출가에 관한 其98~110의 〈월인천강지곡〉 중, 其99~108은 이 같은 신이한 사적을 노래하고 있다.

23) '사리불·목련·마하가섭의 출가'(7:34-37), '난타·아누루타·우파리의 출가(60-64)', '입멸 준비'(8:11-19), '임종유교'(8:28-33) 등의 7:35-36·7:62-64·8:16-19·8:32-33 이 그 예에 속한다.

(7) 拘尸那城 城主末羅/ 葬儀式에 都督되야
　　우리世尊 貴한金棺/ 天冠寺에 奉安하다//
　　世尊遺言 하신대로/ 香積싸하 火葬準備
　　一七日間 棺前에셔/ 誦經하며 哀悼로다//
　　長老摩訶 迦葉尊者/ 五百僧衆 한가지로
　　波婆城셔 出發하야/ 拘尸那로 向하다가//
　　途中에셔 婆羅門이/ 天華놉히 밧처들고
　　拘尸那셔 옴을맛나/ 世尊入滅 寄別듯고//
　　大衆모다 驚愕하야/ 路傍에서 顚倒하며
　　悲嘆함이 한업거늘/ 迦葉波가 慰勞하고//
　　拘尸那로 急行하야/ 世尊遺體 茶毘하고
　　遺骨政廳 奉安한後/ 다시七日 供養執行 〈8:38-43〉

　　인용문 (7)은 8장 '석존의 입멸' 중 석가 열반 직후의 사적으로, 입관
(入棺)·다비(茶毘) 등 장례 절차에 관한 삽화를 옮긴 것이다. 이 삽화는
석가의 시신이 안치된 금관을 천관사에 봉안하고, 당시 먼 곳에 있던
마하가섭이 돌아오기를 기다린 뒤, 석가가 열반한 지 7일이 지나 다비
식을 봉행했다는 내용이다. 이 (7)은 (5)와 마찬가지로, 중심사건 위주
로 간명하게 서술되어 있음을 알 수 있다. 이에 반해 많은 불전들의
경우는, 이 절의 서두에서도 언급했듯이 석가 열반 이후의 신이한 내
용을 서술하고 있는데, 흔히 '불모산화(佛母散花)' '곽시쌍부(廓示雙趺)'
'성화자분(聖火自焚)' 등의 용어로 표현되는 사건들이 그것이다.
　　'불모산화'는 도리천에 있던 마야부인이 석가의 열반 소식을 듣고
내려와 금관 주위에 꽃을 뿌리면서 눈물을 흘리자, 석가가 관에서 일
어나 어머니를 위로했다는 이야기이다. '곽시쌍부'와 '성화자분'은 늦
게 온 마하가섭에게 석가가 관 밖으로 두 발을 보였다는 내용과, 스스
로 가슴에 불을 놓아 다비를 행했다는 사건을 가리킨다.[24] 이들 삽화

는 신적 존재로서의 석가의 능력뿐만 아니라 법신으로서의 석가의 상
주(常住)를 보여주는 것이라 할 수 있다.

　이 삽화들이 〈석존일대가〉에 생략되었다는 사실은, '신이성의 배제
내지 약화'에 대한 이유, 더 나아가 〈석존일대가〉의 의도 내지 지향을
짐작할 수 있게 한다. 동아시아 불전에서의 '석가'는 초인간적·초월적
존재라는 인식과 진리(법)의 구현으로서의 불타(佛陀)라는 관념이 공존·
혼용되어 왔다. 그런데 〈석존일대가〉는 이와 같은 전통적인 불타관을
이루는 삽화들을 모두 생략·배제하고, '사실'만을 중심사건 위주로 서
술하고 있는 것이다. 이는 바로 작자의 의도에 기인한 것으로, 그 의도
는 '인간으로서의 석가 형상화'에 있었다고 여겨진다. 그리고 이러한
석가 형상화는 '제5장 석존의 고행'을 통해 보다 구체화되어 나타난다.

　'석존의 고행'은 태자가 성을 넘어 출가한 뒤 마부인 차익을 돌려보
낸 사건으로부터 시작하여 정각산에서 6년 동안 고행한 사적까지 서술
하고 있다. 그 구체적인 내용을 보면, ①차익 환궁(1-5) ②발가선인 방
문(6-13) ③출가에 대한 궁중의 반응(14-16) ④왕사와 대신의 환궁 설득
(17-23) ⑤빈바사라왕과의 만남(24-33) ⑥가섭 3형제와의 조우(34-36)
⑦아라라 선인 방문(37-54) ⑧울다라마 선인 방문(55-58) ⑨정각산에서
의 6년 고행(59-60) 등의 삽화로 구성되어 있다. 이 5장은 비교적 많은
분량으로 서술되어 있음을 알 수 있는데,[25] '석존의 고행'이라는 장의

---

24) 〈석가여래행적송〉의 128·131·132송은 이 삽화들을 차례대로 노래한 것이다. 〈월인
　 천강지곡〉의 경우는 해당 노래가 부전(不傳)으로 인해 알 수 없지만, 『석보상절』에는
　 이들 삽화가 빠짐없이 서술되어 있다. 또한 〈석가여래행적송〉의 129·130송에 해당하
　 는, 석가의 금관이 저절로 허공으로 떠올라 성 안으로 들어갔다는 내용도 포함되어
　 있다.
25) 참고로, 이들 삽화의 내용에 해당하는 〈월인천강지곡〉은 其57~62의 6곡이고, 〈석가
　 여래행적송〉은 60~63송의 4송에 불과하다.

제목과 달리, 등장인물의 문답이 큰 비중을 차지하고 있다. 제시한 삽화들 가운데 ②·⑤·⑦은 내용의 대부분이 석가와 발가선·빈바사라왕·아라라 선인의 문답으로, 제9~13절·제27~32절·제41~54절 등이 이에 해당한다.

전체 60절 가운데 25절이 등장인물의 대화로만 되어 있다는 점은, 신이한 사적의 생략으로 인해 반감된 독자의 흥미를 고려한 것으로 볼 수 있다. 그렇지만 이들 대화의 주제가 각각 괴로움·즐거움 및 과보(果報)의 문제, 출가·고행의 동기, 아(我)와 무아(無我)의 문제 등이라는 점과, ⑤를 제외하고는 대론(對論)의 성격까지 띤다는 점에서, '문답'의 강조는 무엇보다 위에서 지적한 '석가 형상화'와 관련되는 것이라 여겨진다. 왜냐하면, 신이한 내용의 배제와 '사실'의 기술을 통해 강조·제시되고 있는 '인간'으로서의 형상화가, 이들 문답의 비중과 그 내용으로 인해 '논사(論師)' 또는 '철학자'로 구체화되고 있기 때문이다. 철학자로서의 석가 형상화는 아래의 인용문을 통해서도 확인할 수 있다.

(8) ⓒ過現未來 思惟하샤/ 人生道를 觀察하며
　　經驗智識 綜合하샤/ 解脫眞理 證見코저//
　　ⓔ靜觀하는 太子胸中/ 엇지煩悶 업스리요
　　이째魔障 이러나서/ 種種形相 現出한다//
　　或은獅子 或은虎狼/ 혹은欲染 悅人可愛
　　三魔女가 現前하야/ 威嚇하고 誘惑한다//
　　或時大石 나라오며/ 或時大風 이러나며
　　或은大雨 쏘다져서/ 太子靜定 妨害한다//
　　太子의션 이와가튼/ 큰誘惑에 際會하나
　　諸種惡魔 叱咤하샤/ 確然不動 안즈셋네　〈6:10-14〉

(8)은 6장 '석존의 성도'의 일부로, 불전(佛傳)의 팔상(八相) 가운데

'수하항마(樹下降魔)'에 해당한다. '수하항마'는 석가가 보리수 아래에서 마왕과 마군(魔軍)을 신통력으로 항복시키고 정각(正覺)을 얻었다는 내용이므로, 지금까지 논의한 〈석존일대가〉의 서술 양상과는 차이가 있다.

그러나 인용문 (8)을 자세히 살펴보면, 불전의 '수하항마'가 조금은 다르게 수용되고 있음을 알 수 있다. 먼저, 석가는 '제종악마(諸種惡魔)'를 질타하고 있지만 신통력을 행사하고 있지는 않다. "확연부동 안즈 셋네"라고 하여, 마군의 '유혹'에 흔들리지 않는 모습만 묘사되고 있을 뿐이다. 그리고 무엇보다 큰 차이점은, 마녀·마군의 공격에 관한 제12·13절의 서술 내용을 "정관하는 태자흉중"의 '번민'에 의한 '마장(魔障)'으로 제시하고 있다는 점이다. 마녀·마군이 실체하는 것이 아니라, 마음의 번민으로 인해 생긴 허상이라는 서술은 그 이전의 불전(佛傳)에서는 찾아볼 수 없었던 것이다. 이렇게 볼 때, 위의 (8) 또한 신이성의 배제라는 〈석존일대가〉의 서술 양상에서 벗어나는 것은 아니라고 할 수 있다.

석가 형상화의 측면에 있어서도, 이 삽화는 밑줄 친 ⓒ에서 알 수 있듯, 전통적인 '수하항마'의 석가와는 차이를 보인다. (8)의 석가는 인생의 도리를 관찰하기 위해 과거·현재·미래의 일들을 사유하고, 해탈과 진리를 얻기 위해 자신의 경험과 지식을 종합 고찰하고 있으며, 이 과정에서 '마장'이라는 번민과 회의에 빠지기도 한다. 성불하기 전에 이미 신통력으로 마왕과 마군을 물리쳤던 '수하항마'의 석가가 아닌 것이다. 결국, 이 (8)의 삽화에서도 철학자로서의 석가 형상화를 확인할 수 있으며, '석존의 고행'에서보다 강화되어 있다고 하겠다.

다음으로, 〈석존일대가〉에서 가장 큰 비중을 차지하고 있는 '제7장 석존의 설법'의 서술 양상 및 내용에 대해 살펴보도록 하겠다.

2) 연대기적 서술과 역사성의 강화

'신이성의 약화' 외에 〈석존일대가〉의 또 다른 내용적 특징으로는, 연대기적 서술이 강화되어 있음을 지적할 수 있다. 근대 이전의 동아시아 불전문학은 팔상 구조를 취하고 있어, 기본적으로 시간적 순차에 따른 삽화 전개 양상을 보인다. 그러나 '녹원전법' 곧 전법부(轉法部)에 있어서는 중국 제종(諸宗)의 교상판석(敎相判釋)[26]에 의거하거나, 서술 내용 및 의미의 친연성에 따라 사적을 배열하고 있다.

우리나라의 경우, 천태종의 '5시(時)'[27]설에 의거하고 있는 〈석가여래행적송〉은 전자에, 각 삽화의 서사의미를 토대로 배열되어 있는 〈월인천강지곡〉은 후자의 예에 해당한다. 45년의 전법 기간[28] 동안에 이루어진 각 사적의 연대 및 선후 관계를 구체적으로 파악하기란 쉽지 않은 일이고, 더구나 불전(佛傳)의 자료가 되는 경·율·논 등의 불전(佛典)은 대체로 그 시기를 밝히고 있지 않기 때문이다. 전법 사적의 연대를 명시하고 있는 불전(佛傳)에 있어서도 몇몇 중요사건에 국한되어 있고,[29] 또한 불전에 따라 연대 파악에 차이를 보이고 있다.

이에 비해, 전법 사적에 관한 〈석존일대가〉의 7장은, "成道한後 第

---

26) 일반적으로 대승경전에는 석가가 설법한 장소가 밝혀져 있지만 그 시기는 언급되어 있지 않다. 그리하여 중국의 제종(諸宗)에서는 경전의 내용·사상을 통해 그 경전의 가르침이 설해진 시기를 구분하였는데, 이를 교상판석이라 부른다. 대표적인 교상판석으로는 화엄종의 '5교 10종'과 천태종의 '5시 8교'가 있다.

27) '5시'는 석가 일생의 교화 과정을 다섯 시기로 구분한 것으로 제1 화엄시, 제2 녹원시, 제3 방등시, 제4 반야시, 제5 법화·열반시를 말한다.

28) 전법 사적뿐만 아니라 출가·성불·열반 등 핵심 사건의 시기에 있어서도 많은 이설(異說)이 존재한다. 그 중, 출가는 19세·29세, 성불은 30세·35세, 열반은 79세·80세설이 유력하다. 여기에서는 〈석존일대가〉의 연대 파악, 곧 35세 성불과 80세 열반설에 의해 전법 기간을 45년이라 한 것이다.

29) 일례로, 『석보상절』과 『월인석보』에는 석가의 아들인 나후라의 출가, 기원정사 건립, 석가의 계모인 대애도의 출가, 법화경 설법 등의 사건에만 그 연대가 명시되어 있다.

四年에"(7:38) "成道하신 第七年엔"(7:65) "成道以後 三十七年"(7:84) 등
의 연대 표시에 따라 사건 및 삽화를 서술하고 있다. 〈석존일대가〉의
전법부는 이들 표지에 의해 12단락[30]으로 나누어지고, 노래의 분량까
지 고려하면 5단락으로 구분되는 것이다. 전법 사적의 이러한 배열 내
지 서술은 그 이전의 불전문학, 그 중에서도 시가형식의 불전(佛傳)에
서는 유일한 예에 속한다.

　7장 '석존의 설법'은 석가의 성불이 기준이 된 연대 표지에 의해 다
음의 5단락으로 나눌 수 있다. 1)성도 직후~3개월(1-13)[31], 2)성도 1~3
년(14-37)[32], 3)성도 4~6년(38-64)[33], 4)성도 7~36년(65-83)[34], 5)성도
37~44년(84-112)[35] 등이 그것이다. 이들 단락을 구성하고 있는 40개

---

30) 이 12단락은 다음과 같다. 성도 직후~3개월, 1~3년, 4~6년, 7년, 9년, 12~15년, 20
　　년, 21년, 22~36년, 37년, 38년, 44년.
31) 이 단락은 '①성도후의 심중쾌락(1-3), ②전법 결정(4-7), ③5비구 출가(8-9), ④야
　　사의 출가(10), ⑤야사 가족의 귀의(11-12), ⑥불제자가 56명이 됨(13)' 등의 사건
　　및 삽화로 구성되어 있다. 논의의 편의상, 7장에 노래된 다른 삽화들도 해당 단락의
　　각주에 제시하기로 한다.
32) ①첫 안거를 함(14-19), ②가섭 3형제 출가(20-22), ③빈바사라왕 귀의(23-33), ④사
　　리불·목련·마하가섭 출가(34-37).
33) ①대림정사에서 하안거(38), ②물싸움 조정(39-40), ③대림정사에서 안거(41), ④계
　　율의 제정(42-46), ⑤영취산으로 옮김(47-50), ⑥부왕의 병상 설법(51-54), ⑦정반
　　왕의 죽음(55), ⑧파사파제·야수다라의 출가(56), ⑨교상미에서 안거를 지냄(57), ⑩마
　　가타국 궁녀들의 귀의(58), ⑪사리불의 외도 교화(59), ⑫난타·아누루타·우파리의
　　출가(60-64).
34) ①산킷싸에서의 안거 및 사위성 교화(65), ②기원정사 건립(66-67), ③나후라의 출
　　가(68), ④폐사리성의 행화(行化) 및 사위성으로의 귀환(69), ⑤교사라국 교화 및 가
　　비라국 귀환(70), ⑥제자들의 설법 허락(71), ⑦앙굴마라의 출가(72), ⑧아나을 상수
　　사(常隨者)로 정함(73-76), ⑨대림정사·영취산·기원정사에서의 설법(77-83).
35) ①법화경 설법 시작(84), ②제바달다의 야심(85-86), ③외도들의 석존 음해(87-90),
　　④제바달다의 악행(91-97), ⑤아사세왕의 불교 귀의(98-99), ⑥제바달다의 분사(憤
　　死)(100), ⑦아사세왕이 불교의 외호자(外護者)가 됨(101-103), ⑧법화경 설법을 마
　　침(104), ⑨아사세왕의 폐사리성 정복(105-112).

의 삽화는 대부분 여타의 불전에서 소개되었던 것으로, 서술된 삽화로
만 보면 큰 차이가 없는 듯하다. 그러나 그 구체적인 내용에서는 다음
과 같은 몇 가지 특징을 보인다.

먼저, 불교의 수행 제도인 '안거(安居)'에 관한 삽화의 비중이 비교적
크다는 점을 들 수 있다. 14~19·38·41·57·65절 등의 여러 노래에서
는 석가와 제자들의 '안거'를 서술하고 있는데, 안거는 대체로 불전에
서 큰 관심을 두지 않던 사건이었다.[36] 또한 이들 노래 외에도, "初年安
居 마치시고"(7:20) "第二第三 安居하며"(7:30) "第五結夏 마치시고"(7:47)
등에서 '안거'가 언급되고 있다. 이 경우는 이들 구절로 인해 사건 내지
삽화가 구분되고 있어, '성도'와 함께 연대기적 서술의 표지로 기능하
고 있음을 알 수 있다.

> (9) 鹿野園을 써나셔셔/ 王舍城에 向하심은
> 入山前에 頻婆沙王/ 言約갑기 爲함일세//
> 王舍城에 못다가서/ 印度雨期 됨으로써
> 旅行하든 途中에서 夏安居를 結하섯네//
> 夏安居라 하는 것은/ 陰曆四月 十六日로
> 孟秋七月 十五까지/ 三個月間 一處止住//
> 印度國의 降雨期는/ 道路泥濘 外出不便
> 植物界의 繁茂期요/ 昆蟲類의 出生期니//
> 殺生될까 念慮하야/ 다못一處 머무러서
> 敎法講習 開始하고/ 種種儀式 行함이라//
> 弟子들은 一個年間/ 行爲善惡 그一切을
> 懺悔하고 警誡하며/ 戒法定해 發表로다 〈7:14-19〉

---

36) 참고로, 〈석가여래행적송〉·〈월인천강지곡〉·『팔상록』 등에는 안거에 관한 내용이 서
술되어 있지 않다.

인용문 (9)는 성도 이후 1~3년의 전법 사적에 관한 2)단락의 일부를 옮긴 것이다. 이 삽화는 석가의 일행이 빈바사라왕을 교화할 목적으로 왕사성에 가는 도중, 우기(雨期)로 인해 처음으로 하안거를 실시했다는 내용이다. 그런데 이 (9)는 '첫 안거의 시행'이라는 역사적 사건만 노래한 것이 아니라, 하안거의 시기와 시행 이유 및 내용 등에 대해서도 자세히 서술하고 있다. 16~19절이 그것으로, 오히려 하안거의 사전적 정의에 가까운 이들 노래가 인용문 (9)의 중심내용을 이루고 있는 것이다.

이와 같은 서술 양상은 앞 절에서 살펴본 '중심 사건 위주의 서술' '구체적인 설법 내용의 제시'와 함께, 전법부 더 나아가 〈석존일대가〉의 문학적 성격의 일면을 짐작하게 한다. 곧 〈석존일대가〉의 관심이 흥미 있는 이야기를 통한 청자(독자)의 교화보다는, 석가와 불교에 관한 지식 및 정보의 제공에 있다는 것이다.

다음으로, 〈석존일대가〉의 몇몇 노래에는 동아시아 불전에 없던 남방 불전의 내용이 보이고 있다. 3)단락의 '계율 제정'의 일부(43-44)와 5)단락의 '제바달다의 야심'(85-86)이 이에 해당한다. 전자는 석가가 대림정사에 있을 때의 사건으로, 사리불·목련의 최상좌(最上座) 임명에 반발하는 비구들을 위해 "제악막작(諸惡莫作) 중선봉행(衆善奉行)"의 통계게(通戒偈)를 설했다는 내용이다.[37]

화자는 첫 행에서 "비루마國 佛傳에는"이라고 하여, 이 삽화의 출전이 '비루마국' 곧 미얀마(버마)의 불전임을 밝히고 있다. 그리고 후자는 불전에서 흔히 악인이자 적대자로 묘사되는 제바달다에 관한 서술인

---

37) "비루마國 佛傳에는/ 世尊씌셔 예잇슬째/ 舍利弗과 目犍連을/ 最上座로 定햇더니// 大衆들이 不應할새 通戒偈를 지으시샤 諸惡莫作 衆善奉行 說하셧다 하얏도다"〈7: 43-44〉

데, 여기에서 화자는 제바달다를 석가의 부인인 "耶輸陀羅 妃의親兄"
으로 소개하고 있다. 동아시아 불전에서 제바달다는 석가의 사촌동생
으로 되어 있는 것이 일반적으로, "야수다라비의 친형" 또한 미얀마의
불전에서 나온 것이다.[38]

　이렇듯 이들 삽화에서 서술하고 있는 남방 불전의 내용은, 근대 이
전의 동아시아 불전에서는 볼 수 없었던 '새로운' 지식 및 정보라 할
수 있다. 이러한 성격의 '불교지식'은 7장뿐만 아니라 '제8장 석존의
입멸'에서도 찾을 수 있다.

> (10) 이로부터 靈鷲山에/ 前後長時 住하시샤
> 　　　說法하신 聖地됨은/ 經典에도 分明하네//
> 　　　그런고로 빈바사왕이/ 산녹에셔 정사까지
> 　　　사간통에 십여정을/ 일대석등 건립햇네//
> 　　　이靈山을 今日에는/ 일홈곤처 새라기리
> 　　　그頂上의 巖窟石磴/ 遺跡至今 存在하다 〈7:48-50〉

> (11) 一千八百 九十七年/ 印度니볼 境界에셔
> 　　　佛骨石棺 發見하고/ 그게記錄 參考하야//
> 　　　그는當時 第六分을/ 諸釋子씌 分配하든
> 　　　佛骨됨을 알앗나니 世尊面影 隱然하다 〈8:50-51〉

　인용문 (10)은 7장 3)단락의 일부로, 석가와 제자들이 대림정사를
떠나 왕사성의 영취산으로 거처를 옮겼고, 빈바사라왕이 이들을 위해
석등(石磴)을 건립했다는 내용이다. (11)의 경우는 8장의 마지막 삽화
인 '균분사리(均分舍利)'(8:40-51)의 마무리 부분을 옮긴 것이다. 그런데
이들 노래의 밑줄 친 부분에서 화자는, 관련 사적에 등장하는 '암굴석

---

38) 立花俊道, 석도수·홍완기 공역, 『고증 불타전』, 시인사, 1982, 245쪽 참고.

등(巖窟石磴)'과 '불골석관(佛骨石棺)'이 〈석존일대가〉 창작 당시인 '지금'에도 존재하고 있음을 강조하면서, 영취산의 현재 이름과 '불골석관'의 발견 시기·장소 등을 밝히고 있다.

이 내용들이 바로 위에서 언급한 '새로운' 지식으로, 구체적으로는 서구 근대불교학의 연구 성과에 속한다고 할 수 있다. 남방 불전(佛典)의 팔리어 연구와 불교 유적·유물의 발굴 및 연구는 유럽 불교학의 등장과 더불어 시작된 것이기 때문이다. 또한 석가 생애의 연대기적 기술도 유럽 불교학의 주요 관심사였다.[39]

이렇게 볼 때, 〈석존일대가〉의 연대기적 서술방식과 남방 불전(佛傳) 및 고고학적 성과의 반영은, 일본을 통해 수입·소개된 서구 근대불교학의 영향에 기인한 것이라 추정할 수 있다.[40] 그렇다고 〈석존일대가〉가 근대불교학의 연구 성과에 전적으로 의존하고 있다는 것은 아니다. 일례로, 〈석존일대가〉는 석가의 열반 연대를 기원전 949년으로 제시하고 있다.[41] 이는 근대 이전 중국·한국 불교계의 전통적인 견해로, 기원전 486년 또는 483년이라는 서구 및 일본 근대불교학의 입장과 차이가 있는 것이다. 이 외에, 서술된 전법 사적의 내용과 그 연대 파악에 있어서도 비교적 많은 차이를 보이고 있다.[42]

---

39) 조성택, 「근대불교학과 한국근대불교」, 『민족문화연구』 45, 고려대 민족문화연구원, 2006, 89~91쪽 참고.

40) 본고의 2장에서 언급했던, 이응섭의 저술인 「법성」·「문답불교」가 남방 불교에서 중시했던 『미란다왕문경』의 번역이고, 그 대본이 영국인 학자 리즈 데이비드의 영역본(英譯本)을 일역(日譯)한 것이라는 사실은 이러한 추정을 뒷받침한다고 하겠다.

41) "最後敎誨 마치시고/ 端然示寂 하옵시니/ 때는正히 西曆紀前/ 九百四十 九年이라" 〈8:34〉

42) 석가 및 불전(佛傳)에 관한 일본 근대불교학의 대표적인 연구 성과로는 井上哲次郎의 『석가모니전』(1902)과 常盤大定의 『석가모니전』(1908) 등을 들 수 있다. 이들 중, 전자는 〈석존일대가〉의 전체적인 내용 및 불교관·불타관 등에서 유사함을 보이고 있어, 이응섭은 이 책을 참고한 것이라 여겨진다. 그렇지만, 이 책은 성도 20년까지의 사적

　　이상, '제7장 석존의 설법'을 중심으로 〈석존일대가〉의 서술 양상 및 내용적 특징에 대해 살펴보았다. 이를 통해, 〈석존일대가〉는 청자(독자)에 대한 교화보다는 근대불교학의 연구 성과를 포함한 '불교 지식 및 정보'의 전달에 중점을 두고 있음을 알 수 있다. 그리고 연대기에 의한 전법부의 서술방식과 유적·유물의 제시라는 서술내용은, 여타의 불전과 다른 역사성을 담보하려는 시도로, 현실적이고 구체적인 '역사적 존재'로서의 석가 형상화에 기여하는 것이라고 하겠다.

3) '총론'·'총결'의 설정과 불교관·불타관의 제시

　　〈석존일대가〉는 전통적인 가사 형식인 4·4조의 율격을 따르면서도, 4행씩 분절된 노래들을 그 내용에 따라 한 장으로 묶고 각 장에 소제목을 붙인 형식적 특징을 보인다. 그리고 작품의 구성에 있어 '총론'과 '총결'의 항목을 설정하고 있는 점 또한 여타의 가사·창가와 다른 〈석존일대가〉의 특징이라 할 수 있다. 이 '총론'과 '총결'은 석가의 일생에 관한 서술이 아니고, 다른 장들에서 볼 수 없었던 화자의 논평이 등장한다. 그렇지만 각 장의 소제목이 암시하듯, 석가의 일생 전체에 대한 개관 내지 논평이나, 청자(독자)에 대한 권계(勸誡) 또는 주장이 서술되어 있는 것은 아니다.

　　먼저, '제1장 총론'은 석가 탄생 당시 인도의 사회적·종교적 상황에 관한 내용으로 되어 있다. 서술내용 및 의미에 따라 다음의 네 부분으로 나누어진다. 곧 이 장은 1)도입부(1-4), 2)바라문의 권력 독점 및 부패(5-19), 3)많은 학파·학설의 대두(20-28), 4)화자의 논평(29-33) 등으

　　에만 연대를 명시하고 있으며, 본문에서 언급한 '남방 불전'과 인용문 (10)·(11)의 내용도 보이지 않는다.

로 구성되어 있다. 도입부인 1)단락은 인도의 지리·자연·사회 등에 대한 개괄적인 서술이고, 2)·3)단락은 각각 인도의 계급제도인 사성(四姓)제도의 기원·근거·특징(5-10)과, 육파철학의 각 학파 및 그 주장에 대한 소개(24-27)를 포함하고 있다.[43] 여기서도 지식 및 정보의 제공이라는 〈석존일대가〉의 특징이 확인된다고 하겠는데, 이 2)와 3)은 석가 및 불교 출현의 역사적 배경으로 제시되어 있다.

> (12) ㉠偏重하든 社會階級/ 革破할者 누구이며
>   모든學說 統一하야/ 宗敎革正 누가할고//
>   當時印度 民族들은/ 一大聖人 出現키를
>   渴仰하고 渴仰하야/ 大旱雲霓 기다리듯//
>   이째우리 釋迦世尊/ 摩伽陀國 迦毘羅城
>   王子로서 出現하니/ 才藝識德 絶對하샤//
>   ㉡모든學說 打破하고/ 人心一洗 社會改造
>   佛敎라는 無上妙法/ 世尊끠서 說하엿네//
>   勢力잇는 그說法이/ 疾風갓고 迅雷가치
>   五天竺을 風靡함도/ ㉢偶然한일 아니로다 〈1:29-33〉

위의 (12)는 화자의 논평인 4)단락 전체를 인용한 것으로, 석가 및 불교 출현의 의의에 대해 서술하고 있다. 밑줄 친 ㉠의 "편중하든 사회계급"과 "모든학설"은 2)·3)단락의 내용을 가리키는데, 직접적으로는 19절의 "僧徒들은 世慾으로/ 阿諛强欲 驕慢專橫/ 排擊論爭 가진醜態/ 他階級의 怨府로다"와, 28절의 "모든學派 이러나니/ 世人들은 正邪不

---

43) 참고로, 전자와 후자의 일부를 보이면 다음과 같다. 곧 "저히들의 祖上들이/ 분지야부 曠野에서/ 恒河上流 移轉할제/ 그째부터 始作하야// 征服者와 被征服者/ 治者이며 被治者가/ 種族懸隔 愈甚하야/ 四姓階級 形成햇네"(1:5-6)와, "外道中에 勢力큰者/ 六派哲學 第一이라/ 그學派와 그主義를/ 대강들어 말할진대// 能詮所詮 恒久不變/ 主張하는 聲論師오/ 唯物論을 昌道하는/ 順世派도 一派로다"(1:24-25)가 이에 해당한다.

辨/ 宗敎信仰 求하는데/ 歸依處를 모르도다"에 해당한다.

그런데 ㉠과 그 아래의 30·31절에서 화자는, 2)·3)단락에서 제기된 이 문제들을 석가 출현의 이유로 파악하고 있다. 곧 '계급의 혁파'와 '종교의 혁정'이라는 당시 인도인들의 사회적·종교적 요구 내지 필요로 인해 석가가 출현했다는 것이다. 그리고 석가 출현의 이유인 '계급의 혁파'와 '종교의 혁정'은 ㉡에서 "모든학설 타파하고/ 인심일세 사회개조/ 불교라는 무상묘법"이라고 하여 불교의 성격으로 규정되고, ㉢을 통해 불교 홍포(弘布)의 필연적 이유로 제시하고 있다.

이렇듯 불교를 시대적·사회적 요구의 산물로 파악하고 있는 위 (12)의 불교 인식은 근대불교학의 영향으로, 이러한 '총론'의 존재는 그 이전의 불전(佛傳)과 구별되는 또 다른 특징이라 할 수 있다. 그렇지만 석가 및 불교 출현의 필연성을 강조한 사실 자체는, 불전의 서두를 장식하고 있는 석가의 전생담이나 팔상의 '도솔래의'의 기능 및 의미와 상통하는 점이 있다.

석가의 성불 이유를 밝히고 있는 전생담과 석가의 성불이 예정된 것임을 보여주는 '도솔래의'는, 불전에서 석가 출현의 당위성 내지 필연성의 근거로 제시된 것이기 때문이다. 물론 총론과 전생담이 근거하는 불교관·불타관은 큰 차이가 있고, 이로 인해 〈석존일대가〉와 그 이전의 불전은 각각의 내용적 특징을 보이게 된 것이라 할 수 있다.

> (13) ① 上來數章 分하여셔/ 우리釋尊 一代中에
>   그行蹟을 略述하니/ 깃븜으로 唱歌하라//
>   ② 大槪우리 思惟컨대/ 大聖釋迦 牟尼世尊
>   三世超絶 하신智眼/ 十方無碍 辯才로써//
>   古와今에 冠絶하는/ 眞理大道 顯示하고
>   四十九年 오랫동안/ 雄辯滔滔 橫說竪說//

根機싸라 開導함에/ 편하신날 업섯스며
賢愚貴賤 分別업시/ 佛의敎化 입엇더라//
③大聖圓寂 하신後도/ 親說하신 그遺敎는
七千餘卷 經典되야/ 爾後二千 九百餘年//
東洋五億 萬人口의/ 信仰思想 習慣支配
釋迦敎가 油然하게/ 萬古文明 源泉일세//
大槪世界 各國에는/ 各宗敎가 만타하나
佛敎가치 數多人類/ 感化하는 宗敎업다//
④그러하면 釋迦世尊/ <u>世界開闢한 以來로</u>
<u>第一偉人</u> 이라함이/ 엇지不可 할싸부냐 〈9:1-8〉

　(13)은 '제9장 총결'의 전문을 옮긴 것이다. 인용문을 통해 알 수 있
듯이 〈석존일대가〉의 '총결'은, 권계나 당부의 내용으로 되어 있는 동
시대의 찬불가·종교시가의 결사와는 다른 모습을 보이고 있다. 인용
문 ①의 경우는 청자에 대한 당부라고 할 수 있지만, "깃븜으로 창가하
라"는 〈석존일대가〉에 대한 청자의 태도를 제시한 것이므로, 본사의
내용을 지킬 것을 권하고 있는 여타 종교시가의 결사와는 거리가 있다
고 할 수 있다. 이 ①을 제외하면, '총결'은 석가의 공덕과 불교의 의의
에 관한 서술로, 〈석존일대가〉 전체의 불교관 및 불타관으로 볼 수 있
는 내용으로 되어 있다.
　위의 ②와 ③에서 화자는 석가의 공덕으로 '진리의 현시'와 중생의
'근기에 따른 개도(開導)'를 들고, 불교의 의의 및 가치에 대해서는 "동
양오억만 인구의 신앙사상 습관지배", "만고문명 원천", "수다인류 감
화하는 종교"라고 서술하였다. 그 결과 도출된 것이 바로 ①의 밑줄
친 부분으로, 〈석존일대가〉는 이 노래로 끝맺고 있는 것이다.
　여기에서 화자는 석가를 세계사의 '제일 위인'으로 제시하고 있는
데, 이 '위인'은 〈석존일대가〉의 '석가상(釋迦像)'으로 언급된 바 있는

'인간' '철학자' '역사적 존재'에 다름 아니다. 그리고 '신이성의 배제'와 '연대기에 의한 서술 방식'이라는 특징이 이들 석가 형상화와 관련된다는 점까지 고려한다면, 〈석존일대가〉 창작의 일차적인 목적 및 의도는 바로 이 '위인'으로서의 석가 형상화에 있다고 보여진다. 즉 〈석존일대가〉는 '위인' 석가의 역사적 '사실'을 널리 알리는데 그 목적이 있다는 것이다. 그렇다면 이러한 창작 의도의 배경 및 이유에 대한 해명이 필요하다. 이에 대해서는 장을 달리하여 다룰 것이다.

4. 〈석존일대가〉의 시대적 맥락과 의의

〈석존일대가〉는 앞의 2장에서 언급했듯이, 그 창작과 발표의 시기가 같지 않다. 『불교』 35호(1927.5)에 발표·소개되었지만, 〈석존일대가〉를 윤색한 〈가찬 석존전〉(1916)의 존재로 인해 1916년 이전에 지어진 것임을 알 수 있는 것이다. 그런데 〈석존일대가〉의 발표 시기를 전후로 하여, 불교잡지에는 아래의 인용문과 같은 석가 관련 글들이 많이 실리고 있어 주목을 요한다.

(14) 釋尊은 우리 普通 人類와 特異함으로 卽 宇宙의 眞相을 証得한 生身의 佛陀인즉 佛傳 硏究에 對하야도 此를 歷史上으로 본 單純한 人間으로 記述하는 것과 또 此를 信仰上으로 본 超人間的 佛陀로 讚仰하는 것과의 二方面이 存在한 것을 讀者는 記憶할 것 임니다. …(중략)… 勿論 歷史는 어대까지던지 事實이 必要할 것은 一般이 共知할 바 임니다. 그러나 莊嚴은 事實이 아닌 各個人의 信仰上 理想에 不過한즉 事實과 修飾과의 混雜은 絶對로 區別할 것 임니다. 或時 우리가 各宗敎의 敎祖傳를 披讀하면 事實과 莊嚴이 混雜되여 實傳으로 引證하는 것 보담 虛傳으로

引證하는 일이 만습니다. 그러면 釋尊傳의 硏究에는 할 수 잇는대로 <u>詩話
的 莊嚴이나 信仰的 修飾를 脫却하고 참으로 歷史的 實傳를 明白히 記
述하는 것이 좀 無味乾燥할 듯 하나 이것이 實로 現代人의 要求에는 多少
間 緊要한 點이 잇슬줄로 생각합니다. 卽 歷史上의 釋尊傳를 個人의 履
歷書와 갓치 記述한다고 우리의 信仰이 動搖될 것은 決코 업습니다.</u>[44)]

   (15) 칸트哲學으로부터 借言할 것 가트면 人間은 二方面이 잇나니 一
은 現象으로의 人間이요 二는 實在으로의 人間이다. 그런 故로 我等은
實在的 方面과 現象 方面의 두 가지가 잇다. 칸트는 자주자주 現象的
方面으로 把握할 수 업는 것을 實在라고 하얏다. 그런 까닭으로 釋尊은
現象的 人間이신 同時에 實在的 人間이시다. 筆者도 幼時에는 佛門에
잇섯스되 佛敎가 무엇인지 몰낫스며 佛이라 하면 木土로 造成한 等像이
나 紙帛에 그려노은 幀畫로 아랏스며 그보다 더한 理解가 잇다 할 것
가트면 <u>千變萬化의 神通을 가추신 幻影의 天神으로 미덧슬 쑨이다. 그럼
으로 盲目的으로 信仰하고 禮拜하고 轉禍爲福을 비럿슬 쑨이다. 그러나
經典을 배우며 傳記를 硏究함에 싸라서 佛陀가 三千年 前에 實在的 人格
者 聖者이시엿슴을 發見하게 됨으로부터 더욱 미듬이 깁고 感激함이 强
烈케 되엿다.</u>[45)]

   위의 (14) · (15)는 오봉산인의 「인신 불타의 석존전 대요」와, 김태흡
의 「대은교주 석존의 인생과 그의 종교에 취하야」의 일부 내용을 옮긴
것이다. 인용문 (14)에서 오봉산인은, 석가는 '역사상으로 본 단순한
인간'과 '신앙상으로 본 초인간적 불타'의 두 가지 측면이 있다고 전제
한 뒤, 불전(佛傳)은 '현대인의 요구'에 맞는 전자의 측면에서 기술해야

---

44) 五峯山人, 「人身佛陀의 釋尊傳 大要」, 『불교』 3호, 불교사, 1924.9, 35~36쪽.
45) 金泰洽, 「大恩敎主 釋尊의 人生과 그의 宗敎에 就하야」, 『금강저』 15호, 금강저사, 1928.1, 6쪽.

함을 주장하고 있다.

(15)의 경우는 석가에 대한 인식이 신앙의 문제와 관련이 있음을 밝히고 있다. 신적 존재로서의 석가 관념은 기복신앙의 원인으로, 보다 깊은 믿음을 얻기 위해서는 석가가 역사적으로 실재했던 인격자·성자임을 알아야 한다는 것이다. 이 (14)와 (15)는 그 논점에 차이가 있긴 하지만, 역사적 존재로서의 석가를 강조하고 있다는 점에서 일치하고, 〈석존일대가〉의 불타관과도 다르지 않음을 알 수 있다.

사실, 인간으로서의 석가 인식 내지 형상화는 오봉산인과 김태흡의 논설뿐만 아니라, 1924년 7월『불교』의 창간을 기점으로 활발하게 전개된 불타 관련 담론들의 주요 관심사였다. 그러므로 이들 불타 담론이 등장한 시대적 배경 내지 이유에 대해 살펴볼 필요가 있다. 이 문제는 바로 〈석존일대가〉의 창작 배경 및 이유에 해당하기 때문이다. 또한 〈석존일대가〉의 발표가 늦어지고 〈가찬 석존전〉으로 윤색된 이유와도 관련이 있어 보인다.

주지하다시피, 1895년 승려의 도성출입금지령 해제 이후, 한국불교는 이중의 과제에 직면한다. 곧 근대기의 한국불교계는 기독교·천도교 등의 교세 확장과, 일제 침략의 선봉을 자처했던 일본불교의 침투에 맞서, 종교로서의 불교의 정체성과 일본불교와 구별되는 한국불교의 정체성을 정립해야 했다. 그리고 이를 바탕으로 불교의 대중화라는 종교 본연의 임무를 실현해야 하는 상황에 놓인 것이다.

당시의 불교잡지에 실린 기사들의 주요 경향을 볼 때, 대체로 1910년대는 한국불교의 정체성 정립에, 1920·30년대는 종교로서의 정체성 확립 및 불교대중화에 역점을 두고 있음을 알 수 있다.[46] 석가에

---

46) 김기종, 「근대 불교잡지의 간행과 불교대중화」, 『한민족문화연구』 26, 한민족문화학회, 2008, 384~388쪽 참고.

대한 인식 내지 형상화는 종교로서의 정체성 정립과 관련된다고 하겠
는데, 1910년대의 불교잡지에 불타 관련 담론이 거의 없다는 점과,[47]
위에서 언급했듯이 불타 담론이 1920년대에 본격적으로 등장하고 있
다는 점에서도 이 같은 불교계의 시대적 관심이 확인된다.

여기에서, 〈석존일대가〉를 윤색한 이유가 이러한 시대적 분위기에
기인한 것임을 짐작할 수 있다. 1910년대의 불교계에서 〈석존일대가〉
의 불타관은 다소 생소한 것이었고, 그 필요성 역시 크게 인식되지 못
했다는 것이다. 또한 '전통'에 대한 고려도 작용했을 것이다. 그리하여
권상로는 당시의 독자들에 대한 배려의 차원에서, 〈석존일대가〉의 구
성 및 내용을 유지하면서도 대승불교의 불타관을 벗어나는 부분에서
는 전통적인 불전(佛傳)의 내용을 추가·삽입한 것이라 할 수 있다.

한편, 1920·30년대에 있어 불교의 정체성과 불교대중화의 문제가
부각된 이유는 무엇보다 1920년 중반 이후 등장한 반종교운동으로 인
해 불교에 대한 부정적 인식이 확산되었기 때문이다. 불교에 대한 부
정적 인식 내지 비판은 개항 이래, 기독교의 교세 확장과 더불어 시작
되어, 1920년대 중반 이후 등장한 반종교운동으로 인해 보다 적극성을
띠게 된 것이다.[48] 이러한 기독교·반종교 세력의 비판은 극복해야 하
는, 불교의 정체성 정립 및 대중화와 직결되는 문제였다. 그러므로 당

---

47) 1910년대의 불교잡지에 실린 불타 담론으로는 〈가찬 석존전〉 외에, 박한영의 「敎主
佛陀의 小歷史」(『해동불보』 1호, 1913.11)·「世尊誕辰紀念嘉會에 祝賀」(『해동불보』 7
호, 1914.5)와 최동식의 「四十九甲佛誕紀念演論」(『해동불보』 7호, 1914.5)·권상로의
「교의문답」(『조선불교월보』 5·7·13호)이 있을 뿐이다. 이 글들은 모두 전통적인 대
승불교의 불타관과 불전의 내용에 의거하고 있다.

48) 그 일례로, 김태흡은 당시 일반인들의 불교 인식 내지 비판을 전하고 있다. "後來에
佛敎를 信하고 佛敎를 取扱하는 者는 이러한 本意를 忘失하고 神變莫測 神通自在的
秘密的 造化와 三明六通 智慧具足의 知的 思辨만을 佛敎의 特色으로써 誤認하고 佛敎
를 一神秘敎의 恍惚 陶醉的 宗敎로 看做하엿습니다"(김태흡, 「正統正態의 佛敎」, 『불
교』 21호, 1926.3, 13쪽)

시의 불교 지성들은 잡지와 신문 등의 논설에서 불교 비판을 반박하는 한편, 이에 대한 대응 논리를 마련하고 확산할 필요가 있었다.

불타 담론은 바로 이 과정에서 나온 것으로, '불타'에 대한 관심과 석가의 인격적 형상화는 불교 비판에 대한 당시 불교계의 대응 논리로 볼 수 있다. '불타'는 기독교의 '하나님'과 확연히 구별되는 불교의 정체성을 보여주는 것이고, 인격적 주체로서의 석가 형상화는 기독교 및 반종교 세력의 미신과 우상숭배라는 비판에 맞서, 불교의 정체성 및 합리성을 드러낼 수 있는 장치이기 때문이다. 물론, 일본 유학생 출신의 승려들이 불타 담론을 주도하고 있다는 점에서,[49] 일본을 통해 수입·소개된 근대불교학의 영향도 무시할 수 없을 것이다.

이렇게 볼 때, 〈석존일대가〉 역시 여타의 종교와 구별되는 불교의 정체성 및 합리성을 드러내고자 한 의도에서, 위인 석가의 역사적 사실을 충실히 서술하고 있는 것이라 할 수 있다. 특히 인용문 (13)의 "대개세계 각국에는/ 각종교가 만타하나/ 불교가치 수다인류/ 감화하는 종교업다"와 "그러하면 석가세존/ 세계개벽한 이래로/ 제일위인 이라 함이/ 엇지불가 할싸부냐"는 〈석존일대가〉가 다른 종교에 대한 대타의식 및 종교로서의 정체성과 관련 있음을 보여준다.

결국, 〈석존일대가〉는 석가일대기의 근대적 변용과, 불교시가의 근대적 변모라는 문학사적 의의뿐만 아니라, 당시 불교계의 시대적 대응 논리인 불타 담론을 선도하고 있다는 점에서 그 불교사상사적 의의가 크다고 하겠다.

---

49) 참고로, 인용문 (15)의 저자인 김태흡은 일본대학교 종교과를 졸업한 승려이다. 오봉산인의 경우는 필명이라서 누구를 가리키는지 알 수 없다. 그렇지만 『불교』에 수록된 그의 많은 글들 중, 근대불교학의 연구 성과 내지 동향을 소개하고 있는 글이 적지 않은 비중을 차지하고 있다는 점에서, 그 역시 유학생 출신의 승려일 가능성이 크다.

5. 맺음말

본고는 〈석존일대가〉의 문학적 성격을 이해하기 위한 일환으로, 서술 양상의 특징적인 국면과 작품의 시대적 맥락 및 의의에 대해 살펴보았다. 또한 예비적 고찰로, 작자의 생애와 창작 시기의 문제 등을 검토하였다. 지금까지의 논의 내용을 요약하면 다음과 같다.

먼저, 제한된 자료의 범위 안에서 작자인 이응섭의 생애 일부를 복원하고, 그의 사상적 경향에 대해 살펴보았다. 이응섭은 전통적인 승가교육과 국내외의 근대적인 교육을 모두 체험한 당시 불교계의 지성으로, 불교대중화를 위한 저술 활동에 힘쓴 인물이다. 그는 자신의 저술들을 통해 현세이익적 기복신앙을 미신으로 규정하고 '미신'·'신비'·'신이'에 대한 비판과 교정을 주장하고 있다. 이와 같은 이응섭의 행적과 사상적 경향은 〈석존일대가〉의 내용 및 성격과 관련이 있다.

다음으로, 〈석존일대가〉 서술의 구체적인 양상을 세 항목으로 나누어 고찰하였는데, 다음과 같은 특징을 찾을 수 있었다. 신이한 사건의 배제와 사실·지식의 강조, 석가 연보의 재구 및 이에 따른 사건 배열, '총론'·'총결'의 설정을 통한 불교관·불타관의 제시 등이 그것이다. 이러한 서술 양상은 근대불교학의 영향을 반영한 것으로, '위인' 석가의 역사적 '사실'을 널리 알리기 위한 〈석존일대가〉의 창작 의도에 기인한다. 이렇듯 이 작품의 석가 형상화 및 서술 양상은 근대 이전의 불타전기에서 볼 수 없었던 특징이라는 점에서, 석가일대기의 근대적 변용이라는 의의를 갖는다. 한편, 〈석존일대가〉는 독자에 대한 교화나 권계의 내용이 없는 반면, 지식 및 정보의 전달에 치중하고 있는데, 이 점은 불교시가의 근대적 변모 양상의 한 예로 지적할 수 있을 것이다.

끝으로, 〈석존일대가〉의 창작 배경 내지 이유를, 당시의 불교계에서 활발하게 전개되고 있던 불타 담론의 맥락에서 살펴보았다. 주요 불타 담론에서 보이는 '불타'에 대한 관심과 석가의 인격적 형상화는 기독교·반종교 세력의 불교 비판에 대한 시대적 대응의 논리로 볼 수 있다. 이러한 점을 고려하면, 〈석존일대가〉 역시 여타의 종교와 구별되는 불교의 정체성 및 합리성을 드러내고자 한 의도에서, 위인 석가의 역사적 사실을 충실히 서술하게 된 것이라 하겠다. 이렇게 볼 때, 〈석존일대가〉는 당시 불교계의 시대적 대응 논리인 불타 담론을 선도하고 있다는 불교문화사적 의의를 갖는다고 할 수 있다.

제2부

다르마[法] : 경전의 수용과 변용

〈보현십원가〉의 표현 양상과 그 의미

1. 머리말

주지하다시피 〈보현십원가(普賢十願歌)〉는 『화엄경』 소재 '보현십종원왕(普賢十種願王)'의 내용을 바탕으로, 고려 광종대의 고승인 균여(923~973)가 창작한 11수의 향가이다.[1] 『균여전』에는 이 〈보현십원가〉 외에도 균여의 서문과 함께, 최행귀의 한역시인 〈보현십원송(普賢十願頌)〉 11수 및 그 서문이 수록되어 있다. 이렇듯 〈보현십원가〉는 선·후행 텍스트와 관련 정보가 존재하고 있다는 점에서 여타의 신라·고려시대 시가작품들과 구별되고, 이러한 점들로 인해 작품의 어학적 해독 및 문학적 해석이 용이한 편이라고 할 수 있다.

그렇지만 〈보현십원가〉에 대한 문학적 연구는 『삼국유사』 소재 향가에 비해, 그 양과 질적인 면에서 모두 부진한 상황이다. 물론 연구의 초창기부터 지금까지 비록 많지는 않지만 비교적 다양한 측면에서 지

---

1) 『화엄경』의 한역본으로는 진본(晉本) 『화엄경』(60권본)·주본(周本) 『화엄경』(80권본)·정원본(貞元本) 『화엄경』(40권본)의 3종이 있는데, 이들 중 40권본 『화엄경』에만 보현보살의 10가지 서원이 수록된 「보현행원품」이 있다. 이 40권본은 다른 『화엄경』과 달리 경문(經文) 전체를 번역한 것이 아니고, 진본과 주본의 「입법계품(入法界品)」만을 번역한 것이다. 논의의 편의를 위해 여기에서, 보현보살의 10가지 행원(行願)을 제시하면 다음과 같다. ①예경제불(禮敬諸佛) ②칭찬여래(稱讚如來) ③광수공양(廣修供養) ④참회업장(懺悔業障) ⑤수희공덕(隨喜功德) ⑥청전법륜(請轉法輪) ⑦청불주세(請佛住世) ⑧상수불학(常隨佛學) ⑨항순중생(恒順衆生) ⑩보개회향(普皆迴向).

속적인 논의가 이루어져 왔다. 작가론,2) 수사법 및 표현방식,3) 구조
와 시문법,4) 사상적 특징,5) 시대적 의미6) 등이 논의되었고, 최근에는
표현미학적 논의7)와 문학치료학적 해석8)까지 관심의 영역이 확대되
고 있다.

  그런데 이들 선행연구는 논의의 대상 및 목적의 차이에도 불구하고,
대부분 「보현행원품」·〈보현십원송〉과의 비교 검토로부터 그 논의를
시작하고 있는 공통점을 보인다. 곧 〈보현십원가〉와 이들 텍스트의 같
은 점과 다른 점을 구분한 뒤, 후자를 중심으로 각각의 논의를 진행하
고 있는 것이다.9) 그러나 11수 전체에 대한 면밀한 비교 검토는 찾기

2) 김종우, 「균여의 생애와 그의 향가」, 『국어국문학지』 2, 문창어문학회, 1961; 정상균,
   「보현십원가 연구」, 『국어교육연구』 3, 조선대 국어교육과, 1984.
3) 이재선, 「신라향가의 어법과 수사」, 『향가의 어문학적 연구』, 서강대 인문과학 연구
   소, 1972; 이승남, 「중생의 뜻에 수순하겠다는 노래」, 『새로 읽는 향가문학』, 임기중
   외, 아세아문화사, 1998.
4) 최래옥, 「균여의 보현십원가 연구」, 『국어교육』 29, 한국어교육학회, 1976; 양희철,
   『고려향가연구』, 새문사, 1988; 윤태현, 「〈보현십원가〉의 문학적 성격」, 『한국어문학
   연구』 30, 한국어문학연구회, 1995; 신명숙, 「서정과 교술의 변주 〈보현십원가〉」,
   고가연구회 편, 『향가의 수사와 상상력』, 보고사, 2010.
5) 서철원, 「보현십원가의 수사방식과 사상적 기반」, 『한국시가연구』 9, 한국시가학회,
   2001; 이연숙, 「균여 향가의 밀교적 성격과 문학성에 관한 연구」, 『한국문학논총』
   45, 한국문학회, 2007.
6) 조선영, 「업장을 참회하는 노래」, 임기중 외, 『새로 읽는 향가문학』, 아세아문화사,
   1998; 서철원, 「균여의 작가의식과 〈보현십원가〉」, 『한국고전문학의 방법론적 탐색
   과 소묘』, 역락, 2009.
7) 김종진, 「균여가 가리키는 달: 보현십원가의 비평적 해석」, 『정토학연구』 19, 한국정
   토학회, 2013.
8) 조영주, 「균여의 〈보현십종원왕가〉에 대한 문학치료학적 해석」, 『겨레어문학』 48,
   겨레어문학회, 2012.
9) 참고로, 최래옥, 앞의 논문, 27쪽에서는 "행원품에 충실하지 않을수록 문학성은 비례
   하여 높아지고, 원전에 충실하다보면 문학성이란 고작 10구체를 맞추는 정도밖에 안
   된다."라고 하였다. 그리고 윤태현, 앞의 논문, 214쪽에서는 "〈보현십원가〉의 독자성
   은 무엇보다도 「보현행원품」과의 영향 관계에서 얼마나 어떻게 작품화 했느냐에 달려

어렵고, 대부분 〈보현십원가〉의 몇몇 작품과 일부 노랫말만을 분석의
대상으로 삼고 있다.

〈보현십원가〉 전체를 대상으로 한 연구에 있어서는 논의의 과정에
서 몇몇 오류가 보이기도 한다. 양희철은 「보현행원품」의 "진법계(盡法
界)·허공계(虛空界)·시방삼세(十方三世)"가 〈예경제불가〉·〈광수공양가〉
에서는 '법계'로만 나타난다고 지적한 뒤, 그 이유 내지 의미를 다음과
같이 설명하였다. 곧 "시적 자아가 '예경제불'조의 서술자와 같이 해탈
의 세계에 있지 않으며, 그로 인해 아직도 수도 단계에 있는 자신의
처지를 반영한 것이거나, 허공계 부인이라는 그 자신의 세계관을 반영
한 것"[10]으로, "이는 바로 시적 자아가 지상적인 존재로 그의 한계와
위치를 고려한 이 작품만의 독특한 내용"[11]이라는 것이다. 서철원의
경우는, 「보현행원품」에 없는 〈수희공덕가〉 제10행의 "질투의 마음 이
르러 올까(嫉妬叱心音至刀來去)"에 대해, 교양 수준이 낮은 독자를 위해
균여가 새로 지은 노랫말이라고 하였다.[12]

그러나 『화엄경』의 법계와 허공계는 모두 똑같이 불신(佛身)이 상주
하고 있는 진리의 세계를 의미하는 것이지, 허공계가 해탈의 세계이고
법계는 아니라는 차등의 개념으로 제시된 것이 아니다. 곧 법계만이
노래되고 있다는 점으로, 「보현행원품」의 '하향조절' 내지 〈보현십원
가〉의 내용적 특징을 설명할 수는 없는 것이다. 그리고 〈수희공덕가〉
의 제10행은 균여의 창작이 아닌, 청량 징관(淸凉澄觀, 738~839)이 지은
『화엄경행원품소(華嚴經行願品疏)』 제10권의 내용을 반영한 것이다.[13]

있다."라고 하였다.

10) 양희철, 앞의 책, 187쪽.

11) 같은 책, 204쪽.

12) 서철원, 앞의 논문, 2009, 184쪽.

『화엄경행원품소』는 규봉 종밀(圭峯宗密, 780~841)의 『화엄경행원품소
초(華嚴經行願品疏鈔)』와 함께 「보현행원품」에 대한 중국 화엄학의 대표
적인 주석서이다.

이 외에도, 선행텍스트의 수용 및 변용의 내용 파악이 연구자에 따
라 차이를 보이고 있다는 문제점을 지적할 수 있다. 〈청불주세가〉를
예로 들면, 양희철과 서철원은 이 작품의 내용 및 표현이 「보현행원품」
의 청불주세원과 거의 차이가 없다[14]고 본 반면, 윤태현은 〈청불주세
가〉의 제5~10행을 「보현행원품」에 전혀 없는 내용으로 파악하고 있는
것이다.[15]

그러므로, 이 글은 이상의 문제점들을 염두에 두면서, 〈보현십원
가〉의 구조와 시적 지향을 구명(究明)하기 위한 작업의 일환으로, 표현
양상의 특징적인 국면과 그 의미에 대해 논의하고자 한다. 이를 위해,
선행연구에서 언급하지 않은 부분을 중심으로 〈보현십원가〉와 「보현
행원품」의 대응 양상을 검토하고, 변용 또는 변개의 이유 및 의미에
대해 살펴볼 것이다. 한편, 최근 국어학계의 몇몇 연구에서는 「보현행
원품」뿐만 아니라, 징관의 『화엄경행원품소』와 종밀의 『화엄경행원품
소초』까지 〈보현십원가〉의 선행텍스트로 제시하고 있다. 이에, 다음
장에서는 작품 분석에 앞서 이 문제에 대해 잠시 살펴보기로 한다.

---

13) 2장에서 살펴보겠지만, 최근 국어학계의 연구 성과인 김지오, 「균여전 향가의 해독과
   문법」, 동국대학교 박사학위논문, 2012, 2쪽에서는, 〈보현십원가〉는 「보현행원품」뿐
   만 아니라 징관의 『화엄경행원품소』까지 아울러 시가화한 것이라고 주장하였다. 이러
   한 주장은 사실 새로운 것은 아니다. 물론 그동안 어떠한 연구자도 주목하거나 언급하
   지는 않았지만, 이미 최철·안대회 역주, 『역주 균여전』, 새문사, 1986, 44~52쪽의
   각주에, 『화엄경행원품소』의 관련 내용이 제시되어 있는 것이다.

14) 양희철, 앞의 책, 222쪽; 서철원, 앞의 논문, 2001, 210쪽.

15) 윤태현, 앞의 논문, 228쪽.

2. 선행 텍스트와의 관계

〈보현십원가〉의 어학적 해독은 한동안 소강상태를 보이다가, 근래들어 구결학회를 중심으로 활발한 논의가 진행 중이다.16) 석독구결의 연구 성과에 기초한 이들 논의는, 그 이전의 연구보다 더 면밀하게 「보현행원품」·〈보현십원송〉과의 관련 양상을 비교 검토하여, 그 결과를 작품의 해독에 반영하고 있다. 그런데, 앞에서 언급했듯이 최근의 논의인 김지오와 河崎啓剛의 논문은 「보현행원품」 외에도 〈보현십원가〉의 저경(底經) 내지 선행텍스트로, 『화엄경행원품소』(이하 『소』로 표기)와 『화엄경행원품소초』(이하 『소초』)를 제시하고 있어 주목을 요한다. 이 논문들에서 『소』와 『소초』를 시가화한 것으로 언급된 작품은 〈수희공덕가〉와 〈청불주세가〉이다.

> (1) 공덕을 따라 기뻐함에도 셋인데, 첫째는 이름을 표시한 것이다. 과거에 남의 선을 기뻐하지 않았기 때문에 이제 따라서 기뻐함이니, 그를 기뻐하여 질투의 장애를 제거하고 평등한 선을 일으키는 것이다.17)

> (2) 중생의 마음이 깨끗하면 부처님이 상주하심을 볼 것이고, 중생의 마음이 더러우면 부처님이 목숨을 버리는 것을 볼 것이다. …(중략)… 그러므로 (『화엄경』) 여래출현품의 열반장에서 이르기를, "여래는 항상 청정법

16) 주요 논의만을 소개하면 다음과 같다. 박재민, 「구결로 본 보현십원가 해독」, 연세대학교 석사학위논문, 2002; 김유범, 「균여의 향가 〈광수공양가〉 해독」, 『구결연구』 25, 구결학회, 2010; 김성주, 「균여향가 〈보개회향가〉의 한 해석」, 『구결연구』 27, 구결학회, 2011; 河崎啓剛, 「균여향가 해독을 위한 한문 자료의 체계적 대조와 거시적 접근」, 『구결연구』 29, 구결학회, 2012; 김지오, 앞의 논문.

17) "第五復次明隨喜行, 初牒名者. 由昔不喜他善, 故今隨喜, 爲慶悅彼, 除嫉妒障, 起平等善." 징관, 『화엄경행원품소』 권10(『卍新纂大日本續藏經』 제5책, 194쪽)

계에 상주하고 계시는데 중생심을 따라 열반을 보이신다. 불자야! 비유하
면 해가 떠서 일체 맑고 깨끗한 물그릇을 비추는데 그림자가 나타나지
않는 곳이 없는 것과 같다.[18]

위의 (1)은『소』, (2)는『소초』의 관련 내용을 옮긴 것으로, 선행연
구에서 〈수희공덕가〉와 〈청불주세가〉의 선행텍스트로 제시된 부분이
다. 전자는 〈수희공덕가〉의 후구(後句)인 "이리 여겨 가면/ 질투의 마음
이르러 올까(伊羅擬可行等 嫉妬叱心音至刀來去)"에, 후자는 〈청불주세가〉
의 낙구(落句) "우리 마음 물 맑으면/ 부처님의 그림자 아니 응하시리(吾
里心音水淸等 佛影不冬應爲賜下呂)"에 대응된다. 「보현행원품」의 주석서
인 징관의『소』는 각 행원(行願)의 경문(經文)을 '첩명(牒名)'·'석상(釋相)'·
'총결무진(總結無盡)'의 세 항목으로 나누어 설명하고 있는데,[19] 〈보현
십원가〉의 마지막 노래인 '총결무진가'의 제목은 징관의 용어인 '총결
무진'을 차용한 것임을 알 수 있다.

인용문 (1)은『소』의 '첩명'에 해당하는 내용으로, '수희(隨喜)'의 이
름과 그 의미를 풀이한 것이다. 행원의 이름에 대한 이와 같은 해설은
다른 행원의 '첩명'에서도 볼 수 있다. 예를 들면, '예경제불'의 '첩명'
은 "마음이 공경하므로 몸과 입을 움직여서 두루 예경하기 때문에, 아
만의 장애를 제거하여 공경을 일으키고 선(善)을 믿는 것이다."[20]라는
설명으로 되어 있다. '첩명' 항목의 이러한 해설은 칭찬여래원·광수공

---

18) "衆生心淨, 見佛常住, 衆生心垢, 見佛捨命. …(中略)… 故出現品涅槃章中云, 如來常住
淸淨法界, 隨衆生心示現涅槃. 佛子, 譬如日出普現世間, 於一切淨水器中, 影無不現."
종밀, 『화엄경행원품소초』 권4(『卍新纂大日本續藏經』 제5책, 287~289쪽)
19) "後普賢菩薩下別釋, 即爲十段, 段各有三, 一牒名, 二釋相, 三總結無盡." 징관, 『화엄
경행원품소』 권10(『卍新纂大日本續藏經』 제5책, 193쪽)
20) "第一牒名. 由心恭敬, 運於身口, 而遍禮故, 除我慢障, 起敬信善." 같은 책.

양원을 제외한 모든 행원에 있는데, 그 내용이 직접적으로 반영된 노래는 〈수희공덕가〉가 유일한 예에 속한다.

인용문 (2)는『소』의 해설서인『소초』의 관련 부분으로, 징관의『소』에 전혀 없는 내용이다.[21] 河崎啓剛은 위의 인용문을 포함한 청불주세원에 관한『소초』의 해설 전체가, "〈청불주세가〉를 구성하는 모든 모티프들 및 그것들을 연결하는 논리와 빠짐없이 긴밀하게 대응하고 있다."[22]라고 주장하였다. 그러나 필자가 검토한 바로는 인용문의 밑줄친 부분과, 인용하지 않은 "거수박두(擧手拍頭) 추흉규환(搥胸叫喚) 체읍경열(涕泣哽咽)"[23]의 구절 외에는, 대응되는 논리 및 모티프를 찾을 수 없었다. 곧『소초』의 해설에는 〈청불주세가〉의 제5~8행인 "새벽으로 아침 깜깜한 밤에/ 향하실 벗이여 서럽구나/ 이를 알게 됨에/ 길 잃은 무리 슬프구나.(曉留朝于萬夜未 向屋賜尸朋知良闕尸也 伊知皆矢爲米 道尸迷反群良哀呂舌)"와 대응되거나 관련되는 내용이 없는 것이다.

이상, 간략하게나마 〈수희공덕가〉・〈청불주세가〉와 대응되는『소』・『소초』의 내용을 살펴보았다. 그동안의 문학적 연구에서 이들 노래의 제9~10행은 「보현행원품」의 영향에서 벗어난, 〈보현십원가〉의 창작성 내지 문학성을 보여주는 주요한 논거 중의 하나였다. 그러므로 이들 노랫말이『소』・『소초』의 내용이라는 국어학계의 논의는 앞으로의 문학적 연구에 있어 시사하는 바가 크다고 할 수 있다.

그렇지만 이 두 작품 외에『소』・『소초』와 직접적으로 대응되는 노

---

21) 김지오, 앞의 논문, 95~96쪽에서는 인용문 (2)의 '중략' 이전의 출전을 징관의『소』로 제시하고 있다. 그러나 이 내용은『소』에 없는 것으로, 논자의 착오로 보인다.

22) 河崎啓剛, 앞의 논문, 127쪽.

23) 종밀,『화엄경행원품소초』권4(『卍新纂大日本續藏經』제5책, 284쪽). 이 구절은 〈청불주세가〉의 3행인 "손을 비벼 울면서(手乙寶非鳴良尓)"와 대응된다.

래가 없다는 점에서, 이들 연구자의 주장만큼 〈보현십원가〉에서 차지하는 비중이 큰 것은 아니다. 또한 균여가 『소』·『소초』의 관련 구절을 적구(摘句) 또는 차용하여 노랫말을 지은 것으로 보기에도 무리가 있다. 〈수희공덕가〉의 '嫉妬叱心音(질투의 마음)'은 『소』에서는 '질투장(嫉妬障)'으로 되어 있고, 『소』의 "기평등선(起平等善)"과 관련된 내용 없이 설의법으로 끝나고 있기 때문이다. 〈청불주세가〉의 경우도 『소초』의 '정(淨)'이 노랫말에서는 "吾里心音水淸等(우리의 마음 물이 맑으면)"의 '청(淸)'으로 되어 있고, '불영(佛影)'의 시어는 『소초』에 없는 것이다.

중국 화엄종의 제4조인 징관의 『소』와 5조 종밀의 『소초』는, 당시 동아시아의 불교계에서 모호한 경문의 의미를 이해하기 위해 널리 읽힌 해설서이다. 고려 화엄학을 대표하는 학승이자, 자신의 여러 저서에 징관과 종밀의 논소를 인용하고 있는[24] 균여에게 있어, 인용문 (1)·(2)의 내용은 〈보현십원가〉의 창작 이전에 이미 하나의 '상식'이었을 것으로 볼 수 있다.[25] 그러므로, 「소」·「소초」의 내용적 대응은 저경 내지 선행텍스트라는 측면보다는, 당시 화엄학 이론의 수용 또는 반영이라는 관점에서 이해할 필요가 있다. 그렇다고 『소』와 『소초』의 영향 및 중요성을 과소평가하는 것은 아니다. 이들 주석서, 특히 징관의 『소』는 균여의 〈보현십원가〉 창작에 많은 영향을 미쳤고, 또한 지금의 연구자들이 〈보현십원가〉를 이해하고 해석함에 있어 반드시 고려해야 할 자료라고 할 수 있다. 이러한 점은 다음 장의 작품 분석에서 확인할 수 있을 것이다.

---

24) 최연식, 「균여 화엄사상연구 - 교판론을 중심으로」, 서울대학교 박사학위논문, 1999, 136쪽.

25) 『균여전』 제8 역가현덕분자(譯歌現德分者)에는 "貞元別本行願終篇, 入長男妙界之玄門, 遊童子香城之淨路. 故得淸凉疏主, 修一軸以宣揚"이라는 균여의 언급이 소개되어 있다.

3. 표현 양상의 특징과 그 이유

1) 경문의 구상화(具象化)와 노랫말의 반복

구체적인 논의에 앞서, 〈보현십원가〉의 첫 번째 노래인 〈예경제불가〉와 선행텍스트인 「보현행원품」 예경제불원의 전문을 제시하면 아래와 같다.26)

(3) <u>心未筆留</u>　　　　　　마음의 붓으로
　　 <u>慕呂白乎隱仏体前衣</u>　그린 부처 앞에
　　 拜內乎隱身萬隱　　　 절하는 몸은
　　 法界毛叱所只至去良　법계 두루 이르거라.
　　 塵塵馬洛仏体叱刹亦　티끌 티끌마다 부처의 세계요
　　 刹刹每如邀里白乎隱　세계 세계마다 (보살들이) 둘러 뫼신
　　 法界滿賜隱仏体　　　법계에 (가득) 차신 부처
　　 九世盡良礼爲白齊　　구세 다하여 예경하고자.
　　 歎曰 身語意業无疲厭　아아, 신·어·의업에 지치거나 만족함 없이
　　 此良夫作沙毛叱等耶　이에 '부질[常]' 삼으리라.

(4) 선재동자가 사루어 말씀드렸다. "대성이시여, 어떻게 예배하고 공경하오며, 내지 어떻게 회향하오리까?" 보현보살이 선재동자에게 말씀드렸다. "선남자야, 모든 부처님께 예배하고 공경한다는 것은 ㉠진법계 허공계 시방삼세 일체 불찰 극미진수 모든 부처님을 내가 보현행원의 원력으로 ⓐ눈앞에 대하듯 깊은 믿음을 내어서 청정한 몸과 말과 뜻을 다하여 ㉡항상 예배하고 공경하되 낱낱 부처님의 처소에서 모두 불가설불가설 불찰 극미진수의 몸을 니디내이 ㉢낱낱 몸으로 불가실불가실 불찰 극미

---

26) 본고에서 제시하는 〈보현십원가〉의 현대어역은, 양주동, 『(증정) 고가연구』, 일조각, 1983과 김완진, 『향가해독법연구』, 서울대학교출판부, 1993의 해독을 기본으로 하고, 최근의 성과인 박재민, 앞의 논문과 김지오, 앞의 논문의 해독을 참조한 것이다.

진수 부처님께 두루 예배하고 공경하는 것이니, 허공계가 다하면 나의
예배하고 공경하는 것도 다하려니와 허공계가 다할 수 없으므로 나의 예
배하고 공경함도 다함이 없느니라. 【이와 같이 하여 중생계가 다하고 중
생의 업이 다하고 중생의 번뇌가 다하면 나의 예배하고 공경함도 다하려
니와, 중생계 내지 중생의 번뇌가 다함이 없으므로 ㉣나의 예배하고 공경
함도 다함이 없어 생각 생각 상속하여 끊임이 없되 ㉤몸과 말과 뜻으로
짓는 일에 지치거나 싫어하는 생각이 없느니라.】[27]

위의 인용문을 살펴보면, 〈예경제불가〉와 예경제불원의 대응 관계
를 쉽게 알 수 있다. 곧 〈예경제불가〉의 3~4행은 (4)의 밑줄 친 ㉢,
7~8행은 ㉠~㉡, 9~10행은 각각 ㉤과 ㉣의 구절을 노래한 것이다.
5~6행의 경우는, 위의 (4)에서 직접적으로 대응되는 구절을 찾을 수
없다. 그러나 이들 노랫말은 예경제불원이 아닌 칭찬여래원의 "一一塵
中, 皆有一切世界極微塵數佛, 一一佛所, 皆有菩薩海會圍遶"와 대응된
다는 점에서, 「보현행원품」의 내용을 벗어나는 것은 아니다.

예경제불원과 대응되는 노랫말 중에서 9행의 "신어의업무피염(身語
意業无疲厭)"은 다른 노랫말과 달리, 경문을 그대로 옮긴 듯한 모습을
보이고 있다. 이 같은 모습은 〈보현십원가〉의 다른 노래에서도 찾을
수 있는데, 〈참회업장가〉의 "중생계진아참진(衆生界盡我懺盡)"(9행)과 〈항
순중생가〉의 "염념상속무간단(念念相續无間斷)"(7행)이 그것이다. 〈항순

---

27) "善財白言. 大聖, 云何禮敬. 乃至迴向. 普賢菩薩告善財言. 善男子, 言禮敬諸佛者, 所
有, 盡法界, 虛空界, 十方三世, 一切佛刹, 極微塵數, 諸佛世尊, 我以普賢行願力故,
起深信解, 如對目前, 悉以淸淨身語意業, 常修禮敬. 一一佛所, 皆現不可說不可說佛刹
極微塵數身, 一一身遍禮, 不可說不可說佛刹極微塵數佛, 虛空界盡, 我禮乃盡, 而虛空
界不可盡故, 我此禮敬, 無有窮盡. [如是, 乃至衆生界盡, 衆生業盡, 衆生煩惱盡, 我禮
乃盡. 而衆生界乃至煩惱, 無有盡故, 我此禮敬, 無有窮盡. 念念相續, 无有間斷, 身語意
業, 無有疲厭.]" 광덕 옮김·박성배 강의, 『(미국에서 강의한) 화엄경 보현행원품』,
도피안사, 2008, 94~95쪽.

중생가〉의 7행과 〈예경제불가〉의 9행은 모두 인용문 (4)에 표시한 '【 】'
의 내용으로, 끝구절인 "염념상속(念念相續), 무유간단(無有間斷)"과 "신
어의업(身語意業), 무유피염(無有疲厭)"에 해당한다. 그리고 〈참회업장
가〉의 9행은 첫 구절의 "중생계진(衆生界盡)"과, "아례내진(我禮乃盡)"에
해당하는 참회업장원의 "아참내진(我懺乃盡)"이 결합된 노랫말이라 할
수 있다. 인용문의 '【 】'은 각 행원의 말미에 반복되는 부분으로, 징관
은 『소』에서 '총결무진'이라 명명하고 있다.

　여기에서, '세인희락지구(世人戲樂之具)'인 사뇌가이자, 일반 대중들
을 위해 '누언(陋言)'을 사용했다는 〈보현십원가〉에, 이 같은 한문구가
삽입된 이유에 대해 살펴볼 필요가 있다. 모든 선행연구가 균여의 대
중교화를 위한 실천행과 이로 인한 이 노래의 대중지향성을 언급하면
서도, 경문 삽입의 이유에 대해서는 언급을 피하고 있기 때문이다.

　한문구 삽입의 이유로는 우선 암송 내지 염송의 편리함을 들 수 있
다. 또한 균여가 청자(독자)로 설정한 지식수준이 낮은 중생들에게 있
어, 오히려 쉽게 잊혀지지 않고 오래 기억되는 효과가 있었을 것이다.
그리고 한문구의 노랫말이 '다함이 없음'과 '중단 없음'의 유사한 내용
이고, 일정한 간격으로 반복되고 있는 점은 작가의 일정한 의도를 반
영한다고 여겨진다. 곧 균여는 제1·4·9수에 반복·배치한 '총결무진'
의 한문구를 통해, 해당 노래뿐만 아니라 각각의 행원에 대해, 끝이
없고 중단 없는 실천을 강조한 것이라 할 수 있다.

　한편, 인용문 (3)의 밑줄 친 부분은 예경제불원과 대응되는 구절이
없다. 그렇지만 예경제불원의 내용 전개 및 문맥상, 비록 직접적인 대
응은 아니더라도 ⓐ의 "기심신해(起深信解), 여대목전(如對目前)"과 관련
이 있어 보인다. 이 문장은 제불(諸佛)에 대한 '예경'의 전제가 되는 것
으로, 깊은 믿음이 생겨 부처를 눈앞에서 본다는 뜻이다. 칭찬여래원

과 광수공양원의 서두에도 이와 유사한 구절이 있는데, "심심승해(甚深
勝解), 현전지견(現前知見)"과 "기심신해(起深信解), 현전지견(現前知見)"이
그것이다. '현전지견' 또한 내 눈앞에서 부처를 또렷이 본다는 의미이
고,28) 각 행원인 '여래칭찬'·'광수공양'의 전제 조건이 된다.

　이상의 내용을 고려하면, 「보현행원품」에 그 대응구가 없는 〈예경
제불가〉·〈칭찬여래가〉·〈광수공양가〉의 1~2행은 모두 '여대목전' '현
전지견'과 관련이 있는 것으로, 균여는 경문의 이 구절을 시가화한 것
이라 할 수 있다. '마음의 붓으로 그린 부처' '나무불을 사뢰는 혀' '부처
앞 등불의 심지를 돋우는 손'은 다소 추상적이고 모호한 경문을 현실의
구체적인 모습으로 형상화한 노랫말에 다름 아닌 것이다.

<blockquote>

(5) <u>火條執音馬</u>　　　　　　　불가지 잡아

　　<u>仏前灯乙直体良焉多衣</u>　부처 앞의 등불을 고칠 때에

　　灯炷隱湏弥也　　　　　등의 심지는 수미산이요

　　灯油隱大海逸留去耶　등의 기름은 대해 이루거라.

　　<u>手焉法界毛叱色只爲旀</u>　손은 법계 두루 하며

　　<u>手良每如法叱供乙留</u>　손에 마다 법공양으로

　　法界滿賜仁仏体　　　법계 차신 부처

　　仏仏周物叱供爲白制　부처마다 온갖 공양하고자.

　　阿耶 <u>法供沙叱多奈</u>　아아, 법공양이야 많으나

　　<u>伊於衣波最勝供也</u>　이야말로 최고의 공양이라.

</blockquote>

　인용문 (5)는 〈보현십원가〉의 제3수인 〈광수공양가〉이다. 인용문
의 밑줄 친 부분은 선행텍스트인 광수공양원에 없는 내용으로, 1~2행
은 앞서 언급한대로 「보현행원품」의 '현전지견'을 구상화한 표현에 해

당한다. 광수공양원은 ①공양의 대상, ②공양구(供養具)의 제시, ③법공양의 종류와 이의 실천, ④'광수공양'의 다짐 등으로 구성되어 있는데, 〈예경제불가〉와 달리 그 일부만을 노래하고 있다.

「보현행원품」②의 공양구인 꽃·화만(華鬘)·음악·산개(傘蓋)·옷·향·등 중에서 '등'만이 1~4행에 노래되어 있고, 나머지 공양구는 8행의 '周物'이라는 하나의 시어로 표현하고 있는 것이다. 또한 경문의 ③은 '여설수행공양(如說修行供養)'·'이익중생공양(利益衆生供養)' 등 7종의 법공양을 열거하고 있지만, 〈광수공양가〉에서는 단지 '법공(法供)'으로 되어 있을 뿐이다. 뿐만 아니라, 9~10행의 노랫말은 광수공양원의 전체 문맥과도 차이가 있다. 광수공양원은 ②의 물질공양보다 ③의 법공양을 강조하고 있음에 비해, 9~10행은 1~4행의 등공양이 법공양보다 뛰어남을 노래한 것으로 보이기 때문이다.[29]

그런데, 징관의 『소』는 아래의 인용문과 같이 '최승공양(最勝供養)'이 의미하는 바를 해설하고 있어 주목을 요한다.

(6) 지금 이 문장의 뜻이 앞에서 설한 <u>본행(本行)의 관상(觀想) 공양으로 재물공양을 삼아서 법공양에 교량하는 것이라고 한다면, 곧 그 본행을 억누르는 것이다.</u> …(중략)… 또 아래의 게송 중에서는 다시 교량함이 없고 다만 본행을 들어서 뛰어난 공양으로 삼을 뿐이니, 분명히 <u>교량은 본행공양이 뛰어남을 나타내고자 한 것임을 알아야 한다.</u> …(중략)… 이는 재물보시도 만약 법에 칭합 할 수 있다면 곧 법공양이거늘, 하물며 <u>깊은 관행(觀</u>

---

29) 최래옥, 앞의 논문, 25쪽에서는 "「보현행원품」에서 물질공양과 정신공양을 양분해 둔 것을, 물질공양인 등공양의 그 마음자세가 곧 정신공양이라는 종합적 합일을 보인 점이 균여대사의 문학성인 것이다."라고 하였다. 그리고 김종진, 앞의 논문, 108쪽에서는, "〈광수공양가〉의 9~10행은 경전에 쓰인 대로 법공양이 많고 다양하지만 등불을 고치는 손과 그 정성이야말로 최고의 법공양이라는 내용이다."라고 하였다.

行)이 법공양이 아니겠는가. 지혜 있는 자라면 응당 생각할 것이다. …(중략)… 셋째의 "차광대최승공양(此廣大最勝供養)" 이하는 다함없음을 총결하는 것이다. '이 가장 뛰어난 공양[此最勝供養]'은 곧 앞의 관행이니, 만약 이 뛰어난 행이 법공양에 미치지 못한다면 어찌 다함이 없겠는가?[30]

위 인용문의 '본행'은 광수공양원 ②의 내용인 꽃·화만·향·등의 공양을 가리킨다. 징관은 이 '본행'이 단순한 재물공양이 아닌 '관상공양'으로, 「보현행원품」의 '최승공양'은 이 '관상공양' 내지 '관행'을 의미한다고 하였다. 이러한 해설을 염두에 두면, 이 작품의 1~4행, 5~8행, 9~10행은 모두 일관된 시상 전개를 보이고 있음을 알 수 있다. 곧 〈광수공양가〉는 '나' 또는 '우리'가 부처 앞 등불의 심지를 고칠 때, 부처가 편재(遍在)하고 있음을 생각하고 또 진심으로 믿어서, 심지를 고치는 이 손으로 법계에 가득 차 있는 각각의 부처 앞에 공양할 것을 서원한 뒤, 이러한 관상(觀想) 공양이 법공양이자 모든 법공양 중에서 으뜸임을 노래하고 있는 것이다.

사실, 광수공양원의 '공양'이 실제의 공양이 아닌 '관행(觀行)'이라는 점은 징관의 해설이 아니더라도 이미 「보현행원품」에 제시되어 있다. 앞에서 지적했던 '현전지견'의 표현은 바로 그 이후의 행위가 '관행'임을 나타내는 것이다. 그렇다면 앞에서 언급한 〈예경제불가〉와 〈칭찬여래가〉 역시 '관행'에 의한 예경과 칭찬을 노래한 것이 된다. 이들 작품은 '진진(塵塵)' '찰찰(刹刹)' '불불(佛佛)' "법계 차신 부처(法界滿賜隱佛體)"

---

30) "但今文意, 將前本行觀想供養, 爲財供養, 校量於法, 則抑其本行. …(中略)… 下偈之中, 更無校量, 但擧本行, 爲勝供養. 明知校量, 欲顯本行供養, 爲勝故. …(中略)… 是則, 財施若能稱法, 皆法供養, 況於深觀, 非法供養. 智者應思. …(中略)… 三, 此廣大最勝供養下, 總結無盡. 此最勝供養, 即前觀行, 若此最勝, 不及法者, 何以無盡." 징관, 『화엄경행품소』 권10(『卍新纂大日本續藏經』 제5책, 193쪽)

등의 노랫말이 반복되고 있는데, 이 점 또한 각 노래의 예경·칭찬·공양이 모든 곳에 존재하는 부처에 대한 '관행'임을 보여주는 것이라 할 수 있다.

결국 〈예경제불가〉~〈광수공양가〉는 부처에 대한 예경·칭찬·공양의 자세를 노래하고 있는 동시에, 경문의 구상화와 시어의 반복을 통해 '나'와 '우리'를 둘러싼 모든 곳에 부처가 존재하고 있음을 청자(독자)에게 알리고, 또한 이 사실을 청자가 믿어야 함을 강조하고 있는 것이다.

2) 논리성의 강화와 비유의 활용

(7) 顚倒逸耶 　　　　　　　　전도이라서
　　菩提向焉道乙迷波 　　　　보리 향한 길을 잃고
　　造將來臥乎隱惡寸隱 　　　지어 왔던 악업은
　　法界餘音玉只出隱伊音叱如支 　법계에 넘쳐 납니다.
　　惡寸習落臥乎隱三業 　　　악한 습(習)이 떨어진 삼업
　　淨戒叱主留卜以支乃遣只 　정계의 주인으로 지니고
　　今日部頓部叱懺悔 　　　　오늘 대중 모두의 참회
　　十方叱仏体閼遣只賜立 　　시방의 부처 알아주소서.
　　落句 衆生界盡我懺盡 　　아아, 중생계가 끝나야 나의 참회가 끝나리니
　　來際永良造物捨齊 　　　　내세에는 길이 (악업) 짓기를 버리고자.

위의 인용문은 〈보현십원가〉의 제4수인 〈참회업장가〉로, '今日' '來際'의 시어를 제외하면 참회업장원의 구성 및 내용에 그대로 대응된다. 그런데 인용문의 1~2행은 「보현행원품」의 관련 부분과 그 표현에 차이가 있다. 경문에는 "내가 과거 한량없는 겁으로 내려오면서 탐·진·치로 인해 몸·말·뜻으로 지은 악한 업(我於過去無始劫中, 由貪瞋癡, 發身口意, 作諸惡業)"이라고 되어 있는 것이다. 균여가 참회업장원의 이 부분을 1~2행과 같이 표현한 이유는, 〈광수공양가〉의 경우와 마찬가지로

『소』의 관련 해설을 통해 짐작할 수 있다.

> (8) 참회에는 두 가지가 있다. …(중략)… 『보현관경』 및 (『화엄경의)
> 수호품에서는 두 가지 참회를 갖춘다. 『보현관경』에서, 주야로 정진하여
> 시방의 부처님께 예경함을 밝힌 것은 곧 현상의 참회이다. 마음 관찰하기
> 를 마음이 없는데도 전도된 지각에서 일어남을 관찰할 것이니, 만약 참회
> 하고자 한다면 단정히 앉아 실상을 새겨야 한다고 한 것은 곧 이치의 참회
> 이다. 수호품에서, "중생계와 같은 선한 신·어·의업으로 모든 장애를 뉘
> 우쳐 없앤다"고 한 것은 곧 현상의 참회이다. "모든 업성이 시방에서 와서
> 머무는 것이 아니라, 전도로부터 나서 머무는 곳이 없음을 관(觀)한다"고
> 한 것은 곧 이치의 참회이다.[31]

인용문은 『소』의 '첩명(牒名)'에 해당하는 부분으로, '참회'의 종류와
의미에 대한 해설이다. 징관은 '참회'를 '사참(事懺)'과 '이참(理懺)'의 두
가지로 구분한 뒤, 각각의 내용과 의미에 대해 설명하고 있다. 징관의
설명에 따르면, '사참'은 선한 삼업(三業)의 행위로 모든 업장을 제거하
는 것이고, '이참'은 모든 업성(業性)이 단지 전도된 지각에서 일어난
것으로 실체가 없다는 사실을 인식하고 체득하는 것을 가리킨다.

인용문에서 업성의 원인으로 지적된 '전도'는 바로 〈참회업장가〉 1
행의 '전도'이고, '사참'의 '선한 삼업'은 「보현행원품」 및 5행의 "악한
습(習)이 떨어진 삼업"과 대응된다. 이러한 사실과, 인용문의 밑줄 친
부분을 통해 〈참회업장가〉의 1~2행이 「보현행원품」의 표현에서 달라
진 이유가 짐작된다. 균여는 '사참'만이 제시되어 있는 경문의 내용을

---

31) "懺有二種 …(中略)… 普賢觀經及隨好品, 具二種懺. 觀經中, 明晝夜精勤禮十方佛, 即
是事懺. 觀心無心從顚倒想起, 若欲懺悔者, 端坐實相, 斯則理懺. 隨好品中, 等衆生界
善, 身語意悔除諸障, 即是事懺. 觀諸業性, 非十方來, 止住於心, 從顚到生, 無有住處
等, 即是理懺." 징관, 『화엄경행원품소』 권10(『卍新纂大日本續藏經』 제5책, 193쪽)

보완하고, 또한 시방의 부처께 예경하는 것이 '사참'이라는 견해를 고려하여, 〈예경제불가〉의 뒤에 나오는 이 작품을 '이참'과 관련된 노랫말로 시작한 것이라 할 수 있다.

다음으로, 〈수희공덕가〉는 지금까지의 노래들과 달리, 인용문의 밑줄 친 부분을 제외하고는 「보현행원품」과 대응되거나 관련되는 내용을 찾을 수 없다.

(9) 迷悟同体叱　　　　　　미혹됨과 깨달음이 한 몸이라는
　縁起叱理良尋只見根　　　연기의 이치에서 찾아보면
　佛伊衆生毛叱所只　　　　부처와 중생 두루
　吾衣身不喩仁人音有叱下呂　내 몸 아닌 남 있으리.
　修叱賜乙隱頓部叱吾衣修叱孫丁　닦으심은 모두 나의 닦을 것인데
　得賜伊馬落人米无叱昆　얻으신 것마다 남이 없으니
　於內人衣善陵等沙　　　　어찌 남의 선근들이라
　不冬喜好尸置乎理叱過　　아니 기뻐함 두오리까.
　後句 伊羅擬可行等　　　아아, 이리 여겨 가면
　嫉妬叱心音至刀來去　　　질투의 마음 이르러 올까.

〈수희공덕가〉의 밑줄 친 7~8행은 수희공덕원의 "저 시방 일체세계의 육취 사생 일체 종류 중생들이 짓는 공덕을 내지 한 티끌이라도 모두 함께 기뻐하며, 시방삼세의 일체 성문과 벽지불인 유학 무학들이 지은 모든 공덕을 내가 함께 기뻐하며, 일체 보살들이 한량없는 난행 고행을 닦아서 무상정등보리를 구하는 넓고 큰 공덕을 내가 모두 기뻐하는 것이다."[32]에 해당한다. 엄밀히 말하면 대응 관계라기보다는 이

32) "彼十方一切世界, 六趣四生, 一切種類, 所有功德, 乃至一塵, 我皆隨喜. 十方三世, 一切聲聞, 及辟支佛, 有學無學, 所有功德, 我皆隨喜. 一切菩薩, 所修無量難行苦行, 志求無上正等菩提, 廣大功德, 我皆隨喜." 광덕 옮김·박성배 강의, 앞의 책, 137~138쪽.

내용을 바탕으로 한 창작에 가깝다. 수희공덕원의 '중생·성문·보살· 벽지불'이 7행의 '남'으로 압축되었고, 반복되어 서술된 "아개수희(我皆 隨喜)"를 8행에서는 "아니 기뻐함 두오리까"의 설의법으로 표현하고 있 는 것이다.

수희공덕원은 「보현행원품」의 다른 행원과 달리, '수희'의 방법이나 이유에 대한 내용 없이, 여래·제취(諸趣)·이승(二乘)·보살의 공덕을 "내가 모두 함께 기뻐한다(我皆隨喜)"는 서술로 일관하고 있다. 남의 공 덕 내지 선근을 함께 기뻐해야 한다는 당위만이 제시되고 있을 뿐이다. 그러므로 균여는 「보현행원품」의 이러한 점을 미흡하게 여겨 〈수희공 덕가〉의 1~6행에서 '수희'의 이유를 노래하고 있으며, 후구에서는 수 희의 결과를 제시한 것이라 할 수 있다. 곧 이 노래는 남의 선근을 기뻐 해야 하는 이유로 '미오동체(迷悟同體)'라는 '연기(緣起)의 이치'를 제시 한 뒤, 이 대전제 아래에서는 부처와 중생, 나와 남의 분별이 무의미하 고, 그로 인해 남이 닦은 선근과 얻는 공덕이 모두 내 것이 된다는 사실 을 논리적으로 표현하고 있다.

(10) 彼仍反隱	저 넓은
法界惡之叱佛會阿希	법계의 불회에
吾焉頓叱進良只	나는 모두 나아가
法雨乙乙白乎叱等耶	법우를 빌 것이라.
无明土深以埋多	무명토 깊이 묻어
煩惱惱熱留煎將來出未	번뇌열로 볶여 옴에
善芽毛冬長乙隱	선아(善芽) 자라지 못한
衆生叱田乙潤只沙音也	중생의 밭을 윤택히 함이여.
後言 菩提叱菓音烏乙反隱	아아, 보리의 열매 영그는
覺月明斤秋察羅波處也	각월(覺月) 밝은 가을밭이여.

(11) 선남자야, 또한 설법하여 주시기를 청한다는 것은 ㉠진법계 허공계 시방삼세 일체 불찰 극미진마다 각각 불가설불가설 불찰 극미진수의 광대한 부처님 세계가 있으니, 이 낱낱 세계에 염념 중에 불가설불가설 불찰 극미진수의 부처님이 계셔서 등정각을 이루시고 일체 보살들로 둘러싸여 계시거든 ㉡내가 그 모든 부처님께 몸과 말과 뜻으로 가지가지 방편을 지어 설법하여 주시기를 은근히 권청하는 것이니라.[33)]

위의 (10)·(11)은 각각 〈청전법륜가〉와, '총결무진' 부분을 제외한 청전법륜원을 옮긴 것이다. 인용문을 통해 알 수 있듯이, 〈청전법륜가〉의 1~2행은 청전법륜원의 밑줄 친 ㉠에, 3~4행은 ㉡과 대응된다. 5~10행의 경우는, 「보현행원품」과 『소』·『소초』의 어디에도 대응되거나 관련되는 내용이 없다. 이들 시행으로 인해 〈청전법륜가〉는 기존논의에서 〈보현십원가〉 가운데 가장 독창성이 뛰어난 작품으로 평가받았고, 대부분의 선행연구에서 이 작품의 문학성과 비유의 상징성이 논의되어 왔다.[34)] 이에, 〈청전법륜가〉의 수사법과 문학성에 대한 언급은 선행연구의 논의로 미루고, 여기에서는 5~10행의 노랫말이 새로 첨가된 이유 및 그 의미에 대해 살펴보도록 하겠다.

〈청전법륜가〉는 청법(請法)의 대상 및 내용, 청법의 이유, 청법 결과의 세 단락으로 나눌 수 있다. 청전법륜원에 없는 5~8행과 9~10행은 각각 전법륜을 청하는 '이유'와 전법륜을 청한 '결과'에 해당한다. 불전(佛典)의 전통적인 비유를 활용하고 있는 5~8행은, 화자가 1~4행에서

---

33) "復次, 善男子, 言請轉法輪者, 所有, 盡法界, 虛空界, 十方三世, 一切佛刹, 極微塵中, 一一各有, 不可說不可說佛刹, 極微塵數, 廣大佛刹, 一一刹中, 念念有, 不可說不可說 佛刹, 極微塵數一切諸佛, 成等正覺, 一切菩薩海會圍遶, 而我悉以身口意業, 種種方便, 慇懃勸請, 轉妙法輪." 광덕 옮김·박성배 강의, 앞의 책, 145~146쪽.

34) 이재선, 앞의 논문, 180~182쪽; 최래옥, 앞의 논문, 32~33쪽; 윤태현, 앞의 논문, 227~228쪽; 서철원, 앞의 논문, 211~212쪽.

부처께 법우를 청한 이유가, 무명과 번뇌로 인해 선근을 기르지 못한 중생 때문임을 밝히고 있다. 청법의 대상 및 방법만을 서술한 「보현행원품」을 보완하여, 청법을 해야 하는 이유를 제시하고 있는 것이다.

그런데 〈청전법륜가〉의 9~10행은 '보리(菩提)의 열매'와 '각월'을 청법의 결과로 노래하고 있어 주목된다. 청법의 결과로 제시된 "보리의 열매 영그는/ 각월 밝은 가을밭"은, 바로 깨달음의 세계를 의미하는 것이기 때문이다. 〈보현십원가〉 전체에 있어 깨달음의 성취를 표현하고 있는 것은 이 '보리의 열매'가 유일한 예로, '청법'의 행위가 매우 중시되고 있음을 알 수 있다.

여기서의 '청법'은 부처가 이미 열반한 현실에 있어서는 불도(佛道)를 구하려는 마음, 곧 '발보리심'을 의미한다. 〈상수불학가〉 9행의 '불도 향한 마음'이 이미 불도에 입문한 상태라면, 〈청전법륜가〉의 '청법'은 불도에 입문하려는 마음, 즉 보리를 구하려는 그 마음 자체인 것이다. 이렇듯 이 노래는 '남이 바로 나'라는 〈수희공덕가〉에 이어, '발심 자체가 곧 깨달음'이라는, 분별을 초월하는 사유를 보여주고 있다.

이상의 내용을 통해, 〈참회업장가〉~〈청전법륜가〉는 선행텍스트에 없는 행원의 이유 내지 근거를 변용하거나 새로 첨가하여, 노래의 논리성을 강화하고 있음을 알 수 있다. 또한 상징성이 풍부한 비유를 활용하여 자칫 교술성을 띠기 쉬운 노래에 서정성을 부여하고 있다. 이러한 점들은 〈보현십원가〉의 표현 양상에 있어 특징적인 국면 중의 하나로 지적할 수 있을 것이다.

3) 분별의 초월과 '부처 일'의 강조

〈보현십원가〉의 제8수인 〈상수불학가〉는 화자의 다짐인 9~10행을 제외하면, 모두 「보현행원품」의 내용 및 표현과 대응하고 있다. 그러

나 노래의 둘째 단락인 5~8행은 그 의미하는 바가 다음과 같이 경문과
차이를 보인다.

(12) 我仏体 우리 부처
   皆往焉世呂修將來賜留隱 모든 지난 세상 닦아 오신
   難行苦行叱願乙 난행 고행의 원을
   吾焉頓部叱逐好友伊音叱多 나는 모두 쫓으리다.
   身靡只碎良只塵伊去米 몸이 부서져 티끌이 되어 감에
   命乙施好尸歲史中置 목숨을 버리는 사이에도
   然叱皆好尸卜下里 그렇게 함 지니니
   皆仏体置然叱爲賜隱伊留兮 모든 부처도 그러하신 것이로다.
   城上人 佛道向隱心下 아아, 불도 향한 마음아
   他道不冬斜良只行齊 다른 길 아니 빗겨 가고자.

(13) 선남자야, 또한 항상 부처님을 본받아 배운다는 것은 <u>이 사바세계에</u>
<u>비로자나 여래께서</u> 처음 발심하실 때부터 정진하여 물러나지 아니하고 불가
설불가설의 ㉠<u>몸과 목숨을 보시하되</u> 가죽을 벗기어 종이를 삼고 **뼈를 쪼개어**
붓을 삼고 피를 뽑아 먹물을 삼아서 쓴 경전을 수미산 같이 쌓더라도 법을
존중히 여기는 고로 ㉡<u>신명을 아끼지 아니하거든</u>, 어찌 하물며 왕위이나 성읍
이나 촌락이나 궁전이나 정원이나 산림이나 일체 소유와 <u>가지가지 난행고행</u>
<u>일 것이며</u>, 내지 보리수하에서 대보리를 이루시던 일이나 …(중략)… 내지
열반에 드심을 나투시는 <u>이와 같은</u> 일체를 내가 다 따라 배우기를 지금의
세존이신 비로자나불과 같이 하는 것이니라. ⓐ<u>이와 같이 하여 진법계 허공계</u>
<u>시방삼세 일체 불찰의 모든 미진 중에 계시는 일체 부처님께서도 또한 다</u>
<u>이와 같으므로 염념 중에 내가 다 따라 배우느니라.</u>35)

35) "復次, 善男子, 言常隨佛學者, 如此娑婆世界, 毘盧遮那如來, 從初發心, 精進不退, 以
不可說不可說, 身命而爲布施, 剝皮爲紙, 折骨爲筆, 刺血爲墨, 書寫經典, 積如須彌,
爲重法故, 不惜身命. 何況王位, 城邑聚落, 宮殿園林, 一切所有, 及餘種種, 難行苦行,
乃至樹下, 成大菩提. …(中略)… 乃至示現, 入於涅槃, 如是一切, 我皆隨學, 如今世尊

위 (13)의 밑줄 친 부분은 (12)에서 노래된 구절로, 그 중에서 ㉠·
㉡은 비로자나불이 과거에 행한 일이고, ⓐ는 법계에 있는 모든 부처
들도 비로자나불과 같은 난행·고행을 겪었다는 내용이다. 그런데 〈상
수불학가〉의 5~6행은 이 ㉠과 ㉡을 비로자나불의 행위가 아닌, 화자
가 해야 할 '수학(隨學)'의 방법으로 노래하고 있다.

또한 8행은 모든 부처의 난행·고행을 따라 배우겠다는 ⓐ의 내용에
서 벗어나, 화자가 '수학'을 하는 근거 내지 이유로 제시되어 있다. 7행의
"그렇게 함 지니니"는 구체적으로 3~4행의 "난행 고행의 원을/ 나는 모
두 쫓으리다."를 가리키기 때문이다. 경문의 이러한 변용으로 인해, 이
작품은 '수학의 대상 및 내용(1-4행) → 방법(5-7행) → 이유(8행) → 다짐
(9-10행)'의 시상 전개를 보인다. 「보현행원품」과 달리 '수학'의 이유를
설정하고, 그 근거로 "모든 부처도 그러하신 것"이라 노래하고 있다.

〈상수불학가〉의 8행은 화자가 '수학'을 해야 하는 이유이지만, 한편
으로는 '수학'의 결과로도 볼 수 있다. '그러하신 것이로다'의 노랫말
은, 신명(身命)을 아끼지 않는 '수학'이 사바세계의 비로자나불뿐만 아
니라 '법계에 가득 차신' 모든 부처가 한 일을 가리키면서, 이와 동시에
모든 부처가 '수학'으로 인해 지금의 부처가 되었음을 암시하는 것이
다. 곧 이 노래에서 '수학'은 '부처가 한 일'이자, '부처가 되는 일'로
제시되어 있다고 하겠다.

이러한 '부처의 일'은 〈상수불학가〉뿐만 아니라 이후의 작품들에서
도 모두 보이고 있어 주목된다. 〈상수불학가〉의 '부처 일'은, 〈항순중
생가〉의 "중생이 편안하면/ 부처 모두 기뻐하시리라(衆生安爲飛等 仏体
頓叱喜賜以留也)"의 '부처가 기뻐할 일'을 거쳐, 〈보개회향가〉에서 다시

毗盧遮那. 如是, 盡法界, 虛空界, 十方三世, 一切佛刹, 所有塵中, 一切如來, 皆亦如
是, 於念念中, 我皆隨學." 광덕 옮김·박성배 강의, 앞의 책, 159~161쪽.

아래와 같이 나타나고, 〈총결무진가〉에서는 〈보현십원가〉 전체를 '부처의 일(佛體叱事)'이란 시어로 끝맺고 있는 것이다.

> (14) 皆吾衣修孫   모든 나의 닦은
>   一切善陵頓部叱廻良只   일체 선근(善根)을 모두 돌려
>   衆生叱海惡中   중생의 바다에
>   迷反群无史悟內去齊   미혹한 무리 없이 깨닫게 하고자.
>   仏体叱海等成留焉日尸恨   부처의 바다 이룬 날은
>   懺爲如乎仁惡寸業置   참회하던 악업(惡業)도
>   法性叱宅阿叱寶良   법성 집의 보배라
>   舊留然叱爲事置耶   예로부터 그러한 일이로다.
>   病吟 礼爲白孫隱仏体刀   아아, 예경하는 부처님도
>   吾衣身伊波人有叱下呂   나의 몸일 뿐 남 있으리.

위의 밑줄 친 부분은 보개회향원의 전체 내용과 대응된다. 다만 3~4행은 경문에 서술된 '상득안락(常得安樂)'·'무제병고(無諸病苦)' 등의 8가지 회향의 목적 중 '구경성취무상보리(究竟成就無上菩提)'만을 택하여 노래한 것이다. 1~2행의 '내가 닦은 일체 선근'은 구체적으로 「보현행원품」의 예경제불원부터 항순중생원까지의 행원들을 가리킨다. 이들 시행을 제외한 〈보개회향가〉의 노랫말은 「보현행원품」이나 『소』·『소초』에 전혀 없는 내용으로, 1~4행에 대한 이유와 그 결과에 해당한다.

'회향'의 근거로 제시된 8행의 노랫말은 〈상수불학가〉의 "모든 부처도 그러하신 것이로다"와 표현이 다를 뿐, 같은 의미를 갖는다. 이 노래의 5··7행은 내가 지은 '악업'조차도 참회하여 중생에게 회향한다면 부처를 이루는 바탕이 된다는 내용이다. 그 근거로 제시된 "예로부터 그러한 일이로다"는 화자가 회향해야 하는 이유이자, 부처 또한 회향을 통해 지금의 부처가 되었음을 뜻하고 있다. 그리하여 9~10행에서

는 다른 사람이 아닌 바로 내가, 예경의 대상으로 우러러보는 존재인 부처가 될 수 있음을 노래하고 있는 것이다.

한편, 앞에서 살펴보았듯이 〈수희공덕가〉·〈청전법륜가〉 등에서 각 행원의 근거로 제시된 노랫말들은 이 〈보개회향가〉처럼 모두 「보현행원품」에 없는 내용이었다. 또한 새로 첨가된 이들 노랫말은 인용하지 않은 〈항순중생가〉의 "깨달음은/ 미혹함을 뿌리 삼으신 것이라(覺樹王焉 迷火隱乙根中沙音賜焉逸良)[36]와 함께, 모두 분별을 초월하는 사유를 보여주고 있다. 곧 '남은 나' '발심이 깨달음' '깨달음은 미혹함'이라는 이 노래들의 주지가 그것이다.

그런데 이러한 분별 초월의 의식은 해당 행원에 대한 근거이지만, 다른 한편으로는 '부처는 나의 몸일 뿐'이라는 〈보개회향가〉의 결구와 연결된다. 남이 나이고, 발심과 미혹이 깨달음이라는 사실은 곧 '내가 부처'라는 선언을 위한 전제였던 것이다. 그리고 〈총결무진가〉는 "아, 보현행원/ 또 모두 부처의 일이도다(伊波普賢行願 又都佛體叱事伊置耶)"라고 하여, 지금까지 노래한 보현행원 모두가 '부처의 일'임을 다시 한 번 확인하고 있는 것이다.

결국, 〈상수불학가〉~〈총결무진가〉는 「보현행원품」의 일부 내용을 변용하고 새로운 노랫말을 첨가하여 '부처의 일', 즉 청자(독자)들이 모두 부처가 될 수 있고, 또 부처가 되어야 함을 강조하고 있다고 하겠다.

---

36) 이 노랫말에서 '각수왕(覺樹王)'은 대부분의 선행연구에서 부처를 가리킨다고 보았다. 그러나 김지오, 앞의 논문, 104쪽에서는, 『소』의 해설에 근거하여, '각수왕'은 '불보리법(佛菩提法)', 곧 깨달음의 이치를 의미하는 것이라고 하였다. 본고에서는 김지오의 견해를 따라 '깨달음'으로 해석한다.

4. 맺음말

지금까지 〈보현십원가〉 11수 전체를 대상으로, 이들 노래에 나타난 표현 양상의 특징과 그 의미를, 선행텍스트인「보현행원품」과의 비교 검토를 통해 살펴보았다. 논의의 결과를 요약·정리하면 다음과 같다.

먼저, 〈예경제불가〉~〈광수공양가〉는「보현행원품」의 구성 및 내용을 따르면서도, 경문의 구상화와 노랫말의 반복을 통해 부처와 그 세계가 편재(遍在)하고 있음을 노래하고 있다. 다음으로, 〈참회업장가〉~〈청전법륜가〉와 〈항순중생가〉는 선행텍스트에 없는 새로운 노랫말과 불전의 비유를 활용하여 논리성을 강화하고, 그 결과 노래의 설득력을 높이고 있다. 그리고 〈참회업장가〉를 제외한 노래들은 모두 '남이 바로 나' '발심 자체가 곧 깨달음' '깨달음의 뿌리는 미혹함'이라는 분별 초월의 사유를 보여주고 있다.

끝으로, 〈상수불학가〉~〈총결무진가〉의 경우는 선행텍스트의 일부 표현을 변용하고 새로운 노랫말을 첨가하여 이들 노래의 행원이 모두 '부처의 일'임을 나타내고 있다. 이러한 '부처의 일'은 분별을 초월하는 인식과 함께 이 작품들의 지향이 어디에 있는지를 드러낸다. 곧 〈상수불학가〉~〈총결무진가〉는 '나'와 '우리'가 부처가 될 수 있음을 알리고, 동시에 부처가 되어야 함을 강조하고 있는 것이다.

이상에서 언급한 〈보현십원가〉의 표현 양상 및 내용적 특징은 무엇보다 작가인 균여의 의도에 기인한 것이고, 그 의도는 '대중교화'의 목직 외에도 칭직 당시의 시대적 상황과 관련이 있음을 짐작할 수 있다. 여기에서, 균여의 사상적 특징으로 지적되고 있는 '성상융회사상(性相融會思想)'과의 관련성을 잠시 살펴볼 필요가 있다.

'성상융회'는 본체가 현상에 대해 절대적 지위를 가지는 것처럼, 화

엄종 사상을 중심으로 법상종 사상을 융회한 것이며, 현실적으로는 법
상종을 포용하고 있던 지방의 군소호족을 왕권의 지지기반으로 흡수
하려는 것이다.[37] 김두진은 이러한 관점에서 〈보현십원가〉는 성상융
회사상을 기반으로 한 성속무애(聖俗無碍) 사상으로 이어지는, 이른바
전제정치의 이데올로기와 관계가 있다고 하였다.[38]

그러나 〈보현십원가〉는 '부처의 일'을 노래하고 있다는 점에서 '성
상융회' 또는 '성속무애'와는 관련이 없음을 알 수 있다. 이러한 〈보현
십원가〉의 주지는 오히려 전제왕권의 강화에 악영향을 미칠 수 있다고
여겨진다.[39] 지방의 군소호족을 제압하여 전제왕권을 이루려고 한 광
종의 입장에서 누구나 부처가 될 수 있다는 주장은 자신의 왕권을 위협
하는 것으로 받아들일 수도 있기 때문이다. 지나친 억측일 수 있지만,
〈보현십원가〉의 한역 직후인 개보(開寶) 연간(968~975)에 균여가 '이정
(異情)'을 품었다는 이유로 무고(誣告)를 당했다는 기사[40]는 이러한 위
협에 대한 광종의 반응으로 볼 여지가 있다.

이상과 같은 〈보현십원가〉의 시대적 의미는 반드시 구명(究明)해야
할 문제이지만, 이 글의 목적상, 또한 지면 관계상 여기에서 언급을
멈출 수밖에 없다. 사실, 〈보현십원가〉의 시대적 맥락과 그 성격을 해
명하기 위해서는 작품 전체의 구조 분석을 통한 주제의식과 시적 지향
의 파악이 선결되어야 한다. 그러므로 이들 문제에 대한 구체적인 논
의는 별도의 논고에서 다루고자 한다.

---

37) 김두진, 「균여 화엄사상의 역사적 의의」, 불교학회 편, 『고려 초기 불교사논집』, 민족
　　사, 1986, 382쪽.
38) 같은 논문, 367쪽.
39) 서철원, 앞의 논문, 2009, 197쪽에서도, "〈보현십원가〉의 경우는 그 창작 배경을 놓고
　　보면 전제군주의 등장에 협조할 가능성이, 실제 작품의 내용을 검토해 보면 민중과
　　친연한 관계에 이를 가능성이 상대적으로 크다고 할 수 있다."라고 하였다.
40) 『균여전』 제9 감응항마분자(感應降魔分者). 최철·안대회 역주, 앞의 책, 75쪽.

〈보현십원가〉의 구조와 주제의식

1. 문제 제기

균여(923~973)의 〈보현십원가〉 11수는, 향가문학에서 차지하는 양적인 비중과, 소위 10구체의 정연한 형식, 그리고 '차사(嗟辭)'의 다양한 표기법 등으로 인해 일찍부터 주목의 대상이 되어 왔다. 그러나 그 연구에 있어서는 선·후행 텍스트와 관련 정보의 존재에도 불구하고, 『삼국유사』 소재 향가에 비해 양과 질적인 면에서 모두 부진한 상황이다. 이같은 상황에서 국어학계의 어학적 해독은 최근 구결학회를 중심으로 그 논의가 활기를 띠고 있어 주목된다.[1] 석독구결의 연구 성과에 기초한 이들 논의는, 그 이전의 연구보다 더 면밀하게 「보현행원품」·〈보현십원송〉과의 관련 양상을 비교 검토하고 있다. 뿐만 아니라, 「보현행원품」의 주석서인 징관(澄觀)의 『화엄경행원품소』와 종밀(宗密)의 『화엄경행원품소초』의 내용까지 고려하여[2] 작품의 해독에 반영하고 있는 것이다.

1) 주요 논의만을 소개하면 다음과 같다. 박재민, 「구결로 본 보현십원가 해독」, 연세대학교 서사학위논문, 2002; 김유범, 「균여의 향가 〈광수공양가〉 해독」, 『구결연구』 25, 구결학회, 2010; 김성주, 「균여향가 〈보개회향가〉의 한 해석」, 『구결연구』 27, 구결학회, 2011; 河崎啓剛, 「균여향가 해독을 위한 한문 자료의 체계적 대조와 거시적 접근」, 『구결연구』 29, 구결학회, 2012; 김지오, 「균여전 향가의 해독과 문법」, 동국대학교 박사학위논문, 2012.

2) 河崎啓剛, 앞의 논문, 124~129쪽; 김지오, 앞의 논문, 59~96쪽.

문학적 연구의 경우는 최근의 문학치료학적 해석3)·표현미학적 논의4)처럼 관심의 영역이 확대되고 있지만, 작품의 중요성에 비해 여전히 활발하지 못한 실정이다. 물론, 연구의 초창기부터 지금까지 작가론, 수사법 및 표현방식, 구조와 시문법, 창작 배경과 사상적 특징 등 비교적 다양한 측면에서 적지 않은 논의가 이루어져 왔다. 그 결과 '변증법적인 합일 사상과 시공초월의 의식'5), '대립 해소와 확산 응축의 구조'6), '전제—주지, 주지—부연의 구조'7), '융회적 사유방식'8), '동체대비(同體大悲)의 시화(詩化)'9) 등이 〈보현십원가〉의 특징으로 거론되었다.

그런데 이러한 논의 결과는 〈청전법륜가〉·〈항순중생가〉·〈보개회향가〉 등 일부 작품의 내용적 특징이지, 〈보현십원가〉 전체의 특징으로 포괄하기에는 어려운 면이 있다. 작품 구조와 관련된 논의 또한 〈보현십원가〉 전체가 아닌, 개별 작품의 구조 파악에 그치고 있다. 그리고 대부분의 선행 연구는 〈보현십원가〉와 「보현행원품」의 내용 및 표현의 차이에 관심을 두고 있을 뿐, 이로 인해 선행 텍스트와 구별되는 〈보현십원가〉의 주제의식에 대해서는 언급을 피하고 있다.

---

3) 조영주, 「균여의 〈보현십종원왕가〉에 대한 문학치료학적 해석」, 『겨레어문학』 48, 겨레어문학회, 2012.

4) 김종진, 「균여가 가리키는 달: 〈보현십원가〉의 비평적 해석」, 『정토학연구』 19, 한국정토학회, 2013.

5) 최래옥, 「균여의 〈보현십원가〉 연구」, 『국어교육』 29, 한국어교육학회, 1976, 33쪽.

6) 양희철, 『고려향가연구』, 새문사, 1988, 277쪽.

7) 윤태현, 「〈보현십원가〉의 문학적 성격」, 『한국어문학연구』 30, 한국어문학연구회, 1995, 215쪽.

8) 서철원, 「〈보현십원가〉의 수사방식과 사상적 기반」, 『한국시가연구』 9, 한국시가학회, 2001, 218쪽.

9) 신명숙, 「서정과 교술의 변주 〈보현십원가〉」, 고가연구회 편, 『향가의 수사와 상상력』, 보고사, 2010, 158쪽.

  〈보현십원가〉가 11수로 구성된 한 편의 향가라는 사실을 상기한다면,[10] 이렇듯 지금까지 〈보현십원가〉 전체를 포괄하는 구체적인 논의가 없었다는 점은 문제점으로 지적할 수 있을 것이다.[11] 〈보현십원가〉의 문학적 성격을 해명하기 위해서는 무엇보다 작품 전체의 구조 분석과 이를 통한 주제의식의 파악이 선행되어야 하기 때문이다.

  그러므로 이 글은 일관된 시상 전개를 보이는 하나의 텍스트라는 관점에서, 〈보현십원가〉의 구조와 주제의식에 대해 살펴보고자 한다. 이를 위해, 선행텍스트인 「보현행원품」과의 관련 양상을 검토한 뒤, 11수의 노래를 시상 및 내용 전개의 맥락에 따라 서사·본사·결사의 세 부분으로 나누어 논의를 진행할 것이다. 그리고 이러한 구조 분석을 통해 도출된 주제의식의 이유 내지 의미를, 창작 당시의 시대적 상황과 관련지어 살펴보도록 하겠다.

2. 〈보현십원가〉와 「보현행원품」의 관련 양상

  주지하다시피, 〈보현십원가〉는 『화엄경』 소재 '보현십종원왕(普賢十種願王)'을 노래한 것이다.[12] 마지막 노래인 〈총결무진가〉를 제외하면,

---

10) 장덕순, 『한국문학사』, 동화문화사, 1985, 83쪽에서는, "〈보현십원가〉는 불가에서 말하는 보현십원을 주제로 한 작품으로 이 중에서 하나라도 결(缺)하면 불완전한 것이 된다"고 하였으며, 같은 책, 133쪽에서는 〈보현십원가〉는 "한 주제 하에 창작된 11장의 연향가(連鄕歌)"라고 하였다.

11) 〈보현십원가〉 11수의 각 작품에 대한 개별적인 논의는 이미 임기중 외, 『새로 읽는 향가문학』, 아세아문화사, 1998, 314~517쪽에서 이루어진 바 있다.

12) 40권본 『화엄경』의 「입법계품(入法界品)」에 수록되어 있는 보현보살의 10가지 행원(行願)은 다음과 같다. ①예경제불(禮敬諸佛) ②칭찬여래(稱讚如來) ③광수공양(廣修供養) ④참회업장(懺悔業障) ⑤수희공덕(隨喜功德) ⑥청전법륜(請轉法輪) ⑦청불주

〈보현십원가〉를 구성하는 작품들의 제목은 보현보살의 10가지 서원에 해당한다. 보현행원이 아닌 '총결무진'은 『화엄경행원품소』에 나오는 용어로, 징관은 각 행원의 경문(經文)을 '첩명(牒名)'·'석상(釋相)'·'총결무진(總結無盡)'의 세 항목으로 나누어 설명하고 있다.[13] '총결무진'은 각 행원의 말미에 반복적으로 서술되는 부분을 가리킨다.[14] 〈총결무진가〉는 바로 징관의 명명(命名)을 따른 것이고, 1~2행의 노랫말인 "중생계가 다한다면/ 나의 원 다할 날 있겠지만(生界盡尸等隱 吾衣願盡尸日置仁伊而也)" 또한 '총결무진' 부분의 첫 문장과 대응된다.

〈보현십원가〉는 기본적으로 선행 텍스트의 구성과 내용을 따르면서도, 구체적인 내용 및 표현에 있어서는 차이를 보인다. 「보현행원품」과의 관련 양상은 크게 수용, 변용, 창작의 세 가지 유형으로 나눌 수 있다. 논의의 편의상 관련 양상을 도표로 정리하여 제시하면 아래와 같다.

〈표〉 「보현행원품」과의 관련 양상

	禮敬	稱讚	供養	懺悔	隨喜	請法	請佛	佛學	恒順	迴向	總結
1행	△	△	△	△	×	○	○	○	○	○	○
2행	△	△	△	△	×	○	○	○	○	○	○
3행	○	○	○	○	×	○	×	○	○	○	×
4행	○	○	○	○	×	○	○	○	○	○	×

세(請佛住世) ⑧상수불학(常隨佛學) ⑨항순중생(恒順衆生) ⑩보개회향(普皆迴向).

13) "後普賢菩薩下別釋, 即爲十段. 段各有三, 一牒名, 二釋相, 三總結無盡." 징관, 『화엄경행원품소』 권10(『卍新纂大日本續藏經』 제5책, 193쪽)

14) "이와 같이 하여 중생계가 다하고 중생의 업이 다하고 중생의 번뇌가 다하면 나의 ○○도 다하겠지만, 중생계 내지 중생의 번뇌가 다하지 않으므로 나의 ○○도 다함이 없어 생각 생각 상속하여 끊임이 없되 몸과 말과 뜻으로 짓는 일에 지치거나 싫어하는 생각이 없다.(如是, 乃至衆生界盡, 衆生業盡, 衆生煩惱盡, 我○乃盡. 而衆生界乃至煩惱, 無有盡故, 我此○○, 無有窮盡. 念念相續, 無有間斷, 身語意業, 無有疲厭)"

5행	○	○	×	○	×	×	×	○	△	×	×
6행	○	△	×	○	×	×	×	○	×	×	×
7행	○	○	○	○	○	×	×	○	○	×	×
8행	△	○	○	△	○	×	×	○	○	×	×
9행	○	×	○	○	×	×	×	×	○	×	×
10행	○	×	○	○	×	×	×	×	○	×	×

도표의 '○' 표시는 「보현행원품」의 내용 및 표현을 그대로 수용한 것을, '△'는 표현은 다르지만 경문에 관련된 구절이 있음을 가리킨다. 그리고 '×' 표시는 「보현행원품」에 전혀 없는 내용 및 표현을 뜻한다. 위의 도표를 통해, 〈보현십원가〉 11수는 한 작품도 선행 텍스트를 그대로 수용한 예가 없고, 반대로 선행 텍스트를 전혀 수용하지 않은 작품도 없음을 알 수 있다. 보현행원에 포함되지 않는 〈총결무진가〉 조차도 1~2행의 노랫말은 「보현행원품」의 내용인 것이다.

이제, 도표를 중심으로 〈보현십원가〉와 「보현행원품」의 관련 양상을 간략하게나마 살펴보면 다음과 같다. 먼저, '창작'의 비중이 큰 작품으로는 〈수희공덕가〉·〈청전법륜가〉·〈청불주세가〉·〈보개회향가〉 등을 들 수 있다. 특히 〈수희공덕가〉는 7~8행을 제외한 모든 노랫말이 「보현행원품」에 전혀 없는 내용이다.

「보현행원품」의 수희공덕원은 여래·제취(諸趣)·이승(二乘)·보살의 공덕을 "나는 모두 함께 기뻐한다(我皆隨喜)"라는 서술로 일관하고 있는데, 〈수희공덕가〉의 7~8행은 반복되는 이 내용을 요약한 것이다. 그리고 1~6행과 9~10행은 수희공덕원에 없는 '수희'의 근거와 결과를 노래하고 있다. 나머지 작품들 또한 해당 행원의 내용을 모두 수용한 것이고, 새로 추가된 노랫말은 「보현행원품」에 없는 각 행원의 이유와 결과에 해당한다. 〈청전법륜가〉·〈보개회향가〉의 1~4행은 해당 경문 전체의 내용이고, 균여의 창작인 5~10행에서 청법(請法)·회향의 이유와 그 결과가 제시되어 있는 것이다.

　그런데, 〈수희공덕가〉와 〈청불주세가〉의 9~10행은, 「보현행원품」의 내용은 아니지만, 균여의 창작 또한 아니다. 전자는 『화엄경행원품소』 권10, 후자는 『화엄경행원품소초』 권4의 관련 내용과 대응되고 있다. 곧 〈수희공덕가〉의 후구인 "이리 여겨 가면/ 질투의 마음 이르러 올까(伊羅擬可行等 嫉妬叱心音至刀來去)"는 『행원품소』의 "과거에 남의 선을 기뻐하지 않았기 때문에 이제 따라서 기뻐함이니, 그를 기뻐하여 질투의 장애를 제거하고 평등한 선을 일으키는 것이다."[15]라는 해설을 노래한 것이다.[16]

　그리고 〈청불주세가〉의 낙구인 "우리 마음 물 맑으면/ 부처님의 그림자 아니 응하시리(吾里心音水清等 佛影不冬應爲賜下呂)"는, 『행원품소초』의 "중생의 마음이 깨끗하면 부처님이 상주하심을 볼 것이고 …(중략)… 해가 떠서 일체의 맑고 깨끗한 물그릇을 비추는데 그림자가 나타나지 않음이 없는 것과 같다."[17]와 대응된다.[18] 이상의 내용을 통해, 균여는 〈보현십원가〉의 창작에 있어, 「보현행원품」뿐만 아니라 그 주석서의 내용까지 반영했음을 알 수 있다.

　다음으로, '△' 표시, 곧 '변용'의 구체적인 예로, 〈예경제불가〉~〈광수공양가〉의 1~2행을 들 수 있다. 이들 노랫말은 「보현행원품」의 관련 내용과 직접적으로 대응되지는 않지만, 균여 나름의 의도에 따라

---

15) "由昔不喜他善, 故今隨喜, 爲慶悅彼, 除嫉妬障, 起平等善." 징관, 『화엄경행원품소』 권10(『卍新纂大日本續藏經』 제5책, 194쪽)

16) 김지오, 앞의 논문, 85~86쪽.

17) "衆生心淨, 見佛常住 …(中略)… 佛子, 譬如日出普現世間, 於一切淨水器中, 影無不現." 종밀, 『화엄경행원품소초』 권4(『卍新纂大日本續藏經』 제5책, 287~289쪽)

18) 河崎啓剛, 앞의 논문, 124~129쪽; 김지오, 앞의 논문, 95~96쪽.

해당 경문을 변용 내지 변개한 것이다. 「보현행원품」의 예경제불원~
광수공양원의 서두에는 여타의 행원과 달리, 각 행원의 전제 조건으
로, "기심신해(起深信解) 여대목전(如對目前)"·"심심승해(甚深勝解) 현전
지견(現前知見)"·"기심신해(起深信解) 현전지견(現前知見)"의 구절이 제시
되어 있다. 이들 구절은 표현은 다르지만, 깊은 믿음이 생겨 부처를
내 눈앞에서 또렷이 본다는 같은 의미를 갖는다.[19]

　제불(諸佛)에 대한 예경·칭찬·공양의 전제가 되는 이들 작품의 1~2
행은, 바로 이 구절들을 시가화한 것이라 할 수 있다. 곧 '마음의 붓으
로 그린 부처' '나무불을 사뢰는 혀' '부처 앞 등불의 심지를 돋우는 손'
은, 다소 추상적이고 모호한 경문을 현실의 구체적인 모습으로 형상화
한 노랫말인 것이다.

　한편, 「보현행원품」의 내용 및 표현을 수용한 노랫말 중에는 경문의
한문구를 그대로 삽입한 예가 있다. 〈예경제불가〉의 "신어의업무피염
(身語意業无疲厭)"(9행), 〈참회업장가〉의 "중생계진아참진(衆生界盡我懺盡)"(9
행), 〈항순중생가〉의 "염념상속무간단(念念相續无間斷)"(7행)이 그것으로,
이들 노랫말은 모두 앞에서 언급했던 경문의 '총결무진' 부분에 해당한
다. 〈항순중생가〉의 7행과 〈예경제불가〉의 9행은 각각 '총결무진'의 끝
구절인 "염념상속(念念相續), 무유간단(無有間斷)"·"신어의업(身語意業),
무유피염(無有疲厭)"을 옮긴 것이다. 그리고 〈참회업장가〉의 9행은 〈총
결무진가〉 1~2행의 선행 텍스트이기도 한, 첫 문장의 "중생계진(衆生界
盡)"과 "아참내진(我懺乃盡)"이 결합된 노랫말이다.

　그런데 '총진무결'이 이러한 삽입구는 〈보현십원가〉 11수 전체의 네

---

19) 광덕 옮김·박성배 강의, 『(미국에서 강의한) 화엄경 보현행원품』, 도피안사, 2008,
　　69~70쪽.

용 및 단락을 구분하는 표지로 볼 수 있어 주목된다. 제1·4·9수에 있는 한문구로 인해, 〈보현십원가〉는 〈예경제불가〉~〈광수공양가〉, 〈참회업장가〉~〈상수불학가〉, 〈항순중생가〉~〈총결무진가〉의 세 부분으로 나눌 수 있는 것이다. 이 같은 단락 구분은 〈보현십원가〉 전체의 시상 및 내용 전개의 맥락과 일치하는데, 다음 장의 작품 분석에서 확인할 수 있을 것이다.

3. 〈보현십원가〉의 내용과 구조

1) 서사 : '법계(法界) 차신 부처'

구체적인 논의에 앞서, 〈보현십원가〉의 제1수인 〈예경제불가〉를 인용하면 아래와 같다.[20]

心未筆留	마음의 붓으로
慕呂白乎隱仏体前衣	그린 부처 앞에
拜內乎隱身萬隱	절하는 몸은
法界毛叱所只至去良	법계 두루 이르거라.
塵塵馬洛仏体叱刹亦	티끌 티끌마다 부처의 세계요
刹刹每如邀里白乎隱	세계 세계마다 (보살들이) 둘러 뫼신
法界滿賜隱仏体	법계에 (가득) 차신 부처
九世盡良礼爲白齊	구세 다하도록 예경하고자.
歎曰 身語意業无疲厭	아아, 신·어·의업에 지치거나 만족함 없이
此良夫作沙毛叱等耶	이에 '부질[常]' 삼으리라.

---

20) 본고에서 제시하는 〈보현십원가〉의 현대어역은, 양주동, 『(증정) 고가연구』, 일조각, 1983과 김완진, 『향가해독법연구』, 서울대학교출판부, 1993의 해독을 기본으로 하고, 최근의 성과인 박재민, 앞의 논문과 김지오, 앞의 논문의 해독을 참조한 것이다.

〈예경제불가〉는 〈보현십원가〉의 다른 노래들과 마찬가지로, 그 내용상 1~4행, 5~8행, 9~10행의 세 단락으로 나눌 수 있다. 첫째 단락은 둘째 단락의 전제가 되는 부분으로, '마음의 붓으로 그린 부처'라는 예경 대상과 '법계 두루 절하는 몸'의 예경 방법을 노래하고 있다. 1~2행은 예경의 대상이 절 안에 모셔져 있는 불상이 아닌, 화자의 마음 안에 있는 부처임을 명시하고 있으며, 3~4행은 '마음의 부처'에게 절하는 화자의 몸이 온 법계에 두루 퍼질 것을 소망하고 있는 것이다. 이 단락의 이러한 내용과, 1~2행이 경문의 "기심신해(起深信解) 여대목전(如對目前)"을 변용한 것이라는 점을 고려하면, 〈예경제불가〉의 첫째 단락은 실제의 예경이라기보다 '관상예경(觀想禮敬)' 또는 '관행(觀行)'을 의미하고 있는 것으로 볼 수 있다.[21]

〈예경제불가〉와 마찬가지로 〈칭찬여래가〉·〈광수공양가〉의 첫째 단락은 둘째 단락의 전제에 해당하고, 이들 작품의 '칭찬'·'공양' 또한 '관행'에 해당한다. 다만 이 노래들의 1~2행은 각각 "오늘 대중들의/ '나무불이여' 사뢴 혀에(今日部伊冬衣 南无佛也白孫舌良衣)"와 "불가지 잡아/ 부처 앞의 등불을 고칠 때에(火條執音馬 仏前灯乙直体良焉多衣)"라는, 현장의 구체성이 〈예경제불가〉에 비해 강화되어 있는 차이가 있다. 그리고 이 노랫말들에 이어지는 "다함이 없는 변재(辯才)의 바다/ 한 순간에 솟아나거라(无盡辯才叱海等 一念惡中涌出去良)"와, "등의 심지는 수미

---

21) 참고로, 징관의 『행원품소』에서는, 광수공양원에서 서술하고 있는 꽃·화만(華鬘)·음아·산개(傘蓋)·옷·향·등의 공양은 단순한 재물공양이 아닌 '관상공양'을 의미한다고 하였다. 그리고 경문의 말미에 있는 "차광대최승공양(此廣大最勝供養)"의 구절은 바로 이 '관상공양' 곧 '관행'을 가리키는 것으로 설명하고 있다. "但今文意, <u>將前本行觀想供養</u>, 爲財供養, 校量於法, 則抑其本行. …(中略)… 三, 此廣大最勝供養下, 總結無盡. <u>此最勝供養, 即前觀行</u>, 若此最勝, 不及法者, 何以無盡." 징관, 『화엄경행원품소』 권10(『卍新纂大日本續藏經』 제5책, 193쪽)

산이요/ 등의 기름은 대해 이루거라(灯炷隱湏弥也 灯油隱大海逸留去耶)"
는 모두 실제의 상황이 아닌 화자의 '관행'임을 보여주고 있다.

둘째 단락은 '관행(觀行)'의 구체적인 내용에 해당한다. 화자는 미세
한 하나의 티끌 속에도 보살들이 부처를 둘러싸고 있는 세계가 있음을
관상(觀想)하고 또한 그것을 믿어서, 온 법계에 가득 차 있는 이들 부처
에게 9세(世)가 다하도록 예경할 것을 서원하고 있는 것이다. 8행의
"구세 다하도록 예경하고자"는 경문의 "상수예경(常修禮敬)"을 변용한
것으로, '9세'는 과거·현재·미래의 3세에 각기 과거·현재·미래의 3세
가 있음을 뜻하는 용어이다. '9세'의 시어로 인해 이 노랫말은 경문과
달리, 5~7행의 공간적인 편재(遍在)에 이은 부처의 시간적인 '상주(常
住)'를 나타내고 있다.

'편재'의 강조는 〈칭찬여래가〉·〈광수공양가〉의 둘째 단락에서도 볼
수 있다. 전자의 "티끌 티끌마다 허물(虛物)에 (둘러) 뇌신(塵塵虛物叱邀呂
白乎隱)"22)(5행)과, 후자의 "손은 법계 두루 하며(手焉法界毛叱色只爲旀)"(5
행) "법계 차신 부처(法界滿賜仁仏体)"(7행) 등이 이에 해당한다. 특히 〈광
수공양가〉의 7행은 〈예경제불가〉의 7행을 그대로 반복하고 있다. 이
렇듯 시어와 시행의 반복을 통해 부처와 그 세계의 편재를 노래하고
있는 점은, 첫 단락의 '관행'과 함께 이들 작품만의 특징이자, 본고에서
이 세 작품을 '서사'로 묶은 근거이기도 하다.

그런데 〈칭찬여래가〉의 6~8행은 '불신(佛身)의 편재(遍在)'에서 더
나아가, 부처의 정체 내지 의미를 보여주고 있다. "공덕의 몸을 대하여/
끝없는 덕의 바다를/ 쉴 새 없이 기리고자(功德叱身乙對爲白惡只 際于萬隱
德海肹 間毛冬留讚伊白制)"23)의 노랫말에서, 화자는 부처를 '공덕의 몸'

---

22) 이 노랫말의 '塵塵虛物'에 대해, 양주동·김완진은 해독이나 해석 없이 그대로 옮겨 놓았
　다. 최근의 박재민은 '세계의 모든 것들'로, 김지오는 '刹刹'의 다른 표현으로 보고 있다.

으로 표현하고 있으며, 칭찬의 대상이 '공덕신(功德身)'의 '덕해(德海)'임
을 제시하고 있는 것이다. 6~8행의 노랫말과 대응되는 「보현행원품」
의 경문은 "稱揚讚歎, 一切如來諸功德海, 窮未來際, 相續不斷, 盡於法
界, 無不周遍."이다. '공덕'과 '덕해'는 '일체여래제공덕해(一切如來諸功
德海)'에 대응되지만, '공덕의 몸'은 경문에 없는 표현으로 균여의 의도
에 의한 것임을 알 수 있다. 그리고 그 의도는 〈칭찬여래가〉의 결구를
통해 짐작이 가능하다.

〈칭찬여래가〉의 9~10행은 여타 작품의 결구와 달리, 마치 행원의
한계를 노래하고 있는 것처럼 보이는데, "비록 한 터럭의 덕도/ 다 이
르지 못하네(必只一毛叱德置 毛等盡良白手隱乃兮)"의 노랫말이 그것이다.
물론 이 표현은 부처의 위대함을 강조한 것이다. 그렇지만 위에서 언
급한 '공덕의 몸'·'덕해'의 시어를 고려하면, 이 노랫말은 부처가 부처
인 이유가 신통력이나 위력이 아닌, 공덕 내지 덕 때문이라는 점을 강
조한 것으로도 볼 수 있다.

바로 이 점이 균여의 의도라고 할 수 있다. 곧 균여는 '공덕의 몸'
'덕해' '한 터럭의 덕'의 시어를 반복함으로써 부처는 인간이나 신적인
존재가 아닌 '공덕' 그 자체임을 청자(독자)들에게 알리고 있는 것이다.
그렇다면 〈칭찬여래가〉는 불신(佛身)의 편재를 강조하고 있는 〈예경제
불가〉에 이어, 부처의 편재가 가능한 이유를 제시하고 있는 것이 된다.

끝으로, 〈예경제불가〉의 셋째 단락은 삼업(三業)에 지치거나 만족함
없이 항상 부처에게 예경할 것을 다짐하고 있는 화자의 서원이다. 선행

---

23) 〈칭찬여래가〉 8행의 '間王'은 그동안의 선행연구에서 그 해독 및 해석에 논란이 있어
왔다. 그러나 최근에 월정사본 『균여전』을 근거로 '間王'이 '間毛'의 탈각이라는 사실
이 밝혀졌다. 이에 대해서는 김성주, 「균여 향가와 한역시 그리고 보현행원품」, 『구결
학회 발표논문집』 40, 구결학회, 2010, 168~170쪽과 김지오, 앞의 논문, 27~28쪽에
서 자세히 서술되어 있다.

연구에서는 이 단락 9행의 '신(身)·어(語)·의업(意業)'이 각각 〈예경제불가〉·〈칭찬여래가〉·〈광수공양가〉의 내용과 관련 있음이 지적되었다.

김종진은 "〈예경제불가〉에서는 '몸'[身]을, 둘째 수인 〈칭찬여래가〉에서는 '혀'[語]를, 셋째 수인 〈광수공양가〉에서는 부처님 전 등불을 고치는 정성[意]을 형상화하였다."[24]라고 보았다. 반면 김지오는 〈예경제불가〉가 '의업', 〈칭찬여래가〉는 '구업', 〈광수공양가〉는 '신업'과 관련된다고 하였다.[25] 이들 논자는 〈예경제불가〉의 첫째 단락인 1행의 '마음의 붓'과 3행의 '절하는 몸' 중 어느 곳에 초점을 맞추는가에 따라 견해의 차이를 보이게 된 것이다.

그런데 〈예경제불가〉~〈광수공양가〉의 '身'·'舌'·'手'는 해당 노래에서 각 행원을 실천하는 주체로, 제4수인 〈참회업장가〉부터 등장하기 시작하는 '我'·'吾'·'吾里' 등에 해당하는 시어이다. 그러므로 '삼업'과의 관련성보다는 몸과 관련된 시어가 나타난 이유에 대해 해명할 필요가 있다고 하겠다.

해명의 단서는 사학계의 다음과 같은 논의에서 찾을 수 있다. 최연식은 균여의 저서에는 자기의 신체를 통해 화엄교학의 10대법(對法)과 10현문(玄門)을 체득하도록 하는 관법(觀法)이 매우 강조되어 있음을 지적하고 있다. 곧 균여는 『석화엄교분기원통초(釋華嚴敎分記圓通鈔)』와 『지귀장원통초(旨歸章圓通鈔)』에서, 개인들이 자기의 몸과 그 작용을 잘 분석해 보면 화엄교학에서 얘기하는 10현문이 무엇을 의미하는지 분명하게 이해할 수 있으며, 이 관법을 통해 깨달음을 얻을 수 있음을 주장하고 있다는 것이다.[26]

---

24) 김종진, 앞의 논문, 130쪽.

25) 김지오 앞의 논문, 72쪽.

26) 최연식, 「균여 화엄사상연구- 교판론을 중심으로」, 서울대학교 박사학위논문, 1999,

이상의 논의를 참고하면, 〈예경제불가〉~〈광수공양가〉의 첫째 단락이 '관행(觀行)'임을 명시하고 있는 점과, '身'·'舌'·'手'를 각 행원의 주체로 설정한 점은 바로 이 '관법(觀法)'의 반영에 다름 아닌 것이다. 균여는 평소 자신이 강조하던 몸을 통한 관법을, 청자들의 수준에 맞도록 구체적이고 현실감 있는 노랫말로 표현한 것이라 할 수 있다.

지금까지, 〈예경제불가〉~〈광수공양가〉의 구성 및 내용에 대해 살펴보았다. 이를 통해, 이들 작품은 부처에 대한 예경·칭찬·공양의 자세를 노래하고 있는 동시에, 부처와 그 세계의 편재를 보여주고 있음을 알 수 있다. 결국 〈보현십원가〉의 서사는 '나'와 '우리'를 둘러싼 모든 곳에 부처가 존재하고 있음을 청자(독자)에게 알리고, 또한 이 사실을 청자가 믿어야 함을 강조하고 있는 것이다. 서사의 이러한 주제는 다음 절에서 살펴볼 본사의 전제 내지 근거가 된다.

2) 본사 : '보리(菩提) 향한 길'

顚倒逸耶	전도 일어나
菩提向焉道乙迷波	보리 향한 길을 잃고
造將來臥乎隱惡寸隱	지어 왔던 악업은
法界餘音玉只出隱伊音叱如支	법계에 넘쳐 납니다.
惡寸習落臥乎隱三業	악한 습(習)이 떨어진 삼업
淨戒叱主留卜以支乃遣只	정계의 주인으로 지니고
今日部頓部叱懺悔	오늘 대중들이 모두 참회하니
十方叱仏体閼遣只賜立	시방의 부처 알아주소서.
落句 衆生界盡我懺盡	아아, 중생계가 끝나야 나의 참회가 끝나리니
來際永良造物捨齊	내세에는 길이 (악업) 짓기를 버리고자.

201~202쪽.

  인용문은 〈보현십원가〉의 제4수인 〈참회업장가〉이다. 이 노래는 참
회의 이유·방법·다짐의 세 단락으로 나누어진다. 첫째 단락은 그동안
'나'와 '우리'가 지어온 악업이 법계에 넘칠 만큼 많음을 노래하고 있다.
'악업'의 존재가 참회의 대상이자, 화자가 참회를 해야 하는 이유인 것
이다. 악업의 이유에 관한 1~2행의 노랫말은 「보현행원품」에 없는 내
용으로, 경문에는 "내가 과거 한량없는 겁으로 내려오면서 탐·진·치로
인해 삼업으로 지은 악한 업(我於過去無始劫中, 由貪瞋癡, 發身口意, 作諸惡
業)"으로 되어 있다.

  둘째 단락은 참회의 방법으로, 청정한 삼업으로 행하는 지계(持戒)
를 제시하고 있으며, 이러한 대중들의 참회를 시방의 부처들이 알아주
기를 기원하고 있다. 〈보현십원가〉 전체에 있어 부처에 대한 화자의
기원 또는 호소는 이 작품이 유일한 예에 속한다. 그만큼 작가인 균여
가 '참회'를 중시한 것이라 하겠는데, 「보현행원품」에서는 "널리 법계
극미진수 세계의 일체 불보살 앞에 두루 지성으로 참회한다.(遍於法界
極微塵刹, 一切諸佛菩薩衆前, 誠心懺悔)"라고만 되어 있는 것이다.

  셋째 단락은 '총결무진'의 한문구에 이어, 앞으로는 영원히 악업을
짓지 않겠다는 화자의 다짐으로 끝맺고 있다. 이상과 같이 〈참회업장
가〉는 과거·현재·미래의 시간적 추이에 따른 득죄·참회·다짐의 과정
으로 구성되어 있음을 알 수 있다.[27] 그런데 9행과 2행의 노랫말은
〈예경제불가〉~〈광수공양가〉와, 〈참회업장가〉 이후의 작품들을 구분
하는 표지로 볼 수 있다. 이들 노랫말이 본고에서 〈보현십원가〉의 본
사를 설정한 근거가 된다.

  "중생계진 아참진(衆生界盡我懺盡)"의 '중생'과 '나'는, 그 이전의 작품

---

27) 윤태현, 앞의 논문, 222쪽.

들에서는 볼 수 없었던 것으로, 〈수희공덕가〉~〈상수불학가〉에서 공통적으로 나타나는 핵심 시어이다. 그리고 2행의 '보리 향한 길'은 〈상수불학가〉의 결구인 "불도 향한 마음아/ 다른 길 아니 빗겨 가고자(佛道向隱心下 他道不冬斜良只行齊)"와 호응관계를 이루는데, '보리 향한 길'은 바로 '불도(佛道)'인 것이다. 그러므로 〈참회업장가〉~〈상수불학가〉의 시상 및 내용 전개는 모두 '보리 향한 길', 곧 깨달음을 향한 나와 중생의 여정으로 포괄할 수 있다.

　이들 작품 중 〈참회업장가〉와 〈수희공덕가〉는 '보리 향한 길'을 찾기 위한 준비 단계에 해당한다. 〈참회업장가〉가 그동안 지은 악업을 참회하여 다시는 보리 향한 길을 잃지 않겠다는 다짐을 노래하고 있다면, 〈수희공덕가〉는 '나'와 '남'의 관계를 통해 '보리 향한 길'에 임하는 마음의 자세를 보여주고 있는 것이다.

　앞에서 살펴보았듯이 〈수희공덕가〉는 「보현행원품」과 전혀 다른 구성 및 내용으로 되어 있는데, 수희의 근거, 이유 및 대상, 결과의 세 단락으로 나눌 수 있다. 화자는 수희의 근거로 '미오동체(迷悟同體)'라는 '연기(緣起)의 이치'를 제시한 뒤, 이 대전제 아래에서는 부처와 중생, 나와 남의 분별이 무의미하고, 그로 인해 남이 닦은 선근과 얻는 공덕이 모두 내 것이 된다는 사실을 논리적으로 표현하고 있다.

　그리고 낙구에서는 "이리 여겨 가면/ 질투의 마음 이르러 올까(伊羅擬可行等 嫉妬叱心音至刀來去)"라고 하여 수희로 인해 질투심이 있을 수 없음을 노래하고 있다. 이렇듯 〈수희공덕가〉는 화자와 중생이 '보리 향한 길'에 앞서 갖춰야 할 자세로, 나와 남이 분별을 초월하는 의식과 질투심의 제거를 제시하고 있는 것이다.

彼仍反隱	저 넓은
法界惡之叱佛會阿希	법계의 불회에
吾焉頓叱進良只	나는 모두 나아가
法雨乙乞白乎叱等耶	법우를 빌 것이라.
无明土深以埋多	무명토 깊이 묻어
煩惱惱熱留煎將來出未	번뇌열로 볶여 옴에
善芽毛冬長乙隱	선아(善芽) 자라지 못한
衆生叱田乙潤只沙音也	중생의 밭을 적시기 위함이라.
後言 菩提叱菓音烏乙反隱	아아, 보리의 열매 영그는
覺月明斤秋察羅波處也	각월(覺月) 밝은 가을밭이여.

위에서 인용한 〈청전법륜가〉는 청법(請法)의 대상 및 내용, 청법의 이유, 청법 결과의 세 단락으로 구성되어 있다. 불전(佛典)의 전통적인 비유를 활용하고 있는 둘째 단락은, 화자가 첫째 단락에서 법우(法雨)를 청한 이유가, 무명과 번뇌로 인해 선근을 기르지 못한 중생 때문임을 밝히고 있다. 셋째 단락은 청법의 결과로 '보리(菩提)의 열매'와 '각월(覺月)'을 제시하고 있는데, 이들 시어는 깨달음의 성취 또는 깨달은 경지를 의미한다. 이 단락은 중생을 위해 부처에게 청법하는 행위 자체가 깨달음임을 보여주고 있는 것이다.

여기서의 '청법'은 부처가 이미 열반한 현실에 있어서는 불도를 구하려는 마음, 즉 '발보리심'으로 볼 수 있다. 〈상수불학가〉의 '수학(隨學)'이 이미 불도에 입문한 상태라면, 〈청전법륜가〉의 '청법'은 불도에 입문하려는 마음, 즉 보리를 구하려는 그 마음인 것이다. 곧 이 노래는 '남이 바로 나'라는 〈수희공덕가〉와 함께 '발심 자체가 곧 깨달음'이라는 분별 초월의 사유를 드러내고 있다. 그리고 이러한 역설을 통해, '보리 향한 길'에 있어 무엇보다 발심이 필요하고 또한 중요함을 강조하고 있는 것이다.

〈청전법륜가〉의 '청법' 내지 '발보리심'에 이어, 〈청불주세가〉에서는 '맑은 마음'을 강조하고 있다. 부처는 교화의 인연이 다해 이 세상을 떠났지만 우리의 마음이 맑으면 부처는 떠난 것이 아니고 언제나 우리 곁에 있음을 노래하고 있는 것이다. 이렇듯 〈보현십원가〉의 본사에서는 '몸'을 강조하고 있는 서사와 달리, '마음'이 강조되고 있는 특징을 보인다. 〈수희공덕가〉·〈청전법륜가〉의 '질투심'·'발보리심'과 이 노래의 '맑은 마음'은 〈상수불학가〉에서는 아래와 같이 '불도 향한 마음'으로 나타나 있다.

我仏体	우리 부처
皆往焉世呂修將來賜留隱	모든 지난 세상 닦아 오신
難行苦行叱願乙	난행 고행의 원을
吾焉頓部叱逐好友伊音叱多	나는 모두 쫓으리다.
身靡只碎良只塵伊去米	몸이 부서져 티끌이 되어 감에
命乙施好尸歲史中置	목숨을 버리는 사이에도
然叱皆好尸卜下里	그렇게 함 지니니
皆仏体置然叱爲賜隱伊留兮	모든 부처도 그러하신 것이로다.
城上人 佛道向隱心下	아아, 불도 향한 마음아
他道不冬斜良只行齊	다른 길 아니 빗겨 가고자.

〈상수불학가〉의 둘째 단락은 「보현행원품」의 문맥과 차이가 있는데, 화자가 해야 할 '수학(隨學)'의 방법인 5~6행은 경문에서는 사바세계의 비로자나불이 과거에 실천한 행위인 것이다. 수학의 근거로 제시된 8행 또한 경문은 법계의 모든 부처도 비로자나불과 같은 난행·고행을 겪었다는 서술로 되어 있다. 이 작품은 「보현행원품」과 달리 '수학'의 이유를 설정하고, 그 근거로 "모든 부처도 그러하신 것"이라 노래하고 있는 것이다.

그런데 이 8행은 화자가 '수학'을 해야 하는 이유이지만, 한편으로는 '수학'의 결과로 볼 수 있다. '그러하신 것이로다'의 노랫말은, 신명(身命)을 아끼지 않는 '수학'이 비로자나불뿐만 아니라 '법계에 가득 차신' 모든 부처가 한 일을 가리키면서, 이와 동시에 모든 부처가 '수학'으로 인해 지금의 부처가 되었음을 암시한다. 이 노래의 '수학'은 '부처가 한 일'이자, '부처가 되는 일'인 것이다. 그리고 셋째 단락은 부처가 되는 일, 즉 보리 향한 길만을 가겠다는 화자의 다짐으로 되어 있다. 결국 〈청전법륜가〉~〈상수불학가〉는 '보리 향한 길'에 관한 노래로, '청법'의 발보리심, '청불'의 맑은 마음, '수학'의 불도 향한 마음이 그 방법으로 제시되어 있다고 하겠다.

이상의 내용을 통해, 〈보현십원가〉의 본사는 불신(佛身)의 편재(遍在)를 보여주고 있는 서사에 이어, 나와 우리의 깨달음을 향한 길, 즉 부처가 되는 방법을 노래하고 있음을 알 수 있다. '보리 향한 길' '보리의 열매' '불도 향한 마음' 등의 시어는 선행 텍스트에 전혀 없는 것으로, 작가인 균여의 이러한 의도를 드러내고 있는 것이다.

3) 결사 : '부처의 일'

〈보현십원가〉의 결사는 모두 '부처의 일'을 노래하고 있는 공통점을 보인다. 먼저, 〈항순중생가〉는 수순(隨順)의 이유, 대상 및 방법, 결과의 세 단락으로 구성되어 있는데, "아아, 중생 편안하다면/ 부처 모두 기뻐하실 것이로다.(打心 衆生安爲飛等 仏体頓叱喜賜以留也)"의 결구를 통해, 이 노래의 '수순'은 부처가 '기뻐할 일'로 제시되어 있음을 알 수 있다.

그리고 수순의 근거와 방법을 노래하고 있는 첫째·둘째 단락의 노랫말, 곧 "깨달음은/ 미혹함을 뿌리 삼으신 것이라(覺樹王焉 迷火隱乙根

中沙音賜焉逸良)"와, "생각하는 그 순간마다 중단 없이/ 부처님께 하듯이 공경하리라.(念念相續无間斷 仏体爲尸如敬叱好叱等耶)"는, 중생이 곧 부처라는 명제의 다른 표현이다. 이 노래에서 '깨달음'과 '미혹함'은 각각 부처와 중생을 의미하고 있으며, 이를 근거로 부처에게 하듯이 중생을 공경해야 한다는 것은 중생이 바로 부처라는 사실에 다름 아니기 때문이다.

皆吾衣修孫	모든 나의 닦은
一切善陵頓部叱廻良只	일체 선근(善根)을 모두 돌려
衆生叱海惡中	중생의 바다에
迷反群无史悟內去齊	미혹한 무리 없이 깨닫게 하고자.
仏体叱海等成留焉日尸恨	부처의 바다 이룬 날은
懺爲如乎仁惡寸業置	참회하던 악업(惡業)도
法性叱宅阿叱寶良	법성 집의 보배라
舊留然叱爲事置耶	예로부터 그러한 일이로다.
病吟 礼爲白孫隱仏体刀	아아, 예경하는 부처님도
吾衣身伊波人有叱下呂	나의 몸일 뿐 남 있으리.

위의 〈보개회향가〉는 '회향의 대상 및 목적 → 이유 → 결과'의 내용 전개를 보인다. 회향의 대상인 1~2행의 '내가 닦은 일체 선근'은 구체적으로 〈보현십원가〉 제1수의 〈예경제불가〉부터 제9수인 〈항순중생가〉까지 노래한 행원들을 가리킨다. 이 1~2행을 포함한 첫째 단락의 내용 및 표현은 「보현행원품」과 대응되고 있지만, 이 단락에 대한 이유와 그 결과에 해당하는 나머지 노랫말들은 모두 균여의 창작에 해당한다.

둘째 단락의 5~7행은 내가 지은 '악업'조차도 참회하여 중생에게 회향한다면 부처를 이루는 바탕이 된다는 내용이다. 그 근거로 제시된

8행의 "예로부터 그러한 일이로다"는 〈상수불학가〉의 "모든 부처도 그러하신 것이로다"와 표현이 다를 뿐, 같은 의미를 갖는다. 이 노랫말은 화자가 회향해야 하는 이유이자, 부처 또한 회향을 통해 지금의 부처가 되었음을 뜻하고 있는 것이다. 그러므로 결구에서는 "예경하는 부처님도/ 나의 몸일 뿐 남 있으리"라고 하여, 다른 사람이 아닌 바로 내가 예경의 대상이 되는 '부처'임을 노래하고 있다.

이 결구는 분별 초월의 사유를 드러내고 있는 본사의 〈수희공덕가〉·〈청전법륜가〉 및 결사의 〈항순중생가〉와 연결된다. '남이 바로 나' '발심이 곧 깨달음' '깨달음의 뿌리는 미혹함'은 해당 행원의 근거이자, '부처는 나의 몸일 뿐'이라는 〈보개회향가〉의 전제라 할 수 있다. 남이 나이고, 발심과 미혹이 깨달음이라는 역설은 '내가 부처'라는 선언으로 귀결되는 것이다. 그리고 〈총결무진가〉에서는 "이 같은 보현행원/ 또 모두 부처의 일이도다(伊波普賢行願 又都佛體叱事伊置耶)"라고 하여, 〈보현십원가〉 전체를 '부처의 일'이란 시어로 끝맺고 있다. 지금까지 노래한 보현행원 모두가 '부처의 일'임을 다시 한 번 확인하고 있는 것이다.

결국, 〈보현십원가〉 11수는 '부처의 일'에 관한 노래로, 서사의 예경·칭찬·공양이 '부처를 위한 일'이라면, 본사의 '보리 향한 길'은 '부처가 되는 일'이고, 결사는 중생과 내가 부처라는 사실을 '아는 일'에 해당한다. 다시 말해, 〈보현십원가〉는 '불신(佛身)의 편재(遍在) → 성불의 방법 → 아즉불(我卽佛)의 선언'의 내용 구조를 통해, 우리 모두가 부처가 될 수 있음을 노래하고 있는 것이다.

4. 〈보현십원가〉의 주제의식과 시대적 맥락

지금까지 〈보현십원가〉11수 전체를, 사상 및 내용 전개의 맥락에 따라 서사·본사·결사의 세 단락으로 나눈 뒤, 각 단락의 내용과 의미에 대해 살펴보았다. 그 결과, 〈보현십원가〉는 '불신의 편재 → 성불의 방법 → 아즉불의 선언'이라는 내용 구조로 되어 있고, 이들 단락의 주제는 불신의 편재라는 '부처가 하는 일', 보리 향한 길의 '부처가 되는 일' 그리고 내가 '부처인 것을 아는 일'을 거쳐, '부처의 일'로 귀결되고 있음을 알 수 있다. 곧 〈보현십원가〉전체의 주제의식은 '부처의 일' 또는 '성불'로 집약된다.

이상에서 논의한 〈보현십원가〉의 주제의식은 일단, 「보현행원품」 자체에 근거한 것으로 볼 수 있다. 「보현행원품」의 서두에 "여래의 공덕을 성취하고자 하거든 마땅히 열 가지 넓고 큰 행원을 닦아야 한다.(欲成就此功德門, 應修十種廣大行願)"라는 언급이 있는데, 여래의 공덕을 성취한다는 것은 바로 '성불'에 다름 아니고, '보현십종원왕'은 그 방법으로 제시된 것이기 때문이다.

그렇지만 보현행원의 수지(受持)·독송(讀誦)을 권하고 있는 「보현행원품」의 말미에는, "(이 願王을) 마땅히 지성으로 받으며 받고는 능히 읽고 읽고는 능히 외우며 외우고는 능히 지니고 베껴 써서 널리 남을 위하여 설한다면 …(중략)… 마침내 생사에서 벗어나 아미타불의 극락세계에 왕생하리라."[28]라고 하여, 보현행원의 목적이 극락왕생에 있음을 서술하고 있다.[29]

---

28) "應當諦受, 受已能讀, 讀已能誦, 誦已能持, 乃至書寫, 廣爲人說 …(中略)… 令其出離, 皆得往生, 阿彌陀佛極樂世界." 광덕 옮김·박성배 강의, 앞의 책, 188쪽.
29) 참고로, 정병삼, 「균여 법계도원통기의 화엄사상」, 『한국학연구』 7, 숙명여대 한국학

이러한 '극락왕생'은 「보현행원품」에서 중요한 비중을 차지하고 있으며, 근기가 낮은 청자를 대상으로 한 〈보현십원가〉에 보다 적합한 내용이라 할 수 있다. 그럼에도 '극락왕생'을 배제한 채, 「보현행원품」에 없는 표현인 '보리 향한 길' '불도 향한 마음' '부처의 일'이란 시어를 사용하여 '성불'을 노래하고 있는 점은 균여의 작가의식이 투영된 결과라 할 수 있는 것이다. 그렇다면 이러한 작가의식의 '동인(動因)'으로 창작 당시의 시대적 상황을 살펴보아야 하겠는데, 이에 앞서 가능한 범위 안에서 〈보현십원가〉의 창작시기를 확정할 필요가 있다.

〈보현십원가〉의 정확한 창작연대는 『균여전』에 명시되어 있지 않고, 다만 최행귀가 이 노래를 967년(광종18)에 한역한 사실만을 알 수 있을 뿐이다. 최근에 황선엽은 연대순으로 기술되어 있는 『균여전』의 구성방식에 착안하여, 949년에서 958년까지의 일을 다루고 있는 '제6 감통신이분자(感通神異分者)'를 근거로, '제7 가행화세분자(歌行化世分者)' 소재 〈보현십원가〉의 창작연대를 958년 이후 967년 이전으로 추정하고 있다.[30] 이러한 견해는 막연히 967년 이전으로만 추정했던 기존의 연구에 비해 진전된 것이라 할 수 있지만, 이 논의에는 창작시기의 추정에 있어 반드시 고려해야 할 사항이 빠져 있다.

963년(광종14)의 '귀법사 창건'이 바로 그것으로, 균여는 학인들을 대상으로 한 958~962년의 5년에 걸친 화엄교학 관련 강의를 마친 직후,[31] 광종의 청으로 귀법사의 창건과 동시에 이 절의 주지가 되었기

연구소, 1997, 95~96쪽에서는, "이 보현행원은 명종시에 아미타불을 친견하고 극락 세계에 왕생한다는 무량수불 세계에의 회향으로 이어져 미타신앙과의 연계를 보인다."고 하였다.

30) 황선엽, 「균여향가 표기 소고」, 『구결학회 발표논문집』 42, 구결학회, 2011, 27쪽.

31) 이러한 사실은 현재 전하는 그의 저서인 『일승법계도원통기(一乘法界圖圓通記)』와 『석화엄교분기원통초』 등의 간행기를 통해 알 수 있다. 최연식, 앞의 논문, 115쪽.

때문이다.32) 또한 개경에 위치한 귀법사에는 빈민을 위한 제위보(濟危寶)가 설치되었고, 무차대회(無遮大會)·수륙회(水陸會) 등의 불사(佛事)가 자주 개설되었다.33)

이러한 점들을 고려하면, '세인희락지구(世人戱樂之具)'의 사뇌가인 〈보현십원가〉는 대규모 불사로 인해 일반 백성들의 출입이 잦은 귀법사에서, 이 절의 주지인 균여가 그들을 교화하기 위해 지은 것이라 할 수 있다. 곧 〈보현십원가〉의 창작연대는 균여가 귀법사의 주지가 된 963년에서 한역이 완료된 967년 사이로 추정할 수 있는 것이다.

그런데 〈보현십원가〉의 주제의식 및 내용적 특징은 균여가 귀법사에서 목격한 당시 불사의 문제점과 관련이 있어 보여 주목을 요한다.

가만히 듣건대, 성상께서 공덕재(功德齋)를 베풀기 위하여 혹은 친히 차를 맷돌에 갈기도 하고 혹은 친히 보리도 찧는다고 하오니 어리석은 신은 성체(聖體)의 근로함을 심히 애석하게 여깁니다. 이 폐단이 광종에게서 시작되었으니, 남을 헐뜯는 말을 믿고 죄 없는 사람을 많이 죽이고는, 불교의 인과응보의 설에 현혹되어 죄업을 없애고자 하여 백성의 기름과 피를 짜내어 불교행사를 많이 일으켰습니다. 혹은 비로자나참회법을 만들기도 하고 혹은 구정(毬庭)에서 중에게 공양하기도 하고, 혹은 무차회(無遮會)와 수륙회(水陸會)를 귀법사에서 열어 늘 부처에게 재(齋) 올리는 날을 당해서 반드시 걸식하는 중에게 밥을 먹이기도 하고 혹은 내도량(內

---

32) 『균여전』「후기」. "대사께서는 세상에 계실 적에 대성대왕 광종과 두터운 인연을 맺으셨다. 대왕께서는 큰 서원을 내시어 송악산 아래에 새로이 귀법사를 창건하셨다. 절이 이루어지자 조직을 내려 대사가 절을 주지토록 청하셨다. 대사께서는 향화(香火)의 명을 공경하여 받들며 무리를 거느리고 불법을 널리 펼치셨다.(師之在世, 厚緣於大成大王. 王發大願, 於松岳之下, 新刱歸法寺. 寺成, 詔請師住持之. 師祇命香火, 領衆洪法)" 최철·안대회 역주, 앞의 책, 76~77쪽.

33) 김용선, 「광종의 개혁과 귀법사」, 이기백 편, 『고려광종연구』, 일조각, 1981, 100쪽.

道場)의 떡과 과일을 걸인에게 내어주기도 했습니다. …(중략)… 대소의 신민으로 하여금 모두 다 참회하게 하여 쌀과 곡식, 나무와 숯, 꿀과 콩을 (어깨에) 메고 (등에) 지고 하여 서울과 지방의 길가는 사람에게 베풀게 한 것이 이루 다 헤아릴 수 없기에 이르렀습니다. …(중략)… 항상 백성의 기름과 피를 다 짜내어 재를 베푸는데 이바지했으니, 부처가 신령함이 있다면 어찌 즐거이 공양에 응하겠습니까?[34]

인용문은 균여와 동시대의 인물인 최승로(927~989)가 성종에게 올린 시무책 중의 일부로, 광종 당시에 행해졌던 불사의 폐단에 관한 내용이다. 최승로는 위의 인용문에서 빈번하게 설행되고 지나치게 화려했던 광종대의 불사로 인해, 재물의 낭비와 백성들의 고통이 매우 심했음을 언급하고 있다.

또한 그는 상서문의 '광종평(光宗評)'에서도 광종대의 불사 내지 당시 불교계의 경향을 다음과 같이 비판하고 있다. 곧 "(광종은) 불사를 혹신하고 법문(法門)을 과중히 하여 상시로 행하는 재설(齋設)이 이미 많은데도, 별도로 기원하여 (향불을) 피우고 (도를) 닦음이 적지 않았으며, 오로지 수복(壽福)을 구하여 다만 기도만을 하니, 한정 있는 재력(財力)을 다 써서 무한한 인연을 지으려 하였습니다."[35]라는 언급이 그것

---

34) 『고려사』 권93, 열전 제6, 최승로. "竊聞聖上, 爲設功德齋, 或親碾茶, 或親磨麥, 臣愚深惜聖體之勤勞也. 此弊始於光宗, 崇信讒邪, 多殺無辜, 惑於浮屠果報之說, 欲除罪業, 浚民膏血, 多作佛事. 或設毘盧遮那懺悔法, 或齋僧於毬庭, 或設無遮水陸會於歸法寺, 每値佛齋日, 必共乞食僧, 或以內道場餅果, 出施丐者. …(中略)… 至令大小臣民, 悉皆懺悔, 擔負米穀, 柴炭蒭豆, 施與中外道路者不可勝紀. …(中略)… 常竭百姓膏血, 以供齋設, 佛如有靈, 豈有應供." (이기백·노필용 외, 『최승로 상서문 연구』, 일조각, 1993, 83~84쪽)

35) 『고려사』 권93, 列傳 제6, 崔承老. "以酷信佛事, 過重法門, 常行之齋設旣多, 別願之焚修不少, 專求福壽, 但作禱祈, 窮有涯之財力, 造無限之因緣." (이기백·노필용 외, 앞의 책, 59쪽)

이다. 여기에서는 기복불교의 성행과 이로 인한 국가 재정의 낭비를
지적하고 있다.

　이상의 내용을 통해, 〈보현십원가〉가 본고의 3장에서 살펴보았던
내용적 특징 및 주제의식을 보이게 된 이유를 짐작할 수 있다. 〈보현십
원가〉의 서사·본사에서 강조한 '관행'과 '마음'은 재물의 낭비가 심한
당시의 불사를 경계한 것이라 할 수 있는데, 이로 인해 '공양'을 노래하
고 있는 〈광수공양가〉 조차 실제의 공양이 아닌 '관상공양(觀想供養)'을
제시하고 있는 것이다. 그리고 대규모의 불사로 인해 육체적·경제적
고통을 당하면서도 정작 자신들은 재물이 없어 불사에서 소외된 백성
들을 위해, 〈보현십원가〉는 내 몸과 마음만으로도 누구나 부처가 될
수 있다는 희망을 노래한 것이라 할 수 있다.

　〈보현십원가〉의 이러한 의도 및 내용은 불사의 주체자인 광종에게
반감을 산 것으로 보이는데, 지나친 억측일 수 있지만 균여가 '이정(異
情)'을 품었다는 귀법사 승려 정수의 무고(誣告)는[36] 광종의 이 같은 반
감이 표현된 것으로 볼 여지가 있다. 지방의 군소호족을 제압하여 전
제왕권을 이루려고 한 광종의 입장에서 누구나 부처가 될 수 있다는
주장은 자신의 왕권을 위협하는 것으로 받아들일 수도 있기 때문이다.
실제로 정수의 무고 사건 이후 『균여전』에는 더 이상 균여의 활동 및
광종과의 일화가 언급되지 않고 있다.

　한편, 광종은 〈보현십원가〉의 한역 직후인 968년(광종19)에 균여가
있음에도 화엄종의 원로인 탄문(坦文, 900~975)을 귀법사에 머물게 한
뒤, 같은 해에 그를 왕사(王師)에 책봉하고 있다.[37] 탄문은 교학의 연

---

36) 『균여전』 제9 감응항마분자(感應降魔分者). 최철·안대회 역주, 앞의 책, 75쪽.
37) 김용선, 앞의 논문, 106쪽.

구보다는 국왕과 국가의 안녕을 비는 공덕신앙에 관심이 많았던 인물로, 광종의 만수(萬壽)를 위해 삼존금상(三尊金像)을 만들고 사리의 이적을 행하기도 하였으며, 말년에는 5백나한도를 그리고 나한재를 지내기도 하였다.[38] 이렇듯 〈보현십원가〉의 창작 이후 정수의 무고 사건을 거치면서 균여의 활동이 현저하게 약화되는 반면, 공덕신앙을 선양한 탄문이 부상하고 있는 점은, 〈보현십원가〉의 주제의식과 시대적 상황과의 관계에 대한 지금까지의 추정이 지나친 억측만은 아님을 보여준다고 하겠다.

　결국, 〈보현십원가〉는 형식화되고 기복화된 당시의 불교계에 대한 균여의 문학적 대응으로, 불교 본연의 목적이 '성불'에 있음을 청자(독자)들에게 알리고, 또한 청자들도 모두 부처가 될 수 있음을 강조한 희망의 노래라고 할 수 있을 것이다.

---

[38] 최연식, 앞의 논문, 57쪽.

〈월인천강지곡〉의 저경과 사상적 기반

1. 머리말

〈월인천강지곡〉은 일찍이 국문학 연구의 초창기부터 〈용비어천가〉
와 함께 국문학개론 및 국문학사류 등에서 주목의 대상이 되었으나,
그 구체적인 논의는 〈용비어천가〉에 비해 활발하지 못한 형편이다. 이
러한 상황에서 내용구조의 분석을 통해 〈월인천강지곡〉의 서사적 성
격을 고찰하고 있는 근래의 연구들은 주목할 만하다.[1] 그러나 이들 연
구는 나름대로의 의의와 성과를 보여주고 있음에도 불구하고 다음과
같은 문제점을 보인다.

우선, 〈월인천강지곡〉의 텍스트 범위에 있어 이견을 보이고 있으며,
텍스트의 현황에 대한 파악이 이루어지지 않았다는 점을 지적할 수 있
다. 주지하다시피, 〈월인천강지곡〉은 세종이 지은 노래의 이름이면서,
동시에 그 노래들이 수록된 책을 가리킨다. 즉, 세종 당대에 상·중·
하의 세 책으로 간행된 단행본과, 1459년(세조5) 간행된 『월인석보』에

---

[1] 전재강, 「월인천강지곡의 서사적 구조와 주제 형성의 다층성」, 『안동어문학』 4, 안동어
문학회, 1999; 이종석, 「월인천강지곡과 선행불교서사시의 비교연구」, 서울대학교 석사
학위논문, 2001; 조흥욱, 「월인천강지곡의 내용 특징 연구」, 『어문학논총』 23, 국민대
어문학연구소, 2004; 조규익, 「월인천강지곡의 서사적 성격」, 『조선조 악장의 문예미학』,
민속원, 2005; 신명숙, 「여말선초 서사시연구」, 단국대학교 박사학위논문, 2005; 김승
우, 「월인천강지곡의 주제와 형상화 방식」, 고려대학교 석사학위논문, 2005.

『석보상절』과 합편되어 전하는 〈월인천강지곡〉 모두를 가리키는 것이다. 그러므로 〈월인천강지곡〉의 텍스트는 단행본과 『월인석보』 수록 노래 모두가 포함된다고 할 수 있다.

그러나 몇몇 연구는 〈월인천강지곡〉의 텍스트를 『월인천강지곡(상)』만으로 한정하고 있다.[2] 〈월인천강지곡〉 전체를 연구 대상으로 한 논의의 경우는, 구체적인 검토 없이 『월인석보』 소재 노래들을 텍스트에 포함시킨 것으로, 현전 『월인석보』에 수록된 〈월인천강지곡〉의 곡차(曲次) 및 곡수 등에 대해 어떠한 언급도 하지 않고 있다. 특히, 『월인석보』의 마지막 권차인 권25가 1998년 학계에 소개되었음에도,[3] 권25의 마지막 노래인 其583에 대한 언급을 찾아볼 수가 없다는 것은 문제점이라고 할 수 있다.

다음으로, 〈월인천강지곡〉의 저경(底經)에 대한 고찰이 이루어지지 않았다는 점을 지적할 수 있다. 저경의 내용과 성격에 대한 고찰은 〈월인천강지곡〉 연구의 토대가 되는 것으로, 정확한 저경 파악과 가능한 범위에서의 저경 탐색은 무엇보다 선행되어야 한다. 그래야만 저경 및 『석보상절』과 구별되는 〈월인천강지곡〉의 내용적 특징 및 텍스트의 성격을 파악할 수 있기 때문이다.

〈월인천강지곡〉의 문학적 성격을 파악하기 위해서는 무엇보다도 위의 두 문제에 대한 논의가 필요하다고 여겨지는데, 본고에서는 〈월인천강지곡〉 전체의 저경 목록을 작성한 뒤, 저경의 성격과 그 의미에 대해 살펴보고자 한다.

저경의 목록 작성은 『석보상절』 및 『월인석보』의 저경에 관한 선행

---

2) 조흥욱·조규익·신명숙의 논의가 여기에 해당한다.
3) 강순애, 「새로 발견된 초참본 월인석보 권25에 관한 연구」, 『서지학연구』 16, 서지학회, 1998.

연구의 도움을 받을 수 있다. 민영규[4]·이동림[5]·심재완[6]·이병주[7] 등
의 연구에서 주요 저경들이 밝혀졌고, 이후 박금자[8]·강순애[9]·이호
권[10]·김기종[11]의 논의에 이르기까지 부분적인 수정과 보완이 꾸준히
이루어져 왔다.

그러나, 기존의 저경 연구에서는 〈월인천강지곡〉 其95~137의 저경
과 부전(不傳) 〈월인천강지곡〉의 저경에 대해 어떠한 언급도 하지 않고
있다. 其95~137의 경우는, 이 노래들의 해당 『석보상절』 및 수록 『월
인석보』가 현재 전하지 않고 있기 때문이다. 그러므로 본고에서는 이
문제들을 해결한 뒤, 〈월인천강지곡〉 저경의 성격과 그 의미에 대해
논의하도록 하겠다.

2. 저경의 탐색 및 검토

1) 『월인천강지곡(상)』 其95~137의 저경 탐색

먼저, 其95와 그 저경에 해당하는 내용을 차례대로 인용하면 아래
와 같다.

---

4) 민영규, 「開題」, 『月印釋譜 第七·第八』, 연세대 동방학연구소, 1957.

5) 이동림, 「월인석보와 관계불경의 고찰」, 『불교학논문집』(백성욱박사 송수기념), 동국
   대, 1959.

6) 심재완, 「석보상절 제11에 대하여」, 『논문집』 2, 청구대, 1959.

7) 이병주, 「석보상절 제23·24 해제」, 『동악어문논집』 5, 동악어문학회, 1967.

8) 박금자, 『15세기 언해서의 협주연구』, 집문당, 1997, 116~123쪽.

9) 강순애, 「월인석보의 저본에 관한 연구」, 『서지학연구』 22, 서지학회, 2001.

10) 이호권, 『석보상절의 서지와 언어』, 태학사, 2001, 46~56쪽.

11) 김기종, 「석보상절의 저경과 저경 수용 양상」, 『서지학연구』 30, 서지학회, 2005.

四千里 감은 龍이 道士ㅣ 드외야 三歸依를 受ᄒᆞᅀᆞᄫᅵ니
八萬那由天이 四諦를 듣ᄌᆞᆸ고 法眼ᄋᆞᆯ 得ᄒᆞᅀᆞᄫᅵ니 〈其95〉

(1) 세존은 녹야원으로 가는 도중에 문린이라는 눈먼 용이 있는 물가에
이르러, 7일 동안 선정에 들었다. 그 때 세존의 광명이 물 속을 비췄으므로,
용이 눈을 뜨게 되었다. 곧 용은 세존임을 알고는 과거 세 분의 부처에게
한 것과 같이 향을 갖춰 물에서 나와 예배하였다. 마침 큰 바람이 일면서
비가 오자, ㉠용은 세존으로부터 4천 리 떨어진 곳까지 에워쌌으며, 일곱
개의 머리를 벌려 세존 위를 덮었다. 비와 바람뿐만 아니라 모기·등에와
추위·더위를 가려주기 위해서였다. 7일 만에 비가 그치면서 세존이 선정
에서 나오자, 용은 나이 젊은 도인으로 변화하여 좋은 옷을 입고 머리
조아려 문안드리고는 곧 삼귀의를 받았다.[12] 〈석가씨보 설법개화적(說法
開化迹) 우우용공상(遇雨龍供相)〉

(2) 그 후 세존은 교진여 등의 다섯 사람이 있는 녹야원으로 갔는데,
교진여 등은 멀리서 세존이 오는 것을 보고 아직 성도하지 못했으리라고
여기면서, 저마다 서로 일어나서 공경하지 않기로 약속하였다. 그러나
세존이 그 곳에 이르자, 그들은 모르는 결에 일어나서 예배하고 서로 여러
일을 맡아하게 되었다. 세존이 그들을 위하여 사성제를 설하니, 교진여가
맨 먼저 4제를 깨치면서 법안을 얻었으며, 8만 나유타의 허공에 있던 하늘
들도 역시 법안이 청정해졌다.[13] 〈석가씨보 설법개화적 승기수수상(乘機
授法相)〉

---

12) "行至文鱗盲龍水邊, 坐定七日風雨大至, 佛不喘息光照水中, 龍目得開卽識如來, 如前
三佛具香水出, 前遶七匝身離佛所圍四千里, 龍有七頭羅覆佛上. 而以障蔽七日一心
不患飢渴, 雨止化爲年少道人衣服鮮好, 稽首問訊便受三歸."(『大正新修大藏經』50,
92쪽)

13) "卽復往波羅奈五人所, 遙見佛來謂未成道, 各相約言不須起敬, 佛旣至止不覺起禮互爲
執事. 旣違本誓深生自愧, 以昔徵難佛具爲解說, 五陰輪廻三有諸苦, 陳如最初悟解四
諦得法眼生, 八萬那由空天亦法眼淨."(『대정신수대장경』50, 92쪽)

其95는 용과 8만 나유타(那由他)[14]의 천인(天人)들이 석가의 가르침에 귀의했다는 내용이고, (1)과 (2)는 각각 其95의 전절과 후절의 저경에 해당한다. 다소 장황하지만 이해를 돕기 위해 의역하였다. 인용문의 밑줄 친 부분은 직접적인 대본에 해당하는 것으로, 이를 통해 (1)과 (2)가 其95의 저경임을 확인할 수 있다.

한편, 기존의 주해서에는 其95 전절의 '四千里 감은 龍'을 모두 '사천리를 맡아 다스리는 검은 용'으로 풀이하고 있는데,[15] (1)의 밑줄 친 ㉠을 보면 이 노랫말은 '(세존 주위의) 4천 리를 감은 용'으로 풀이해야 한다.

다음으로, 불·법·승의 삼보(三寶)가 갖춰지고 지신(地神)과 천인 등이 이를 찬탄하고 있는 其96[16]은, 『석가씨보』 설법개화적의 성고화경상(聲告化境相)[17]과 출가표승상(出家表僧相)[18]이 그 저경이다. 전절은 '출가표승상', 후절은 '성고화경상'의 내용으로, 『석가씨보』에서 其95의 저경 뒤에 서술되어 있는 삽화이다. 其97[19]의 경우는 『불조통기(佛

---

14) 나유타는 수량 또는 시간의 단위로, 10만·1천억 등으로 의역되기도 한다.

15) 이동림, 「월인천강지곡」, 『세종』(한국의 사상대전집 7), 동화출판공사, 1972, 139쪽; 남광우·성환갑, 『월인천강지곡』, 형설출판사, 183쪽; 박병채, 『(논주) 월인천강지곡』, 세영사, 1991, 196쪽; 허웅·이강로, 『(주해) 월인천강지곡 상』, 신구문화사, 1999, 180쪽.

16) "佛寶롤 너피시며 法寶롤 너피시며 僧寶롤 쏘 너피시니/ 地神이 讚歎ᄒᆞ며 空天이 讚歎ᄒᆞ며 天龍八部ㅣ 쏘 讚歎ᄒᆞᇫᄫᆞ니."

17) "**地神見陳如得道已, 高聲唱言, 如來出世轉妙法輪, 空天又唱乃至阿迦膩吒, 天地十八相動, 天龍八部作樂讚歎**, 世界大明, 次爲四人重說四諦, 亦離塵垢得法眼淨." (『대정신수대장경』 50, 92쪽)

18) "時彼五人, 旣見道跡欲求出家, 世尊喚言善來比丘. 鬚髮自墮卽成沙門, 重說五陰解成羅漢, 世間有六. **佛是佛寶, 四諦法寶, 五人僧寶, 是世間三寶, 具足天人第一福田.**" (『대정신수대장경』 50, 92쪽)

19) "金那身이 ᄃᆞ외샤 보비 옷 니브샤 頓敎롤 뉘 아라 듣ᄌᆞᄫᆞ리/ 丈六身이 ᄃᆞ외샤 헌 오ᄉᆞᆯ 니브샤 漸敎롤ᅀᅡ 다 아라 듣ᄌᆞᄫᆞ니."

祖統紀)』권3 교주석가모니불본기(敎主釋迦牟尼佛本紀) 第1之3上의 내용 중, 석가의 점교(漸敎) 설법에 관한 부분[20]을 노래한 것이다.

其95~97의 저경이 비록 노래된 구체적인 대목이 다르긴 해도 기존의 연구에서 언급된 저경에 포함된다면, 其98~110의 13곡은 현전『석보상절』 및『월인석보』에서 볼 수 없었던 경전의 내용을 노래하고 있다. 이교도인 가섭울비라(迦葉鬱卑羅)와 그 형제의 출가에 관한 삽화인 이 노래는『중본기경』상권 화가섭품(化迦葉品) 제3이 저경인 것이다.

『중본기경』은 한나라의 강맹상(康孟詳)이 번역한 상·하 2권 15품의 불전(佛傳)으로, 여타의 불전과는 다르게 석가가 성불한 이후의 교화행에 관한 내용으로만 되어 있다. 전생부터 성불까지의 내용으로 이루어진『수행본기경(修行本起經)』의 끝부분과 이 경전의 시작 부분이 연결되어 있다. 其98~110 외에도, 환지부국품(還至父國品) 제6의 내용이 其119~126과 其128~129 전절에 노래되어 있다.

그런데,『중본기경』뿐만 아니라 10권본『석가보』석가강생석종성불연보(釋迦降生釋種成佛緣譜) 第4之4에서도 其98~110과 유사한 내용을 찾을 수 있다. 그렇지만 구체적으로 살펴보면 몇 가지 차이점이 발견된다. 곧『석가보』에는 其98 후절의 '가섭울비라'와 달리 '우루빈라가섭(優樓頻螺迦葉)'으로 되어 있고,[21] 其104의 '불우체(弗于逮) 염부제(閻浮提)와 구야니(瞿耶尼) 울단월(鬱單越)'과, '염핍(閻逼) 가려륵(呵黎勒)과 아마륵(阿摩勒) 자연갱미(自然粳米)'는 각각 '불바제(弗婆提)·염부제(閻浮提)·구타니(瞿陀尼)·울단월(鬱單越)'과 '염부(閻浮)·암마라(菴摩羅)·하리륵(訶

---

20) "佛本以大乘擬度衆生, 其不堪者, 尋思方便趣波羅柰於一乘道分別說三, 卽是開三藏敎也. …(中略)… **不動寂場而遊鹿苑, 脫舍那珍御之服**, 著丈六弊垢之衣, 先爲五人說四諦十二因緣事六度等敎."(『대정신수대장경』49, 153쪽)

21) "唯有**優樓頻螺迦葉**兄弟三人, 在摩竭提國學於仙道."(『대정신수대장경』50, 41쪽)

梨勒)·갱미(粳米)'로 되어 있는 차이를 보인다.[22] 그리고 무엇보다도 『석가보』에는 아래에 인용한 노래의 내용이 보이지 않는다는 점을 지적할 수 있다.

남기 높고도 불휘를 바히면 여름을 다 따먹ᄂᆞ니
術法이 놉다ᄒᆞᆫ들 龍을 降服히면 外道ㅣ들 아니 조쭈ᄫᆞ리 〈其99〉

바리예 들어늘 몰라 눗믈 디니 그 아니 어리니잇가
光明을 보ᅀᆞᆸ고 몰라 <u>주구려</u> ᄒᆞ니 그 아니 어엿브니잇가 〈其103〉

其99는 『중본기경』의 "譬如果美樹高, 無因得食, 唯有伐樹根僻枝, 從食果必矣. 一切所忌, 咸在於龍, 吾先降之, 迦葉來從, 爾乃大道, 所化無崖."[23]의 내용을 요약하여 노래한 것이다. 이 구절은 니련하 가에 앉아 삼매에 든 석가의 생각으로,[24] 『석가보』 제4之4에 전혀 없는 내용이다.

其103 또한 『석가보』에 없는 내용으로, 『석가보』에는 "迦葉驚起見彼龍火, 心懷悲傷, 卽勅弟子, 以水澆之水不能滅."[25]이라고만 되어 있을 뿐이다. 이 노래는 『중본기경』의 "弟子謂火害佛, 悲喚哀慟, 瞿曇被害, 我生何爲, 踊身赴火."[26]에 해당한다.[27] 결국, 其98~110의 저경은

---

22) 『대정신수대장경』 50, 42쪽.

23) 『대정신수대장경』 4, 150쪽.

24) 조규익, 앞의 논문, 266쪽에서는, 이 其99를 "나무가 아무리 높아도 뿌리를 베면 열매를 모두 따먹을 수 있다는 유의(喩義)를 통해 화룡만 항복 받으면 외도인들도 항복받을 수 있다는 취의(趣意)를 끌어내기 위한 서술자의 고안"이라고 하였다. 그러나 이 其99는 저경의 내용을 그대로 노래한 것으로, '서술자의 고안'이 아니다.

25) 『대정신수대장경』 50, 41쪽.

26) 『대정신수대장경』 4, 150쪽.

27) 한편, 남광우·성환갑(앞의 책, 193쪽)과 박병채(앞의 책, 200쪽) 등의 기존 주해서에

『중본기경』화가섭품 제3이 틀림없다고 하겠다.

竹園에 甁沙ㅣ 드러 내 몸애 欲心 업거늘 世尊이 아라 오시니
竹園에 부톄 드르샤 衆生이 欲心 업슳 둘 阿難이ᄃ려 니르시니 〈其111〉

　(3) 摩竭王甁沙作如是念, ○世尊若初來所入處, 便當布施作僧伽藍,
時王舍城有迦蘭陀竹園最高第一, 時佛知王心念卽往竹園.[28]

　(4) 阿難, ○所有貪欲瞋恚愚癡衆生, 入此竹園不發貪欲瞋恚愚癡. 阿
難, 如來雖住諸餘精舍, 而皆無有如是功德, 何以故. 阿難, 今此迦蘭陀
竹林, ○畜生入者不發淫欲, 衆鳥入者非時不鳴.[29]

　위의 인용문은 석가의 죽원 설법에 관한 其111과, 저경인 『석가보』
석가죽원정사연기(釋迦竹園精舍緣記) 제19의 관련 부분을 옮긴 것이다.
인용문을 통해 其111의 전절은 (3)을, 후절은 (4)를 노래한 것임을 알
수 있다. 저경에 직접적으로 보이지 않는 노랫말인 "내 몸애 欲心 업거
늘"과 "衆生이 欲心 업슳 둘"은, 각각 (3)의 ○과 (4)의 ○·○을 요약하
여 표현한 것이다.

　사리불과 목련의 출가에 관한 노래인 其112[30]는, 아직 그 저경을

는, 其103 후절의 '주구려 ᄒ니'를 '(세존이) 죽으려고 (하였다) 하니'로 풀이하고 있는
데, 저경을 통해 其95의 풀이와 마찬가지로 이 견해 또한 오류임을 확인할 수 있다.
곧 其103의 저경은 가섭의 제자들이 석가가 낸 광명을, 석존이 불에 타 죽은 것으로
착각하여 자신들도 따라 죽으려고 했다는 내용으로, '주구려 ᄒ니'는 '(가섭의 제자들
이) 죽으려 하니'로 풀이해야 한다.

28) 『대정신수대장경』50, 63쪽.
29) 『대정신수대장경』50, 63쪽.
30) "馬勝이 舍利弗 보아 혼 偈룰 닐어 들여 제 스승을 곧 닛고 ᄒ니/ 目連이 舍利弗 보아
혼 偈룰 아라드러 새 스승긔 곧 모다 오니."

찾지 못했다. 『석가보』 제4之5에 유사한 내용이 있지만, 전절의 '마승 (馬勝)'이란 어휘가 보이지 않고, 여타의 경전에서도 찾을 수가 없었기 때문이다. 『석가보』에는 『과거현재인과경』과 『보요경』이 출전인 2편 의 이야기가 실려 있는데, 사리불과 목련을 불법(佛法)으로 인도한 인물인 '마승'의 이름이 이 두 삽화에는 각각 '아사바기(阿捨婆耆)'와 '안륙 (安陸)'으로 되어 있다. 물론 『석가보』의 이들 삽화는 '마승'을 제외하고 는 其112의 사건 전개와 일치하고 있으므로 저경일 가능성이 있다. 그 렇지만 이 노래에 해당하는 『석보상절』이 현재 전하지 않아 구체적인 사실을 확인할 수가 없으므로, 여기에서는 일단 '저경 미상'이라고 할 수밖에 없다.

석가의 환국(還國) 관련 사적을 서술하고 있는 其113~129의 17곡은, 『석가보』 제4之5와 『중본기경』 환지부국품(還至父國品) 제6이 그 저경 이다. 구체적으로는, '『석가보』(其113–118) → 『중본기경』(其119–126) → 『석가보』(其127) → 『중본기경』(其128–129전절) → 『석가보』(其129후절)'의 내용과 순서로 되어 있다. 『석가보』 제4之5와 『중본기경』 제6의 관련 부분은 모두 석가의 환국에 관한 내용이지만, 其113~118을 제외한 〈월 인천강지곡〉에 노래된 삽화는 각각의 경전에만 있는 내용이다. 예를 들어, 其119~125의 '정반왕과 석가의 대화'와 其126의 '석가의 조달(調 達) 교화' 삽화는 『석가보』에 없고, 환국 때의 상서를 노래하고 있는 其127은 『중본기경』에 없는 내용이다.

其113~118의 경우는, 『석가보』와 『중본기경』 모두 정반왕이 바라 문인 우타야(優陀耶)를 보내어 석가의 환국을 청한 사건과, 나한이 되어 돌아온 우타야가 정반왕과 나눈 대화를 포함하고 있다. 〈월인천강지 곡〉은 『석가보』의 내용을 노래한 것으로 보이는데, 정반왕과 우타야가 대화를 시작하는 其115[31)가 『중본기경』에 없는 내용이기 때문이다.

이 노래는 『석가보』 제4之5의 "太子本棄國, 求道度衆生, 慕勤無數劫, 於今乃得成. …(中略)… 王聞太子問, 涙下如雨星, 十二年已來, 乃承悉達聲."[32]을 노래한 것이다.

　『석가보』와 『중본기경』의 내용이 이렇듯 교대로 〈월인천강지곡〉에 노래된 것은 현재 전하지 않는 『석보상절』에 기인한 것으로, 『석보상절』의 편자는 석가의 환국 사적에 관한 『석가보』의 내용을 미흡하다고 여겨 『석가보』에 없는 삽화를 『중본기경』에서 찾아 편입한 것이라 할 수 있다. 다음으로 살펴볼 其130~132의 저경 또한 『석보상절』의 이러한 구성방식에 의한 것이다.

> (5) 調達인 곳갈을 밧고 五逆 ᄆᆞᅀᆞᆷ을 계와 阿鼻地獄애 드러가니
> 　　和離ᄂᆞᆫ 象이 몯 걷고 舍利弗 欺弄ᄒᆞ야 蓮花地獄애 드러가니
> 　　　　　　　　　　　　　　　　　　　　　　〈其130〉
>
> 　　調達이 慰勞ᄅᆞᆯ 目連이 니거늘 地獄애 잇부미 업다 ᄒᆞ니
> 　　調達이 安否를 世尊이 물여시늘 三禪天에 즐거봄 ᄀᆞᆮ다 ᄒᆞ니
> 　　　　　　　　　　　　　　　　　　　　　　〈其131〉
>
> 　　나고져 식브녀 阿難일 브리신대 오샤ᅀᅡ 내 나리이다
> 　　엇뎨 오시리오 阿難이 對答ᄒᆞᆫ대 아니 오시면 내 이쇼리라 〈其132〉

> (6) 觀者盈路欲來佛所, ㉮調達冠墮㉯和離象伏, 占者不祥俱請出家. 佛言, 夫爲沙門實爲不易, 汝宜在家分檀惠施. …(中略)… ㉰後犯五逆生入地獄, 口稱南無乃至佛記. …(中略)… ㉱目連解六十四音, 往地獄

---

31) "過劫에 苦行ᄒᆞ샤 이제ᅀᅡ 일우샨 ᄃᆞᆯ 優陀耶ㅣ 슬ᄫᅥ 니ᄅᆞ니이다/ 열두 힌 그리다가 오ᄂᆞᆯ사 드르샨 ᄃᆞᆯ 아바님이 니ᄅᆞ시니이다."
32) 『대정신수대장경』 50, 50쪽.

慰之答言, 我臥阿鼻苦而無倦. …〈中略〉… ㉔和離謗舍利弗, 故終入蓮
花地獄. 33) 〈釋迦氏譜 聖凡後胤 從兄調達生滅相〉

(7) 世尊因調達謗佛, 生身陷地獄. ⓐ佛勅阿難傳問云, 汝在地獄中
安否, 達云, 我雖在地獄, 如三禪天樂. ⓑ佛又勅問, 汝還求出否, 達云,
我待世尊來卽出. ⓒ阿難云, 佛是三界大師, 豈有入地獄分, 達云, 佛旣
無入地獄分, 我豈有出地獄分. 34) 〈宗門聯燈會要 卷1〉

(5)는 지옥에 떨어진 조달에 관해 노래하고 있는 其130~132를 인용
한 것이고, (6)과 (7)은 저경인『석가씨보』와『종문연등회요(宗門聯燈會
要)』35)의 관련 부분을 옮긴 것이다. 위의 인용문을 통해 (6)은 其130~
131 전절, (7)은 其131 후절~132의 내용임을 알 수 있다. 곧 其130~
132의 각 절은 순서대로 ㉮~㉰와 ⓐ~ⓒ를 요약한 것이다. 其131은
전절과 후절의 저경이 다름에도 불구하고 마치 같은 저경에서 나온 것
처럼 그 연결이 자연스럽다.

其133~136은 석가와 조달의 전생 인연에 관한 내용으로,『불본행
집경(佛本行集經)』36) 권59 파제리가등인연품(婆提唎迦等因緣品) 하(下)가
저경이다.37)『잡보장경(雜寶藏經)』 권3 공명조연(共命鳥緣) 제28과 유사

---

33)『대정신수대장경』50, 94~95쪽.

34)『(신찬)대일본대장경』79, 14~15쪽.

35)『중본기경』과 마찬가지로 이 불서 역시 기존의 연구에서 전혀 언급되지 않았던 저경
이다.『종문연등회요』는 당나라의 오명(悟明)이 찬집한 전 30권의 선종사서(禪宗史
書)로, 칠불(七佛) 이하 역대 조사들의 행적과 선법어(禪法語)를『전등록』·『광등록』
등의 여러 선사(禪史)에서 뽑아 모아놓은 책이다.

36) 수(隋) 사나굴다(闍那堀多) 역(譯)의『불본행집경』은 총 60권 60품의 방대한 불전(佛
傳)으로, 석가의 전생부터 석가가 출가 성불한 과정, 그리고 전법의 과정에서 만난
제자들의 인연까지를 그 내용으로 하고 있다.

37) "爾時佛告諸比丘言, 我念往昔, 久遠世時, 於雪山下, 有二頭鳥, 同共一身, 在於彼住.

한 내용이지만, 『잡보장경』에는 其136의 '가루다(迦嘍茶)'와 '우바가루
다(優婆迦嘍茶)'란 어휘가 보이지 않고, 구체적인 내용에서도 차이가 있
어 저경으로 볼 수 없다.

끝으로, 나운(羅雲)의 친자(親子) 확인에 관한 其137을 인용하면 아래
와 같다.

> 한 宗親ㅅ 알픠 蓮ㅅ고지 안자 뵈실씨 國人ㅅ 疑心이 ㅎ마 업서니와
> 한 부텻 서리예 아바님 아라 보실씨 國人ㅅ 疑心이 더욱 업스니이다
> 〈其137〉

其137의 전절은 석가가 환국한 당시의 사건이 아니라 나운이 태어
날 때의 이야기로, 其60의 대본인 『석보상절』 권3 36ㄴ1~37ㄱ6의 내
용38)에 해당한다. 이 부분의 저경은 『잡보장경』 권10 라후라인연(羅睺
羅因緣) 제107이므로, 其137 전절 역시 『잡보장경』이 그 저경이라 할
수 있다.39) 나운이 여러 명의 석가 가운데에서 진신(眞身)을 알아보았
다는 내용의 후절은, 『석가보』 제4之5가 그 저경으로, 『석가보』에서
석가족의 출가에 관한 其129 후절의 내용 뒤에 서술되어 있다. 여러

　一頭名曰迦嘍茶鳥, 一名優波迦嘍茶鳥, 而彼二鳥, 一頭若睡, 一頭便覺. …(中略)… 汝
　等若有心疑, 彼時迦嘍茶鳥, 食美華者, 莫作異見, 卽我身是. 彼時優波迦嘍茶鳥, 食毒
　華者, 卽此提婆達多是也."(『대정신수대장경』 3, 923~924쪽)
38) "太子 ㅣ 出家ᄒᆞ신 여슷 ᄒᆡ예 耶輸陁羅 ㅣ 아ᄃᆞᆯ 나하시ᄂᆞᆯ 釋種ᄃᆞᆯ히 怒ᄒᆞ야 주규려터니
　耶輸ㅣ 블 픠운 구들 디레셔 盟誓ᄒᆞ샤ᄃᆡ 나옷 외면 아기와 나와 ᄒᆞᆫᄢᅴ 죽고 올ᄒᆞ면
　하ᄂᆞᆯ히 본주을 ᄒᆞ시리라 ᄒᆞ시고 아기 안고 ᄠᅱ여 드르시니 그 구디 蓮모시 ᄃᆞ외야 蓮ㅅ
　고지 모ᄆᆞᆯ 바다ᄂᆞᆯ 王이시며 나랏 사ᄅᆞ미 그제ᅀᅡ 疑心 아니ᄒᆞ니라."
39) 『잡보장경』은 원위(元魏)의 길가야(吉迦夜)와 담요(曇曜)가 공역한 경전으로, 그 성격
　상 불교설화집이라 할 수 있다. 『현우경(賢愚經)』・『찬집백연경(撰集百緣經)』과 함께
　3대 불교설화문학으로 꼽히고 있다. 총 121가지의 인연담과 비유담이 10권에 나누어
　실려 있다.

비구들이 변신한 많은 석가 중에서 나운이 석가의 진신을 찾아 반지를 드렸다는 저경의 내용40)이 〈월인천강지곡〉에는 "한 부텻 서리예 아바님 아라 보실씩"로 요약되어 있다.

2) 부전(不傳) 월인천강지곡의 내용과 저경 추정

『월인석보』 권차의 부전(不傳) 및 해당 장차(張次)의 결락으로 인해 현재 전하지 않는 〈월인천강지곡〉은 83.5곡이다. 관련『석보상절』 및 저경을 통해 가능한 범위 안에서 이들 노래의 내용과 저경을 추정하면 다음과 같다.

『월인석보』 권9 제1~4장의 낙장으로 인해 其251~260 전절의 9.5곡이 전하지 않는데, 其254·255는『월인천강지곡(중)』의 낙장으로 전한다.41) 이 노래들의 대본인『석보상절』 권9의 중심 내용을 제시하면 아래와 같다.

①약사여래의 12대원(大願) → ②약사여래 국토의 장엄상 → ③약사여래 명호(名號)의 공덕 → ④문수보살의 약사 명호·본원(本願) 호지(護持) → ⑤약사여래를 공양·공경하는 공덕 → ⑥약사여래의 공덕에 대한 믿음을 권함 → ⑦약사여래를 공양하는 방법과 속명번(續命幡)의 공덕 → ⑧12야차대장(夜叉大將)의 약사경 호지

『약사경』의 내용에 해당하는 其251~260의 10곡 중, 현재 전하는 其

---

40) "於時世尊化諸衆僧, 皆使如佛, 相好光明, 等無差異. 於時羅雲厥年七歲, 瞿夷卽以指印信環, 與羅云言, 是汝父者以此與焉. 羅云應時直前詣佛, 以印信環而授世尊."(『대정신수대장경』 50, 51쪽)
41) 단행본의 其176부터『월인석보』에서는 한 곡차씩 밀려서 나타나므로, 이 其254와 其255는『월인석보』 권9에서는 其255와 其256의 곡차로 표기되었을 것이다.

254·255는 ④의 내용에 해당한다. 其260 후절은 "藥師十二願에 淨瑠
璃 이러커시니 往生快樂이 달옴 이시리잇가"라고 되어 있어, 약사여래
의 12대원과 약사여래의 국토인 동방 정유리세계에 관한 내용이 이 곡
이전에 서술되었음을 알 수 있다. 이러한 사실과, 저경인 『약사경』에
서의 비중을 고려하면, 현재 전하지 않는 〈월인천강지곡〉의 내용은 ①
과 ②, 그리고 ③ 및 ⑤ 등을 포함했을 가능성이 있다. 그 중에서도
①약사여래의 12대원과 ②약사여래 국토의 장엄상이 서술되었을 가능
성은 크다고 할 수 있다.

『월인석보』권13 제1장 앞면의 결락으로 인한 부전 〈월인천강지곡〉
其279·280 또한 저경과 현전하는 노래를 통해 그 내용을 알 수 있다.
제1장 뒷면부터 제2장 앞면까지 실려있는 其281·282의 두 곡은, 『법
화경』신해품(信解品) 제4의 내용 중, 수보리 등의 제자들이 석가의 공
덕을 찬탄하기 위해 사용한 '장자궁자(長者窮子)의 비유'와 그 의미를 다
음과 같이 서술하고 있다.

> 아비 方便에 헌오솔 니버늘 아들이 親히 너기니
> 부톄 方便에 三乘올 닐어시늘 聲聞이 수비 너기니 〈其281〉

> 命終이 거의어늘 보비를 다 주니 아들이 ᄀ장 깃그니
> 涅槃이 거싀어시늘 一乘을 니르시니 菩薩이 ᄀ장 깃ᄉᄫ시니 〈其282〉

其279·280은 바로 이 其281·282 앞에 있던 노래들로, 위의 인용문
을 통해 이 노래들 역시 '궁자의 비유'에 관한 내용이었음을 짐작할 수
있다. 其281·282에 서술된 내용이 '궁자 비유'의 중반부 이후에 해당
하기 때문이다.[42] 그러므로 其279와 其280은 비록 노랫말은 알 수 없
지만, 其281·282와 함께 『법화경』 신해품 제4의 궁자 비유가 그 내용

이라고 추정할 수 있다.

其303~309의 7곡은 『월인석보』 권16의 부전으로 현재 전하지 않는다. 권15와 권17의 내용을 통해,[43] 『월인석보』 권16에는 『법화경』 제바달다품(提婆達多品) 제12·권지품(勸持品) 제13·안락행품(安樂行品) 제14·종지용출품(從地湧出品) 제15의 4품이 수록되었음을 알 수 있다. 이들 4품 가운데 제바달다품 제12는 〈월인천강지곡〉으로 시작하는 『월인석보』의 체재 상, 노래되었을 가능성이 크다.

또한 『법화경』을 노래하고 있는 其272~340 중, 其302까지의 노래가 모든 중생은 다 성불할 수 있다는 '일불승(一佛乘)'에 관한 내용이라는 점에서 그 가능성은 더욱 크다고 할 수 있다. 악인(惡人)인 제바달다와 여인인 용녀(龍女)의 성불에 관한 제바달다품 제12의 내용은 '일불승의 실례(實例)'에 해당하기 때문이다. '일불승의 증명'이 본원(本願)인 다보여래(多寶如來)가 등장하는 견보탑품 제11의 其283~302에 이어, 이 품의 내용이 노래되었을 개연성은 충분하다고 하겠다.

그리고 종지용출품 제15는 其310~311의 저경인 여래수량품(如來壽量品) 제16과 직접적으로 연결되는 내용이고, 其318 전절[44]의 '微塵 菩薩'이 바로 이 품에서 처음 등장하는 보살들이므로,[45] 〈월인천강지곡〉에서 노래되었을 가능성이 크다고 할 수 있다. 이 외에도, 권지품 제13

---

42) 이 노래에 해당하는 『월인석보』 권13의 상절부(詳節部)는 6ㄱ2~36ㄴ5의 '궁자의 비유' 중, 21ㄱ1~36ㄴ5의 내용이다.

43) 권15에는 오백제자수기품(五百弟子授記品) 제8~견보탑품(見寶塔品) 제11, 권17에는 여래수량품(如來壽量品) 제16~상불경보살품(常不輕菩薩品) 제20이 수록되어 있다

44) "**微塵 菩薩** 말 드르샤 廣長舌 내신대 八方分身이 또 내시니/ 百千年이 츠거샤 廣長舌 가도신대 八方分身이 또 가도시니"

45) 其318 전절의 대본에 해당하는 『석보상절』 권19 37ㄱ6에는 "그 쁴 싸해셔 소사나신 千世界 微塵 等 菩薩摩訶薩이"라고 되어 있는데, '싸해셔 소사나신' 보살은 종지용출품 제15의 '지용(地湧)' 보살인 것이다.

은 석가의 계모인 대애도와 부인인 야수다라의 성불에 관한 내용이므로, 제바달다품 제12와 같은 맥락에서 그 가능성을 생각해 볼 수 있다. 결국, 其303~309의 부전 노래는 그 곡차 및 곡수가 확실하지는 않지만, 제바달다품 제12·권지품 제13·종지용출품 제15의 3품, 또는 적어도 제12와 제15품이 그 내용임을 추정할 수 있다.

　其430~444의 15곡은, 현전 『월인석보』 권22가 초간본의 36장을 떼어내고 간행한 복각본인 관계로 전하지 않는다. 초간본 36장의 내용은, 내용과 저경이 대응되는 『석보상절』 권11과 『월인석보』 권21의 비교를 통해, 『석보상절』 권11에 수록된 '녹모부인(鹿母夫人)의 공덕행(功德行)' 삽화와 이에 대한 〈월인천강지곡〉으로 추정할 수 있다.46)

　『대방편불보은경(大方便佛報恩經)』 논의품(論議品) 제5가 저경인 '녹모부인의 공덕행'은 마야부인의 전생담으로, 마야부인이 석가를 낳게 된 인연과 축생(畜生)으로 태어난 인연에 관한 이야기로 구성되어 있다. 녹모부인이 대궐에서 쫓겨나게 된 계기 및 사슴으로 태어난 이유47)가 모두 부모에 대한 배은(背恩)이라는 점에서, 其430~440은 其422~429의 '인욕태자(忍辱太子)의 효양행(孝養行)'에 이어 효도를 강조한 노래라 할 수 있다.

　부전 〈월인천강지곡〉 其525~576은, 『월인석보』 권24의 부전과 권23 제107장 이하의 낙장 및 권25 제1·2장의 낙장에 의한 것이다. 먼저, 『월인석보』 권24는 『석보상절』 권24와 내용 및 저경이 대응되는 『월인석보』 권25를 통해, 『석보상절』 권23과 그 대강의 내용이 같을 것임을

---

46) 김기종, 「석보상절 권11과 월인석보 권21의 구성방식 비교 연구」, 『한국문학연구』 26, 동국대 한국문학연구소, 2003, 230~231쪽.

47) 마야부인이 사슴으로 태어난 것은 전생에 어머니를 짐승에게 비유했기 때문이다. 『석보상절』 권11 40ㄱ2~41ㄴ8 참고.

알 수 있다. 따라서, 『월인석보』 권24에 수록된 〈월인천강지곡〉은 대체로『석보상절』권23의 삽화에 대한 노래였을 것으로 추정된다. 그리고, 『월인석보』권25의 제1장 앞면 또는 뒷면에 실렸을 〈월인천강지곡〉은, 『석보상절』권24와 『월인석보』권25의 '법장 결집'과 '가섭 및 아난의 정법전지(正法傳持)와 입멸(入滅)' 삽화에 관한 1~2곡의 노래였을 것으로 추정할 수 있다.

끝으로, 『월인석보』권23은 〈월인천강지곡〉 其524 이후가 낙장되어 있어, 몇 곡의 노래가 더 있었고 그 내용이 무엇인지 알 수 없다. 다만 其522~524의 내용을 통해 이들 노래에 해당하는 『석보상절』 및 그 저경을 추정할 수 있을 뿐이다.

(8) 正法이 流布ᄒᆞ야 北方애 오라실ᄊᆡ 平床座ᄅᆞᆯ 北首ᄒᆞ라 ᄒᆞ시니
　　人生이 셜로ᄃᆡ 佛性은 오라릴ᄊᆡ 跋提河애 滅度호려 ᄒᆞ시니
　　　　　　　　　　　　　　　　　　　　　　　　〈其522〉

　　衆生ᄋᆞᆯ 爲ᄒᆞ샤 큰소릴 내샤 色界天에 니르시니
　　衆生ᄋᆞᆯ 조ᄎᆞ실ᄊᆡ 큰소릴 아ᅀᆞᄫᅡ 大涅槃經을 듣ᄌᆞᄫᅵ니 〈其523〉

　　娑羅雙樹에 光明을 펴샤 大千世界 ᄇᆞᆯᄀᆞ니이다
　　六趣衆生이 光明을 맞나ᅀᆞᄫᅡ 惡趣와 煩惱ㅣ 업스니이다 〈其524〉

(9) 爾時世尊入拘尸城, 向本生處末羅雙樹間, 告阿難曰, **汝爲如來於雙樹間, 敷置床座使頭北首面向西方, 所以然者, 吾法流布當久住北方.** …(中略)… 有法無常要歸磨滅, 唯得聖諦道爾乃知之. 我自憶念曾於此處, 六反作轉輪聖王, 終厝骨於此. 今我成無上正覺, 復捨性命厝身於此, 自今已後生死永終, 無有方土厝吾身處, 此最後邊更不受有.[48]

---

48) 『대정신수대장경』 50, 71쪽.

(10) 佛在拘尸那城，力士生地阿夷羅跋提河邊娑羅雙樹間，與大比丘八十億百千人俱，前後圍繞. 二月十五日臨涅槃時，**以佛神力出大音聲，乃至有頂隨其類音普告衆生.** 今日如來應供正遍知，憐愍衆生如羅睺羅，爲作歸依，大覺世尊將欲涅槃. 一切衆生若有所疑，今悉可問，爲最後問49)

(11) 爾時世尊於晨朝時，**從其面門放種種光，遍照三千大千佛之世界，乃至十方六趣衆生，遇斯光者，罪垢煩惱，一切消除.** 是諸衆生見聞是已，心大憂惱同時擧聲悲號啼哭.50)

인용문 (8)은 석가의 열반 예고에 관한 노래인 其522와, 열반경 설법의 광경을 노래하고 있는 其523·524를 옮긴 것이고, (9)~(11)은 (8)의 저경 및 『석보상절』로 추정되는 『석가보』 석가쌍수반열반기(釋迦雙樹般涅槃記) 제27의 관련 부분을 차례대로 인용한 것이다. 곧 인용문 (9)는 其522, (10)은 其523, 그리고 (11)은 其524의 내용에 해당한다. 위의 인용문을 통해 (8)과 (9)~(11)은 그 내용과 주요 어휘가 일치하고 있음을 알 수 있다. 그리고 其520·521의 저경 또한 『석가보』 제27의 내용이라는 점에서 (9)~(11)은 其522~524의 저경일 가능성이 더욱 크다고 하겠다.

『석가보』 제27은 『대반열반경』의 내용을 중심으로 『장아함경(長阿含經)』·『대반니원경(大般泥洹經)』·『마야경(摩耶經)』 등의 내용이 삽입되어 있다. (9)는 其520~521의 저경과 출전이 같은 『장아함경』의 내용이고, (10)과 (11)은 『대반열반경』이 출전인 내용이다. 『석가보』 제27에서 보면, 이들 삽화는 '(10)→ 其520·521의 저경→ (9)→ (11)'의 순

---

49) 『대정신수대장경』 50, 68쪽.
50) 『대정신수대장경』 50, 68쪽.

서로 되어 있다. (11) 이후로는 일체 중생과 순타(純陀)의 최후 공양, 석가의 임종 유교, 석가의 열반 등의 내용이 있다.

여기에서, 『월인석보』 권23 제107장 이하의 낙장에 其522~524의 『석보상절』 외에도 『석가보』 제27의 '일체 중생과 순타의 최후 공양' 삽화가 수록되었을 가능성을 추정해 볼 수 있다. 일체 중생과 순타의 최후 공양에 관한 삽화는 『석가보』 제27에서 其524의 저경 바로 뒤의 내용이고, '석가의 임종 유교'와 '석가의 열반' 등과 달리 『석보상절』 권23의 저경인 『대반열반경후분(大般涅槃經後分)』에 전혀 없는 내용이기 때문이다. 물론 이러한 추정은 완본 『월인석보』 권23이나 권24가 발견되어야 그 진위 여부를 알 수 있겠지만, 그 가능성은 있다고 여겨진다.

3. 저경의 성격과 의미

『석보상절』 및 『월인석보』의 저경에 관한 선행 연구와 앞 장의 논의 결과를 통해 볼 때, 〈월인천강지곡〉으로 노래된 불전(佛典)은 27종이다.[51] 이해의 편의를 위해 이 27종의 저경을 그 내용 및 성격에 따라 정리하여, 노래된 〈월인천강지곡〉의 곡수와 함께 제시하면 아래와 같다.[52]

---

[51] 『석보상절』 권3의 6ㄱ6~6ㄴ3·22ㄱ5~24ㄱ1·35ㄱ4~36ㄱ1, 『월인석보』 권2의 49ㄱ4~64ㄴ5, 그리고 『월인석보』 권4의 44ㄱ5~44ㄴ7·53ㄱ1~53ㄱ4는 그 저경을 알 수 없다. 이들 저경에 해당하는 〈월인천강지곡〉은 각각 其34 후절, 其47·48, 其58, 其28·29, 其82, 其85 전절이다. 그리고 해당 『석보상절』을 알 수 없는 其112도 저경 미상의 노래이다. 곧 현재 그 저경을 알 수 없는 〈월인천강지곡〉은 8곡이므로, 저경의 종류는 더 늘어날 것이다.

① 불전(佛傳)[242곡] - 『석가보』(120곡), 『태자수대나경』(57곡), 『석
가씨보』(24곡), 『중본기경』(22.5곡), 『불본행집경』(15곡), 『과거현
재인과경』(3.5곡), 『보요경』(1곡) 〈7종〉

② 대승경전(大乘經典)[211곡] - 『대방편불보은경』(87곡), 『법화경』
(67곡), 『관불삼매해경』(18곡), 『아미타경』(12곡), 『약사경』(10곡),
『관무량수경』(8곡), 『대운륜청우경』(3곡), 『지장경』(3곡), 『잡보장
경』(1.5곡), 『현우경』(1곡), 『미증유인연경』(0.5곡), 『대반열반경후
분』〈12종〉

③ 사전(史傳)[11곡] - 『아육왕전』(4곡), 『불조통기』(3.5곡), 『법원주
림』(2곡), 『종문연등회요』(1.5곡) 〈4종〉

④ 논서(論書)[2곡] - 『파사론』(1곡), 『대지도론』(1곡) 〈2종〉

⑤ 위경(僞經)[51곡] - 『안락국태자경』(31곡), 『목련경』(20곡) 〈2종〉

〈월인천강지곡〉의 저경은 그 성격상, 위에서 제시한 것처럼 크게
불전·대승경전·사전·논서·위경 등으로 나눌 수 있다. 불전과 대승경
전이 저경의 중심을 이루고 있고, 한국적 위경이라 할 수 있는『안락국
태자경』과『목련경』또한 적지 않은 비중으로 노래되어 있다.

개별 불전(佛典)으로는『석가보』의 내용이 가장 많이 노래되었음을
알 수 있는데, 34개의 항목 가운데 7항목53)을 제외하고는 모두 채택되
었다. 〈월인천강지곡〉에서 제외된『석가보』의 항목은 그 이름에서 알

---

52) 저경 옆에 명시한 숫자는 〈월인천강지곡〉으로 노래된 곡수를 나타낸다. 현재 전하지
않는 노래라도 저경이 확인된 경우는 곡수에 포함시켰다. 『석보상절』권23의 주요
저경인『석가보』·『대반열반경후분』·『법원주림(法苑珠林)』의 경우는, 부전(不傳) 其
525~577에 노래된 것이 확실하지만 그 곡차와 곡수를 알 수 없으므로, 곡수를 병기하
지 않거나 포함시키지 않았다.

53) 석가재칠불말종성중수동이보(釋迦在七佛末種姓衆數同異譜) 제5, 석가내외족성명보
(釋迦內外族姓名譜) 제7, 석가제자성석연보(釋迦弟子姓釋緣譜) 제8, 석가사부명문제
자보(釋迦四部名聞弟子譜) 제9, 석종멸숙업연기(釋種滅宿業緣記) 제18, 석가법멸진
연기(釋迦法滅盡緣記) 제33, 석가법멸진상기(釋迦法滅盡相記) 제34 등이 그것이다.

수 있듯이, 석가의 친족·제자의 명부 같이 노래하기에 적합하지 않은 내용이거나, 석가족 및 불법(佛法)의 멸진(滅盡)처럼 〈월인천강지곡〉의 주제와 거리가 있는 내용이다. 곧 『석가보』는 노래될 수 있는 항목은 모두 〈월인천강지곡〉으로 노래된 것이다.

이러한 점과, 여타의 저경들과 달리 석가의 전생부터 아육왕의 불법 홍포에 이르기까지 〈월인천강지곡〉 전체에 걸쳐 노래되고 있다는 사실은, 『석가보』가 중심 저경임을 알 수 있게 한다. 또한 불전(佛傳)인 『중본기경』·『보요경』뿐만 아니라 대승경전인 『대방편불보은경』·『관불삼매해경』·『잡보장경』·『현우경』, 그리고 논서인 『대지도론』 등의 저경들이 『석가보』의 출전이라는 점에서, 〈월인천강지곡〉에서 차지하는 『석가보』의 비중은 매우 크다고 하겠다.

이렇듯 불전(佛傳)인 『석가보』가 중심 저경을 이루고 있는 것은 〈월인천강지곡〉이 석가의 일대기라는 점에서 쉽게 이해되지만, 불전과 다소 거리가 있는 대승경전 및 위경이 큰 비중을 차지하고 있는 점은 여타의 불교서사시와 구별되는 〈월인천강지곡〉의 특징이라고 할 수 있다. 그러므로 〈월인천강지곡〉의 문학적 성격을 파악하기 위해서는 대승경전·위경의 구체적인 성격에 대한 고찰이 필요하다.

『석가보』와 함께 〈월인천강지곡〉 저경의 중심축을 이루고 있는 대승경전은 그 내용 및 성격이 다양하다는 특징을 보인다. 『법화경』은 교리·신앙의 측면에서 모두 숭앙되는 대표적인 대승경전이고, 『아미타경』·『관무량수경』·『약사경』·『지장경』은 교리적인 측면보다는 신앙적인 면에서 보다 신봉되는 경전들이며, 『관불삼매해경』·『대운륜청우경』은 밀교적 성격의 경전이다. 그리고 『대방편불보은경』은 윤리적인 성격, 『잡보장경』과 『현우경』은 설화집, 『미증유인연경』·『대반열반경후분』은 사전(史傳)의 성격을 띠고 있다.

다양한 성격의 이러한 대승경전 중, 석가일대기의 맥락에서 벗어나 있는『법화경』과 신앙적 성격의『아미타경』등이『석보상절』에 큰 비중으로 편입된 이유는, 소헌왕후의 추선(追善)이라는『석보상절』의 편찬 동기에서 찾을 수 있다. 『법화경』은 그 교리·신앙상의 중요성으로 인해 사경불사(寫經佛事)에 가장 많이 쓰인 경전이고, 『아미타경』·『관무량수경』·『지장경』등은 모두 인간의 사후(死後) 문제와 관련된 내용이기 때문이다. 실제로, 이들 경전은 소헌왕후의 명복을 빌기 위해 사경(寫經)되었고, 세종의 추선불사를 위해 조성된 사경 목록에서도 확인된다.

(12) 공손히 생각하건대 우리 소헌왕후는 타고나신 성덕이 중미(衆美)를 온전히 갖추셨으니 만세를 누리심이 마땅하오나 갑자기 승하하시므로 모든 대군이 울부짖어 사모하고 몹시 고통스러워하고 슬픔을 스스로 견디지 못하며 드디어 말하기를, "이미 능히 효도를 다하지 못하였는데 명복을 비는 것마저 폐한다면 호천망극(昊天罔極)한 은혜를 장차 어찌하여 갚으리요"하고 죄를 무릅쓰고 굳이 청하니, 임금이 가하다고 하교하셨던 것이다.

이에 삼장(三藏) 중에서 가장 별다르고 가장 나은 것을 취하여 모으니, **법화경**은 만법(萬法)이 신묘하여 한 마음을 밝게 한다 한 것과, **아미타경**은 마음을 편히 하고 몸을 편히 기를 곳으로 돌아가게 지시하여 길이 극락을 누리도록 한다 한 것과, **보문품(普門品)**에 기(機)와 정(情)이 은밀히 계합(契合)하여 사람과 법이 다 같이 묘하다 한 것과, 범망경(梵網經)은 중생이 계율을 받아 가지면 곧 불지(佛地)에 들어간다 한 것과, 기신론(起信論)은 대신승(大信乘)을 갖추고 불종(佛種)을 끊지 않는다 한 것과, **지장경**의 고취(苦趣)를 구원하여 뽑는 것과, 자비참법(慈悲懺法)으로 허물을 뉘우치게 하며 티끌과 때를 뺀다는 것을 모두 다 명백히 표창하였다.

금니(金泥)와 단사(丹砂)를 사용하여 묘한 해서(楷書)로 써서 여러 가지 보배로 장식하고 인하여 책머리에 변상도(變相圖)를 넣었다. 이렇듯 보는 자로 하여금 반복하여 외우고 읽는 것을 기다리지 않고도 숙연히 공경하는 마음을 다하게 하고 사모하는 마음을 극진히 하였으니, 어찌 그렇게 지극하였느냐 말인가?[54]

　(13) 우리 세종대왕께서 세상을 떠나시니 주상 전하께서 애통하고 사모하기를 한이 없었으며, 염습(斂襲)·초빈(草殯)과 조석전(朝夕奠)을 올리는 데에 정성을 다하고 예절을 따라 하였다. 그런 중에 생각하기를 명유(冥遊)에 추우(追祐)하는 데는 오직 대웅씨(大雄氏)의 자비스러운 교리에 빙의할 만하다고 여기셨다. 이에 해서(楷書) 잘 쓰는 사람을 명하여 **법화경 7권, 범망경 2권, 능엄경 10권, 미타경 1권, 관음경 1권, 지장경 3권, 참경(懺經) 10권, 십륙관경(十六觀經) 1권, 기신론 1권**을 금자(金字)로 쓰게 하고 모두 산책(霰刪)을 사용하였으니, 그 갑함(甲函)을 장정(裝幀)한 것도 또한 매우 정세(精細)하고 치밀하였다. 이 일을 마치고 나서는 명승(名僧)을 모아 법회를 열어 피람(披覽)하게 하고, 마침내 신(臣)에게 명하여 발문을 짓게 하셨다.[55]

　위의 (12)는 강석덕(姜碩德)이 지은 「제경발미(諸經跋尾)」의 일부이고, (13)은 문종 즉위년(1450) 4월 10일조의 실록 기사로, 이사철(李思

---

54) "恭惟我昭憲王后, 天賦聖德, 備全衆美, 宜享萬歲而遽焉陟遐. 諸大君號慕痛毒 哀不自勝, 乃言曰旣未能盡孝, 而又廢追福, 卽昊天罔極之恩, 將何以報, 昧死敢請, 敎曰可. 於是就三藏中撮其最殊最勝者, 曰法華經, 妙萬法而明一心, 彌陀經指歸安養是享極樂, 普門品機情密契人法俱妙, 梵網經衆生持戒卽入佛地, 起信論具大信乘不斷佛種, 與夫地藏經之救拔苦趣, 慈悲懺之浣濯塵垢者, 悉皆表章之. 用金泥丹砂, 書以妙楷, 飾以衆寶, 仍於卷首, 冠之以變相, 使觀者不待繙誦而起敬起慕, 何其至哉." (『동문선』 권5, 조선고서간행회, 1914, 284쪽)

55) "我世宗大王晏駕, 主上殿下哀慕罔極, 斂殯奠薦, 盡誠率禮. 仍念追祐冥遊, 惟大雄氏慈悲之敎, 庶可憑依, 爰命善揩俾金, 書法華七卷·梵網二卷·楞嚴十卷·彌陀經一卷·觀音經一卷·地藏經三卷·懺經十卷·十六觀經一卷·起信論一卷, 悉用霰刪, 其裝幀甲函, 亦極精緻. 已乃集名緇, 闢法會以披覽, 遂命臣跋之." (『문종실록』 권2, 문종 즉위년 癸未 4월 10일)

哲)의 발문이다. 『동문선』권103에 수록되어 전하는 「제경발미」는, 소헌왕후의 추천을 위해 조성된 사경(寫經)들을 합본한 책의 발문으로, 이 때 사경된 불경이 『법화경』·『아미타경』·『보문품』·『지장경』·『대승기신론』·『범망경』·『자비참법』임을 밝히고 있다. 이 경전들은 바로 『석보상절』의 편찬 경위에 관한 기존 논의에서 자주 거론되던 『세종실록』기사의 '불경'에 해당한다.56)

인용문 (13)은 세종의 추선(追善)을 위해 『법화경』·『범망경』·『능엄경』 등의 경전이 사경되었음을 보여주고 있다.57) 실록 기사의 이 사경들은 소헌왕후의 추천불사에 사용된 7종의 경전에, 『관무량수경』과 『능엄경』이 새로 추가된 것이다. 결국, 『법화경』·『아미타경』·『지장경』·『관무량수경』 은 당시의 추선의식에서 중시된 경전이고, 바로 이 이유로 인해 『석보상절』 및 『월인석보』에 전역(全譯)되어 수록된 것이라 할 수 있다.

그런데, 이들 경전은 여타의 저경들과 달리 『석보상절』과 〈월인천강지곡〉에서 비중의 차이를 보이고 있다. 『법화경』은 『석보상절』 및 『월인석보』의 1/3이 넘는 비중을 차지하고 있지만,58) 〈월인천강지곡〉에서는 전 28품 중 16품의 내용만이 67곡으로 노래되어 있는 것이다. 〈월인천강지곡〉에서 제외된 법사품(法師品) 제10·수희공덕품(隨喜功德

---

56) 『석보상절』의 편찬 경위에 관해서는 그동안 논란의 여지가 있었다. 그 핵심은 소헌왕후가 승하한 날짜인 1446년(세종28) 3월 24일부터 「석보상절 서」의 완성연대인 1447년(세종29) 7월 25까지의 실록 기사에 나오는 '불경(佛經)'에 대한 해석의 문제였다. 이 '불경'을 박병채와 조흥욱은 현전 『석보상절』의 모본(母本)인 한문본 『석보상절』로, 사재동은 〈월인천강지곡〉으로 추정한 것이다. 그러나 위의 「제경발미」에 의해 실록 기사의 '불경'은 『석보상절』 및 〈월인천강지곡〉과 직접적인 관련이 없음을 확인할 수 있다.

57) 인용문의 '관음경'·'참경'·'십육관경'은 각각 『법화경』 관세음보살보문품 제25·『자비참법』·『관무량수경』의 이칭(異稱)이다.

58) 『석보상절』은 전 24권 중, 권13~21의 9권이, 『월인석보』는 25권 가운데 권11~19의 9권이 『법화경』에 해당한다.

品) 제18·법사품(法師功德品) 제19 등은 경전의 수지(受持)·독송·서사
(書寫)와 같은 복덕(福德) 및 공덕을 짓는 방법에 관한 내용이다.

『아미타경』·『관무량수경』·『약사경』의 경우는, 〈월인천강지곡〉에
서 각각 12곡·8곡·10곡으로 노래되었는데,[59] 두 품과 한 품의 내용
일부가 수록된『중본기경』과『관불삼매해경』의 〈월인천강지곡〉이 각각
22.5곡·18곡이라는 점을 떠올린다면, 이들 역시『석보상절』의 비중에
훨씬 못 미친다고 할 수 있다.

『석보상절』과 〈월인천강지곡〉의 이러한 차이점은 두 텍스트가 강
조하고 있는 내용에 차이가 있음을 뜻한다. 그리고 이를 통해 〈월인천
강지곡〉의 문학적 성격의 일면을 엿볼 수 있다. 여기에서, 불전(佛傳)
인『태자수대나경』(57곡), 위경인『안락국태자경』(31곡)·『목련경』(20곡),
그리고 대승경전인『대방편불보은경』(87곡)의 내용 및 성격에 주목할
필요가 있다. 이 불전(佛典)들의 〈월인천강지곡〉은 곡수가 많을 뿐만
아니라, 저경의 내용을 요약·축약하거나 중심 내용만을 서술하고 있
는 여타의 〈월인천강지곡〉에 비해 저경의 내용을 거의 빠짐없이 노래
하고 있기 때문이다.

『대방편불보은경』은 그 이름에서도 알 수 있듯이 '보은(報恩)'에 관
한 이야기와 교설로 되어 있다. 〈월인천강지곡〉에서 큰 비중으로 노래
된 논의품(論議品) 제5·악우품(惡友品) 제6은 석가가 전생에 중생에게 보
시하고 부모께 효도한 이야기를 통해 석가가 성불한 이유가 보시와 효
도에 있음을 강조하고 있다. 그리고 이 경전의 중심 내용에 해당하는
효양품 제2에서 석가는, 자신이 지금 부처가 된 것은 헤아릴 수 없는

---

59)『아미타경』은『월인석보』권7,『관무량수경』은『월인석보』권8, 그리고『약사경』은
『석보상절』권9와『월인석보』권9에 전역(全譯)되어 있다.

오랜 세월 동안 중생과 부모의 은혜를 알고[知恩], 고행(苦行)·인욕(忍辱)·보시·효도를 통해 은혜를 갚았기[報恩] 때문이라고 설하고 있다.60) 그런데, 보시·대승적 보살행·효도는 각각 『태자수대나경』·『안락국태자경』·『목련경』의 주제의식이기도 하다.

이들 불전(佛典)이 흥미로운 이야기를 통해 드러내고 있는 '보시'·'보살행'·'효도'는, 『대방편불보은경』의 효양품 제2에서 제시하고 논의품 제5·악우품 제6의 본생담을 통해 예증하고 있는 '보은'을 실천하기 위한 구체적인 행위인 것이다. 곧 이 네 불전은 보은의 강조와 보은을 위한 방법의 제시라는 주제의식의 측면에서 일치함을 보인다. 불교의 윤리사상인 '보은'은 초기 불교의 아함경(阿含經)에서부터 설해진 중요한 개념으로, 일체 중생을 평등하게 보는 불교의 보편적 윤리관이 충효와 같은 특수한 인륜을 발생시킬 수 있는 통로라 할 수 있다.61)

이렇듯 보은의 중요성과 방법을 강조·제시하고 있는 불전들이 〈월인천강지곡〉에서 큰 비중으로 노래되었다는 점은, 〈월인천강지곡〉의 관심이 윤리적인 문제에 있음을 보여준다. '보은'과 그 실천 덕목인 보시·효도·인욕 등은 불교신자로서 복덕과 공덕을 짓기 위한 방법인 동시에, 사회 구성원으로서 지켜야 할 생활 규범의 성격을 갖기 때문이다. 그리고, 〈월인천강지곡〉의 작자 입장에서 윤리적인 관심은 백성에 대한 교화와 연결된다고 할 수 있다. 세종 자신이나 왕실 가족 내심의 위안을 위해62) 제작된 것만은 아닌 것이다.63)

---

60) "爾時, 如來現如是等身已, 告阿難言 …(中略)… 一切衆生亦曾卽如來父母, 如來亦曾卽一切衆生而作父母, 爲一切父母故. 常修難行苦行, 難捨能捨, 頭目髓腦國城妻子, 象馬七珍輦輿車乘, 衣服飮食臥具醫藥, 一切給與. 勤修精進成施多聞禪定智慧, 乃至具足一切萬行, 不休不息心無疲倦, 卽孝養父母知恩報恩故, 今得速成阿耨多羅三藐三菩提, 以是緣故."(『대정신수대장경』 3, 127쪽)

61) 고익진, 『한국의 불교사상』, 동국대 출판부, 1991, 272쪽.

결국, 〈월인천강지곡〉은 신앙적·기복적 목적 외에도 백성들에 대한 교화의 필요성으로 인해 제작된 것이며, 〈월인천강지곡〉을 구성하고 있는 노래의 비중을 고려할 때 『석보상절』에 비해 윤리·교화적인 성격이 보다 강화되었다고 할 수 있다.

4. 맺음말

본고는 〈월인천강지곡〉의 문학적 성격을 구명(究明)하기 위한 일환으로, 〈월인천강지곡〉의 저경 목록을 작성하고 저경의 성격과 그 의미에 대해 살펴보았다.

〈월인천강지곡〉 전체의 저경 목록을 작성하기 위해 2장에서는, 선행 연구에서 전혀 언급하지 않았던 其95~137의 저경을 탐색하고, 현재 전하지 않는 노래의 내용과 저경을 추정하였다. 『월인천강지곡(상)』에만 전하는 其95~137은 면밀한 탐색 결과, 其112를 제외한 모든 노래의 저경을 찾았고, 새로 찾은 저경을 근거로 기존 주해서의 잘못된 노랫말 풀이를 바로잡기도 했다. 부전 〈월인천강지곡〉의 경우는, 관련 『석보상절』 및 저경을 통해 가능한 범위 안에서 내용 및 저경을 추정하

---

62) 조동일, 『한국문학통사2』, 지식산업사, 1992(제2판), 270쪽. 조동일은 제4판(2005)에서도 "불교서사시 〈월인천강지곡〉은 왕이 개인 또는 가족 범위에서 가지는 신앙에 필요하다고 여겨 드러내놓지 않고 창작했다"라고 하였다.

63) 조동일 외에도, 조규익과 김승우는 〈월인천강지곡〉을 작자인 세종의 심상을 표출한 시가로, 전재강은 왕실의 희원(希願)을 담은 노래로 보았다. 그리고 국어학자인 배석범(「악장의 언어질서 연구」, 한국학대학원 박사학위논문, 1997, 53쪽) 또한 "〈월인천강지곡〉은 남편이 죽은 자신의 부인을 추모하는 내용"이라고 하였다. 차현실(「월인천강지곡의 장르와 통사구조의 상관성」, 『월인천강지곡의 종합적 고찰』, 이화여대 한국어문학연구소, 2000, 28쪽)은 배석범의 논의에서 더 나아가 〈월인천강지곡〉을 '추선의식의 수행문'으로 파악하고 있다.

였다.

3장에서는, 2장의 논의 결과와 기존의 저경 연구 및 필자의 조사를 바탕으로 〈월인천강지곡〉 전체의 저경 목록을 작성하였고, 이를 통해 〈월인천강지곡〉으로 노래된 불전(佛典)의 성격과 그 의미에 대해 논의 하였다. 그 결과, 〈월인천강지곡〉은『석보상절』에 비해『법화경』·『아미 타경』·『관무량수경』등 추선의식(追善儀式)에서 중시되던 경전의 비중 이 약화되고, 대신『대방편불보은경』·『태자수대나경』등과 같은 보은 의 중요성과 방법을 강조·제시하고 있는 불전의 비중이 강화되어 있 음을 알 수 있다.

이러한 사실은 〈월인천강지곡〉의 관심이 윤리적인 문제에 있음을 보여준다. '보은'과 그 실천 덕목인 보시·효도·인욕 등은 불교신자로서 복덕과 공덕을 짓기 위한 방법인 동시에, 사회 구성원으로서 지켜야 할 생활 규범의 성격을 갖기 때문이다. 그리고, 작자의 입장에서 윤리적 인 관심은 백성에 대한 교화와 연결된다. 곧 〈월인천강지곡〉은 신앙적· 기복적 목적 외에도 백성들에 대한 교화의 필요성으로 인해 제작된 것 으로, 〈월인천강지곡〉을 구성하고 있는 저경의 비중을 고려할 때, 『석 보상절』에 비해 윤리·교화적인 성격이 보다 강화되었다고 하겠다.

지형(智瑩) 가사의 성격과 의의

1. 머리말

현재 학계에 알려진 불교가사 작품은 약 100여 편[1]으로, 작자를 알 수 없거나 확실하지 않은 작품들이 큰 비중을 차지하고 있다. 이 글의 논의 대상인 지형(智瑩)의 가사작품은 몇몇 연구자에 의해 중요한 불교 가사 작품으로 지적되어 왔다.[2] 그렇지만 개별작품에 대한 몇 편의 논문[3]을 제외하면 논의가 거의 이루어지지 않은 실정이고, 그 논의 또한 피상적인 언급에 머물고 있다. 이러한 점은 작자인 지형의 전기적 사실을 알 수 없다는 점과, 나옹의 작품에 집중되어 있는 불교가사 연구 자체의 편향성에 기인한다고 볼 수 있다.

지형의 불교가사는 그 내용에 있어 작자미상의 민속화된 불교가사 뿐만 아니라 작자가 알려진 불교가사와도 다른 면모를 보이고 있다.

---

1) 임기중, 『불교가사 원전연구』, 동국대 출판부, 2000에는 108편의 불교가사가 주해되어 실려있다.
2) 이상보, 『한국불교가사전집』, 집문당, 1980, 32쪽에서는 "지형의 가사는 당시의 불교가사가 질적으로나 양적으로 크게 발전했던 사실을 입증해준다."라고 하였고, 조동일, 『한국문학통사』 3, 지식산업사, 1992, 361쪽에서는, "지형의 〈전설인과곡〉은 불교가사를 대표할 수 있는 짜임새와 내용을 갖추고 있다."고 하였다.
3) 김주곤, 「전설인과곡 연구」, 『영남어문학』 24, 영남어문학회, 1993; 정영복, 「불교가사 연구─ 전설인과곡을 중심으로」, 홍익대학교 석사학위논문, 1995; 조태성, 「18-19세기 불교가사에 나타난 현실 인식」, 『고시가연구』 20, 한국고시가문학회, 2007.

지형의 작품에 관한 연구는 불교가사의 전모를 파악하는데 있어 도움
이 될 것이며, 더 나아가 가사문학사의 서술에 있어서도 기여하는 바
가 있을 것이라고 여겨진다.

그러므로 본고는 지형의 작품으로 전하는 4편의 불교가사 전체를
대상으로, 그 성격과 의의에 대해 고찰하고자 한다. 이를 위해 2장에서
는 예비작업으로, 작품이 수록된 문헌과 작자인 지형의 신분 문제에
관해 알아본다. 3장에서는 편의상 세 항목으로 나누어 가사 각 편의
내용상 특징을 고찰할 것이다. 4장은 2장과 3장에서 이루어진 논의를
바탕으로, 불교가사의 역사적 전개에 있어서 지형 가사가 차지하는 위
상에 대해 살펴보도록 하겠다.

2. 수록 문헌과 작자

현전하는 지형의 가사작품으로는 〈전설인과곡(奬說因果曲)〉·〈수선곡
(修善曲)〉·〈권선곡(勸禪曲)〉·〈참선곡(參禪曲)〉의 4편이 있다. 국한문 혼
용 표기의 귀글체로 된 〈참선곡〉을 제외하고는 모두 줄글체의 순한글
표기로 전한다. 대부분의 불교가사 작품이 불교의례집이나 작자의 문
집 또는 가집에 수록되어 전하고 있는데 비해, 이들 작품은 1795년(정
조19) 경기도 양주에 있는 천보산(天寶山) 불암사(佛巖寺)에서 개간한 목
판본으로 전한다. 불암사 장판으로 현재 전하는 것은 32종으로, 그 내
용을 보면 불교가사·위경(僞經)·도가서(道家書) 등 다양한 성격을 띠고
있다.4)

---

4) 김종진, 「불교가사의 유통연구」, 동국대학교 박사학위논문, 1999, 39쪽.

대승무량수장엄경·안택신주경·증정경신록과 여러 다라니경을 가려
뽑은 진언요초, 이 네 판본은 처음에 판본이 없었는데, 이번에 처음으로
판에 새겼다. 팔양경·은중경·고왕경·조왕경·환희조왕경·명당신주경의
여섯 종류는 원래 판본이 있었는데 세월이 오래 흘러 벗겨졌으므로 다시
판에 새겼다. 육도가타경과 여러 경전 가운데 가려 뽑은 것을 전설인과곡
이라 이름 붙이고, 지경영험전 언역과 권선곡·참선곡·수선곡 또한 간행
하였다. 장엄경·진언요초·은중경·고왕경을 합하여 한 권으로 만들고, 경
신록 상하편을 합하여 한 권으로 만들고, 팔양경·안택경·조왕경·명당경 등을
합하여 한 권으로 만들고, 영험전·인과곡·권선곡·참선곡·수선곡 등을 합
하여 한 권으로 만들었다.5)

위의 인용문은 1795년에 개간된 불암사 장판 중의 하나인『불설고
왕관세음경(佛說高王觀世音經)』의 간기로, 이를 통해 지형의 가사작품 4
편은 각각 독립적으로 판각되었으며, 처음에는『지경영험전』의 언해
본과 함께 한 권의 책으로 간행되었음을 알 수 있다. 현재 전하고 있는,
불암사 장판의 지형 가사가 수록된 문헌을 지형의 작품에 국한하여 제
시하면 다음과 같다.

『수선곡』(규장각 소장)-〈수선곡〉〈전설인과곡〉〈권선곡〉〈참선곡〉
『전설인과곡』(동국대 소장) -〈수선곡〉〈전설인과곡〉〈권선곡〉〈참선곡〉
『잡경집』(황패강 소장) -〈수선곡〉〈전설인과곡〉〈권선곡〉〈참선곡〉

---

5) "今玆, 大乘無量壽莊嚴經·安宅神呪經·增訂敬信錄, 及抄諸陀羅尼經, 名曰眞言要抄,
此四種, 初無板木, 而始克剞劂者. 八陽經·恩重經·高王經·竈工經·歡喜竈工經 明堂
神呪經, 此六種, 原有刊板, 而歲久刊剝, 故重爲鋟種者也. 六道伽佗經與諸經中, 抄出
諺譯, 名曰奬說因果曲, 並持經靈驗傳諺譯, 及勸禪曲·參禪曲·修善曲, 亦爲入刊. 而
莊嚴經·眞言要抄·恩重經·高王經, 合爲一冊, 敬信錄上下編, 合爲一冊. 八陽·安宅·
竈王·明堂等經, 合爲一冊. 靈驗傳·因果·勸禪·參禪·修善等曲, 合爲一冊焉." 김종
진, 앞의 논문, 39~40쪽 재인용.

『팔양경』(규장각 소장) - 〈참선곡〉〈권선곡〉

『지경영험전』(국립도서관 소장) - 〈수선곡〉

『인과곡언해』(동국대 소장) - 〈전설인과곡〉

이 외에, 불암사 장판의 목판본을 필사한 국립도서관 소장의 『지경
녕험뎐』이 있는데, 이 책에는 〈전설인과곡〉〈권선곡〉〈수선곡〉이 실
려있다. 그리고 무형문화재 조사보고서인 『화청(和請)』6)에도 불암사
장판의 〈전설인과곡〉〈권선곡〉〈수선곡〉〈참선곡〉이 수록되어 있으
며, 1935년에 간행된 불교의식집인 『석문의범(釋門儀範)』에는 〈참선
곡〉이 실려있다. 〈참선곡〉의 경우는 이본이 전하는데, 필사본 『악부
(樂府)』에 전하는 〈마설가(魔說歌)〉와, 권상로가 채집한 것을 1934년 김
태준이 『조선가요집성』에 수록한 〈심우가(尋牛歌)〉가 그것이다.

이상, 지형의 가사작품을 수록하고 있는 문헌들을 간략하게나마 살
펴보았는데, 이를 통해 지형 가사는 비교적 널리 유통되고 향유되었음
을 알 수 있다. 본고는 불암사 장판의 지형가사 4편을 모두 영인하여
수록하고 있는 임기중의 『역대가사문학전집』 소재 작품들을 텍스트로
삼았음을 미리 밝힌다.7)

한편, 지형은 1790년대 불암사에서 많은 경전의 판각을 주관한 인물
로, 머리말에서 이미 언급했듯이, 그의 전기적 사실을 알려주는 기록은
찾을 수 없다. 그리하여 지형의 생몰연대 뿐만 아니라 그가 어떠한 인

---

6) 동국대학교 불교대학, 『화청』(무형문화재 조사보고서 제65호), 문화재 관리국, 1969,
157~212쪽.

7) 전 50권의 『역대가사문학전집』 중, 〈참선곡〉은 권5(31~42쪽)에, 〈수선곡〉은 권41
(31~36쪽)에 실려있다. 각각 7편과 5편의 소제목이 붙은 가사가 합하여 연작가사의
형태를 띠고 있는 〈전설인과곡〉과 〈권선곡〉의 경우는 권31~권45에 소제목별로 각각
따로 실려 있다. 이후로, 인용하는 지형 가사의 출전 및 쪽수는 편의상 생략하였다.

물인지에 대해서도 알 수 없는 형편이다. 다만 작품의 내용과, 〈참선곡〉 말미의 기록 및 불암사 장판의 판본을 쇄출하여 간행한 몇몇 문헌의 간기를 통해, 대략이나마 지형의 신분을 짐작할 수 있을 뿐이다.

〈참선곡〉의 말미에는 "갑인(甲寅) 맹동(孟冬) 법성산(法性山) 무심객(無心客) 인혜신사(印慧信士) 지형(智瑩) 술(述)"이라는 기록이 있다. 그리고 불암사 간행의 『불설고왕관세음경』과 『경신록언석(敬信錄諺釋)』(1796)의 간기에는 각각 '공덕주(功德主) 청신사(淸信士) 지형(智瑩)' '공덕주 청신사 지형 보체(保體)'라는 기록이 보인다. 즉, 지형은 자신을 '인혜신사' '청신사'로 적고 있는 것이다. '인혜신사'는 승려의 자호(自號)일 가능성도 있지만,[8] '청신사'의 경우는 자호로 볼 수 없다. 곧 지형 스스로가 자신이 승려가 아닌 재가(在家)의 거사임을 나타낸 것이라 할 수 있다.

이상보와 조동일[9]은 지형을 승려로 보고 있으며, 김호성과 김종진[10]은 거사 또는 거사에 가까운 인물이라고 지적하였다. 만약 지형이 승려의 신분이었다면 자신의 법명 앞에 굳이 남자 재가신자를 뜻하는 '청신사'라는 명칭을 적지 않았을 것이다. 그러므로 '청신사'라는 기록이 있는 이상, 지형은 "거사일 가능성" 또는 "거사에 가까운 인물"이 아니라, 바로 재가의 거사인 것이다.

---

8) 청허 휴정(淸虛休靜)의 제자로, 임진왜란 때 승장(僧將)으로도 활약했던 고승인 순명 경헌(順命敬軒, 1544~1633)의 자호는 허한거사(虛閑居士)이다. 이영자, 「조선 중·후기의 선풍」, 불교문화연구원 편, 『한국선사상연구』, 동국대 출판부, 1984, 347쪽 참고.

9) 이상보, 『18세기 가사전집』, 민속원, 1991, 49쪽; 조동일, 『한국문학통사』 3, 지식산업사, 1992, 361쪽.

10) 김호성, 「참선곡을 통해 본 한국선의 흐름」, 『방한암선사』, 민족사, 1996, 150쪽에서는, "재가의 거사일지도 모른다고 생각된다. '신사'는 우바새의 의미이기 때문이다."라고 하였고, 김종진, 앞의 논문, 16쪽에서는 "그는 거사에 가까운 인물이 아니었나 싶다."라고 하였다.

물론, 지형은 참선과 왕생(往生)에 관한 가사를 모두 남기고 있고 경전에 관한 해박한 지식을 갖고 있으므로, 법력이 높은 고승일 가능성도 있다. 그러나 지형에 대한 별다른 기록이 없는 현재의 상황에서는, 일단 위의 '인혜신사'와 '청신사'라는 기록을 따를 수밖에 없을 것이다. 그렇다면, 작자의 신분이라는 측면에 있어서도 지형 가사는, 작가가 알려져 있는 경우 대부분 승려가 작자인 여타의 불교가사와는 다른 특색을 보인다고 하겠다.

3. 지형 가사의 분석

1) 경문(經文)의 가사화 : 〈전설인과곡〉 〈수선곡〉

〈전설인과곡〉과 〈수선곡〉은 그 제목 아래에 각각 '출(出) 육도가타경(六道伽陀經)'과 '출 여래장경(如來藏經)'이라고 부기되어 있는데, 이들 작품은 해당 경전을 저본으로 한 것임을 알 수 있다. 이러한 사실은 선행연구자들에 의해 지적되었고,[11] 지형 가사의 주요 특징으로 거론되기도 하였다.[12] 그러나 부기의 의미 및 가사와 저경(底經)의 관계에 대해서는 언급되지 않았다.[13] 여기에서는 주로 이 두 작품의 내용상

---

11) 이상보, 앞의 책, 64쪽의 "이 〈인과곡〉은 제목 아래 '출 육도가타경'이란 표기와 같이 『육도가타경』의 요지를 노래로 만든 것이다."와, 김종진, 「불교가사의 유통사적 고찰」, 『한국문학연구』 23, 동국대 한국문학연구소, 2000, 160쪽의 "〈전설인과곡〉은 『육도가타경』을 가사로 옮긴 것이며, 〈수선곡〉은 『여래장경』을 바탕으로 하여 가사화한 것이다."라는 언급이 그것이다. 그러나 더 이상의 언급은 하지 않고 있다.

12) 김종진, 앞의 논문, 1999, 16쪽에서는 "경전을 담아 전하는 노래로서 가사를 적극적으로 활용하고자 하는 시도는 그에 이르러서 처음 시도되는 것이다."라고 하였다.

13) 정영복, 앞의 논문, 40~55쪽에서, 〈전설인과곡〉과 『육도가타경』의 전문을 비교하여 관련 양상을 고찰하였으나, 『육도가타경』 외의 다른 경전에 대해서는 언급하지 않았다.

특징을 그 저경과의 관계를 중심으로 살펴보고자 한다.

먼저, 〈전설인과곡〉은 7편의 가사가 하나로 합쳐진 연작가사의 형태를 띠고 있다. 즉 이 작품은 ①서곡14)(106구) ②지옥도송(100구) ③방생도송(24구) ④아귀도송(50구) ⑤인도송(74구) ⑥천도송(413구) ⑦별창권락곡(310구) 등으로 구성되어 있다.

노래의 내용상, ①~⑥과 ⑦은 별개의 노래였던 것을 하나로 합해 놓은 듯하다.15) ⑦의 소제목에서도 이를 암시하고 있으며, 일반적인 불교가사의 결미에 보이는 '나무아미타불'의 구절이 ⑥의 결구에 나타나 있기도 하다. 주로 지옥·축생 등에 태어나는 죄를 열거함으로써 청자에게 선심(善心)할 것을 권하고 있는 ①~⑥이 악인악과(惡因惡果)의 주제를 드러내고 있는데 대해, ⑦은 선인선과(善因善果)의 한 예로 극락세계의 즐거움을 서술하고 있다는 점에서, '인과곡'이라는 제목 아래에 함께 묶인 것이라고 여겨진다.

〈전설인과곡〉의 제목 아래에 부기된 '육도가타경'은 송(宋) 법천(法天) 역(譯)의 『불설육도가타경(佛說六道伽陀經)』을 가리킨다. 지옥을 포함한 6도의 업보를 게송의 형식을 빌어 서술한 경전으로, ㉠지옥도송(地獄道頌) ㉡방생도송(傍生道頌) ㉢아귀도송(餓鬼道頌) ㉣인취도송(人趣道頌) ㉤수라도송(修羅道頌) ㉥천취도송(天趣道頌) 등으로 구성되어 있다. 여기에서, 〈전설인과곡〉 중, ②~⑥의 5편은 ㉤을 제외하고는 『육도가타경』의 체재와 같음을 알 수 있다. 그리고 그 내용에 있어서도 ②~⑤와 ㉠~㉣은 거의 일치하고 있는데, 지면 관계상 가장 길이가 짧은 방생도송과 방생도송을 보이면 아래와 같다

---

14) 작품에는 '전설인과곡'의 제명 아래 소제목 없이 되어 있는 것을 편의상 '서곡'이라고 한 것이다. 소제목 앞의 번호 역시 논의의 편의상 붙인 것이다.

15) 이상보, 앞의 책, 65쪽.

　　　　방싱도숑 들어보소 에혼심과 음욕심을
　　　　ᄆᆞ음딕로 힝ᄒᆞ오면 우마나귀 원숑이며
　　　　비들기와 거위오리 가디가디 금슈되야
　　　　식욕ᄒᆞ기 즐겨ᄒᆞ고 진심분심 아만심을
　　　　참음업시 힝ᄒᆞ오면 싀랑밍호 표범이며
　　　　독ᄒᆞ비암 모딘벌이 갓초갓초 되야나셔
　　　　서로잡아 먹히이며 살싱업이 무량ᄒᆞ고
　　　　탐심진심 치심업을 조심업시 디어실싀
　　　　오쟉술이 부헝이며 웅비여호 너구리며
　　　　어룡슈족 광야곤츙 남음업시 방싱류라
　　　　악힝악심 더옥ᄒᆞ야 염마계에 써러져서
　　　　무한고초 쟝원ᄒᆞ니 어ᄂᆞ싀에 인신될고

　　　　牛驢猿猴等　鳩鴿鵝鴨身　行恚與貪婬　獲報斯如是
　　　　犲狼猛虎犳　蝮蝎及毒蛇　瞋忿我慢深　獲報斯如是
　　　　烏鵲鵰鷲等　蜈蚣蚸多蟲　羆熊猫牛等　龍魚蘗路荼
　　　　如是傍生等　增益惡三業　墮墮閻魔界　獲報斯如是[16)

　　축생으로 태어나는 죄에 대해 서술하고 있는 위의 인용문을 통해,
〈전설인과곡〉의 방생도송은 『육도가타경』의 그것에 다름이 아니며,
다만 신도 및 일반대중에게 널리 알리기 위해 순한글의 가사체로 번역
한 것임을 알 수 있다. 그러므로, 〈전설인과곡〉의 ②~⑤는 경전의 내
용을 비교적 충실하게 가사체로 옮긴 것이고, ②~⑤의 분량 차이도
경전의 분량 차이에 기인한 것이라 할 수 있다.
　　그런데, 천도송의 경우는 5자 4구의 10송(頌)으로 되어 있는 선행
텍스트에 비해, 그 분량이 매우 많이 늘어나 있음을 보게 된다.

---

16) 『大正新修大藏經』 12, 453쪽.

(가) 텬도숑을 들어보소 텬샹복락 브랄던디
　　세간명리 친쳑권속 활활이 썰쩌리고
　　즁픔하픔 지계ᄒ면 ᄉ왕텬의 락을밧고
　　부모친족 동ᄂᆡ로쇼 내몸ᄀᆞᆺ치 악기오며
　　가디가디 공양ᄒ야 다톰시비 멀니ᄒ고
　　계법률을 닥가시면 도리텬의 락을밧고
　　　　…(즁략)…
　　통달진실 명리ᄒ면 대히탈을 득ᄒᄂᆞ니
　　지혜군ᄌ 노디마소 공경삼보 군친튱효
　　불젼인등 지계경텬 일월텬의 락을밧아
　　ᄉ시팔졀 쥬야업시 광명텬이 되오시ᄂᆡ

(나) 릉엄경의 닐ᄋ샤디 음쥬식육 즐겨ᄒ며
　　오신치를 달게먹고 십이부경 다외온들
　　시방텬션 혐의ᄒ야 멀니멀니 비쳑ᄒ고
　　　　…(즁략)…
　　무간옥의 써러져서 만반고초 무량ᄒ고
　　ᄂᆡ다릴셰 젼혀업ᄂᆡ 음주식육 음욕ᄒ며
　　근슈졍진 신통ᄒᆞᆫ들 대각지혜 못엇습고
　　결원슉채 그디업고 무샹히탈 멀어지니
　　엇디아니 슬플손가

　천도송의 서두 부분으로, (가)는『육도가타경』의 천취도송을 대본
으로 한 부분이고, (나)는 천취도송에 이어『능엄경(楞嚴經)』권8의 일
부분을 가사체로 옮긴 것이다.[17] 비록 '천도송'이라는 소제목을 달고

---

17) 참고로, 해당부분의 원문을 제시하면 다음과 같다. "阿難, 一切衆生, 食甘故生, 食毒故
　死, 是諸衆生, 求三摩提, 當斷世間五種辛菜. 是五種辛, 熟食發婬, 生噉增恚, 如是世
　界食辛之人, 縱能宣說十二部經, 十方天仙, 嫌其臭穢, 咸皆遠離, 諸餓鬼等, 因彼食次,
　舐其唇吻, 常與鬼住, 福德日銷, 長無利益. 是食辛人, 修三摩地, 菩薩天仙十方善神不
　來守護, 大力魔王得其方便, 現作佛身來爲說法, 非毁禁戒讚婬怒癡, 命終自爲魔王眷

는 있지만, 실제로 천도송은 천취도송을 번역한 (가)를 제외하고는 모두 천도에 왕생하더라도 계율을 지키지 않고 악업을 행하면 앞에서 열거한 지옥·축생 등에 태어날 수 있음을 경계하는 내용으로 되어있다. (나)는 바로 이러한 '선인선과'에서 다시 '악인악과'의 내용으로 전환하고 있는 단락으로, 이를 위해 지형은『능엄경』의 관련 부분을 인용하고 있는 것이다.

(나)를 통해 〈전설인과곡〉은『육도가타경』만을 대본으로 하여 가사화한 것이 아님을 알 수 있는데, 이러한 점은 서곡과 별창권락곡에서도 보인다. "귀쳔남녀 로쇼업시 망샹분별 다바리고/ 나의말슴 들어보오"의 도입부로 시작하는 서곡에서, 세계가 형성되는 과정을 서술하고 있는 단락은『장아함경』의 내용을 요약한 것이다.

별창권락곡의 경우는 "됴흘시고 됴흘시고"로 시작하는 도입부에 이어, "ᄉ싱륙도 차별즁에 인신되야 셰샹나니/ 만류즁에 웃듬이라 엇디 아니 됴흘시고/ 원각경에 닐ᄋ샤디"라고 하여,『원각경(圓覺經)』의 일부를 옮기고 있다. 그리고 극락세계의 장엄상을 묘사하고 있는 단락에서도『아미타경(阿彌陀經)』과『무량수경(無量壽經)』의 관련 부분을 요약하여 노래하고 있다. 결국, 지형은『육도가타경』의 체재를 골격으로 삼고『능엄경』·『원각경』·『아미타경』등에서 필요한 부분을 발췌하여 한 편의 방대한 작품인 〈전설인과곡〉을 지은 것이라 할 수 있다.[18]

다음으로, 〈수선곡〉은 선심적덕(善心積德)하여 생사의 이별과 우환이 없는 동방정토인 부동국(不動國)에 왕생하기를 권하고 있는데, 내용

屬, 受魔福盡墮無間獄. 阿難, 修菩提者, 永斷五辛, 是則名爲, 第一增進修行漸次."(『대정신수대장경』19, 141쪽)

18) 이러한 사실은, 앞에서 인용하였던『불설고왕관세음경』의 간기에 보이는 "六道伽佗經與諸經中, 抄出諺譯, 名曰奠說因果曲."이라는 구절을 통해서도 확인된다. 여기서의 '제경(諸經)'은『능엄경』·『원각경』·『장아함경』·『아미타경』등을 지칭한다고 하겠다.

상 세 단락으로 나누어진다. 즉, 인생의 무상함으로 인한 생로병사의 괴로움을 노래하고 있는 첫째 단락과, 이에 대한 대안으로 염불하고 선심으로 보시하여 동방정토인 부동국과 서방정토인 극락국에 갈 것을 권하고 있는 둘째 단락, 그리고 부동국에 왕생하기 위한 구체적인 방법을 제시하고 있는 셋째 단락이 그것이다. 불교가사에서 서방정토인 극락세계가 아닌 부동국에 태어나기를 권하는 노래는 이 작품이 유일한 예에 속한다.

〈수선곡〉의 제목 아래에 부기되어 있는 '여래장경'의 원명은 『대방등여래장경(大方等如來藏經)』인데, 〈수선곡〉에는 이 경전의 내용을 찾아볼 수 없고, 대신 『열반경』의 내용이 보인다. 『열반경』은 『여래장경』과 같은 여래장 사상을 설하고 있는 여래장 계열의 경전이라 할 수 있는데, 부기(附記)의 '여래장경'은 경전의 이름을 가리키는 것이 아니라, 여래장 계열의 경전을 지칭하는 것으로 여겨진다.

> 녈반경에 일으샤딕 즁싱명을 해치말며
> 불경교롤 지녀시면 부동국의 난다ᄒ며
> 남의부녀 범치말고 제안히도 쯔ᄎ리며
> 지계와구 베퍼시면 부동국의 난다ᄒ며
> 말ᄒ기롤 삼가ᄒ며 거즛말롤 짓쟈니면
> 부동국의 난다ᄒ며 선지식을 시비말며
> 악인권쇽 멀니ᄒ고 화합된 말 홍샹ᄒ면
> 부동국의 난다ᄒ며
>   …(중략)…
> 불탐샹을 임우오믹 ᄏ쟈니ᄏ 젹으셔도
> 진실노 즐겨ᄒ면 부동국의 난다ᄒ며
> 불경젼을 위ᄒ사와 신심진물 갓초차려
> 셜법인을 딕졉ᄒ면 부동국의 난다ᄒ며

> 불보살ᄂᆡ ᄀᆞ릇치신 비밀법장 귀흔법을
> 정성으로 쓰옵거나 지성으로 외오거나
> 즐겨즐겨 듯ᄉᆞ오면 부동국의 왕싱ᄒᆞ야
> 만월광명 여릭불게 대승법문 갓초듯고
> 속승경각 ᄒᆞᆫ후에 류리광대 보살과광
> 도인텬ᄒᆞ 이오니

인용문은 셋째 단락의 일부로, 작품 내에서도 언급되어 있듯이, 『대반열반경(大般涅槃經)』「광명변조고귀덕왕보살품(光明遍照高貴德王菩薩品)」제22의 게송을 가사체로 옮긴 것이다.[19] 〈수선곡〉 전체에 있어 큰 비중을 차지하고 있는 이 부분은, 재가신자들이 속세에서 지켜야할 일반적인 덕목들을 왕생의 방법이라고 하여 자세히 제시하고 있다.

왕생을 권하고 있는 불교가사의 대부분이 극락 및 지옥에 대한 묘사에 더욱 치중하고 있어, 현세보다는 사후세계에 그 관심이 경도되어 있는 것과는 달리, 이 작품은 왕생 자체보다도 오히려 현세에서의 생활이 그 주요 관심사임을 알 수 있다. 여기에서, 지형이 『열반경』의 게송을 가사화한 의도를 짐작할 수 있다.

2) 청자의 근기에 따른 내용 제시 : 〈권선곡〉

〈권선곡〉은 〈전설인과곡〉과 마찬가지로 연작가사의 형태를 띠고

---

19) 참고로, 해당부분의 원문을 소개하면 다음과 같다. "爾時, 世尊卽說偈言, 不害衆生命, 堅持諸禁戒, 受佛微妙敎, 則生不動國. 不奪他人財, 常施惠一切, 造招提僧坊, 則生不動國. 不犯他婦女, 自妻不非時, 施持戒臥具, 則生不動國. 不爲自他故, 求利及恐怖, 愼口不妄語, 則生不動國. 莫壞善知識, 遠離惡眷屬, 口常和合語, 則生不動國. …(中略)… 造像若佛塔, 猶如大拇指, 常生歡喜心, 則生不動國. 若爲是經典, 自身及財寶, 施於說法者, 則生不動國. 若能聽書寫, 受持及讀誦, 諸佛秘密藏, 則生不動國."(『대정신수대장경』12, 734쪽)

있다. '권선곡'이라는 제명 아래, ①서곡20)(120구) ②선중권곡(禪衆勸曲)(75구) ③명리권곡(名利勸曲)(72구) ④재가권곡(在家勸曲)(82구) ⑤빈인권곡(貧人勸曲)(87구) 등 5편의 가사가 하나로 묶여 있다. 그러나, 〈권선곡〉은 연작가사의 형태를 띠고 있지만, 앞에서 살펴본 〈전설인과곡〉과는 다른 모습을 보인다.

〈전설인과곡〉의 연작가사 형태는 선행텍스트인 『육도가타경』의 체재에 기인한 것으로, 이 작품을 구성하고 있는 7편의 가사는 별개의 작품이면서, 동시에 '악인악과 선인선과의 교리 제시'라는 〈전설인과곡〉의 제명에 부합되는 주제를 형성하고 있다. 또한, 청자의 설정에 있어서도, 서곡의 첫머리에 "귀천남녀 로쇼업시 망샹분별 다바리고/ 나의말슴 들어보오"라고 포괄적으로 제시한 뒤, 각 편의 작품에 따로 청자를 내세우지 않는 일관성을 보이고 있다.

이에 반해, 〈권선곡〉은 위에 제시한 각 편의 소제목에서 알 수 있듯이, 서곡을 제외한 작품들의 제목에 구체적인 청자가 명시되어 있다. 그리고 이들 작품에는 제목에 명시된 청자가 그 첫머리에 다시 제시되어 있는데, 각 작품의 화자는 제시된 청자의 처지와 성격에 따라 그에 적합한 내용을 설하고 있다.

그러므로, 〈권선곡〉을 구성하는 5편의 가사는 '권선곡'이라는 이름 아래 함께 묶여 있기는 하지만, 그 내용과 성격이 서로 다른 별개의 작품들이라고 할 수 있다. 참선수행을 권하는 노래란 뜻의 '권선곡'의 이름에 부합되는 작품은 서곡과 선중권곡 뿐이고, 그 외의 작품은 이와는 다른 내용을 보이고 있기 때문이다.

---

20) 제명 아래 소제목 없이 되어 있는 것을 편의상 '서곡'이라고 한 것이다. 소제목 앞의 번호 역시 논의의 편의상 붙인 것이다.

(가) 권ㅎ노니 권ㅎ노니 슈도션중 권ㅎ노니
    십삼십오 이십셰에 츌가입산 위승ㅎ야
    무슴ㅁ음 세우신고 츙신효힝 ㅎ쟈흔가
    슈심셩도 ㅎ쟈흔가 명리립신 ㅎ쟈흔가
    신셰빈부 고로쟈녀 의탁ㅎ려 츌가흔가
    즁무소쥬 가진ㅁ음 모피신역 되야시나
    횡구연쥭 동구츌입 음쥬락의 쇼일ㅎ며
    셰리탐챡 마쟈니코 죠뎡지샹 시비ㅎ며

(나) 권ㅎ노니 권ㅎ노니 아샹종쟝 권ㅎ노니
    션지동ᄌ 본밧ᄉ와 고하ᄉ쟝 다바리고
    유식무식 불틱ㅎ고 션참지식 두루차ᄌ
    무샹쥬인 어셔알고 삼히탈의 들으쇼셔
    삼히탈를 어더시면 아난대ᄉ 불어홀가

내용상 세 단락으로 나눌 수 있는 서곡에서, (가)는 불도수행을 게 을리 하는 승려들을 비판하고 있는 첫째 단락이다. 그리고 (나)는 학업 과 자성(自性) 찾기에 전념할 것을 권하는 둘째 단락에 이어, 자성을 깨쳐 빨리 해탈할 것을 거듭 당부한 마지막 단락에 해당한다. (가)의 첫머리와 (나)에는 각각 '수도선중(修道禪衆)' '아상종장(我相宗匠)'이라 고 하여, 참선 수도하는 승려와 자신만이 최고라고 생각하는 종사를 구체적인 청자로 명시하고 있는데, 서곡은 이러한 청자의 성격에 맞는 내용으로 되어 있음을 알 수 있다.

선중권곡은 위의 서곡과 마찬가지로, 작품의 서두와 말미에 "법계 청즁 우형네야" "권ㅎ노니 션즁네야"라고 하여 청자를 명시하고 있는 데, 청자의 성격에 있어 서곡과 일치함을 보인다. 그 내용 역시 "아샹 고집 ᄇ리시고" "호랑라틱 씨닷ᄉ와 어셔어셔 정진ㅎ야" 해탈할 것을 권하고 있어, 서곡과 유사함을 보이고 있다.

이렇듯 서곡과 선중권곡의 화자는, '권선곡'이라는 제명에 맞게, 출가자인 승려들을 향해 참선수행에 힘써서 해탈할 것을 권하고 있는데, 앞에서 언급했듯이 명리권곡 이하 세 편의 작품은 이와는 다른 내용을 보인다. 먼저, 명리권곡의 일부를 인용하면 아래와 같다.

> 권ᄒᆞ노니 권ᄒᆞ노니 명리화상 권ᄒᆞ노니
> 명리소임 ᄒᆞᄂᆞᆫ중의 불전정셩 잇지말고
> 부모ᄉᆞ쟝 제ᄉᆞ여든 공불시식 쳔도ᄒᆞ며
> 간경념불 못ᄒᆞᆯ진ᄃᆡ 시미향촉 졍셩들여
> 일년일ᄎᆞ 경불ᄒᆞ며 미릐축원 발원두어
> 인신됨을 일치말고 근긔맛초 작복ᄒᆞ소
> ᄒᆡᆼ덕업시 노ᄂᆞᆫ몸이 ᄉᆞ즁은을 잇ᄉᆞ오면
> 즉금모양 인신이라 ᄅᆡ셰과보 뎡ᄒᆞᆫ거슨
> 삼도고보 뎡타ᄒᆞ데 즉금인신 망죵일ᄉᆡ
> 놀납습고 무셔올샤 무ᄒᆡᆼ공신 무셔올샤
> 일언일를 ᄭᅢ닷ᄉᆞ와 셰ᄉᆞ탐착 너무말고
> 죵죵공덕 닥그시며 ᄉᆞ이ᄉᆞ이 념불ᄒᆞ야
> 극고셰계 여희시고 극락셰계 가오시소

인용문은 자신의 소임은 하지 않은 채, "지샹친구 권셰주인 여긔져 긔 벌어잇고/ 쥬홍마리 빗ᄂᆞᆫ갓싀 금옥관ᄌᆞ 호ᄉᆞᄒᆞ며" "불법ᄒᆞᄂᆞᆫ 슈좌대ᄉᆞ 횡안으로 멸시"하는 명리화상에게, 적덕(積德)하고 염불하여 극락에 왕생할 것을 권하고 있는 마지막 단락이다.

조선 중엽 이후, 승가(僧家)에서는 이판승(理判僧)과 사판승(事判僧)의 두 가지 유별(類別)이 생겨나게 되었는데, 수도하는 공부승을 이판승이라 하고, 절일을 맡아보는 사무승을 사판승이라고 하였다.[21] 명리권곡

---

21) 김영태, 『한국불교사』, 경서원, 1997, 317쪽.

에서의 '명리화상'은 바로 절일을 맡아보며 세속의 명리에 관심을 갖고 있는 사판승을 가리킨다. 그렇다면, 서곡과 선중권곡은 공부하는 승려인 이판승에 관한 노래가 된다고도 할 수 있겠는데, 비록 앞에서 인용하지는 않았지만, 선중권곡에 나오는 "명리수판 비방ᄒᆞ니"라는 구절이 이를 입증한다고 하겠다.

그런데 주목할 점은, 같은 승려를 대상으로 하면서도 그 직분과 근기에 따라 수행방법과 목표를 다르게 제시하고 있다는 점이다. 앞의 서곡과 선중권곡에서는 참선하여 자성을 찾고 해탈할 것을 권했는데, 여기서는 공덕을 쌓고 염불하여 극락에 왕생할 것을 권하고 있는 것이다.

일반적으로, 불교가사에서 '극락왕생'은 주로 재가신도 및 일반대중을 청자로 설정하고 있는 작품들에서 보이고, 승려들을 대상으로 하는 작품들에는 '권선(勸禪)'만이 설해진다는 점에서, 명리권곡의 이러한 점은 불교가사에서 보기 드문 경우라고 할 수 있다. 또한 승려계층을 이판승과 사판승으로 나누고 각각의 근기에 맞는 수행방법을 제시하고 있는 작품 역시 지형의 가사 외에는 찾아볼 수 없다.

> (가) 권ᄒᆞ노니 권ᄒᆞ노니 ᄌᆡ가군ᄌᆞ 권ᄒᆞ노니
>   젼싱복덕 심근ᄃᆡ로 금싱보응 밧ᄂᆞ거슨
>   귀쳔남녀 다를손가 젼싱종복 갓초ᄒᆞ야
>   금시과보 됴타ᄒᆞᄂᆡ 부부히로 다남ᄌᆞ손
>   의식쥬쪽 권셰넓고 립신명리 구망ᄃᆡ로
>   갓초갓초 즐거올샤 무슴타념 쏘이슬고
>   …(중략)…
>   권ᄒᆞ노니 부귀군자 츙군효부 ᄒᆞ오시며
>   보시젹덕 션심ᄒᆞ고 가ᄂᆞ신명 븕게ᄒᆞ며
>   잇ᄂᆞᄌᆞ손 복을주고 텬당불찰 임의왕ᄅᆡ
>   무샹쾌락 밧으시소

(나) 권ᄒ노니 권ᄒ노니 빈궁분ᄂᆡ 권ᄒ노니
　　전싱복덕 잘못심거 금싱빈쳔 ᄒ야시니
　　씨치시소 씨치시소 복덕글줄 씨치시소
　　　　…(중략)…
　　금셰샹의 부귀얼골 션덕업시 교만ᄒ면
　　ᄅᆡ셰샹의 비쳔ᄒ며 금싱비록 비쳔ᄒ나
　　션심ᄒ고 지슌ᄒ면 ᄅᆡ셰샹의 존귀ᄒ야
　　가즌복덕 밧ᄂ니다 권ᄒ노니 권ᄒ노니
　　빈궁인젼 권ᄒ노니 금시락인 흠션ᄒ야
　　분을좃ᄎ 션심ᄒ며 어진발원 셰우시고
　　후싱쟝락 밧으시소.

출가자인 승려를 청자로 설정하고 있는 앞의 세 작품과는 달리, 재가권곡과 빈인권곡은 재가신도를 대상으로 하고 있다. (가)는 재가권곡, (나)는 빈인권곡의 서두와 끝 부분으로, 재가권곡은 재가자 중에서도 부귀군자를 청자로 설정하고 있다. 앞의 세 작품에서 출가자를 그 직분과 근기에 따라 '수도선중'과 '명리화상'으로 나누었다면, 여기에서는 재가자를 신분과 재산의 유무에 의해 '부귀군자'와 '빈궁분네'로 나누고 있다.

(가)와 (나)를 통해 알 수 있듯이, 이들 작품의 화자는 현재의 부귀와 빈천이 전생에 지은 복덕의 유무에 따른 결과로 보고 있으며, 청자의 처지에 맞게 조금은 다른 내용을 서술하고 있다. 즉, (가)의 부귀군자에게는 "츙군효부 ᄒ오시며 보시젹덕 션심"하여 천당과 불토(佛土)에 왕생할 것을, (나)의 빈궁분네에게는 "금시락인 흠션ᄒ야 분을좃ᄎ 션심"하여 다음 생에는 부귀한 몸으로 태어나기를 권하고 있는 것이다.

지금까지 〈권선곡〉을 구성하고 있는 5편의 가사를 차례대로 살펴보았는데, 앞에서 언급한 것처럼 〈권선곡〉은 비록 '권선곡'이라는 이름

으로 함께 묶여 있지만, 그 실제에 있어서는 내용과 성격을 달리하는
개별적인 작품들로 이루어져 있음을 확인할 수 있다. 구체적인 청자를
설정하고 설정된 청자의 근기에 따라 그 내용을 달리하는 〈권선곡〉의
이러한 특징은, 여타의 불교가사에서는 볼 수 없는, 지형의 가사만이
갖는 중요한 특징이라고 할 수 있다.

3) 참선수행 방법의 제시 : 〈참선곡〉

〈참선곡〉은 지금까지 살펴본 작품들과는 달리, 국한문 혼용의 귀글
체로 표기되어 있으며, 〈마설가〉와 〈심우가〉라는 2편의 이본이 전한다.
〈참선곡〉은 총 268구로 되어 있는데, 〈마설가〉는 260구, 〈심우가〉는
193구로, 작품의 분량에서 차이가 있을 뿐, 그 내용은 큰 차이가 없다.
다만, 〈마설가〉에는 〈참선곡〉의 '허물된 말'과 한글로 된 몇몇 어휘가
'마설'과 한자어로 바뀌어 있다. 또한 〈마설가〉의 제목 아래에 '청하사
지형 술'이라는 부기가 있다. 〈심우가〉는 나옹화상이 지은 것이라고
하여 권상로가 채집한 것을 김태준이 『조선가요집성』에 수록한 작품
으로, 작품의 여러 곳에서 오기(誤記)된 한자가 보인다. 이 작품은 한
때 여러 연구자들에 의해 나옹의 가사로 다루어졌으나, 이상보에 의해
〈참선곡〉의 이본이라는 사실이 밝혀졌다.[22]

〈참선곡〉은 내용상 네 단락으로 나누어진다. 첫째 단락은 "하하하
우사올사 허물된말 우사올사"의 도입부로 시작하여 자성을 찾아 해탈

---

22) 이상보, 앞의 책, 54쪽. 그러나 인권환, 「나옹왕사 혜근의 사상과 문학」, 『한국불교문
화사상사 하』(가산 이지관스님 화갑기념논총), 가산불교문화진흥원, 1992, 612쪽에
서는, "'술(述)'은 반드시 저술을 의미한다고만 볼 수 없고 선대의 원작을 후세인이
전술(傳述)하여 행세(行世)하게 한다는 뜻으로도 볼 수 있기 때문에, 혜근의 원작을
지형이 전술한 것으로 보는 것이 타당하다"고 하여 〈참선곡〉과 〈심우가〉의 작자를
나옹으로 보고 있다.

하라는 선문(禪門)의 가르침이 공허한 것임을 비판하고 있고, 둘째 단락은 "허물中의 善察ᄒ면 眞實道의 절노드러/ 허물아니 되ᄂᆞᆫ妙理 그中의 읻ᄂᆞ니다"라는 구절을 시작으로 하여 앞서의 비판에 대해 반론을 제기하고 있다. 셋째 단락은 참선수행의 구체적인 방법을 제시하고 이로 인한 오도(悟道)의 경지를 노래하고 있으며, 마지막 단락에서는 참선수행에 정진하기를 거듭 당부하고 있다. 이 네 단락 중, 첫째 단락의 선문에 대한 비판은 당시의 유학자 내지는 교학승들의 견해로 보이는데, 화자의 목소리로 서술되어 있는 점이 특이하다고 하겠다.

(가) 現前相을 主人삼아 圓覺山中 깁푼골의
　　　法性寺를 차자드러 自己寶劍 쎅여들고
　　　戒城郭을 놉히싸코 六根門을 구디닫고
　　　六賊中의 ᄒᆞᆫ놈이나 자최업시 빋최거든
　　　劍鋒으로 打殺ᄒᆞ고 後자최를 아조ᄉᆞᆫ코
　　　씨드댠케 ᄀᆞ다듬아 煩惱賊을 다버히고
　　　政事官이 되야안저 萬般政事 다ᄉᆞ리되
　　　　　　　　…(중략)…
　　　體同太虛 本寂ᄒᆞ니 다른商量 닉디말고
　　　是甚麽로 方便삼아 展轉이 擧覺ᄒᆞ면
　　　百千方便 億萬說話 이고즤ᄂᆞᆫ 쓸ᄃᆡ업닉
　　　語默動靜 二邊上의 寸步間도 여윔업시
　　　惺惺不昧 擧覺ᄒᆞ되 이무삼 道理런고
　　　드ᄂᆞᆫ者를 되드오면 無去無來 亦無住라

(나) 取也不得 捨也不得 當處現前 昭昭ᄒᆞ나
　　　不在身內 不在身外 廓落太虛의 起淸風
　　　相耶아 無相耶아 行住坐臥 語默動靜
　　　念念不昧 是甚麽오 行也坐也 同運ᄒᆞ며

去也來也 여윔업닉 前念後念 頓斷ᄒ고
一念現前 圓明道理 衆生諸佛 增減업닉
歷千劫以 不古ᄒ고 亘萬世而 長今이란
이말삼이 올스오니 自己上의 잇ᄂ寶物
나ᄂ알고 쓰거니와 남들도 알으신디

　위의 인용 부분은 〈참선곡〉의 셋째 단락으로, 참선수행 방법을 구체적으로 제시하고 있는 (가)와, 참선수행의 결과로 얻은 깨달음의 경지를 읊고 있는 (나)이다. (가)의 경우는 지면 관계상 참선수행 방법을 제시하고 있는 부분의 서두와 말미만을 옮긴 것이다. 〈권선곡〉의 서곡과 선중권곡에서도 참선수행에 힘써서 자성을 찾아 해탈할 것을 권하였지만, 그 구체적인 수행방법에 대해서는 별 언급이 없었던 것에 비해, (가)와 (나)는 본격적인 참선노래의 면모를 보여준다고 하겠다.

　(가)에는 '참선'이라는 어휘가 보이지 않지만, 계율을 지키고 자신의 불성(佛性)을 찾는 것을 상징적으로 표현한, "법성사를 차자드러 자기 보검 씌여들고/ 계성곽을 놉히싸코 육근문을 구디닫고"는 바로 참선수행의 한 과정인 것이다. 또한 '시심마(是甚麼)'는 "이것은 무엇인가?"라는 뜻으로, 육조(六祖) 혜능(慧能) 선사가 그 제자에게 "시심마물임마래(是心麼物恁麼來)"라고 물은 데서 유래한 화두이다. "시심마로 방편삼아 전전이 거각ᄒ면"은 화두를 통한 참선수행 방법인 간화선(看話禪)을 가리킨다. 결국, (가)는 '참선'이라는 어휘를 사용하지 않으면서도 참선수행 방법을 구체적이고 효과적으로 제시하고 있다고 할 수 있다.

　(나)는 (가)에서 행한 참선수행의 결과로 얻게 되는 깨달음의 경지를 생경한 한자어의 나열을 통해 표현하고 있다. 그리고 "자기상의 잇ᄂ보물 나ᄂ알고 쓰거니와 남들도 알으신디"라는 구절은 화자가 오도의 체험을 한 법력이 높은 인물임을 짐작하게 한다.

이상, 〈참선곡〉에 대해 살펴보았는데, '불립문자(不立文字) 교외별전 (敎外別傳)'을 표방하는 선가에서 선취(禪趣)나 선리(禪理)를 읊고 있는 선시는 종종 지어졌으나, 지형의 〈참선곡〉과 같이 참선수행의 구체적 인 방법을 설명하는 작품은 그 이전에는 볼 수 없었던 것이라 할 수 있다. 더구나, 이러한 본격적인 참선노래가 재가신자에 의해 지어졌다 는 사실은 불교가사의 역사적 전개에 있어서 주목할 점이라고 하겠다.

4. 지형 가사의 성격과 의의

불교가사는 불교의 사상 및 교리를 승려 내지는 일반대중들에게 보 다 쉽게 널리 알리기 위해 지어진 것으로, 현재 전하는 불교가사 작품 에는 불교의 여러 사상이 드러나 있다. 불교가사의 사상은 정토사상과 선사상이 그 핵심을 이룬다고 하겠는데, 이 두 사상은 현재 전하는 불 교가사 작품들의 성격을 대별해주는 기준으로도 적용할 수 있다.[23)

고해(苦海)인 이 사바세계에서 벗어나 서방정토인 극락세계에 왕생 하기를 염원하고 권하는 내용의 작품들과, 참선수행을 통해 자성(自性) 을 깨치고 자신의 본래면목을 찾아 필경은 해탈할 것을 권하는 일군의 가사들이 그것이다. 편의상, 전자는 '왕생노래' 또는 '왕생계 불교가

---

23) 김주곤, 『한국불교가사연구』, 집문당, 1994, 100~154쪽에서는 이상보의 『한국불교 가사전집』에 수록된 71편의 불교가사 작품을 대상으로, 작품들에 나타나는 불교사상 을 정토사상·인과사상·권불사상(勸佛思想)·무상사상(無常思想) 등으로 나누고 이 에 따라 작품들을 분류하고 있다. 그러나, 필자의 생각으로 여기에는 문제가 있다고 여겨진다. 인과와 무상은 불교교리의 핵심으로, 불교가사 전반에 두루 나타나는 사상 이므로, 작품 분류의 기준이 될 수 없다. 또한, '권불'은 권염불(勸念佛)을 가리키는 것인데, 정토왕생을 위한 방법으로 염불을 권하는 것이므로, 정토사상과의 변별점이 없다고 하겠다.

사', 후자는 '참선노래' 또는 '참선계 불교가사'라 부를 수 있을 것이다.

이 왕생계 가사와 참선계 가사는 몇 가지 점에서 서로 다른 특색을 보이고 있다. 먼저, 전자는 작자가 확실하지 않거나 작자미상으로 전하는 불교가사에서 흔히 볼 수 있고, 사후세계의 문제와 관련되고 알기 쉬운 내용으로 인해 일반 대중들 사이에서 널리 향유되었다. 또한, 재(齋)의 현장에서도 불려졌는데, 불교의식음악인 화청 또한 이 왕생노래인 것이다.24) 대체로 여기에 속하는 작품들은 민속화되고 세속화된 불교가사의 모습을 보이고 있다.

반면에, 후자는 주로 청자를 승려계층으로 한정하고 있고, 작자의 대부분이 저명한 선사들이며, 대체로 그들의 어록이나 문집에 수록되어 있는 공통점을 갖는다. 물론, 일반적으로 불교가사라고 하면, 왕생노래를 가리키는 것으로 생각하고 있지만, 참선수행을 강조하고 그 방법을 제시하고 있는 이 작품들 또한 불교가사의 큰 흐름을 형성하고 있다. 작가가 알려진 작품들에 있어서는 오히려 참선계 불교가사의 비중이 더 큼을 알 수 있다.

참선계 가사에 속하는 작품들로는, 지형·경허·학명·만공·한암 등이 각각 지은 같은 제목의 〈참선곡〉과, 나옹이 지었다고 전하는 〈낙도가〉·〈증도가〉, 침굉의 〈태평곡〉·〈귀산곡〉·〈청학동가〉, 학명과 용성의 가사 등이 있다. 그 구체적인 내용에 있어서는, 지형 등의 〈참선곡〉은 참선수행의 방법을 제시하는데 중점을 두고 있으며, 나옹과 침굉의 작품들은 화자 자신의 오도의 경지와 선적(禪的) 흥취를 노래하는 것에

24) 동국대 불교대학, 『화청』(무형문화재 조사보고서 제65호), 문화재 관리국, 1969, 13쪽에는, "화청 원래의 뜻이 여러 불보살(佛菩薩)을 고루 청하여 정토왕생을 발원하는 데 있다면 화청 자체가 음악적 뜻을 갖는 것이 아니라 정토왕생을 발원하는 모든 음악이 화청의 범주에 속한다."라고 되어 있다.

보다 치중하고 있다.

이제, 불교가사 작품에 앞의 두 가지 계열이 존재한다는 것을 염두에 두면서, 지형 가사의 성격과 의의에 대해 살펴보기로 하겠다. 먼저, 지형은 왕생과 참선에 관한 가사를 모두 남기고 있다는 점을 들 수 있다. 즉 〈전설인과곡〉·〈수선곡〉·〈권선곡〉의 재가권곡·빈인권곡은 왕생노래에, 〈권선곡〉의 서곡·선중권곡·〈참선곡〉은 참선노래에 속한다. 불교가사의 작가 중, 왕생 계열과 참선 계열의 작품을 모두 남기고 있는 이는 지형이 유일한 예라고 할 수 있다. 이러한 점은 불교가사 작가로서의 그의 위상을 보여주는 것이라 할 수 있을 것이다.

그리고 조선 중엽 이후의 한국 승가(僧家)의 가풍(家風)은 참선·간경(看經)·염불의 삼문수업(三門修業)을 그 특색으로 꼽는데,[25] 지형의 가사는 이 삼문에 해당하는 내용을 모두 갖추고 있다. 경전을 저본으로 하고 있으며 염불을 권하고 있는 〈전설인과곡〉과 〈수선곡〉은 간경문과 염불문에, 〈참선곡〉과 〈권선곡〉은 참선문에 해당하는 것이다. 이렇듯 지형의 가사는 불교가사의 전 계열뿐만 아니라 한국불가의 삼문수업 모두에 해당하는 내용 및 주제를 드러내고 있다는 점에서 그 의의를 지적할 수 있다.

둘째, 왕생노래에 해당하는 지형의 가사는 여타의 왕생계 불교가사와는 조금은 다른 면모를 보인다. 왕생노래의 대부분은 서방정토인 극락세계를 지향하고 있으며, 지옥을 다루고 있는 경우는 저승사자가 망자를 저승길로 끌고 가는 여정과 죄인의 심판을 강조하는 민속화된 사후관(死後觀)을 보이고 있다. 이에 반해, 지형의 〈전설인과곡〉과 〈수선곡〉은 모두 철저하게 경전에 근거하여 지옥과 정토의 모습을 보여주고

---

25) 김영태, 앞의 책, 312~313쪽.

있으며, 이를 통해 불교의 인과설이 본래 의도하고 있는, 사후세계 자체가 아닌 보다 나은 현세의 생활을 강조하고 있다.

셋째, 지형 가사는 구체적인 청자를 설정하고 그 청자의 신분과 근기에 따라 그에 맞는 내용을 제시하고 있다. 작품의 서두나 말미에 작품의 대상이 되는 청자를 제시하는 것은 여타의 불교가사뿐만 아니라 일반적인 가사문학에 보이는 보편적인 현상이다. 그러나 작품의 첫머리에 구체적인 청자를 설정하고 그 청자의 신분 내지는 근기에 따라 내용을 달리하고 있는 작품은 지형의 〈권선곡〉 외에는 찾기가 어렵다고 할 것이다. 종교가사의 본령이 종교의 교리를 청자 및 독자에게 알기 쉽고 정확하게 전달하는 것이라고 할 때, 청자의 근기에 따라 알맞은 내용을 제시하고 있는 〈권선곡〉은 불교가사뿐만 아니라 여타의 종교가사에 있어서도 중요한 위치를 차지한다고 할 것이다.

끝으로, 지형의 〈참선곡〉은 불교가사의 역사적 전개에 있어 처음으로 참선수행의 방법과 오도(悟道)의 경지를 구체적으로 제시하고 있다는 점을 지적할 수 있다. 선시와, 지형 이전의 참선계 가사는 주로 선적 이치와 선적 흥취의 내용을 담고 있다. 지형에 이르러서 가사장르를 이용하여 참선수행의 방법을 설명하는 본격적인 참선노래가 등장하였고, 이후로 같은 제목과 성격을 갖는 경허 등의 〈참선곡〉류 가사가 나오게 된 것이다. 특히, 이러한 '참선곡'의 작자가 선사가 아니라 재가자라는 점에서 더욱 주목된다고 하겠다.

5. 맺음말

이 글은 불교가사를 대표할 수 있는 내용과 짜임새를 갖추고 있으면서도, 그 동안 구체적인 논의가 이루어지지 않았던 지형의 불교가사 작품을 대상으로, 그 성격과 의의에 대해서 살펴보았다.

먼저, 2장에서는 예비적 고찰로서, 지형의 가사작품이 수록된 문헌과 지형의 신분문제에 관해 살펴보았다. 그리하여 지형의 가사작품은 비교적 널리 유통되고 향유되었음을 알 수 있었으며, 신분 문제에 대해서는 지형이 주관하여 판각한 몇몇 판본의 간기를 통해 승려가 아닌 재가의 거사임을 확정하였다. 3장은 지형의 가사작품 각 편의 내용상 특징을 '경문의 가사화' '청자의 근기에 따른 내용 제시' '참선수행 방법의 제시' 등의 세 항목으로 나누어 고찰하였다. 끝으로, 4장에서는 불교가사의 역사적 전개의 맥락에서 지형 가사가 갖는 성격과 그 의의를 살펴보았다.

본고는 지형의 가사작품 전체에 대한 최초의 본격적인 논의라는 점을 감안하여, 주로 각 작품의 내용상 특징과 그 의미의 문제에 한정하여 고찰하였는데, 이에 대해서도 제대로 다루지 못한 듯하다. 그러나, 나옹 가사의 진위 여부와 몇몇 작가의 작품에 집중하고 있는 불교가사의 연구에 있어서, 조금은 그 논의의 범위를 넓혔다는 점에서 그 의의가 있다고 여겨진다. 이 글에서 미처 다루지 못했던 지형 가사의 미학적 특질과 불교문화사적 의의 등의 남겨진 문제에 대해서는 추후 별도의 논고를 통해 다루고자 한다.

제3부

상가[僧] : 작가와 향유층

최행귀의 〈보현십원가〉 한역과 그 성격

1. 머리말

〈보현십원가〉는 고려 광종대의 고승인 균여(923~973)가 창작한 11
수의 향가로, 『화엄경』 「보현행원품」 소재 '보현십종원왕(普賢十種願王)'
의 내용을 노래한 것이다. 이 향가는 『균여전』 '제7 가행화세분자(歌行
化世分者)'에 균여의 서문과 함께 실려 있는데, '제8 역가현덕분자(譯歌
現德分者)'에는 '학림학사(翰林學士)' 최행귀가 번역한 7언율시의 〈보현
십원송(普賢十願頌)〉 11수 및 그 서문이 수록되어 있다.

최행귀의 서문과 한역시(漢譯詩)는 연구의 초창기부터 〈보현십원가〉
못지않게 주목의 대상이 되어 왔다. 전자는 마사(摩詞)·문칙(文則) 등의
향가 작가, 형식 용어인 '삼구육명(三句六名)', 노래와 시의 관계에 대한
당대인의 인식 등을 포함하고 있다는 점에서, 후자는 소위 10구체 향
가의 유일한 번역시이고, 고려 전기 한시문학의 수준을 보여준다는 점
등에서, 한국문학사 서술의 중요한 자료로 평가받고 있다.

그러나 이러한 문학사적 의의에 비해, 〈보현십원송〉의 문학적 연구
는 양과 질적인 측면에서 모두 부진한 상황이다. 물론 한역의 양상 내
지 〈보현십원가〉와의 차이점을 중심으로 한 논의가 근래까지 꾸준히
이루어져 왔다.[1] 이들 선행연구를 통해, 〈보현십원송〉은 단순한 번역
시가 아닌, 「보현행원품」과 〈보현십원가〉의 내용을 최행귀가 독자적

으로 시화(詩化)한 작품으로, 〈보현십원가〉에 비해 「보현행원품」의 내
용을 보다 충실히 반영하고 있음이 밝혀졌다. 그러나 구체적인 한역
양상의 파악에 있어서는 논자마다 차이를 보이고 있으며,[2] 〈보현십원
송〉이 이러한 특징을 보이게 된 이유 및 의미에 대해서도 견해를 달리
하고 있다.

　먼저, 김상일은 〈보현십원가〉의 입장에서 〈보현십원송〉은 불성실
한 번역으로 볼 수 있다고 하면서, 이는 최행귀가 원가(原歌)에 불만을
느끼고 보충할 부분이 있다고 판단하여 역자(譯者)의 자의성을 의도적
으로 개입시킨 결과라고 하였다.[3] 서철원의 경우는, 대중 독자를 대상
으로 한 내용 및 표현이 한역의 과정에서 누락되고 있음을 지적한 뒤,
"최행귀의 한역 작업은 평이한 사상을 높은 시적 경지를 통하여 전달
하고자 했던 〈보현십원가〉의 체계를, 「보현행원품」 원문의 사상성 전

---

1) 국문학개론 및 국문학사에서의 단편적인 언급을 제외한, 〈보현십원송〉에 관한 연구는
　다음과 같다. 이진, 「최행귀 역시 고찰」, 『동경어문논집』 1, 동국대학교 경주캠퍼스
　국어문학회, 1984; 정상균, 「최행귀론」, 『국어교육』 48, 한국국어교육연구회, 1984;
　김상일, 「〈보현십원가〉의 한역시 〈보현십원송〉에 대하여」, 『동악한문학논집』 9, 동
　악한문학회, 1999; 조연숙, 「최행귀의 한역시 연구」, 『고시가연구』 16, 한국고시가학
　회, 2005; 서철원, 「균여의 작가의식과 〈보현시원가〉」, 『한국고전문학의 방법론적
　탐색과 소묘』, 역락, 2009; 김혜은, 「〈보현십원가〉의 역시 과정과 번역 의도」, 연세대
　학교 석사학위논문, 2010; 정소연, 「〈보현십원가〉의 한역 양상 연구」, 『어문학』 108,
　한국어문학회, 2010.
2) 조연숙, 앞의 논문, 285~295쪽에서는, "(〈보현십원송〉의) 1~4구, 7~8구는 〈보현십
　원가〉의 뜻과 유사하나 그 표현에서는 독창성을 발휘하고 있으며, 특히 각 시의 5~6
　구는 「보현행원품」의 내용을 독자적으로 시화하여, 그 뜻을 더욱 충실히 전달하고
　있다."라고 하였다. 그러나 김상일, 앞의 논문, 41~46쪽과 정소연, 앞의 논문, 104~
　110쪽에서는, 5~6구 외에도 향가에 없는 내용이 한시에 있으며, 조연숙의 논의처럼
　새로운 내용의 추가가 일률적이지 않음을 보여주고 있다. 그리고 김상일·서철원·정소연
　은 한역의 결과가 〈보현십원가〉와 가장 차이를 보이는 작품으로, 각각 〈청전법륜송〉·
　〈수희공덕송〉·〈청불주세송〉의 작품을 들고 있다.
3) 김상일, 앞의 논문, 47쪽.

달이라는 포교시 본연의 역할에 치중하려는 의도 하에 재구성한 산물"
임을 주장하였다.4)

정소연 또한 한역되지 않은 〈보현십원가〉의 노랫말에 주목하고 있
는데, 한역시에서 삭제된 노랫말의 공통점으로 '나와 남의 관계'와 관
련된 표현을 들고 있다. 그리하여 향가에 나오는 '나와 너'의 관계와
한역시에서 결과적으로 강조되고 있는 '나'에게로의 집중은, 부르는 노
래와 읽는 시의 차이에 기인한 것으로 보았다. 노래인 향가는 공동체
적 향유방식을 가지고 있으므로 부르는 '나'와 더불어 듣는 '너와 우리'
를 포함한 것이고, 한역시는 눈으로 읽거나 음영하는 사람이 그 자신
에게 말을 걸고 돌아보며 수행하는 기능을 하기 때문이라는 것이다.5)

그런데 이상의 논의 결과는 작품의 실상과 다소 거리가 있어 보인
다. 예를 들면, 한역 과정에서 삭제된 노랫말인 〈보개회향가〉의 "아아,
예경하는 부처님도(病吟 礼爲白孫隱仏体刀)/ 나의 몸일 뿐 남 있으리(吾衣
身伊波人有叱下呂)"는, '나와 남의 관계'가 아닌 '부처와 나의 관계'를 노
래한 것이고, 〈수희공덕송〉의 제4구인 "나와 남이 다르다고 어찌 말할
수 있으리(我邊寧有別人論)"는 논자의 주장과 달리, 나와 남의 관계를 표
현하고 있다.6) 그리고 대중 독자를 배려한 노랫말로 제시된 〈수희공

---

4) 서철원, 앞의 논문, 182쪽.
5) 정소연, 앞의 논문, 116~117쪽.
6) 정소연, 앞의 논문, 115~116쪽에서, 〈보개회향가〉는 '나와 남의 관계'로 끝맺고 있으
며, 〈수희공덕송〉의 제4구는 나와 남의 관계가 아닌, "나는 남과 다르지 않으니 어떻
게 구별하겠는가"의 의미라고 하였다. 그러나 〈보개회향가〉의 결구인 "예경하는 부처
님도/ 나의 몸일 뿐 남 있으리"는, 다른 사람이 아닌 바로 내가 예경의 대상이 되는
'부처'임을 노래하고 있으므로, 나와 남의 관계를 표현한 것으로 보기 어렵다. 그리고
〈수희공덕송〉의 제4구는 논자의 설명을 따른다고 해도 나와 남의 관계에 대한 내용임
을 부정할 수 없다. 내가 남과 다르지 않다는 것 자체가 바로 나와 남의 관계를 표현한
것이기 때문이다.

덕가〉의 "아아, 이리 여겨 가면(後句 伊羅擬可行等)/ 질투의 마음 이르러 올까(嫉妬叱心音至刀來去)"와, 〈보개회향가〉의 "참회하던 惡業도(懺爲如乎仁惡寸業置)/ 법성 집의 보배라(法性叱宅阿叱寶良)" 등이 과연 교양 수준이 낮은 독자만을 위한 것인지는 의문이다.[7]

한편, 독차층과 장르의 차이와 상관없이, 〈보현십원송〉에서 배제된 〈보현십원가〉의 노랫말은 일정한 내용적 경향성을 보이고 있어 주목을 요한다. 이러한 경향성은 지금까지의 연구에서 언급되지 않은 것으로, 〈보현십원송〉이 〈보현십원가〉 그대로를 한역하지 않은 이유뿐만 아니라, 〈보현십원송〉의 문학적 성격을 해명하는 단서로도 볼 수 있기 때문이다.

그러므로, 이 글은 선행연구의 문제점들을 염두에 두면서, 기존 논의와는 다른 측면에서 최행귀의 〈보현십원가〉 한역과 그 성격에 대해 살펴보고자 한다. 이를 위해, 〈보현십원송〉에서 변용되거나 새로 추가된 부분을 중심으로 한역 양상의 특징적인 국면을 검토한 뒤, 한역 과정에서 배제된 노랫말의 내용적 경향성을 고찰할 것이다. 그리고 노랫말의 변용 및 배제의 이유에 대한 해명을 통해, 최행귀의 작가의식 내지 〈보현십원송〉의 문학적 성격의 일면을 살펴보도록 하겠다. 본고의 이러한 논의는 〈보현십원송〉은 물론 〈보현십원가〉의 문학적 성격을 이해하는데 있어 도움이 될 것이라 기대한다.

---

7) 특히 서철원, 앞의 논문, 161쪽에서는 〈수희공덕가〉의 후구(後句)에 대해, "다른 존재의 공덕을 기뻐하라고 권면하며 '질투하지 말라'고 당부하는 부분은 그만큼 교양수준이 낮은 독자를 대상으로 한 탓으로 볼 수 있지만, 일반 대중을 독자로 간주했다는 특수한 사정을 고려하지 않았을 경우, 균여라는 사상가의 수준이 저급한 것으로 오해될 가능성이 있는 것이다."라고 하였다. 그러나 최근의 어학적 연구인 김지오, 「균여전 향가의 해독과 문법」, 동국대학교 박사학위논문, 2012, 85~86쪽에서는, 〈수희공덕가〉의 이 후구는 징관(澄觀)의 『화엄경행원품소(華嚴經行願品疏)』에 나오는 해설인 "由昔不喜他善, 故今隨喜, 爲慶悅彼, 除嫉妬障, 起平等善."을 노래한 것이라고 하였다.

2. 한역의 양상과 특징

〈보현십원송〉은 기본적으로 〈보현십원가〉의 구성과 내용을 따르면서도, 구체적인 내용 및 표현에 있어서는 차이를 보인다. 〈보현십원가〉와의 관련 양상은 크게 수용, 변용, 창작 및 추가의 세 가지 유형으로 나눌 수 있다. 구체적인 논의에 앞서, 〈보현십원가〉 한역의 양상을 도표로 정리하여 제시하면 아래와 같다.

〈표〉〈보현십원가〉와의 관련 양상

	禮敬	稱讚	供養	懺悔	隨喜	請法	請佛	佛學	恒順	廻向	總結
1구	○	×	○	×	△	×	○	○	○	○	○
2구	○	○	×	×	△	×	○	○	×	○	○
3구	○	○	×	△	△	×	×	×	×	△	△
4구	△	×	○	△	△	×	×	×	×	×	×
5구	×	×	×	×	×	△	△	△	×	△	×
6구	△	×	×	×	×	△	×	△	×	△	×
7구	○	○	△	△	△	×	×	△	×	△	△
8구	○	×	○	△	○	△	○	×	○	×	△

도표의 '○' 표시는 〈보현십원가〉의 내용 및 표현을 수용한 것을, '△'는 내용 및 표현은 다르지만 향가에 대응되는 구절이 있음을 가리킨다. 그리고 '×' 표시는 향가에 전혀 없는 내용 및 표현을 뜻하는데, 최행귀가 새로 지은 시행(詩行) 외에도 「보현행원품」의 내용을 시화한 것을 포함한다. 곧 〈광수공양송〉(5~6구)·〈참회업장송〉(1~2구)·〈수희공덕송〉(5~6구)·〈청불주세송〉(3~4구)·〈상수불학송〉(3~6구)·〈창순중생송〉(2~4구) 등이 이에 해당한다. 이들 시구는 향가에 없거나 그 표현이 달라진 「보현행원품」의 구절들을 시화한 것으로, 〈참회업장송〉·〈청불주세송〉·〈상수불학송〉은 경문의 관련 구절을 거의 그대로 옮기

고 있으며, 나머지 작품들은 약간의 변용을 가하고 있다.

위의 도표를 통해, 〈보현십원송〉 11수는 한 작품도 향가를 그대로 번역한 예가 없고, 반대로 향가를 전혀 번역하지 않은 작품도 없음을 알 수 있다. 이제, 〈보현십원가〉 한역의 구체적인 양상과 특징적인 국면을 살펴보면 다음과 같다.

(1) 心未筆留	마음의 붓으로
慕呂白乎隱仏体前衣	그린 부처 앞에
拜內乎隱身萬隱	절하는 몸은
法界毛叱所只至去良	법계 두루 이르거라.
塵塵馬洛仏体叱刹亦	티끌 티끌마다 부처의 세계요
刹刹每如邀里白乎隱	세계 세계마다 (보살들이) 둘러 뫼신
法界滿賜隱仏体	법계에 (가득) 차신 부처
九世盡良礼爲白齊	구세 다하여 예경하고자.
歎日 身語意業无疲厭	아아, 신·어·의업에 지치거나 만족함 없이
此良夫作沙毛叱等耶	이에 '부질[常]' 삼으리라.[8]

(2) 以心爲筆畫空王	마음으로 붓을 삼아 부처님을 그리고
瞻拜唯應遍十方	우러러 절하니 시방세계에 두루 응하소서.
一一塵塵諸佛國	하나 하나의 티끌마다 모두 부처님의 나라이고
重重刹刹衆尊堂	겹겹의 세계마다 모두 보살의 집이네.
見聞自覺多生遠	보고 들을수록 다생의 원대함을 깨달으니
禮敬寧辭浩劫長	예경함에 어찌 영겁의 세월을 사양하리.
身體語言兼意業	신·어·의업의 삼업에
捻無疲猒此爲常	모두 지치거나 만족함 없이 항상 닦으리다.[9]

---

8) 이 노래를 포함하여, 본고에서 제시하는 〈보현십원가〉의 현대어역은, 양주동, 『(증정) 고가연구』, 일조각, 1983, 673~866쪽과 김완진, 『향가해독법연구』, 서울대학교 출판부, 1993, 157~210쪽의 해독을 기본으로 하고, 최근의 성과인 박재민, 「구결로 본 보현십원가 해독」, 연세대학교 석사학위논문, 2002과 김지오, 앞의 논문의 해독을 참조한 것이다.

위의 (1)과 (2)는 〈보현십원가〉·〈보현십원송〉의 제1수인 〈예경제불가〉와 〈예경제불송〉을 옮긴 것이다. 〈예경제불송〉은 11수의 〈보현십원송〉 중에서 가장 '한역시'에 가까운 면모를 보이고 있다. 〈예경제불송〉의 1~2구, 3~6구, 7~8구는 각각 〈예경제불가〉의 1~4행, 5~8행, 9~10행에 대응하고 있는데, 〈보현십원가〉의 온전한 '한역'인 이 작품에서도, 원가(原歌)와 다른 표현 및 내용이 눈에 띈다.

먼저, 향가 제2·4행의 '부처(佛體)'·'법계(法界)'의 노랫말이 〈예경제불송〉의 수련(首聯)에서 '공왕(空王)'·'시방(十方)'의 시어로 바뀌었고,10) 함련(頷聯)에서는 향가에 없던 '제불국(諸佛國)'과 '중존당(衆尊堂)'의 시어를 사용하고 있다. 함련의 제4구는 〈예경제불가〉의 제6행을 변용한 것으로, '보살들'을 '중존(衆尊)'으로 표현한 뒤, "겹겹의 세계마다 모두 보살의 집"이라고 하여, 향가와 달리 '보살'을 부각시키고 있다. 그런데 이 시구를 포함한 함련은 제불을 '나라'[國], 중존은 '집'[堂]과 연결시키고 있어, 부처와 보살의 관계를 위계적으로 파악하고 있음을 알 수 있다.

'보살'의 표현과 '부처와 보살의 위계적 파악'은 〈보현십원송〉의 다른 작품들에서도 볼 수 있는데, 〈칭찬여래송〉의 '각제(覺帝)'·'의왕(醫王)', 〈청전법륜송〉의 '능인(能人)'·'선우(善友)', 〈청불주세송〉·〈항순중생송〉의 '성(聖)'·'현(賢)' 등이 그것이다. 이러한 점들은 〈보현십원가〉가 '부처'만을 노래하고 있을 뿐, 보살에 관한 시어조차 찾아 볼 수 없다는 점에서, 〈보현십원송〉의 특징적인 국면 중의 하나로 지적할 수

---

9) 〈보현십원송〉의 번역은 최철·안대회 역주, 『역주 균여전』, 새문사, 1986, 65~73쪽과, 김상일, 앞의 논문, 49~59쪽을 참조하고, 필자가 부분적인 수정을 가한 것이다.

10) 정상균, 앞의 논문, 40쪽에서는, "최행귀가 '불'이나 '불타'라는 어휘보다도 '공왕(空王)'이라는 어휘를 선택했던 이유는 최행귀가 〈예경제불가〉를 한역함에 있어 선택한 율시의 압운이 [aŋ]음으로 정해진데서 비롯한 것이다."라고 하여, 시어의 교체를 율시의 압운에 기인한 것으로 보았다.

있을 것이다. 「보현행원품」의 경우는 보살을 언급하고 있지만 〈보현십
원송〉처럼 부처와 차등을 두어 서술하고 있지는 않다.

한편, 인용문 (2)의 밑줄 친 부분은 새로 추가된 시구로, 부처의 가
르침을 통해 삶에 대한 근원적인 문제를 자각할 수 있기 때문에 부처를
예경하는 것임을 밝히고 있다.[11] 이 작품뿐만 아니라 〈칭찬여래송〉·
〈광수공양송〉 또한 각 행원의 '이유'는 최행귀가 새로 지은 부분에 해당
한다. 칭찬의 이유로 제시된 '진사화(塵沙化)'·'찰토풍(刹土風)'과, 법공
양의 이유인 '심상절(心常切)'·'역점증(力漸增)'은 「보현행원품」 및 해당
향가에 없는 내용인 것이다.[12]

〈보현십원가〉는 행원의 내용과 그 실천만을 강조하고 있는 「보현행
원품」과 달리, 각 행원의 이유 내지 근거까지 제시하고 있는데, 〈예경
제불가〉~〈광수공양가〉의 세 작품만 각 행원의 '이유'에 관한 노랫말이
없다. 그러므로 최행귀는 이러한 점을 미흡하게 여기고, 다른 작품들과
의 통일성을 고려하여, 행원의 이유에 관한 시구를 새로 지은 것이라
할 수 있다. 이와 같은 행원의 '이유' 외에도, 〈칭찬여래송〉에서는 추가
된 내용이 보다 확대되어 나타난다.

(3) ㉠ <u>今日部伊冬衣</u>   오늘 대중들의
　　南无佛也白孫舌良衣   '나무불이여' 사뢴 혀에
　　无盡辯才叱海等   무진(無盡) 변재(辯才)의 바다
　　一念惡中涌出去良   한 순간에 솟아나거라.
　　塵塵虛物叱邀呂白乎隱   티끌 티끌마다 허물(虛物)에 (둘러) 뫼신

---

11) 김상일, 앞의 논문, 49쪽.

12) 참고로, 〈광수공양송〉의 경련을 인용하면 다음과 같다. "중생을 건지고 그 고통 대신
　　할수록 이 마음 항상 간절해지고(攝生代苦心常切)/ 만물을 이롭게 하고 수행할수록
　　힘은 점점 불어갑니다.(利物修行力漸增)"

功德叱身乙對爲白惡只　공덕의 몸을 대하여
際于萬隱德海肹　　　끝없는 덕의 바다를
ⓛ 間毛冬留讚伊白制　쉴 새 없이 기리고자.
隔句 必只一毛叱德置　아아, 비록 한 터럭의 덕도
毛等盡良白手隱乃兮　못 다 이르네.

(4) ⓒ 遍於佛界磬丹衷　부처의 세계에 두루 온 정성을 다하여
一唱南无讚梵雄　한결같이 '나무'를 부르며 부처님을 기리네.
辯海庶生三寸抄　변재의 바다는 세치 혀끝에서 끝없이 생겨나고
ⓡ 言泉希涌兩脣中　말의 샘물은 두 입술 사이에서 멀리 솟구치네.
ⓜ 稱揚覺帝塵沙化　부처님이 티끌 세계 교화시킨 것을 칭송하고
ⓗ 頌詠竪王刹土風　보살들이 시방 국토 감화시킨 것을 송영하네.
縱未談窮一毛德　한 터럭만큼의 덕도 다 말하지 못했지만
ⓢ 此心直待盡虛空　이 마음은 오직 허공계 다할 때까지 기다릴 뿐.

인용문 (3) · (4)는 〈칭찬여래가〉 · 〈칭찬여래송〉을 옮긴 것으로, 전자의 1~4행, 5~8행, 9~10행은 각각 후자의 1~4구, 5~6구, 7~8구와 대응된다. 인용문을 통해, 〈칭찬여래송〉은 '칭찬'의 현장성과 끝없음을 노래하고 있는 ㉠ · ㉡이 삭제되고, 대신 ㉢~㉢의 시구가 새로 추가된 것임을 알 수 있다. 이들 중, ㉢과 ㉢은 칭찬의 자세에 관한 내용이고 ㉢은 바로 앞 시구의 내용을 부연한 것이다.

그런데 ㉢의 '단충(丹衷)'은 이와 유사한 시어가 다른 작품들에서도 보이고 있어 주목된다. 곧 〈광수공양송〉의 '지성(至誠)'(1구), 〈참회업장송〉의 '단성(丹誠)'(6구), 〈청불주세송〉의 '단간(丹懇)'(8구), 〈보개회향송〉의 '지심(至心)'(7구), 〈총결무진송〉의 '일심(一心)'(7구) 등이 그것으로, 화자는 이들 시어를 통해 각 행원의 실천에 대한 굳은 다짐과 의지를 표현하고 있다.[13) 이러한 '단충' · '단성' · '지심', 즉 '정성'의 강조는 〈보현십원가〉와 「보현행원품」에 없는, 〈보현십원송〉의 또 다른 특징으로

지적할 수 있다.

그리고 ⓶·⓷의 경우는, 앞에서 언급했듯이, 부처 외에도 '칭찬'의 대상에 보살을 포함시키고 있으며, 칭찬의 이유로 각각 티끌세계의 교화와 시방국토의 감화를 들고 있다. 이들 시구는 인용문 (3)의 5~8행과 관련이 있지만, 향가가 부처를 '공덕의 몸'으로 표현한 뒤, 칭찬의 대상이 '공덕신(功德身)'의 '덕해(德海)'임을 노래하고 있는 것과 적지 않은 차이가 있다.

〈칭찬여래가〉가 부처만을 대상으로 하고 있고 부처가 '공덕' 그 자체임을 보여주고 있음에 반해, 〈칭찬여래송〉은 부처와 보살을 각각 '각제(覺帝)'·'의왕(醫王)'으로 표현한 뒤, '풍화(風化)'라는 칭찬의 이유이자 공덕의 구체적인 내용을 제시하고 있는 것이다. 이를 통해, 최행귀는 균여와 달리 보살의 공덕 또한 중시하고 있으며, 공덕의 효용적인 측면을 강조하고 있음을 엿볼 수 있다.

(5)　迷悟同体叱　　　　　　미혹됨과 깨달음이 한 몸이라는
　　緣起叱理良尋只見根　　연기의 이치에서 찾아보면
　ⓐ佛伊衆生毛叱所只　　　부처와 중생 두루
　　吾衣身不喩仁人音有叱下呂　내 몸 아닌 남 있으리.
　　修叱賜乙隱頓部叱吾衣修叱孫丁　닦으심은 모두 나의 닦을 것인데
　　得賜伊馬落人米无叱昆　얻으신 것마다 남이 없으니
　　於內人衣善陵等沙　　어찌 남의 선근들이라
　　不冬喜好尸置乎理叱過　아니 기뻐함 두오리까.
　　後句　伊羅擬可行等　아아, 이리 여겨 가면
　　嫉妬叱心音至刀來去　질투의 마음 이르러 올까.

---

13) 참고로, 〈참회업장송〉의 제6구와 〈청불주세송〉의 제8구를 보이면 다음과 같다. "온 정성 다할 뿐 어찌 태만하겠는가(罄竭丹誠豈憚懒)." "어찌 온 정성 다해 이 세상에 머물기를 빌지 않으리(盍傾丹懇乞淹延)."

(6)　聖凡眞妄莫相分　성인과 범부, 진심과 망심을 구분하지 말라.
　　　同體元來普法門　부처님의 넓은 가르침 안에서는 원래 한 몸이라네.
　ⓛ　生外本無餘佛義　중생 외에 부처 뜻 본래 없으니
　　　我邊寧有別人論　나와 남이 다르다고 어찌 말할 수 있으리.
　ⓒ　三明積集多功德　삼명(성문·연각·보살)은 많은 공덕을 쌓았고
　　　六趣修成少善根　육취의 중생은 적은 선근을 닦았으나
　　　他造盡皆爲自造　남이 짓는 것 모두 내가 짓는 것이니
　　　摠堪隨喜摠堪尊　모두 따라 기뻐하고 모두들 존경하리.

　인용문 (5)의 〈수희공덕가〉는 7~8행을 제외한 모든 노랫말이 「보현행원품」에 전혀 없는 내용이다. 「보현행원품」의 수희공덕원은 여래·중생·성문·벽지불·보살의 공덕을 "내가 모두 함께 기뻐한다(我皆隨喜)"라는 서술로 일관하고 있는데, 〈수희공덕가〉의 7~8행은 반복되는 이 내용을 요약한 것이다. 그리고 1~6행과 9~10행은 수희공덕원에 없는 수희의 '근거'와 수희의 '결과'를 노래하고 있다.
　〈수희공덕송〉의 경우는, 〈수희공덕가〉의 구성 및 내용을 따르면서도 향가의 '미오(迷悟)'(1행)·'연기(緣起)'(2행)·'질투(嫉妬)'(10행)의 노랫말을 각각 '성범(聖凡)'(1구)·'보법문(普法門)'(2구)·'존(尊)'(8구)의 시어로 교체하고 있다. 또한 수희의 '결과'를 삭제하고, 수희의 구체적인 대상인 ⓒ을 새로 추가하고 있다. 인용문 (6)의 ⓒ은 기존의 논의에서 "세 통찰력을 쌓으매 공덕은 늘어가나/ 여섯 세계가 닦은 대로 이루어지매 선근(善根)은 줄어갑니다."[14] 또는 "세 가지 밝은 지혜 많은 공덕 쌓아서며/ 여섯 갈래 태어남은 닦은 선근 적어서네."[15]라고 번역되었는데, 이들 번역은 사실 오역(誤譯)에 해당한다.

---

14) 최철·안대회 역주, 앞의 책, 69쪽.
15) 김상일, 앞의 논문, 53쪽.

이 경련은 최행귀가 새로 지은 것이 아니라, 수희공덕원의 "저 시방 일체세계의 육취 사생 일체 종류 중생들이 짓는 공덕을 내지 한 티끌이라도 모두 함께 기뻐하며, 시방삼세의 일체 성문과 벽지불인 유학 무학들이 지은 모든 공덕을 내가 함께 기뻐하며, 일체 보살들이 한량없는 난행 고행을 닦아서 무상정등보리를 구하는 넓고 큰 공덕을 내가 모두 기뻐하는 것이다."16)를 시화한 것이다. 그러므로 경련의 '삼명(三明)'·'육취(六趣)'는 '통찰력'·'밝은 지혜'나 '여섯 세계'가 아닌, 각각 수희공덕원의 '성문·벽지불·보살'과 '육취의 일체 중생'을 가리키는 것이라 할 수 있다.

〈수희공덕가〉가 경문의 '여래·중생·성문·보살·벽지불'을 구별 없이 모두 '남'으로 표현하고 있는데 비해, 〈수희공덕송〉은 수희의 대상을 성문·벽지불·보살과 육취 중생이라는 두 부류로 구분한 뒤, 전자에 '많은 공덕'을, 후자에는 '적은 선근'을 연결시키고 있다. 수희의 대상에 '여래의 공덕'은 포함되지 않은 것이다. 이렇듯 〈수희공덕송〉의 경련은 내용 및 표현뿐만 아니라 그 의미 내지 지향에 있어서도 향가와 차이가 있는데, 함련 또한 〈수희공덕가〉와 다른 양상을 보인다.

〈수희공덕가〉는 수희의 근거로 '미오동체(迷悟同體)'라는 '연기(緣起)의 이치'를 제시한 뒤, 인용문 (5)의 ㉠에서 '부처와 중생이 모두 나'라는, 분별을 초월하는 사유를 보여주고 있다. 이에 반해, 〈수희공덕송〉의 함련은 중생 이외에는 '부처의 뜻'이 없다는 전제에서, 나와 남이 다르지 않음을 언급하고 있다. 곧 부처의 입장에서는 나와 남이 모두

---

16) "彼十方一切世界, 六趣四生, 一切種類, 所有功德, 乃至一塵, 我皆隨喜. 十方三世, 一切聲聞, 及辟支佛, 有學無學, 所有功德, 我皆隨喜. 一切菩薩, 所修無量難行苦行, 志求無上正等菩提, 廣大功德, 我皆隨喜." 광덕 옮김·박성배 강의, 『(미국에서 강의한) 화엄경 보현행원품』, 도피안사, 2008, 137~138쪽.

중생일 뿐, 차이가 없다는 것이다. 이렇듯 함련은 나와 남을 포함한 '중생'과 '부처'를 구분하고 있어, 〈수희공덕가〉의 분별 초월의 의식이 약화되어 있음을 알 수 있다.

(7)　彼仍反隱　　　　　　　저 넓은
　　法界惡之叱佛會阿希　　법계의 불회(佛會)에
　　吾焉頓叱進良只　　　　나는 모두 나아가
　　法雨乙乙白乎叱等耶　　법우를 빌 것이라.
　　无明土深以埋多　　　　무명토 깊이 묻어
　　煩惱惱熱留煎將來出未　번뇌열로 볶여 옴에
　　善芽毛冬長乙隱　　　　선아(善芽) 자라지 못한
　　衆生叱田乙潤只沙音也　중생의 밭을 적시기 위함이라.
　　後言 菩提叱菓音烏乙反隱　아아, 보리의 열매 영그는
　　覺月明斤 秋察羅波處也　각월(覺月) 밝은 가을밭이여.

(8) ㉠ 佛陁成道數難陳　부처의 성도하심 헤아리기 어려우나
　　我願皆趨正覺因　내 소원은 오직 정각의 인(因)을 따르는 것.
　　甘露洒消煩惱熱　감로는 번뇌의 열을 식혀주고
　　戒香熏滅罪愆塵　계율의 향내 맡으면 죄와 허물의 먼지 없어지네.
　　陪隨善友瞻慈室　좋은 벗 모시고 자비의 집 우러르며
　　勸請能人轉法輪　능인이 법 바퀴 굴리시기를 권하고 청하네.
　㉡ 雨寶遍沾沙界後　법보의 비가 두루 사바세계를 적신 뒤에
　　更於何處有迷人　다시 또 어느 곳에 미혹된 이가 있겠는가.

위의 인용문 (7)은 〈보현십원가〉의 제6수인 〈청전법륜가〉이고, 인용문 (8)은 〈청전법륜송〉을 옮긴 것이다. 〈청전법륜가〉는 청법(請法)의 대상 및 내용, 청법의 이유, 청법 결과의 세 단락으로 나눌 수 있다. 5~8행은 화자가 1~4행에서 부처께 법우(法雨)를 청한 이유가, 무명과 번뇌로 인해 선근을 기르지 못한 중생 때문임을 노래하고 있다. 9~10

행의 경우는 청법의 결과로 '보리(菩提)의 열매'와 '각월(覺月)'을 제시하고 있는데, 이들 노랫말은 깨달음의 성취 또는 깨달은 경지를 의미한다. 여기서의 '청법'은 부처가 이미 열반한 현실에 있어서는 불도(佛道)를 구하려는 마음, 즉 '발보리심'으로 볼 수 있다. 곧 이 노래는 '남이 바로 나'라는 〈수희공덕가〉와 함께 '발심 자체가 곧 깨달음'이라는 분별 초월의 의식을 드러내고 있다.

〈청전법륜송〉은 번역시라는 것이 무색할 만큼 원가(原歌)와 직접적으로 대응되는 구절이 없고, 시상 전개 또한 '청법의 이유 → 내용 → 대상 → 결과'로 되어 있다. 그리고 인용문의 ㉠에서 보듯, 부처의 성도는 헤아리기 어렵다는 전제 아래, 화자는 청법의 이유가 정각의 '원인'을 따르기 위한 것임을 밝히고 있다.

향가에서 노래했던 "중생의 밭을 적시기 위함"이라는 청법의 이유가, 〈청전법륜송〉에서는 '정각인(正覺因)'을 따르려는 '나의 원'으로 그 지향이 축소된 것이다. 청법의 결과에 있어서도, 향가가 '발심은 곧 깨달음'이라는 역설적인 표현을 통해 '청법' 자체의 필요성 및 중요성을 강조하고 있다면, 〈청전법륜송〉의 ㉡은 부처의 '보우(寶雨)'가 '내린 뒤'에 미혹한 사람이 없을 것이라고 하여, 청법으로 인한 '전법륜(轉法輪)'의 결과를 제시하고 있다.

이상, 〈예경제불송〉~〈청전법륜송〉의 작품들을 중심으로, 한역 양상의 특징적인 국면에 대해 살펴보았다. 이를 통해, 이들 작품은 〈보현십원가〉와 달리, '보살'과 '정성'을 강조하고 있고, 부처와 보살을 위계적으로 파악하고 있으며, 분별 초월의 역설적 표현이 약화 또는 제거되어 있음을 알 수 있다. 이러한 특징들은 다음 장에서 살펴볼 〈상수불학송〉~〈총결무진송〉에서도 확인할 수 있을 것이다. 이제, 〈보현십원송〉에서 배제된 〈보현십원가〉의 내용 및 표현을 살펴볼 차례다.

3. 노랫말의 배제와 〈보현십원송〉의 성격

(9) 我仏体　　　　　　　　　　우리 부처
　皆往焉世呂修將來賜留隱　　모든 지난 세상 닦아 오신
　難行苦行叱願乙　　　　　　난항 고행의 원을
　吾焉頓部叱逐好友伊音叱多　나는 모두 쫓으리다.
　身靡只碎良只塵伊去米　　　몸이 부서져 티끌이 되어 감에
　命乙施好尸歲史中置　　　　목숨을 버리는 사이에도
　<u>然叱皆好尸卜下里</u>　　　　그렇게 함 지니니
　<u>皆仏体置然叱爲賜隱伊留兮</u>　모든 부처도 그러하신 것이로다.
　<u>城上人 佛道向隱心下</u>　　아아, 불도 향한 마음아
　<u>他道不冬斜良只行齊</u>　　다른 길 아니 빗겨 가고자.

(10) 此娑婆界舍那心　이 사바세계의 비로자나 부처님이 발심하여
　不退修來迹可尋　물러남 없이 닦아오던 그 자취를 찾아보니
　皮紙骨毫兼血墨　살가죽 종이에 뼈 붓과 피 먹으로 경전을 쓰시고
　國城宮殿及園林　살던 나라와 궁전과 동산까지 버리셨으며
　菩提樹下成三點　보리수 아래에서 세 번의 깨달음 이룬 뒤
　衆會場中演一音　사부대중 모인 도량에서 일음으로 설법하셨네.
　如上妙因摠隨學　이와 같은 묘한 인연 모두 따라 배워서
　永令身出苦河深　고해 깊이 빠진 이 몸 영원히 건지고자.

　인용문은 〈보현십원가〉의 제8수인 〈상수불학가〉와 그 역시(譯詩)인 〈상수불학송〉이다. (9)의 밑줄 친 부분은 〈상수불학송〉에서 배제된 노랫말을 가리킨다. 밑줄 친 부분을 포함한 〈상수불학가〉의 5~10행은, '수학(隨學)'의 대상 및 내용에 관한 1~4행에 이어, 수학의 방법·이유와 다짐을 노래하고 있다.

　이 작품의 5~8행은 「보현행원품」의 문맥과 차이가 있는데, 화자가 해야 할 '수학'의 방법인 5~6행은 경문에서는 비로자나불이 과거에 실

천한 행위인 것이다. '수학'의 근거 내지 이유로 제시된 8행 또한 경문
은 법계의 모든 부처도 비로자나불과 같은 난행·고행을 겪었다는 서
술로 되어 있다.[17] 곧 〈상수불학가〉는 「보현행원품」과 달리, '수학'의
이유를 설정하고, 그 근거로 "모든 부처도 그러하신 것"임을 제시하고
있는 것이다.

그런데 이 노랫말은 화자가 '수학'을 해야 하는 이유이지만, 한편으
로는 '수학'의 결과로 볼 수 있다. '그러하신 것이로다'는 신명(身命)을
아끼지 않는 '수학'이 비로자나불뿐만 아니라 법계의 모든 부처가 한
일을 가리키면서, 이와 동시에 모든 부처가 '수학'으로 인해 지금의 부
처가 되었음을 암시한다. 이 노래의 '수학'은 '부처가 한 일'이자, '부처
가 되는 일'인 것이다. 그리하여 〈상수불학가〉는 '불도' 즉 부처가 되는
길만을 가겠다는 화자의 다짐으로 끝나고 있다.

〈상수불학송〉은 향가의 이러한 내용들이 모두 배제되어 있고, 비로
자나불의 과거 행적에 초점을 두고 있는 차이를 보인다. 인용문 (10)의
함련·경련은 비로자나불이 과거에 행했던 난행·고행·성도(成道)·전
법(轉法)의 내용으로 되어 있는 것이다. 이들 시구는 향가에 없던 것으
로, 역자는 「보현행원품」의 관련 부분을 거의 그대로 옮기고 있다.[18]
그리고 미련에서 화자는 비로자나불의 '묘인(妙因)'을 따르고 배워 고해
에서 영원히 벗어날 것을 다짐하고 있다. 향가의 '불도 향한 마음'에서,

---

17) "이와 같이 하여 진법계 허공계 시방삼세 일체 불찰의 모든 미진 중에 계시는 일체
부처님께서도 또한 다 이와 같이 하여 염념 중에 내가 다 따라 배우느니라.(如是, 盡法
界, 虛空界, 十方三世, 一切佛刹, 所有塵中, 一切如來, 皆亦如是, 於念念中, 我皆隨
學)" 광덕 옮김·박성배 강의, 앞의 책, 161쪽.
18) 경문의 관련 구절을 제시하면 다음과 같다. "剝皮爲紙, 折骨爲筆, 刺血爲墨, 書寫經
典. …(中略)… 何況王位, 城邑聚落, 宮殿園林, 一切所有 ……(中略)…… 乃至樹下, 成
大菩提 …(中略)… 衆會道場, 處於如是種種衆會, 以圓滿音, 如大雷震, 隨其樂欲, 成熟
衆生."

'고해를 벗어나는 몸'으로 화자의 지향이 달라진 것이다.

이상의 내용을 통해, 〈상수불학송〉은 '부처가 되는 일'과 관련된 내용 및 표현을 배제하고 있음을 알 수 있는데, 〈항순중생송〉 또한 아래의 인용문에서 보듯, '부처'와 관련된 노랫말이 삭제되어 있다.

(11) 覺樹王焉   각수왕(覺樹王)은

    迷火隱乙根中沙音賜焉逸良   미혹함을 뿌리 삼으신 것이라

    大悲叱水留潤良只   대비(大悲)의 물로 젖어서

    不冬萎玉內乎留叱等耶   아니 시드는 것이더라.

    法界居得丘物叱丘物叱   법계 가득 구물구물

    爲乙吾置同生同死   하거늘 나도 동생동사(同生同死)

    念念相續无間斷   생각하는 그 순간마다 중단 없이

    仏体爲尸如敬叱好叱等耶   부처님께 하듯이 공경하리라.

    打心 衆生安爲飛等   아아, 중생 편안하다면

    仏体頓叱喜賜以留也   부처 모두 기뻐하실 것이로다.

(12) 樹王偏向野中榮   보리수왕이 광야에서 무성하게 꽃피운 것은

    欲利千般萬種生   모든 중생을 이롭게 했기 때문.

    花果本爲賢聖體   꽃과 열매는 성인과 현자의 몸이고

    幹根元是俗凡精   줄기와 뿌리는 속인과 범부의 정기라네.

    慈波若洽靈根潤   자비의 물줄기는 영근을 흠뻑 적시는 듯하고

    覺路宜從行業成   깨달음의 길은 행업 따라 이뤄지네.

    恒順遍敎群品悅   항상 따르고 두루 가르치면 모든 중생 기뻐하고

    可知讃佛喜非輕   부처님의 기쁨 적지 않음을 알 수 있으리.

위의 (11)과 (12)는 〈힝순즁싱가〉·〈힝순즁생송〉을 옮긴 것이나. 전자는 수순(隨順)의 이유, 대상 및 방법, 결과의 내용으로 구성되어 있는데, 9~10행에서 '수순'은 부처가 '기뻐할 일'로 제시되어 있다. 후자는 인용문 (11)의 밑줄 친 부분을 모두 삭제하고, 함련과 경련 및 제7구의

내용을 새로 추가하고 있다. 함련은 경문의 '나무의 비유'[19]를 시화한 것이고, 경련은 부처의 자비와 중생의 '행업(行業)'을 '수순'의 전제로 제시하고 있는데, "깨달음의 길은 행업 따라 이뤄지네"라고 하여, 부처의 자비보다 중생 각자의 노력을 강조하고 있다.

그리고 중생을 부처처럼 공경한다는 향가의 주지는, 제7구에서 '항순편교(恒順遍敎)', 즉 부처의 가르침을 항상 따르고 그것을 중생에게 두루 가르친다는 내용으로 수정되어 있다. 최행귀는 '수순'의 의미를 향가의 '동생동사(同生同死)'·'공경'이 아닌, 중생에 대한 '편교(遍敎)'로 해석하고 있는 것이다. 또한 제8구의 "부처님의 기쁨이 적지 않음을 알 수 있으리"를 통해, 이 '편교'는 '항순'과 함께 부처가 '기뻐할 일'로 제시되어 있음을 알 수 있다.

결국, 〈항순중생송〉에서 배제된 노랫말은 〈상수불학송〉과 마찬가지로, 모두 '부처'와 관련된 것이라 하겠는데, 한역되지 않은 노랫말 중 2행과 8행은 중생이 곧 부처라는 명제의 다른 표현이다. 〈항순중생가〉에서 '각수왕(覺樹王)' 즉 '깨달음'과 '미혹함'은 각각 부처와 중생을 의미하고 있으며, 이를 근거로 부처에게 하듯이 중생을 공경해야 한다는 것은 중생이 바로 부처라는 사실에 다름 아니기 때문이다.

> (13) 皆吾衣修孫　　　　　　모든 나의 닦은
> 　　一切善陵頓部叱廻良只　일체 선근(善根)을 모두 돌려
> 　　衆生叱海惡中　　　　　중생의 바다에

---

19) "비유하건대 …(중략)… 생사광야의 보리수왕도 역시 그러하니, 일체 중생으로 나무뿌리를 삼고 여러 불보살로 꽃과 과실을 삼거든 대비의 물로 중생을 이익되게 하면 즉시에 여러 불보살의 지혜의 꽃과 과실이 성숙되느니라.(譬如 …(中略)… 生死曠野, 菩提樹王, 亦復如是. 一切衆生, 而爲樹根, 諸佛菩薩, 而爲華果, 以大悲水, 饒益衆生, 則能成就, 諸佛菩薩智慧華果)" 광덕 옮김·박성배 강의, 앞의 책, 167~168쪽.

迷反群无史悟內去齊　　미혹한 무리 없이 깨닫게 하고자.
仏体叱海等成留焉日尸恨　부처의 바다 이룬 날은
懺爲如乎仁惡寸業置　　참회하던 악업(惡業)도
法性叱宅阿叱寶良　　　법성 집의 보배라.
舊留然叱爲事置耶　　　예로부터 그러한 일이로다.
病吟 礼爲白孫隱仏体刀　아아, 예경하는 부처님도
吾衣身伊波人有叱下呂　나의 몸일 뿐 남 있으리.

(14) 從初至末所成功　처음부터 끝까지 이룬 모든 공덕을
　　　迴與含靈一切中　일체의 중생에게 모두 돌려주리라.
　　　咸覩得安離苦海　저마다 안락 얻어 고해를 떠나려면
　　　摠斯消罪仰眞風　죄를 씻고 참된 가르침을 우러르라.
　　　同時共出煩塵域　같은 때에 번뇌의 세계에서 벗어나서
　　　異體成歸法性宮　만물이 모두 법성궁에 돌아가기를.
　　　我此至心廻向願　나의 이 지극한 회향의 서원은
　　　盡於來際不應終　미래제가 다하도록 그치지 않으리.

위의 〈보개회향가〉는 '회향의 대상 및 목적 → 이유 → 결과'의 내용
전개를 보인다. 인용문 (13)의 밑줄 친 부분 가운데, 5~7행은 내가 지
은 '악업'조차도 참회하여 중생에게 회향한다면 부처를 이루는 바탕이
된다는 내용이다. 그 근거로 제시된 8행의 "예로부터 그러한 일이로다"
는 〈상수불학가〉의 "모든 부처도 그러하신 것이로다"와 표현이 다를
뿐, 같은 의미를 갖는다. 이 노랫말은 화자가 회향해야 하는 이유이자,
부처 또한 회향을 통해 지금의 부처가 되었음을 뜻하고 있는 것이다.
그러므로 결구에서는 다른 사람이 아닌 바로 내가 예경이 대상이 되는
'부처'임을 노래하고 있다.

이렇듯 한역되지 않은 향가의 노랫말이 누구나 부처가 될 수 있음을
나타내고 있음에 반해, 〈보개회향송〉은 죄를 소멸하고 참된 가르침을

따라야 고해를 떠날 수 있음을 말하고 있다. 그리고 미련에서는 회향의 결과가 아닌, "나의 이 지극한 회향의 서원은/ 미래제가 다하도록 그치지 않으리"라고 하여, 화자의 굳은 다짐을 표현하고 있다. 〈보개회향송〉은 〈상수불학송〉처럼 고해에서 벗어나는 것을 목표로 하고 있으며, 〈항순중생송〉과 마찬가지로 개인의 노력을 강조하고 있는 것이다.

한편, 〈보개회향가〉의 결구는 분별 초월의 사유를 드러내고 있는 〈수희공덕가〉·〈청전법륜가〉·〈항순중생가〉와 연결되고 있어 주목된다. '남이 바로 나' '발심이 곧 깨달음' '깨달음의 뿌리는 미혹함'은 해당 행원의 근거이자, '부처는 나의 몸일 뿐'이라는 〈보개회향가〉의 전제가 되기 때문이다. 남이 나이고, 발심과 미혹이 깨달음이라는 역설은 '내가 부처'라는 선언으로 귀결되는 것이다.

여기에서, 〈보현십원송〉이 노랫말의 배제와 앞의 2장에서 지적했던 한역 양상의 특징들을 보이게 된 이유를 짐작할 수 있다. 지금까지 살펴보았듯이, 〈보현십원송〉은 '부처의 일'을 표현한 노랫말과 분별 초월의 역설적 내용을 모두 배제하고 있으며, 새로운 시구를 추가하여 향가에서 드러나지 않던 '보살'을 부각시키고 부처와 보살을 위계적인 관계로 제시하고 있다. 곧 〈보현십원송〉은 최행귀가 번역시임을 표방했음에도 불구하고, '부처의 일' 즉 '성불'을 노래하고 있는 〈보현십원가〉와 큰 차이가 있는 것이다. 그러므로 〈보현십원송〉의 특징적인 국면은 〈보현십원가〉와 다른 주제의식 내지 시적 지향을 드러내고자 한 최행귀의 의도에 기인한 것이라 할 수 있다.

최행귀의 의도 내지 지향은 아래에 인용한 〈총결무진송〉의 밑줄 친 부분에서 직접적으로 나타나 있다.

(15) 生界盡尸等隱　　　　　중생계가 다한다면
　　 吾衣願盡尸日置仁伊而也　나의 원 다할 날 있으리라.
　　 衆生叱邊衣于音毛　　　 중생의 깨움이
　　 際毛冬留願海伊過　　　 끝 모를 원해(願海)이고
　　 此如趣可伊羅行根　　　 이같이 나아가 이렇게 행하면
　　 向乎仁所留善陵道也　　 향한 곳마다 선업의 길이로다.
　　 伊波普賢行願　　　　　 이 뿐 보현행원
　　 又都仏体叱事伊置耶　　 또 모두 부처의 일이도다.
　　 阿耶 普賢叱心音阿于波　아아, 보현의 마음 따라
　　 伊留叱餘音良他事捨齊　이것 밖의 다른 일 버리고자.

(16) 盡衆生界以爲期　중생계가 다할 것을 기약으로 삼았으니
　　 生界無窮志豈移　중생계가 무궁해도 그 뜻 어찌 바꾸리.
　　 師意要驚迷子夢　스님의 뜻은 미혹한 중생 꿈을 깨침에 있고
　　 法歌能代願王詞　법의 노래는 원왕의 말씀을 대신하네.
　　 將除妄境須吟誦　미망(迷妄)의 경계를 없애려면 모름지기 이를 외워야 하고
　　 欲返眞源莫厭疲　참된 근원 돌아가려면 싫증내는 마음 없어야 하네.
　　 相續一心无間斷　한결같은 마음으로 쉼 없이 외운다면
　　 大堪隨學普賢慈　보현보살의 자비심을 따라 배울 수 있으리.

위의 (15)·(16)은 향가와 한역시의 마지막 작품인 〈총결무진가〉·
〈총결무진송〉을 옮긴 것이다. 인용문 (16)의 수련·함련은 각각 향가의
1~2행과 3~4행에 대응되고, 경련·미련은 최행귀가 새로 지은 것이다.
함련의 경우는 직접적인 대응은 아니고, 〈보현십원가〉를 언급하는 과
정에서 향가의 3~4행을 수용한 것이다. 이 한련은 〈보현십원가〉에 대
한 비평 내지 찬사로, 최행귀는 균여의 창작 의도가 중생을 미몽(迷夢)
에서 깨어나게 하는 것이고, 〈보현십원가〉는 「보현행원품」을 대신할
수 있음을 말하고 있다.

  인용문을 통해 〈총결무진가〉의 5~10행은 한역에서 제외되고 있음을 알 수 있는데, 7~8행은 '부처의 일'을 노래하고 있으며, 9~10행에서 화자는 보현보살의 마음을 따라 오직 '부처의 일'만을 추구할 것을 다짐하고 있다. 이들 노랫말은 그 이전의 작품들에서 노래한 보현행원 모두가 '부처의 일'임을 다시 한 번 확인하고 있는 것이다.

  이에 반해, 〈총결무진송〉의 미련은 〈보현십원가〉와 〈보현십원송〉을 '일심(一心)'으로 끊임없이 외워 보현보살의 자비심을 배워야 함을 강조하고 있다. 〈총결무진가〉와 마찬가지로 보현보살을 따를 것을 언급하고 있지만, 향가에서 '보현심(普賢心)'을 따르는 것이 '부처의 일'을 위한 방편인데 비해, 〈총결무진송〉의 '보현자(普賢慈)'는 그 자체가 목적인 것이다.

  결국, 최행귀의 의도 내지 지향은 '보현자'로 표현하고 있는 '보살의 길'에 있다고 하겠는데, 이러한 의도로 인해 앞에서 살펴본 한역 양상의 특징들이 나타난 것이라 할 수 있다. 〈보현십원가〉가 청자들이 모두 부처가 될 수 있고, 또 부처가 되어야 함을 노래하고 있다면, 〈보현십원송〉은 독자들이 보살의 길을 지향해야 하고 이를 위해 끊임없는 노력과 정성이 필요함을 강조하고 있다. 다시 말해, 〈보현십원송〉은 주제의식의 측면에서 〈보현십원가〉와 다른 별개의 작품인 것이다.

  그런데 이러한 주제의식의 차이는 사실, 두 작품의 서문에서 이미 암시하고 있다. 〈보현십원가〉 서문에서 균여는 "이제 쉬 알 수 있는 비근한 일을 바탕으로 생각하기 어려운 심원한 종지(宗旨)를 깨우치게 하고자 열 가지 큰 서원의 글에 의지하여 열한 수의 거친 노래를 지으니, 뭇사람의 눈에 보이기는 몹시 부끄러운 일이나 모든 부처님의 마음에는 부합될 것을 바란다."[20]라고 하였으며, 최행귀는 자신이 번역한 시를 통해 독자들이 "마음에서 마음으로 쉼 없이 외워 먼저 보현보살의 흰 코끼리를 보고, 입에서 입으로 그침 없이 읊어 그 뒤에 용화회(龍華會)에서 미륵보살을 만나기"[21]를 바라고 있기 때문이다. 전자의 '제불(諸佛)의 마음'이, 후자에서는 '보현보살·미륵보살과의 만남'으로 달라지고 있다. 〈보현십원가〉의 '부처의 일'과 〈보현십원송〉의 '보살의 길'은 각각 균여와 최행귀의 이러한 창작 의도 내지 목적을 반영한 것이라 할 수 있다.

4. 맺음말

지금까지 〈보현십원송〉에서 배제된 노랫말과 새로 창작된 시행을 중심으로, 〈보현십원가〉 한역 양상의 특징과 그 성격에 대해 살펴보았다. 논의의 결과를 요약·정리하면 다음과 같다.

〈보현십원송〉은 부처만을 노래하고 있는 〈보현십원가〉와 달리 '보살'을 부각시키고 있으며, '각제·의왕' '성·현' 등과 같이 부처와 보살을 위계적인 관계로 표현하고 있다. 또한 '단충'·'지심' 등의 시어를 통해 고해에서 벗어날 것을 지향하고 있는 동시에, 고해를 벗어나는 것이 그만큼 어려운 일임을 보여주고 있다. 그리고 분별 초월의 역설적 표현 및 '부처의 일'과 관련된 노랫말들을 모두 배제한 뒤, "한결같은 마음으로 쉼 없이 외운다면/ 보현보살의 자비심을 따라 배울 수 있으리"라는 시행으로 작품 전체를 끝맺고 있다.

---

20) "今托易知之近事, 還會難思之遠宗, 依二五大願之文, 課十一荒歌之句, 憩極於衆人之眼, 冀符於諸佛之心." 최철·안대회 역주, 앞의 책, 45쪽.

21) "所冀, …(中略)… 心心續念, 先瞻象駕於普賢, 口口連吟, 後值龍華於慈氏." 같은 책, 65쪽.

그 결과, 〈보현십원송〉은 내용 및 표현뿐만 아니라 주제의식의 측면에서 〈보현십원가〉와 차이를 보인다. 〈보현십원가〉가 청자들이 모두 부처가 될 수 있고 되어야 함을 노래하고 있다면, 〈보현십원송〉은 독자들이 보살의 길을 지향해야 하고 이를 위해 끊임없는 노력과 정성이 필요함을 강조하고 있는 것이다. 주제의식의 측면에서 〈보현십원송〉은 〈보현십원가〉와 다른 별개의 작품이라 할 수 있다.

이상에서 언급한 〈보현십원송〉의 특징적인 국면은 최행귀의 의도에 의한 것으로, 그는 누구나 부처가 될 수 있다는 〈보현십원가〉의 '아즉불(我卽佛)'의 선언에 대해 불만 또는 반감을 가졌던 것이라 여겨진다. 그러나 이와 같은 반감의 배경 내지 이유는 그 해명이 어렵다고 하겠는데, 최행귀의 생애 및 사상을 알려주는 구체적인 기록이 전하지 않기 때문이다.[22] 다만 '학림학사'인 최행귀의 불교·부처에 대한 이해 수준, 또는 당시의 시대적·정치적 상황과의 관련성을 짐작할 수 있을 뿐이다.[23]

22) 최행귀에 관한 기록은 『고려사』 「열전」 '최언위전(崔彦撝傳)'의 다음과 같은 언급이 유일하다. "행귀도 역시 오월국(吳越國)에 유학하였는데 그 나라 왕이 비서랑(秘書郎)으로 임명하였다. 후에 본국에 돌아와서 광종을 섬겨 총애 받는 신하로 되었다가 죄에 걸려 사형을 당하였다.(行歸亦遊吳越國, 其王授秘書郎, 後還本國, 事光宗爲倖臣, 坐死.)"
23) 지방의 군소호족을 제압하여 전제왕권을 이루려고 한 광종의 입장에서, 〈보현십원가〉의 '아즉불(我卽佛)'은 왕권을 위협하는 것으로 받아들일 수도 있다. 그렇다면 지나친 억측일 수 있지만, 당시 광종의 '행신(倖臣)'이자, 평소 균여를 존경하고 있던 최행귀가, 균여에 대한 광종의 오해를 막기 위해, 〈보현십원가〉를 번역하고 '부처의 일'과 관련된 노랫말을 모두 삭제한 것으로 볼 여지가 있다.

『사리영응기』 소재 세종의 '친제신성(親制新聲)' 연구

1. 문제 제기

『사리영응기(舍利靈應記)』는 조선 초기의 문신인 김수온(1410~1481)이 내불당 창건의 과정과 사리 분신의 이적을 기록한 것이다. 이 책은 불당을 조성하라는 세종 30년[1](1448) 7월 19일의 세종의 교지로부터 시작하여, 불당의 준공과 불상의 안치, 그리고 법회에서 사리가 출현하기까지의 일들이 날짜순으로 기록되어 있다. 그 가운데, 11월 20일의 불당 준공일과, 대궐 안에서 재계(齋戒)가 시작된 28일 사이의 기사에는 세종이 지은 신곡, 즉 '친제신성(親制新聲)'의 곡명과 그 악장의 제목이 소개되어 있다.

『사리영응기』에 제시되어 있는 세종의 '친제신성'은 앙홍자지곡(仰

---

1) 사리영응기』의 서두는 "上之三十有一年, 秋七月十九日癸卯"로 시작되는데, 박범훈, 『한국불교음악사연구』, 장경각, 2000, 33쪽에서는, 이 '上之三十有一年'을 1449년으로 파악하여 "세종실록의 기록과 『사리영응기』의 기록에 1년의 차가 있는데 앞으로 좀더 연구해야 할 과제로 생각된다."고 하였다. 그리고 최정여, 「세종조 망비 추선의 주변과 석보 및 찬불가 제작」, 『계명논총』 5, 계명대, 1969, 33쪽에서는 "31년으로 표기한 것은 30년의 오기(誤記)이다."라고 하였다. 이들 연구자는 『사리영응기』가 이루어진 당시의 '上之三十有一年'을 실록의 '세종 31년'으로 본 것이다. 그러나 『사리영응기』는 즉위년을 포함한 것이고, 실록은 즉위년과 원년을 구별한 것이므로, 결국 전자의 '上之三十有一年'은 바로 실록의 세종 30년, 곧 1448년인 것이다.

鴻慈之曲)·발대원지곡(發大願之曲)·융선도지곡(隆善道之曲)·묘인연지곡
(妙因緣之曲)·포법운지곡(布法雲之曲)·연감로지곡(演甘露之曲)·의정혜지
곡(依定慧之曲)의 7곡이다. 그리고 수록된 악장은 총 9편으로, 각 편은
5언 6구의 한시로 되어 있다. 〈귀삼보(歸三寶)〉·〈찬법신(贊法身)〉·〈찬보
신(贊報身)〉·〈찬화신(贊化身)〉·〈찬약사(贊藥師)〉·〈찬미타(贊彌陀)〉·〈찬삼
승(贊三乘)〉·〈찬팔부(贊八部)〉·〈희명자(希冥資)〉 등이 이에 해당한다.[2]
　　세종의 '친제신성'에 대한 이상의 언급만으로도 관심 있는 연구자들
은 다음과 같은 의문들을 떠올릴 수 있을 것이다. 세종은 찬불악장인
〈월인천강지곡〉을 지었음에도 이와 소재 및 제재가 유사한 '친제신성'
을 제작한 이유가 무엇일까? '친제신성'의 한문악장과 국문악장인 〈월
인천강지곡〉의 주제의식 및 시적 지향은 어떤 차이가 있는가? 『악학궤
범』과 『악장가사』에 수록된 〈미타찬〉·〈본사찬〉·〈관음찬〉·〈영산회
상〉·〈능엄찬〉 등의 불교악장과는 어떤 관계가 있는가? 등등의 의문이
그것이다.
　　이러한 질문들은 당연히 제기될 수 있는 것으로, '친제신성'의 문학
적 성격뿐만 아니라, 조선전기 불교시가의 존재양상과 그 의미를 해명
하는데 있어 반드시 검토할 문제라고 할 수 있다. 그러나 연구의 필요
성 및 중요성에도 불구하고 그동안 위에서 지적한 문제들에 관심을 가
진 논의는 없었고, '친제신성'에 대한 분석 또한 시도된 적이 없었다.
국학자인 안확이 '친제신성'의 곡명과 악장의 전문을 소개한 이래,[3]
몇몇 연구자들의 단편적인 논의만이 있어왔을 뿐, 문학사와 음악사 및
관련 개론서에는 언급조차 되어 있지 않은 실정이다.

---

2) 본고에서는 서술의 편의상, 이들 악곡과 악장을 함께 지칭하는 용어로 '세종의 불교악
　　장'과 '친제신성'을 혼용하였음을 미리 밝힌다.
3) 안확, 「조선음악과 불교」, 『불교』 72호, 불교사, 1930.6, 30~31쪽.

　기존의 논의 내용을 구체적으로 소개하면 다음과 같다. 먼저, 권상
로는『사리영웅기』의 서지사항과 간행 경위에 대해 간략하게 살펴본
뒤, '친제신성'의 곡명이 명(明)의 태종이 지은『제불세존여래보살존자
명칭가곡(諸佛世尊如來菩薩尊者名稱歌曲)』중의 일부 곡명과 일치하고 있
음을 지적하였다.[4]

　최정여는 권상로의 논의에서 더 나아가 '친제신성'과 〈월인천강지
곡〉의 관련성을 언급하고 있다. 〈용비어천가〉의 음악명이 취풍형·치
화평·여민락인 것처럼, 앙홍자지곡·발대원지곡 등의 '친제신성' 역시
〈월인천강지곡〉을 노랫말로 하는 음악일 가능성을 주장하였다.[5] 그러
나 그는 "한시악장은 표기하여 주면서 친제신성 7곡을 표기하지 않았
다."[6]라고 하여, '신성 7곡'과 '9악장'을 별개의 존재로 파악하고 있다.
이러한 오류는 김성배의 논의에서도 나타나는데, "세종이 〈월인천강
지곡〉을 편곡한 듯한 신성(新聲) 외에 한찬악장(漢讚樂章)을 9장이나 짓
고 있는 것이다."[7]라는 언급이 그것이다.

　'친제신성'에 관한 잘못된 정보는 근래의 논의에서 보다 심각하게
나타나고 있다. 김명준은『악장가사』소재 〈영산회상〉에 대해 논의하
면서 세종의 '친제신성'에 관해 다음과 같이 설명하고 있다. "세종 31년
에 내불당을 조성하였는데 …(중략)… 세종 자신도 새로운 악곡 6곡과
9장의 악장을 지었다. 9편의 악장은 〈귀삼보〉 …(중략)… 〈찬진자(贊晉
者)〉 등 모두 찬불가이다. 또 세종은 수양대군에게 새로운 악곡과 노랫

---

4) 권상로, 「이소시대 불교제가곡과 명칭가곡의 관계」, 『일광』 7, 중앙불교전문학교교
　　우회, 1936, 38쪽.

5) 최정여, 앞의 논문, 47~48쪽.

6) 최정여, 같은 논문, 48쪽.

7) 김성배, 「이조 불교가요의 전개」, 『한국 불교가요의 연구』, 아세아문화사, 1983, 97쪽.

말을 익히고 연주토록 하였다. 이 공연에 무동 18명이 연화와 작약을 잡고 춤을 춘 것으로 보아 이 때 〈연화대〉 정재를 설행한 것 같다."8)

이 인용문은 '친제신성'에 관한 언급의 전부로, 이 짧은 서술 안에 적지 않은 오류가 눈에 띈다. 곧 내불당은 세종 30년에 조성된 것이고, 세종이 지은 악곡은 7곡이며, 〈찬진자〉란 악장은 존재하지 않는다. 또한 『사리영응기』에 의하면, '친제신성'의 연행에 동원된 무동은 18명이 아닌 10명이고, 이 무동들은 각각 연꽃·모란꽃·작약꽃을 들고 춤을 추었으므로 『악학궤범』 소재의 〈연화대〉 정재와는 다른 별개의 정재인 것이다.

박경주의 논의 또한 김명준과 마찬가지로 기본적인 사실 관계 파악에 오류를 보이고 있다. 곧 "세종 31년 내불당이 이루어졌을 때 …(중략)… 세종이 〈월인천강지곡〉을 편곡한 듯한 노래 6곡과 한문시가 9장을 지었다는 기록이 보이며, 세조도 부왕의 뜻을 이어 불교음악 〈영산회상곡〉을 짓게 하였다. 이 가운데 세종조의 악장은 작품을 찾아볼 수 없으나, 〈영산회상〉은 『악학궤범』에 연행 절차가 나오고 『악장가사』에도 가사가 실려 있다."9)라는 서술이 그것이다. 논자 역시 내불당 건립의 연도와 '신성'의 곡수에서 똑같은 오류를 반복하고 있다. 더구나 현재 『사리영응기』에 전하고 있는 악장 작품에 대해 '찾아볼 수 없다'는 언급까지 하고 있어 문제가 심각하다고 하겠다.

이상의 검토에서 알 수 있듯이, '친제신성'에 관한 선행연구는 곡명·악장명 및 그 편수 등 극히 기본적인 사항에 대해 언급하고 있으며, 기본적인 사항마저도 오류를 보이고 있다. 그 존재가 국문학 연구의

---

8) 김명준, 『악장가사연구』, 다운샘, 2004, 128쪽.
9) 박경주, 「여말 선초 문인층과 승려층의 시가교류 현상에 대한 고찰」, 『고전문학과 교육』 11, 한국고전문학교육학회, 2006, 142쪽.

초창기부터 알려져 왔지만, 본격적인 연구는 아직 시작되지 않은 것이다.

  그러므로 이 글은『사리영응기』소재 세종의 불교악장에 관한 본격적인 연구의 일환으로, '친제신성'의 문학적 성격과 그 시대적 의미에 대해 살펴보고자 한다. 이를 위해, '친제신성'의 음악적 성격을 검토한 뒤, 9편의 악장 작품을 시상 및 내용 전개의 맥락에 따라 서사·본사·결사의 세 부분으로 나누어 분석할 것이다. 그리고 이상의 논의와, 〈월인천강지곡〉과의 비교 고찰을 통해 '친제신성'의 성격과 그 의의에 대해 살펴보도록 하겠다.

2.『사리영응기』와 '신성' 7곡

  『사리영응기』는 세종 30년에 건립된 내불당의 조성 경위와 불당 안에서의 사리 방광(放光) 및 분신에 관해 기록하고 있다. 이 내불당은 세종 15년(1433)에 원묘(原廟)인 문소전(文昭殿)의 이전으로 인해 철폐되었던 것을, 15년이 지난 이 때에 이르러 다시 지은 것이다.

  『사리영응기』에 따르면, 세종은 내불당 조성의 이유에 대해 "일찍이 태종께서 문소전 옆에 불당을 지었는데, 열성의 명복을 빌기 위함이었다. 문소전은 이미 옮겨 짓게 하였으나 불당은 아직 만들지 못했으니, 내가 선왕의 바람을 실추시킬까 두렵다."[10]라고 말하고 있다. 세종 30년 7월 28일에 공사를 시작하여 11월 20일에 완공한 내불당의 규모는 총 26간이고, 불당 건축의 감독은 안평대군이, 불당의 단청은 금성대군과 창의군이 주관하였다. 세종 30년의 중건 이후 내불당은 성

---

10) "太宗嘗建佛堂於文昭殿之側, 所以追冥福於列聖者也. 文昭殿今旣徙建, 而佛堂未營,
    子恐墜先王之願."

종 1년(1470)에 장의동으로 이전하였고, 그 후 중종 12년(1517)에 철폐되었다.[11]

『사리영응기』는 세종 31년(1449)에 1권 1책 24장의 목활자본으로 간행되었는데,[12] 김수온의 문집인『식우집』권2에도 실려 있다. 이 책은 불당·불상·「삼불예참문(三佛禮懺文)」·신성(新聲)의 제작, 불당 낙성식의 제반 사항, 사리 분신의 이적, 찬자의 논평 및 4언 46구의 한시, 법회에 참석한 261명의 명단 등으로 구성되어 있다. 단행본과『식우집』소재「사리영응기」는 대체로 그 내용 및 구성이 같지만, 후자에는 전자의 협주에 수록된 내용들이 없는 차이점이 있다. 곧 단행본의 불상 점안식·불당 낙성식, 악장 9편의 제목,「삼불예참문」등의 항목에는 협주로 각각 그 소문(疏文)과 노랫말, 그리고 본문이 실려 있는 것이다.

(1) 처음에 태조강헌대왕께서 황금으로 삼신여래을 만들다가 미처 이루지 못하고 돌아가셨다. 이 때에 이르러 주상께서 행첨내시부사 한홍, 행판내시부사 전균견, 행사직 김남흡, 행부사 강승, 좌부승직 최읍, 행내시부 알자 김결 등에게 솜씨가 좋은 대장장이를 데리고 (태조의) 유제(遺制)를 이어 만들 것과, 약사·미타상 및 보살·나한상을 만들 것을 명하고, 안평대군과 임영대군이 이 일을 통솔하게 하였다. (또) 주상께서 대자암 주지 신미와 김수온에게 명하여「삼불예참문」을 짓게 하고, 또 친히 신성을 지으셨는데, 앙홍자지곡·발대원지곡·융선도지곡·묘인연지곡·포법운

---

11) 이기운,「조선시대 내원당의 설치와 철폐」,『한국불교학』29, 한국불교학회, 2001, 263쪽.

12)『사리영응기』에는 서발(序跋)이나 간기가 없고 다만 말미에 '수병조정랑 신김수온 근기(守兵曹正郞臣金守溫謹記)'라는 기록이 있다. 그러므로 그 정확한 간행연대를 알 수 없는데,『세종실록』에 의하면 세종 31년 2월 25일의 기사에 김수온이 병조정랑지제교(兵曹正郞知製敎)에 임명된 것으로 되어 있으므로,『사리영응기』는 세종 31년 곧 1449년 2월 이후에 간행된 것으로 보인다. 이정주,「세종 31년(1449) 刊『사리영응기』소재 정근입장인 분석」,『고문서연구』31, 한국고문서학회, 2007, 134쪽 참고.

지곡·연감로지곡·의정혜지곡이 그것이다. 그 악장은 곧 아홉이 있으니, 귀삼보·찬법신·찬보신·찬화신·찬약사·찬미타·찬삼승·찬팔부·희명자라고 하였다.13)

위의 (1)은 ‘친제신성’의 악곡명과 악장명을 소개하고 있는 부분이다. 인용문을 통해 ‘친제신성’은 내불당에 안치하기 위해 주조된 불상 및 보살·나한상과 직접적인 관련이 있음을 알 수 있다. 곧 〈찬법신〉·〈찬보신〉·〈찬화신〉은 삼신여래를, 〈찬약사〉·〈찬미타〉·〈찬삼승〉은 각각 약사불·미타불과 보살·나한을 찬송한 것이기 때문이다. 인용문에는 없지만, 〈찬팔부〉의 존재를 통해 이들 불보살상과 함께 팔부신중상 또한 조성되었음을 짐작할 수 있다.

그런데 인용문에서 제시하고 있는 ‘신성’ 7곡과 ‘악장’ 9편은 일대일로 대응되지 않고 있어, 어떤 악장을 어떤 악곡으로 불렀는지 쉽게 알 수 없는 형편이다. 앞에서 살펴보았듯이, 기존의 논의는 ‘악장’을 ‘신성’의 노랫말이 아닌 별개의 것으로 간주했거나, 아니면 그 구체적인 대응관계를 밝히지 못하였다. 그렇지만 그 가능성은 추정할 수 있다. 불교의 교리에 있어 법신·보신·화신의 삼신은 부처의 몸을 그 성격상 셋으로 나눈 것으로, 본질적으로는 석가모니의 일신(一身)에 귀결되기 때문이다. 곧 〈찬법신〉·〈찬보신〉·〈찬화신〉의 3편은 한 악곡에 얹어 불려졌을 가능성이 있는 것이다.

<hr>

13) “初, 太祖康獻大王, 以黃金鑄三身如來, 未就而賓天. 至是, 上命, 行僉內侍府事 臣韓洪, 同判內侍府事 臣田畇堅, 行司直 臣金南洽, 行副司直 臣義升, 左副承直 臣崔湜, 行內侍府謁者 臣金潔, 率巧冶, 踵成遺制. 兼造藥師彌陀及菩薩羅漢像, 珞·臨瀛大君臣璆, 領之. 命大慈庵住持臣信眉及臣守溫, 撰三佛禮懺文. 又親制新聲, 仰鴻慈之曲, 發大願之曲, 隆善道之曲, 妙因緣之曲, 布法雲之曲, 演甘露之曲, 依定慧之曲. 其樂章則有九, 曰歸三寶, 曰贊法身, 曰贊報身, 曰贊化身, 曰贊藥師, 曰贊彌陀, 曰贊三乘, 曰贊八部, 曰希冥資.”

여기에서, 이 3편의 악장을 한 곡으로 보고 '친제신성'의 곡명과 악장명을 순서대로 대응시키면 다음과 같다. "앙홍자지곡-〈귀삼보〉, 발대원지곡-〈찬법신〉·〈찬보신〉·〈찬화신〉, 융선도지곡-〈찬약사〉, 묘인연지곡-〈찬미타〉, 포법운지곡-〈찬삼승〉, 연감로지곡-〈찬팔부〉, 의정혜지곡-〈희명자〉." 이러한 대응은 이를 뒷받침하는 구체적인 자료가 없어 확실하다고 말할 수는 없다. 그러나 앙홍자지곡·발대원지곡·의정혜지곡 등의 곡명이 해당 악장의 내용과 관련성을 보이고 있다는 점에서, 그 가능성은 적지 않다고 여겨진다.

한편, 아래의 인용문을 통해, 비록 제한적이지만 '친제신성'의 연행 양상 내지 음악적 쓰임새를 엿볼 수 있다.

> (2) 12월 3일 새벽에 수양대군이 안노홍·정효강·김남흡·임동·최읍 및 김수온 등을 거느리고 대궐 안에서 불상을 맞이하였다. 주상께서 효령대군 보와 임영대군·금성대군·영응대군·광덕대부 안맹담에게 불상을 모시고 (새로운 불당으로) 갈 것을 명하였다. 불상이 교태전에서 정원을 지나 현무문을 나가서 절을 향하니, **김윤산과 황귀존이 악사들을 데리고 현무문 밖에 서서 불상을 기다리고 있다가, 신악을 연주하면서 (일행을) 선도하였다.** 안평대군과 비구들은 정분·민신·박연·최습·이사철·이귀균·권환·변대해·이명민·성임 등과 함께 꽃·향·당·번을 차려놓고 법라를 불고 법고를 치며 크게 범패를 부르면서 절 뒤의 고개마루에서 (불상을) 맞이하였다. 근시들이 친히 (불상을) 모시고 감에 대중들이 모두 감읍하였고, 서울의 사녀들은 앞다투어 나와 (불상을) 우러러 보며 머리를 조아리고 예배하였다. 곧 불상을 새로운 불전에 안치하였다.14)

---

14) "三日乙卯曉, 珤率洪·孝康·堅·南洽·童·浥及臣守溫, 迎佛于闕, 上命孝寧大君臣補·璆·瑜·永膺大君臣琰, 光德大夫 臣安孟聃, 侍佛而往. 佛像自交泰殿由園中, 出玄武門向寺. 童與允山·貴存率伶人, 立玄武門外望佛, 奏新樂先導, 珤與比丘等, 及笨·伸·壊·濕·思哲·昀·懽·大海·命敏·任等, 以花香幢幡, 吹法螺擊法鼓, 大作梵唄, 迎于寺後

(3) 불당이 이룩되니, 경찬회를 베풀고 5일 만에 파하였다. …(중략)…
경찬회를 베풀자, 도승지 이사철에게 명하여 기일 전에 그곳에서 치재(致
齋)하고 모든 일을 통찰(統察)하게 하며, …(중략)… **신곡을 지어 관현에
올리고, 악기를 모두 새로 만들어서 공인 50명과 무동 10명으로 미리 연습
시켜서 부처에게 공양하여, 음성공양이라고 일렀으니, 종·경·범패·사
죽의 소리가 대궐 안까지 들렸다.** 정분·민신·이사철·박연·김수온 등이
여러 중들과 섞이어 뛰고 돌면서 밤낮을 쉬지 아니하니, 땀이 나서 몸이
젖어도 피곤한 빛이 조금도 없었다.15)

　인용문 (2)는『사리영응기』, (3)은『세종실록』의 관련 기록을 옮긴
것이다. 먼저, (2)는 새로 만든 불상을 내불당으로 옮기는 과정을 서술하
고 있다. 밑줄 친 부분을 통해 '신성'은 바로 이 과정에서 효령대군·
임영대군·금성대군 등 불상이운(佛像移運)의 일행을 선도하는 음악으
로 연주되고 있음을 알 수 있다. 인용문 (3)의 밑줄 친 부분은『사리영
응기』에 없는 내용으로, 내불당의 경찬회에서 '신성'이 연주되었음을
보여준다.
　이 두 기록 외에는 '친제신성'의 연행 사실을 알 수 없는데,『세종실
록』31년 12월 3일조의 다음 기사는 주목을 요한다. 곧 "세자의 병이
나았으므로, 보사제(報祀祭)를 종묘와 사직에 행하고, 또 보공재(報功齋)
를 불당과 흥천사에서 베풀되, 향악을 연주하여 받들게 하였다."16)라

嶺上. 親近侍行, 衆皆感泣, 都人士女, 奔波瞻望, 稽首禮拜, 乃安佛像于新殿."
15)『세종실록』권122, 30년(1448) 12월 5일. "佛堂成, 設慶讚會, 凡五日而罷. …(中略)…
　　及作會, 命都承旨李思哲, 先期致齋于其所, 統察諸事. …(中略)… 爲製新曲, 被之管弦,
　　樂器皆令新造, 以工人五十, 舞童十人預習之, 用以供佛, 謂之音聲供養, 鍾磬梵唄絲
　　竹, 聲聞大內, 某·伸·思哲·朴堧·金守溫雜於群僧, 踊躍周匝, 不徹晝夜, 汗出渾身,
　　略無倦色."
16)『세종실록』권126, 31년 12월 3일. "以世子疾愈, 行報祀, 祭宗廟社稷. 又設報功齋于
　　佛堂及興天寺, 奏鄉樂以供之."

는 기사가 그것이다. 여기서의 '불당'은 세종 30년에 중건된 내불당을 가리키므로, 내불당에서 연주했다는 '향악'은 '친제신성'일 가능성이 큰 것이다. 또한 31년 1월 18일의 기사에는 "경찬회를 불당에서 거듭 베풀고 4일 만에 파하였다."[17]라고 되어 있다. '향악' 또는 '음악'을 연주했다는 언급은 없지만, 내불당에서 경찬회를 베풀었다는 점에서 '친제신성'이 연행되었을 가능성이 있는 것이다.

이 외에도, 『세종실록』과 『세조실록』의 여러 곳에는 내불당에서 약사재(藥師齋)[18]·보공재[19]·간경회(看經會)[20]·기도회[21] 등이 열렸다는 기사가 보이고 있다. 이들 기사 역시 음악이 연주되었다는 언급은 없지만, 의식 내지 법회의 성격상 음악이 연주되었을 것이고, 그럴 경우 범패 외에 '친제신성'이 연주되었을 가능성이 있다고 하겠다. 그렇다면, '친제신성'은 불상이운과 경찬회뿐만 아니라, 내불당에서 열리는 각종 의식 내지 법회에서의 연행을 전제로 하여 제작된 것으로 볼 수 있다.

> (4) (그리고 주상이) 행상호군 박연, 행우부승직 임동, 전악 김윤산·황귀존, 행내시부급사 안충언에게 명하여 영인을 이끌고 (신성을) 익히게 하였으며, 수양대군 유가 새로운 악보를 받들고 통솔하였다. <u>(신성은) 악공 45인, 죽간자 2인, 가창자 10인, 꽃을 든 무동 10인으로 구성되었는데, 무동들은 각각 청연화·황연화·홍연화·백연화·황모란·홍모란·백모란·황작약·홍작약·백작약을 들고 있었다.</u>[22]

---

17) 『세종실록』 권123, 31년 1월 18일. "重設慶讚于佛堂, 四日而罷."
18) 『세종실록』 권126, 31년 11월 1일.
19) 『세종실록』 권127, 32년 윤1월 5일.
20) 『세조실록』 권16, 5년 4월 8일.
21) 『세조실록』 권33, 10년 4월 15일.

(5) 정동발(正銅鈸) 1인(人), 소동경(小銅磬) 2인, 철박판(鐵拍板) 1인, 특종(特鐘) 1인, 편종(編鐘) 1인, 방향(方響) 1인, 소편종(小編鐘) 2인, 특경(特磬) 1인, 편경(編磬) 1인, 현금(玄琴) 1인, 가야금(伽倻琴) 1인, 당비파(唐琵琶) 2인, 월금(月琴) 2인, 비파(琵琶) 2인, 알쟁(軋箏) 1인, 해금(奚琴) 2인, 대적(大笛) 2인, 필률(觱篥) 4인, 중적(中笛) 2인, 소적(小笛) 2인, 통소(洞簫) 2인, 우(竽) 1인, 생(笙) 1인, 화(和) 1인, 훈(壎) 1인, 대고(大鼓) 1인, 소고(小鼓) 1인, 장고(杖鼓) 4인, 대박판(大拍板) 1인.

위의 (4)는 앞의 인용문 (1)에 이어지는 부분이고, 인용문 (5)는 (4)의 '악공 45인'에 대한 협주 내용을 옮긴 것이다. 인용문 (5)에서 세종은 영인(伶人)들에게 '신성'을 교습시킬 것을 명하고 있으며, 수양대군이 이 신성 교습의 책임을 맡고 있다. '봉신보(奉新譜)'라는 표현을 통해, '친제신성'의 악보가 내불당 완공 이전에 이미 완성되었음을 알 수 있다. 그리고 밑줄 친 부분은 '신성'의 음악적 성격을 보여준다고 하겠는데, 세종의 '친제신성'은 죽간자 2인, 악공 45인, 가창자 10인, 무동 10인 등 총 67인으로 구성된 성대한 규모의 정재인 것이다.

인용문을 보면 10인의 무동들이 연꽃·모란꽃·작약꽃을 들고 춤을 춘다고 되어 있는데, 모란꽃과 작약꽃은 『악학궤범』에 수록된 여타의 정재에서 볼 수 없는 것이다. 그런데 『진언권공·삼단시식문언해』의 〈갈화(喝花)〉는 모란·작약·연화를 차례대로 제시하고 있으며,23) 현행

---

22) "命行上護軍 臣朴堧, 行右副承直 臣林童, 典樂 臣金允山·臣黃貴存, 行內侍府給事 臣安忠彦, 率伶人隷焉. 首陽大君臣琛**奉新譜**領之. 執樂器者四十五人, 執竹竽子二人, 歌者十人, 童子執花而舞者十人, 一執靑蓮花, 一執黃蓮花, 一執紅蓮花, 一執白蓮花, 一執黃牧丹, 一執紅牧丹, 一執白牧丹, 一執黃芍藥, 一執紅芍藥, 一執白芍藥."

23) "牧丹花王은 微妙혼 香을 머구멧고(牧丹花王含妙香)/ 芍藥 金 여의는 體ㅣ 옷곳호도다(芍藥金蘂體芬芳)/ 菡萏 紅蓮이 더러움 조호미 同호니(菡萏紅蓮同染淨)/ 또 黃菊을

의 영산재는 삼보 앞에 모란·작약·연화를 공양하는 의식을 포함하고 있다.[24] 이러한 점들은 '친제신성' 정재의 무동춤이 불교의례와 일정 정도 관련이 있음을 짐작하게 한다.

인용문 (5)의 경우는, '신성'을 연주하는 악기의 종류와 그 수효를 제시하고 있다. '신성'의 악기 편성을 『악학궤범』의 악기 분류[25]에 의해 살펴보면, 현금·가야금·향비파 등의 향악기, 방향·아쟁·해금·퉁소 등의 당악기, 특종·편종·특경·우·화·훈 등의 아악기가 고루 배치되어 있음을 알 수 있다. 이러한 악기 구성은 월금·당비파의 당악기와 향비파·향피리·대금·장고의 향악기로만 되어 있는 〈봉래의〉와 차이가 있고, 세종의 또 다른 신악인 〈보태평〉·〈정대업〉의 악기 편성과 유사한 것이다.[26]

〈보태평〉·〈정대업〉은 세종 당시에는 연향에 쓰였으므로 주로 향악기와 당악기로 연주되었지만, 세조 10년(1464) 제례악으로 연주되기 시작하면서, 아악기가 많이 첨가되었다. 이는 사직·문묘·선농·선잠 등의 제례에 아악을 연주하였고, 종묘에도 1463년까지는 아악을 연주하였으므로, 제례에 아악기가 포함되어야 격에 맞는다는 관념이 작용한 것이다.[27]

내야 서리 後에 싁싁ᄒ도다.(更生黃菊霜後新)" 김정수 역주, 『(역주) 진언권공·삼단시식문언해』, 세종대왕기념사업회, 2008, 30~31쪽.

24) 심상현, 『영산재』, 국립문화재연구소, 2003, 37~38쪽.

25) 이혜구 역주, 앞의 책, 357~474쪽.

26) 〈보태평〉·〈정대업〉이 종묘제례에서 연주될 때의 악기 편성을 『악학궤범』 권2의 「오례의종묘영녕전등가(五禮儀宗廟永寧殿登歌)」에서 옮겨오면 다음과 같다. "현금·가야금·향비파·대금(이상 향악기), 대쟁·아쟁·당비파·당적·퉁소·당피리·박·월금·해금(이상 당악기), 특종·특경·편종·편경·축·어·생·우·화·훈·지·절고(이상 아악기)." 이혜구 역주, 앞의 책, 110쪽.

27) 김종수, 「『악학궤범』 악기분류의 음악사학적 고찰」, 『동방학』 16, 한서대 동양고전연구소, 2009, 392쪽.

이러한 사실을 고려하면, '신성'의 악기 편성에 다수의 아악기가 포함된 점은 '신성'이 비록 제례악은 아니지만 그에 준하는 성격을 띠고 있음을 암시한다. 곧 열성의 명복을 빌기 위해 조성된 내불당에서 연주되는 것이므로, 열성을 제사지내는 제례악만큼의 격을 갖춰야 한다는 세종의 의도에 의해 아악기가 포함된 것이라 할 수 있다.

'친제신성'의 악기 구성에 있어 또 다른 특징으로는, 『악학궤범』의 악기 분류에 전혀 없는 동발(銅鈸)이 들어 있는 점이다. 동발은 제금이라고도 부르는데, 무속음악이나 불교의식음악에 사용되는 타악기이다. 굿 또는 불교의례에 사용되는 동발이 '신성'에서처럼 아악기와 함께 편성되어 있는 점은 그 사례를 찾아보기 힘든 것이다. 〈학연화대처용무합설〉에도 동발이 포함되어 있지만, 이 정재는 향악기와 당악기만으로 구성되어 있기 때문이다. 이렇듯 악기 편성에 동발이 포함되어 있는 점은 정재의 무동춤과 함께, 세종의 '친제신성'이 악장의 내용뿐만 아니라 음악적 측면에 있어서도 불교 내지 불교의례와 관련이 있음을 보여주는 것이라 하겠다.

3. 악장의 구조와 주제의식

(6) 常住十方界　　　　항상 시방세계에 계시고
　　無邊勝功德　　　　뛰어난 공덕은 끝이 없어라.
　　大捨大慈悲　　　　크나 큰 베풂과 자비로
　　廣爲衆生益　　　　널리 중생을 이익 되게 하시네.
　　歸依志心禮　　　　삼보에 귀의하여 일심으로 절하오니
　　消我顚倒業　　　　우리의 전도된 업장을 소멸해 주소서.

인용문 (6)은 '신성'의 첫 번째 악장인 〈귀삼보〉이다. 이 작품은 불·
법·승 삼보의 공덕과 삼보에 대한 화자의 바람을 노래하고 있다. '신
성'의 해당 악곡명인 '앙홍자지곡'에 걸맞은 내용이라 할 수 있겠는데,
1~4행은 삼보의 공덕으로 '무변승공덕'과 '중생익'을 제시하고 있다.
전자가 포괄적이라면 후자는 보다 구체적이라 할 수 있다. 그리고 5~6
행은 '지심례'라는 귀의의 자세와 '전도업'의 소멸이라는 화자의 기원
으로 되어 있다.

그런데, 삼보의 공덕으로 제시된 2행의 '무변승공덕'과 4행의 '중생
익'은 '친제신성'의 다른 악장에서도 공통적으로 보이는 것이다. 곧
〈찬법신〉~〈찬팔부〉는 중생들에게 이익을 주는 해당 불·보살의 뛰어
난 공덕을 노래하고 있다. 또한 삼보에 귀의하는 화자의 자세는 다른
작품들에도 해당된다고 할 수 있고, '전도된 업장'의 소멸은 청자(독자)
들에 대한 화자의 요구로 볼 여지가 있다. 9편 악장의 내용적 맥락과
마지막 악장인 〈희명자〉에도 화자의 기원이 있다는 점을 고려하면, 전
도된 업장을 소멸시켜 달라는 화자의 바람은, 이 작품 이후 노래되는
부처·삼승·팔부와 그 공덕에 대해, 청자들이 어떤 선입견과 왜곡 없
이 있는 그대로 받아들여야 한다는 전제 내지 당부로 읽혀질 수 있기
때문이다.[28)]

이상의 내용을 통해, 〈귀삼보〉는 그 자체로 독립적인 개별 악장이
지만, '신성' 전체에 있어서는 서사(序詞)의 성격을 띠고 있음을 알 수
있다. 여기에서, '신성' 7곡의 악장은 각 편이 독립된 작품이면서, 동시
에 하나의 작품으로 볼 수 있다는 특징을 지적할 수 있다. 이러한 특징

---

28) 참고로, 〈월인천강지곡〉의 결사인 其583은 "가시다 호리잇가 눈 알픽 ᄀ독거시ᄂᆞᆯ 顚
倒衆生이 몯 보ᅀᆞ 볼니"로 되어 있는데, 여기에서 화자는 전도된 중생들이 모를 뿐이지
부처는 항상 우리 눈앞에 존재하고 있음을 노래하고 있다.

은 〈희명자〉의 작품 분석을 통해서도 확인할 수 있을 것이다.

(7) 眞如妙法界　　진여의 오묘한 법계는
　　凝然常湛寂　　있는 그대로 항상 맑고 고요하네.
　　圓明不動地　　뚜렷이 밝고 움직임 없는 마음 바탕에
　　具此眞實德　　진실한 덕이 갖춰져 있네.
　　無等最上尊　　비할 바 없는 최상의 존귀함이여
　　淸淨無染著　　청정하여 물듦이 없도다.

(8) 恒受法樂慶　　법락의 기쁨 항상 누리시고
　　莊嚴相圓滿　　장엄한 상호는 원만하시네.
　　重重純淨土　　겹겹이 펼쳐진 청정한 정토에서
　　十地爲主伴　　10지의 보살과 함께 계시네.
　　平等轉法輪　　법륜을 평등하게 굴리시어
　　決衆疑網斷　　모든 의심의 그물 틀림없이 끊으시네.

(9) 理智本無碍　　진리와 지혜는 본래 걸림이 없어
　　變沒恒沙國　　수많은 국토에 나타나고 숨으시네.
　　隨順勝起劣　　중생을 따라 열등한 몸을 일으키어
　　分形千百億　　천백억의 몸으로 나누어 나타나시네.
　　說法逗機宜　　중생의 근기에 맞춰 설법하시니
　　漸頓分權實　　점교와 돈교로 방편과 실상을 나누시네.

　인용문은 삼신불을 노래하고 있는 〈찬법신〉·〈찬보신〉·〈찬화신〉을 차례대로 옮긴 것이다. 법신은 영원불멸한 만유의 본체인 법에 인격적 의의를 지닌 신(身)을 붙여 일컫은 '이치로서의 부처[理佛]'이다. 그리고 보신은 보살위의 수행으로 얻어진 불신이 세속에 대한 진리의 표현으로 드러난 '형상을 지닌 부처[形佛]'를, 화신은 부처가 중생을 교화함에 있어 중생의 근기에 맞게 몸을 드러낸 '변화한 부처[化佛]'를 의미한다.29) 이러한 정의대로 이들 작품은 각각 이불·형불·화불로서의 부처와 그 공덕을 예찬하고 있다.

인용문을 통해 〈찬법신〉은 〈찬보신〉·〈찬화신〉과 달리, 법신의 성격만을 노래하고 있음을 알 수 있다. 이 작품의 1·3·5행인 "진여묘법계"·"원명부동지"·"무등최상존"은 법신 자체를 가리키고, 2·4·6행은 법신의 특질 내지 성격으로 '담적'·'진실덕'·'청정'을 제시하고 있는 것이다. 부처의 '중생익(衆生益)'은 〈찬보신〉과 〈찬화신〉에서 제시하고 있는데, 이들 작품의 5~6행이 이에 해당한다.

〈찬보신〉은 보신불이 원만한 상호를 갖추고 법락의 기쁨을 항상 누리고 있다고 전제한 뒤, 중중무진(重重無盡)의 정토에서 10지(地)의 경지에 오른 보살들과 함께 있음을 노래하고 있다. 보신불의 공덕으로는 '전법륜(轉法輪)'과 '결단의망(決斷疑網)'을 제시하고 있다. 〈찬화신〉의 경우는, 화신불이 천백억의 몸으로 수많은 국토에 나타나고 있음을 1~4행에서 묘사하고 있으며, 5~6행은 '점·돈의 설법'이라는 화신의 공덕을 노래하고 있다.

(10) 過此十殑伽　　　이곳에서 10궁가사의 불국토를 지나면
　　瑠璃世界淨　　　유리광세계의 정토라.
　　有佛瑠璃光　　　유리광 부처님이 계시니
　　與藥除疾病　　　약을 주어 질병을 없애주시네.
　　利樂諸有情　　　모든 중생을 이롭고 즐겁게 하시며
　　菩提到究竟　　　끝내는 깨달음으로 성불하게 하시네.

(11) 西方大導師　　　서방세계의 대도사로
　　拔苦能與樂　　　괴로움을 없애고 즐거움을 주시네.

---

29) 김월운 역, 〈석가여래행적송〉, 동문선, 2004, 16쪽 참고.

其國號安養	그 국토의 이름은 안양이니
衆寶所嚴飾	온갖 보배로 장식된 곳이네.
誓願度含靈	중생 제도를 서원하시어
九品盡提攝	9품의 중생들을 모두 맞아들여 교화하시네.

인용문 (10)은 〈찬약사〉, 인용문 (11)은 〈찬미타〉이다. 앞에서 살펴본 〈찬법신〉~〈찬화신〉과 마찬가지로, 이들 작품에는 제목이자 찬송의 대상인 '약사불'·'미타불'의 어휘가 보이지 않는다. 대신 〈찬약사〉는 '유리광', 〈찬미타〉는 '서방대도사'로 표현하고 있다. 이렇듯 작품의 본문에, 제목에 해당하는 찬송의 대상이 시어로 제시되어 있지 않은 점은 뒤에서 살펴볼 〈찬삼승〉·〈찬팔부〉에도 보이는, '친제신성'의 또 다른 특징으로 지적할 수 있다.

〈찬약사〉와 〈찬미타〉는 모두 세 단락으로 구성되어 있다. 먼저 〈찬약사〉의 첫째 단락은 약사불이 머무르고 있는 정토인 동방 유리광세계를 소개하고 있다. 1행의 '긍가'는 '긍가사하(兢伽河沙)' 즉 '항하사(恒河沙)'의 준말로, 인도 항하강의 모래알처럼 셀 수 없이 많은 수량을 의미한다. '10긍가'는 그만큼 매우 먼 거리를 말하는 것이다. 둘째 단락은 약을 주어 질병을 없애준다는 약사불의 공덕을 노래하고 있으며, 셋째 단락에서는 보다 구체적으로 '이락(利樂)'과, '구경(究竟)' 즉 '성불'의 공덕을 제시하고 있다.

『약사경』은 크게 약사불의 본원(本願)인 12대원(大願)과 약사불의 '병고구제(病苦救濟)'의 내용으로 되어 있다. 경전과 이 경전을 근거로 하고 있는 약사신앙은, 모든 중생의 '보리 증득(證得)'을 서원하고 있는 전자보다, 질병의 제거와 관련된 후자를 강조하고 있다.[30] 〈찬약사〉

---

30) 김기종, 『월인천강지곡의 저경과 문학적 성격』, 보고사, 2010, 59쪽.

4행의 "여약제질병"은 『약사경』의 '병고 구제', 6행의 "보리도구경"은 12대원과 연결되는데, 인용문에서 알 수 있듯이 이 작품은 6행에 보다 강조점을 두고 있다.

〈찬미타〉의 경우는, 첫째 단락에서 미타불의 공덕을 '발고여락(拔苦與樂)'이라고 하여 포괄적으로 제시한 뒤, 둘째 단락은 미타불의 주처(住處)인 안양, 즉 극락에 대해 묘사하고 있다. 셋째 단락은 구품의 중생들을 교화하는 미타불의 구체적인 공덕을 노래하고 있다. '구품'은 극락에 왕생할 수 있는 중생의 등급을 9가지로 나눈 것으로,31) 9품 중생은 모든 중생을 가리킨다. 이 작품 역시 5~6행의 결구를 통해 미타불이 모든 중생을 맞아들여 교화하는 측면에 초점을 두고 있음을 알 수 있다. 곧 이 두 작품에서 화자는 '중생익(衆生益)'의 핵심을 질병치료·극락왕생이 아닌, '도구경(到究竟)'·'제섭(提攝)'의 중생교화와 중생제도로 파악하고 있는 것이다.

(12) 勤修廣大行	넓고 큰 수행에 부지런히 힘써
普濟四生域	모든 중생세계를 두루 제도하시네.
諦觀無明源	무명의 근원을 밝혀보시고
獨脫樂寂滅	홀로 해탈하여 적멸을 즐기시네.
留形受佛勅	부처님의 말씀으로 몸을 머무르시니
應供人天福	사람과 하늘에게 공양 받는 복을 누리시네.
(13) 權乘發弘願	자신의 근기 따라 큰 서원을 내시어
威德難思議	위엄과 덕망을 헤아릴 수가 없네.
當於佛世時	부처님이 세상에 계실 때에는
滅惡興善事	악을 없애고 선을 일으켰네.

---

31) 상상품·상중품·상하품·중상품·중중품·중하품·하상품·하중품·하하품이 이에 해당한다.

護佑正法輪　　　정법의 수레바퀴를 보호하고 도와
流轉於像季　　　상법과 말법시대까지 끊임없이 굴리시네.

　위의 (12)는 삼승의 공덕에 관한 노래인 〈찬삼승〉이다. 이 작품은
지금까지 살펴본 악장들과 달리, 노래의 단락마다 찬송의 대상이 다르
다는 특징을 보인다. 삼승은 성문(聲聞)·연각(緣覺)·보살을 가리키는
데, 〈찬삼승〉의 1~2행은 보살, 3~4행은 연각, 5~6행은 성문에 대한
찬송인 것이다. 곧 모든 중생세계를 두루 제도하는 것은 문수·보현·
관세음 등의 보살에 해당하고, 홀로 해탈하여 적멸을 즐기는 것은 연
각과 관련된다. 연각은 불교의 가르침에 의하지 않고 스스로 깨달음을
얻은 성자(聖者)로, 불·보살과 달리 중생을 제도하지 않기 때문이다.
　그리고 5행의 “부처님의 말씀으로 몸을 머무르시니”는 성문, 그 중
에서도 가섭(迦葉)과 빈두로(賓頭盧)를 가리키는 것으로 여겨진다. 『미
륵하생경(彌勒下生經)』·『미륵대성불경(彌勒大成佛經)』 등에 의하면, 가섭
은 석가의 명령으로 인해 열반에 들지 않고 영취산에서 미륵불의 하생
(下生)을 기다리고 있으며,[32] 『잡아함경(雜阿含經)』에서 석가는 빈두로
에게 항상 이 세상에 머물며 불법을 호지(護持)할 것을 명하고 있는 것
이다.[33]
　인용문 (13)의 경우는 팔부중(八部衆)의 공덕을 찬송하고 있는데, 대
상에 따라 공덕의 내용을 달리하고 있는 〈찬삼승〉과 달리, 여덟 부류나

---

32) 竺法護 譯, 『佛說彌勒下生經』. “大迦葉, 亦不應般涅槃, 要須彌勒出現世間. 所以然者,
　　彌勒所化弟子, 盡是釋迦文弟子. 由我遺化得盡有漏, 摩竭國界毘提村中, 大迦葉於彼
　　山中住.”(『大正新修大藏經』14, 422쪽)
33) 求那跋陀羅 譯, 『雜阿含經』卷23, 「阿育王經」第604. “時, 尊者賓頭盧以手擧眉毛,
　　視王而言, 我見於如來. …(中略)… 世尊責我, 正法那得現神足如是, 我今罰汝, 常在於
　　世, 不得取涅槃, 護持我正法, 勿令滅也.”(『대정신수대장경』2, 169~170쪽)

되는 팔부중34)을 하나의 찬송 대상으로 삼고 있다. 〈찬팔부〉의 첫째 단락은 이들 팔부중의 공덕으로 헤아릴 수 없이 뛰어난 위덕(威德)을 제시하고 있으며, 둘째·셋째 단락에서는 각각 석가의 생존과 사후시에 팔부중이 행한 일을 노래하고 있다. 곧 화자는 '멸악흥선(滅惡興善)'과 '정법유전(正法流轉)'을 팔부중의 공덕으로 제시하고 있는 것이다.

> (14) 先靈邈難追   앞서가신 영가는 아득히 쫓기 어려워
> 嗟嗟情罔極   아! 그리워하는 마음 끝이 없도다.
> 三寶大悲力   삼보의 대비하신 힘으로
> 悉皆得解脫   모두 다 해탈을 얻으시리니
> 惟願垂哀憫   간절히 원하건대 가엾게 여기셔서
> 速成無上覺   속히 위없는 깨달음을 이루어 주소서.

인용문은 '친제신성'의 마지막 악장인 〈희명자〉이다. 악장의 제목에서 알 수 있듯이, 이 작품은 죽은 이들에 대한 화자의 기원을 담고 있다. 첫째 단락은 '신성'의 악장 중, 유일하게 화자의 심정을 토로하고 있는 부분으로, 1행의 '선령(先靈)'은 태조·태조비·태종·태종비를 가리킨다.35) 그리고 둘째 단락은 삼보의 '대비력(大悲力)'이 모든 중생을 해탈시킬 수 있음을 노래하고 있으며, 결구에서 화자는 이러한 삼보의 대비력으로 인해 선령들이 '무상각(無上覺)', 즉 성불하기를 간절히 기

---

34) 팔부중은 불법을 불법을 수호하는 여덟 신중(神衆)인 천(天)·용(龍)·야차(夜叉)·아수라(阿修羅)·가루라(迦樓羅)·건달바(乾闥婆)·긴나라(緊那羅)·마후라가(摩睺羅伽) 등을 말한다.

35) 『사리영응기』에 수록되어 있는 불상점안식과 불당낙성식의 소문은 각각 다음의 내용으로 끝맺고 있다. 곧 "太祖康獻大王靈駕, 神懿王后靈駕, 太宗恭定大王靈駕, 元敬王后靈駕, 悟無生忍, 抛有漏緣, 直到兜率天宮, 受諸快樂, 咸躋安養世界, 證大菩提."와, "伏願, 太祖康獻大王靈駕, 神懿王后靈駕, 太宗恭定大王靈駕, 元敬王后靈駕, 觀一切有爲之法, 直至樂方, 悟四大無常之身, 頓成正覺, 見聞所曁, 饒益則周."이 그것이다.

원하고 있다.

여기에서, 6행의 "속성무상각"은 이 작품의 창작 목적 내지 주제의식이면서, 동시에 신성 7곡 전체의 주제의식임을 알 수 있다. 곧 〈귀삼보〉에서 '삼보'라는 찬송의 대상과 삼보의 '무변승공덕'을 제시하고, 이후의 작품들에서 여러 불·보살의 공덕을 찬송하고 있는 이유는 모두 선령, 즉 열성의 '성불' 때문인 것이다.

이렇게 본다면, 세종의 '친제신성'은 '서사−본사[석가불(법신·보신·화신) → 약사불 → 아미타불 → 삼승 → 팔부에 대한 예찬]−결사'의 구조로 파악되고, '예찬 대상 및 자세의 제시 → 중생에게 이익을 주는 삼보의 뛰어난 공덕 예찬→ 열성의 성불 기원'의 시상 및 내용 전개로 되어 있음을 알 수 있다. 결국, '친제신성' 7곡의 주제의식은 '삼보의 공덕 제시와 열성의 성불 희구'로 정리할 수 있다고 하겠다.

4. '친제신성'의 성격과 의의

지금까지 『사리영응기』 소재 '친제신성'의 음악적 성격과 악장 9편의 내용 및 특징적인 국면에 대해 살펴보았다.

내불당에서의 연행을 전제로 제작된 세종의 '친제신성'은, 단순한 노래가 아닌 가·무·악으로 구성된 정재이다. 이 정재는 연꽃·작약꽃·모란꽃을 든 무동의 춤과, 다수의 아악기 및 동발이 포함되어 있는 특징을 보인다. 이러한 점들은 '친제신성'이 제례악에 준하는 성격을 갖고 있으며, 불교의례와 일정정도 관련이 있음을 짐작하게 한다.

그리고 '친제신성'의 악장 9편은 그 내용 및 시상 전개에 있어 하나의 작품으로 볼 수 있다. 곧 〈귀삼보〉는 서사, 〈찬법신〉~〈찬팔부〉는

본사, 〈희명자〉는 결사에 해당하고, 이들 악장은 '예찬 대상의 제시 →
중생에게 이익을 주는 삼보의 뛰어난 공덕 예찬 → 열성의 성불 희구'라
는 내용 구조로 되어 있는 것이다. 그리하여 '친제신성' 전체의 주제의
식은 '삼보의 공덕 제시'와 이를 통한 '성불의 희구'가 된다고 하겠다.

이상의 논의 내용은 비슷한 시기에 제작되고 작자가 같은 〈월인천
강지곡〉과 비교된다. 총 583장의 장편시가인 〈월인천강지곡〉은 그 첫
장에서 "巍巍 釋迦佛 無量無邊 功德을 劫劫에 어느 다 솔ᄫᆞ리"라고 하
여, 이 노래의 주제가 부처의 무량무변한 공덕임을 제시하고 있으며,
'친제신성'의 찬송 대상을 모두 포함하고 있다.[36] 그러나 '친제신성'과
〈월인천강지곡〉은 각각 한문과 국문이라는 표기상의 차이 외에도 적
지 않은 차이가 있다. 전자가 중심인물별로 그 인물의 공덕을 집약적
으로 제시하고 있다면, 후자는 석가와 관련 인물의 사적을 시간적인
순서에 따라 노래하고 있는 것이다.

여기에서, 이 두 작품의 관계가 동시대의 악장인 〈용비어천가〉와
〈정대업〉·〈보태평〉의 관계와 유사함을 알 수 있다. 곧 '六龍'의 행적
이라는 같은 사건을 다루면서도 〈용비어천가〉가 각 인물의 행적을 시
간적 순차대로 노래하고 있음에 비해, 〈정대업〉·〈보태평〉은 인물별·
주제별로 재배치하고 있기 때문이다. 그리고 이러한 차이는 세종이
〈용비어천가〉가 있음에도 같은 소재의 〈정대업〉·〈보태평〉을 친제한
이유이기도 하다.[37]

---

36) 참고로, 약사불은 其251~260, 미타불은 其200~219의 중심인물로 등장하고 있고,
삼승·팔부는 〈월인천강지곡〉 전체에 걸쳐 나타나 있다.

37) 김승우, 『용비어천가의 성립과 수용』, 보고사, 2012, 262~263쪽. 그리고 논자는 같은
책, 266쪽에서, "〈용비어천가〉에서는 조종이 유가적 이념을 충실히 체현했기에 왕업
을 일으키거나 보위할 수 있었다는 시각이 나타나는 반면, 〈보태평〉·〈정대업〉 속에서
는 각종 위기와 고비마다 강력하고 위엄있는 결단을 내려 일사분란하게 난관을 타파

이러한 사실을 고려할 때, '친제신성'의 제작은 〈정대업〉·〈보태평〉의 경우처럼, 〈월인천강지곡〉의 방대한 분량과 다소 번잡한 내용에 대한 세종의 불만에 기인한 것이라 추정해볼 수 있다. 그러나 작자와 그 사관(史觀)의 차이에 따른 〈용비어천가〉와 〈정대업〉·〈보태평〉의 관계를, 작자가 같은 '친제신성'과 〈월인천강지곡〉의 관계에 바로 대응시키기에는 무리가 있다. 그렇다면, 세종이 〈월인천강지곡〉을 지은 직후 '신성'을 친제한 이유는 무엇보다 이들 작품이 설정한 주요 향유층의 차이에서 찾아야 할 것이다.

〈월인천강지곡〉의 주제의식은 '석가의 구체적인 공덕[捨欲·拔苦·보시·효도] 제시와 이의 실천'으로, 이 노래는 사욕(捨欲)·보시·효도라는 사회윤리의 실천을 강조하고 권장한 시가라고 할 수 있다. 작품에서 강조하고 있는 보시·효도는 백성들의 교화와, 사욕·보시는 당시의 승려들과 직접적인 관련이 있다. 곧 세종은 백성의 교화와 당시 불교계의 '순화'를 목적으로 이 작품을 지은 것이다.[38]

〈월인천강지곡〉은 기존의 논에서 지적되듯이, 세종의 심상을 표출하거나[39] 왕실의 희원(希願)을 담은[40] 시가가 아닌 것이다. 기존 논의의 지적은 〈월인천강지곡〉이 아닌 '친제신성'에 해당된다고 하겠는데, '친제신성'이 돌아가신 조부모와 부모의 성불을 기원하고 있다는 점에

했던 조종의 영도력이 유가적 이념의 체현보다 훨씬 중요한 의미를 띤다. 이것이 〈보태평〉·〈정대업〉에 담긴 사관이었으며, 세종이 〈용비어천가〉의 제작 직후에 또 다른 작품을 지어내야만 했던 근본적인 이유이기도 하다."라고 하였다.

38) 김기종, 앞의 책, 258~264쪽.

39) 조규익, 「월인천강지곡의 서사적 성격」, 『조선조 악장의 문예미학』, 민속원, 2005, 280쪽.

40) 전재강, 「월인천강지곡의 서사적 구조와 주제 형성의 다층성」, 『안동어문학』 4, 안동어문학회, 1999, 179쪽.

서, 세종은 자신과 왕실 가족 내심의 위안을 위해 이 악장을 지은 것이라 할 수 있다. 그렇다고 '친제신성'이 전적으로 왕실만을 위해 제작되었다는 것은 아니다.

주지하다시피, 조선왕조는 개국과 더불어 '숭유억불'의 국시를 표방하고, 이에 따른 정책을 실시하였다. 그 중 대표적인 불교정책으로는 종파의 폐합(廢合)으로 인한 교단의 축소, 사찰과 승려 수의 삭감, 사찰 토지의 국유화, 국가 주도의 불교의례 금지 등을 들 수 있다. 특히 태종 6년(1406)에는 종전의 11종을 7종으로 병합하였고,41) 세종 6년(1424)에는 7종을 다시 선·교 양종으로 병합하고, 양종에 각각 18개의 사찰만을 허용하였다.42) 세종은 그 20년(1438)을 기점으로 이전의 억압 일변도에서 벗어나 불교에 대한 유화적인 입장을 취하기 시작하는데,43) 이러한 변화는 무엇보다 불교에 대한 제도적 정비가 일단락되었고, 또한 예악과 문물제도의 정비를 통해 유교국가로서의 안정된 기반이 이루어졌음에 기인한 것으로 보인다.

불교에 대한 세종의 유화적인 입장은 억압정책에도 불구하고 불교가 여전히 신앙의 대상으로 숭신되고 있는 상황으로 인해, 보다 적극적인 태도를 취했다고 여겨진다. 곧 세종은 유교국가의 틀 안에서, 나라의 통치에 도움이 되는 방향으로 불교를 '순화'시킬 방안을 모색했고, 이러한 모색이 현실화된 것이 바로 『석보상절』·〈월인천강지곡〉의 제작과 내불당의 중건인 것이다. 그리고 그 목적은 국가의 안정과 통합에 있었다.44)

---

41) 『태종실록』 권11, 6년 3월 27일.

42) 『세종실록』 권24, 6년 4월 5일.

43) 한우근, 「세종조에 있어서의 대불교시책」, 『유교정치와 불교』, 일조각, 1993, 153쪽.

44) 김기종, 「15세기 불전언해의 시대적 맥락과 그 성격」, 『한국어문학연구』 58, 한국어

　이상의 내용을 고려하면, 내불당에서의 연행을 전제로 제작된 '친제신성'이 순전히 세종 개인과 왕실만을 위한 것이라고는 볼 수 없을 듯하다. 그리고 〈월인천강지곡〉이 내불당에서 불려지고 있다는 점45)과, '친제신성' 전체의 주제의식이 '열성의 성불'이고, 〈찬약사〉·〈찬미타〉를 포함한 이들 악장이 중생제도 내지 교화에 강조점을 두고 있다는 점에서, '친제신성' 역시 세종의 '불교 순화'에서 벗어나는 것은 아니라고 하겠다. 성불과 중생제도의 강조는 천당·지옥의 화복설(禍福說)과 이로 인한 기복신앙의 유행46)에 대한 경계 내지 교정으로 볼 수 있기 때문이다.

　결국, 『사리영응기』 소재 세종의 '친제신성'은 세종 개인과 왕실 내심의 위안을 위해 제작된 것이지만, 이 작품에서 강조하고 있는 '중생교화'와 '성불'은 당시 불교계에 대한 세종의 순화 내지 교정의 의도를 드러낸 것이라 할 수 있다.

문학연구학회, 2012, 116쪽.

45) 김기종, 앞의 책, 276쪽.

46) 『세종실록』 권1, 즉위년 10월 8일의 기사에는 "불교의 도는 마땅히 깨끗하며 욕심을 적게 하는 것으로 근본을 삼아야 하겠거늘, 지금 무식한 승려의 무리들이 그 근본을 돌아보지 않고, 절을 세운다 하고 부처를 만든다 하며, 설법을 한다 하고 재를 올린다 하며, 천당·지옥이니 화복(禍福)이니 하는 말로 우매한 백성을 현혹하여 백성의 입 속의 먹을 것을 빼앗고, 백성의 몸 위에 입을 것을 벗겨다가 흙과 나무에 칠을 하며 옷과 음식을 바치니, 정사를 좀먹고 백성을 해침이 이보다 더 큰 이 없습니다."라고 되어 있다. 또한 『세종실록』 권85, 21년 4월 18일의 기사에도 다음과 같은 언급이 보인다. "불교는 본래 이적(夷狄)의 한 법이온데, 만세에 강상(綱常)을 헐어버리오니, 성도(聖道)에 있는 거친 잡풀밭입니다. 군신의 의를 버리고 부자의 친(親)을 끊으며, 거짓으로 삼도(三途)의 설(說)을 지어내고 허망하게 육도(六道)의 설을 떠벌리어 드디어 우매한 백성들로 하여금 화(禍)를 무서워하고 복(福)을 사모하게 하여 생령을 좀먹는 일이 이루 말할 수 없습니다."

불교가사 작가에 관한 일고찰

1. 머리말

이 글은 불교가사의 전반적인 성격과 특질을 규명하기 위한 일환으로, 불교가사의 작품을 그 작가와 관련하여 살펴보는 것을 목적으로 한다. 지금까지 불교가사의 작가에 관한 개별적인 논의는 나옹화상에 집중되어 왔다고 할 수 있다.[1] 나옹이 지었다고 전하는 작품들은 가사 문학의 발생 및 효시작의 문제를 해명하는데 있어 관건이 된다고 여겨졌기 때문이다. 나옹 이외의 작가로는, 침굉(枕肱)[2]·학명(鶴鳴)[3] 등과 그 작품에 대한 몇 편의 논문이 있을 뿐이고, 그 외의 작가들에 대해서

---

1) 대표적인 연구업적으로는 다음의 논문들을 들 수 있다. 김종우, 「나옹과 그의 가사에 대한 연구」, 『논문집』 17, 부산대, 1974; 인권환, 「나옹왕사 혜근의 사상과 문학」, 『한국불교문화사상사(하)』(가산 이지관스님 화갑기념논총), 가산불교문화진흥원, 1992; 이동영, 「나옹화상의 승원가와 서왕가 탐구」, 『사대논문집』 32, 부산대, 1996; 정재호, 「나옹작 가사의 작자 시비」, 『한국학연구』 19, 고려대 한국학연구소, 2003; 김종진, 「〈서왕가〉 전승의 계보학과 구술성의 층위」, 『한국시가연구』 18, 한국시가학회, 2005.

2) 김풍기, 「침굉 가사의 은일적 성격과 그 의미」, 『한국가사문학연구』(정재호박사 화갑기념논총), 태학사, 1995; 김종진, 「침굉의 〈태평곡〉에 대한 현실주의적 독법」, 『한국시가연구』 19, 한국시가학회, 2005; 서철원, 「침굉 가사의 종교적 자연관」, 『비평문학』 35, 한국비평문학회, 2010.

3) 김종진, 「학명의 가사 〈선원곡〉에 대하여」, 『동악어문논집』 32, 동악어문학회, 1998; 최영희, 「학명선사의 불교문학 연구」, 『국어국문학』 126, 국어국문학회, 2000.

는 자료집에서의 소개에 머무르고 있는 실정이다.

한편, 불교가사의 작가에 관한 종합적인 연구로는 김주곤의 논문4)
이 유일하다고 할 수 있는데, 나옹·서산·침굉·경허만을 대상으로 하
여 그들의 생애와 사상을 살피고 있다. 이 논문은 학계에 널리 알려진
네 선사의 행적만을 서술하고 있을 뿐, 이들의 생애를 작품과 관련시
켜 논의하지 않았으며, 불교가사 작가로서의 이들의 성격 및 의의에
대해서도 언급하지 않고 있다.

본고는 이러한 문제점을 염두에 두면서, 현재 학계에 알려진 불교가
사의 작가와 그 작품 전체를 대상으로 하여, 작가가 있는 불교가사의
전반적인 성격과 특징에 대해 살펴보고자 한다. 이를 위해, 2장에서는
현전하는 불교가사의 작가와 그 작품의 현황을 도표로 제시한 다음,
기존 연구에서 거의 논의되지 않은 작가를 중심으로 그 생애와 작품에
대해 살펴보도록 하겠다. 3장은 불교가사의 역사적 전개에 있어 중요한
위치를 차지하고 있는 작가들을 대상으로 하여 그들이 남긴 작품의 성
격과 의의를 고찰하고자 한다. 이상의 작업을 통해, 불교가사의 특질
및 성격이 보다 명확하게 드러날 것이라 기대한다.

2. 작가와 작품 개관

구체적인 논의에 앞서, 지금까지 학계에 알려진 불교가사의 작가와
그 작품들을 도표로 정리하여 제시하면 다음과 같다.5)

---

4) 김주곤, 「한국 불교가사 작가연구」, 『논문집』 10, 경산대, 1992.
5) 이 도표는 임기중, 『불교가사 원전연구』, 동국대 출판부, 2000와 김종진, 「불교가사
   의 유통연구」, 동국대 박사학위논문, 1999 및 이상보, 『한국불교가사전집』, 집문당,

〈표〉 불교가사의 작가와 작품 일람

	작가	작품	출전	판본	비고
1	태고	토굴가	회보 63 (1940)	활자본	우당학인 소개. 원본은 필사본.
2	나옹	증도가	증도가	필사본	원제목은 〈나옹화상증도가〉임. 낙도가의 이본. 이본으로 〈나옹스님토굴가〉가 있음.
		낙도가	조선가요집성 (1934)	채록본	권상로 채집.
		서왕가1	미타참약초 (1704)	목판본	예천 용문사본. 원제목은 〈나옹화상서왕가〉로 되어 있음.
		서왕가2	조선가요집성	채록본	권상로 채집.
		수도가	감응편	필사본	낙도가의 이본.
		승원가	부대신문 (1972.1.1)	활자본	조혁제 소장, 김종우 소개. 원제목은 〈나화상승원가〉임.
3	청허	회심가	신편보권문 (1776)	목판본	원제목은 〈청허존자회심가〉. 이에 앞서는 것으로 『보권문』(1764, 동화사본) 소재 〈회심가곡〉가 있는데 작자가 명기되어 있지 않음.
4	침굉	귀산곡	침굉집 (1695)	목판본	선암사장판.
		청학동가			
		태평곡			
5	김창흡	염불가	감응편	필사본	원제목은 〈삼연선생염불가〉임.
6	지형	권선곡	수선곡 (1795)	목판본	〈참선곡〉의 이본으로, 필사본 『악부』에 수록된 〈마설가〉와 권상로가 채집한 것을 김태준이 『조선가요집성』에 수록한 〈심우가〉가 있음.
		수선곡			
		전설인과곡			
		참선곡			

1980을 참고하여 작성하였다. 도표의 작가 항목 배열은 편의상 출생연대를 기준으로 했으나 작가의 출생연대가 확실하지 않을 경우는 작품의 출전 연도를 기준으로 하였다. 또한, 법호와 법명이 있는 경우, 관례상 법호만을 적었다. 그리고 출전 항목은, 대체로 위의 저서들을 따르지 않고 필자가 직접 조사하여 지면 관계상 선본이거나 가장 연대가 빠른 것 하나만을 기입했음을 밝힌다.

7	남호	광대모연가	화엄경소초중 간조연서 (1980)	필사본	광대모연가의 원제목은 〈딕방광불화엄경 판긱광딕모연가〉임.
		장안걸식가			
8	동화	권왕가	조선불교월보 17~18(1912)	활자본	노래의 중간에서 연재가 중단됨. 제목 밑에 '동화측젼 유셔'라고 되어 있음. 불교 89~90호(1931)와 『석문의범』에는 전문이 실려 있음. 『석문의범』에는 '동화축전·건봉사'란 기록이 있음.
9	용암	초암가	감응편	필사본	
		몽환가	증도가	필사본	
10	영암	토굴가	한국불교가사 전집(1980)	활자본	봉곡사 소재 필사본. 최정여 채집(1964).
		몽환가			
11	경허	가가가음	경허집(1931)	필사본	
		법문곡			
		참선곡			
12	용성	권세가	용성선사어록 (1941)	활자본	
		세계기시가			
		입산가			
		중생기시가			
		중생상속가			
13	학명	망월가	불교 69(1930)	활자본	『백농유고』(내장사장판, 목판본)에서 옮겨 실은 것임.
		선원곡	일광 2(1929)	활자본	
		신년가	석문의범(1935)	활자본	『백농유고』에서 옮겨 실은 것임.
		왕생가	석문의범	활자본	『백농유고』에서 옮겨 실은 것임.
		원적가	석문의범	활자본	『백농유고』에서 옮겨 실은 것임. 『불교』 63호(1929)에는 〈열반가〉라는 제목으로 소개되어 있음.
		참선곡	불교 65(1929)	활자본	
		해탈곡	불교 64(1929)	활자본	
14	만공	산에 들어가 중이 되는 법	만공법어(1968)	활자본	
		참선곡			
		참선을 배워 정진하는 법			

15	한암	참선곡	한암선사법어 (1922)	필사본	동국대 박물관 소장. 노래의 말미에 "오날이 壬戌年(1922) 正月 十五日"이라고 되어 있음.
16	이광수	문	이광수전집 (1963)	활자본	
		청정행			
17	운허	이산혜연선사발원가	한국불교가사전집	필사본	원제목은 「이산혜연선사발원문」으로, 이 발원문을 가사체로 옮긴 것임.
18	이경협	반회심곡	화청(1969)	채록본	
		염불가			
		륙갑십왕 원불가			
		팔상가			
19	이홍선	인생탈춤	인생탈춤 (1978)	활자본	
20	권수근	원효대사발심수행가	법고십이차 (1967)	채록본	원래는 제목 없이 '원효대사 지음'이라고만 되어 있는 것을 임기중 교수가 가사의 내용에 따라 명명한 것임.
		보조국사계초심학인가			
		야운당자경가			
21	김정혜	기념가	조선불교월보 7 (1912)	활자본	'대구 동화사 포교당 제1회 기념식창가'라는 부기가 있음. 노래의 서두에 "오날날을 알으시오 明治四十 四年度(1911)에"라고 되어 있음.
22	최취허	귀일가	조선불교월보 8 (1912)	활자본	경북 풍기군 명봉사의 귀일강당에서 불려진 노래.

위의 도표를 통해 볼 때, 현재 그 이름이 전하는 불교가사의 작가는 대략 22명쯤이고, 그 작품은 약 55편이 된다.6) 그리고 유학자인 김창

6) 가장 많은 불교가사작품을 수록하고 있는 임기중의 『불교가사원전연구』에는 108편이 실려있다. 그 중, 55편이 작가가 알려진 작품이라고 할 때, 작가가 알려진 작품은 작자미상의 작품들보다 불교가사에서 차지하는 비중이 큰 것이 된다. 그러나, 작자미상의 작품에는 대체로 여러 편의 이본이 있고, 작가가 알려진 작품보다 널리 유통되고 향유되었으므로, 실제에 있어서는 작자미상의 작품들이 불교가사의 주류를 이룬다고

흡과, 재가(在家)의 거사인 지형과 이광수를 제외하고는 불교가사의 작가들은 모두 승려이며, 일반인들에게도 널리 알려진 고승대덕들의 이름도 보인다.

먼저, 여기에서는 도표 16번 이하의 작가들을 대상으로, 그 작품들의 내용상 특징을 작가의 전기적 사실과 관련시켜 살펴보도록 하겠다.[7]

위 도표의 경허~한암은 16번 이하의 작가들과 대체로 동시대의 인물들이라 할 수 있지만, 재래의 전통적인 가사의 형식을 유지하면서 그 내용에 있어서는 침굉·지형과 같이 참선수행을 권하는 작품들을 남기고 있어, 도표 16번 이하의 작가들과는 어느 정도 구별된다. 또한, 16번 이하의 작가들이 몇몇을 제외하고는 한 편의 작품만을 남기고 있으며 그 생애 또한 파악하기 어려운 데 비해, 이들 작가는 비교적 많은 작품을 남기고 있고 작품의 문학적 성취도 뛰어나다. 이에, 침굉·지형과 경허~한암의 작가들은 따로 항목을 설정하여 다음 장에서 논의하기로 한다.

따라서, 이 장에서는 도표 16번 이하의 작가와 작품에 한정하여 그 대략을 살펴보겠는데, 이에 앞서, 해결할 문제가 있다. 도표의 9번과 10번에 제시한 용암과 영암은 작품의 창작 여부 외에도 이들이 누구인지를 구체적으로 파악할 수 없다는 문제가 있다. 그러므로 이들에 대해서 먼저 살펴볼 필요가 있다.

할 수 있다.

7) 위 도표의 1~3번은 구전되다가 후대에 문자로 정착된 것으로 실제 창작의 여부가 확실하지 않다. 또한 이들의 생애와 사상에 대해서는 국문학뿐만 아니라 불교학계에서 많은 논의가 있어왔으므로, 중복을 피한다는 의미에서 본고에서는 다루지 않았음을 밝힌다. 그리고 이 글에서 다루지 않은, 남호와 동화의 생애와 작품은 김종진, 앞의 논문, 16~18쪽에 자세히 언급되어 있다. 이광수·운허·권수근에 대해서는 임기중, 「불교가사와 한국가사문학」, 『불교학보』 37, 동국대 불교문화연구원, 2000, 186~195쪽을 볼 것.

용암은 〈초암가〉와 〈몽환가〉의 작가로 알려져 있으나, 그가 어떤 인물인지에 대해서는 확실하지 않다. 이상보는, "용암대사가 어떤 분인지 알 길이 없다. 그러나 혹시 정조 원년(1777)에 만연사(萬淵寺)에서 『진언집(眞言集)』을 엮어 중간했던 용암선사가 바로 이분인지 모르겠다"8)라고만 언급하고 있으며, 김주곤 역시 이상보의 견해를 따르고 있다.9) 하성래는 이들과 달리 구체적으로 용암이 누구인지를 밝히고 있는데, 용암을 조선후기의 저명한 선사인 용암 혜언(龍巖慧彦, 1783~1841)으로 보고 있다. 그러나 "용암대사는 『진언집』을 엮었다고 하나 필자는 아직 열람하지 못했다."10)라고 하여, 혜언이 태어나기도 전인 1777년에 간행된 『진언집』의 '용암'과 혜언을 동일인물로 혼동하고 있다. 이러한 점은 부분적으로 이상보의 견해를 따른 결과인 듯 하다.

여기에서, 우선 혜언의 행적을 살펴보면 다음과 같다.11) 혜언은 법명이고 용암은 법호이며 속성은 조씨로, 전남 나주에서 태어났다. 17세에 용천사(龍泉寺)의 무인(茂仁)을 은사로 출가하여, 여러 곳을 편력하다가 칠불사(七佛寺)의 금허(錦虛)선사에게 구족계를 받았고, 율봉 청고(栗峰靑杲)의 법을 이어 받았다. 스승인 율봉으로부터 다른 사람들을 가르쳐도 좋다는 인정을 받은 후, 대중들이 요청하면 곧 가서 가르침을 펴고 원하는 것이 있으면 모두 들어주는 등 대중교화를 위해 혼신의 노력을 기울였다.

스승을 따라 금강산 유점사에 가서 백일기도를 하고는 목소리가 좋

8) 이상보, 앞의 책, 117쪽.
9) 김주곤, 앞의 논문, 24쪽.
10) 하성래, 「가사문학의 원형인 수도가」, 『문학사상』 2월호, 문학사상사, 1975, 394쪽.
11) 용암의 생애에 대한 서술은 범해 찬, 김윤세 역, 『동사열전』, 광제원, 1992, 263~265쪽과, 이정 편, 『한국불교인명사전』, 민족사, 1993, 346쪽을 참고로 하였다.

아져 설법을 잘하게 되었는데, 용암의 제자인 포운 윤경(布雲閏褧)과 대운 성기(大雲性起) 역시 청아한 목소리로 설법을 잘하여 이후 설법의 한 전형을 이루게 되었다. 지금도 설법하는 이들이 법상에서 설법하다가 선교(禪敎)의 중요한 대목에 이르러서 게송 한 구절을 읊고 '나무아미타불'을 높은 소리로 부르는 것은 혜언과 그 제자들에게서부터 시작된 것이라 한다.12) 그는 두륜산 보광명전의 법회와 『원각경』의 산림법회에만 주력하여 제자를 양성하다가, 1841년(헌종7)에 입적하였는데, 세수 59세이고 법랍은 42세였다.

　이상, 혜언의 생애를 간략하게나마 살펴보았는데, 이를 통해서 그가 불교가사를 지었을 가능성을 짐작할 수 있다. 평생을 대중 교화에 힘썼고, 대중 교화의 일환으로 설법 중의 중요한 대목에 '나무아미타불'을 선창했다는 점은 그 근거가 될 수 있을 것이라 여겨진다. 또한, 혜언은 경허와 만공 및 한암의 법사(法師)이기도 한데,13) 그의 법통을 이은 경허와 만공 등이 모두 참선을 권하는 가사작품을 남기고 있다는 점 역시 하나의 방증이 될 수 있을 것이다.

　그리고 가사의 내용에 있어서도, 〈초암가〉는 화자의 선적(禪的) 경지 내지는 흥취를 노래하고 있으며, 〈몽환가〉의 중간과 끝부분에는 '나무아미타불'이라는 구절이 보이고 있는 등 혜언과의 관련성을 엿볼 수 있다. 따라서, 〈초암가〉와 〈몽환가〉의 작가로 알려진 '용암'은 용암

---

12) 이에 대해서는 이능화, 『조선불교통사』하, 신문관, 1918, 926쪽에서도 "又於釋讀講演 之時, 每至要節, 法師必唱南無阿彌陀佛, 法筵聽衆, 亦皆隨唱."이라고 언급하고 있다.

13) 한암은 『경허집』에 수록된 「선사경허화상행장」에서, 다음과 같이 경허의 법맥을 밝히고 있다. "今遵遺教而泝法源流, 則和尙嗣龍岩慧彦, 彦嗣錦虛法沾, 沾嗣栗峰靑果, 果嗣靑峰巨岸, 岸嗣虎岩體淨. 而淸虛傳之鞭羊, 鞭羊傳之楓潭, 楓潭傳之月潭, 月潭傳之喚惺, 和尙於淸虛爲十一世孫, 而於喚惺爲七世孫也."(『한국불교전서』11, 동국대 출판부, 1984, 654쪽)

혜언을 가리키는 것으로 추정된다고 하겠다.

　다음으로, 영암은 〈토굴가〉와 〈몽환가〉의 작가로 알려져 있는데, 최정여가 충남 아산의 봉곡사에서 채집한 필사본 가사의 제목이 '영암화상토굴가(靈巖和尙土窟歌)'이기 때문이다. 〈몽환가〉의 경우는 〈토굴가〉에 이어서 제목 없이 필사되어 있는 노래를, 이상보가 그 내용으로 미루어 '몽환가'라 명명한 것14)이다. 그는 이 작품 역시 영암이 지은 것으로 보고 있으나, 영암이 어떤 인물인가에 대해서는 언급하지 않고 있다. 영암에 대해서는 이혜화의 다음과 같은 언급이 유일하다고 할 수 있다. 즉, "영암화상이란 승려가 그다지 알려지지 않은 인물이기에 난점은 있지만 어느 조사에 따르면, 영암은 시연(示演)의 호라고 한다."15)가 그것이다.

　그러나 필자가 조사한 바로는, 시연의 법호는 낭암(朗巖)이고 영암은 취학(就學)의 법호이다. 시연이 영암 사람이라는 사실이 와전되어 법호로 잘못 본 듯 하다. 두 스님 모두 그 생애가 구체적으로 알려져 있지 않으나,『동사열전』을 통해, 시연은 전남 영암 사람으로 조선후기의 대둔사 13대 강백(講伯) 중의 한 분이고, 취학 역시 영암 사람으로 금강산 선지식 중의 한 사람임을 알 수 있다.

　두 스님의 행적에 대해 전해지는 사실이 워낙 소략하고, 작품의 내용에 있어서도 화자 내지는 작자의 전기적 사실을 엿볼 수 있는 대목이 없으므로, 현재의 상태에서는 영암이 구체적으로 누구인지를 밝힐 수 없다. 다만, 영암은 시연이 아닌 취학의 법호라는 점과, 참선공부를 강조하고 권하는 노래인 〈토굴가〉·〈몽환가〉의 내용을 볼 때, 평생을 참

---

14) 이상보, 앞의 책, 124~125쪽.
15) 이혜화,「태고화상 토굴가고」,『한성어문학』6, 한성대, 1986, 36쪽.

선수행에 힘썼다고 전해지는 취학이 이 작품들의 작가일 가능성만을
추정할 수 있을 뿐이다.

　이제, 앞 도표에서 제시한 16번 이하의 작가들을 차례대로 살펴보면
다음과 같다. 이경협(1901~?)은 범패의 종장(宗匠)인 어장(魚丈)으로, 불
교의식음악의 인간문화재이다. 그의 법명은 일화(一花)로, 경기도 고양
시에서 태어났고, 9세의 어린 나이에 흥국사에서 출가하였다. 흥국사
의 이지광 화상이 범패를 잘하였으므로, 4·5년을 그 밑에서 배웠고,
그 후로 건봉사와 유점사를 비롯한 전국 대찰을 편력하며 범패를 배우
기에 힘썼다고 한다.16)

　그의 가사작품으로는, 〈반회심곡〉·〈염불가〉·〈육갑시왕원불가〉·〈팔
상가〉 등의 4편이 무형문화재 조사보고서인 『화청』에 수록되어 있다.
이 보고서에 의하면, 그는 이 작품들 외에도 수원에 사는 차재윤이라
는 한 갑부의 일대기를 그 아들의 청으로 화청화하여 불러 준 것을 비
롯하여, 새로 짓거나 또는 종래의 것을 가감하여 새로운 가사로 만든
것이 여러 편 있다고 한다.17) 〈반회심곡〉은 종래의 '회심곡'이 너무 길
고 지루한 감이 있어 그것을 줄여 새로 편찬했으므로 그렇게 이름 붙인
것이고, 〈육갑시왕원불가〉는 저승의 시왕(十王)과 이에 해당하는 육갑
(六甲)을 소재로 새로 창작한 것이며, 〈팔상가〉는 석가의 일대행적을
화청화한 것으로 이를 위해 여러 경전을 참고하였다고 한다.18)

　화청이 불교의식음악의 노랫말이고 불교의식 중에서도 천도(薦度)
의식의 회향시에 연행되었다19)는 점에서 당연한 것이겠지만, 이들 노

---

16) 예용해, 『인간문화재』, 대원사, 1997, 28~32쪽.
17) 동국대학교 불교대학, 『화청』(무형문화재조사보고서 제65호), 문화재 관리국, 1969,
　　67쪽.
18) 위의 책, 68쪽.

래는 모두 극락왕생에 대한 염원을 담고 있다. 그리고 〈반회심곡〉과 〈육갑시왕원불가〉에는 재(齋)의 공간에서 불려진 것임을 알려주는 대목이 보인다. 즉, 〈반회심곡〉의 "今日 모씨영가 이차 四十九일을 무진법 들으시고"와, 〈육갑시왕원불가〉의 "念日會席 모인손님 이내말씀 들어보오"의 구절이 그것이다. 석가의 일생을 노래하고 있는 〈팔상가〉의 경우는, 그 서두 부분이 청허의 〈회심가〉 서두와 일치하며, 〈반회심곡〉은 『부모은중경』과 〈노인가〉류 가사 및 〈회심곡〉류 가사 등에서 자주 보이는 구절들을 문맥에 맞게 재구성한 것임을 알 수 있다.

다음으로, 이홍선(1905~1979)은 법호가 태허(太虛)이고, 홍선은 법명이며, 속명은 용이(龍頤)이다. 서울의 종로에서 태어나, 25세 때 선암사에서 경운(擎雲) 장로를 은사로 하여 출가하였고, 그 후 여러 곳을 편력하며 수행에 정진하다가, 35세 때인 1941년에 서울 숭인동에서 묘각사(妙覺寺)를 열었다. 1957년에는 법화계통을 규합하여 '일승불교현정회(一乘佛敎顯正會)'를 창립하였고, 1965년에는 『법화경』을 소의경전으로 하고 "나모 샅달마 푼다리카 수드라"로 시작되는 대비신주(大悲神呪)를 염송주력문으로 삼는 불입종(佛入宗)을 창종(創宗)하였다. 뒤에 불입종은 관음종으로 개칭하게 된다. 1979년 세수 75세, 법랍 50세의 나이로 입적하였다.[20]

그의 가사작품인 〈인생탈춤〉은, 원래 1956년에 지어진 것이나, 1978년 그의 75회 탄신을 기념하기 위해 불입종 교정원에서 펴낸 같은 이름의 저서에 수록되어 있다.[21] 이 노래는 세상사가 무상하니 염불공덕

---

19) 위의 책, 35쪽.
20) 「태허 홍선대법사 행장기」, 『성불도-태허대법사유문집』, 관음종 총무원, 1982, 303~309쪽.
21) 이상보, 앞의 책, 136쪽.

을 많이 쌓아 성불하자는 내용으로, 비교적 근래에 지어진 것이기는 하지만, 전통적인 불교가사의 내용 및 형식과 크게 다르지 않다. 다만, 일반적인 불교가사에서 염불이 극락세계의 교주인 아미타불의 명호를 외우는 것을 의미하는 것과 달리, 대비신주를 강조하고 있는 차이가 있다. 즉, "살아생전 불도닦아 지상극락 건설하고/ 후생선처 태어나서 자유자재 하는법은/ 대비신주 제일이니"[22]라고 되어 있으며, 노래의 말미에 "나모 산달마 푼다리카 수드라"를 세 번 반복하고 있는 것이다. 이러한 점은 그가 『법화경』을 소의경전으로 하고 대비신주를 중요시하는 불입종을 창종했다는 점에 기인하는 것이라 할 수 있다.

김정혜는 『조선불교월보』 7호(1912.8)에 〈기념가〉를 발표하고 있는데, 그가 어떠한 인물인지는 알 수가 없다. 다만, 〈기념가〉의 부제가 '대구 동화사 포교당 제1회 기념식 창가'라고 되어 있는 것으로 보아, 당시 동화사의 주지 내지는 관련 인물일 것이라는 점만을 추측할 수 있을 뿐이다. 이 노래는 부제에서 알 수 있듯이 기념식상에서 불려진 것인데, 석가의 생애를 간략하게 서술한 뒤, 석가의 은덕에 보답하기 위해 포교와 전도에 힘쓸 것을 노래하고 있다.

끝으로, 〈귀일가〉를 남기고 있는 최취허 역시 그 생애를 알 수 없다. 다만 1910~20년대의 불교잡지에서 그의 몇몇 행적이 확인된다. 즉, 그는 1895년에 승려의 도성출입금지가 해제되자, 이를 청원한 일본 승려 좌야전려(佐野前勵)에게 감사장을 보냈고,[23] 『조선불교월보』 창간호(1912.2)에는 연방두타(蓮邦頭陀)라는 필명으로 일왕(日王)을 위시한 일제의 당국자와 정책을 찬양하는 글을 실었다. 또한, 『조선불교월보』의

---

22) 이상보, 앞의 책, 503쪽.
23) 임혜봉, 『친일불교론』 상, 민족사, 1993, 85쪽.

『불교』등의 잡지에 그가 쓴 글들이 보이기도 한다.[24]

경북 풍기군 명봉사의 귀일강당에서 가창된[25] 〈귀일가〉는, 학업(불도수행)에 정진하여 성불하자는 내용인데, 동시대의 불교가사에는 거의 보이지 않는 구절이 눈에 띈다. "국민의무 귀일하면 충군애국 귀일하고"가 그것인데, 견강부회인지는 모르겠으나, 그의 행적으로 볼 때, 이 대목은 그의 친일적인 성향을 드러낸다고 하겠다.

3. 주요 작가 고찰

주지하다시피, 불교가사는 불교의 사상 및 교리를 승려 내지는 일반 대중들에게 보다 쉽게 널리 알리기 위해 지어진 것으로, 현재 전하는 불교가사 작품에는 불교의 사상이 드러나 있다. 불교가사에 나타나 있는 불교사상은 정토사상과 선사상이 그 핵심을 이룬다고 하겠는데, 이 두 사상은 현재 전하는 불교가사 작품들의 성격을 대별해주는 기준으로도 적용할 수 있다.

정토사상에 근거하여 고해(苦海)인 이 사바세계에서 벗어나 극락세계에 왕생하기를 염원하고 권하는 내용의 작품들과, 인간의 '자성(自性)'을 강조하고 참선수행할 것을 권하는 일군의 가사들이 그것이다. 편의상, 전자는 '왕생노래' 또는 '왕생계 불교가사', 후자는 '참선노래' 또는 '참선계 불교가사'라 부를 수 있을 것이다.

이 왕생계 불교가사와 참선계 불교가사는 몇 가지 점에서 서로 다른 특징을 보이고 있다. 먼저, 전자는 작자가 확실하지 않거나 작자미상

---

24) 임혜봉, 위의 책, 86쪽.
25) 이상보, 앞의 책, 89쪽.

으로 전하는 작품들에서 흔히 볼 수 있으며, 사후세계의 문제와 관련되고 알기 쉬운 내용으로 인해 일반 대중들 사이에서 널리 향유되었다. 또한, 재(齋)의 현장에서도 불려졌는데, 불교의식음악인 화청 또한 이 왕생노래인 것이다.26) 대체로 여기에 속하는 작품들은 민속화되고 세속화된 불교가사의 모습을 보이고 있다.

반면에, 후자는 그 내용뿐만 아니라, 주로 청자를 승려계층으로 한정하고 있고, 작자의 대부분이 저명한 선사들이며, 대체로 그들의 어록이나 문집에 수록되어 있다는 공통점을 갖는다. 물론, 일반적으로 불교가사라고 하면, 왕생노래를 가리키는 것으로 생각하고 있지만, 참선수행을 강조하고 그 방법을 제시하고 있는 이 작품들 또한 불교가사의 큰 흐름을 형성하고 있다. 작가가 알려진 작품들에 있어서는 왕생계불교가사 보다 오히려 참선계 불교가사의 비중이 더 큼을 알 수 있다.

이 장에서는, 이미 2장의 서두에서 밝혔듯이, 불교가사의 역사적 전개에 있어 중요하다고 여겨지는 몇몇 작가들을, 그 생애와 작품을 중심으로 살펴보고자 한다. 이들 작가는 모두 참선계 불교가사를 남기고 있는 공통점을 보이는데, 논의의 편의상 세 항목으로 나누어 살펴보기로 한다. 먼저, 작품의 출전 연대가 확실히 파악되는 작가들 중에서 가장 이른 시기에 해당하는 인물인 침굉과 지형을 함께 살펴보겠다. 2절과 3절의 경우는 대체로 동시대의 인물이라 할 수 있지만, 인물의 사상 및 법맥에 의해 나누었다.

---

26) 동국대 불교대학, 『화청』(무형문화재 조사보고서 제65호), 문화재 관리국, 1969, 13 쪽에는, "화청 원래의 뜻이 여러 불보살을 고루 청하여 정토왕생을 발원하는데 있다면 화청 자체가 음악적 뜻을 갖는 것이 아니라 정토왕생을 발원하는 모든 음악이 화청의 범주에 속한다"라고 되어 있다.

1) 침굉(枕肱)과 지형(智瑩)

(1) 침굉

침굉 현변(枕肱懸辯, 1616~1684)의 자(字)는 이눌(而訥)이고 속성은 윤씨이며, 침굉은 법호이다. 문집인『침굉집』27)에 있는 행장을 통해 그의 행적을 대략 간추려보면 다음과 같다.

그는 전남 나주 사람으로, 어려서부터 남달리 총명했으며 출가의 뜻이 있어 12세28)의 어린 나이에 보광(葆光) 법사를 은사로 하여 천봉산(天鳳山) 탑암(塔庵)에서 출가하였다. 13세 때에, 보광의 스승이며 청허 휴정의 수제자인 소요 태능(逍遙太能, 1562~1649)을 한 번 뵙고는 느끼는 바가 있어, 수행 정진에 힘썼으며 이후 그 이름이 승속에 널리 알려진다. 훗날 그는 소요의 법을 이어 받았다.29) 18세 때에는, 산에서 나무를 베다가 머리를 크게 다쳤는데, 이 때 "만 권의 경전을 읽어도 한사람의 장님을 구하지 못한다. 부처님은 먼 곳에 있지 않고 마음이 곧 부처이다"라고 깨닫고, 지금까지의 경전 공부에서 벗어나서 참선 수행에 힘을 기울였다.

---

27) 『침굉집』은 그의 입적 12년 후에, 제자 호암·약휴 등이 스승의 흩어진 글과 사람들의 입으로 전해진 시들을 모아서 상하 두 권으로 엮어 간행한 것이다. 현행본은 1695년 (숙종21) 10월에 조계산 선암사에서 개간된 초간본이다. 상권에는 5언절구 38편, 7언절구 45편, 5언율시 8편, 칠언율시 32편이 수록되어 있고, 하권에는 문(文) 28편과 「행장」·가곡인 〈귀산곡〉·〈태평곡〉·〈청학동가〉·〈왕생가〉가 있다.

28) 김주곤, 앞의 논문, 17쪽과, 김풍기, 앞의 논문, 578쪽 등 기존의 연구에서는, 침굉이 13세에 출가한 것으로 보고 있으나, 그의 행장에는 출가한 당시의 나이에 대한 언급이 없다. 출가와 관련된 이야기에 뒤이어, 13세에 소요선사를 만났다는 내용이 있으므로, 13세에 출가했다고 오해한 것 같은데, 문맥상 이 때는 이미 승려가 된 후의 일로 보인다. 그리고, 행장 말미에 "享箄六十九春 禪齡五十七夏"라고 기록되어 있으므로, 12세에 출가했다는 것이 확실하다고 하겠다.

29) 이능화,『조선불교통사』상, 신문관, 1918, 501쪽에 "得其禪宗者, 曰枕肱懸辯, 傳其敎宗者, 曰海運敬悅."이라고 되어 있다.

19세 되던 해에는, 송계당을 따라 복현(福縣)에 나들이를 갔다가, 관청 객사의 상량문 문제로 윤선도를 만나게 된다. 이 당시 윤선도는 고향인 해남에 내려와 있었고, 둘째 아들을 잃었던 때였다. 침굉은 바로 윤선도의 죽은 아들과 외모 등 여러 점에서 흡사했으므로, 윤선도는 그에게 자신의 옆에 머물기를 간청했다. 후에, 윤선도가 광양에 유배되었을 때, 침굉이 그곳에 가서 창랑가(滄浪歌)를 부르면서 위로하였다고 한다. 기존의 논의들은 윤선도와의 교분이 침굉의 가사 창작에 영향을 미쳤을 것이라 보고 있다.

그 후, 그는 송광사·선암사·연곡사 등 호남의 명찰을 두루 편력하다가 말년에는 금화산에 머물렀다. 1684년(숙종10)에 세수 69세, 법랍 57세로 입적하였다. 그는 입적하기 전에, 죽어서 짐승의 먹이가 되기를 원하므로 화장하지도 매장하지도 말라는 유언을 남겼는데, 이에 따라 제자들은 시신을 바위틈에 모셨다고 한다. 침굉은 선사였으나, 미타신앙이 두터워 그 어머니의 임종에는 염불을 하고 나서 곡을 하였으며, 평소에도 자신은 물론이고 만나는 사람 누구에게나 염불을 권하였다고 전한다. 그가 남긴 가송 중에도 극락왕생을 염원하는 내용인 〈왕생가〉[30]가 전하고 있다.

가사작품으로는 〈귀산곡〉·〈태평곡〉·〈청학동가〉의 3편이 전한다. 〈청학동가〉는 불교가사에서는 보기 드문 서정가사로, 청학동의 아름다운 경치와 그 속에 묻힌 선사의 한가로운 흥취를 노래하고 있다. 〈귀산곡〉과 〈태평곡〉은, 〈청학동가〉처럼 선취(禪趣)를 노래하고 있지는 않지만, 여타의 불교가사와 달리, 청자에 대한 일방적인 설법의 태도가

---

30) "阿彌陀佛 阿彌陀佛하야 一心이오/ 不亂이면 阿彌陀佛이 卽現目前하나니/ 臨終에 阿彌陀佛하면 往生極樂하리라."『한국불교전서』 8, 동국대출판부, 1986, 371쪽.

약화되어 있다.

〈귀산곡〉은 지옥의 고통에 대해 언급한 뒤, 화자의 선적 흥취를 노래하고 있으며, 〈태평곡〉의 경우는, 당시 승려들에 대해 비판하는 내용이 길게 이어지고, 말미에 화자의 수행방법과 중생제도에 대한 다짐을 노래하고 있다. 즉, 직접적으로 불도수행에 정진하라는 언급이 없지만, 화자 자신의 오도(悟道)의 경지를 서술함으로써, 자연스럽게 청자들에게 수행정진을 권하고 있는 것이다.

침굉은 앞에서 살핀 것처럼, 선사이면서도 교학에 밝았으며, 서방정토에 대한 신앙심도 돈독했다. 그의 게송 및 〈왕생가〉 등에는 극락왕생에 대한 내용이 있음을 볼 수 있으나, 가사작품들에서는 소요선사의 선종을 이은 인물답게, 수행방법으로서 참선을 강조하고 있다.

> (가) 우유일반 늘근거슨 삼십년 이십년을
>   산중의 드러이셔 활구참상 ᄒ노라ᄃᆡ
>   두찬노장 의빙ᄒ야 악지악각 잔갱수반
>   잡지견을 주어비화 선문도 내알고
>   교문도 내아노라 무지ᄒᆞᆫ 수좌ᄃᆞ려
>   매도록 샤와리되 칠식자리 이러ᄒ고
>   팔식자리 져러ᄒ다 선문의 활구을
>   다주해 ᄒ노매라 무지ᄒᆞᆫ 수좌와
>   유신흔 거사사당 져런줄을 바히몰나
>   동화ᄀᆞ탄 믈읍프로 기리ᄭ우러 합장ᄒᆞ야
>   쥐쫑이 니러셰 비븨ᄂᆞ니 손이로다
>   어와 져것들히 무슨복덕 심것관ᄃᆡ
>   고봉대혜 후에나셔 말세안을 머로ᄂᆞᆫ고
>   고봉대혜 겨시더면 머리쌔쳐 개쥬리라
>   그스승 그제자을 다ᄆᆞ여 겨쳐두고
>   염왕의 철장으로 만만천천 ᄯᆞ리고쟈

　　　　다시일동 다김바다 천리만리 보내리라

　　(나) 어와 이것닷다 내역시 니것닷다
　　　　출가흔 본지야 이러코쟈 홀가만는
　　　　불습해태 학습ㅎ야 선요서장 도서절요
　　　　능엄반야 원각법화 화엄기신 제자백가
　　　　다주어 두러보고 정신을 두수ㅎ야
　　　　백수자을 것거쥐고 석우철마 둘러투매
　　　　옥녀목동 견마잡펴 무현금 투이며
　　　　지리산 믈근ᄇ람 풍악산 불근돌과
　　　　태백산 웅봉하와 묘향산 깁픈고래
　　　　이리가고 져리가고 임의히 노릴며
　　　　조사관 부스치고 진주나복이 드러슴켜
　　　　여래 광대찰의 넌즛넌즛 ᄃ이다가
　　　　우흐로 소사올나 벽공밧긔 써혀안자
　　　　무져선의 넌즛올나 지혜월을 조쳐싯고
　　　　대비망 빗끼펴 욕해어를 건져내여
　　　　열반안의 올려두고 라라라 리라라
　　　　태평곡을 블니리라 번님네 물외장부을
　　　　다시어듸 구홀고

　인용문은 〈태평곡〉 중의 일부로, (가)는 당시의 무능한 승려계층을 대표하는 '늘근거슨'에 대한 비판이고, (나)는 수행 방법과 중생제도에 대한 화자의 다짐을 노래하고 있다. (가) 이외의 부분에서도, (가)의 앞에는 '조서승'을, 뒤에는 '범법승'·'산문의 학자' 등 부패와 무능을 상징하는 승려들을 거론하면서 이에 대한 준엄한 비판을 가하고 있다. 특히, (가)의 머리를 깨뜨려 개에게 주거나, 염라대왕의 쇠망치로 수없이 때려 멀리 쫓아내겠다는 표현은, 화자가 지닌 당대 불교계에 대한 인식의 일단을 그대로 반영하는 것이라고 하겠다.

한편, (가)에서는 "어와 져것들히 무슨복덕 심것관듸/ 고봉대혜 후에나셔 말세안을 머로ᄂᆞᆫ고/ 고봉대혜 겨시더면 머리쌔쳐 개주리라"라고 하여, 고봉과 대혜라는 인물을 매우 중요시하고 있음을 알 수 있는데, 여기에서 잠시 그 이유에 대해서 살펴볼 필요가 있다. 고봉 원묘(高峰原妙, 1239~1295)와 대혜 종고(大慧宗杲, 1089~1163)는 모두 중국의 유명한 선사들인데, 청허 휴정은 「벽송당행적(碧松堂行蹟)」에서, 벽송 지엄(碧松智嚴)의 법통을 밝히는 과정에서 이들을 언급하고 있다. 즉, "스님께서 평생 발휘하신 바는 고봉과 대혜의 가풍이었다. 대혜화상은 육조의 17대 적손이며 고봉화상은 임제의 18대 적손인데, 스님은 해외의 사람이면서도 500년 전의 종파를 엄밀히 이었다."[31]가 그것이다.

청허의 이 언급은 자가(自家)의 법통을 밝히고 있는 현존 유일의 기록으로,[32] 침굉은 소요선사의 법을 이어 받았고, 소요는 청허의 제자이다. 곧 고봉과 대혜는 바로 침굉에게도 법사(法嗣)가 되는 인물들인 것이다. 그러므로, 침굉은 인용문 (가)에서 참된 승려를 대표하는 인물로 이 두 선사를 언급하고 있는 것으로 여겨진다. 또한, 이 부분뿐만 아니라 노래 전체를 통해서도, 고봉·대혜와 관련된 몇몇 어휘가 눈에 띄는데, 노래 서두의 '법어육단'은 대혜선사어록에서 유래한 말이고, (나)의 '선요서장'은 각각 고봉과 대혜가 저술한 책들인 것이다.

인용문 (나)는 바로 앞부분까지 계속되던 당대 승려들의 부패와 무능을 극복하는 방법으로, 침굉 자신이 이상적으로 생각하는 수행 방법을 제시하고 있다. 여기에서 그는 청허 이후, 조선 중·후기 선가(禪家)의 전형적인 수행과정이라 할 수 있는 '유교입선(由敎入禪)'의 방법을 제

---

31) 김영태, 「조선선가의 법통고」, 『불교학보』 22, 동국대 불교문화연구원, 1985, 37쪽 재인용.
32) 김영태, 위의 논문, 37쪽.

시하고 있다. 즉, "능엄반야 원각법화 화엄기신 제자백가/ 다주어 두러 보고"라고 하여, 교학을 두루 공부함을 권하고 있다.

다음으로, "백수자을 것거쥐고 석우철마 둘러트매" 등의 구절이 나온다. '백수자(柏樹子)'는 잣나무라는 뜻으로, 여기서는 "달마조사가 서쪽으로부터 온 뜻이 무엇입니까?"라는 질문에 조주(趙州) 선사가 "뜰 앞의 잣나무"라고 대답한 데서 유래한 유명한 화두를 가리키는 것이다. "백수자를 꺾어 쥔다"는 것은 바로 이 화두를 깨친다는 것이다. 뒤에 나오는 '진주나복' 또한 조주선사와 관련되어 선가에서 널리 쓰이던 화두이다. 결국, 침굉은 간경(看經)과 참선을 모두 중시하면서도, 참선 수행에 보다 비중을 두고 있다고 할 수 있다.

이러한 점과, 평소에 만나는 사람마다 염불을 권하고 염불노래인 〈왕생가〉를 남겼다는 사실 등을 고려할 때, 침굉은 참선뿐만 아니라 간경·참선·염불의 삼문(三門)에 모두 능통한 고승이었다고 할 수 있다. 그리고, 그 근저에는 〈태평곡〉의 "대비망 빗씌펴 욕해어를 건져내여/ 열반안의 올려두고"라는 구절과, 죽어서도 짐승의 먹이가 되기를 바랬던 유언에서 볼 수 있듯, 대자대비의 정신이 작용하고 있다 하겠다. 이 대자대비의 정신이 바로, 부패하고 무능한 사이비 승려들에게는 〈태평곡〉이라는 불교가사를, 근기가 낮은 일반대중들에게는 짧고 쉬운 〈왕생가〉를 남기게 한 동인이 되었으며, 그를 동시대의 여느 선사와 구별 짓게 만든 점이라 할 수 있다.

(2) 지형

지형의 가사작품으로는 〈전설인과곡〉·〈수선곡〉·〈권선곡〉·〈참선곡〉 등의 4편이 있다. 대부분의 불교가사 작품이 불교의례집이나 작자의 문집 또는 가집 등에 수록되어 전하고 있는데 비해, 이들 작품은

1795년(정조19) 경기도 양주에 있는 천보산(天寶山) 불암사(佛巖寺)에서 개간한 목판본으로 전한다.

지형은 1790년대 불암사에서 많은 경전의 판각을 주관한 인물로, 그의 전기적 사실을 알려주는 기록은 찾을 수 없다. 그리하여 지형의 생몰연대 뿐만 아니라 그가 어떠한 인물인지에 대해서도 알 수 없는 형편이다. 다만 가사작품의 내용과, 〈참선곡〉 말미의 기록 및 불암사에서 간행한 몇몇 문헌의 간기를 통해, 대략이나마 지형이 어떠한 인물인지를 짐작할 수 있을 뿐이다.

〈참선곡〉의 말미에는 "甲寅 孟冬 法性山 無心客 印慧信士 智瑩 述" 이라는 기록이 있으며, 불암사에서 간행된 『불설고왕관세음경(佛說高王觀世音經)』(1795)과 『경신록언석(敬信錄諺釋)』(1796)의 간기에는 각각 '功德主 淸信士 智瑩' '功德主 淸信士 智瑩 保體'라는 기록이 보인다.[33] 즉, 지형은 자신을 '인혜신사' '청신사'로 적고 있는 것이다. '인혜신사'는 승려의 자호(自號)일 가능성도 있지만,[34] '청신사'의 경우는 자호로 볼 수 없으며, 지형이 승려가 아닌 재가의 거사임을 스스로 나타낸 것이라 할 수 있다.

이상보와 조동일[35]은 지형을 승려로 보고 있고 김호성과 김종진[36]

---

33) 김종진, 「불교가사의 유통연구」, 동국대학교 박사학위논문, 1999, 16쪽.

34) 청허 휴정의 제자로, 임진왜란 때 승장으로도 활약했던 고승인 순명 경헌(順命敬軒, 1544~1633)의 자호는 허한거사(虛閑居士)이다. 이영자, 「조선 중·후기의 선풍」, 불교문화연구원 편, 『한국선사상연구』, 동국대 출판부, 1984, 347쪽 참조.

35) 이상보, 『18세기 가사전집』, 민속원, 1991, 49쪽; 조동일, 『한국문학통사』 3, 지식산업사, 1992, 361쪽.

36) 김호성, 「참선곡을 통해 본 한국선의 흐름」, 『방한암선사』, 민족사, 1996, 150쪽에서는, "재가의 거사일지도 모른다고 생각된다. '신사'는 우바새의 의미이기 때문이다."라고 하였고, 김종진, 앞의 논문, 16쪽에서는 "그는 거사에 가까운 인물이 아니었나 싶다"라고 하였다.

은 거사 또는 거사에 가까운 인물로 추정하였다. 만약 지형이 승려의 신분이었다면 자신의 법명 앞에 굳이 남자 재가신자를 뜻하는 '청신사'라는 명칭을 적지 않았을 것이다. 그러므로 '청신사'라는 기록이 있는 이상, 지형은 "거사일 가능성" 또는 "거사에 가까운 인물"이 아니라, 바로 재가의 거사인 것이다.

지형의 가사작품은, 구체적인 청자가 제시되어 있다는 점을 특징으로 지적할 수 있다. 〈참선곡〉은 '출격장부(出格丈夫)' '격외장부(格外丈夫) 선군자(禪君子)', 〈수선곡〉과 〈전설인과곡〉은 "귀천남녀(貴賤男女) 노소(老少)없이" 등으로, 그 청자가 제시되어 있는데, 특히 5편의 가사가 하나로 합하여 연작가사의 형태를 띠고 있는 〈권선곡〉의 경우는, 그 청자에 따라 노래가 나누어져 있다. 작품의 서두 내지 말미에 제시되어 있는 청자의 성격에 따라 노래의 내용 및 성격 역시 달라지고 있다. 〈참선곡〉과 〈권선곡〉의 '서곡(序曲)'·'선중권곡(禪衆勸曲)'은 출가자를 대상으로 하여 참선수행에 힘쓸 것을 권하고 있고, 〈권선곡〉의 '재가권곡(在家勸曲)'·'빈인권곡(貧人勸曲)'과 〈수선곡〉, 그리고 〈전설인과곡〉은 일반신도들을 대상으로 선심하고 염불하여 극락에 왕생하자는 내용으로 되어 있는 것이다.

〈참선곡〉은 내용상 네 단락으로 나눌 수 있다. 첫째 단락은 "하하하 우사올사 허물된말 우사올사"의 도입부로 시작하여 자성을 찾아 해탈하라는 선문(禪門)의 가르침이 공허한 것임을 비판하고 있고, 둘째 단락은 "허물中의 善察ᄒ면 眞實道의 절노드러/ 허물아니 되는妙理 그中의 일논니다"라는 구질을 시작으로 하여 잎서의 비판에 대해 반론을 제기하고 있다. 셋째 단락은 참선수행의 구체적인 방법을 제시하고 이로 인한 오도(悟道)의 경지를 노래하고 있으며, 마지막 단락에서는 참선수행에 정진하기를 거듭 당부하고 있다.

이말삼이 올사오니 자기상에 잇난보물
나난알고 쓰거니와 남들도 아르신지
진실로 모르거던 어묵중에 차자내야
나와함께 동행하세 이보배를 어든후난
만승칠보 부러하며 황금보탑 귀할손가
　　　　　…(중략)…
미증사란 말도마세 격외장부 선군자난
나의말삼 들어보소 여시도에 자미부처
속효심을 내지말며 나태상도 쓰지말고
슬금슬금 가다듬어 밤새도록 가고보면
해도들때 아니볼까 금시대각 못일워도
성지종자 어더쓰니 범부위에 드러서도
항상쾌락 밧사오며 성지에 올라서도
보제군품 노잔나니 이럼으로 삼세불이
의차발혜 하오시고 발신대지 보살들도
의차도생 하오시고 이승성문 연각들도
의차작복 하오시고 내지천하 노화상도
의차하여 보를밧내 자기보물 모르오면
고락이 일규니라 이럼으로 중생제불
일리제평 하다하니 이평은 올커니와
고락은 불평하니 이게무삼 도리던고
유지장부 살피시소

　인용문은 이 노래의 마지막 단락으로, 참선 수행의 방법과 그 결과를 노래하고 있는 셋째 단락에 이어, 참선수행에 힘쓸 것을 거듭 당부하고 있다. 침굉이 〈태평곡〉 등에서 자신의 선적(禪的) 체험만을 서술하고 있었는데 반해, 지형은 직접적이고 구체적으로 참선하기를 권하고 있는 것이다. "자기상에 잇난보물 나난알고 쓰거니와 남들도 아르신지"라는 구절은 그가 법력이 높은 인물임을 짐작하게 한다.

그는 수행 방법으로, 화두를 참구하는 간화선(看話禪)을 제시하고 있는데, 인용문에는 나와 있지 않지만, 수행 방법을 자세히 노래하고 있는 셋째 단락의 "행주좌와 어묵동정 염념불매 시심마오"라는 구절을 통해 이러한 사실을 알 수 있다. '시심마'는 "이것은 무엇인가?"라는 뜻으로, 육조 혜능선사가 그 제자에게 "시심마물임마래(是心麼物恁麼來)"라고 물은 데서 유래한 화두이다. 여기에서, 지형 역시 침굉과 마찬가지로 화두를 통한 수행정진을 강조하고 있음을 알 수 있다. 다만, 침굉이 '뜰 앞의 잣나무' '진주나복'과 같은 조주선사의 공안을 강조하고 있음에 비해, 혜능선사의 공안을 강조하고 있는 차이를 보이고 있을 뿐이다.

승려계층이 아닌 일반신도를 대상으로 하고 있는 〈수선곡〉은, 선심적덕(善心積德)하여 생사 이별과 우환이 없는 부동국(不動國)에 왕생하기를 권하는 노래로, 선심적덕의 방법으로 보시를 강조하고 있다. 불교가사에서 극락세계가 아닌 부동국에 태어나기를 염원하는 노래는 이 작품이 유일한 예에 속한다.

> 녈반경에 일으샤티 중싱명을 해치말며
> 불경교를 지녀시면 부동국의 난다ᄒ며
> 남의부녀 범치말고 제안히도 써츳리며
> 지계와구 베퍼시면 부동국의 난다ᄒ며
> 말ᄒ기를 삼가ᄒ며 거즛말롤 짓쟈니면
> 부동국의 난다ᄒ며 선지식을 시비말며
> ⋯(중략)⋯
> 물탐샹을 일우오ᄆ 크쟈니코 적으셔도
> 진실노 즐겨ᄒ면 부동국의 난다ᄒ며
> 불경젼을 위ᄒ사와 신심지물 갓초차려
> 셜법인을 딕졉ᄒ면 부동국의 난다ᄒ며

인용문은 지면 관계상, 일부분만을 옮겼는데, 작품 내에서도 언급되어 있듯이, 『대반열반경(大般涅槃經)』「광명변조고귀덕왕보살품(光明遍照高貴德王菩薩品)」제22의 게송을 가사체로 옮긴 것이다.37) 〈수선곡〉전체에 있어 큰 비중을 차지하고 있는 이 부분은, 재가신자들이 속세에서 지켜야할 일반적인 덕목들을 왕생의 방법으로 제시하고 있다. 왕생을 권하고 있는 불교가사의 대부분이 극락 및 지옥에 대한 묘사에 치중하고 있어, 현세보다는 사후세계에 그 관심이 경도되어 있는 모습을 보이는 것과는 달리, 〈수선곡〉은 왕생 자체보다도 오히려 현세에서의 생활이 그 주요 관심사임을 알 수 있다.

이상, 지형의 삭품에 내해 살펴보았는데, 지형은 참선과 교학에 모두 능한 인물이며, 청자의 근기에 따라 그 성격을 달리하는 작품을 남기고 있다. 특히, '불립문자(不立文字) 교외별전(敎外別傳)'을 표방하는 선가에서 선취나 선리(禪理)를 읊고 있는 선시는 종종 지어졌으나, 지형의 〈참선곡〉처럼 참선수행의 구체적인 방법을 설명하는 작품은 그 이전에는 볼 수 없었던 것이라 할 수 있다. 침굉의 가사 역시 참선계 가사라고 할 수 있지만, 참선 자체를 그 내용으로 하고 있지는 않기 때문이다.

그리고, 다음에서 살펴 볼, 경허와 용성 등의 참선노래들은 모두 이 작품의 영향을 받은 것으로 여겨지는데, 이를 통해서도 지형과 이 〈참선곡〉은 불교가사의 역사에 있어서 중요한 위치를 차지한다고 할 수 있을 것이다. 특히, 이러한 본격적인 참선노래가 재가신자에 의해 지

---

37) 참고로, 해당부분의 원문을 소개하면 다음과 같다. "爾時, 世尊卽說偈言, 不害衆生命, 堅持諸禁戒, 受佛微妙敎, 則生不動國. 不奪他人財, 常施惠一切, 造招提僧坊, 則生不動國. 不犯他婦女, 自妻不非時, 施持戒臥具, 則生不動國. 不爲自他故, 求利及恐怖, 愼口不妄語, 則生不動國. 莫壞善知識, 遠離惡眷屬, 口常和合語, 則生不動國. …(中略)… 造像若佛塔, 猶如大拇指, 常生歡喜心, 則生不動國. 若爲是經典, 自身及財寶, 施於說法者, 則生不動國."『대정신수대장경』12, 734쪽.

어졌다는 사실은 불교가사의 역사적 전개에 있어서 주목할 점이라고
하겠다.

2) 경허(鏡虛)와 만공(滿空)과 한암(漢巖)

(1) 경허

경허 성우(鏡虛惺牛, 1849~1912)는 한국 근·현대불교의 중흥조라 평
가받고 있는 인물이다. 경허의 생애를 알려주는 현전 기록으로는, 『경
허집』38)에 수록되어 있는 한암선사의 「선사경허화상행장(先師鏡虛和尙
行狀)」39)과 만해 한용운이 쓴 「약보(略譜)」가 있는데, 이 두 기록에는
경허의 출생연도가 각각 다르게 나타나 있다. 즉, 전자가 철종 8년 정
사(丁巳, 1857)년으로 적고 있는데 반해, 후자는 헌종 15년 을유(己酉,
1849)로 보고 있는 것이다. 결국, 경허의 출생연도에 대해서는 1849년
설과 1857년설의 두 견해가 있다고 할 수 있는데, 현재는 1849년설이

---

38) 현행의 『경허집』은 두 종류가 있다. '世尊降誕後 2969年(1942) 壬午 9月 2日 韓龍雲
識'의 서와 약보가 앞에 붙은 1943년 중앙선원 간행의 활자본과, '佛紀 2958年(1931)
辛未 3月15日 門人 漢岩重遠 謹撰'의 「선사경허화상행장」이 앞에 놓인 필사본이 그것
으로, 모두 『한국불교전서』 11, 동국대 출판부, 1992에 수록되어 있다. 활자본 『경허
집』에는 법어 14편, 서문 10편, 기문 5편, 서간 4편, 행장 2편, 영찬(影讚) 7편, 시 256수,
가(歌) 9편이 실려 있다. 필사본과 활자본은 그 체재가 같고, 서문·기문·서간·영찬
등의 저술에 있어서는 차이를 보이고 있지 않으나, 법어의 경우는 필사본이 15편,
활자본이 14편으로 1편이 더 많다. 즉, 「심우도법문(尋牛圖法門)」은 활자본에만, 「서
금봉당팔첩병(書錦峯堂八帖屛)」과 〈시경석십삼세동자(示慶奭十三歲童子)〉는 필사본
에만 실려 있다. 또한 칠언절구와 칠언율시에서 차이를 보이고 있는데, 활자본은 각각
50수와 149수이 시를 싣고 있는데 비해, 필사본은 41수와 130수를 수록하고 있다.
가(歌)에 있어서도 활자본은 9편의 노래를 싣고 있는데 비해, 필사본에는 6편이 전하
고 있다. 활자본에만 있는 노래로는 가사인 〈금강산유산가(金剛山遊山歌)〉와 한문가
송인 〈금강산명구(金剛山名句)〉·〈제헐성루(題歇惺樓)〉 등의 3편이 있다.
39) 이 「행장」은 필사본 『경허집』 외에도, 『불교』 95호(1932.5, 21~26쪽)에 국한문 혼용
체로 번역되어 있다.

거의 정설로 인정받고 있다.

그런데, 근래의 몇몇 논의[40])에서는 경허의 출생연도를 1846년으로 주장하고 있어 주목을 요한다. 이들은『경허집』소재「서룡화상행장(瑞龍和尙行狀)」의 다음과 같은 기록을 그 논거로 삼고 있다.

> 내가 광무(光武) 4년 겨울 화전 용문사를 지나가는데 호은(虎隱)장로가 화상의 도행이 탁월함을 말하면서 나에게 행장을 지어서 후세에 전하기를 부탁하거늘 문장에 익숙지 못하다고 사양하였다. …(중략)… 내 나이 55세로서 털은 성글고 얼굴은 주름졌으나 저 불법에 개명한 바 없고 남에게나 나에게 이롭게 함이 없으니 탄식한들 무엇하리오.[41])

즉, 광무 4년은 1900년이므로 경허의 출생년은 1846년이 된다는 것이다. 필자는 이 주장에 수긍을 하면서도 좀 더 면밀한 검토가 요구되는 문제라고 생각되어 여기서는 일단 기존의 1849년설을 취하기로 한다. 그러나, 이 1849년설 또한 확실하다고 할 수 없으므로 뒤에서 작성할 연보에서는 그 연대만을 제시하고 경허의 나이는 생략하였다. 연대와 그에 해당하는 행적은 1846년설을 따르더라도 크게 변동이 없기 때문이다.

앞에서 언급한 두 기록과 기존의 논의를 참고하여, 행적 중심으로 그의 연보를 작성하여 제시하면 다음과 같다.

1849년   8월 24일, 전주 자동리(子東里)에서 아버지 송두옥과 어머니

---

40) 김지견,「경허선사 散考」,『선무학술논집』5, 국제선무학회, 1995; 한중광,『경허, 길 위의 큰 스님』, 한길사, 1999.

41) "余光武四年冬, 過花田之龍門寺, 有虎隱丈老, 盛言和尙, 時順間道行卓異, 托余述行 狀而不朽, 以不閑文辭辭之. …(中略)… 今年光五十有五, 髮蒼凉而面皺縮, 於佛法無所 開明, 二利俱闕吁可勝言哉."『한국불교전서』11, 동국대 출판부, 1992, 612쪽.

밀양 박씨의 둘째 아들로 태어남. 초명(初名)은 동욱(東旭), 경허는 법호. 성우는 법명. 부친 별세.

1857년　어머니를 따라 서울로 올라와서 경기도 의왕시 청계사에서 계허(桂虛)를 은사로 출가함.

1862년　청계사에서 여름을 지내게 된 한 선비로부터 글을 배움. 늦가을에 계룡산 동학사로 가서 당시 제일의 강백으로 명성을 떨치던 만화 보선(萬化普善)에게 부처의 일대시교를 배우고, 대·소승경전은 물론 유가와 도가의 경전까지 두루 섭렵함.

1871년　동학사에서 개강. 30세를 전후한 나이까지 젊은 강사로서 그 명성을 전국에 떨침.

1879년　여름 어느날, 옛 스승인 계허대사를 찾아가는 도중에 천안 근처의 콜레라가 창궐하는 마을에서 시신이 널려있는 참혹한 현장을 목격하고, 문자와 중생의 알음알이와는 아무 관련이 없음을 깨닫고 발심함. 동학사로 돌아와서 강원을 철폐하고 "여사미거(驢事未去) 마사도래(馬事到來)"라는 화두를 참구하며 수행에 전념함. 11월 보름에, 어떤 승려가 물어 보는 "소가 되어도 고삐 뚫을 구멍이 없다"는 말을 듣고 확철대오함.

1880년　봄에 연암산 천장사로 옮겨 한 자리에서 오후보림(悟後保任)을 함.

1881년　6월, 천장사에서 옷 한벌로 오후보림을 마침.

1882년　이후 20여 년 동안 천장사·수덕사·마곡사·부석사·갑사·동학사·신원사·법주사 등의 호서지방에서 선풍(禪風)을 크게 일으킴.

1898년　범어사의 초청을 받아 영남 최초의 선원을 개설하고 하안거를 지도함.

1899년　봄에 해인사 조실(祖室)로 초대받고, 가을에는 국왕의 칙명으로 추진하는 대장경 간행불사에 증명법사(證明法師)로 참석함. 또한 수선사(修禪社)를 창설하고 「함께 정혜를 닦아 도솔천에 나며 성불하기위한 결사문(結同修定慧同生兜率同成佛果楔社文)」을 지어 결사운동을 주창함.

1900년 1월 하순, 송광사의 불상점안식에 증명법사로 초청받음. 이로부
터 한 두 해에 걸쳐 송광사를 비롯한 화엄사·천은사·백장암·
실상사·쌍계사·태안사 등 호남 일대에 선원을 창설하고 선풍을
진작함. 여름에는 영남지방으로 가서 통도사·내원사·표충사 등
여러 사찰을 순력하며 선풍을 크게 떨치고, 그 얼마 뒤에 대승사·
동화사·파계사 등 경북지방의 사찰에도 선원을 창설함.

1902년 범어사에서 『선문촬요(禪門撮要)』를 편찬함. 범어사 금강암과 마
하사의 나한전 개분불사(改粉佛事)에 증명법사로 참석함.

1904년 1월, 해인사에서 인경불사(印經佛事)를 매듭짓고, 봄에 월정사
의 『화엄경』법회에서 3개월간 법문을 설함. 가을에 금강산을
떠나 안변 석왕사에 이르러 오백나한 개분불사에 증명법사로
참석함.

1905년 석왕사를 떠난 이후, 북녘으로 떠돌며 스스로 박난주(朴蘭州)라
부르고 머리를 기르고 선비의 옷차림을 하고서 서민 대중들 속에
묻혀 살며 중생을 교화 제도함. 평안북도 영변 회천을 거쳐 강계
지방에 이르러 김탁의 집에 머무르며 동네 아이들의 훈장 노릇을
함. 이무렵 북녘의 선비들과 영변·회천·강계·위원 일대의 명승
지를 두루 돌아 다니면서 많은 시를 남김.

1912년 4월 25일, 갑산 웅이방(熊耳坊) 도하동(道下洞)에서 열반송을
읊은 뒤, 일원상(一圓相)을 그리고 나서 입적함.

1913년 여름 어느날, 경허의 입적을 알리는 법제자 수월(水月)의 서신이
만공(滿空)과 혜월(慧月)이 머물고 있던 예산군 정혜사에 도착하
여, 만공과 혜월이 갑산군 웅이면 난덕사에서 다비를 봉행함.

이상, 연보를 통해 그의 행적을 살펴보았는데, 근대 선(禪)의 중흥조
라 불릴 만큼 선풍 진작에 힘쓴 경허선사의 모습을 확인할 수 있다.
그러나, 이능화는 아래와 같이 경허에 대해 부정적인 평가를 내리고
있다.

근세의 선계(禪界)에 경허화상이란 이가 있었다. 처음에 홍주의 천장암
에서 자취를 일으켰으며, 송광사·선암사·청암사·해인사·통도사·범어
사 및 금강산의 여러 절을 편력하면서 자못 선풍을 드날렸다. …(중략)…
세상 사람들이 이르기를 경허화상은 말재주가 있어서 그 설하는 바의 법이
옛 조사보다도 못하지가 않다고 한다. 호탕하여 얽매임이 없어서 사음(邪
淫)과 살생을 범함에 이르러서도 개의치 않았는데, 세상의 선류(禪流)들
이 다투어 본받게 되었다. 심지어는 "술 마시고 고기 먹는 것이 깨달음에
장애가 되지 않으며, 도둑질하고 음행하는 것이 참 지혜에 방해받지 않는
다."라고 외쳤으며, 이를 일러 대승선(大乘禪)이라 하였다고 한다. 하고
자 하는 일이면 감추고 꾸며야할 일도 그냥 지나치지 않고 모두 도도하게
행하였다. 대개 이러한 폐풍(弊風)은 실로 경허로부터 시작되어졌다. 총
림(叢林)에서는 이를 가리켜 마설(魔說)이라고 하였다.[42]

이능화의 『조선불교통사』는 경허의 입적 6년 뒤인 1918년에 간행되
었으므로, 경허와 그의 선풍에 관해 언급한 최초의 글이라고 할 수 있
다. 경허가 입적한지 5·6년 사이에 쓰여진 글이므로 그 당시 불교계의
경허선사에 대한 풍문과 평가를 비교적 정확하게 대변한 것으로 여겨
진다. 이 글을 통해 경허의 자유분방한 무애행이 당시의 불교계에 어
느 정도 악영향을 미쳤음을 알 수 있다.

이러한 사실은 경허의 제자인 한암이 「행장」에서, "뒷날의 공부하
는 이가 스님의 법화(法化)를 배우는 것은 옳으나 스님의 행리(行履)를

---

42) "近世禪界, 有鏡虛和尙者. 始發跡丁洪州之天藏菴, 遍歷松廣·仙巖·靑巖·海印·通度·
梵魚及楓岳諸寺, 頗揚禪風. …(中略)… 世人謂鏡虛和尙, 有辯才, 有所說法, 雖古祖師,
無以過之. 雖然, 蕩無拘檢, 至犯婬殺, 不以介意世之禪流, 爭相效之. 甚之倡言飮酒食
肉, 不礙菩提, 行盜行婬, 無妨般若, 是謂大乘禪云云. 欲爲揜飾, 其無行之過者, 滔滔
皆是. 蓋此弊風, 實自鏡虛, 始作俑也. 叢林以是, 指爲魔說." 이능화, 『조선불교통사』
하, 신문관, 1918, 962쪽.

배우는 것은 옳지 않으니, 사람들이 믿으면서도 이해하지 못하기 때문이다."[43]라고 언급한 것에서도 짐작할 수가 있다. 그러나, 한암은 이 능화와는 달리 스승 경허의 무애행을 다음과 같이 변호하고 있다. 즉, "먹고 마시는데 자유로웠고 성색(聲色)에 구애받지 않았으며, 거리낌 없이 노닐었으므로 남들의 의심과 비방을 받게되었다. 이는 넓고 큰 마음으로 둘이 아닌 법문을 증득하여 스스로를 그와 같이 초월하고 놓아버린 것이다."[44]라는 언급이 그것이다.

경허는 자유분방한 무애행과 말년에 환속한 사실 등으로 인해 당시의 사람들에게 오해를 사기도 했으나, 그의 선풍 진작은 많은 승려와 대중들에게 감화를 주어 침체된 선풍을 다시 일으키는 데 큰 역할을 하였고, 그리하여 근대선의 중흥조로까지 불리게 된 것이라 할 수 있다.

그의 가사작품으로는, 〈가가가음〉·〈법문곡〉·〈참선곡〉이 『경허집』에 수록되어 전하는데, 이 노래들을 통해서도 근대선의 중흥조인 선사의 면모를 엿볼 수 있다. 즉, 이 세 편의 노래는 모두 참선수행의 방법을 제시하고 권하는 참선노래인 것이다. 이 작품들은 1903년에 해인사의 조실로 있으면서 변설호 스님에게 받아 적게 한 것이라 한다.[45]

---

43) "後之學者, 學和尙之法化則可, 學和尙之行履則不可, 人信而不解也."

44) "故飮啖自由, 聲色不拘, 曠然遊戱, 招人疑謗. 此乃以廣大心, 證不二門, 超放自如."

45) 이러한 사실은 「행장」과 「연보」에는 없으나, 경허성우선사 법어집간행회 편역, 『경허 법어』, 인물연구소, 1981, 742쪽을 따른 것이다. 한편, 최강현, 「경허선사와 그의 가사에 대한 고찰」, 『논문집』 3, 수도공대, 1971, 16쪽에서는 "이 가사(참선곡)가 지어진 때는 역시 그의 저작으로 알려진 「중노릇하는 법」이나 〈법문곡〉·〈가가가음〉 등과 함께 경허가 수도적인 면으로는 선풍을 크게 떨치고 그 밖의 불사에 참증(參證), 기문·서문 등을 지을 수 있도록 문명(文名)도 아울러 당시 불교계에서 최고 권위로 인정받은 때 이후인 50세(1898년) 전후의 무렵이 아닌가 생각되어진다."라고 하였다.

(가) 닥난길을 말하랴면 허다히 만컷마는
　　대강추려 적어보세 안꼬서고 보고듯고
　　착의끽반 대인접어 일체처 일체시에
　　소소령령 지각하난 이것이 어떤겐고
　　몸뚱이난 송장이요 망상번뇌 본공하고
　　천지면목 내의부처 보고듯고 안꼬눕고
　　잠도자고 일도하고 눈한번 깜작할새
　　천리만리 단여오고 허다한 신통묘용
　　분명한 내의마음 어떠케 생겼난고
　　의심하고 의심하되 고양이가 쥐잡듯이
　　주린사람 밥찻듯이 목마른이 물찻듯이
　　육칠십 늘근과부 자식을 일혼후에
　　자식생각 간절툿이 생각생각 잊이말고
　　깊이궁구 하여가되 일념만년 되게하야
　　폐침망손 할지경에 대오하기 각갑도다

(나) 선지식을 차저가서 요연이 인가마저
　　닷이의심 없은후에 세상만사 망각하고
　　수연방광 지내가되 빈배갗이 떠놀면서
　　유연중생 제도하면 보불은덕 이아닌가
　　일체계행 직켜가면 천당인간 수복하고
　　대원력을 발하여서 항수불학 생각하고
　　동체대비 마음먹어 빈병걸인 괄세말고
　　오온색신 생각하되 거품갗이 관을하고
　　밧갈으로 역순경계 몽중으로 생각하야
　　희노심을 내지말고 허영한 내의마음
　　허공과 갇은줄로 진실이 생각히야
　　팔풍오욕 일체경계 부동한 이마음을
　　태산갗이 써나가세

〈참선곡〉의 일부로, 참선의 방법을 구체적으로 제시하고 있는 (가)와, 오도(悟道) 이후의 보림(保任)에 관해 노래하고 있는 (나)를 인용한 것이다. 보림은 보호림지(保護任持)의 준말로, 깨달은 뒤에 그 깨달음의 경지를 잃지 않기 위해 꾸준히 정진하는 것을 말한다.

(가)에서는 참선수행의 방법이 구체적이면서도 알기 쉬운 표현으로 서술되어 있음을 지적할 수 있다. 침굉이 선가의 화두로 참선수행의 방법을 간접적으로 제시하고 있고, 지형이 어려운 불교어휘와 화두로 참선수행의 방법을 표현하고 있음에 비해, 경허는 알기 쉬운 어휘를 사용하여 수행방법을 자세히 풀어서 설명하고 있는 것이다. 그런데, 인용문 (가)는 그가 한글로 쓴 법어인 「중노릇하는 법」의 내용과 거의 일치함을 보이고 있다. 이에, 그 일부를 보이면 아래와 같다.

> 대저 중노릇 하는 것이 적은 일이리요. 잘 먹고 잘 입기 위하야 중노릇하는 것이 아니라 부쳐 되어 살고 죽는 것을 면하자고 하는 것이니, 부처 되려면 내몸에 있는 내 마음을 찾아보아야 하는 것이니, 내 마음을 찾으려면 몸뚱이는 송장으로 알고, 세상일이 좋으나 좋지 않으나 다 꿈으로 알고, 사람 죽는 것이 아침에 있다가 저녁에 죽는 줄로 알고 죽으면 지옥에 가고 중생도 되고 귀신도 되어 한없는 고통을 받는 줄을 생각하야 세상만사를 다 잊어버리고 항상 내 마음을 궁구하되, 보고 듣고 일체 일을 생각하는 놈이 모양이 어떻게 생겼는고 모양이 있는 것인가 모양이 없는 것인가 큰가 작은가 누른가 푸른가 밝은가 어두운가 의심을 내여 궁구하되 고양이가 쥐잡듯하며 닭이 알안듯하며 늙은 쥐가 쌀든 궷작 좃듯하야 항상 마음을 한군데 두어 궁구하야 잊어버리지 말고 의심하야 일을 하더라도 의심을 놓지말고 그저 있을 때라도 의심하야 지성으로 하여가면 필경에 내마음을 깨다를 때가 있을 것이니 부대 신심을 내여 공부할지니라.46)

---

46) 『경허법어』, 인물연구소, 1981, 597쪽.

여기에서는 참선이란 말이 한마디도 나오지 않지만 이대로가 참선하는 방법을 말하고 있는 것이라 할 수 있다. 이 부분은 〈참선곡〉뿐만아니라 〈가가가음〉과 〈법문곡〉에서도 거의 유사하게 나타나고 있다. 특히, 순한글의 표기인 〈법문곡〉에는 "이것이 무엇인고 어떻게 생겼는가/ 큰가 작은가 긴가 짜른가/ 밝은가 어두운가 누른가 푸른가/ 있는것인가 없는것인가 도시어떻게 생겼는고"라고 되어 있어, 「중노릇하는 법」의 해당 부분을 그대로 옮긴 듯한 모습을 보이고 있다. 경허는참선을 보다 알기 쉽고 널리 알리기 위해 한글로 각각 법어와 노래를지은 것이 되는데, 이러한 사실만으로도 그가 근대선의 중흥조로 평가받는 이유의 일단을 알 수 있다고 하겠다.

인용문 (나)는 보림의 방법에 대해 노래하고 있는 것으로, 지형의〈참선곡〉에 없는 내용이다. 또한, 같은 작자의 노래이지만 〈법문곡〉과〈가가가음〉에도 이 부분에 대한 내용은 없음을 알 수 있다. 뒤에서 다시 언급하겠지만, 〈법문곡〉과 〈가가가음〉은 그 내용과 서두에 제시되어 있는 청자 등을 통해서, 승려뿐만 아니라 일반신도들까지 그 대상으로 하고 있으므로, 깨달은 사람을 전제로 하는 보림에 관한 부분은생략된 것이라 짐작할 수 있다. 따라서, 이 〈참선곡〉은 경허의 작품들중에서도 참선수행에 대해 본격적으로 노래하고 있는 것이며, 지형의〈참선곡〉에 비해 보다 진전된 작품이라고 할 수 있다. 또한, 이 작품을통해서 그의 돈오점수(頓悟漸修) 사상을 엿볼 수 있다고 하겠는데, 깨달음을 진정한 닦음의 출발로 인식하는 돈오점수에서는 보림을 강조하지 않을 수 없기 때문이다.[47]

한편, 〈가가가음〉과 〈법문곡〉은, 각각 "일업는 경허당이 노래하나

---

47) 김호성, 앞의 논문, 158쪽.

지여내니 세상사람 들어보소"와 "오호라 세상사람 나의노래 들어보소"
로 시작하고 있어 주목을 요한다. 이는 침굉과 지형의 참선노래가 그
청자를 승려계층으로 한정하고 있음에 반해, 승려뿐만 아니라 일반신
도들까지 포함하고 있기 때문이다. 그러므로, 이 점 또한 경허의 참선
노래가 갖는 하나의 특징으로 지적할 수 있는데, 이러한 특징은 그의
제자인 만공의 〈참선곡〉에서도 볼 수 있다.

경허는 여느 선사들과 달리 자신의 선취를 노래하는 것에 머무르지
않고, 참선노래를 통한 대중 교화에 관심을 두었다고 하겠는데, 그의
가사작품은 참선수행의 방법을 구체적으로 제시하면서도, 일반대중을
대상으로 알기 쉬운 입말로 노래하고 있다는 점에서, 불교가사의 역사
적 전개에 있어 그 의의가 크다고 할 것이다.

(2) 만공과 한암

경허선사가 불교가사의 작가로서 차지하는 중요한 위치는 그의 전법
제자인 만공 월면(滿空月面, 1872~1946)과 한암 중원(漢巖重遠, 1876~1951)이
각각 참선을 권하는 가사작품을 남기고 있는 점에서도 입증된다. 만공
과 한암은 그 스승인 경허와 더불어 근·현대를 대표하는 선지식으로,
쇠미해 가던 조선 선가의 중흥을 위해 깃발을 휘날리고 법고를 두드린
중흥조가 경허였다면, 이들은 중흥의 전성시대를 구가한 인물이었다.
만공과 한암은 함께 경허의 법을 이었으면서도 각기 독자적인 가풍을
이루면서, 당대에 '남만공(南滿空) 북한암(北漢巖)'으로 불렸다고 한다.[48]

먼저, 만공의 생애를 연보로 작성하여 보이면 아래와 같다.[49]

---

48) 김호성, 「한암선사」, 불교신문사 편, 『한국불교인물사상사』, 민족사, 1991, 462쪽.
49) 이 연보는 『만공법어』(능인선원, 1968)에 수록된 진성 찬, 「만공월면대선사행장」과,
    석지명, 「만공선사」, 불교신문사 편, 『한국불교인물사상사』, 민족사, 1991을 참고하

1871년   3월 7일, 전라북도 태인군에서 아버지 송신통과 어머니 김씨 사이에서 태어남. 속명은 도암(道岩), 법명은 월면, 만공은 법호임.

1884년   천장사에서 태허(泰虛)를 은사로, 경허선사를 계사(戒師)로하 여 출가함.

1893년   "만법귀일(萬法歸一) 일귀하처(一歸何處)"의 화두를 참구하며 수행에 정진함.

1895년   봉곡사에서 참선수행 중, 동쪽 벽에 의지하여 서쪽 벽을 바라보 다가 홀연히 벽이 공(空)하고 일원상이 나타나 보이는 경험을 하고, 그 새벽에 "응관법계성(應觀法界性) 일체유심조(一切唯 心造)"라는 구절을 외우다가 깨달음을 얻음.

1896년   경허선사가 찾아와서, 지금까지의 공부에 대해 물은 후, "화중생 련(火中生蓮)이라"고 함. 그리고 "만법귀일 일귀하처"의 화두 는 더 진전이 없으니 다시 조주선사의 무자(無字)화두를 드는 것이 옳다고 함.

1898년   무자화두로 수행정진에 힘쓰다가 경허선사를 경모하는 마음이 간절하여 그를 찾아 부석사로 감. 범어사 계명암 선원에 경허선 사를 모시고 감. 통도사 백운암에 돌아와 수행 정진하던 중, 새벽 종소리를 듣고 재차 깨달음.

1901년   본사인 천장사에 돌아와 오후보림에 힘씀.

1904년   경허선사가 함경도 갑산에 가는 길에 천장사에 들러 그 동안 만공이 수행한 바와 깨달은 바를 살핌. 그리고, 전법게(傳法偈) 를 내린 뒤에, "불조(佛祖)의 혜명(慧命)을 자네에게 이어 가도 록 부촉하니 불망신지(不忘信之)하라"고 함.

1905년   덕숭산에 조그마한 모암(茅庵)을 짓고 금선대(金仙臺)라 하고 보림함. 이곳에서 처음 개당보설(開堂普說)함. 그후, 수넉사· 정혜사·견성암을 중창하고 선풍을 크게 떨침. 말년에는 덕숭산

여 작성하였다.

　　　　　　　동쪽 산정에 한 칸 모옥을 지어 전월사(轉月舍)라 이름하고 한가
　　　　　　　로운 선승으로서의 생활을 함.
　　1946년　10월 20일, 거울에 비친 자신의 모습을 보고 "자네와 내가 이제
　　　　　　　이별할 인연이 다 되었네 그려" 하고 껄껄 웃은 뒤, 세수 76세
　　　　　　　법랍 62세로 입적함.

　　만공의 가사작품은, 문집인 『만공법어』[50)에 〈참선곡〉〈산에 들어
가 중이 되는 법〉〈참선을 배워 정진하는 법〉의 3편이 수록되어 있다.
이들 가사는 그 내용 상, 참선에 관한 삼부작의 형태를 띠고 있는 것으
로 보인다.

　　〈참선곡〉은 석가를 본받아 나의 불성(佛性)을 찾자는 내용으로, 불
성을 찾기 위한 방법으로 참선을 제시하고 있지만 구체적인 방법에 대
해서는 아무런 언급이 없다. 서두 부분에는 "오탁악세 수고중생 다겁
업장 지중하여/ 참선이란 무엇인지 아지못한 저분들께"라는 구절이 있
는데, 이를 통해 이 노래는 근기가 낮은 신도들까지 그 청자로 설정하
고 있음을 알 수 있다. 따라서, 이 〈참선곡〉은 근기가 낮은 청자들이
참선에 관심을 갖게 하기 위해 지어진 것이므로, 수행 방법의 제시 없
이 다만 참선이 무엇인가 하는 점과 참선을 통해 성도한 석가의 생애만
을 노래한 것이라 여겨진다.

　　불성을 찾기 위한 첫 단계로서 승려가 되는 방법은 〈산에 들어가
중이 되는 법〉에서 아래와 같이 서술되어 있다.

　　　　입산위승 하는법은 세상만사 다버리고

---

50) 참고로, 그 체제를 보면 상당법어(42편), 거량(57편), 게송(66편), 발원문(3편), 수행
　　찬(5편), 방함록서(3편), 법훈(9편)과 「만공월면대선사행장」으로 되어 있다. 가사작
　　품은 수행찬에 실려 있다.

> 남음없는 발심으로 선지식을 참례하야
> 분향고두 신올리고 어떤것이 부처릿가
> 한말씀을 올리며는 선지식이 무삼법을
> 답할른지 그말씀을 신행하여 행주좌와
> 동정중에 일분일각 간단없이 혼침산란
> 팔리쟎고

　그러나, 여기에서도 구체적인 참선방법은 제시되어 있지 않으며, 다만 "무삼방편 행하여야 허물된병 다고치고/ 진실도에 정진할꼬"라는 물음으로 끝을 맺고 있다. 이에 대한 답은 〈참선을 배워 정진하는 법〉에 제시되어 있는데, 해당부분을 인용하면 다음과 같다.

> 사람사람 무삼도리 행하와야 허망된법
> 다버리고 진실도에 정진될까
> 　　　　…(중략)…
> 무삼방편 행하와야 허망된법 다버리고
> 진실도에 정진할고 진실도의 정진법은
> 일천칠백 공업이뇨 일천칠백 공안중에
> 조주무자 최상이라 무자화두 드는법을
> 세밀하게 설하오니 이화두를 결택하여
> 진실도에 정진하면 부처되기 아주쉽소

　만공은, 〈참선곡〉에서 제기한 불성을 찾는 방법과 〈산에 들어가 중이 되는 법〉에서 제기한 진실도에 정진하는 방법에 대한 해결책으로 간화선을 제시하고 있다. 그 중에서도 조주선사의 무사화누를 강조하고 있음을 알 수 있다. 이 무자화두는, 한 승려의 "개도 불성이 있습니까 없습니까?"라는 물음에 조주선사가 "없다(無)"라고 대답한데서 유래한 유명한 화두를 말한다. 이 화두를 통한 수행방법은 앞의 연보에서 보았듯이, 경허선사가 수행 중의 만공선사에게 권한 것이기도 한데, 만공은 이 화두 참구를 통해서 깨달음을 얻었다. 결국, 만공의 참선노래는 작가 자신의 체험에 근거한 것으로, 간화선을 강조하고 있다는 점을 그 특징으로 지적할 수 있다.

다음으로, 한암의 연보를 제시하면 다음과 같다.[51)

1876년   3월 27일 강원도 화천에서 아버지 방기순과 어머니 선산 길씨 사이에서 장남으로 태어남. 법명은 중원, 법호는 한암.

1885년   서당에서 『사략(史略)』을 읽다가 "반고씨 이전에는 누가 있었는 가"라는 의문을 품게 됨. 이후 10여년 동안 경사자집(經史子集)을 섭렵, 의문을 풀고자 했으나 유학에는 답이 없음을 깨침.

1897년   22세의 나이로 금강산 장안사에서 금월 행늠(錦月行凜)을 은사로 출가함. 어느날 우연히 보조 지눌의 『수심결(修心訣)』을 읽다가 첫 번째 깨달음을 얻음.

1899년   청암사 수도암에서 경허선사를 만나 『금강경』의 한 구절을 듣고 또 한 번의 깨달음을 얻음. 경허로부터 "개심(開心)을 넘었다"라고 인가 받음.

1903년   해인사에서 스승 경허와 이별. 통도사 내원선원의 조실로 추대됨.

1910년   내원선원의 선승들을 해산시키고 평북 우두암에서 보림함. 어느날 부엌에서 홀로 불을 지피다가 홀연히 세 번째의 깨달음을 얻음.

1921년   금강산 장안사에서 주석하다가 대중들의 간곡한 초청에 응해서, 건봉사에서 결사함.

1922년   건봉사의 결사 동안 행한 법어·게송·가사 등 어록을 모은 『한암선사법어』가 편찬됨.

---

51) 이 연보는 『한암일발록』(민족사, 1995)의 연보와, 김호성, 앞의 논문 등을 참고하여 작성하였다.

1926년   봉은사의 조실로 있다가 천고(千古)에 자취를 감춘 학이 되고자
　　　　　발원한 뒤, 오대산으로 들어감.

1929년   조선불교승려대회에서 원로기관인 7인 교정(敎正)에 추대됨.

1931년   경허선사의 행장인 「선사경허화상행장」 저술.

1937년   『금강경오가해(金剛經五家解)』의 편집·현토·간행. 『보조법어』
　　　　　를 편집·현토·간행. 선학원에서 열린 유교법회(遺敎法會)에
　　　　　초청 받았으나 사양하고 불참.

1941년   6월 4일, 조계종 초대 종정 취임. 해방 때까지 역임함.

1947년   상원사의 화재로 문집『일발록(一鉢錄)』이 소실됨.

1948년   6월 30일, 조선불교 제2대 교정에 추대됨.

1950년   6·25전쟁의 와중에서도 피난가지 않음. 상원사를 작전상 소각
　　　　　으로부터 저지함.

1951년   3월 22일, 선상(禪床) 위에 앉아 좌탈입망(坐脫入亡)으로 입적.
　　　　　세수 76세, 법랍 54세.

1959년   탄허 등 문도들이 부도와 비를 상원사에 세움.

　한암은 근래에 다시 간행된 문집인『한암일발록』52)에 〈참선곡〉 한
편을 남기고 있다. 이 가사는 1922년 금강산 건봉사에 있었던 결사(結
社)의 해제일을 맞아 당시 지전(知殿)을 맡았던 하담스님의 청에 의해
지은 것53)으로, 작품의 말미에도 "오날이 壬戌年 正月十五日 이올시
다"라는 구절이 보인다.

　한암의 〈참선곡〉은 경허의 〈참선곡〉과 유사한 내용으로 되어 있는
데, 다른 점은 작품의 끝부분에 '유지장부(有志丈夫)' '출격장부(出格丈
夫)'라고 하여 청자를 구체적으로 제시하고 있다는 것이나. 이 노래에

---

52) 참고로,『한암일발록』의 체제를 보면, 법어(13편), 게송(19편), 서간문(6편), 행장 및
　　기타(12편), 별록(1편)으로 되어 있다.

53) 김호성, 앞의 논문, 155쪽.

경허 〈참선곡〉의 몇몇 구절이 그대로 나타나 있는 이유는 그 창작 배경
에 기인한 것으로 보인다. 이 작품은 한암이 본래 의도한 것이 아니라
다른 승려의 청으로 지어진 것이므로, 그 과정에서 자신의 스승인 경
허의 노래 구절이 자연스럽게 들어간 것으로 생각할 수 있기 때문이다.
한암은 평소 경허의 〈참선곡〉을 외우고 있었음을 짐작할 수 있다.

> 선지식을 차자가셔 요연히 인가마져
> 다시의심 업슨후에 여러명훈 잇지말라
> 계성곽을 놉히싸하 리외정경 션찰하소
> 무수징중 진수징과 무방편중 진방편은
> 삼세졔불 역디조사 이구동음 일넛쓰니
> 자고자디 부디말고 도회보양 쏜을보소
> 지사전광 횡동궁자 문수보살 일은말심
> 본싴납자 진도인이 엇지하야 명픠할가
> 모암토동 깁혼곳과 셩시인해 헌요중에
> 수연방광 지니가며 지혜금을 날을세워
> 오욕팔풍 역순겡게 봄눈갓치 사라지고
> 불셩계주 심지인은 추월갓치 싴로워라
> 무한쳥풍 이는곳에 로지빅우 잡아타고
> 무공녁 빗겨드러 틱평일곡 더욱좃타
> 꿈속갓혼 이세상에 빈빅갓치 써놀면셔
> 유연중싱 졔도하면 보불은덕 이아닌가
> 동쳐디비 마음먹어 빈병걸인 괄셰마소
> 평등원각 디간남에 소요자직 나뿐이여
> 수변님하 한적쳐에 무심객을 게뉘알니

인용문은 보림의 방법에 관해 노래하고 있는 부분으로, 경허 〈참선
곡〉의 몇몇 구절이 보이고 있음을 알 수 있다. 경허의 가사와 비교할
때, 보림에 관한 부분이 좀더 길게 서술되어 있고, 그 표현에 있어 어

려운 불교어휘를 사용하고 있으며, 다소 산만한 느낌을 준다.

이상, 만공과 한암의 가사작품에 대해 살펴보았는데, 이 두 선사의 작품은 직접적으로나 간접적으로 모두 경허의 영향 아래에 지어진 것임을 확인할 수 있다. 가사 창작에 국한하여 본다면, 참선의 대중화를 위해 가사를 지은 경허의 정신은 한암 보다는 만공에게 계승된 것으로 보인다.

비록 한암의 〈참선곡〉에 경허의 노래 구절이 많이 보이기는 하지만, 그 대상이 주로 승려계층이고 내용 또한 다소 어려운 데 반해, 만공은 스승인 경허와 마찬가지로 주된 청자를 일반신도까지 포함하고 있으며, 그 표현에 있어서도 알기 쉬운 입말로 참선수행의 방법을 노래하고 있기 때문이다. 그렇지만, 만공의 작품들은 경허가 이룩한 참선노래의 새로운 경지에는 미치지 못한다고 하겠는데, 앞에서 보았듯이, 그의 노래는 '보림'에 대해서는 아무런 언급이 없으며, 전체적인 짜임새에 있어서도 정제된 모습을 보이지 않고 있다.

그러나, 만공과 한암의 노래들은 그 자체로서도 나름대로의 의의가 있다고 말할 수 있다. 특히, 이들 선사의 가사작품은 경허의 법사가 되는 용암 혜언의 작품과 더불어, 불교가사의 형성에 있어 작가의 법맥(法脈)이 하나의 중요한 요인으로 작용하고 있다는 사실을 보여준다는 점에서, 더욱 그 존재의 의의가 크다고 하겠다.

3) 학명(鶴鳴)과 용성(龍城)

(1) 학명

학명 계종(鶴鳴 啓宗, 1867~1929)은 선원(禪院)을 결성하여 반농반선(半農半禪) 운동을 실천한 인물[54]로, 그의 연보를 보이면 다음과 같다.[55]

1867년　전남 영암군에서 부친 백낙채의 장남으로 태어남. 법명은 계종, 자호는 백농(白農), 학명은 법호.

1886년　부친 별세. 이후 집안 일을 동생들에게 맡기고 붓장수로 전국을 떠돌아 다니다가, 순창 구암사에서 설두(雪竇)화상 강하(講下)에 학인 40여명이 묵좌하고 있는 모습을 보고 발심함. 고향의 불갑사에서 금화(錦華)선사를 은사로 출가함.

1890년　구암사에서 내전(內典)을 수학함. 그 후, 구암사·운문사 등에서 강회(講會)를 열어 강사로서의 명성을 떨침. 그러나, 자신의 궁극적인 지향이 선계(禪界)에 있음을 깨달아 선에 입문하여 그 후 10여년을 오직 참선 수행에 힘을 기울임. 부안 내소사와 변산 월명암의 주지를 역임함.

1914년　월명암의 조실로 있으면서 수십명의 선객(禪客)을 지도함. 어느 날, 염송집을 보다가 "불여만법(不與萬法) 위려자(爲侶者) 시심마(是甚麽)"라는 화두를 접한 순간 눈앞이 캄캄해지는 체험을 겪고, 이후 식음을 전폐한 채 며칠 동안을 정진하다가 홀연히 깨침.

1917년　내장산 백양사로 거처를 옮김. 이후 몇 년 동안 중국과 일본에 가서 그 곳의 불교계 인사들과 교유하고 선풍을 떨침.

1922년　선우공제회(禪友共濟會)의 발기인으로 참가하여 한국전통의 선풍을 계승하는데 주도적인 활동을 함.

1923년　내장사를 중건하고, 실천적 불교혁신운동인 반선반농 운동에 온 힘을 기울임.

1929년　3월 27일, 내장사에서 입적함. 세수 63세, 법랍 43세. 입적 이후 잡지 『불교』를 중심으로 회고와 추모의 글이 다수 발표됨.

---

54) 한기두, 「불교유신론과 불교개혁론」, 한종만 편, 『현대 한국의 불교사상』, 한길사, 1988, 233쪽.

55) 연보는 김종진, 「학명의 가사 선원곡에 대하여」, 『동악어문논집』 33, 동악어문학회, 1998과 이정 편, 『한국불교인명사전』, 민족사, 1993을 참고하여 작성하였다.

　학명은 불교가사의 작가 중, 가장 많은 작품을 남기고 있는데, 문집인 『백농유고(白農遺稿)』가 소실된 관계로 『불교』지와 『석문의범』에 수록되어 전한다. 그의 가사작품으로는, 〈망월가〉〈선원곡〉〈신년가〉〈왕생가〉〈원적가〉〈참선곡〉〈해탈곡〉 등의 7편이 있다. 〈선원곡〉과 〈원적가〉를 제외한 대부분의 작품들은 그 길이가 50구가 채 되지 않는 단형의 가사로, 작품의 내용과 『석문의범』이라는 출전의 성격상, 불교의식에서 불려진 듯하다.

　그의 작품 중에는 제목으로 보아, 지형의 경우와 마찬가지로 왕생노래와 참선노래가 모두 있음을 알 수 있는데, 이들 작품을 먼저 살펴볼 필요가 있다.

　〈왕생가〉는 극락세계의 장엄함을 요약하여 서술한 후, 왕생의 방법으로 무념(無念)의 반조자성(返照自性)을 제시하고 있다. 일반적인 왕생노래가 칭명염불(稱名念佛)과 선심적덕(善心積德)을 강조하고 있는 것에 비해, 이 작품은 반조자성만을 제시하고 있는 것이다. 물론, 선사들의 작품일 경우는 간혹 염불과 참선을 함께 강조하고 있는 예도 보이지만, 이 가사에서처럼 참선의 방법을 정토왕생의 방법으로 제시하는 경우는 보기 드문 예에 속한다.

　이러한 점은, 마음속에 정토가 있고 자신의 본래 성품을 찾는 것이 곧 정토에 왕생하는 것이라는 유심정토(唯心淨土) 사상에 기인하는 것으로, 이를 통해 학명이 선정(禪淨)을 겸수(兼修)하기보다는 오로지 선에 철저한 선사였음을 알 수 있다. 또한, 제목과 내용에서 정토에 왕생함을 노래하고 있지만, 결국은 참선수행을 권하고 있으며, 유심정토사상 역시 선사상에 근거하는 것이라는 점에서, 이 노래는 왕생노래이기보다는 참선노래라고 보는 것이 옳을 듯 하다.

　〈참선곡〉은 세상사의 무상함을 중국고사의 예를 들어 길게 서술한

뒤, 이를 극복하는 방법으로 '시심마(是心麼)' 화두를 참구하는 참선수
행을 권하고 있다. 이 '시심마'는 지형이 그의 〈참선곡〉에서 강조하고
있는 참선수행의 방법임을 이미 앞에서 살펴본 바 있다. 이 작품은 간
화선을 제시하고 있지만, 구체적인 참선의 방법이나 보림에 대해서는
아무런 언급이 없으므로, 본격적인 참선노래라고는 할 수 없다. 다만,
동시대의 경허 및 만공이 조주선사의 무자화두를 강조하고 있음에 비
해, 혜능선사의 '시심마' 화두를 강조하고 있다는 점은, 그의 참선노래
에 보이는 하나의 특징으로 지적할 수 있을 것이다.

> 허망하고 무상하다 인간세월 싸르도다
> 정든해는 간곳업고 세해 다시 도라왓네
> 묵은해는 가도말고 새해역시 오도마소
> 어린아기 소년되고 소년으로 청년된다
> 청년부터 노인되고 노인되면 될것업서
> 부귀빈천 강약업시 멀고먼길 가고마네
> 다시엇기 어려워라 금쪽갓혼 이내몸과
> 틀님업는 이내마음 새해부터 나아가세
> 독긔들고 산에들면 덤불처서 개량하고
> 광이들고 돌밧파면 황무지가 옥토된다
> 우리밧헤 보리싹은 눈속에도 푸르럿고
> 우리새음 물줄기는 소래치고 흘러간다
> 부질부질 나아가면 새천지를 아니볼까
> 정신잇는 우리사람 사람중에 사람되세
> 나무아미타불 나무관세음보살

위의 노래는 〈신년가〉의 전문으로, 새해를 맞아 더욱 수행정진에
힘쓰자는 내용으로 되어 있다. 노래 말미의 "나무아미타불 나무관세음
보살"을 제외하고는 여느 불교가사와 달리 불교어휘가 보이지 않으며,

내용 또한 불교신자에만 국한되는 것이 아님을 알 수 있다. 한편, 이 작품에는 반농반선 운동을 실천한 학명의 면모를 보여주는 대목이 있어 주목을 요한다. 즉, "독긔들고 산에들면 덤불처서 개량하고/ 광이들고 돌밧파면 황무지가 옥토된다"의 구절이 그것으로, 이렇듯 노동을 강조하는 그의 모습은 다음의 노래에서는 더욱 구체화되어 나타난다.

> 시기따라 또변하니 학명수중 농기로다
> 야야우리 농부님네 농부되기 까닭업다
> 고루거각 한일터니 전중로력 윈일인가
> 속풍따라 농업하니 외도지견 이아닌가
> 야야우리 스승님네 승려되기 까닭업다
> 종일토록 한담하고 밤새도록 잠자기네
> 재조적이 잇다하나 불법신앙 전혀업고
> 사교대교 마첫으나 불법지견 망연하네
> 신식문학 갈처스나 산계야목 되고만다
> 아하우리 농부님네 밋친이내 말삼듯소
> 불조소굴 처부수고 사찰폐풍 개량하세
> 노동하고 운동하니 신체따라 건강하다
> 정중공부 그만두고 요중공부 하여보세
> 야야우리 동무님네 땅파면서노래하세

〈선원곡〉의 일부로, 화자는 당시 선가의 폐풍(廢風)을 비판하면서, 노동과 함께 하는 참선수행을 뜻하는 '요중공부(鬧中工夫)'를 권하고 있다. 이 작품은 농부를 청자로 제시하고 있는데, 여기서의 농부는 승려와 동일시되고 있음을 그 내용으로 미루어 진작할 수 있다. 그리고 인용문의 뒤에는, 참선수행의 과정을 호미로 땅을 파는 행위와 댓구로 교차시키면서 단계적으로 제시하고 있다. 이상을 통해서, 이 〈선원곡〉은 노동을 강조하지만 단편적인 언급에 머물러 있는 〈신년가〉에서 한

걸음 더 나아가, 그의 선농일치(禪農一致) 사상을 본격적으로 보여주는 작품이라고 할 수 있다.

〈신년가〉와 〈선원곡〉 이외의 가사작품에는 그의 반농반선 내지는 선농일치의 사상이 나타나 있지 않다. 〈망월가〉는 "공즉시색(空卽是色) 색즉시공(色卽是空)"의 불교 교리를 달이 기울고 차는 것에 비유하여 노래하고 있으며, 〈해탈곡〉은 정신 수양에 힘써 빨리 해탈하자는 내용으로 되어 있다. 〈원적가〉에서는 "구식으로 구든사람 날보와서 혁신하소"와 "노예심이 만흔사람 날보와서 독립하소" 등의 구절을 통해, 변화하는 시대에 맞는 인간형을 제시하고 있다.

이상, 학명의 생애와 작품을 간략하게나마 살펴보았는데, 그는 가장 많은 불교가사 작품을 지었으며, 그 내용 또한 여타의 불교가사에 비해 다양함을 알 수 있다. 그 중에서도 〈선원곡〉은 그의 반농반선 내지는 선농일치의 사상을 노래한 작품으로, 불교개혁운동의 이념 내지 사상을 국문시가로 선명하게 표현했다는 점에서 그 의의가 크다고 할 수 있다.

(2) 용성

용성 진종(龍城震鍾, 1864~1940)은 경허의 격외선(格外禪)과는 그 성격을 달리하는 청정선풍(淸淨禪風)을 확립한 선사로, 그 역시 근·현대 불교계를 대표하는 선지식 중의 한 분이라 할 수 있다. 일반인들에게는 3·1운동 때의 민족대표 33인 중의 한 분으로 알려져 있기도 한데, 그의 연보를 작성하여 제시하면 다음과 같다.[56]

---

56) 연보의 작성은, 『용성큰스님어록』(불광출판부, 1993)에 수록된 연보와, 한보광, 『용성선사연구』, 감로당, 1981 등을 참고로 하였다.

1864년 5월 8일, 전북 남원군에서 아버지 백남현과 어머니 밀양 손씨의
장남으로 태어남. 속명은 상규(相奎), 법명은 진종, 용성은 법호임.

1872년 서당에 입학하여 한학을 배우고 한시를 지음.

1877년 남원의 덕밀암에서 출가하였으나, 부모에 의해 집으로 돌아옴.

1879년 해인사 극락암에서 화월(華月)화상을 은사로, 혜조(慧造)율사
를 계사로 출가함.[57]

1884년 양주 보광사 도솔암에서 천수대비주(千手大悲呪)를 외움. 이
때 처음으로 깨달음을 얻음.

1885년 해인사에서 수행정진 중, 두 번째 깨달음을 얻음.

1886년 8월, 낙동강을 지나다 우연히 마지막 깨달음을 얻음. 그후 14년
동안 전국을 편력하면서 경전을 열람하고 오후보림에 힘씀.

1900년 송광사 조계봉 토굴에서 오후보림을 마침.

1907년 중국의 북경을 방문하여 사찰 및 성지를 순례하고 다음 해에
귀국함.

1910년 지리산 칠불선원의 종주가 됨. 『귀원정종(歸源正宗)』을 저술함.

1911년 서울에 올라와 타종교의 전도 활동을 보고 자극을 받아 선회(禪
會)를 개설하고 본격적인 포교활동을 위해 봉익동에 대각사를
건립함.

1916년 3년 동안 북청에 있는 금광을 경영함.

1919년 3·1 운동을 주도한 민족대표 33인 중, 불교대표로 참여함. 서대
문 형무소에서 1년 6개월의 형을 언도받고 3년간 옥고를 치름.

1921년 3월, 출감함. 4월에 삼장역회(三藏譯會)를 조직하여 본격적인
역경사업에 착수하고, 대각교를 창립함. 『심조만유론(心造萬有
論)』 저술.

1924년 대각사에서 안거 중, 왼쪽 송곳니에서 치사리(齒舍利)가 나옴.

---

57) 1941년에 만해 한용운이 쓴 「용성대선사사리탑비명병서」(『용성큰스님어록』, 569~
570쪽에 재수록됨)에는 용성이 19세에 출가한 것으로 되어 있으나, 여기에서는 어록
의 기록을 따랐다. 현재는 16세 출가설이 정설로 인정받고 있다.

박한영과 함께 잡지 『불일(佛日)』을 창간함.

1925년   도봉산 망월사에서 만일참선결사회(萬日參禪結社會)를 조직함.

1926년   5월, 범계(犯戒) 생활 금지에 대한 1차 건백서를 총독부에 제출하였고, 9월에 지계(持戒)에 대한 2차 건백서를 제출함.

1927년   경남 함양군 백운산에 화과원을 건립하여 선농일치의 불교를 주창함.

1938년   일제의 탄압으로 대각교 창설 18년 만에 해산.

1940년   2월 24일, 목욕재계한 뒤 제자들을 모아 놓고 "그 동안 수고했다. 나는 간다"는 말을 남기고 입적함. 세수 77세, 법랍 61세.

위에서 제시한 연보를 통해, 용성은 동시대의 여느 선사들과는 달리 다양한 면모를 보이고 있음을 알 수 있다. 즉, 그는 산중의 선원과 서울의 포교당에서 선풍(禪風)을 널리 진작시킨 고승대덕이면서도, 3·1운동에 적극 가담한 독립운동가였으며, 아울러 청정지계(淸淨持戒)와 선농일치(禪農一致)를 주장한 개혁승이었던 것이다. 그런데, 이러한 용성의 다양한 모습은, 불교의 개혁과 대중화를 위해 그가 창립하고 주도한 대각교운동에서 비롯되는 것이라 할 수 있다.

앞의 연보에서 보았듯이, 대각교는 용성이 3·1운동에 참여한 혐의로 옥고를 치르고 난 후인 1921년에 삼장역회를 조직하면서 창립된 것이다. '대각교'라는 명칭은, 왜색화 되고 다른 종교의 도전을 받고 있던 당시 불교의 이미지를 혁신하고 불교 본연의 독자성을 새롭게 부각시키기 위해, 불교의 진면목을 드러낼 수 있는 교의로서의 '각(覺)'에 착안하여 명명한 것이다.58)

그의 가사작품으로는 〈권세가〉·〈세계기시가〉·〈입산가〉·〈중생기

---

58) 한보광, 앞의 책, 37쪽.

시가〉·〈중생상속가〉 등의 5편이 있다. 이들 작품은 그 제목과 노래에 참선이라는 어휘가 나타나 있지는 않지만, 대체로 자성(自性)을 강조하고 참선수행을 권하는 내용으로 되어 있다. 〈세계기시가〉·〈중생기시가〉·〈중생상속가〉의 세 편은 그 제목에서 알 수 있듯, 삼부작의 형태를 띠고 있다. 먼저, 〈세계기시가〉는 세계가 형성되는 과정을 자세히 서술한 후, 결미부분에서 다음과 같이 노래하고 있다.

> 닐어나는 세계들과 괴공하는 세계들의
> 선후차별 알수없네 세계마다 물노되나
> 디수화풍 화합이오 유정들도 그러하야
> 디수화풍 건립일세 물이얼어 얼음되니
> 얼음전톄 물이로다 밝은셩품 닐어나서
> 환변하여 세계되니 세계전톄 마음이라
> 삼게유심 분명하니 구박범부 다몰으고
> 고금천하 무궁겁에 진비잡설 도도하다
> 텬디동근 여아일톄 어서어서 깨칩시다

즉, 세계는 인간의 마음에서 비롯하는 것으로, 어서 이러한 사실을 깨달을 것을 촉구하고 있는 것이다. 인용문 중, 삼계(三界)가 유심(唯心)임에도 불구하고 '진비잡설(塵飛雜說)'이 유행하고 있다는 화자의 언급은, 용성이 이 노래를 지은 이유의 일단을 짐작하게 한다.

그는 기독교도들이 불교를 비방하는데 자극을 받아 1910년에 기독교에 대한 불교의 교리적 논박서라 할 수 있는 『귀원정종』을 저술한 사실[59]이 있는데, 이러한 점으로 미루어, 여기에서의 '진비잡설'은 기독교의 천지창조설을 가리키는 것으로 여겨진다. 따라서, 이 작품은

---

59) 한보광, 「용성선사」, 불교신문사 편, 같은 책, 421쪽.

당시 그 교세를 확장하던 기독교의 천지창조설에 대응하여 '만물유심
조(萬物唯心造)'의 불교 교리를 알기 쉽게 전달하기 위해 지은 것이라
할 수 있다.

다음으로, 〈중생기시가〉는 〈세계기시가〉에 이어서, 무정(無情)·유
정(有情)의 중생이 태어나는 과정과 삼계에서 겪는 고통에 대해 노래하
고 있으며, 〈중생상속가〉는 그 고통을 극복하는 방법으로 회광반조(廻
光返照)를 제시한 다음, "나의본성 통달하면 생사륜회 본래없어/ 무위
탕탕 자재하다"라는 구절로 끝맺고 있다.

> 대각한번 되었으면 무삼걱정 있으리오
> 보고듯고 앉고눕고 밥도먹고 옷도입고
> 말도하고 잠도자고 묘한신통 다갖어서
> 얼골앞에 분명하며 이마뒤에 신긔하다
> 찾는길이 여럿이나 반조공부 묘하도다
> 선심악심 많은마음 디수화풍 제쳐놓고
> 찾어보면 모도없네 비록찾어 못보으나
> 령지소소 분명하니 그것아니 미묘한가

인용문은 〈권세가〉의 일부를 옮긴 것인데, 이 부분은 경허의 〈가가
가음〉의 해당 부분을 그대로 옮긴 듯한 모습을 보이고 있어 주목을 요
한다. 즉, 〈가가가음〉의 '부처'를 '대각'으로 바꾸었을 뿐, 그 외의 부분
에서는 거의 일치하고 있는 것이다. 또한 노래 전체를 통해서도 매우
유사한 대목이 많이 눈에 띈다. 이러한 점은, 용성이 비록 경허의 전법
제자는 아니지만 그의 문하에서 얼마간 가르침을 받았다는 사실에 기
인하는 것으로 볼 수 있다. 용성은 선의 성격에서는 경허와 차이를 보
이고 있지만 가사작품의 창작에 있어서는 경허에게 영향을 받은 것이
라 하겠다.

4. 맺음말

본고는 불교가사의 특질과 성격을 밝히기 위한 작업의 일환으로, 지금까지 학계에 알려진 불교가사의 작품 중, 작가가 알려진 작품들을 그 작가의 생애 및 사상과 관련시켜 고찰하였다.

먼저, 2장에서는 현전하는 불교가사의 작가와 그 작품의 현황을 도표로 제시한 다음, 기존 논의에서 거의 다루지 않았던 작가들과 그 작품에 대해 살펴보았다. 3장은 불교가사의 주요 작가로 인정할 수 있는 7명의 작가들을 대상으로, 작가의 생애와 사상이 작품에 드러나 있는 양상을, 이들 작가에 공통적으로 나타나는 참선계 불교가사를 중심으로 고찰하였다. 이와 더불어 한국불교가사에서 차지하는 이들 작가와 작품의 의의에 대해서도 간략하게나마 언급하였다.

이 글은 본격적인 작가론을 의도한 것이 아니고, 대상 작가 또한 10여 명에 이르렀으므로, 생애와 사상 등 작가 자체의 문제에 대해서는 피상적인 언급에 머무를 수밖에 없었다. 특히, 3장에서 다루었던 작가들은 대체로 한국불교사에서 중요한 위치를 차지하는 고승대덕들로, 이들은 가사작품 외에도 문학적 성취가 뛰어난 한시·서간문 등 많은 문학작품을 남기고 있는데, 여기에서는 이에 대해 다루지 못했던 것이다. 이러한 문제점들은 추후 이들에 대한 개별 작가론을 통해 보완하고자 한다.

1920년대 '찬불가'의 등장과 조학유의 『찬불가』

1. 머리말

본고의 논의 대상인 조학유의 『찬불가』는, 근대 불교계의 대표적 잡지인 『불교』 28~41호(1926.10~1927.11)에 연재 형식으로 수록되어 있다. '찬불가'란 제명 아래 매호 2곡씩 총 24곡이 악보와 함께 실려 있는데,[1] 최초의 찬불가전집인 『찬불가』[2]와, 근래에 간행된 『찬불가전집』[3]에도 수록되어 있다. 특히 이들 노래 중, 〈찬불가〉와 〈산회〉는 발표 당시뿐만 아니라 지금까지 각종 법회에서 널리 불려지고 있다. 이렇듯, 조학유의 『찬불가』는 24편이라는 비교적 많은 작품수와 전 곡의 악보가 모두 전한다는 점, 그리고 현재까지 꾸준히 향유되고 있다는 점 등에서 1920년대에 등장하기 시작한 찬불가의 대표적인 작품으로 평가받고 있다.

'찬불가'는 근대 이후 서양음악의 영향을 받아 오선보로 작곡된 불교노래 전체를 가리킨다.[4] 1920~30년대에 간행된 잡지·단행본·의식

---

1) 『불교』 35호(1927.5)와 37호(1927.7)에는 실려 있지 않고, 28호에는 2곡의 노래 앞에 작자의 「서언(緒言)」이 있다.

2) 김정묵 편, 『찬불가』, 대한불교 정선포교당, 1959(제3판). 이 책에는 『찬불가』에 수록된 24곡 가운데 〈불타의 탄생〉·〈염부수하의 늦김〉을 제외한 22곡이 수록되어 있다.

3) 제3세대 불교음악동인회 편, 『찬불가 전집』(1~8), 보림사, 1993. 여기에는 〈선각왕녀〉를 제외한 23곡의 노래가 실려 있다.

집에는 많은 찬불가 작품이 전하고 있는데, 이들 작품은 문학 장르로
는 단형가사와 창가에 해당된다. 찬불가에 관한 논의는 음악적 측면에
만 집중되어 왔고, 조학유의 『찬불가』 역시 한국 근대 불교음악의 형
성과 전개 과정의 규명이라는 관점에서 연구가 이루어졌다. 대표적인
논의로는 박범훈[5]과 이미향[6]의 연구를 들 수 있다.

　박범훈은 조학유가 찬불가를 작곡하지 않았기 때문에 찬불가의 '율'
에 관한 문제를 평가하기 어렵다고 전제한 뒤, "조학유의 『찬불가』는
신불교운동적 차원에서, 그리고 찬불가를 『불교』에 기재하여 보급했
다는 차원에서 평가되어야 할 것이다."[7]라고 하였다. 이미향의 경우
는, 미확인된 6곡을 제외한 18곡이 일본의 찬불가·창가·군가에서 일
부 선율 혹은 전체 선율을 차용하였음을 밝히고 있다. 그러나 이러한
한계에도 불구하고, 조학유가 각 의식의 쓰임에 따라 사용할 수 있도
록 찬불가를 편집한 점과, 『찬불가』의 「서언」에서 전통불교음악인 범
패 선율의 우수성을 인식하고 찬불가의 방향성을 제시한 점 등은 그
의의가 크다고 지적하였다.[8]

　그런데, 이상의 논의는 음악적 연구의 한계를 보여주는 동시에, 『찬
불가』에 대한 노랫말 분석 내지 문학적 연구의 필요성을 시사한다. 곧
『찬불가』의 악곡이 일본 찬불가·창가의 선율을 차용했다는 논의 결과
는, 『찬불가』가 당시 불교계의 큰 호응을 받았고 현재까지 널리 불리

---

4) 박범훈, 『한국불교음악사연구』, 장경각, 2000, 370쪽. 한편, 이미향, 「석문의범 가곡
　　편의 음악유형 연구」, 『한국불교학』 47, 한국불교학회, 2007, 411쪽에서는, 찬불가의
　　일반적 특징으로 장절 형식의 노랫말과 창가조의 곡조를 지적하고 있다.
5) 박범훈, 앞의 책, 390~401쪽.
6) 이미향, 「조학유의 생애와 찬불가 연구」, 『보조사상』 26, 보조사상연구원, 2006.
7) 박범훈, 앞의 책, 398쪽.
8) 이미향, 앞의 논문, 418쪽.

고 있는 이유에 대한 해명으로 미흡하기 때문이다.[9] 그리고 1920·30
년대의 찬불가는 불교시가의 근대적 대응 또는 변모로 볼 수 있다는
점에서, 시가사적 관점에서의 조명 또한 필요하다. 기존의 근대 불교
시가 관련 연구[10]에서는 주로 가사와 시조 등 전통시가 양식을 중심으
로 논의가 이루어지고, 정작 근대 시기에 새로이 등장한 창가에 대해
서는 별다른 관심을 보이고 있지 않다.

한편, 조학유의 『찬불가』는 24곡 중 13곡이 '석가일대(釋迦一代)'에
관한 노래인데, 이 작품들은 석가일대기의 근대적 변용이라는 측면에
서 주목할 필요가 있다. 불교의 교조인 석가의 일생에 대한 문학적 형
상화는 동아시아 불교문학의 한 전통으로 이어져 왔다. 석가일대기의
전통은 근대 시기에도 지속되고 있는데, 시가와 서사문학뿐만 아니라
논설·희곡 등의 다양한 표현방식으로, 활자본의 출판과 잡지라는 근
대적 매체를 통해 활발히 제작·유통되고 있는 것이다. 조학유의 『찬불
가』는 이러한 '불타 담론'의 하나로, 석가의 생애를 시가 형식으로 서
술하는 전통을 계승하고 있으면서도, 노래된 내용 및 석가 형상화 등
의 측면에서 적지 않은 차이를 보이고 있다.

그러므로 본고는 『찬불가』의 문학적 성격과 그 의의에 대해 살펴보
는 것을 목적으로 한다. 먼저, 조학유의 생애 및 사상적 경향을 알아본
뒤, 『찬불가』의 내용적 특징과 작품에 나타난 석가 형상화의 양상에

---

9) 박범훈, 앞의 책, 415~416쪽에서는, 조학유의 『찬불가』를 포함한 1920·30년대의 찬
   불가는 그 악곡이 가사를 전달하기 위한 수단에 불과했으므로, 음악적 차원이 아닌
   시대적 상황과 신불교운동적 차원에서 평가되어야 함을 강조하고 있다.
10) 박경주, 「근대 계몽기의 불교개혁운동과 국문시가의 관계」, 『고전문학연구』 14, 한국
    고전문학회, 1998; 김종진, 「근대 불교혁신운동과 불교가사의 관련 양상」, 『동양학』
    36, 단국대 동양학연구소, 2004; 김종진, 「전통시가 양식의 전변과 근대 불교가요의
    형성-1910년대 불교계 잡지를 중심으로」, 『한국어문학연구』 52, 한국어문학연구학
    회, 2009.

대해 고찰할 것이다. 그리고 이를 바탕으로『찬불가』의 성격과 의의에
대해 논의하도록 하겠다.

2. 조학유의 생애와 사상

『찬불가』의 작자인 조학유는 해인사 출신의 승려로 법호는 석종(石
鐘)이고, 1894년에 태어나[11] 1932년 12월 39세의 젊은 나이로 입적하
였다.[12] 그는 근대 불교계에서 일본에 파견한 초창기 유학승이기도 한
데, 1914년 유학길에 올라 일본 동경의 풍산대학(豊山大學)에서 근대 학
문을 공부하고 1919년 졸업과 동시에 귀국하였다.[13] 조학유의 생애에
대해서는 이상과 같은 단편적인 사실만을 알 수 있을 뿐이고, 보다 구
체적인 행적 내지 이력은 파악하지 못한 상태이다. 다만 신문·불교잡
지의 몇 몇 기사와 아래의 인용문을 통해 그의 주요 활동 및 당시 불교

---

11) 강유문, 「동경조선불교유학생연혁일별」, 『금강저』 21호, 조선불교청년총동맹 동경동
맹, 1933.12, 27쪽. 그러나 『조선불교월보』 창간호(1912.2)에 수록된 그의 「축사」에는
제목 옆에 '十七歲 學生 曺學乳'란 부기가 있는데, 이 부기에 의하면 조학유의 출생연
도는 1894년이 아닌 1896년이 된다. 한편, 조학유의 법호가 석종이라는 사실은 "東盟
에서는 去二月 十一日 澁谷區 氷用町 一〇, 寶泉寺에서 故 石鐘 曺學乳師 追悼式을
悲壯裏에 擧行하엿는데"(「우리 뉴스」, 『금강저』 21호, 1933. 12, 54쪽)라는 기사에서
알 수 있다.

12) 이미향, 앞의 논문, 397쪽에서는 입적 연도를 1933년으로 보고 있으나, 다음의 기사를
통해 조학유가 1932년 12월 23일에 입적했음을 알 수 있다. "(昭和 七年) 十二月 二十
三日 本校 庶務主任 曺學乳氏 歸寂, 二十四日 本校友會 第三回 役員會를 開하고 故曺
學乳氏 歸寂 香代 十圓 進呈 決議, 二十五日 故曺學乳氏 葬禮式을 西大門外 引濟院에
서 擧行"(「북한봉대」, 『일광』 4호, 중앙불교전문학교 교우회, 1933.12, 71쪽) 참고로,
「북한봉대」는 교우회의 주요 일지를 초록한 고정란이다.

13) "敎界의 澁滯를 慨嘆ㅎ고 立志出鄕ㅎ야 東京에서 五六星霜을 喫苦ㅎ던 大本山 通度寺
留學生 李鍾天, 大本山 海印寺 留學生 全瑛周, 曺學乳 三君은 螢雪의 業을 昇ㅎ고
本月 初旬에 歸省ㅎ얏다더라."(「휘보」, 『조선불교총보』 15호, 1919.5, 101쪽)

계에서의 위상을 엿볼 수 있다.

> 故曹學乳氏는 東京 豊山大學 出身. 저ㅣ 金法龍 金承法 李智光 李鐘
> 天 鄭晄震 李混惺 金晶海 金道源 等 諸氏와 함께 朝鮮佛教徒 日本留學
> 生의 先輩이다. 氏는 矮小한 蒲柳의 身體로서 쯧한 바는 別노 만하 或은
> 教員 或은 布教師 或은 學校經理 等 쏘는 朝鮮佛教革新運動 等 그 生涯
> 가 正히 紛忙하엿든만큼 쯧을 半도 못 일우기 前에 몸이 먼저 가게 된
> 것이다. 저ㅣ 「佛教」에 發表한 佛教唱歌는 氏의 不朽할 자최. 나는 氏를
> 지난 戊辰年 南海島에서 처음 보고는 昨年 여름 八月 二十九日 午後
> 三時 北岳山下 城北洞 彌勒堂에서 모이엿든 것이 永遠한 最後이엿든
> 것이다. 嗚呼![14]

일본유학생 출신 승려들에 대한 인물평의 성격을 띠고 있는 이 글은, 조학유에 관한 정보를 집약적으로 보여준다. 인용문에서 필자인 일불자(一佛子)는 조학유의 생애 및 활동을 일본유학생·교원·포교사·학교경리·조선불교혁신운동 등으로 정리하고 있다. 또한 본고의 논의 대상인 『찬불가』를 '불후할 자취'로 높이 평가하고 있는데, 필자만의 견해가 아닌, 당시 불교계의 평가를 반영한 것으로 볼 수 있다.

인용문에서 제시하고 있는 포교사·학교경리·불교혁신운동의 구체적인 내용은 신문과 불교잡지의 소식란에서 확인된다. 먼저, '학교경리'는 불교전수학교와 중앙불교전문학교의 서무주임을 가리키는 것으로, 조학유는 전수학교의 개교(1928.4.30)와 동시에 임명되었고,[15] 전수학교가 전문학교로 승격한 뒤에도 입적할 때까지 근무하였다.

---

14) 一佛子, 「十八人印象記」, 『금강저』 21호, 금강저사, 1933.12, 39쪽. 인용문의 띄어쓰기와 부호는 필자. 이후의 인용문도 이와 같음.
15) 「불교휘보」, 『불교』 48호, 1928.6, 93쪽.

'조선불교혁신운동'은, 그가 조선불교청년회·조선불교유신회·조선불교청년총동맹·만당(卍黨)16) 등 주요 불교청년단체의 핵심인물로 활동한 사실을 가리킨다. 곧 조학유는 불교청년회의 상무간사17)와 불교청년총동맹의 회계장(會計長)18)을 역임하였고, 비밀결사인 만당 결성의 핵심 주동자이자 당원이었다.19) 또한 1922년 4월 회원 2,284명의 연서로 총독부에 정교분립과 사찰령 폐지에 관한 건백서를 제출한, 불교유신회 15인의 대표에 포함되기도 하였다.20)

'포교사'의 경우는, 1927년 8월 25일 대구 동화사에서 개최된 조선불교포교사대회 관련 기사에서 확인할 수 있다. 이 대회의 발기인과 참석자 명단에 각각 '남해 불교회 포교사'21)와 '남해군 불교당 포교사'22)로 명기되어 있는 것이다. 포교사대회는 불교계 포교사업의 단합과 통일을 위해 기획된 것으로, 교전(敎典)·포교의식·포교방법·예식(禮式) 등의 제정에 관한 안건들이 논의되었다. 조학유는 이 대회에서 포교위원으로 선출되었고,23) 1928년 3월에 열린 제2회 포교사대회에도 참석하고 있다.24)

포교사로서의 그의 활동은 『찬불가』의 제작·발표와 관련이 있어 보

---

16) 이들 단체의 구체적인 활동과 성격 및 의의에 대해서는 김순석, 『일제시대 조선총독부의 불교정책과 불교계의 대응』, 경인문화사, 2003, 110~120쪽과, 김광식, 『한국근대불교사연구』, 민족사, 1996, 255~307쪽을 볼 것.

17) 『동아일보』, 1922. 5.31.

18) 『동아일보』, 1931. 3.26. 『동아일보』, 1932. 3.20.

19) 김광식, 앞의 책, 267~268쪽 참고.

20) 김순석, 잎의 책, 119쪽 참고.

21) 『동아일보』, 1927. 8.4.

22) 「불교휘보」, 『불교』 40호, 1927.10, 50쪽.

23) 『동아일보』, 1927. 9.1.

24) 「불교휘보」, 『불교』 46·47합호, 1928.5, 107쪽.

이는데, 『불교』에 찬불가를 연재한 시기와 포교사 활동 시기가 일정부분 겹치기 때문이다. 조학유가 언제부터 포교사였는지 알 수 없지만, 제2회 포교사대회에 포교위원으로 참석하고 있는 사실을 고려하면, 적어도 1927년 8월을 전후한 시기부터 찬불가 연재가 끝나는 11월까지는 포교사였음이 확실하다고 하겠다. 그렇다면 『찬불가』는 조학유가 포교사로 활동한 시기에 제작 내지 발표한 것으로, 그의 찬불가 제작은 무엇보다 포교사로서의 대중 교화에 대한 필요성에 기인한 것이라 할 수 있다.

이상, 제한된 범위에서나마 조학유의 생애 및 당시 불교계에서의 활동에 대해 살펴보았다. 이를 통해, 그는 유학승·학교 경리·불교단체 임원·포교사 등 다양한 이력의 소유자로, 짧은 생애동안 불교혁신운동과 대중불교운동에 헌신한 인물임을 알 수 있다.

한편, 조학유의 저술로는 『찬불가』 외에, 아래와 같은 8편의 논설이 전하고 있다.

· 「宗敎起源에 對ㅎ야」(『조선불교총보』 9호, 1918.5)
· 「宗敎의 基礎的 觀念」(『조선불교총보』 10호, 1918.7)
· 「宗敎의 理想」(『조선불교총보』 12호, 1918.11)
· 「樂觀가 悲觀가?」(『조선불교총보』 13호, 1918.12)
· 「還本赤裸裸ㅎ라」(『조선불교총보』 15호, 1919.5)
· 「宗敎와 知識」(『조선불교총보』 19호, 1920.1)
· 「人格의 要素」(『취산보림』 3호, 1920.1)
· 「佛專昇格에 對하야」(『일광』 1, 1928.12)

이들 논설은 그 제목에서 알 수 있듯, 「불전승격에 대하야」를 제외하고는 모두 '종교'와 관련된 내용으로 되어 있다. 이 글에서만 당시 불교계의 최대 현안인 전수학교의 승격 문제를 다루고 있을 뿐, 나머지 논설들은 그의 불교 개혁 및 불교대중화 활동과 거리가 있는 것이다.

조학유는 우선 종교를 "종교심과 만유현상의 관계 감응의 총칭"[25] 으로 규정한 뒤, "종교의 기초는 자신의 육체상 향상적 행복 又는 정신상 안립 행복을 求而完之코즈ᄒᄂ 생존욕망"[26]에 있다고 하였다. '종교심'은 "驚懼의 念과 信依의 念과 安心立命의 욕망으로 조직된 者"[27]를 가리킨다. 그는 이러한 전제 아래, 종교의 목적 및 이상을 다음과 같이 서술하고 있다.

> 神佛은 離衆生界而無別神佛이요 吾人은 離神佛界而無異吾人이니, 釋迦胸中에 曾藏未來吾人之佛이요 吾人藏內에 常拜過去釋迦之佛이라. 有限無限이 互相圓融ᄒ며 以假影之小我로 接實體之大靈ᄒ야 大小가 冥符交合흠에, 言語로 其妙之不顯焉ᄒ고 思慮로 其玄之不及焉ᄒ야 無言絶思之底處에, 神人同一之地位와 生佛平等之權威를 發揮흠이 今日 神聖ᄒ 宗敎의 唯一無二ᄒ 目的이니, 約要言之컨되 外以 客觀的 觀念으로 欽望聖境ᄒ고, 內以 主觀的 觀念으로 神人同格의 妙域에 達ᄒ야 四面玲瓏의 眞境處가 卽 神聖ᄒ 宗敎의 理想이라 余ᄂ 愚思ᄒ노라.[28]

위의 글은 「종교의 이상」의 결론 부분을 옮긴 것이다. 이 논설의 서두에는 당시 사람들의 종교 비판이 소개되어 있는데, 종교는 미신의 일종으로 과학 문명의 시대인 현대에는 더 이상 필요하지 않다는 것이다. 그는 이에 대해 종교가 비록 미신의 요소를 포함하고 있지만

---

25) 조학유, 「종교기원에 대ᄒ야」, 『조선불교총보』 9호, 30본산연합사무소, 1918.5, 51쪽.
26) 조학유, 「종교의 기초적 관념」, 『조선불교총보』 10호, 1918.7, 41쪽.
27) 조학유, 「종교기원에 대ᄒ야」, 『조선불교총보』 9호, 1918.5, 51쪽.
28) 조학유, 「종교의 이상」, 『조선불교총보』 12호, 1918.11, 30~31쪽.

그 이면에는 '진리의 이상처(理想處)'가 있음을 지적하면서, 이 점으로 인해 과학 만능의 시대인 현대에도 종교는 여전히 필요한 존재라고 하였다.29)

인용문은 그가 종교의 존재 이유로 언급한 '이상처'의 구체적인 내용에 해당한다. 그는 "神人同一之地位와 生佛平等之權威를 발휘홈이 금일 신성흔 종교의 유일무이흔 목적"으로, 종교의 이상은 '欽望聖境'하여 '神人同格의 妙域'에 도달하는 것임을 밝히고 있다. 그런데 그가 주장하고 있는 종교의 목적 및 이상은 불교의 '성불'에 다름 아님을 알 수 있다. 또한 인용문의 밑줄 친 부분은 불교에서 일반적으로 묘사하고 있는 '깨달음[覺]'의 경지와 일치한다. 곧 그가 말하고 있는 '신성한 종교'는 바로 불교인 것이다. 이렇듯 조학유는 '종교'를 불교를 가리키는 한정적인 의미로 사용하고 있는데, 이 인용문 이후 발표된 논설들의 '종교' 또한 불교를 의미하고 있다.30)

> 知識은 人生으로 ᄒ여곰 冷靜흔 界로 引致ᄒᄂ 態度를 執ᄒ고, 宗敎ᄂ 人生으로 ᄒ여곰 溫厚흔 地로 向進ᄒᄂ 勢力을 有ᄒ이니, 만약 知識만 具備ᄒ고 宗敎의 心을 缺如ᄒ면 人類社會ᄂ 遂히 利端을 爭ᄒ야 相剝相奪ᄒᄂ 冷靜에 陷ᄒ지요. 만약 宗敎心만 豊富ᄒ고 知識을 不要ᄒ면 人生世界ᄂ 遂히 無文盲目의 憾을 呈ᄒ지니, 知識은 宗敎를 裨ᄒ고 宗敎ᄂ 知識을 翼ᄒ야 兩者가 相待調和ᄒ여야 於是乎 平和的 社會와 理想的 人格을 醞釀홀지로다. …(中略)… 吾人의 處世上에ᄂ 相扶相慈ᄒᄂ

---

29) 위의 글, 29쪽.
30) 그는 「낙관가 비관가?」와 「환본적나라ᄒ라」에서 '종교적 정신생활'과 '종교적 태도'를 각각 "外境現象界를 揽收於心內ᄒ야" 정신화하는 것(52쪽)과, '심불(心佛)의 일노선'을 따르는 것(42쪽)으로 정의하고 있다. 그리고 「종교와 지식」에서는 "종교ᄂ 신앙으로 기초를 삼아 何處싯지라도 일심으로 신불의 초월적 이상세계에 前進不退ᄒᄂ 성질을"(39쪽) 갖는다고 하였다.

溫厚흔 宗敎心은 少分이라도 無키 不能흔 事情이라, 此宗敎心을 一層增
勢ᄒ야 身心을 安ᄒ고 幸福을 圖코자 神佛의 地에 望進홀 同時에 知識의
善惡邪正을 簡擇ᄒᄂ 功을 반다시 要求홀 것이며, 吾人이 知識으로써
威張ᄒᄂ 同時에 반다시 平和흔 宗敎의 心을 資치 안이치 못홀지로다.
試컨딕 九州戰亂을 回顧ᄒ라. 何因으로 如此 歷史上 未曾有흔 慘憺을
釀出ᄒ엿슴인가? 宗敎의 心은 너무 薄弱ᄒ고 智識의 能만 너무 膨脹흔
故로 遂히 宗敎의 皮를 破裂ᄒ야 智識의 彈이 爆發홈이 안인가?[31]

인용문에서 조학유는 종교와 지식의 성격을 각각 '온후'·'평화'와
'냉정'·'변별'로 제시한 뒤, '평화적 사회'와 '이상적 인격'을 위해서는
양자가 서로 조화를 이루어야 함을 강조하고 있다. 만약 지식만 있고
종교가 없으면 인류사회는 서로의 이익을 빼앗기 위해 다투게 되고,
반대로 종교만 있고 지식이 없으면 선악의 구별이 없는 맹목적인 사회
가 되기 때문이라는 것이다.

그러나 위의 밑줄 친 부분은, 그가 종교와 지식의 조화를 주장하면
서도 전자에 보다 강조점을 두고 있음을 보여준다. 그리고 제1차 세계
대전의 발발 이유를 '종교심의 박약'과 '지식의 팽창'으로 파악하고 있
는 점 또한 조학유의 의도가 사실은 종교심의 강조에 있음을 알 수 있
다. 여기에서의 '종교심'은 불교의 신앙적 측면을 가리키는 것으로, 종
교심의 강조는 조학유의 논설에 보이는 공통된 특징으로 지적할 수 있
다. 그는 「낙관가 비관가?」에서, 현대의 청년들에게 종교적 정신생활
이 필요함을 역설하고 있으며,[32] 「환본적나라ᄒ라」에서는 과학문명
이 '일종의 기술'에 불과하다고 하면서 인류에게는 종교심이 있어야함

31) 조학유, 「종교와 지식」, 『조선불교총보』 19호, 1920.1, 38~40쪽.
32) 조학유, 「낙관가 비관가?」, 『조선불교총보』 13호, 1918.12, 51~52쪽.

을 주장하고 있다.[33)]

이러한 '종교심' 또는 불교의 신앙적 성격의 강조는, 동시대 불교 지성들의 사상적 경향 내지 불교 인식과 차이가 있다. 한용운·김태흡·이응섭 등은 조학유와 달리 불교의 합리적·철학적 성격을 강조하고 있는 것이다.[34)] 특히 〈석존일대가(釋尊一代歌)〉[35)]의 작자인 이응섭은 현세이익적 기복신앙을 미신으로 규정하고 미신·신비·신이에 대해 강하게 비판하고 있다.[36)] 그리고 미신에 대한 비판적 인식은 '신이한 사건의 배제'와 '사실·지식의 강조'라는 〈석존일대가〉의 내용적 특징으로 나타난다.

그런데 이 점은 본고의 논의와 관련하여 시사하는 바가 크다. 곧 『찬불가』의 내용 및 성격 역시 조학유의 사상적 경향과 무관하지 않을 것이라 추정되는데, 구체적인 작품 분석을 통해 확인할 수 있을 것이다.

3. 『찬불가』의 노랫말 분석

1) 「서언」과 '찬불가' 개념의 문제

조학유의 『찬불가』는, 35·37호를 제외한 『불교』 28~41호에 매호 2곡씩 악보와 함께 실려 있다. 각 작품의 제목에는 '第一曲' '第二曲'

---

33) 조학유, 「환본적나라ᄒ라」, 『조선불교총보』 15호, 1919.5, 40~42쪽.

34) 한용운은 불교를 '구세주의'와 '평등주의'의 종교로, 김태흡은 이지주의(理智主義)·이상주의·평등주의·인격주의의 종교로 규정하고 있으며, 이응섭은 이성적·합리적인 종교로 보고 있다.

35) 이 작품은 국한문 혼용체로 된 총 9장 331절 1324행의 장편 시가로, 『불교』 제35호 (1927.5)에 수록되어 있다.

36) 이응섭, 「오등의 사명」, 『조선불교총보』 11호, 1918.9, 13~14쪽.

등의 표시가 있는데, 제1곡인 「찬불가」 앞에 작자의 「서언」이 수록되어 있다. 이 「서언」은 『찬불가』의 제작 동기 및 목적뿐만 아니라 체재 및 구성 등에 대해 언급하고 있으므로 작품 분석에 앞서 살펴볼 필요가 있다.

① 從來에 佛教唱歌라고 幾種이 잇섯스나 다만 歌詞뿐임으로 各處에서 奏曲이 不一하야 斯界에 만혼 抱負를 가지시니의 統一을 宿望하든 바이나 아즉 보이지 아니함으로 각갑함을 不得已하야 本 讚佛歌를 述케 된 바이나 원래 斯界에 對한 作曲의 知識은 넉넉지 못함으로 他教會에서 使用치 안는 各種의 好曲을 引用하고 多少의 添削을 加하야 編述한 바이오니 여러분의 諒解를 비는 바 임니다.

② 本 讚佛歌는 曲譜, 歌詞를 一般으로 奏唱키 爲하여 比較的 淺易케 編述한 바 더욱 複音의 繁을 避하고 單音으로만 하엿슴니다.

③ 本 讚佛歌는 五編에 分하야 四五十種으로 編述한 바 第一編은 三大禮式, 第二編은 普通禮式, 第三編은 釋迦一代, 第四編은 一般團體, 第五編은 日曜學校 及 幼稚園에 使用케 하엿슴니다.

④ 本 讚佛歌를 印刷 結冊코자 하엿스나 后日 抱負家의 完作이 出現하기를 期待함으로 臨時의 虛費를 省略하고 「佛教」誌에 逐號 揭載하려 하오니 使用코자 하시는 여러분의 統一을 바라는 바임니다.

⑤ 佛教 固有의 梵音聲은 宗教的 禮式으로 使用함에는 가장 虔肅한 音調를 帶하엿슴으로 現今 野浮한 唱歌曲에 加減 使用하엿스면 佛宗教에 特有한 唯一의 樂曲으로 思함니다마는 더구나 此等 音樂에는 조곰도 素養이 업슴으로 遺憾이나마 모든 것을 後日의 作曲家에 讓함니다.[37]

위의 인용문은 「서언」의 전문이다. 「서언」은 『찬불가』 제작의 동기

---

37) 조학유, 「서언」, 『불교』 28호, 1926.10, 31쪽. 원문의 각 항목 앞에는 '一' 표시가 있으나, 인용문에서는 논의의 편의상 ①~⑤의 번호로 표기하였다.

및 목적(①), 음악적 성격(①·②), 체재 및 구성(③), 『불교』 연재의 이유
(④), 불교음악에 대한 작자의 견해(⑤) 등으로 구성되어 있다.

먼저, 그는 인용문 ①에서 당시 불리고 있던 '불교창가'의 문제점을
지적한 뒤, 이 문제를 해결하기 위해 『찬불가』를 편술한 것임을 밝히
고 있다. 동일한 가사를 각처에서 저마다 다른 곡조에 얹어 부르고 있
으므로, 노랫말과 악곡의 통일을 위해 이 『찬불가』를 제작했다는 것이
다. 이러한 언급은 조학유가 '찬불가'를 '불교창가'와 구별되는 용어로
사용하고 있다는 점에서, '찬불가'에 대한 개념 정의로도 볼 수 있다.
하나의 가사를 여러 곡조로 부르는 '불교창가'와 달리, '찬불가'는 특정
한 노랫말에 특정한 악곡이 결합된 불교노래를 의미하고 있는 것이다.

『찬불가』의 악곡에 대해서는, "타교회에서 사용치 안는 각종의 호
곡을 인용하고 다소의 첨삭을 가하야 편술한 바"라는 언급을 통해, 조
학유의 창작곡이 아닌 '타교회의 호곡(好曲)'에 대한 편곡임을 알 수 있
다. '타교회의 호곡'은 선행연구에 의하면 일본 정토진종의 찬불가 악
곡을 가리킨다.[38] 인용문 ②는 이 '편곡'에 대한 부연으로, "곡보, 가사
를 일반으로 주창키 위하여" 각 작품의 악곡을 화음이 없는 단성음만
으로 편곡했음을 밝히고 있다.

다음으로, 인용문 ③은 『찬불가』의 체재 및 구성에 관한 서술이다.
이에 따르면 『찬불가』는 40~50종의 노래들을 3대 예식·보통예식·석
가일대·일반단체·일요학교 및 유치원 등의 다섯 항목으로 나누어 수
록한 것이 된다. 그러나 『불교』에는 '제3편 석가일대' 중 '제24곡 태자
의 고행'까지만 실려 있어, 조학유의 의도와 달리 연재가 중단된 것임
을 알 수 있다. 비록 제24곡 이후의 노래들이 전하지 않지만, 이 ③을

---

38) 이미향, 앞의 논문, 415쪽.

통해 『찬불가』의 대체적인 성격은 파악이 가능하다. 조학유의 『찬불가』는 단순한 연재가 아닌 찬불가집의 성격을 띠고 있으며, 불교의식 및 행사에서의 가창을 전제로 한 의식가요라는 점이 그것이다. 『찬불가』가 '찬불가집' 편찬의 일환으로 기획된 사실은 인용문 ④의 "본 찬불가를 인쇄 결책코자 하엿스나"라는 언급에서도 확인된다.

한편, 『찬불가』는 의식·단체와는 그 성격이 다른, '석가일대'의 항목을 설정하고 있다. 현재 전하는 24편 중 13편이 '석가일대'에 해당하는데, 이 항목의 비중이 크다는 점은 『찬불가』의 내용적 특징의 하나로 지적할 수 있다. 그리고 이 점은 조학유가 '찬불가'의 내용적 범위를 암시한 것으로도 보여진다. 곧 인용문 ①에서 특정한 가사에 특정한 악곡이 결합된 불교노래를 '찬불가'로 정의했다면, 여기에서는 '석가' 관련 노랫말로 그 범위를 한정한 것이라 하겠다.

이상의 내용을 통해, 「서언」은 제작 동기·악곡·구성 등 『찬불가』 자체의 정보뿐만 아니라, '찬불가'의 개념 및 범위까지 제시하고 있음을 알 수 있다. 특히, 조학유가 불교의식에서 가창되는 '석가' 관련 노래로 '찬불가'를 규정하고 있는 점은, 현재 불교계의 '찬불가' 정의와 차이가 있어 주목된다. 이제, 『찬불가』의 구체적인 내용 및 성격을 살펴볼 차례다.

2) 구성과 내용적 특징

구체적인 논의에 앞서, 『찬불가』 소재 24편의 작품명과 서지사항을 노표로 성리하여 제시하면 아래와 같다.

〈표〉 조학유의 『불교』 연재 찬불가 작품 현황

	작품명	수록 호수	발표 연도	비고
1	讚佛歌	28호	1926.10	3행 총 3절. 9·5조, 8·5조의 혼용. 후렴 있음. "이 唱歌는 說敎하기 前에 使用할 것"이라는 부기가 있음.
2	佛陀의 誕生			4·5조 3행(총 4절). 후렴 있음.
3	佛陀의 成道	29호	1926.11	8·7조 3행(총 2절). 후렴 있음. 제목 옆에 "이 唱歌는 當日 提燈行列에 最適함"이라는 부기가 있음.
4	佛陀의 涅槃			7·5조 4행(총 4절).
5	集會	30호	1926.12	7·5조 4행(총 3절).
6	散會			5행. 8·7조와 7·7조의 혼용.
7	祝晉山	31호	1927.1	7·5조 6행.
8	敎堂落成			4행 총 2절. 글자수 불규칙.
9	敎堂紀念日	32호	1927.2	4행 총 2절. 8·5조와 7·5조의 교차.
10	花婚式			8·7조 5행(총 2절).
11	佛前追悼	33호	1927.3	4행 총 3절. 8·5조와 7·5조의 혼용.
12	淨飯王宮			4행 총 2절. 글자수 불규칙.
13	白象의 꿈	34호	1927.4	4행 총 2절. 7·6조와 7·7조의 교차.
14	룸비니園의 봄			4행 총 3절. 7·5조와 8·5조의 교차.
15	悉達의 命名	36호	1927.6	7·5조 4행(총 3절). 단, 1·2절의 제2행은 8·5조.
16	聖母의 死			6행 총 2절. 글자수 불규칙.
17	閻浮樹下의 늣김	38호	1927.8	7·5조 4행(총 5절).
18	善覺王女			6행 총 2절. 글자수 불규칙.
19	三時殿	39호	1927.9	4행 총 3절. 글자수 불규칙.
20	宮中의 感想			4행 총 3절. 8·5조와 7·5조의 혼용.
21	春日의 散步	40호	1927.10	4행 총 5절. 글자수 불규칙.
22	月下의 冥想			4행 총 5절. 7·5조와 6·5조의 혼용.
23	愛의 別	41호	1927.11	4행 총 4절. 글자수 불규칙.
24	太子의 苦行			5행 총 5절. 글자수 불규칙.

위 도표의 '비고'를 보면, 『찬불가』 소재 24편의 작품들은 그 노랫말의 형식이 다양함을 알 수 있다. 이들 작품은 대부분 분절되어 있지만, 〈산회〉·〈축진산〉 등 단연으로 된 노래가 있고, 〈찬불가〉·〈불타의 탄

생〉·〈불타의 성도〉에는 후렴구가 있다. 율격에 있어서도 당시의 일반적인 창가와 같은 7·5조의 작품이 있는가 하면, 7·5조를 주조로 하되 변형된 율격을 보여주는 노래들도 있다.

또한 〈교당낙성〉·〈정반왕궁〉·〈선각왕녀〉 등 비교적 많은 작품들이 율격의 구속에서 벗어나 있다. 〈정반왕궁〉을 예로 들면, 이 작품은 "8·9, 7·8, 7·6, 10·8 / 8·10, 8·8, 8·7, 10·8"과 같이 각 행의 글자수가 모두 다른 것이다. 이렇듯 노랫말이 율격의 구속에서 벗어나 있는 점은 『찬불가』의 음악적 성격을 보여주는 동시에, 여타의 찬불가 작품과 다른 형식적 특징이라 할 수 있다.

앞에서 살펴본 『찬불가』의 구성 및 체재에 의하면, 도표에서 제시한 노래들은 제1편 3대 예식~제3편 석가일대에 해당한다. 그리고 〈찬불가〉~〈불타의 열반〉의 4편은 '3대 예식', 〈집회〉~〈불전추도〉의 7편은 '보통예식', 〈정반왕궁〉~〈태자의 고행〉의 13편은 '석가일대'에 속한다.[39] 이 노래들은 해당 항목에 따라 그 내용 및 성격이 조금씩 차이를 보이고 있으므로, '3대 예식' '보통예식' '석가일대'의 항목별로 작품들을 살펴보도록 하겠다.

> (1) 一. 저하늘우와 하늘밋헤 가장놉흐고
> 　　 이넓은세상 모든우리 인류가운데
> 　　 거룩하고 귀하옵신 부텨님젼에
> 　 二. 어둔밤에 갈바몰라 더듬거리고
> 　　 모든죄에 고생하는 우리들의게
> 　　 광명과복을 주옵시는 부텨님젼에
> 　 三. 넓고도넓은 바다물이 말라버리고

---

39) 이미향, 앞의 논문, 407쪽에서는, 제1편 삼대예식에 〈찬불가〉~〈화혼식〉을, 제2편 보통예식에 〈불전추도〉와 〈정반왕궁〉을 포함시키는 오류를 보이고 있다.

　　　　놉고도놉흔 수미산이 문허질지나
　　　　만흐신사랑 늘주시는 부텨님전에
　(后斂)　일심을함께 밧드러서 경배합시다40)

　(2) 一.　만승텬자 뎡반왕의 실달태자 몸으로
　　　　부귀영화 다바리고 설산에서 륙년간
　　　　모든고행 닥그시샤 무상도를 깨섯네
　　二.　보리수에 곳치픠여 모든나라 봄되고
　　　　고해중에 배를씌여 싸진중생 건지샤
　　　　우리의게 한량업는 행복길을 여셧네
　(后斂)　반갑도다 조흔오날 경축하셰 한가지41)

　　위의 (1)과 (2)는 각각 '3대 예식'의 〈찬불가〉와 〈불타의 성도〉를 옮
긴 것이다. 3대 예식은 1912년 5월 사법(寺法) 제정을 위한 주지회의에
서 결정된 세존열반회(2월 15일)·세존탄생회(4월 8일)·세존성도회(12월 8
일)의 '보본법식일(報本法式日)'을 가리킨다.42) 이 보본법식일 또는 3대
예식은 이후 불교계에서 지속적으로 거행되었는데, 당시의 불교잡지와
신문에서 3대 예식 관련 기사를 쉽게 찾아볼 수 있다. 또한 근대 불교계
의 대표적 의식집인 『불자필람』43)과 그 증보판인 『석문의범』44)에는
'삼대기념의식'의 항목을 별도로 설정하고, 구체적인 의식 절차를 제시
하고 있다.45)

---

40) 조학유, 〈찬불가〉, 『불교』 28호, 1926.10, 32쪽.

41) 조학유, 〈불타의 성도〉, 『불교』 29호, 1926.11, 37쪽.

42) 「잡보」, 『조선불교월보』 6호, 1912.7, 60쪽.

43) 안진호 편, 『불자필람』, 연방사, 1931, 122~126쪽.

44) 안진호 편, 『석문의범』, 만상회, 1935, 214~218쪽.

45) 참고로, '강탄절'의 의식 절차는 다음과 같다. "一. 개식 一. 삼귀의 一. 독경 一. 찬불가
　一. 입정(入定) 一. 설교(태자서응경 등) 一. 권공(勸供) 一. 예참(禮懺) 一. 축원 一.
　퇴공(退供) 一. 폐식"(안진호 편, 『불자필람』, 연방사, 1931, 123쪽)

　그런데 이 의식 절차는 1910·20년대의 불교잡지와 신문기사에서 소
개된 3대 예식의 절차를 수정·보완한 것으로, 그 이전에는 볼 수 없었던
근대 시기의 '새로운' 불교의식이라 할 수 있다. 그리고 이들 의식에는
'찬불가'가 반드시 포함되어 있는데, 이 점은 '찬불가'가 근대 불교의식
의 절차 내지 구성요소로 기능하고 있음을 보여준다.

　『찬불가』의 '3대 예식'에 속하는 노래들 또한 의식에서의 가창을 전
제로 지은 것이자, 3대 예식의 구성요소라 할 수 있다. 그 제목에서
알 수 있듯이 〈불타의 탄생〉·〈불타의 성도〉·〈불타의 열반〉은 각각 강
탄절·성도절·열반절에 부르기 위한 것이다. 〈찬불가〉의 경우는 강탄
절·성도절·열반절의 구별 없이 불려졌을 것으로 보인다. 그리고 제목
옆의 "이 창가는 설교하기 전에 사용할 것"이라는 부기를 통해, 이들
의식 절차의 '설교'에 앞서 부른 것임을 알 수 있다. 제목 옆의 부기는
〈불타의 성도〉에도 있는데, 여기에 "이 창가는 당일 제등행렬에 최적
함"이라고 되어 있으므로, 이 작품은 야외 행사에서의 가창을 전제한
것이 된다.

　인용문 (1)의 〈찬불가〉는 후렴구의 "일심을함께 밧드러서 경배합시
다"에서 보듯, 청자들에게 부처님을 경배할 것을 권하는 노래이다. 각
절에는 '경배'의 이유로 광명·복·사랑이라는 석가의 공덕이 제시되어
있다. 이 노래는 여타의 찬불가와 달리 어려운 불교 용어를 되도록 피
하고 알기 쉬운 시어를 사용하고 있는데, 이 점은 『찬불가』 소재 작품
들에 공통적으로 보이는 특징이기도 하다.

　인용문 (2)의 경우는 '성도절'에 부르는 찬불가답게 그에 맞는 내용
으로 되어 있다. 1절에서는 석가가 부귀영화를 버리고 6년간 고행하여
무상도(無上道)를 깨친 사실을 서술하고 있다. 2절은 성도 이후 석가가
중생을 제도하여 '행복길'을 연 것을 노래하고 있으며, 후렴구에서는

'좋은 오늘'을 함께 경축할 것을 권하고 있다. 이 작품에서 1절은 성도의 '사실', 2절은 성도의 '의미'에 해당하는데, 〈불타의 탄생〉·〈불타의 열반〉 또한 탄생·열반의 사실과 그 의미에 대해 노래하고 있다.

4절로 된 이 노래들은 1절에서 각각 "대성불타 탄생하섯네"와 "이세상을 써나신 오날이로다"라는 '사실'을 제시한 뒤, 2~4절에서 "광명나라 보여주섯네" "만흔공덕 일우으섯네"와, "죽고남이 무상을 보이심인가" "남은복을 우리게 전해주섯네"라는 '의미'를 부여하고 있는 것이다. 다만 〈불타의 열반〉은 그 의식의 성격으로 인해 청자들에게 경축할 것을 권하는 후렴 대신, "아− 감사함니다 우리부텨님"의 구절로 끝맺고 있다. 이렇듯 3대 예식의 작품들은 해당 기념일의 제시와 이에 대한 의미 부여로 구성되어 있다. 또한 이들 노래는 석가를 경배하거나 '오늘'을 경축할 것을 강조하고 있을 뿐 구체적인 권계의 내용이 없다는 공통점을 보인다.

다음으로, 『찬불가』의 '보통예식'은 법회·포교당 관련 의식과 진산식·결혼식·추도식을 가리킨다. 곧 '보통예식'에 속한 7편의 노래들은 법회의 시작과 끝, 포교당의 낙성식과 기념식, 주지의 취임식인 진산식, 그리고 신도들의 결혼식과 추도식에서의 가창을 전제로 한 것이다. 이 작품들 역시 '3대 예식'의 찬불가와 마찬가지로 해당 의식 또는 행사의 성격에 부합하는 내용으로 되어 있다.

    (3) 一. 반갑다 오늘모인 우리형뎨들/ 무량한 깃븜으로 서로만낫네
          한마음 깁흔정성 서로모와서/ 놉흐신 대성세돈 경배합시다
       二. 혼미한 우리들을 사랑하시는/ 자비의 큰광명을 빗처주웁서
          우리의 모든죄업 다멸하시고/ 안녕한 행복길로 인도하시네
    (3) 三. 우리는 행복길을 차저갈째에/ 잡념과 산란마음 모다바리고
          부텨님 가르치신 말삼그대로/ 일심으로 잘직혀서 나아갑시다[46)]

인용문 (3)은 법회를 시작할 때 부르는 찬불가인 〈집회〉이다. 총 3 절로 된 이 노래는 '집회'의 사실과 할 일, 세존 경배의 이유, '집회'의 목적 등을 서술하고 있다. 1절은 법회에 모인 사실과 세존을 경배해야 함을 강조하고 있으며, 2절에서는 그 이유로 중생제도라는 석가의 공덕을 제시하고 있다. 그리고 3절은 법회의 목적이 행복길을 찾음에 있고, 이를 위해 석가의 가르침을 잘 지켜야 할 것을 당부하고 있다.

이상의 내용 요약에서 알 수 있듯, 〈집회〉 역시 '3대 예식'의 노래들처럼 사실의 제시와 그 사실에 대한 의미 부여로 되어 있다. 그러나 화자의 권계 내지 당부가 있다는 점에서 차이가 있고, 이 점은 '보통예식'에 속하는 노래들의 공통된 특징으로 지적할 수 있다. 화자의 권계는 대체로 각 작품의 마지막 행에 있는데, "다시맛날 째까지 신톄건강 직히세"(〈산회〉), "우리불법 새롭게 주지하쇼서"(〈축진산〉), "부텨님교화 변치말고 만만년 영원하도록"(〈교당기념일〉) 등이 이에 해당한다.

또한 이들 노래에는 의식의 종류 및 내용과 상관없이 '부텨님'이란 시어가 등장하고 있다. 사찰의 주지 취임을 축하하고 있는 〈축진산〉에만 '부텨님' 대신 '삼보'란 시어가 쓰였고, 나머지 작품에는 모두 '부텨님'이 보이고 있는 것이다. 〈산회〉는 "사랑만흔 부텨님은 우리를항상 도으시네"라 노래하고 있으며, 〈교당낙성〉과 〈교당기념일〉에는 각각 "부텨님의 한량업는 자비스룬마음" "부텨님의 한량업는 조흔법으로"라고 되어 있다. 결국, 보통예식의 노래들은 '부텨님'의 시어와 석가 관련 내용이라는 공통점을 갖는다고 하겠는데, 아래의 인용문에서 보듯 〈화혼식〉은 『찬불가』 소재 작품으로는 유일히게 '부텨님'을 청지로 설정하고 있다.

---

46) 조학유, 〈집회〉, 『불교』 30호, 1926.12, 36쪽.

(4) 一. 여러사람 한가지로 깁버하는 오늘날
          불타던에 맹서하고 가약맷는 형데야
          산과갓고 바다가치 놉고깁혼 연분을
          무량겁에 쉬임업시 굿게서로 매자서
          이세상에 반갑하게 다시서로 만낫네
    二. 우리다시 한가지로 심향일쥬 밧드러
          불타던에 례배하고 참맘으로 비나니
          부텨님은 무량하신 대자대비 심으로
          영원하게 안락한 가뎡일워 주시고
          무궁하게 행복을 밧게하여 주소서[47]

〈화혼식〉의 1절은 결혼식의 '사실'과 '이유', 2설은 안락한 가정을
이루고 무궁한 행복을 받게 해달라는 내용으로 되어 있다. 이 노래는
각 절의 청자를 다르게 설정하고 있으며, 이에 따라 그 내용 및 성격이
달라지고 있다. 1절에서는 '가약맷는 형제'가 청자로 제시되어 있고,
2절은 '부텨님'을 대상으로 하여 화자가 바라는 바를 서술하고 있는 것
이다.

화자의 기복은 이 노래 외에 〈불전추도〉에서도 나타난다. 이 작품
의 3절은, "그러나 죽지안는 일편영지는/ 부텨님의 도으시는 힘을입으
샤/ 밋음잇고 안락한 구품련대에/ 조흔행복 만히밧게 빌고비노라"로
되어 있다. 화자는 석가의 도움으로 청자인 '일편영지(一片靈地)'가 극
락에 왕생하기를 기원하고 있는 것이다.

이와 같은 '기복' 내지 '기원'은 『찬불가』의 다른 작품뿐만 아니라
동시대의 찬불가에서도 흔히 볼 수 없는 내용이다. 이는 불교의 신앙
적 측면을 강조한 것으로, 2장에서 살펴본 바 있는 조학유의 사상적

---

47) 조학유, 〈화혼식〉, 『불교』 32호, 1927.2, 46쪽.

경향이 반영된 것이라 할 수 있다. 또한 대중과 직접 부딪히는 포교사의 입장에서 신도들에게 익숙한 불타관 내지 불교관을 작품에 수용한 것으로도 볼 수 있다.

끝으로, '제3편 석가일대'는, 제12곡 〈정반왕궁〉~제24곡 〈태자의 고행〉의 13편이 현재 전하고 있다. 이들 작품은 각각 석가의 잉태·탄생·작명·결혼·출가 등의 주요 사건을 노래한 것이다. 불전(佛傳)의 팔상(八相)[48]으로는 '도솔래의(兜率來儀)'부터 '설산수도(雪山修道)'까지의 내용에 해당한다. 조학유의 「서언」에 의하면 이 제3편은 연재가 중단된 것으로, 제24곡 이후의 노래들은 수하항마(樹下降魔)·녹원전법(鹿苑轉法)·쌍림열반(雙林涅槃) 등의 내용이었을 것으로 추정된다. 조학유가 처음 기획한 찬불가 작품이 4~50종이므로, 그는 『찬불가』 전체에 있어서 '석가일대'에 가장 큰 비중을 둔 것이라 할 수 있다.

'석가일대'의 작품들은 지금까지 살펴본 '삼대예식' '보통예식'과 몇 가지 차이점을 보이고 있다. 곧 '우리' '형제' 등 구체적인 청자를 제시하지 않고, 청자에 대한 권계의 내용이 없으며, 석가에 대한 찬양이나 기복이 드러나 있지 않다는 것이다. 이러한 점들은 아래의 인용문에서 확인된다.

> (5) 一. 야반에 궁중을 떠나신태자는/ 동으로 람마나라 빨리지내여
>   아바미하 흐르는 냇물가에서/ 머리깍고 검은옷 받구으섯네
> 五. 흘러가는 냇물에 목욕하시고/ 난타바라 소녀의게 공양받은후
>   성도키로 결심코 다시안즌곧/ 금실가치 깔리인 길상초위라[49]

---

48) 팔상은 석가가 중생을 제도하기 위해 일생 중 나타낸 여덟 가지의 변상(變相)으로, 경전에 따라 구체적인 명칭에 차이가 있다. 일반적으로 도솔래의·비람강생·사문유관·유성출가·설산수도·수하항마·녹원전법·쌍림열반을 가리킨다.

49) 조학유, 〈太子의 고행〉, 『불교』 41호, 1927.11, 46쪽.

(6) 一. 아—슬프다 대성불모 마야부인/ 인생의 명이야 무상하지만
　　　태자난 일혜만을 최후로삼고/ 이세상을 써나심은 넘어가련타
　　　아—슬프다 마야부인이여/ 무우수 저곳은 아즉피엿네
　二. 삼계도사 불타를 전해주심은/ 세세마다 불모될 원력일지라
　　　이세상 인연맛고 도라가는몸/ 또한어느 세계의 연분이신가
　　　아—슬프다 마야부인이여/ 항하수 맑은물 아즉흐르네50)

위의 (5)와 (6)은 〈태자의 고행〉의 일부와 〈성모의 사〉의 전문을 인용한 것이다. 먼저, 인용문 (5)는 석가가 아바미하에 도착하여 머리를 깎은 사건부터 고행을 포기하고 보리수 아래에 앉기까지의 과정을 서술하고 있다. 인용하지 않은 2~4절은 석기기 해탈의 방법을 구하기 위해 발가·아라라가라·울타라라마 선인(仙人) 등을 방문한 뒤, 고행림에서 6년 동안 고행한 내용으로 되어 있다. 이처럼 「태자의 고행」은 화자의 직접적인 개입 없이 주요 사건에 대한 순차적인 서술로 되어 있는 것이다. '사건의 순차적 서술'은 이 작품 외에, 태자의 작명에 관한 〈실달의 명명〉, 태자의 결혼을 다루고 있는 〈선각왕녀〉, '사문유관(四門遊觀)'의 내용인 〈춘일의 산보〉 등에서도 나타나 있다.

그러나 인용문 (6)은 '사건의 순차적 서술'과는 다른 모습을 보이고 있다. 이 노래에서 '사건'은, 1절 3행의 내용뿐이고, 그 외에는 마야부인의 죽음에 대한 화자의 감회로만 되어 있다. 1절에서 화자는 마야부인의 죽음을 슬퍼하고 있으며, 2절은 마야부인의 연분이 어느 세계에 있는지를 묻고 있는 것이다. '석가일대'는 이 작품과 같이 화자의 감회나 자연에 대한 서정적 묘사가 두드러지는 노래들이 큰 비중을 차지하고 있는데, 〈정반왕궁〉·〈룸비니원의 봄〉·〈궁중의 감상〉 등이 이에 해

---

50) 조학유, 〈성모의 사〉, 『불교』 36호, 1927.6, 28쪽.

당한다. 이렇듯 『찬불가』의 '석가일대'는 비교적 다양한 내용 및 성격의 노래들이 공존하고 있으며, 특히 교술성의 약화와 서정성의 강화는 내용적 특징의 하나로 지적할 수 있다.

그런데 이 점은 '석가일대'의 목적 및 의도가 이응섭의 〈석존일대가〉처럼 지식 및 정보의 전달에 있지 않음을 보여준다. 여기에, '3대예식' '보통예식'의 내용적 특징까지 고려하면, 이 '석가일대'뿐만 아니라 『찬불가』 전체의 관심이 '부처의 형상화'에 있음을 짐작할 수 있다. 이에 대해서는 절을 달리하여 고찰하도록 하겠다.

3) 석가 형상화의 양상

앞 절에서 살펴보았듯이, 〈찬불가〉와 〈불타의 성도〉는 석가가 우리들에게 광명·사랑·행복을 주었으므로 청자들이 한마음으로 경배·경축할 것을 권하고 있다. 〈불타의 탄생〉·〈불타의 열반〉에서는 '경축'과 '감사'의 이유로, 평화·광명·생명·행복 등을 제시하고 있다. 곧 '3대예식'의 노래들에서 부처는 중생들에게 광명·사랑·행복을 주는 존재로 묘사되고 있는 것이다.

'보통예식'에 있어서도, 〈집회〉의 "안녕한 행복길로 인도하시네"와 〈산회〉의 '사랑많흔 부텨님'을 통해, 석가는 행복과 사랑을 베푸는 존재로 인식되고 있음을 알 수 있다. 그리고 〈불전추도〉에서는 죽은 영혼을 극락세계의 구품연대에 보낼 수 있는 능력의 소유자로 묘사되기도 한다. 결국, 3대 예식과 보통예식의 '부처'는 사랑과 행복을 주는 존재이자, 중생들의 입장에서는 사랑과 행복을 기원하는 대상으로 형상화되어 있다고 정리할 수 있다. 그러나 '석가일대'는 이와는 다른 석가상(釋迦像)을 보이고 있어 주목된다.

(7) 一. 멀고먼 한량업는 그젼 세상에서
         부텨님 세읍서 도를 닥그실째에
         착한일 만히하신 그공덕 으로서
         도솔텬 내원에서 호명보살 되섯네
    二. 중생을 제도하실 시기가 도라와
         고만흔 이세상에 내려 오실째에
         서기가 가장만흔 코키리를 타시고
         마야씨 태중으로 깁흔연분 매젓네51)

이 노래는 〈백상의 꿈〉으로, 석가의 전생과 잉태에 관한 내용으로
되어 있다. 1절은 석가가 착한 일을 많이 한 공덕으로 도솔천의 호명보
살이 된 사실을, 2절에서는 호명보살이 코끼리를 타고 마야부인의 태
중(胎中)으로 들어간 사건을 노래하고 있다.

이 작품은 팔상의 '도솔래의'를 중심 사건 위주로 요약·서술한 것이
라 하겠는데, 이 '도솔래의'는 대부분의 불전(佛傳)에서 빠짐없이 서술
되어 있다. 석가의 성불이 예정된 것임을 보여주는 '도솔래의'는, 석가
의 성불 이유를 밝히고 있는 전생담과 함께 불전에서 석가 출현의 당위
성 내지 필연성의 근거로 제시된 것이다. 또한 이 삽화는 신이한 내용
을 통해 석가가 보통의 인간과 다른 초월적 존재임을 보여주고 있다.

그러나 『찬불가』의 '석가일대'는 위의 (7)과 〈룸비니원의 봄〉 외에
는 신이한 사적에 관한 노래가 없다. 그리고 탄생부터 고행까지의 11편
의 노래 중, 〈춘일의 산보〉·〈월하의 명상〉 등 5편이 출가와 관련된 내
용으로 되어 있으며, 이들 노래에서는 출가의 과정 및 이유가 부각되
어 있다. 곧 '석가일대'는 노래된 내용 및 석가 형상화의 측면에서 일반
적인 불전과 차이를 보이고 있는 것이다.

---

51) 조학유, 〈백상의 꿈〉, 『불교』 34호, 1927.4, 40쪽.

한편, 〈룸비니원의 봄〉은 석가의 탄생에 관한 노래로, 팔상의 '비람강생'에 해당한다. 총 3절로 된 이 작품의 마지막 행은 "우협으로 탄생하신 우리부텨님"으로 되어 있어, 모든 불전에서 서술되어 있는 '우협탄생'을 노래하고 있음을 알 수 있다.

그런데 '우협탄생'과 더불어 항상 언급되는 '천상천하 유아독존', 즉 석가가 태어나자마자 "이 세상에 오직 나만이 존귀하다"라고 외쳤던 사건은 이 노래에서 찾을 수 없다. 그리고 탄생 직전과 직후의 신이한 상서 또한 전혀 노래되어 있지 않다. 이 작품의 1~2절은 탄생 당시의 계절과 룸비니원의 경치에 대한 묘사로만 되어 있는 것이다. '천상천하 유아독존'과 '신이한 상서'의 생략 내지 배제는 『찬불가』가 여타의 불전에 비해 신이성이 약화되어 있음을 보여주는 예라 할 수 있다.

(8) 一. 아름다운 빗과향긔를 자랑하면서/ 봄바람에 우숨치는 동원도리도
바람비가 사정업시 한번나리면/ 가련케도 흙속에 무더바리네
二. 어엿부고 ᄯᅩ한불상한 삼천궁녀야/ 너아모리 곱다고 자랑할지나
잠이들면 바람마즌 ᄭᅩᆺ과가트며/ 늙어지면 갈곳은 청산ᄲᅮᆫ일세
三. 이와가치 허망하다는 세상생각은/ 나히어린 태자의 가슴가운데
바늘로서 ᄶᅵᆯ린듯이 깁히늣기샤/ 자나ᄭᅢ나 ᄶᅢᄶᅢ로 슯허하섯네[52]

인용문 (8)은 석가의 출가와 관련된 노래들 중의 하나인 〈궁중의 감상〉을 옮긴 것이다. 1절은 자연의 무상함, 2절은 인생의 무상함을 노래하고 있으며, 3절은 세상의 허망함에 대해 태자가 항상 슬퍼했음을 서술하고 있다. 여기에서 화자는 출가의 이유로 자연과 인생의 무상함에 대한 태자의 슬픔을 제시하고 있는 것이다.

이 작품 외에도 '석가일대'에서는 석가의 출가 이유가 다음과 같이

52) 조학유, 〈궁중의 감상〉, 『불교』 39호, 1927.9, 42쪽.

강조되어 있다. 〈염부수하의 늣김〉과 〈월하의 명상〉은 각각 "어이하면 이세상 이리악한가/ 어이하면 이악을 업게할쇼냐/ 언제든지 출가해 불타되여서/ 악에싸진 중생들 제도하리라"와, "세상사람 엇지다 이것모르고/ 오욕락에 탐착해 꿈을꾸는가/ 나는어서 출가해 도를구해서/ 꿈깨우는 종소래 지을지어다"라는 석가의 직접발화를 통해, 출가의 이유 내지 결심을 노래하고 있는 것이다.

이렇듯 적지 않은 작품에서 석가의 출가 이유 내지 결심이 지속적으로 노래되고 있는 점은 작자의 의도에 기인한 것이라 여겨진다. 곧 조학유는 불전이나 대승경전의 초인간적이고 신적인 존재가 아닌, 인간으로서의 석가를 형상화하기 위해 신이한 사건을 되도록 배제한 것이고, 또한 석가의 출가에 주목한 것이라 할 수 있다. 그리하여 『찬불가』에서 석가의 출가는 이미 예정된 성불을 위한 과정이 아니라, 청년 석가의 사색과 고민의 결과이자 고뇌어린 선택의 결과로 제시되어 있는 것이라 하겠다. 석가의 인간적 형상화는 아래의 노래에서도 확인할 수 있다.

> (9) 一. 중생제도 하랴는 실달태자는/ 부귀영화 바리고자 결심하엿네
>   그러나 인정이라 쓰린가심은/ 잠든중에 이별할 야수다라라
>   二. 항하수의 물보담 깁흔애정을/ 이나의게 의탁한 야수다라요
>   일로부터 실달은 태자아니다/ 내간후는 라후라게 락을부쳐라
>   三. 시드러진 꼿가치 잠든야수다라/ 너를두고 가는것은 무정할지나
>   나는오즉 중생을 건지람이다/ 슯허말고 잘잇거라 야소다라야
>   四. 재촉하는 말거름 왕궁을뒤두고/ 새벽하늘 찬바람에 이슬뜰치며
>   가는곧은 어데냐 멀고또깁혼/ 쓸쓸한 눈바람의 설산이로다[53]

53) 조학유, 〈애의 별〉, 『불교』 41호, 1927.11, 45쪽.

이 〈애의 별〉은 출가 당시의 상황을 노래하고 있는데, 불전의 팔상으로는 '유성출가(逾城出家)'에 해당한다. 그런데 이 작품은 위에서 보듯, 사건의 순차적 서술이라는 불전의 일반적인 경우와 달리, 태자의 심경 묘사가 중심이 되고 있음을 알 수 있다. 인용문 (9)의 2절과 3절이 그것으로, 여기에서 태자는 아내인 야수다라에게 이별에 대한 자신의 심정을 표현하고 있다.

이러한 태자의 직접 발화는 1절 3행의 "인정이라 쓰린 가심"과 함께 석가의 인간적 형상화를 위한 장치로, 이로 인해 이 작품은 다른 노래들에 비해 석가의 인간적 측면이 보다 강화되어 있는 것이다. 그리고 "가는곧은 어데냐 멀고또깁흔/ 쓸쓸한 눈바람의 설산이로다"라는 결구는, 출가를 앞둔 태자의 심적 갈등을 암시한다고 볼 수 있다. 출가의 목적지인 설산이 멀고 깊으며 또한 쓸쓸하기까지 하다는 이 구절은, 설산 자체에 대한 묘사뿐만 아니라 태자의 심리 상태를 표현한 것으로도 읽혀지기 때문이다.

이상, 『찬불가』에 나타난 부처 형상화의 양상에 대해 살펴보았는데, 『찬불가』는 서로 다른 불타관이 공존 내지 혼재되어 있음을 알 수 있다. '3대 예식' '보통예식'에서 석가는 시혜(施惠)의 존재 내지 기복의 대상으로 형상화되어 있다. 반면에 '석가일대'는 인생에 대해 고민하고, 출가를 앞두고 심적 갈등을 겪기도 하는 '인간'으로서의 석가를 노래하고 있는 것이다. 이러한 상이한 불타관의 공존은 『찬불가』가 비교적 다양한 성격의 작품들로 구성된 '찬불가집'이라는 점에 일차적인 원인이 있다고 할 수 있다.

그러나 『찬불가』를 연속된 하나의 작품으로 볼 때에도, 그 이유에 대한 다음과 같은 추정이 가능하다. 곧 '3대 예식' '보통예식' '석가일대'의 배열순서 및 부처 형상화의 양상은 작자의 의도에 의한 것으로,

시혜의 주체이자 기복의 대상인 현재의 석가가 과거에는 중생들과 같은 '인간'이었음을 보여주기 위함에 그 목적이 있다는 것이다. 그리고 이를 통해 누구나 석가처럼 될 수 있음을 강조한 것이라 할 수 있다.

이렇게 볼 때, 『찬불가』는 석가에 대한 단순한 찬양의 노래가 아니라, 불교의 존재 이유가 '성불'에 있음을 강조하고, 청자들에게 성불을 위해 노력할 것을 당부한 노래가 된다고 하겠다.

4. 『찬불가』의 성격과 의의

머리말에서 이미 언급했듯이, 1920~30년대에 간행된 의식집과 잡지 등에는 많은 '찬불가' 작품이 전하고 있다. 『불교』 7호(1925.1)에 수록된 권상로 작사, 백우용 작곡의 〈봄마지〉를 시작으로, 1935년에 간행된 『석문의범』 소재 찬불가까지 10년이라는 기간 동안 약 80여종의 찬불가가 제작·발표되고 있는 것이다. 이들 작품은 수록 문헌에 따라 구체적인 내용 및 성격에 차이가 있지만, 일정한 내용적 경향성을 보이고 있으며, 당시 불교계의 새로운 움직임을 반영하고 있다는 공통점을 갖는다.

그 중에서도 의식집 소재 찬불가는 근대 시기에 모색되고 형성된 '새로운' 불교의식과 밀접한 관련이 있다. '새로운 불교의식'은 『불자필람』의 「부록」 및 『석문의범』의 「간례편」에 소개되어 있는 3대 예식과 설교의식·강연의식 등을 가리킨다. 강연의식을 예로 들면, 이 의식은 "귀의삼보(歸依三寶) → 심경(心經) → 찬불가 → 찬불게(讚佛偈) → 입정(入定) → 강화(講話) → 사홍서원(四弘誓願) → 산회가(散會歌)"[54]의 순서로 되어 있다. 여기에서, 3대 예식 외의 불교의식에도 '찬불가'가 가창되고 있음을 알 수 있다.

『불자필람』·『석문의범』 뿐만 아니라 이 시기에 간행된 의식집은 모두 찬불가를 수록하고 있는데, 『은둥경』55)과 『대각교의식』56)에는 그 편자들이 직접 작사한 다수의 작품들이 악보와 함께 실려 있다.57) 이렇듯 찬불가는 근대 불교의식의 구성요소이자, 의식가요로서 확고한 위치를 차지하고 있는 것이다.

조학유의 『찬불가』는 이러한 '찬불가'만을 수록한 '가집'으로, 그 성격을 같이 하는 의식집 소재 찬불가와 몇 가지 점에서 다른 특색을 보이고 있다.

우선, 『찬불가』는 다양한 불교의식을 설정하고, 의식의 종류에 따라 각각의 찬불가를 마련하고 있다는 점을 지적할 수 있다. 3대 예식 이외에, 진산식·결혼식·추도식 등에서의 가창을 위한 찬불가의 제작은 그 유례가 없는 일이고, 의식의 내용 및 성격에 맞는 노랫말의 창작 역시 유일한 예에 속하는 것이다. 『석문의범』에 수록된 권상로의 〈성도가〉58)는 성도절에 부르는 찬불가이지만, '성도' 외에도 석가의 전생·탄생·출가·고행·전법의 사실(史實)을 노래하고 있다.59)

---

54) 안진호 편, 『불자필람』, 연방사, 1931, 121~122쪽. 여기서의 '산회가'는 『찬불가』의 〈산회〉를 가리키는 것으로, 그 노랫말이 악보 없이 소개되어 있다.

55) 권상로, 『은둥경』, 조선불교중앙교무원, 1925.

56) 백용성, 『대각교의식』, 삼장역회, 1927.

57) 『은둥경』에는 〈찬불가〉·〈신불가(信佛歌)〉 등의 12편이 수록되어 있고, 『대각교의식』에는 〈왕생가(往生歌)〉·〈권세가(勸世歌)〉 등의 7편이 실려 있다.

58) 안진호 편, 『석문의범』, 만상회, 1935, 286~287쪽.

59) 참고로, 해당 부분을 인용하면 다음과 같다. "一. 兄弟야兄弟야 우리兄弟야/ 世尊의歷史를 드러보시오/ 曠劫에德行을 만히닥그사/ 今生에淨法身 바다나섯네 二. 淨飯王太子로 誕生하오서/ 萬乘의榮華를 바리시구요/ 雪山에六年을 苦行하시고/ 明星을보시며 見性하섯네 三. 廣大한法門을 演說하오서/ 無量한衆生을 濟度하섯네/ 우리도世尊을 模範하여서/ 大願을세우고 工夫합시다"

구체적인 노랫말의 표현과 내용에 있어서도, 『찬불가』는 어려운 불교용어 대신 알기 쉬운 시어를 사용하고 있으며, 이러한 시어를 통해 석가의 구체적인 공덕을 제시하고 있는 특징을 보인다. 특히 『찬불가』의 '3대 예식' '보통예식'에서는 사랑·행복·광명·평화 등의 시어가 작품마다 지속적으로 반복되고 있는데, '사랑'과 '행복'은 각각 동시대 찬불가의 '대자대비'와 '열반' 내지 '해탈'에 해당한다. 그리고 이들 시어로 석가와 그 공덕을 구체화시키고 있는 점은 근대 이전의 의식가요인 범패와 구별되는 내용적 특징이기도 하다.

범패의 가사는 '석가'만을 노래하는 경우가 많지 않고, 석가를 찬양하고 있는 경우에도 공덕의 제시와 그 찬탄의 내용이 구체적이지 않다. 곧 불전에 공양을 올리는 의식인 '삼보통청(三寶通請)'의 게송은 "티끌수를 마음대로 셀 수 있고/ 바닷물을 마셔서 없애 버리며/ 허공 세고 바람을 맬 수 있어도/ 부처님의 공덕은 다 말 못하리."[60]라고 되어 있다. 석가의 공덕을 구체적으로 제시하지 않고 다만 "무능진설불공덕(無能盡說佛功德)"으로 노래하고 있을 뿐이다.

『불자필람』의 '강연의식'에 수록된 〈찬불게(讚佛偈)〉 또한 "천상천하 부처님 같은 이 없고/ 시방세계 어디에도 비할 이 없어/ 온 세상 모든 것을 다 볼지라도/ 부처님 같은 이는 아무도 없네."[61]라고 하여, 그 이유에 대한 언급 없이 "일체무유여불자(一切無有如佛者)"라는 사실만을 강조하고 있다. 범패와의 이러한 차이점은 의식가요의 근대적 변모 내지 전개 양상으로 볼 수 있다.

---

60) "刹塵心念可數知 大海中水可飮盡 虛空可量風可繫 無能盡說佛功德."(안진호 편, 『석문의범』 하권, 만상회, 1935, 3쪽)

61) "天上天下無如佛 十方世界亦無比 世間所有我盡見 一切無有如佛者."(안진호 편, 『불자필람』, 연방사, 1931, 122쪽)

끝으로, 『찬불가』는 그 「서언」에서 '찬불가'의 개념과 범위를 규정하고, 이 규정에 의해 찬불가를 제작했다는 점을 들 수 있다. 그리고 이 점과 지금까지 살펴본 노랫말의 내용적 특징을 통해, 『찬불가』는 새로운 불교노래인 '찬불가'의 본격적 전개라는 불교시가사적 의의를 갖는다고 하겠다. 또한 조학유의 '찬불가' 규정은 현재 불교계의 찬불가 정의와 다소 차이가 있다는 점에서, 관련 연구자들에게 시사하는 바가 적지 않을 것이라 여겨진다.

한편, 근대 불교계에서는 1924년 7월 『불교』의 창간을 기점으로 부처 관련 담론들이 활발하게 전개되었는데, 『찬불가』는 '불타 담론'의 측면, 곧 석가일대기의 근대적 변용이라는 점에서도 그 의의를 지적할 수 있다.

근대 불교계의 '불타 담론'은 전통적인 대승불교의 불전(佛傳) 및 불타관에 의거한 담론들과, 서구·일본 근대불교학의 연구 성과를 반영한 '새로운' 불타 담론들이 공존 또는 충돌하는 양상을 보이고 있다. 그 중에서도 일본 유학생 출신의 승려들이 주도하고 있는 후자가 불타 담론의 주된 흐름으로, 인간으로서의 석가 인식 내지 형상화가 주요 관심사였다. 오봉산인과 김태흡은 부처의 인간적 형상화가 신앙의 문제와 관련이 있음을 밝히고 있다. 곧 신적 존재로서의 석가 관념은 기복신앙의 원인이 되므로, '현대인'의 요구에 맞고 보다 깊은 믿음을 얻기 위해서는 석가가 역사적으로 실재했던 인격자·성자임을 알아야 한다는 것이다.[62]

그런데, 조학유의 『찬불가』는 이들과 달리 전통적인 불타관과 새

---

[62] 오봉산인, 「인신불타의 석존전 대요」, 『불교』 3호, 불교사, 1924.9; 김태흡, 「대은교주 석존의 인생과 그의 종교에 취하야」, 『금강저』 15호, 금강저사, 1928.1.

로운 불타관이 공존하고 있다. 하나의 작품 안에서 상이한 불타관이 공존하고 있는 경우는 보기 드문 예에 속하는데, 이 또한 '신앙의 문제'와 관련된다고 보여진다. '기복불교'의 척결은 한용운의 『조선불교유신론』(1913) 이후, 근대의 불교지성들이 지속적으로 제기해온 문제였으나 '기복불교'는 해소되지 못했고, 1920년대에도 여전히 성행하고 있었다.[63)]

포교사로 활동했던 조학유는 이러한 사정을 누구보다 잘 알았을 것이고, 이 때문에 그는 일반 신도들에게 익숙한 대승불교의 불타관을 수용한 것이라 여겨진다. 그러면서도 그는 당시에 새롭게 등장한 불타관 역시 반영하고 있으며, 더 나아가 이들 노래의 배열을 통해, 단순한 '기복'을 불교의 목적인 '성불'의 추구로 전환시키고 있는 것이다. 바로 이 점이 불타 담론으로서 『찬불가』가 갖는 의의라고 할 수 있다. 또한 이러한 특징은 알기 쉬운 시어의 사용과 석가의 구체적인 공덕 제시와 함께, 『찬불가』가 발표 당시는 물론이고 현재까지 널리 불려지고 있는 이유로도 볼 수 있다.

5. 맺음말

본고는 1920년대에 출현한 '찬불가'에 관한 문학적 연구의 일환으로, 『찬불가』의 문학적 성격과 그 의의에 대해 살펴보았다. 또한 예비적 고찰로, 작자의 생애와 사상적 경향 등을 검토하였다. 지금까지의 논의 내용을 요약하면 다음과 같다.

---

63) 한상길, 「한국 근대불교의 대중화와 석문의범」, 『불교학보』 48, 동국대 불교문화연구원, 2008, 141~143쪽 참고.

　먼저, 제한된 자료의 범위 안에서 작자인 조학유의 생애 일부를 복원하고, 그의 사상적 경향에 대해 살펴보았다. 조학유는 유학승·학교 경리·불교단체 임원·포교사 등 다양한 이력의 소유자로, 짧은 생애동안 불교혁신운동과 대중불교운동에 헌신한 인물이다. 그는 자신의 저술들을 통해 '종교심' 즉 불교의 신앙적 성격을 강조하고 있다.

　다음으로, 『찬불가』의 구성 및 내용적 특징과 석가 형상화의 양상을 고찰하였다. 『찬불가』는 '찬불가집'으로, 3대 예식·보통예식·석가 일대의 항목으로 구성되어 있는데, 항목에 따라 그 내용 및 석가 형상화의 양상에 차이가 있다. 3대 예식과 보통 예식의 노래들은 모두 사실의 제시와 이에 대한 의미 부여로 되어 있고, 또한 '부텨님'의 시어와 석가 관련 내용이라는 공통점을 갖는다. 이들 노래와 달리 석가일대의 경우는 구체적인 청자를 제시하지 않고, 청자에 대한 권계가 없으며, 석가에 대한 찬양이나 기복을 노래하고 있지 않다.

　부처의 형상화에 있어서도, 3대 예식과 보통예식은 시혜의 주체 내지 기복의 대상으로 석가를 묘사하고 있음에 반해, 석가일대에서는 인생과 출가에 대해 고민하고 갈등하는 '인간'으로서의 석가를 형상화하고 있다. 이러한 상이한 불타관의 공존은 작자의 의도에 의한 것으로, 기복의 대상인 현재의 석가 역시 과거에는 중생들과 같은 '인간'이었음을 보여주고, 이를 통해 누구나 부처가 될 수 있음을 강조함에 그 목적이 있는 것이다. 곧 『찬불가』는 석가에 대한 단순한 찬양의 노래가 아니라, 불교의 존재 이유가 '성불'에 있음을 강조하고, 청자들에게 성불을 위해 노력할 것을 당부한 노래라 할 수 있다.

　끝으로, 『찬불가』의 성격 및 의의를 의식가요와 불타 담론의 맥락에서 살펴보았다. 조학유의 『찬불가』는 동시대의 찬불가와 근대 이전의 의식가요와 비교할 때, 다음과 같은 특징을 보인다. 의식의 쓰임에 맞는 노랫말의 내용, 알기 쉬운 시어의 사용, 구체적인 석가 공덕의 제시 등이 그것이다. 이러한 특징은 『찬불가』가 발표 당시는 물론이고 현재까지 널리 불려지고 있는 이유로도 볼 수 있다.

결국, 조학유의 『찬불가』는 당시 불교계의 찬불가운동을 선도하고 있는 불교문화사적 의의뿐만 아니라, 의식가요의 근대적 전개와 석가 일대기의 근대적 변용이라는 문학사적 의의를 갖는다고 하겠다.

근대 불교시가의 존재양상과 권상로의 시가작품

1. 머리말

권상로(1879~1965)는 우리나라 최초의 불교잡지인『조선불교월보』의 편집 겸 발행인으로 활약했고, 최초의 불교 개혁론인『조선불교개혁론』(1912)과 최초의 불교 통사인『조선불교약사(朝鮮佛敎略史)』(1917)를 집필했으며, 1953년 종합대학으로 승격한 종립(宗立) 동국대학교의 초대 총장을 역임하는 등 불교학에 관한 그의 저서나 불교계 내에서의 활약상은 어느 것 하나 선구적이지 않은 것이 없다.[1] 또한 그는 불교학뿐만 아니라 국문학·종교학·지리학 등 국학 전반에 걸쳐 중요한 저술들을 남기고 있는데,『조선문학사』·『조선종교사초고』·『한국지명연혁사전』 등이 그 예에 속한다. 이렇듯 권상로는 개혁승·언론인·학자·교육자 등의 다양한 면모를 보이고 있는, 근·현대 불교계를 대표하는 지성이라 할 수 있다.

그런데 그는 이러한 활동 외에도, 비교적 많은 문학작품을 창작·발표하고 있다. 곧 근대 시기의 불교잡지와 의식집에는 그의 소설·시조·가사·창가·신체시 등의 문학작품이 전히고 있는 것이다. 특히 1910~30년대의 전 시기에 걸쳐 다양한 장르의 많은 시가작품을 남기고 있

---

1) 이재헌,『이능화와 근대 불교학』, 지식산업사, 2007, 178쪽.

어, 불교시가의 '작가'로서도 권상로를 주목할 필요가 있다. 그리고 그의 작품들이 대부분 악보를 동반하고 있다는 점과, 내용에 있어서 그 이전 시기에는 볼 수 없었던 일정한 경향성을 띠고 있고, 당시 불교계의 새로운 움직임을 반영하고 있다는 점 또한, 권상로의 불교시가에 대한 고찰의 필요성으로 지적할 수 있다.

그러나 권상로의 시가작품에 대한 논의는 그 중요성 및 필요성에 비해 활발하지 못한 형편이다. 그동안 이상보의 해제 및 작품 소개[2]와 몇몇 논문의 단편적인 언급[3]에 머물고 있다가, 최근에 들어서야 김종진[4]에 의해 본격적인 연구가 시작되었을 뿐이다.

김종진은 『조선불교월보』에 필명으로 발표되어 주목받지 못했던 권상로의 시가작품 4편을 발굴한 뒤, 이 작품들을 대상으로 하여 전통 시가 양식의 전변을 거쳐 근대 불교가요가 생성되는 과정을 탐색하고 있다. 그 결과, 권상로의 작품들은 전통의 계승과 시대정신의 반영이라는 측면에서 근대 불교가요의 모색으로 충분한 가치가 있다고 주장하였다.[5] 이러한 논의는 권상로의 시가작품뿐만 아니라, 근대 불교시가에 대한 학계의 관심을 환기시켰다는 점에서 그 의의가 크다고 할 것이다. 다만 1910년대의 작품만을 논의 대상으로 하고 있어 권상로

---

2) 이상보, 『한국불교가사전집』, 집문당, 1980, 321~322쪽에는 권상로의 시가작품 중, 『석문의범』(1935) 수록의 〈성탄경축가〉와 〈열반가〉의 전문이, 같은 책, 90~92쪽에 이들 작품에 대한 해제가 소개되어 있다. 한편 임기중, 『불교가사 원전연구』, 동국대 출판부, 2000, 1129~1142쪽에는 『석문의범』 소재 4편의 원문 및 주석과 현대어역이 실려 있다.

3) 박경주, 「근대 계몽기의 불교개혁운동과 국문시가의 관계」, 『고전문학연구』 14, 한국 고전문학회, 1998, 102~106쪽; 김기종, 「근대 대중불교운동의 이념과 전개」, 『한민족 문화연구』 28, 한민족문화학회, 2009, 356~362쪽.

4) 김종진, 「전통시가 양식의 전변과 근대 불교가요의 형성- 1910년대 불교계 잡지를 중심으로」, 『한국어문학연구』 52, 한국어문학연구학회, 2009.

5) 김종진, 앞의 논문, 38쪽.

불교시가의 전모를 파악하기에 미흡하다는 점과, 시가의 형식적 측면
에만 관심을 두고 있는 점 등은 그 한계로 지적할 수 있다.

한편, 권상로의 불교시가 작품들 중 악보가 있는 노래, 곧 '찬불가'
에 대해서는 음악학계의 논의가 있어 왔다. 대표적인 논의로는 박범
훈6)과 이미향7)의 연구를 들 수 있는데, 이들은 모두『은둥경』(1925)
수록 12곡의 노래들을 대상으로 하고 있다. 전자는 곡명 및 내용에 대
한 소개와 일부 노래의 악보 제시로 되어 있으며, 후자의 경우는『은둥
경』의 체재 및 구성과 음악적 특징을 살펴보고 있다.

이들 중, 박범훈은 논의를 마무리하면서 다음과 같은 견해를 밝히고
있다. 곧 "권상로의 찬불가는 '문(文)'적인 측면에서 평가되어야 할 것
이다. 권상로의 찬불가를 '율'적인 측면에서 평가한다는 것은 큰 의미
가 없다."8)라는 언급이 그것이다. 박범훈의 이러한 결론은, 음악적 연
구의 한계를 보여주는 동시에, 권상로의 '찬불가'에 대한 노랫말 분석
내지 문학적 연구의 필요성을 시사한 것으로 주목된다.

그러므로, 본고는 '찬불가'를 포함한 근대 시기에 존재하고 향유되
었던 불교시가에 관한 문학적 연구의 일환으로, 권상로 창작 시가의
내용과 성격에 대해 살펴보는 것을 목적으로 한다. 먼저, 배경적 고찰
로서, 불교 및 불교계에 대한 그의 인식과 불교 대중화 활동을 알아볼
것이다. 그리고 현재 전하는 권상로의 불교시가 전체를 대상으로, 구
체적인 전개 양상과 특징적인 국면을 살펴본 뒤, 이를 바탕으로 그 성
격과 의의를 당시의 시대적 상황과 관련지어 논의하도록 하겠다.

---

6) 박범훈,『한국불교음악사연구』, 장경각, 2000, 401~407쪽.
7) 이미향, 「항일 측면에서 본 불교음악운동」,『대각사상』9, 대각사상연구회, 2006,
278~281쪽.
8) 박범훈, 위의 책, 407쪽.

2. 권상로의 불교 인식과 대중화 활동

권상로 불교시가의 내용 및 성격을 논의하기에 앞서, 그가 불교를 어떻게 인식하고 있는가를 살펴볼 필요가 있다. 그의 불교시가는 불교 대중화 활동의 일환으로 지어진 것이고, 불교에 대한 인식은 권상로가 불교의 대중화를 주장하고 실천한 근거이면서 동시에 그가 전개한 활동의 지향점으로 볼 수 있기 때문이다.

권상로는 우선 불교를 석가모니가 설한 종교라고 언급한 뒤, 불교의 교주인 석가는 초인간적인 신이 아닌 한 분의 '과량대인(過量大人)'으로, 중생의 마음 속에 본래 갖춰져 있는 '불성(佛性)'을 먼저 깨친[先覺] 존재라고 하였다.9) 깨달음의 선후에 차이가 있을 뿐, 불타와 중생은 그 본질에서 차이가 없다는 것이다.10) 그리하여 그는 석가의 입태(入胎)부터 열반까지의 전 생애에 걸친 가르침이 '평등'의 두 글자로 포괄된다고 보았다.11) 곧 그는 불교를 깨달음의 종교이자, 중생에게 모두 '불성'이 있고 누구나 성불할 수 있다는 '평등주의'의 종교로 인식하고 있는 것이다.

이러한 전제 아래, 그는 불교의 목적이 전미개오(轉迷開悟)·이고득락(離苦得樂)·지악수선(止惡修善)에 있으며, 신(信)·해(解)·행(行)의 세 가지 방면으로 이루어져 있다고 하였다.12) 그리고 불교의 본색이 "一切衆生을 苦海에서 拯濟ᄒ야 樂岸에 置ᄒ며, 迷路에서 接引ᄒ야 正道를 示ᄒ며, 惡業을 消滅ᄒ고 善法을 成就케 홈"13)에 있음을 밝히고 있

---

9) 운양사문, 「죽의문답」, 『불교』 5호, 1924.11, 43쪽.
10) 기자, 「불교의 감화력」, 『조선불교월보』 4호, 1921.5, 8쪽.
11) 퇴경생, 「조선불교개혁론」, 『조선불교월보』 8호, 1912.9, 49쪽.
12) 운양사문, 「죽의문답」, 『불교』 1호, 1924.7, 61쪽.
13) 기자, 「감옥포교」, 『조선불교월보』 2호, 1912.3, 11쪽.

다. 이 언급은 불교의 대사회적인 측면, 즉 '구세주의'로서의 성격을 강조한 것이라 할 수 있다. 또한 불교는 오로지 스스로의 마음을 깨달아서 내가 본래 부처이고 마음이 곧 부처임을 드러낸다고 하였다.[14] 이상의 내용을 통해, 권상로는 불교를 '평등주의'와 '구세주의', 그리고 '마음'의 종교로 인식하고 있음을 알 수 있다.

그런데, 그가 파악하고 있는 불교의 이러한 성격은 단순히 '인식'으로만 그치는 것이 아니라, 아래의 인용문에서 보듯 다른 종교와 구별되는 불교만의 특징이자 장점으로 부각되기도 한다.

> 釋迦牟尼의 御一生에 垂敎ᄒ신 大, 小, 權, 實, 頓, 漸, 顯, 密의 八萬藏法을 佛敎라 通稱ᄒᄂ니, 즉 出世間法에 信, 解, 行, 證과 世間法 中에 修, 齊, 治, 平을 無不包括홈이니, 以ᄒ야 自修ᄒ면 그 肉體, 靈魂이 凡界를 超脫ᄒ고, 以ᄒ야 導人ᄒ면 그 愚悍, 頑貪이 善化에 俱沐ᄒ고, 以ᄒ야 治世ᄒ면 丘陵, 坑坎이 樂國을 現成ᄒᄂ니, 東西古今에 何敎가 能히 此를 超過ᄒ며 何法이 能히 此를 凌駕ᄒ랴.[15]

이 글에서 권상로는, 석가 일생의 가르침인 불교가 세간법과 출세간법을 모두 포괄한다고 전제한 뒤, '자수(自修)' '도인(導人)' '치세(治世)'의 측면에서 그 효용성을 지적하고 있으며, 바로 이 점들로 인해 동서와 고금의 어떠한 종교도 불교를 능가할 수 없다는 것이다. 여기에서 서술하고 있는 '자수' '도인' '치세'는 각각 그가 불교의 목적으로 제시한 전미개오(轉迷開悟)·지악수선(止惡修善)·이고득락(離苦得樂)에 대응된다. 이렇듯 그는 불교인으로서의 강한 자부심과 자신감을 드러내고

---

14) 권상로, 「천과 정토의 계설」, 『불교진흥회월보』 9호, 1915.11, 25쪽.
15) 퇴경사문, 「불교의 골자는 선, 선은 만법의 총부」, 『조선불교총보』 4호, 1917.7, 9쪽. 인용문의 띄어쓰기와 부호는 필자. 이후의 인용문도 이와 같음.

있는데, 위의 인용문 외에도 여러 글들에서 다른 종교와 비교되는 불
교의 우수성을 주장하고 있다.16)

그렇지만 권상로는 당시 불교계의 현실에 대해서는 부정적 인식을
보인다. 곧 지금의 불교계는 숨쉬기조차 힘들어 그 이름을 보전하기도
어려운 지경에 있다고 지적하면서,17) 다른 종교들에 비해 아직도 산중
에 머무르고 있는 당시 불교계의 폐쇄성을 신랄하게 비판하고 있다.
이러한 쇠퇴와 부진의 이유로는 조선왕조 5백년 동안의 불교 탄압과,
불교계 자체의 무사안일 및 자승심(自勝心)·희망심(希望心)의 박약 등을
들고 있다. '자승심'은 자기 자신에 대한 자신감을, '희망심'은 미래에
대한 낙관적인 태도를 가리킨다.

그는 이들 원인 중에서도 자승심과 희망심에 주목하고 있다. "二種
心이 無ᄒ면 競爭이 不起ᄒ고 競爭이 無ᄒ면 進興이 不生ᄒ고 進興이
되지 못ᄒᄂ 同時에ᄂ 保守도 不能ᄒ야 反히 退縮이 發生"18)한다고 언
급한 뒤, 불교계의 구성원들이 이 두 마음을 가져야 함을 당부하고 있
다. 그리고 그는 쇠퇴한 현재의 조선 불교를 일으키기 위해서는 무엇
보다 청년들의 분발이 필요하다고 보았다. 그리하여 "老大ᄒ 宗敎를
少壯케홀 者도 靑年諸君이오 腐敗ᄒ 社會를 完全케홀 者도 靑年諸君"
으로, "今日에 興起치 아니ᄒ면 諸君에 手로써 宗敎를 老大케 ᄒ고 社
會를 腐敗케"19) 하는 것이라 하여, 불교계 청년들의 자각과 흥기를 촉
구하고 있다. 이와 같은 '자승심'·'희망심'·'청년'은 논설뿐만 아니라

16) 「불교의 감화력」(『조선불교월보』 4호, 1912.5), 「불교와 인도」(『조선불교월보』 6호,
1912.7), 「천과 정토의 계설」(『불교진흥회월보』 9호, 1915.11) 등이 이에 해당한다.
17) 퇴경생, 「조선불교개혁론」, 『조선불교월보』 3호, 1912.4, 36쪽.
18) 기자, 「본사의 부담과 희망」, 『조선불교월보』 1호, 1912.2, 15쪽.
19) 기자, 「흥기재어다 오교청년이여」, 『조선불교월보』 7호, 1912.8, 7쪽

그의 불교시가 작품에서도 강조되어 있는데, 다음 장의 작품 분석을 통해 확인할 수 있을 것이다.

한편, 권상로는 당시 일반인들의 불교 인식을 다음과 같이 소개하고 있다.

> 佛教가 아모리 老大宗教로 深玄한 哲理를 갖었으나 形式으로 보아서 三千年來에 封建時代의 遺物인 帝國式 偶像式 迷信式을 벗지 못한 虛僞 粉飾의 僞善의 教라는 소리가 높아가며, 去聖時遠한 僧侶의 人爲的 主義로 보아서 今日의 僧侶는 王公大臣과 軍閥貴族 등의 資本階級을 幇助하야 功德을 宣揚하는 走狗的 番犬의 부르조아 擁護兵이라는 非難이 致命傷을 주게 되며, 今日의 佛教는 避禍求福의 俗信을 鼓吹하야 婦女子를 迷惑케 하고 一切人民을 毒醉식히는 魔術劑를 仍用한다는 誹謗이 滋甚하되 이것은 識者의 階級보다 下層社會面에 自覺者로 붙어 深刻한 화살을 던지고 있다.[20]

그는 현재 불교가 위선의 종교, '부르조아의 옹호병', 부녀자를 미신케 하는 기복신앙으로 비판받고 있다고 하면서, 이러한 비판이 지식계층이 아닌 하층사회의 자각자로부터 일어난다는 점에서 문제의 심각성이 크다고 하였다. 인용문은 불교계 내부의 문제만이 아닌 당시 사회의 불교 비판에 대한 그의 위기의식을 보여주는 것으로, 일반인들의 부정적인 불교 인식은 불교의 참된 모습을 알리지 않은 승려들에게 그 책임이 있다고 하였다.[21]

이상과 같은 불교계 내외의 문제를 해결하기 위해서 그는 간경(看經)·참선(參禪)과 교리의 연마, 그리고 전도·포교를 급선무로 제시하

---

20) 권상로, 「청년운동의 필연성과 그 가치」, 『불교』 80호, 1931.2, 6쪽.
21) 권상로, 위의 글, 7쪽.

고 있는데,[22] 특히 '포교'에 강조점을 두고 있다. 권상로는 수도의 목적이 결국은 포교에 있다고 했고, 불교계의 모든 문제점과 어려움을 해결할 수 있는 유일한 방법 또한 포교의 진흥밖에는 없다고 보았다.[23] 곧 그에게 있어서 흥학(興學)·간경(刊經)·교육은 모두 포교라는 하나의 목적을 위해 불가분의 관계를 맺고 있다.[24]

불교잡지에 실린 권상로의 저술 중, 불교학·불교사 관련 글들을 제외한 대부분이 '포교'와 관계가 있다는 사실에서도 이러한 점은 확인된다. 그는 불교잡지의 여러 논설에서 평등·구세·마음의 종교인 불교를 알리기 위한 포교의 필요성 및 중요성을 역설하고 있다. 그리고 포교의 구체적인 방법으로 경전의 번역과 불교 해설서의 출판,[25] 불교잡지의 간행,[26] 청년 승려들의 유학[27] 등을 제시하고 있다. 그는 이와 동시에 자신이 직접 이러한 불교대중화 활동을 전개하고 있는데, 본고의 논의와 직접적으로 관련되는 주요 활동을 살펴보면 다음과 같다.

먼저, 권상로는 불교잡지의 발행 겸 편집인으로 당시 불교계의 공론 형성에 기여하고 있다. 그는 머리말에서 언급했던 『조선불교월보』((1912.2~1913.8, 통권 19호) 외에도, 『불교』(1924.7~1933.7, 통권 108호)[28]와 『금강산』(1935.9~1936.6, 통권 10호)의 편집 겸 발행인으로 활동했다. 이들 잡

---

22) 퇴경생, 「조선불교개혁론」, 『조선불교월보』 18호, 1913.7, 47쪽.

23) 퇴경상로, 「조선불교계의 시급한 문제」, 『신불교』 20호, 1940.1, 8쪽.

24) 이재헌, 앞의 책, 250쪽.

25) 기자, 「교적간행의 필요」, 『조선불교월보』 6호, 1921.7, 2~3쪽; 퇴경상로, 「조선불교계의 시급한 문제」, 『신불교』 20호, 1940.1, 12~13쪽.

26) 기자, 「본사의 부담과 희망」, 『조선불교월보』 1호, 1912.2, 16~17쪽; 퇴경사문, 「근대불교의 삼세관」, 『조선불교총보』 6호, 1917.9, 31쪽.

27) 퇴경 권상로, 「불교보급적 이대사업」, 『불교진흥회월보』 9호, 1915.11, 8~11쪽.

28) 권상로는 통권 108호 가운데, 83호(1931.5)까지의 발행 및 편집을 맡았고, 84호 이후로는 한용운이 담당했다.

지 중, 『조선불교월보』(이하『월보』)와 『불교』는 각각 1910년대와 1920~
30년대 불교계의 중앙기관지로, 편집내용과 발행기간의 측면에서 각
시대를 대표하는 불교잡지라 할 수 있다.29)

불교계 최초의 월간 잡지인 『월보』는 근대불교학의 소개와, 비문·
승전(僧傳) 등의 발굴을 통한 한국불교사의 복원, 그리고 일반사로서
의 한국불교사 정립 모색 등을 내용적 특징 및 의의로 지적할 수 있
다.30) 이 잡지는 '논설·강단·문원(文苑)·교사(敎史)·전기·사림(詞林)·
잡저·언문란·관보(官報)·잡보'의 체재로 되어 있고, 항목별로 당시 불
교계의 현안에 관한 논설, 불교의 교리 소개, 불교사와 불교학 관련
논문, 여성을 대상으로 한 교리 설명 등을 수록하고 있다. 권상로는
이들 항목 모두에 글을 남기고 있는데, 본고의 관심사인 그의 불교시
가는 5·7·8·12호에만 있는 '가원(歌園)'란에 실려 있다.31) 또한 그는
1~4호와 6호의 '소설'란에 무심도인(無心道人)의 필명으로 〈심춘(尋春)〉(1
호)과 〈양류사(楊柳絲)〉(4·6호)의 2편을 발표하고 있다.32)

---

29) 참고로, 근대 불교잡지는 발행연도를 기준으로 1910년대 6종, 1920년대 7종, 1930년
    대 8종 등 총 21종이 현재 전하고 있으며, 발행주체의 성격이 교단·개인·사찰·청년단
    체·학교·강원 등으로 비교적 다양하다. 김기종, 「근대 불교잡지의 간행과 불교대중
    화」, 동국대 불교문화연구원 편, 『동아시아불교의 근대적 변용』, 동국대 출판부,
    2010, 181쪽.
30) 김기종, 위의 논문, 185쪽.
31) '가원'란에는 권상로의 시가 외에, 단형가사인 김정혜의 〈기념가〉(7호), 최취허의 〈귀
    일가(歸一歌)〉(8호), 이증석의 〈신년축사(新年祝詞)〉(12호) 등이 수록되어 있다.
32) 『퇴경당전서』 권8의 '소설' 항목에는 〈심춘〉과 「세알삼배(歲謁三拜)」가 수록되어 있
    는데, 「세알삼배」는 『조선불교월보』 1호의 '잡저'란에 실렸던 글로, 소설이 아니다.
    그리고 김종진, 「근대 불교시가의 전환기적 양상과 의미-『조선불교월보』를 중심으
    로」, 『한민족문화연구』 22, 한민족문화학회, 2007, 87쪽에서는 『월보』 2~3호에 수록
    된 남사거사(南史居士)의 소설 〈일숙각(一宿覺)〉을 권상로의 작품으로 보고 있다. 그
    런데 '남사거사'는 권상로의 필명이 아니라, 『월보』 3호에 「吾敎는 無諍」이란 글을
    남기고 있는 '남사(南史) 허각(許覺)'으로, 〈일숙각〉은 그의 작품이 된다.

　『불교』의 편집내용 및 성격은『월보』와 크게 다르지 않다. 그러나 총독부의 문화정치·유학승의 귀국 등 시대적인 변화와 10년이라는 발행기간으로 인해, 보다 다양하고 풍부한 내용과 필진, 그리고 불교대중화를 위한 적극적인 시도를 보여주고 있다. 고정란과 소식란의 비중 확대, 일정한 주제의 특집기사, 문학작품의 활발한 발표 등이 구체적인 예에 해당한다. 또한『불교』에 실린 기사들의 주요 경향을 볼 때, 한국불교의 정체성 정립이 주요 관심사였던『월보』와 달리, 종교로서의 정체성 확립 및 불교대중화에 역점을 두고 있다.

　권상로의 글은『월보』에 비해 그 비중이 줄어들었는데, 시가작품의 경우는 11편의 장가와 3편의 신체시, 24수의 시조 등 비교적 많은 작품이 실려 있다. 시조를 제외한 작품들은 모두『불교』의 권두시라는 공통점을 보인다. 권상로의 시가작품 외에도『불교』는 근대 불교잡지 가운데 가장 많은 문학작품을 수록하고 있다. 대체로 권상로가 편집인이었던 83호까지는 창가와 희곡이, 한용운 편집의 84·85합호부터는 시조·신체시·자유시가 주를 이룬다.

　『금강산』의 경우는, 잡지 이름에서 알 수 있듯 금강산불교회가 발행주체인 전문지적 성격의 잡지이다. 곧 이 잡지는 금강산의 소개와 불교정신의 보급을 목적으로 하고 있으며, 지면의 대부분이 금강산의 역사·지리·풍물에 관한 내용으로 되어 있다. 권상로의 글은『금강경』의 해설(1-10호), 금강산 기행문(3-7호), 신앙에 관한 2편의 논설 등이 실려 있어, 그 비중이 크지 않음을 알 수 있다.

　다음으로,『아미타경』·『무량수경』·『부모은중경』등의 경전 번역을 들 수 있다. 불교대중화가 무엇보다도 불교의 교리 및 사상을 보다 많은 대중에게 보다 쉽게 전달하는 것을 의미한다고 할 때, 한역불전(漢譯佛典)의 한글화는 여타의 대중화 기획보다 시급한 과제였다. 그러나 근대 불교계에서 역경이 본격화된 것은 1921년 8월 백용성의 삼장역회 (三藏譯會)가 출범된 직후이다.[33]

권상로는 백용성 다음으로 불교잡지인 『불일』(1924.7~11, 통권 2호)에 『아미타경』(1호)과, 『무량수경』 중 법장비구의 48대원(大願)(2호)을 번역하고 있다. 이들 번역에는 해설이 없고, 대신 중요 어휘에 간단한 주석이 있다. 권상로의 경전 번역은 백용성과 안진호[34]로 대표되는 전통적인 방식의 역경과 차이를 보인다. 곧 현토문을 한글로 옮긴 듯한 이들의 번역문에 비해, 쉬운 어휘와 우리 어법에 맞는 문장으로 되어 있으며, '─'·'•' 등의 부호를 사용하여 경전 내용의 이해를 돕고 있는 것이다.[35]

1925년 조선불교 중앙교무원에서 간행한 『은듕경』은 『부모은중경』의 번역본이다. 이 책은 '삼귀의-반야심경-찬불가-부모은중경-찬불게-신불가'의 순서로 구성되어 있는데, 한 면을 상·하단으로 나누고, 하단에는 한글 번역을, 상단에는 번역문의 주요 어휘와 그 한자(漢字)를 병기하고 있다. 『부모은중경』의 게송, 즉 부모님의 10가지 은혜를 읊고 있는 '십게찬송(十偈讚頌)'의 경우는 상단에 원문을 소개하고 있으며, 하단에는 5언 8구의 게송을 번역한 10편의 창가를 악보와 함께 수록하고 있다. 이들 노래의 앞 뒤에 실려 있는 〈찬불가〉와 〈신불가〉의 2편은 『부모은중경』의 내용과 상관없는 권상로의 창작이다.

그런데 『은듕경』은 이러한 특징과 '삼귀의~신불가'의 구성을 통해,

---

33) 김광식, 「일제하의 역경」, 『대각사상』 5, 대각사상연구원, 2002, 54~56쪽 참고.

34) 뒤에서 언급할 불교의식집인 『불자필람』·『석문의범』의 편자이자 불교출판사 만상회의 주인이기도 한 그는 1936년부터 1944년까지 대략 10여종의 불전번역서를 출간했다. 김광식, 위의 논문, 73~74쪽 참고.

35) 글의 제목 아래, 다음과 같이 부호와 그 의미에 대한 명기가 있다. "부호 ═사람일음 ─쌍일음 ≈술어 •해석표" 퇴경 즉역, 「미타경」, 『불일』 1호, 1924.7, 49쪽.

단순한 번역서가 아닌 일종의 불교의식집을 시도한 것임을 알 수 있다. 곧『은듕경』의 구성은 근대 불교계의 대표적 의식집인『불자필람』및 『석문의범』에 소개된 강연의식의 절차와 유사한 것이다. '강연의식'은 "귀의삼보 → 심경(心經) → 찬불가 → 입정(入定) → 강화(講話) → 사홍서원(四弘誓願) → 산회가(散會歌)"36)의 순서로 되어 있는데, '입정' '사홍서원'을 제외하고는『은듕경』의 순서와 일치하고 있다. '강화'와 '산회가'는 각각 '부모은중경'과 '신불가'에 대응된다고 할 수 있다. 결국 『은듕경』은 독서물인 번역서이자, 동시에 불교의식의 대본이라는 이중적 성격을 갖는다고 하겠다.37)

끝으로, 불교의식의 현대화·대중화를 위한 일련의 활동을 지적할 수 있다. 권상로는『월보』의 소식란에 당시 불교계에서 진행되던 새로운 불교의식의 모습을 지속적으로 소개하고 있다.38) 그리고『불교』의 문답란인「불교결의(佛敎決疑)」에서는 전통적 불교의례의 기능과 의의를 구체적으로 설명하고 있으며, 무속화된 당시 의례의 교정을 촉구하고 있다. 또한 그는 순한글의 의식집인『조석지송(朝夕持誦)』(1932)을 편찬하고,『불자필람』(1931)과 그 증보판인『석문의범』(1935)의 교정을 담당하기도 하였다.

『조석지송』은 전체의 의식문과 해설이 모두 순한글로 되어 있는데, 조선후기의 의례집이나 동시대의 의식집과 구별되는 특징이라 할 수 있다. 이 책에는 육성례·천수경 서문·조석염불선후송절차·관세음보

---

36) 안진호 편, 『불자필람』, 연방사, 1931, 121~122쪽.

37) 『은듕경』외에 단행본으로 출간된 권상로의 경전 번역서로는『관음예문강의(觀音禮文講義)』·『불설선생경강의(佛說善生經講義)』·『선재구법(善財求法)』(이상『퇴경당전서』권9 수록) 등이 있으나, 이 책들은 모두 1950년대 이후에 간행된 것이므로, 본고의 논의에 포함시키지 않았음을 밝힌다.

38) 이에 대해서는 김종진, 앞의 논문, 91~93쪽을 볼 것.

살영험록·천수다라니경언해 등이 수록되어 있다. '천수다라니경언해'
의 경우는 각 구절에 대한 권상로의 해설을 포함하고 있어, 근대 최초
의『천수경』해설서로 평가되고 있다.[39]

　권상로가 교정을 담당하고 있는『불자필람』과『석문의범』은 현재
까지도 널리 유통되고 있는 의식집으로, 재래의 전통적인 의식문을 재
정비하여 집대성하고, 여기에 현대적 포교 방식과 불교의식까지 제시
하고 있다.『석문의범』은 제17장에 '가곡편'을 설정하고 있는데, 당시
불교의례의 현장에서 가창되고 있던 화청(불교가사)과 찬불가(불교창가)
의 주요 작품을 수록하고 있다.[40]

　이 20편의 노래에 권상로의 작품 5편이 포함되어 있다. 특히 10편의
찬불가 가운데 그의 작품이 절반을 차지하고 있는 점은 주목을 요한다.
이러한 사실은 그의 찬불가가 널리 향유되었던 의식가요라는 점과 함
께, 당시 불교계에서의 권상로 찬불가의 위상 내지 평가를 보여주는
것이기 때문이다.

　지금까지, 주요 저술을 중심으로 권상로의 불교 및 불교계 인식과
불교대중화 활동에 대해 살펴보았다. 이를 통해, 그는 불교를 '평등'·'구
세'·'마음'의 종교로 인식하고 있으며, 침체된 당시 불교계에 자각과
분발을 촉구하는 동시에, 자신이 직접 불교대중화를 위해 다양한 활동
을 전개하였음을 알 수 있다. 이제, 권상로가 불교대중화의 일환으로
창작·발표한 불교시가의 구체적인 내용 및 성격을 살펴볼 차례다.

---

39) 송현주,「근대 한국불교 개혁운동에서 의례의 문제」,『종교와 문화』6, 서울대 종교문
　　제연구소, 2000, 179쪽 참고.
40) 〈참선곡〉·〈회심곡〉·〈백발가〉·〈몽환가〉 등의 10편이 화청에 해당되고, 찬불가로는
　　〈신불가〉·〈찬불가〉·〈사월팔일경축가〉 등의 10편이 실려 있다. 안진호 편,『석문의
　　범』하권, 만상회, 1935, 231~290쪽.

3. 권상로 불교시가의 전개 양상

구체적인 논의에 앞서, 현재까지 파악된 권상로의 불교시가 작품을
도표로 정리하여 제시하면 아래와 같다.

〈표〉 권상로의 불교시가 작품

	작품명	수록문헌	발표 연도	비고
1	諺文歌	『조선불교월보』 5호	1912.6	언문뒤풀이. 8·8조 32행.
2	時鍾歌	『조선불교월보』 8호	1912.9	교환창 형식의 시조. 8수의 시조로 구성. '老少迭唱'이란 부기 있음.
3	陽春九曲	『조선불교월보』 2호	1913.1	9수의 연시조.
4	新歲拜	『조선불교월보』 2호	1913.1	사회등가사. 4·4조 72행.
5	봄마지	『불교』 7호	1925.1	6·5조 4행(총 4절). 후렴 있음. 악보 수록.
6	밋음	『불교』 8호	1925.2	6·6조 29행.
7	배후라	『불교』 10호	1925.4	7·5조 4행(총 3절).
8	오섯네	『불교』 11호	1925.5	5행 총 3절. 글자수 불규칙. 후렴 있음.
9	마음꼿	『불교』 12호	1925.6	4행 총 4절. 신체시.
10	佛寶	『불교』 13호	1925.7	4·4조 4행(총 4절). 악보 수록.
11	讚佛歌			7·7조 4행(총 3절). 후렴 있음. 악보 있음.
12	懷耽守護恩			8·7조 8행. 악보 있음.
13	臨産受苦恩			7·5조와 7·6조의 교차. 8행. 악보 있음.
14	生子忘憂恩			7·5조 8행. 악보 있음.
15	咽苦吐甘恩			8·8조 8행. 악보 있음.
16	廻乾就濕恩	『은듕경』	1925.7	7·7조와 7·8조의 교차. 8행. 악보 있음.
17	乳哺養育恩			8·5조 8행. 악보 있음.
18	洗濯不淨恩			6·7조와 6·6조의 교차. 8행. 악보 있음.
19	遠行憶念恩			7·8조와 7·7조의 교차. 8행. 악보 있음.
20	爲造惡業恩			7·8조와 7·7조의 교차. 8행. 악보 있음.
21	究竟憐愍恩			7·6조와 7·7조의 교차. 8행. 악보 있음.
22	信佛歌			4행 총 3절. 6·6조와 6·5조의 교차. 후렴 있음. 악보 있음. 『석문의범』에 재수록. 후렴이 "귀의합시다"에서 "경배합시다"로 바뀜.

23	우리의 責任	『불교』 14호	1925.8	5행 총 4절. 신체시.
24	백종날	『불교』 15호	1925.9	4·4조 6행(총4절).
25	마음	『불교』 16호	1925.10	8·7조 3행(총 3절). 후렴 있음.
26	착한 일	『불교』 17호	1925.11	4·4조 4행(총 4절). 각 절의 제3행은 6·5조.
27	모다 씀	『불교』 18호	1925.12	6행 총 4절. 신체시.
28	守歲	『불교』 19호	1926.1	7·5조 4행(총 4절).
29	成道日 아침에	『불교』 20호	1926.2	4행 총 3절. 후렴 있음. 글자수 불규칙.
30	소리 업시	『불교』 21호	1926.3	7·7조 4행(총 4절).
31	聖誕慶祝歌			4·4조 4행(총 6절). 후렴 있음.
32	成道歌			6·5조 4행(총 6절). 후렴 있음.
33	涅槃歌	『석문의범』	1935.11	4·4조 30행. 단형가사.
34	學徒勸勉歌			4행 총 8절. 6·5조와 7·5조의 혼용. 후렴 있음.

　　이 외에, 기행문인 「십년일득(十年一得)」에 시조 24수가 실려 있고,[41] 『퇴경당전서』 권8에는 〈금수암(金水庵)〉(2수)과 〈십이경(十二景)〉(12수) 등의 시조가 수록되어 있다.[42] 이들 작품은 몇몇 시조가 사찰·범종 등 불교적 소재를 다루고 있긴 하지만, 그 내용에 있어 모두 '불교'와 관련이 없는 경치에 대한 묘사나 작자의 감회로 되어 있다. 그러므로 권상로 '불교시가'의 내용 및 성격 고찰이 목적인 본고에서는 일단 이 작품들은 논의 대상에서 제외하기로 한다.

　　위의 도표에 제시된 노래들 중, 『불교』 소재 작품들은 〈봄마지〉·〈밋음〉을 제외하고는 작자명이 명기되어 있지 않다. 그럼에도 도표에 포함

---

41) 퇴경생, 「십년일득」, 『불교』 100호, 1932.10, 89~97쪽. 이 글은 권상로가 『불교』의 편집인을 그만둔 뒤, 석왕사·귀주사·금강산 등지를 여행하면서 느낀 감회를 적은 기행문이다. 여행지에서 겪은 사건과 화자의 감회를 읊은 12수와, 석왕사에서 발견한 『석왕십경(釋王十景)』의 내용을 읊은 12수가 포함되어 있다.
42) 퇴경당전서간행위원회 편, 『퇴경당전서』 권8, 이회문화사, 1990, 515~517쪽.

시킨 이유는, 이 노래들이 해당 호수의 첫머리에 실려 있는 권두시이기 때문이다. 잡지의 권두언과 권두시는 그 작자가 명기되어 있지 않은 경우 대부분 편집인의 작품인 것이다. 그리고 『불교』 13호에 실린 〈불보〉가 김정묵의 『찬불가』[43)에 '권상로 작'으로 수록되어 있다는 점 또한 그 근거로 제시할 수 있다. 〈불보〉가 권상로의 작품이라면 작자명이 없는 『불교』의 권두시들이 그의 작품일 가능성은 더욱 크다고 하겠다.

머리말에서 이미 언급했듯이, 권상로의 시가작품은 잡가를 제외한 동시대 시가의 전 장르를 포괄하고 있다. 도표의 '비고'를 보면, 언문뒤 풀이·시조·가사·창가·신체시 등의 다양한 장르로 되어 있고, 그 중에서도 창가의 비중이 매우 큼을 알 수 있다. 이들 창가는 『은듕경』의 〈회탐수호은〉~〈구경연민은〉과 〈밋음〉을 제외하면 모두 분절되어 있고 후렴구가 있다.

율격에 있어서는 당시의 일반적인 창가와 같은 7·5조 작품의 비중이 적은데, 7·5조의 노래는 〈배후라〉·〈생자망우은〉·〈수세〉의 3편뿐이고, 그 외의 작품들은 비교적 다양한 율격으로 되어 있다. 특히 〈오섯네〉와 〈성도일 아침에〉는 율격의 구속에서 벗어나 있는 모습을 보인다. 이러한 점들은 권상로 창가의 음악적 성격을 보여주는 것으로, 악보가 함께 제시된 노래는 물론이고 악보 없이 수록된 작품 또한 대부분

---

43) 김정묵 편, 『찬불가』, 대한불교 정선포교당, 1959(제3판). 이 『찬불가』는 우리나라 최초의 찬불가전집으로, 총 132곡의 노래를 악보와 함께 수록하고 있다. 현재 1959년에 간행된 제3판만이 전하고 있는데, 이 책에는 초판과 3판의 서문이 함께 실려 있어, 『찬불가』와 관련된 몇 가지 정보를 알 수 있다. 곧 『찬불가』는 1948년에 처음 간행되었고, "이 책에 수록된 노래들은 대개가 각 포교당에서 사용되고 있는 것을 수집 편찬한 것"이며, 제3판은 초판의 "악보는 물론 가사도 고치지 못한 채" 그대로 출판한 것이라는 점이다. 이상의 내용을 미루어 볼 때, 〈불보〉의 작자 명기는 신빙성이 크다고 판단된다. 한편, 이 책에는 권상로의 작품들 중 〈불보〉 외에도 〈봄마지〉·〈학도권면가〉와 『은듕경』 소재 12편의 노래가 수록되어 있다.

가창을 전제한 것임을 짐작할 수 있다.

　권상로의 불교시가는 작품의 발표 연대와 수록된 문헌에 따라 그
내용 및 성격이 조금씩 차이를 보이고 있다. 그러므로 여기에서는 1910
년대·1920년대·1930년대의 세 항목으로 나누어 살펴보도록 하겠다.

　　(1) ㄱ、ㄴ、記憶홀수 업는道理 易言ᄒ리 누구런고

　　　　ㄷ、ㄹ、지긋지긋 너머가면 家風이을 스람업다

　　　　ㅁ、ㅂ、美音美色 자랑ᄒ나 悲泣홀일 이아닌가

　　　　ㅅ、ㅇ、皆是웃밥 大門題로 이應當事 못힝ᄒ네

　　　　가갸、거겨、가고가고 가는光陰 거뉘라셔 붓들손가

　　　　고교、구규 苦海中에 썟진衆生 救濟홀일 急ᄒ도다

　　　　나냐、너녀、나아가셰 나아가셰 너른길로 나아가셰

　　　　노뇨、누뉴、老瞿曇의 坦坦大道 누구인들 막을손가

　　　　다댜、더뎌、다라나는 演若達多 더욱失眞 蒼黃ᄒ다

　　　　도됴、두듀、도라오게 이큰길로 두말말고 도라오게

　　　　라랴、러려、羅盤針은 佛敎月報 러루듯고 만이보와

　　　　로료、루류、로리슴아 이약이슴아 루루ᄒ게 알웬말슴

　　　　마먀、머며、魔種子를 아죠쓴어 머물으지 말으시오

　　　　모묘、무뮤、모든善行 만이닥가 無量樂을 느리쇼셔
　　　　　　　　　　…(중략)…

　　　　카캬、커켜、카악ᄒ번 긔침ᄒ고　　커는靑年 씨우노니

　　　　코쿄、쿠큐、코잠넘어 자지말아 쿨쿨소릐 무삼일가

　　　　타탸、터텨、墮落ᄒ온 우리宗門 터를다시 닥으랴면

　　　　토툐、투튜、十石之役 請負業에 投身ᄒ리 諸君일세

　　　　파퍄、퍼펴、波濤甚ᄒ 뎌業海를 퍼셔말일 誓願으로

　　　　포표、푸퓨、捕繩갓흔 愛慾網을 푸러버셔 解脫ᄒ면

　　　　하햐、허혀、呵呵一笑 홀터이니 虛言으로 듯지마오

　　　　호효、후휴、好事多魔 못ᄒ오면 後悔할날 不遠일세[44]

인용문은 권상로의 첫 시가작품인 〈언문가〉의 일부이다. 이 노래는
내용상 네 단락으로 나눌 수 있다. 첫째 단락(1-4행)은 "기억홀수 업 늰
도리 이언 흐 리 누구런고"와 "지긋지긋 너머가면 가풍이을 스람업다"라
고 하여 포교의 문제를 환기하고 있다. 이어서 둘째 단락(5-14행)과 인
용하지 않은 셋째 단락(15-24행)에서는, 각각 '『조선불교월보』 읽기'라
는 포교 방법과 '염불'과 '선행'의 포교 내용을 제시하고 있다.

그리고 마지막 단락은 포교의 주체로 지목된 '청년'에 대한 권계의
내용으로 되어 있다. 이상에서 알 수 있듯이, 〈언문가〉는 포교 방법·
내용·주체의 문제를 통해 "타락 흐 온 우리종문" 즉 당시 불교계의 자각
을 촉구하고 있다. 앞 장에서 살펴보았던 권상로의 논설과 마찬가지
로, 포교의 중요성과 청년의 역할을 강조하고 있는 것이다.

교환창 형식의 시조인 〈시종가〉는 '청년' 대신 '소년'이 청자가 아닌
화자로 제시되어 있다. 이 시조는 4가지 화제에 관한 '노인창'과 '소년
창'으로 구성되어 있는데, 전자는 주로 인생의 무상함과 세월의 빠름
에 대한 안타까움을, 후자는 많은 일을 하기에 턱없이 부족한 시간의
아까움을 노래하고 있다.

작자의 문제의식 내지 의도는 '소년창'에 드러나 있다. 소년창의 '공
업'·'입신'·'독서'·'낀 정신' 등의 시어는 각 화제의 핵심어로, 이들 시
어가 모여 주제를 이루고 있는 것이다. 이를 통해, 〈시종가〉는 불교계
구성원, 특히 청년들이 새로운 시대의 변화에 대처하기 위해서는 공업·
입신양명·독서·깨어있는 정신이 필요함을, '소년'의 발화를 빌어 노래
한 것임을 알 수 있다.

『월보』 12호(1913.1)에 함께 실려 있는 〈양춘구곡〉과 〈신세배〉는 모

---

44) 무심도인, 〈언문가〉, 『조선불교월보』 5호, 조선불교월보사, 1912.6, 53~56쪽.

두 새해를 맞이하는 불교계에 대한 화자의 기대와 희망을 담고 있다. 9수의 연시조인 〈양춘구곡〉은 각 연의 초장과 중장에서 시간의 흐름 또는 계절의 변화를, 종장에서는 불교계에 대한 화자의 바람을 네 자로 된 한자어로 제시하고 있다. 곧 종교확장(宗敎擴張)(1연)·탁립정신(卓立精神)(3연)·심화발명(心華發明)(4연)·일단화기(一團和氣)(7연)·상법계법(像法季法)(9연) 등이 이에 해당한다.

〈신세배〉의 경우는, 〈양춘구곡〉의 '육천승려동포(六千僧侶同胞)들'(2연)에 비해 그 청자가 불교계 구성원 전체로 확대되어 있고, 기대와 희망의 내용 또한 보다 구체적으로 서술되어 있다. 이 작품은 주지·강사·포교사·선객(禪客)·율사(律師)·염불인(念佛人)·학생·신남녀(信男女)·월보기자(月報記者) 등 불교계의 전구성원을 대상으로, 각각의 대상에 맞는 화자의 기대를 노래한 뒤, 이의 실천을 당부하고 있다. 예를 들어, 주지에게는 사찰의 유지와 불법의 중흥을, 학생과 『월보』 기자에게는 각각 심오한 취지의 연구·책임의 막중함과, '교문목탁(敎門木鐸)'·'사회금침(社會金針)'을 제시하고 있는 것이다.

이상, 1910년대에 창작·발표된 권상로의 불교시가에 대해 살펴보았다. 이들 작품은 언문뒤풀이·시조·가사 등 그 장르는 다르지만, 당시 불교계에 대한 희망과 기대를 노래하고 있다는 공통점을 보인다. 그리고 〈신세배〉를 제외한 모든 작품에 '코잠'(〈언문가〉) '깁히든잠'(〈시종가〉) '잠'(〈양춘구곡〉)과, 각각 이와 대비되는 "쌔는청년 씌우노니" "쌘정신에" "날을씌워" 등의 표현이 있다는 점에서, 이러한 기대와 희망은 불교계의 자각 내지 각성을 전제한 것임을 알 수 있다. 또한 1910년대이 작품들은 잡지 소재 시가로서의 특징을 보여주고 있다. 〈양춘구곡〉과 〈신세배〉는 월간잡지의 신년사로서의 성격을 띠고 있으며, 〈언문가〉·〈신세배〉는 수록잡지인 『월보』와 관련된 내용을 포함하고 있는 것이다.

(2)除夜의 鐘소리 뎅뎅뎅칠제/ 무근해 다가고 새해가오네
光明한 빗갈은 새로빗추고/ 淸和한긔운이 새로히도네
　　새光明 새긔운 새로바다서/ 새마음 새精神 새로냅시다
支離케 쑤든숨 훌적깨치니/ 두눈에 뵈는것 모다새겔세
맑은茶 한잔을 가득부어서/ 和樂한 새봄을 마지를하세
　　새마음 새精神 새로내어서/ 새組織 새團結 새로집시다
이로서 압흐로 三百예순날/ 光明코 正大한 새길열렷네
저쪽갓終點은 어데매인가/ 幸福과 平和의 가득한데요
　　새組織 새團結 새로지어서/ 새計劃 새建設 새로셉시다
한거름 두거름 놋치말고서/ 압흐로 압흐로 나아만가면
世界는 그대로 樂園이루고/ 衆生은 모도다 覺者되리라
　　새計劃 새建設 새로세어서/ 새事業 새成功 새로합시다45)

위의 (2)는 '퇴경(退耕) 권상로(權相老) 작가(作歌) 정산(鼎山) 백우용(白禹鏞) 작곡(作曲)'으로 소개되어 있는 〈봄마지〉이다. 이 노래는 발표연도로만 보면, 특정한 노랫말에 특정한 악곡이 결합된 불교노래, 즉 '찬불가'의 효시작이 된다.46)

〈봄마지〉는 여타의 창가작품과 달리 분절과 후렴의 표시가 없는데, "새광명 새긔운 새로바다서/ 새마음 새정신 새로냅시다" 등의 구절은 후렴의 기능을 하고 있다. 이 구절들은 노래 전체에 반복적으로 나타나 있고, 시각적으로도 앞 행들과 다르게 배치되어 있어 절 구분의 표지가 된다. 총 4절의 이 작품은, 새해와 새봄이 온 사실을 1·2절에서

45) 권상로, 〈봄마지〉, 『불교』 7호, 불교사, 1925.1, 3쪽.
46) 박범훈, 앞의 책, 375쪽과 이미향, 「조학유의 생애와 찬불가 연구」, 『보조사상』 26, 보조사상연구원, 2006, 383쪽에서는 각각 백용성의 『대각교의식』(1927) 소재 작품들과, 『불교』 28~41호(1926.10~1927.11)에 연재된 조학유의 찬불가를 최초의 작품으로 보고 있다.

서술한 뒤, 새해와 새봄을 맞이한 불교계의 목표 및 각오를 밝히고 있다. 그리고 후렴구에서는 이러한 목표를 이루기 위해 청자들이 해야 할 일을 당부하고 있다.

이렇듯 인용문 (2)는 1910년대의 작품들과 마찬가지로 불교계에 대한 희망을 담고 있으며, 신년사의 성격도 띠고 있다. 그러나 구체적인 내용은 앞선 작품들과 차이를 보인다. 〈봄마지〉는 〈언문가〉·〈양춘구곡〉 등에 비해 '평화'·'행복'·'낙원'·'각자'라는 보다 구체적인 목표를 설정하고 있다. '잠'과 '깨어 있음'의 대비를 통해 당시 불교계의 각성을 촉구했던 1910년대의 조급함에 비해, 이 노래는 한층 여유로운 태도로 '조선불교'만이 아닌 '정토'와 '성불'이라는 불교 본연의 목적을 지향하고 있는 것이다.

신체시인 〈우리의 책임〉 또한 불교의 보편적 가치를 추구하고 있다. 4연으로 된 이 작품은 불교인의 사회적 책임을 강조하고 있으며, 각 연에서 그 '책임'으로 평등·자비·무상(無常)·해탈을 제시하고 있다.

그런데, 권상로의 『불교』 소재 시가 중, 불교계 또는 불교인에 대한 직접적인 당부나 희망을 노래한 작품은, 위의 두 노래 외에는 찾기가 어렵다. 1910년대 『월보』 시가의 내용적 경향성과 차이가 있는 것이다. 『불교』 수록 작품들은 『월보』와 달리 그 내용과 성격이 비교적 다양하고, 그 중에서도 '석가'를 소재로 한 노래와 '마음'을 강조한 작품의 비중이 크다.

물론 『불교』의 노래들 역시 월간잡지 수록 시가로서의 특징을 보이고 있는데, 이 경우는 오히려 『월보』 보다 상화되어 나디나 있다. 대부분의 작품들이 새해·연말·기념일 등 잡지가 발간되는 그 달과 관련된 내용으로 되어 있는 것이다. 〈봄마지〉 외에도, 〈수세〉·〈오섯네〉·〈백종날〉·〈성도일 아침에〉 등을 그 예로 들 수 있다. 또한 몇몇 작품은 그

앞에 실린 권두언과 유사한 내용을 보이기도 한다.47)

> (3) 一. 어제저녁 東風이 소리업시 부러서
> 　　　구든어름 풀리고 쌔인눈이 다녹네
> 　　　우리들의 五陰山 만혼罪惡 녹이는
> 　　　佛陀님의 慈悲도 分明저와 가트리
> 　　二. 지나간밤 細雨가 소리업시 나려서
> 　　　자든버들 눈쓰고 죽은풀이 되사네
> 　　　우리들의 生死野 만혼業障 녹이는
> 　　　佛陀님의恩惠도 分明저와 가트리
> 　　三. 오늘아츰 日光이 소리업시 빈처서
> 　　　묵은안개 거치고 저즌이슬 마르네
> 　　　우리들의 法性空 만혼無明 녹이는
> 　　　佛陀님의 光明도 分明저와 가트리
> 　　四. 비바람과 햇발이 소리업긴 업지만
> 　　　온갖군데 功績은 더큰소리 업소라
> 　　　佛陀님에 功德도 우리들이 모르나
> 　　　隱顯中에 모든것 分明저와 가트리48)

　　인용문 (3)은 '석가' 관련 시가 중의 하나인 〈소리업시〉의 전문이다. 부처의 공덕을 노래하고 있는 이 작품은, 자연의 혜택과 석가의 공덕을 연결시키고 있다. 석가의 자비·은혜·광명·공덕이, 각각 동풍(東風)·세우(細雨)·일광(日光)·비바람·햇빛이 중생들에게 주는 고마움과 같음을 서술하고 있는 것이다. 각 절의 1·2행은 새봄의 자연 현상을, 3·4행은 부처의 구체적인 공덕을 제시하고 있다.

---

47) 11호의 「천상천하에 유아독존이라」와 〈오섯네〉, 14호의 「보살도는 웨닥는가」와 〈우리의 책임〉, 15호의 「불이 중생에게 무슨 은덕이 잇는가」와 〈백종날〉, 그리고 19호의 「又一年」과 〈수세〉 등이 이에 해당한다.
48) 권상로, 〈소리업시〉, 『불교』 21호, 1926.3, 2쪽.

그런데, 각 절의 마지막 행은 인용문 (1)·(2)의 "너른길로 나아가세" "새마음 새정신 새로냅시다"와 달리, "분명저와 가트리"로 끝나고 있다. 곧 이 노래는 권계 내지 당부의 내용이 없다는 특징을 보인다. 화자는 청자에게 별다른 요구 없이 자비·광명·은혜를 베푸는 존재로서의 부처를 형상화하고 있는 것이다.

석가의 탄생과 성도에 관한 노래인 〈오섯네〉와 〈성도일 아침에〉 역시 권계의 내용을 찾을 수 없다. 〈오섯네〉는 각 절의 첫 행을 "오섯네 오섯네 누가오섯나"로 시작한 뒤, 각각 "대의왕(大醫王)이 오섯네" "대도사(大導師)가 오섯네" "대자부(大慈父)가 오섯네"로 마무리하고 있다. 청자에 대한 권계 없이 석가를 의왕·도사·자부로 규정하고 있을 뿐이다.

〈성도일 아침에〉의 경우는 교술성이 더욱 약화되어 있는 대신 서정성은 강화되어 나타난다. 총 3절의 이 창가는 각 절의 마지막 행이 "다시 드러간(안즈신·처다본) 사람 그누구인가?"로 되어 있고, 후렴에서는 "업기야 업스릿가마는/ 세존과 다름을 슬허함니다"라고 하여 세존에 대한 그리움을 노래하고 있다. 〈성도일 아침에〉의 이와 같은 내용 및 표현은 동시대의 찬불가 내지 종교시가에서는 보기 드문 예에 속한다.

이상의 내용을 통해, 『불교』의 석가 관련 권두시는 비교적 다양한 표현과 내용으로 되어 있고, 청자에 대한 권계 내지 당부가 없다는 공통점을 보이고 있음을 알 수 있다. 이러한 점들은 여타의 불교시가뿐만 아니라 뒤에서 살펴볼 의식집 수록 노래들과도 다른, 『불교』 소재 권상로 시가의 특징이라 할 수 있다.

한편, 〈불보〉는 정사에 대한 권계 내지 당부의 내용은 없지만, 위의 작품들과 노래의 대상이 다르다는 점에서 차이를 보인다. 이 작품은 불·법·승 삼보 중의 하나인 '불'의 청정함을 노래하고 있는데, 여기서의 '불'은 '자긔불보'·'비로자나'란 시어를 통해 '불성(佛性)' 내지 진리를

가리키고 있음을 알 수 있다.[49] 곧 '인간'으로서의 부처가 아닌 '진리'로
서의 부처가 그 대상인 것이다.

'진리'로서의 부처는 의식집인 『은듕경』의 〈찬불가〉에서도 노래되
고 있다. 이 노래는 부처의 3신(身)[50]인 법신(法身)·보신(報身)·화신(化
身)의 성격 내지 특징을 차례대로 서술한 뒤, "우리들 몸과입과 마음을
청명케하여서/ 그륵하신 붇다님의 법신(보신·화신)을 찬앙(讚仰)합시다"
라는 후렴구로 끝나고 있는 것이다. 이렇듯, 석가가 아닌 진리로서의
부처 또는 3신을 노래하고 있는 예는 동시대의 찬불가 중에서 〈불보〉·
〈찬불가〉가 유일한 것으로, 권상로 불교시가의 또 다른 특징으로 지적
할 수 있다.

그런데, 이러한 부처 인식은 '마음'을 강조하고 있는 노래들에도 드
러나 있어 주목된다. 〈밋음〉에서 화자는 열반을 얻고 생사를 벗어나기
위해 '깨달은 마음'을 믿어야 함을 강조하면서, '깨달은 마음'의 정체에
대해 다음과 같이 노래하고 있다. "쌔다른맘이란 무에라이르나 그것을
일러서 불타라하느니"가 그것으로, 부처란 초월적 존재나 인격적 존재
가 아닌, 깨달은 마음 그 자체라는 것이다. 그렇다면 이 작품은 마음의
중요성을 강조하고 있는 동시에, 부처에 대한 신앙을 권하고 있는 것
이 된다. 〈밋음〉 또한 인간이 아닌 진리로서의 부처를 노래하고 있는
것이라 할 수 있다.

---

49) 권상로는 「삼보의 의의」(『불교』 52호, 1928.10, 13쪽)라는 글에서, '삼보'를 우주적인
　　진리[佛], 전우주의 공통 규칙[法], 전우주적인 대단체·대사회[僧]로 규정하고 있다.
50) 참고로, 권상로는 '3신'에 대해 다음과 같이 설명하고 있다. "우주의 만법 그것을 법신
　　불이라 하고 이 만법과 묘합(妙合)한 아(我)를 보신불이라 하나니, 즉 우주 진리는
　　법신불이라 하고 진리를 감득한 것을 보신불이라 하고 이 감득한 진리로써 중생의
　　근기에 마추어서 설시(設示)하시기 위하야 차세(此世)에 출현하시니를 응신불이라 하
　　나니 이 법신 보신 응신이 불의 삼신이라." 운양사문, 「죽의문답」, 『불교』 6호, 1924.12,
　　50쪽.

〈마음〉과 〈마음꽃〉의 경우는, 〈믿음〉과 같은 부처 인식이 보이지
않지만, 각각 "우주건곤 삼라만상 모든것이 생겻네" "저를아는 그째에
는 자유로운 건곤에 소요자재"라고 하여 마음을 강조하고 있다. 특히
〈마음〉에는 "이런마음 자각하야/ 천진자체 회복하세"란 후렴이 제시되
어 있다. 여기에서, '천진자체' '소요자재'란 시어를 통해 이 노래들의
'(자각한·알게 되는) 마음'은 바로 '불성'을 가리키는 것임을 알 수 있다.

이렇게 본다면, 〈마음〉과 〈마음꽃〉은 〈믿음〉과 마찬가지로 불성 곧
진리로서의 부처를 강조한 것이라 할 수 있다. 결국, 권상로의 『불교』
수록 시가 중, 가장 큰 비중을 차지하고 있는 석가와 마음 관련 작품들
은 소재의 차이에 상관없이 모두 부처, 곧 '석가'와 '불성'을 노래하고
있는 내용적 경향성을 보인다고 하겠다.

> (4) 一. 불교밋는 우리형데 자매들아/ 세돈씌서 륙년수도 하시고
>   팔만사천 보당미묘 법문으로/ 사십구년 고구연셜 하셧네
> (후렴) 귀의합시다 귀의합시다/ 석가세돈쎄 귀의합시다
>   二. 고해중에 싸진우리 듕생들을/ 대자비심으로 슯히 녁이샤
>   사랑하신 배로건저 주신후에/ 한량업는 큰복 베푸르섯네
>   三. 크고듕한 은덕입은 우리들아/ 보리수에 봄이도라 왓도다
>   깁고혼미한잠 어서 쌀리째여/ 부터님의 은덕 보답합시다[51]

위의 (4)는 『은둥경』에 수록되어 있는 〈신불가〉로, 청자들에게 석
가의 은덕에 보답하고 불교에 귀의할 것을 권하고 있다. 1절은 6년 수
도와 49년 설법의 생애 일부를, 2절에서는 '중생제도'와 '무량복'이라
는 공덕을 제시하고 있으며, 3절은 청자에 대한 권계의 내용으로 뇌어
있다. 후렴구에서는 석가의 은덕을 갚는 것이 바로 불교에 귀의하는

---

51) 권상로, 〈신불가〉, 『은둥경』, 조선불교 중앙교무원, 1925.7, 77~78쪽.

것임을 나타내고 있다. 3절의 '어서쌜리쌔여'는 1910년대의 작품들에서처럼 시대적 각성을 뜻하는 것이 아니라, 불교인으로서의 자각을 의미한다. 이 노래는『은듕경』외에,『석문의범』에도 수록되어 있어, 당시의 불교의식에서 널리 가창된 것임을 알 수 있다.

〈신불가〉와『석문의범』소재 시가는 앞에서 살펴본 잡지 수록 작품들과 달리, 근대 시기에 모색되고 형성된 '새로운' 불교의식과 밀접한 관련이 있다. 구체적으로, '새로운 불교의식'은『불자필람』의「부록」및『석문의범』의「간례편」에 소개되어 있는 3대 예식과 설교의식·강연의식 등을 가리킨다. 그 중, '3대 예식'은 1912년 5월 사법(寺法) 제정을 위한 주지회의에서 결정된 세존열반회(2월 15일)·세존탄생회(4월 8일)·세존성도회(12월 8일)의 '보본법식일(報本法式日)'을 말한다.[52]

이 보본법식일 또는 3대 예식은 이후 불교계에서 지속적으로 거행되었는데, 당시의 불교잡지와 신문에서 3대 예식 관련 기사를 쉽게 찾아볼 수 있다.『불자필람』과『석문의범』은 '삼대기념의식'이라는 별도의 항목에, '강탄절(降誕節)'·'성도절(成道節)'·'열반절(涅槃節)' 등의 구체적인 의식 절차를 제시하고 있다.[53] 이 의식 절차는 1910·20년대의 불교잡지와 신문기사에서 소개된 3대 예식의 절차를 수정·보완한 것으로, 그 이전에는 볼 수 없었던 '새로운' 불교의식인 것이다. 권상로의 작품을 포함한『석문의범』소재의 찬불가는 바로 이러한 불교의식에서 가창된 것이라 할 수 있다.

---

52)「잡보」,『조선불교월보』6호, 1912.7, 60쪽.
53) 참고로, '강탄절'의 의식 절차는 다음과 같다. "一. 개식 一. 삼귀의 一. 독경 一. 찬불가 一. 입정 一. 설교(태자서응경 등) 一. 권공 一. 예참 一. 축원 一. 퇴공 一. 폐식" 안진호 편, 앞의 책, 215쪽.

(5) 一. 世界肇判 億千劫에/ 第一聖人 누구신가
　　　 三千年前 印度國에/ 淨飯王宮 놉하서라

　　 二. 甲寅四月 初八日에/ 우리世尊 誕降일세
　　　 菩提樹에 봄이드니/ 優曇鉢華 꽃피엿네

　　 三. 十方三世 第一이요/ 天上天下 獨尊이라
　　　 苦海中에 싸진衆生/ 건지고저 出現하사

　　 四. 三界導師 되오시니/ 우리慈父 아니신가
　　　 깁흔恩德 갑흐려면/ 물이엿고 山이나저

　　 五. 晴和聖節 오날날에/ 感激之心 업슬손가
　　　 心香一炷 各히들어/ 異口同音 慶祝하세

　　 六. 方袍圓頂 우리兄弟/ 靈山威儀 壯할시고
　　　 慶祝하세 慶祝하세/ 一心으로 慶祝하세

　　 後念　萬歲萬歲 萬萬歲는/ 우리佛教 萬萬歲요
　　　 萬歲萬歲 億萬歲난/ 우리教堂 億萬歲라54)

(6) 一. 兄弟야 兄弟야 우리兄弟야/ 世尊의 歷史를 드러보시요
　　　 曠劫에 德行을 만히닥그사/ 今生에 淨法身 바다나섯네

　　 二. 淨飯王 太子로 誕生하오서/ 萬乘의 榮華를 바리시구요
　　　 雪山에 六年을 苦行하시고/ 明星을 보시며 見性하섯네

　　 三. 廣大한 法門을 演說하오서/ 無量한 衆生을 濟度하섯네
　　　 우리도 世尊을 模範하여서/ 大願을 세우고 工夫합시다

　　 四. 이몸을 今生에 버려두오면/ 어느째 기다려 濟度하리요
　　　 金口로 說하신 經典말삼이/ 凡夫와 聖賢이 싸로업다네

　　 五. 이말를 가슴에 銘佩하여서/ 片時를 앗기여 工夫합시다
　　　 東天에 明星은 變치안코서/ 年年히 도라와 다시떳구나

　　 六. 오늘로 시작해 盟誓하고서/ 三業을 던지어 歸依합시다
　　　 애날고 애닯다 우리兄弟야/ 明星을 보와도 깨지못하네

　　 後念　一心을 바다서 萬歲부르세/ 萬歲야 萬歲야 佛教萬萬歲55)

54) 권상로, 〈성탄경축가〉, 안진호 편, 『석문의범』, 만상회, 1935.11, 285~286쪽.
55) 권상로, 〈성도가〉, 안진호 편, 『석문의범』, 만상회, 1935.11, 286~287쪽.

(5)와 (6)은 〈성탄경축가〉와 〈성도가〉를 인용한 것이다. 이들 노래는 그 제목에서 알 수 있듯이 강탄절과 성도절의 기념의식에서 가창된 것이다. 인용하지 않은 〈열반가〉 또한 열반절에 부른 노래라는 점에서, 권상로의 불교시가는 '3대 예식'의 찬불가를 모두 포함하고 있음을 알 수 있다. 〈신불가〉의 경우는 강연의식이나, 강탄절·성도절·열반절의 구별 없이 불려졌을 것으로 보인다.

인용문 (5)는 세계의 '제일성인'인 석가의 탄생을 경축하자는 내용으로 되어 있다. 1·2절과 3·4절은, 석가가 3천년 전의 4월 8일에 인도에서 태어난 사실과, '중생제도'라는 석가의 탄생 이유를 제시하고 있으며, 5·6절은 '청화성절(晴和聖節)'인 '오늘날'을 경축할 것을 권하고 있다. 〈성탄경축가〉는 '강탄절'의 제시와 이에 대한 의미 부여로 되어 있음을 알 수 있는데, 단형가사인 〈열반가〉 또한 '열반한 사실 제시(1~14행) → 열반 이유(15~22행) → 청자에 대한 당부(23~30행)'의 내용 전개를 보인다.

그러나 〈성도가〉는 인용문 (6)의 "세존의 역사를 드러보시요"에서 알 수 있듯, '성도' 외에도 석가의 전생·탄생·출가·고행·전법의 사실(史實)을 서술하고 있다. 또한 〈성탄경축가〉·〈열반가〉에 비해 의미 부여의 비중이 늘어났고, 그 내용 또한 차이를 보인다. 이 작품은 〈성탄경축가〉의 "일심으로 경축하세"와 〈열반가〉의 "이런은덕 못갑흐면/ 불자의무 아니로세"와 달리, "대원을 세우고 공부합시다" "편시를 앗기여 공부합시다"라고 하여 '공부'를 강조하고 있는 것이다.

이렇듯 〈성도가〉가 성도절에 대한 경축의 내용 없이 석가를 본받아 공부할 것만을 당부하고 있는 이유는 작자의 의도에 기인한 것이라 추정된다. 곧 권상로는 성도절의 경축 그 자체보다는 강탄절·성도절을 경축하고 열반절을 슬퍼하는 본질적인 이유인 석가의 '성불(불타)'에 주목한 결과, 청자들이 '공부' 즉 성불을 위해 노력할 것을 강조한 것이라 할 수 있다. 이러한 추정은 위 (6)의 "범부와 성현이 짜로업다네"와 "명성을 보와도 깨지못하네"에서도 확인할 수 있다.

'성불'의 강조는 불교계 청년들을 대상으로 한 〈학도권면가〉에서도 나타나고 있다. 총 8절로 된 이 노래는 학교나 청년단체의 행사에서 가창된 것으로 보이는데, "사은을 갑흠도 청년학도요/ 삼도를 건짐도 청년학도라"라는 전제 아래, 석가를 본받아 공부에 힘쓸 것을 권하고 있다. 여기에서도 〈성도가〉와 마찬가지로 "성인과 범부가 짜로잇슬가/ 범부를 고치면 성인된다네"와 "우리도 세존을 효칙하여서/ 본분의 면목을 차저봅시다"의 구절이 있다.

'본분의 면목'은 앞에서 살펴본 〈밋음〉·〈마음〉의 '깨달은 마음' '불성'에 다름 아닌 것으로, "본분의 면목을 차저봅시다"는 '성불'을 의미한다고 볼 수 있다. 결국, 의식집 수록 시가인 〈성도가〉와 〈학도권면가〉는, '석가의 공덕'과 '불성의 존재'에 대한 제시에서 더 나아가, 누구나 석가처럼 성불할 수 있음을 강조하고, 청자들에게 성불을 위해 노력할 것을 당부한 노래라고 정리할 수 있다.

한편, 〈신불가〉를 제외한 『석문의범』 수록의 작품들은 모두 "만세야 만세야 불교만만세"의 구절이 있다는 특징을 갖는다. 인용문 (5)·(6)의 "우리불교 만만세요" "만세야 만세야 불교만만세"와, 〈학도권면가〉의 "만세야 만세야 불교만만세"라는 후렴구가 그 예에 해당한다. 후렴이 없는 〈열반가〉의 경우는 노래의 끝 구가 "만세만세 만만세는 우리불교 만만세라"로 되어 있다. 이러한 후렴구의 존재는 무엇보다 이들 노래가 의식가요라는 점과 관련이 있다. 후렴구에서처럼 만세를 부르는 일은 단체의 행사 때에나 가능한 것이기 때문이다.[56)]

그렇지만 이 외의 이유 또한 생각해 볼 수 있는데, 앞의 2장에서 언급했던 '자승심'·'희망심'과의 관련성이 그것이다. 이미 살펴보았듯이 권상로는 불교계 쇠퇴의 이유 중 하나로, 자승심과 희망심의 부족을 들고 있으며, 당시의 불교계 구성원들에게 이 희망심과 자승심을 가져야 함을 역설하였다. "우리불교 만만세"는 바로 그가 강조한 자승심과 희망심을 표현한 것이라 할 수 있다. 곧 이 구절은 노래의 본문에서 제시한 '석가'의 면모와 '성불'의 가르침이 다른 종교보다 우월하다는 '자승심'의 표현으로 볼 수 있다는 것이다. 또한 한편으로는, 천주교나 천도교 등 다른 종교에 비해 부진을 면치 못했던 당시 불교계의 상황을 극복하려는 작자의 희망 내지 의지로도 읽혀진다고 하겠다.

4. 권상로 불교시가의 성격과 의의

지금까지, 권상로의 불교시가 전체를 대상으로 구체적인 전개 양상과 특징적인 국면에 대해 살펴보았다. 권상로의 불교시가는 잡가를 제외한 동시대 시가 장르의 전 영역을 포함하고 있는 양식적 특징과, 불교계의 자각과 '부처'를 강조하고 있는 내용적 경향성을 띠고 있다. 권상로 이전의 불교시가 및 동시대의 찬불가와 비교할 때, 그의 시가작품은 다음과 같은 특색을 보인다.

먼저, 불교시가의 장르 개척 또는 영역 확대라는 점을 지적할 수 있다. 조선후기의 불교시가는 그 이전 시기에 비해 많은 작품들이 창작·유통되었으나, 그 장르가 불교가사에만 국한되어 있고, 대부분 불교의례의 현장에서 연행된 의식가요에 해당한다. 비록 작품수는 적지만 악

---

56) 김병선, 『창가와 신시의 형성 연구』, 소명출판, 2007, 31쪽 참고.

장·경기체가·가사 양식의 불교시가가 공존했던 조선전기와는 다른 양상인 것이다. 특히 가사와 함께 대표적인 시가 장르인 시조의 경우는, 몇몇 작품이 불교적 소재를 차용하고 있을 뿐, '불교시조'로 볼 수 있는 예가 없다. 이러한 상황에서 권상로가 처음으로 언문뒤풀이와 시조 양식을 활용하여 불교시가를 창작·발표하였다는 점은 불교시가사, 더 나아가 문학사의 측면에서 그 의의가 있다고 할 것이다.

『불교』·『은둥경』 소재 찬불가의 경우는, 1920·30년대에 활발하게 전개된 불교계의 찬불가운동을 선도하고 있다는 점에서 주목을 요한다. 오선보로 작곡된 불교노래인 '찬불가'는 『불교』 7호(1925.1)에 수록된 권상로의 〈봄마지〉를 시작으로, 1935년에 간행된 『석문의범』의 작품들까지 10년이라는 기간 동안 약 80여 종의 노래가 제작·발표되고 있는 것이다. 또한 『불교』 수록 찬불가의 다양한 소재·표현 방식과 서정성의 강화는 동시대의 작품에서 볼 수 없는 새로운 시도로, 찬불가의 내용 및 표현 영역을 확장한 의의가 있다.

다음으로, 현실 대응 매체로서의 성격을 들 수 있다. 당시 교단의 기관지에 발표된 권상로의 시가는 불교계의 주된 움직임을 반영하고 있는 동시에, 불교계의 여론 내지 공론 형성을 주도하고 있다.

주지하다시피, 1895년 승려의 도성출입금지령 해제 이후, 한국불교는 이중의 과제에 직면하였다. 즉 근대기의 한국불교계는 기독교·천도교 등의 교세 확장과, 일제 침략의 선봉을 자처했던 일본불교의 침투에 맞서, 종교로서의 불교의 정체성과 일본불교와 구별되는 한국불교의 정체성을 정립해야 했다. 그리고 이를 바탕으로 불교의 대중화라는 종교 본연의 임무를 실현해야 하는 상황에 놓인 것이다. 『월보』·『불교』를 포함한 근대 불교잡지에 실린 기사들의 주요 경향을 볼 때, 대체로 1910년대는 한국불교의 정체성 정립에, 1920·30년대는 종교로서의 정

체성 확립 및 불교대중화에 역점을 두고 있음을 알 수 있다.[57]

1910년대의 불교계는 조선왕조 5백년 동안의 억압으로 인해 그 명맥이 거의 끊긴 한국불교사의 복원을 시도하는 한편, '산중불교'의 침체된 상황에서 벗어나 한국불교 본연의 모습을 찾기 위한 노력에 집중하였다. 1920·30년대의 경우는 1910년대의 정지작업을 바탕으로, '한국불교'에서 더 나아가 '불교' 자체의 정체성을 확립하고, 이를 통해 파악된 '불교'를 대중들에게 확산시키고자 하였다.

1920·30년대의 이러한 움직임은 1920년대 중반 이후 보다 적극성을 띠고 있는 기독교 및 반종교운동의 불교 비판에 대한 대응적 성격을 띠기도 한다. 그리하여 불교의 정체성 확립은 주로 기독교·유물주의와 확연히 구별되는 불교의 특징을 파악하는데 초점이 맞춰졌고, 그 결과 중의 일부가 인간으로서의 석가와 누구나 불타가 될 수 있다는 평등주의, 그리고 마음의 강조였다고 할 수 있다. 인격적 주체로서의 '석가'와 '평등주의'의 강조는 기독교 및 반종교 세력의 미신과 우상숭배라는 비판에 대한 대응 논리로 볼 수 있고, '마음' 곧 깨달음은 기독교의 '하나님'과 다른 불교의 합리성을 보여주는 것이기 때문이다.

권상로 불교시가의 내용적 경향성은 바로 이러한 시대적 흐름과 그 맥락을 같이한다. '잠'과 '깨어 있음'의 대비를 통해 불교계의 혁신을 노래하고 있는 1910년대의 시가와, 1920·30년대의 작품들이 강조하고 있는 석가·성불·마음, 그리고 〈성도가〉·〈학도권면가〉의 "범부와 성현이 싸로업다"는 평등주의의 제시 등에서 이러한 사실을 확인할 수 있다.

이렇듯 논설이 아닌 문학작품에서 당대 불교계의 시대정신 내지 이념적 지향이 전면적이고 일관성 있게 표출되어 있는 경우는 그의 시가

---

57) 김기종, 앞의 논문, 183~192쪽 참고.

작품이 유일한 예에 속한다. 결국 권상로의 불교시가는 당시 불교계의 시대적 관심에 대한 문학적 대응이라는 점과, 포교당·학교 등의 공공장소에 모인 대중을 대상으로 근대 불교계의 이념적 지향을 전파·확산시키고 있다는 점을 그 의의로 지적할 수 있다.

끝으로, 권상로의 불교시가는 불타 형상화의 측면에서 동시대의 찬불가 작품과는 다른 특징을 보인다. 근대 불교계에서는 1924년 7월 『불교』의 창간을 기점으로 불타 관련 담론들이 활발하게 전개되었다. 이 '불타 담론'은 당시 불교계의 핵심 담론 중의 하나로, 전통적인 대승불교의 불전(佛傳) 및 불타관에 의거한 담론들과, 서구·일본 근대불교학의 연구 성과를 반영한 '새로운' 불타 담론들이 공존 또는 충돌하는 양상을 보이고 있다.

그 중에서도 일본 유학생 출신의 승려들이 주도하고 있는 후자가 불타 담론의 주된 흐름으로, 인간으로서의 석가 인식 내지 형상화가 주요 관심사였다. 근대 이전 동아시아 불전(佛傳)에서의 '석가'는 초인간적·초월적 존재라는 인식과 진리(법)의 구현으로서의 부처라는 관념이 공존·혼용되어 왔는데, 이 시기에 이르러 신적 존재로서의 부처와 인간으로서의 석가 관념만이 공존·대립되고 있는 것이다.

1920·30년대 찬불가의 불타 형상화는 당시의 이러한 불타관을 반영하고 있다. 주요 찬불가의 작품들 중, 조학유의 『불교』 연재 찬불가에는 '기복의 대상'과 '인간'이라는 서로 다른 불타관이 공존하고 있으며, 김태흡의 찬불가는 인간으로서의 석가만을 형상화하고 있는 것이다.[58] 이들 찬불가는 출가를 앞둔 석가의 심적 갈등이나, 온갖 고통을

---

58) 김태흡의 찬불가는 『불교』 70호~106호(1930.4~1933.4)에 8편의 작품이 실려 있다. 이들 중, 〈오도가〉·〈월인찬불가〉·〈목련지효가〉 등의 3편은 『석문의범』에도 수록되어 있다.

견디며 수행하는 석가의 모습을 묘사함으로써, 부처 역시 우리와 같은 인간임을 보여주고 있다.

그런데 권상로의 찬불가는 석가에 대한 찬양은 있지만 조학유의 작품에서처럼 복을 비는 내용은 보이지 않는다.[59] 석가에 대한 기복 대신, 여타의 찬불가나 당시의 불타 담론에서 볼 수 없었던 진리로서의 부처를 노래하고 있다. 그리고 〈성도가〉와 〈학도권면가〉에서는 인격적 주체와 진리(불성)라는 두 가지 불타 인식이 결합되어 나타나 있다. 곧 '모범'으로서의 불타 형상화가 그것으로, 화자는 석가를 모범으로 하여 부처가 되는 공부를 할 것을 권하고 있는 것이다.

이러한 모범으로서의 불타 형상화와 '성불'의 강조는 전통적인 불타관의 긍정적인 계승으로, 그동안의 불교계에서 외면하고 망각했던 '대승불교'의 참된 정신을 회복하고자 하는 의지의 표현으로 볼 수 있다. 그리고 바로 이 점이 동시대 찬불가의 불타 형상화 및 그 의미와 구별되는 특징이자, 불타 담론으로서 권상로의 찬불가가 갖는 의의라고 하겠다.

5. 맺음말

본고는 근대 불교시가에 관한 본격적인 연구의 일환으로, 권상로 창작 시가의 내용 및 성격과 그 의의에 대해 살펴보았다. 또한 시가 창작의 배경적 고찰로, 권상로의 불교 인식과 대중화 활동 등을 검토하였

---

59) 참고로, 조학유의 〈화혼식〉(『불교』 32호, 1927.2, 46쪽)과 〈불전추도〉(『불교』 33호, 1927.3, 45쪽)에는 각각 "불타뎐에 례배하고 참맘으로 비나니/ 부텨님은 무량하신 대자대비심으로/ 영원하게 안락한가명 일워주시고/ 무궁하게행복을 밧게하여주소서"와, "부텨님의 도으시는 힘을입으샤/ 밋음잇고 안락한 구품련대에/ 조흔행복 만히 밧게 빌고비노라"라는 내용이 보인다.

다. 지금까지의 논의 내용을 요약하면 다음과 같다.

먼저, 권상로의 주요 논설을 중심으로 그의 불교 및 불교계 인식을 알아본 뒤, 불교대중화 활동의 구체적인 내용을 살펴보았다. 권상로는 불교를 '평등'·'구세'·'마음'의 종교로 인식하고 있으며, 침체된 불교계의 혁신을 위해 자승심·희망심·청년의 역할과 포교의 필요성 및 중요성을 강조하고 있다. 그는 논설에서의 주장에 그치지 않고, 자신이 직접 불교잡지의 발행 겸 편집, 경전의 번역, 의식집의 편찬 및 교정 등의 불교대중화 활동을 전개하였다. 권상로의 시가작품이 수록된『조선불교월보』·『불교』·『은등경』·『석문의범』등은 이러한 활동의 결과이고, 그의 불교 인식 및 자승심·희망심·청년의 강조는 시가작품의 내용 및 성격과 관련이 있다.

다음으로, 권상로 불교시가의 전개 양상과 특징적인 국면을 작품의 발표연대 및 수록 문헌의 성격에 따라 1910년대와 1920·30년대, 잡지와 의식집으로 나누어 고찰하였다.

1910년대의 작품들은 언문뒤풀이·시조·가사라는 장르의 차이에도 불구하고 '잠'과 '깨어있음'의 대비를 통해 불교계의 자각을 촉구하고 있다. 1920년대의『불교』수록 작품들은 '석가'를 소재로 한 노래와 '마음'을 강조한 작품의 비중이 크다. 전자는 비교적 다양한 소재와 표현으로 되어 있고 청자에 대한 권계 내지 당부가 없다는 공통점을 보인다. 후자의 경우는 마음과 자각의 중요성을 강조하고 있지만, 이들 노래의 '마음' '자각'은 진리로서의 부처 즉 '불성'을 의미한다.『불교』의 석가와 마음 관련 작품들은 모두 '무저'들 노래하고 있는 것이다.

1930년대의『석문의범』소재 시가는 3대 예식과 강연의식 등에서 가창된 것으로, 사실의 제시와 이에 대한 의미 부여로 되어 있다. 이들 노래 중, 〈성도가〉·〈학도권면가〉는 석가의 구체적인 공덕과 불성을 제시하고 있는 1920년대 작품들에서 더 나아가, 청자들에게 석가를 본받아 '성불'할 것을 권하고 있다.

끝으로, 권상로 불교시가의 성격 및 의의를 당시의 시대적 상황과 관련지어 살펴보았다. 권상로의 시가작품은 근대 이전의 불교시가 및 동시대의 찬불가와 비교할 때, 다음과 같은 특징을 보인다. 불교시가의 장르 개척 또는 영역 확대, 현실 대응 매체로서의 성격, 모범으로서의 석가 형상화 등이 그것이다.

권상로의 불교시가는 최초의 불교시조를 포함하고 있다는 점과, 당대 불교계의 시대적 관심에 대한 문학적 대응이라는 점에서 그 의의를 지적할 수 있다. 또한 그의 찬불가는 1920·30년대 불교계의 찬불가운동을 선도하고 있는 불교문화사적 의의뿐만 아니라, 모범으로서의 석가 형상화를 통해 '성불'이라는 대승불교 본연의 목적을 강조하고 있는 불교사상사적 의의를 갖는다고 하겠다.

찾아보기

ㄱ

가가가음 300, 303, 320
가섭울비라 65, 170
가찬 석존전 83, 84, 85, 86, 104,
　　106
경허 277, 295, 298, 309
과거현재인과경 173
관무량수경 57, 185, 186, 188
관불삼매해경 185, 189
관세음 263
광수공양가 115, 124, 125, 127,
　　147, 148
광수공양송 225, 228
광종 113, 138, 160, 162, 163, 221
교당기념일 341
교당낙성 341
교상판석 94
궁중의 감상 347
권상로 83, 84, 86, 351, 357, 369,
　　390
권선곡 194, 205, 210, 215, 216,
　　291
권세가 318, 320
권수근 274

귀법사 160, 161, 163
귀산곡 214, 285, 286
귀삼보 246, 258, 265
귀일가 281, 282, 365
균여 113, 115, 120, 123, 137, 138,
　　139, 149, 150, 160, 161, 162,
　　221, 230, 242
균여전 113, 160, 163, 221
극락 57, 159, 204, 215, 262, 282,
　　291, 313, 342, 345
근대불교학 99, 100, 102, 108,
　　353, 389
금강경 75, 366
금강산 364, 366
기념가 281, 365
기복 46, 163, 164, 342, 343, 349,
　　350, 354, 389
기복신앙 46, 81, 269, 332, 353,
　　363
김수온 74, 245
김정혜 274, 281, 365
김창흡 272, 275
김태흡 105, 107, 108, 353, 389

ㄴ

나옹 210, 214, 270, 272
내불당 245, 248, 249, 253, 254,
    268
녹원전법 51, 94, 343
능엄경 188, 201

ㄷ

다보여래 179
대각교의식 351, 376
대반열반경 182, 204, 294
대반열반경후분 183, 185
대방편불보은경 61, 72, 180, 185,
    189
대승 16, 39, 41, 390, 392
대애도 57, 180
도리천 90
도솔래의 102, 343, 346
동명왕편 15

ㄹ

룸비니원의 봄 347

ㅁ

마설가 196, 210
마야부인 90, 180, 344, 346
마왕 31, 35, 93
마음 381, 385

만공 277, 304, 311
망월가 316
목련 65, 97, 172
목련경 72, 184, 189, 190
몽환가 276, 277, 278
묘련사 45, 47
묘인연지곡 246, 252
무량수경 366, 367
미란다왕문경 79, 81, 82
미륵대성불경 263
미륵하생경 263
믿음 371, 380, 385

ㅂ

반회심곡 279, 280
발대원지곡 246, 252
백련사 17, 45
백상의 꿈 346
백용성 367, 376
범패 323, 352
법계 115, 134, 147, 227
법문곡 300, 303
법상종 45
법신 27, 34, 47, 48, 55, 68, 75,
    87, 91, 251, 259, 380
법화경 39, 46, 66, 70, 178, 179,
    185, 186, 188, 192, 281
법화영험전 46
보개회향가 135, 136, 143, 157,

223, 239

보개회향송 239

보리 132, 153, 154, 156, 159

보시 61, 67, 68, 69, 75, 189, 190, 192, 267, 293

보신 27, 55, 259, 380

보요경 173

보은 61, 190, 192

보태평 256, 266, 267

보현보살 242, 263

보현십원가 113, 120, 137, 138, 139, 158, 221, 243

보현십원송 113, 114, 117, 221, 224, 225, 227, 240, 243, 244

보현행원품 114, 115, 117, 119, 126, 139, 142, 152, 157, 159, 221, 225

봄마지 350, 371, 376, 377, 387

봉래의 256

부동국 203, 293

부모은중경 280, 366, 367

불교가사 193, 194, 199, 213, 214, 217, 270, 281, 321

불교범론 79, 81

불교잡지 77, 104, 107, 325, 338, 357, 364, 391

불보 372, 379

불본행집경 175

불설육도가타경 199

불소행찬 16

불신 36, 53, 55, 68, 69, 148, 149, 156, 158, 159

불암사 194, 290

불자필람 338, 352, 368

불전(佛傳) 28, 30, 50, 77, 85, 87, 92, 94, 105, 185, 343, 346, 389

불전추도 345

불조통기 170

불타 담론 76, 77, 106, 107, 108, 110, 324, 353, 354, 355, 389, 390

불타의 성도 338, 339, 345

불타의 열반 339, 340, 345

불타의 탄생 339, 345

비로자나 379

비로자나불 134, 155, 235

ㅅ

사리불 65, 97, 172

사리영응기 245, 248, 249, 250, 253, 265, 269

사문유관 344

사바세계 25, 26, 134, 213, 282

사욕(捨欲) 65, 69, 72, 73, 75, 267

사판승 207

산에 들어가 중이 되는 법 306

산회 322, 341, 345
삼국유사 139
삼문수업 215, 289
삼보 28, 169, 258, 264, 265
3신 27
상수불학가 132, 134, 135, 155, 236
상수불학송 225, 236
석가보 88, 89, 170, 171, 173, 182, 184
석가씨보 169, 175
석가여래행적송 15, 54, 76, 77, 91, 94, 96
석가여래행적송 병서 42
석문의범 196, 313, 338, 350, 351, 368, 369, 382, 387, 391
석보상절 49, 59, 62, 68, 70, 72, 74, 76, 94, 166, 173, 174, 177
석존일대가 77, 78, 83, 87, 100, 108, 109, 332, 345
선원곡 315
설산수도 343
성도가 351, 384, 388, 390, 391
성도일 아침에 379
성모의 사 344
성불 29, 33, 34, 36, 40, 41, 48, 56, 64, 65, 67, 95, 158, 160, 164, 240, 261, 265, 269, 350, 354, 377, 385, 390, 392

성탄경축가 384
세계기시가 319
세조 248, 256
세종 69, 70, 72, 165, 188, 190, 245, 249, 267, 268, 269
소리업시 378
소헌왕후 70, 74, 186
수선곡 194, 198, 203, 215, 291, 293, 294
수하항마 31, 93, 343
수희공덕가 115, 117, 118, 119, 120, 129, 143, 153, 231
수희공덕송 223, 225, 231, 232
숭유배불 71, 74
시심마(是甚麼) 212, 293, 314
시조 366, 371, 372, 374, 375, 387, 391
시종가 374
신년가 314
신불가 367, 381, 384, 385
신세배 375
신체시 366, 372, 377
심우가 196, 210

ㅇ

아미타경 57, 70, 185, 186, 188, 202, 366, 367
아미타불 159, 261, 281
아함경 190

악장 246, 258, 264, 265

악장가사 246, 247, 248

악학궤범 246, 248, 255, 256, 257

안거(安居) 96, 97

안락국태자경 72, 184, 189, 190

앙홍자지곡 246, 252, 258

애의 별 349

야수다라 180, 349

약사경 177, 185, 189, 261

약사불 261

약사여래 177, 178

양춘구곡 375, 377

언문가 374, 375, 377

언문뒤풀이 375, 387, 391

여민락 247

연감로지곡 246, 252

열반가 384, 385

염부수하의 늦김 348

염부제 25, 27

염불 208, 313, 374

영산회상 246, 247, 248

영암 273, 275, 278

예경제불가 115, 121, 127, 145, 146, 147, 149, 227

예경제불송 227

오섯네 379

5시 8교 16, 32, 94

왕생 58, 159, 204, 207, 213, 215, 262, 282, 342

왕생가 285, 289, 313

용비어천가 15, 55, 165, 247, 266, 267

용성 316

용암 273, 275, 276, 311

우리의 책임 377

우바국다 57, 62

운묵 15, 18, 22, 42, 44, 45, 48, 54

원각경 202

원적가 316

월인석보 49, 53, 54, 68, 76, 94, 165, 177, 178, 183

월인석보 서 75

월인천강지곡 15, 49, 51, 55, 63, 69, 74, 75, 76, 77, 89, 91, 94, 96, 165, 192, 246, 266

월인천강지곡(상) 166, 167, 191

월하의 명상 348

유리광세계 261

유성출가 349

육갑시왕원불가 279, 280

육도가타경 199, 200, 202, 205

융선도지곡 246, 252

은둥경 351, 359, 367, 368, 372, 380, 381, 387, 391

응신 27, 55

의정혜지곡 246, 252

이경협 274, 279

이광수 274, 275

이능화 80, 299

이응섭 78, 79, 80, 81, 83, 109, 332, 345

이판승 207

이홍선 274, 280

인생탈춤 280

일불승 32, 36, 39, 46, 67, 179

입산가 318

ㅈ

자성(自性) 206, 208, 211, 214, 282

잡보장경 175, 176, 185

잡아함경 263

장아함경 182

재동제군 62

저경(底經) 62, 166, 175, 183, 191, 199

전설인과곡 194, 198, 199, 205, 215, 291

정대업 256, 266, 267

정반왕 57, 173

정유리세계 57, 178

정토 57, 58, 203, 216, 261, 282, 313, 377

제바달다 97, 179

제왕운기 15

조선불교월보 281, 357, 358, 364, 374

조주(趙州) 289, 293, 307, 314

조학유 322, 325, 354

종문연등회요 175

종밀(宗密) 116, 119, 120, 139

중본기경 88, 89, 170, 171, 173

중생기시가 319, 320

중생상속가 319, 320

지옥 199, 204, 216, 269

지장경 185, 186, 188

지형 193, 196, 215, 216, 289, 302

진언권공·삼단시식문언해 255

집회 341, 345

징관(澄觀) 115, 116, 118, 120, 125, 128, 139, 142

ㅊ

찬미타 246, 251, 261, 262, 269

찬법신 246, 251, 259, 260

찬보신 246, 251, 259, 260

찬불가 322, 325, 328, 332, 334, 335, 338, 339, 341, 345, 348, 350, 351, 353, 359, 367, 369, 380, 382, 387, 390

찬불가집 335, 349, 355

찬삼승 246, 251, 263

찬약사 246, 251, 261, 269

찬팔부 246, 251

찬화신 246, 251, 259, 260

참선 205, 208, 212, 214, 216, 282, 294, 313, 363

참선곡 194, 197, 210, 211, 213, 290, 291, 294, 300, 309, 313

참선을 배워 정진하는 법 306, 307

참회업장가 122, 127, 128, 132, 145, 150, 152

참회업장송 225

창가 78, 84, 100, 323, 324, 334, 366, 367, 372, 376, 379

천태말학운문화상경책 18, 22

천태종 16, 17, 45, 46

청불주세가 116, 117, 118, 119, 120, 144

청불주세송 225, 227

청전법륜가 131, 132, 143, 154, 233

청전법륜송 227, 233

청학동가 214, 285

청허 272, 280, 288, 290

초암가 276, 277

초전법륜 65

총결무진가 135, 136, 142, 158, 241

총결무진송 240

최취허 274, 281, 365

최행귀 113, 160, 221, 230, 240, 242, 244

축진산 341

취풍형 247

치화평 247

친제신성(親制新聲) 245, 248, 251, 253, 257, 264, 265, 267

침굉 214, 270, 284, 288, 302

칭찬여래가 147, 148, 149, 229, 230

칭찬여래송 227, 228, 229, 230

ㅌ

태고 272

태자수대나경 189, 190, 192

태자의 고행 344

태평곡 214, 285, 287, 289, 292

토굴가 278

ㅍ

팔상 28, 50, 51, 56, 92, 94, 343, 349

팔상가 279

팔상록 76, 96

포교사 326, 327, 328, 343, 354, 375

포법운지곡 246, 252

ㅎ

학도권면가 385, 388, 390, 391

학명 270, 311, 313

한암 277, 295, 299, 304, 308, 309, 311

항마 31, 62
항순중생가 122, 134, 136, 145,
    156, 237
항순중생송 225, 227, 237
해탈곡 316
향가 113, 139, 221, 225, 230,
    234, 241
혜능(慧能) 212, 293, 314
화두 212, 308, 314
화신 251, 259, 380
화엄경 75, 113, 115, 141, 221

화엄경행원품소 115, 116, 117, 126,
    128, 139, 142
화엄경행원품소초 116, 117, 119,
    139, 144
화청 279, 283, 369
화혼식 342
회심가 280
회향 38, 157
효도 61, 67, 68, 69, 180, 189,
    190, 192, 267
희명자 246, 258, 259, 264

참고문헌

● 저서

고익진, 『한국의 불교사상』, 동국대 출판부, 1991.

금장태, 『세종조 종교문화와 세종의 종교의식』, 한국학술정보, 2003.

김기종, 『월인천강지곡의 저경과 문학적 성격』, 보고사, 2010.

김승우, 『용비어천가의 성립과 수용』, 보고사, 2012.

김병선, 『창가와 신시의 형성 연구』, 소명출판, 2007.

김성배, 『한국불교가요의 연구』, 아세아문화사, 1983.

김완진, 『향가해독법연구』, 서울대학교 출판부, 1980.

김영배, 『국어사자료연구』, 월인, 2000.

김영태, 『한국불교사』, 경서원, 1997.

김종진, 『불교가사의 연행과 전승』, 이회, 2002.

_____, 『불교가사의 계보학, 그 문화사적 탐색』, 소명출판, 2009.

박금자, 『15세기 언해서의 협주연구』, 집문당, 1997.

박범훈, 『한국불교음악사연구』, 장경각, 2000.

박재민, 『신라 향가 변증』, 태학사, 2013.

양주동, 『(증정) 고가연구』, 일조각, 1965.

양희철, 『고려향가연구』, 새문사, 1988.

유창균, 『향가비해』, 형설출판사, 1994.

이상보, 『한국불교가사전집』, 집문당, 1980.

이호권, 『석보상설의 서시와 언어』, 태학사, 2001.

임기중 외, 『새로 읽는 향가문학』, 아세아문화사, 1998

임기중, 『불교가사 원전연구』, 동국대 출판부, 2000.

_____, 『불교가사연구』, 동국대 출판부, 2001.

조규익, 『조선조 악장의 문예미학』, 민속원, 2005.

조규익, 『고전시가와 불교』, 학고방, 2010.
조평환, 『한국 고전시가의 불교문화 수용 양상』, 조율, 2011.
채상식, 『고려후기 불교사 연구』, 일조각, 1991.
한우근, 『유교정치와 불교』, 일조각, 1993.

● 논문

강순애, 「월인석보의 저본에 관한 연구」, 『서지학연구』 22, 서지학회, 2001.
권상로, 「이조시대 불교제가곡과 명칭가곡의 관계」, 『일광』 7, 중앙불교전문학교
　　　　교우회, 1936.
고익진, 「백련사의 사상 전통과 천책의 저술 문제」, 『불교학보』 16, 동국대 불교
　　　　문화연구소, 1979.
＿＿＿, 「조원통록촬요의 출현과 그 사료 가치」, 『불교학보』 21, 동국대 불교문화
　　　　연구소, 1984.
구사회, 「불교계 악장문학: 조선조 초기를 중심으로」, 『어문연구』 81·82, 한국어
　　　　문교육연구회, 1994.
김기종, 「불교가사 작가에 관한 일고찰」, 『불교어문논집』 6, 한국불교어문학회,
　　　　2001.
＿＿＿, 「지형의 불교가사 연구」, 『한국문학연구』 24, 동국대 한국문학연구소,
　　　　2001.
＿＿＿, 「월인천강지곡의 저경과 사상적 기반」, 『어문연구』 53, 어문연구학회,
　　　　2007.
＿＿＿, 「〈석가여래행적송〉의 구조와 주제의식」, 『어문연구』 62, 어문연구학회,
　　　　2009.
＿＿＿, 「〈석존일대가〉의 서술 양상과 시대적 맥락」, 『불교학보』 54, 동국대 불
　　　　교문화연구원, 2010.
＿＿＿, 「조학유의 『찬불가』 연구」, 『한국어문학연구』 56, 한국어문학연구학회,
　　　　2011.
＿＿＿, 「권상로의 불교시가 연구」, 『한국문학연구』 40, 동국대 한국문학연구소,
　　　　2011.
＿＿＿, 「향가 〈보현십원가〉의 표현 양상과 그 의미」, 『한국시가연구』 35, 한국
　　　　시가학회, 2013.

김기종, 「〈보현십원가〉의 구조와 주제의식」, 『고전문학연구』 44, 한국고전문학회, 2013.

＿＿＿, 「최행귀의 〈보현십원송〉 연구」, 『고시가연구』 33, 한국고시가문학회, 2013.

＿＿＿, 「『사리영응기』 소재 세종의 '친제신성' 연구」, 『반교어문연구』 37, 반교어문학회, 2014.

김상일, 「〈보현십원가〉의 한역시 〈보현십원송〉에 대하여」, 『동악한문학논집』 9, 동악한문학회, 1999.

김성주, 「균여 향가와 한역시 그리고 보현행원품」, 『구결학회 발표논문집』 40, 구결학회, 2010.

김유범, 「균여의 향가 〈광수공양가〉 해독」, 『구결연구』 25, 구결학회, 2010.

김종우, 「월인천강지곡과 세종의 심상」, 『국어국문학』 28, 국어국문학회, 1965.

김종진, 「근대 불교혁신운동과 불교가사의 관련 양상－ 학명의 가사를 중심으로」, 『동양학』 36, 단국대 동양학연구소, 2004.

＿＿＿, 「〈서왕가〉 전승의 계보학과 구술성의 층위」, 『한국시가연구』 18, 한국시가학회, 2005.

＿＿＿, 「근대 불교시가의 전환기적 양상과 의미－『조선불교월보』를 중심으로」, 『한민족문화연구』 22, 한민족문화학회, 2007.

＿＿＿, 「전통시가 양식의 전변과 근대 불교가요의 형성」, 『한국어문학연구』 52, 한국어문학연구학회, 2009.

＿＿＿, 「균여가 가리키는 달: 보현십원가의 비평적 해석」, 『정토학연구』 19, 한국정토학회, 2013.

김지오, 「균여전 향가의 해독과 문법」, 동국대학교 박사학위논문, 2012.

김풍기, 「침굉 가사의 은일적 성격과 그 의미」, 『한국가사문학연구』(정재호박사 화갑기념논총), 태학사, 1995.

김호성, 「참선곡을 통해 본 한국선의 흐름」, 『방한암선사』, 민족사, 1996.

박경주, 「근대 계몽기의 불교개혁운동과 국문시가의 관계」, 『고전문학연구』 14, 한국고전문학회, 1998.

＿＿＿, 「여말 선초 문인층과 승려층의 시가교류 현상에 대한 고찰」, 『고전문학과 교육』 11, 한국고전문학교육학회, 2006.

박재민, 「구결로 본 〈보현십원가〉 해독」, 연세대학교 석사학위논문, 2002.

변동명, 「고려 충렬왕의 묘련사 창건과 법화신앙」, 『한국사연구』 104, 한국사연구회, 1999.

사재동, 「월인천강지곡의 몇 가지 문제」, 『어문연구』 11, 어문연구학회, 1982.

서철원, 「보현십원가의 수사방식과 사상적 기반」, 『한국시가연구』 9, 한국시가학
　　　회, 2001.

서철원, 「균여의 작가의식과 〈보현시원가〉」, 『한국고전문학의 방법론적 탐색과
　　　소묘』, 역락, 2009.

송현주, 「근대한국불교 개혁운동에서 의례의 문제－ 한용운, 이능화, 백용성, 권
　　　상로를 중심으로」, 『종교와 문화』 6, 서울대 종교문제연구소, 2000.

신명숙, 「여말선초 서사시 연구」, 단국대학교 박사학위논문, 2004.

＿＿＿, 「서정과 교술의 변주 〈보현십원가〉」, 고가연구회 편, 『향가의 수사와 상
　　　상력』, 보고사, 2010.

안병희, 「월인석보의 편간과 이본」, 『진단학보』 75, 1993.

안　확, 「조선음악과 불교」, 『불교』 67~72호, 불교사, 1930.1~1930.6.

오지연, 「법화영험전의 신앙 유형 고찰」, 『천태학연구』 11, 원각불교사상연구원,
　　　2008.

윤기엽, 「원간섭기 천태종사원의 흥성과 불교계 동향」, 『한국불교학』 37, 한국불
　　　교학회, 2004.

윤태현, 「〈보현십원가〉의 문학적 성격」, 『한국어문학연구』 30, 한국어문학연구
　　　회, 1995.

이미향, 「조학유의 생애와 찬불가 연구」, 『보조사상』 26, 보조사상연구원, 2006.

이봉춘, 「고려후기 불교계와 배불논의의 전말」, 『불교학보』 27, 동국대 불교문화
　　　연구원, 1990.

＿＿＿, 「불교지성의 연구활동과 근대불교학 정립」, 『불교학보』 48, 동국대 불교
　　　문화연구원, 2008.

이영자, 「무기의 천태사상－ 석가여래행적송을 중심으로」, 『한국불교학』 3, 한국
　　　불교학회, 1977.

이종찬, 「서사시 〈석가여래행적송〉 고찰」, 『한국의 선시』, 이우출판사, 1989.

이　진, 「최행귀 역시 고찰」, 『동경어문논집』 1, 동국대학교 경주캠퍼스 국어문학
　　　회, 1984.

이호권, 「〈월인천강지곡〉 결사의 재구 시론」, 『국어국문학』 157, 국어국문학회,
　　　2011.

전재강, 「월인천강지곡의 서사적 구조와 주제 형성의 다층성」, 『안동어문학』 4,
　　　안동어문학회, 1999.

정소연, 「〈보현십원가〉의 한역 양상 연구－ 향가와 한역시의 구조 비교를 중심으

로」, 『어문학』 108, 한국어문학회, 2010.

조규익, 「〈월인천강지곡〉의 사건전개 양상과 장르적 성격」, 『어문연구』 46, 어문
　　연구학회, 2004.

조성택, 「근대불교학과 한국근대불교」, 『민족문화연구』 45, 고려대 민족문화연
　　구원, 2006.

조연숙, 「최행귀의 한역시 연구」, 『고시가연구』 16, 한국고시가학회, 2005.

조평환, 「조선초기의 악장과 불교사상」, 『한국시가연구』 8, 한국시가학회, 2000.

조흥욱, 「월인천강지곡 연구」, 서울대학교 박사학위논문, 1994.

최래옥, 「균여의 보현십원가 연구」, 『국어교육』 29, 한국어교육학회, 1976.

최병헌, 「월인석보 편찬의 불교사적 의의」, 『진단학보』 75, 진단학회, 1993.

최연식, 「균여 화엄사상연구- 교판론을 중심으로」, 서울대학교 박사학위논문,
　　1999.

최정여, 「세종조 망비추선의 주변과 석보 및 찬불가 제작」, 『계명논총』 5, 계명
　　대, 1969.

황패강, 「석가여래행적송 연구」, 『한국불교문화사상사』 하권(가산 이지관스님
　　화갑기념논총), 가산불교문화진흥원, 1992.

김기종(金己宗)

서울 출생. 동국대학교 국어국문학과를 졸업하고 같은 대학원 국어국문학과에서 석·박사 과정을 수료하였다. 동국대학교 불교문화연구원 연구교수와 고려대학교 BK21 한국어문학교육연구단 연구교수를 역임했다. 현재는 동국대학교 불교학술원 HK 연구교수로 재직 중이다.

저서로『월인천강지곡의 저경과 문학적 성격』(보고사, 2010),『테마 한국불교2』(공저, 동국대 출판부, 2014),『테마 한국불교1』(공저, 동국대 출판부, 2013),『동아시아 불교의 근대적 변용』(공저, 동국대 출판부, 2010),『불가의 글쓰기와 불교문학의 가능성』(공저, 동국대 출판부, 2010),『불교문학 연구의 모색과 전망』(공저, 역락, 2005),『조선후기 문학의 양상』(공저, 이회, 2001) 등이 있다.

한국 불교시가의 구도와 전개

2014년 12월 22일 초판 1쇄 펴냄

지은이 김기종
펴낸이 김흥국
펴낸곳 도서출판 보고사

책임편집 권송이
표지디자인 이준기

등록 1990년 12월 13일 제6-0429호
주소 서울특별시 성북구 보문동7가 11번지 2층
전화 922-5120~1(편집), 922-2246(영업)
팩스 922-6990
메일 kanapub3@naver.com
http://www.bogosabooks.co.kr

ISBN 979-11-5516-320-7 93810
ⓒ 김기종, 2014

정가 24,000원
사전 동의 없는 무단 전재 및 복제를 금합니다.
잘못 만들어진 책은 바꾸어 드립니다.

이 도서의 국립중앙도서관 출판예정도서목록(CIP)은 서지정보유통지원시스템 홈페이지(http://seoji.nl.go.kr)와 국가자료공동목록시스템(http://www.nl.go.kr/kolisnet)에서 이용하실 수 있습니다.(CIP제어번호: CIP2014034933)